新潮文庫

虐げられた人びと

ドストエフスキー
小笠原豊樹訳

新潮社版

2151

虐《しいた》げられた人びと

第一部

第一章

昨年三月二十二日の夕方、私の身にきわめて異常な事件が起った。その日一日、私は町を歩きまわって貸間を探《さが》したのだった。それまでの住居は湿気がひどく、不吉な咳《せき》はその頃からすでに出はじめていた。引越しは秋口に計画したのが春まで延び延びになっていたのである。まる一日歩いても適当な住居は見つからなかった。何よりもまず又貸しではなく、独立した住居が欲しかったし、もう一つの条件としては、たとえ一間だけでもなるべく広い部屋、そしてもちろんなるべく安い部屋が欲しかった。私が前から気づいていたことだが、狭苦しい部屋に住むと考えることまで狭苦しくなってしまう。それに私は自分がこれから書く小説についてあれこれ思案するとき、いつも部屋の中を行ったり来たりするのが好きだった。ついでながら、私は以前から、自分の作品について思案し、それがどんなふうに書きあがるだろうかと空想することのほうが、実際に書くことよりも楽しかった。これは決して怠惰のためではないと思う。とすると一体何のためなのだろう。

朝から私は気分がすぐれなかったが、日が沈む頃にはなんだかひどく具合が悪くなり、悪寒《おかん》のようなものを感じ始めた。しかも一日歩きまわったので疲れていた。夕方、たそがれが迫る直前に、私はヴォズネセンスキー通りをゆっくり歩いていた。私はペテルブルグの三月の太陽が、わけても落日が好きである。いうまでもなく澄みきった厳寒の夕べの落日だ。鮮《あざ》やかな光を浴びて通り全体がにわかにきらりと輝く。建物という建物はとつぜん光を放つように見える。建物の灰色や、黄色や、薄汚《うすよご》れた緑色は一瞬その陰鬱《いんうつ》さを失う。なんとなく気分が明るくなり、身内が震えるような、だれかに肘《ひじ》でつつかれたような感じに襲われる。新しい物の見方、新しい思想……。わずか一筋の太陽光線が人の心をこれほど動かすとは、全く驚くべきことである！

だが夕日の光は消えた。寒気は厳《きび》しさを加え、鼻を抓《つね》り始めた。たそがれは濃くなり、大小さまざまの商店からガス燈《とう》の光がきらめいた。私はミユラーの喫茶店の前まで来て、とつぜん釘《くぎ》づけにされたように足をとめ、まるで今にも何か異常な事件が起ることを予感したかのように、通りの向う側に目をやった。ほかならぬその瞬間、通りの反対側に老人とその犬の姿が見えたのである。私は胸が何かひどく不愉快な感覚に締《し》めつけられたことを、はっきりと記憶している。けれどもその感覚がどんな種類のものなのか、自分では見当がつかなかった。

私は神秘主義者ではない。予感や占いはほとんど信じない。しかしだれでもそうだろうと思うが、かなり説明しにくい出来事にぶつかった経験は私にも幾度かあった。早い話がこの老人である。この老人に出くわしたとき、同じ夜のうちに何か異様なことが私の身に起るに違いないと咄嗟《とっさ》に感じたのは、一体どういうわけなのだろう。もっとも私は病気だった。病人の感覚はとかく当てにならぬものである。

その老人はまるで棒のように両方の脚《あし》を曲げずに、緩慢な弱々しい足どりで、背中をまるめ、杖《つえ》で舗道の敷石を軽く叩《たた》きながら、喫茶店へ近づいて行った。これほど奇妙な、不細工な人物というものに私はあとにも先にもお目にかかったことがない。ここで出会う以前にもミュラーの店で何度か見かけたことはあったが、その病的な様子に私はいつも驚かされたのだった。高い背丈《せたけ》、曲った背中、死人のような八十歳の顔、縫い目が綻《ほころ》びた古めかしい外套《がいとう》、禿頭《はげあたま》を覆《おお》っている二十年昔のぼろぼろの丸い帽子、もう白髪《しらが》どころか白っ茶けた毛がちょっぴり残っている項《うなじ》、まるでぜんまい仕掛けのように何かしら無意味な体の動き——これらすべては初対面の相手を例外なくぎょっとさせるのである。実際、自分の生涯をとうに終えてしまったようなこんな老人が、だれにも付き添われず一人でいるのを見るのはなんとなく妙な感じだった。この老人は、しかも、監視人から逃《のが》れて来た気違いにそっくりだったから、なおさらのことだ。もう一つ、私を驚かせたのは老人の並はずれた痩《や》せ方であった。肉はほとんどなく、まるで骨の上にじかに皮を張ったようなのである。大きいがどんより曇った目は、青い隈《くま》の中に嵌《は》めこまれたようで、いつも自分のまん前を見つめ、決して脇《わき》を見ないばかりか、そもそも何ものをも見ていないのだった——私はそう信じて疑わない。だれかの顔を見ているとしても、まるでなんにもない空間を見ているように、その人物にむかってまっすぐ歩いて行くのである。そんな場合を私は幾度となく目撃したのだった。ミュラーの店に来るようになったのは最近のことで、どこから来るのかは分らないが、いつも犬を連れていた。喫茶店の客の中でこの老人に話しかける者は一人もなかったし、老人もまた客のだれとも話そうとはしなかった。

『それにしてもなぜミュラーの店へのこのこ出掛けて行くんだろう、それにあそこで何をする気だろう』——通りの反対側に立ち、吸い寄せられるように老人を眺《なが》めながら私は考えた。病気と疲労から来る苛立《いらだ》ちのようなものが私の内部で波立ち始めた。『一体何を考えているんだろう』と私は内心の言葉をつづけた。『あの頭の中には何があるんだろう。そもそも何かを考えているんだろうか。あの顔はもうすっかり死んでしまって、全く何の表情もない。それにあのいやらしい犬をどこから拾って来たんだろう。あの犬は老人から離れない。まるで二人で一つの総体を、何か切り離すべからざるものを形づくっているようだ。そういえば犬は老人にそっくりじゃないか』

その哀れな犬も見たところ年は八十前後だった。いや、間違いなくそれくらいの年齢だろう。第一、外見からしてどんな犬も及ばぬほど老《ふ》けていたし、第二には、初めて見た途端に、これはそんじょそこらの犬ではないという考えが私の頭に浮んだからである。これは普通の犬ではない、きっと何か幻想的かつ魔術的なものが宿っているに相違ない。ひょっとしたら、これは犬に姿を変えたメフィストフェレスで、その運命は何らかの神秘的な目に見えぬ絆《きずな》によって主人の運命と結びつけられているのではなかろうか。こいつが最後に物を食べてからあらかた二十年も経《た》っていることは、犬の姿を見さえすればだれでも合点《がてん》がいくに違いない。とにかく、まるで骸骨《がいこつ》のように、あるいはその主人のように(これ以上の譬《たと》えがあるだろうか)痩せているのである。体の毛はおよそ全部脱《ぬ》け落ち、尻尾《しっぽ》も毛が脱けて棒のようにぶらさがり、その尻尾をいつも固く巻いている。長い耳のくっついた頭は陰気に垂《た》れさがっている。こんな忌《いま》わしい犬を私はほかに見たことがなかった。主人が先に立ち、犬がそのあとについて、揃《そろ》って通りを歩くとき、犬の鼻面《はなづら》はまるで貼《は》りつけられたように主人の服の裾《すそ》にぴったり密着しているのだった。そして二人の足どりも、二人の姿そのものも、一足ごとにこう呟《つぶや》いているようだった。

老いぼれましたよ、老いぼれた、ああ、わたしらは老いぼれた!

それから、いつだったか、老人と犬はガヴァルニの挿絵《さしえ》入りのホフマンの小説の一ページから抜け出て、この本の歩く広告となって世の中を流離《さすら》っているのだという考えが、ふと私の胸に浮んだのを覚えている。ともあれ、私は通りを横切り、老人のあとから喫茶店に入った。

この喫茶店での老人の振舞いは常日頃すこぶる奇妙だったから、カウンターのむこうに立つミュラーは最近ではこの招かれざる客が入って来ると、不満そうな顰《しか》めっ面を見せるようになっていた。だいたい、この奇妙なお客はいまだかつて何一つ注文したことがなかった。いつもまっすぐに隅《すみ》のペチカへむかって進み、そこの椅子《いす》に腰を下ろすのである。もしもペチカの前の席がふさがっていると、無意味なためらいを見せてしばらくのあいだ自分の席を占領した男の前に立っていてから、途方に暮れたような様子で反対側の窓ぎわへ退く。そしてどれか一つの椅子をえらび、ゆっくり腰をおろして、ぬいだ帽子を手近な床の上に置き、杖を帽子のそばに置き、さてそれから椅子の背にぐったり寄りかかって、三、四時間も身動き一つしない。新聞を手にとったことは一度もなく、一言でもことばを、あるいはただの音すら発したことがなかった。ただじっとすわって自分の正面を大きな目で見つめているだけなのだが、その目つきはひどくどんよりして生気がなかったから、おそらく周囲のものは何一つ目にも耳にも入っていなかったのだろう。そのことは賭《か》けてもいい。ところで犬のほうは同じ場所を二、三べんまわってから、陰気な恰好《かっこう》で老人の足もとに身を落着け、鼻面を老人の長靴のあいだに突っこみ、深い溜息《ためいき》をつくと、床の上にのびのびと体を伸ばして、これまた一晩中身動きもせず死んだようになっているのだった。なんだかこの二つの生物は昼間はどこかで死んだように横たわっていて、日が沈むやいなや、揃って忽然《こつぜん》と生気をとり戻し、ミュラーの喫茶店までたどり着くと、そこで何か神秘的な、だれも知らぬ義務を果しているのではあるまいかと思われた。三、四時間すわりつづけると、老人はようやく立ちあがり、帽子を拾い上げ、どこへとも知れず帰って行く。犬も起きあがり、ふたたび尻尾を巻き頭を垂れて、来たときと同じ緩慢な足どりで機械的に老人について行くのである。喫茶店の客たちはまもなく決定的にこの老人を避けるようになり、気味がわるいのか同じテーブルに並んですわりもしないのだった。老人のほうは、そんなことには少しも気づいていないのである。

この喫茶店の客は大部分ドイツ人だった。ヴォズネセンスキー通りのあちこちからここへ集まって来る客たちは、みんなさまざまな店の店主たちで——錠前屋、パン屋、染物屋、帽子屋、鞍《くら》作りの親方など、いずれもドイツ的な意味合いで純朴《じゅんぼく》な人たちだった。ミュラーの店では概して純朴な風習が墨守されていたのである。店のあるじはよく馴染《なじ》みの客のところへやって来て、一緒にテーブルにつき、一定量のポンスを飲み干すのだった。あるじの犬や小さな子供たちとときどき客の前に出て来ることがあり、客たちは子供や犬を可愛《かわい》がった。だれもがお互いに知り合っていたし、だれもがお互いを尊敬し合っていた。そして客たちがドイツの新聞を読みふけるとき、ドアのむこうのあるじの住居では、あるじの姉娘が、これは白ネズミそっくりのブロンドの巻毛のドイツ娘だったが、がたぴししたピアノで「いとしのアウグスチン」を弾《ひ》いた。このワルツはみんなに喜ばれていた。私はミュラーが購読しているロシア語の雑誌を読みに、毎月、月初めになるとこの店へ出掛けて行ったのである。

喫茶店に入ってみると、老人はすでに窓ぎわに腰をおろし、犬は例によってその足もとに長々と寝そべっていた。私は無言で片隅に腰かけ、心の中で自分に訊《たず》ねた。『なぜおれはここに入って来たのだ、ここには全然用がないのに。しかも今のおれは病気だから、早く家に帰って、茶でも飲んで、寝床に入らなければいけないのに。それとも、あの老人を眺めたいばかりにここへ来たとでもいうのか』。私は腹が立ってきた。『あの老人に何の用がある?』と、さきほど通りで老人の姿を見たときの病的な感覚を思い出しながら私は考えた。『あの退屈きわまるドイツ人連中に一体何の用がある? おれの空想に走りがちな精神状態が一体何の役に立つだろう。なぜこうも些細《ささい》なことが原因で安っぽく狼狽《ろうばい》するのだろう。それは自分でも最近よく分っていることなのだ。ある洞察力《どうさつりょく》の鋭い批評家がおれの最近の小説を憤然と解剖しながら指摘しているとおり、それこそが生きることを、人生をはっきりと見つめることを妨げるのだ』。しかしこうして思いをめぐらしたり悲嘆したりしながらも、私はまだその場にぐずぐずしていた。その間にも病勢は勝ち誇る一方で、暖かい部屋から立ち去るのは辛《つら》かった。私はフランクフルトの新聞を手にとり、二行ほど読んだ途端に睡魔に襲われた。ドイツ人たちの存在は少しも苦にならなかった。彼らはもっぱら新聞雑誌を読み、煙草《たばこ》をふかし、時たま、およそ三十分に一度ずつ、フランクフルトのニュースだとか、ドイツの有名な頓知男《とんちおとこ》サフィール（訳注　ドイツのユーモリスト。一八五八年没）の洒落《しゃれ》や警句のたぐいを、ぼそぼそと低い声でお互いに語り合い、民族の誇りをいまさらのように確認すると、ふたたび読書に専念し始めるのである。

私は半時間ほどうとうとしていたが、激しい悪寒に目が醒《さ》めた。どうしても家に帰らなければいけない。だが、ちょうどそのとき、この店の中で持ちあがった無言劇がもういちど私を引きとめたのである。すでに述べたように、老人は自分の椅子に腰をおろすと、すぐに視線をどこかの一点に注ぎ、あとは一晩中ほかの対象に視線を移そうとしないのが常だった。その意味もなく執拗《しつよう》で、何一つ識別していないまなざしを、私もいつか浴びたことがあった。それは実に不愉快な、耐えがたいほどの感じだったから、私はいつもできるだけ急いで席を変えることにしていたのである。ちょうど今、老人が白羽の矢を立てたのは、かなり肥えた、極端に身だしなみのいい小男のドイツ人だった。固く糊《のり》をきかしたカラーをつけ、異様に赤い顔をしたこの男は、あとで聞いたところによれば、リガからやって来た商人で、アダム・イワーヌイチ・シュルツといい、ミュラーの親友だったが、まだこの老人のことや、ほかの客たちのことはよく知らなかったらしい。楽しそうに『村の理髪師《ドルフバルビール》』紙を読み、ポンスを飲んでいたこの男は、ふと顔を上げて、老人の不動の視線が自分に注がれていることに気づいた。そしてひどく迷惑そうな表情になった。「家柄のよい」ドイツ人がおしなべてそうであるように、アダム・イワーヌイチはたいそう怒りっぽい神経質な男だった。だから自分がこんなふうにじろじろと無遠慮に見られていることを奇妙な侮辱と受けとったのだろう。怒りをこらえて無神《しん》経な客から目をそらすと、何やらぶつぶつ呟き、黙って新聞の陰に顔を隠した。だが辛抱《ぼう》しきれず、二分ばかり経つと、うさんくさそうに新聞の陰から様子をうかがった。相変らず執拗な視線、相変らず無意味な凝視。アダム・イワーヌイチはこのときも黙ってこらえた。だが同じことが三度も繰返されると、みるみる興奮した。たぶんリガの町の代表のような気分になり、うるわしの都の名声を公衆の面前で失墜せしめないこと、そして自分自身の品位をも守ることがおのれの義務であると考えたのだろう。苛立たしげな身ぶりとともに新聞をテーブルの上に放り出した。新聞を綴《と》じてあった棒がけたたましい音を立てた。自尊心に燃え立ち、ポンスと敵愾心《てきがいしん》に顔を真っ赤《まか》にして、男は小さな血走った目で癪《しゃく》にさわる老人を積極的に睨《にら》みつけた。まるでドイツ人もその相手も自分たちの視線の磁力で敵を圧倒し、どちらが先にどぎまぎして目を伏せるか競争を始めたような具合だった。新聞の綴じ棒のばたんという音と、アダム・イワーヌイチの常軌を逸した態度とに、客たちはいっせいにそちらへ目を向けた。だれもが自分のしていたことを放棄し、しかつめらしい無言の好奇心にあふれて二人の戦いを見守った。場面はひどく喜劇的になってきた。けれども顔を真っ赤にしたアダム・イワーヌイチの挑《いど》むような小さな二つの目の磁力はまったく空《むな》しかった。老人はしごくのんびりと、激怒したシュルツ氏の顔をまともに眺めつづけ、まるで心は月世界にでも飛んでいるように、自分がみんなの好奇心の的になっていることには全く気づかないのだった。アダム・イワーヌイチはついに堪忍袋《かんにんぶくろ》の緒が切れ、爆発した。

「なぜそんなに私をじろじろ見るんです」と突き刺すような金切声のドイツ語で、威嚇《いかく》するようにシュルツ氏は叫んだ。

だが、相手は質問の意味が分らぬように、あるいは質問そのものが全然耳に入らなかったように、依然として黙りこくっていた。アダム・イワーヌイチは質問をロシア語に切り換えた。

「わたしあなたに訊《き》きます、なぜそんなにわたしのことといっしょけんめい見ますか」と、いっそういきりたって男は叫んだ。「わたし宮廷に顔ききます、あなた宮廷に顔きかない！」と椅子から立ちあがって付け加えた。

しかし老人は眉《まゆ》一つ動かさなかった。ドイツ人たちのあいだに憤《いきどお》りの呟きが涌《わ》き起った。騒ぎに引かれて、ミュラーが部屋へ入って来た。事情を見きわめると、この老人は耳が遠いのだと思ったのか、ミュラーは老人の耳もとにかがみこんだ。

「シュルツさんあなたに頼んでいます、そんなにいっしょけんめい見ないでください」

と不可解な客の顔をじっと見つめながら、できるだけ大きな声でミュラーは言った。

老人は機械的にミュラーの顔を見たが、それまで無表情だった老人の顔に、何かの動揺というか、不安な心の波立ちといったものの兆《きざし》がとつぜんに現われた。老人は取り乱し、うんうん呻《うめ》きながら帽子のほうに体をかがめ、大急ぎで帽子と杖《つえ》を摑《つか》むと、椅子から立ちあがって、妙に哀れっぽい微笑を――間違って腰を下ろした場所から追い払われるとき貧乏人が浮べるあの屈辱的な微笑を浮べながら、部屋から出て行こうとした。貧しい耄碌《もうろく》した老人の従順な取り乱し様には、まことに人の憐《あわ》れみを誘うものが、見る者の胸をかきむしるものがあったので、アダム・イワーヌイチを初めとする見物人たちは、この出来事にたいする見解をたちまち変えてしまった。こんな老人がだれかを侮辱するなどということはとうてい不可能であり、それどころか老人自身はどこへ行っても乞食《こじき》のように追い出される惨《みじ》めさを骨身にしみて感じているに相違ないのである。

ミュラーは善良な、思いやりの深い人間だった。

「いけません、いけません」とミュラーは元気づけるように老人の肩を叩《たた》きながら言った。「おすわんなさい！　けれども《アーバー》、ヘル・シュルツはとっても頼みました、そんなにいっしょけんめい見ないでください。あのひと宮廷に顔ききます」

だが哀れな老人はそれでもまだ合点がいかなかった。前よりもいっそう取り乱して、ハンカチを、帽子の中から落ちた使い古した穴だらけの青いハンカチを拾おうと身をかがめ、犬の名前を呼び始めた。犬は身動きもせずに床に横たわり、鼻面《はなづら》を両足で隠して、見たところ熟睡しているようだった。

「アゾルカ、アゾルカ！」と、老人は独特の震え声でもぐもぐと言った。「アゾルカ！」

アゾルカはぴくりとも動かなかった。

「アゾルカ、アゾルカ！」と老人はもういちど悲しそうに繰返し、杖で犬をゆすぶったが、犬は相変らずの恰好である。

杖が老人の手から落ちた。老人は体をかがめ、両膝《りょうひざ》を突いて、両の手でアゾルカの鼻面を持ちあげた。かわいそうなアゾルカ！　犬は死んでいた。老衰のためか、飢えのためか、主人の足もとで、声も立てずに死んでいったのだった。老人はぎくりとして、アゾルカがすでに死んでしまったことを理解できないように、少しのあいだ犬を見つめた。それからかつて忠僕であり友人であったものに静かに体をかがめ、その死んだ鼻面に自分の蒼《あお》ざめた顔を押しあてた。一瞬の沈黙が流れた。私たちはみんな感動していた……。やがて哀れな老人は体を起した。顔はひどく蒼白く、全身は熱病の発作のように震えていた。

「あくせえ作ればいい」と、思いやりの深いミュラーがなんとかして老人を慰めようと口を開いた。(あくせえとは剝製《はくせい》のことだった)「上等のあくせえ作ればいい。フョードル・カルロヴィチ・クリーガーさん、すてきなあくせえ作ります。フョードル・カルロヴィチ・クリーガーさん、あくせえ作る名人です」と、床から杖を拾って老人に手渡しながら、ミュラーは繰返した。

「そう、わたし、すてきなあくせえ作ります」と、ご本人のクリーガー氏が前に出て来て、つつましく相槌《あいづち》を打った。それは痩《や》せてひょろ長い、人のよさそうなドイツ人で、もつれた髪の毛は赤く、鉤鼻《かぎばな》の上に眼鏡《めがね》をかけていた。

「フョードル・カルロヴィチ・クリーガーさん、どんなりっぱなあくせえでも作る、大きな才能あります」と、自分の思いつきに得意になりながらミュラーは言い足した。

「そう、わたし、どんなりっぱなあくせえでも作る、大きな才能あります」とクリーガー氏はあらためて保証した。「それにわたし、あなたの犬のあくせえ、ただで作ります」と、おおらかな自己犠牲の発作に襲われて、クリーガー氏は付け足した。

「いや、あなたあくせえ作る、わたしそのお金払います!」と、アダム・イワーヌイチは負けじと寛大な心を燃やし、不幸の原因はすべて自分にあると無邪気にも思いこんで、今までの倍も赤い顔になり、猛烈な勢いで叫んだ。

老人はこれらの言葉を聞いてはいたが、さっぱりわけが分らないらしく、相変らず全身を震わせていた。

「お待ちなさい！　上等のコニャック一杯飲みなさい！」とミュラーは、この謎《なぞ》めいた客がしきりに出て行こうとするのを見て叫んだ。

コニャックが出された。老人は機械的にグラスを受けとったが、その手は震え、グラスを唇《くちびる》へ持ってゆく前に半分ほどこぼれて、結局一滴も飲まずにグラスをお盆の上に返した。それから何やら奇妙な、その場に全くそぐわない微笑を洩《も》らすと、アゾルカをその場に残したまま、おぼつかない急ぎ足で喫茶店から出て行った。一同は呆気《あっけ》にとられて立っていた。さまざまな叫び声が聞えた。

「なんだありゃあ《シュヴェルノート》！　一体全体どうしたんだ《ヴァス・フューア・アイネ・ゲシヒテ》！」とドイツ人たちはお互いに目をむき、口々に言った。

私は老人のあとを追って駆け出した。喫茶店から右手に曲って何歩か行った所に、大きな建物の立ち並んだ狭くて暗い横町がある。老人はきっとその横町へ入ったに違いないと、私の第六感がひらめいた。その角から二軒目の建物は工事中で、一面に足場が組まれていた。建物をとりまく囲いはほとんど道路のまんなかまで出っぱっていて、囲いのきわに通行人のための板が敷かれていた。囲いと建物がかたちづくる暗い片隅で、私は老人を発見した。老人は板敷きの歩道の踏み板の上にすわり、両肘《りょうひじ》を膝に突き、両手で頭をかかえていた。私はそのそばにしゃがんだ。

「あの」と、何から話し出したらいいのか分らぬままに私は言った。「アゾルカのことはもう悲しまないでください。さあ、お宅までお送りしましょう。ご安心なさい。今すぐ辻《つじ》馬車を呼んできます。お住まいはどちらですか」

老人は答えなかった。私はどうしたらいいのか分らなかった。通行人の姿は見えない。とつぜん老人は私の手にすがりつき始めた。

「息が詰る！」と、やっと聞えるような嗄《しゃが》れ声で老人は言った。「息が詰る！」

「さあ、お宅へ帰りましょう！」と私は腰を上げ、むりに老人を助け起しながら叫んだ。「お茶でも飲んで寝床へ入るんです……すぐ馬車を呼んできますからね。医者を呼びましょう……一人よく知っている医者がいるんです……」

そのほかどんなことを言って聞かせたか、私は自分でもよく覚えていない。老人は体を起しかけたが、ちょっと起きあがって、すぐまた地面に倒れ、ふたたび息苦しそうな嗄れ声で何やら呟《つぶや》き始めた。私はいっそうかがみこんで耳をすました。

「ワシリエフスキー島の」と老人はかすれた声で言った。「六丁目……六、丁、目……」

老人は口をつぐんだ。

「ワシリエフスキー島にお住まいなんですね？　でも道が違うじゃありませんか。右ではなくて、左へ行かなくちゃ。じゃ、今すぐ車で送りますから……」

老人は動かなかった。私はその手を取った。手は死んだもののようにだらりと垂《た》れた。顔を覗《のぞ》きこみ、体にさわってみると——老人はもう死んでいた。私には何もかもが夢の中の出来事のように思われた。

この椿事《ちんじ》のおかげで私はいろいろ奔走しなければならなくなり、その間に熱は自然に引いてしまったのだった。老人の住居はすぐ見つかった。ところがそれはワシリエフスキー島ではなくて、老人が死んだ場所からほんの一足の、クルーゲンという男の持ち家の屋根裏の五階だったのである。それは小さな玄関の間と、ひどく天井が低く、窓とは名ばかりの穴が三つあいているだだっぴろい一部屋とから成る、独立した住居だった。老人の暮しぶりは恐ろしく貧しかった。家具といえばテーブル一つと、椅子《いす》が二脚、それに石のように固くて、到る所から中身がはみ出ている極端に古めかしい長椅子があったが、それらも実は家主の持ち物だったのである。暖炉は明らかにだいぶ以前から使われていなかった。蠟燭《ろうそく》はどこを探《さが》しても見当らなかった。老人がミュラーの店に通うことを思いついたのは、単に蠟燭のあかりの下にすわって体を暖めるためだけだったに違いないと、今の私は大まじめに考えている。テーブルの上には、からっぽの陶器のジョッキがあり、干《ひ》からびたパンの皮がころがっていた。金は一コペイカも見つからなかった。葬式を出す段になって着換えの下着もなく、だれかがシャツを提供したほどである。こんなふうに全く一人ぼっちで暮せるわけはないから、だれかが時折でも訪《たず》ねて来ていたことは確実であろうと思われた。テーブルの引出しからパスポートが発見された。故人は外国人だったがロシア国籍をもっていて、エレミア・スミスといい、機械技師で、年齢は七十八歳だった。テーブルには本が二冊置いてあった。地理の教科書と、ロシア語訳の新約聖書で、聖書の余白には鉛筆の書きこみや爪《つめ》でつけた印があった。この二冊の本は私が預かっておいた。この建物の住人や家主は一応調べられたが――だれも老人については、ほとんど何一つ知らなかった。この建物の住人は大勢いて、ほとんど大部分が職人たちと、賄《まかな》い・女中つきで部屋を又貸ししているドイツ女たちだった。貴族の出身だというこの建物の管理人も、かつての間借人については多くを知らなかったが、ただ老人の住居は月六ルーブリであり、故人はそこに四カ月住んでいたが最終の二カ月は一文も払わず、したがって追い立てをくうところだったという。だれか老人を訪ねて来ていた者はいなかったかということも訊かれた。だがその点についてはだれひとり満《まん》足な答のできる者はなかった。なにしろ大きな建物だから、大勢の人間がこのノアの方舟《ぶね》に出入りして、とても一々覚えていられないという。この建物に五年ほど勤めている門番なら、たぶんもう少しはっきりした説明ができるだろうけれども、あいにく二週間前に休暇をとって郷里へ帰り、かわりに自分の若い甥《おい》を残して行ったのだが、この青年は住民の顔などまだ半分も覚えていないのだった。こういう調査がどんな結果に終ったのか私はよく知らないが、とにかく老人の葬式はぶじにすんだ。それやこれやで奔走していたある日のこと、私はワシリエフスキー島の六丁目にも行ってみた。そしてそこへ行ってみて初めて、自分で自分を嗤《わら》ったのだった。六丁目には、ありふれた家並のほかにはなんにもないのである。『それにしてもあの老人はどうして』と私は考えた、『息を引きとるとき、六丁目だとか、ワシリエフスキー島だとか言ったのだろう。譫言《うわごと》だったのだろうか』

がらんとなったスミスの住居を検分して、私はそこが気に入った。で、さっそく借りることを申し入れた。肝心なのはその広さである。もっとも天井がひどく低くて、初めのうちは頭を天井にぶつけそうな気がして仕方がなかった。しかしそれにもまもなく馴《な》れた。月六ルーブリではこれ以上の部屋はとても見つからないだろう。とにかく独立した住居ということが魅力だった。残るところは女中の心配をすることだけで、全然女中なしでは暮せない。初めのうちは門番が日に一度でもやって来て、どうしても必要なことだけはしてあげようと約束してくれた。『ひょっとしたら』と私は思った、『だれかがあの老人の消息を聞きに来るかもしれない！』しかし老人が死んでから五日経《た》ったが、まだだれも訪ねて来た者はなかった。

第二章

その頃の、つまり一年前の私は、まだいろいろな雑誌に雑文などを書きながら、やがては何か大きなりっぱな作品を書きあげようと固く心に決めていたのだった。そして実際に長篇小説にとりかかっていたのだが、しかしとどのつまりは——こうして今、病院に逼塞《ひっそく》し、どうやら死期も近いらしい。まもなく死ぬのだとすれば、なんのためにこんな手記を書くのだろう。

私の生涯の最後の一年、この重苦しい一年間のことが、次から次へとそぞろに思い出される。それを今すべて書きとめておこうと思う。この仕事を思いつかなかったとしたら、わびしさのあまり死んでしまったかもしれない。これら過去のさまざまな印象は、現在でもときどき痛いほど、苦しいほど私を興奮させるのである。ペンをとって書けば、それらの印象はもっと冷静な、もっと秩序立ったものになり、譫言《うわごと》や悪夢に似たところがもっと少なくなるだろう。そんなふうに私には思われる。書くという機械的な動作だけでも何らかの価値はあろう。それは私の内部にひそむかつての作家的習性をなだめ、冷静にし、揺り動かし、私の回想や病的な夢を仕事に、労作に振り向けてくれる……。そう、私はうまい仕事を思いついたものだ。それに病院のインターンにもいい贈り物になる。冬になって窓の二重枠《わく》をはめるとき、私の原稿はせめて目張りの役には立つだろう。

ところで、どういうわけか私はこの物語を中途から書き始めてしまった。もし何もかも書くつもりなら、そもそもの初まりから書かなければいけない。それならば発端から始めよう。といっても私の生《お》い立《た》ちはそれほど長い話にはなるまい。

私が生れた場所はここではなく、ここから遠い××県である。私の両親はまともな人たちだったに相違ないが、まだ幼児だった私を孤児にして逝《い》ってしまったので、不憫《ふびん》に思って引きとってくれたニコライ・セルゲーイッチ・イフメーネフという小地主の家で私は育った。イフメーネフにはナターシャという一人娘があり、この子は私よりも三つ年下だった。私たちは実の兄と妹のようにして育てられた。ああ、なつかしい幼年時代！　二十五にもなって幼年時代を愛惜し、死にぎわに幼年時代のみを喜びと感謝にあふれて思い起すとは、なんという愚かしさだろう！　あの頃の空には、たいそう明るい、ペテルブルグの太陽とは似ても似つかぬ太陽が輝き、私たちの小さな胸は生き生きと陽気に鼓動したのだった。あの頃、私たちのまわりにあったのは野原や森で、今のような死んだ石材の山ではなかった。ニコライ・セルゲーイッチが管理していたワシリエフスコエ村の庭園や公園は、なんとすばらしかったことだろう。その庭に私とナターシャはよく散歩に行った。庭のむこうには大きなじめじめした森があり、私たちはあるときその森で迷子《まいご》になった……。すばらしい黄金時代！　人生は初めて神秘的に、誘惑的に見え始め、人生を知ることは楽しくてたまらなかった。あの頃はどの茂みの陰にも、どの木陰にも、私たちの知らぬ神秘的な何者かが住んでいるようだった。お伽話《とぎばなし》の世界は現実世界と溶け合っていた。そして深い谷間に夕靄《ゆうもや》が立ちこめ、その靄が、もつれあった白髪のように、私たちの広い谷間の岩だらけの縁に貼《は》りついている灌木《かんぼく》の林にからみつくとき、私とナターシャは手を取り合ってその縁に立ち、こわさ半分、好奇心半分で深みを覗《のぞ》きこみ、今にもだれかがこちらへやって来はしないか、それとも谷底の霧の中からだれかが声をかけて、ばあやのお伽話が現実になり、理にかなった真実となるのではあるまいかと、待ち受けたのである。あるとき、それはだいぶあとのことだが、私は『児童読物』を手に入れたときの思い出話をナターシャにしたのだった。本を手に入れると私たちはさっそく庭の池へむかって駆け出した。こんもり茂った楓《かえで》の老木の下に私たちの大好きな緑色のベンチがあり、私たちはそこに腰を下ろして『アルフォンスとダリンダ』という魅力的な物語を読み始めた。現在でも私は何やら不思議な胸のときめきを感じずにはその物語を思い出すことができない。一年前、ナターシャに「この物語の主人公アルフォンスはポルトガルに生れ、その父ドン・ラミールは……」という最初の二行を暗誦《あんしょう》してやったときにも、私はあやうく泣き出しそうになった。それがひどく間抜けて見えたためだろう、ナターシャは私の感激ぶりに奇妙な笑顔《えがお》を見せたのだった。けれどもすぐはっとして（私はその様子をよく覚えている）私を慰めようと自分から昔の思い出話を始めてくれた。そして話しつづけるうちに今度はナターシャのほうが感傷的になってしまった。それはまことにすばらしい晩だった。私たちは何から何まで思い出した。私が県庁所在地の寄宿舎に入れられたときのことも——ああ、そのときナターシャがどんなに泣いたことか！——そして私がワシリエフスコエ村に永遠の別れを告げた、あの私たちの最後の別離のことも。そのとき私はすでに寄宿舎を出て、大学受験のためにペテルブルグへ向けて出発したのだった。当時の私は十七で、ナターシャは十五だった。ナターシャに言わせると、その頃の私はひどく不恰好《ぶかっこう》で、背高のっぽで、私を見るたびに吹き出さずにはいられなかったそうだ。別れが迫ったとき、私はナターシャを脇《わき》の方へ引っ張って行き、何か重大なことを言おうとした。ところがなぜか舌がこわばって、なんにも言えなかった。私はおそろしく興奮していたと、ナターシャは思い出して言うのである。もちろん私たちの会話は成立しなかった。私は何を言ったものやら分らなかったし、むこうも私の言葉を冷静に聞いていられなかったに違いない。私はただおいおい泣き出し、結局何も言わずにそのまま立ち去った。それから永い年月が経《た》ち、ペテルブルグで私たちは再会したのである。それは一年前のことだった。老イフメーネフがこちらへ出て来たのは訴訟の一件のためで、私は当時ようやく文壇にデビューしたばかりだった。

第三章

ニコライ・セルゲーイッチ・イフメーネフは良家の出身だったが、その生家はとうの昔に零落していた。それでも両親が亡《な》くなったとき、イフメーネフには百五十人の農奴つきのりっぱな領地が残されたのである。二十歳の年に、彼は方々に手をまわして、うまく軽騎兵の部隊に入った。何もかもがとんとん拍子に進んだ。ところが軍隊生活六年目に、たった一晩で全財産をトランプですってしまうという不幸な事件が起った。彼は一晩中眠らなかった。翌晩、彼はふたたび賭場《とば》に現われ、一枚のトランプに自分の馬を――彼に残された最後のものを賭《か》けた。その札は彼の勝ちになり、つづいて第二の札も、第三の札も勝ち、半時間のうちに彼は自分の領地の村の一つ、イフメーネフカ村を取り戻した。当時の人口調査によれば、その村の農奴の数は五十人だった。彼はそこで勝負から下り、翌日、退官願を出した。つまり農奴百人分をふいにしたわけである。二カ月後、彼は中尉《ちゅうい》で退官し、自分の村へ帰った。そして一生のあいだ、この負けのことを決して口に出さなかった。彼は好人物ということで有名だったが、もしだれかがこの一件を口に出そうものなら、きっとその人物と喧嘩《けんか》になったと思う。村へ帰った彼は領地の経営に精を出し、三十五の年に貧しい貴族の娘であったアンナ・アンドレーエヴナ・シユミーロワと結婚した。アンナ・アンドレーエヴナは持参金は全然なかったが、県の貴族女学校で亡命者のモン・レヴェシュ夫人の教育を受けており、そのことを一生のあいだ自慢の種にしていたが、その教育が果してどんな内容のものであったのかはだれにも全く見当がつかないのだった。ニコライ・セルゲーイッチは優秀な地主になり、近隣の地主たちが経営を教わりに来るほどになった。数年が経過し、隣の領地、農奴九百人のワシリエフスコエ村に、とつぜんペテルブルグからピョートル・アレクサンドロヴィチ・ワルコフスキー公爵《こうしゃく》という地主がやって来た。この男の到着は付近一帯にかなり強い印象を与えた。公爵は青年というほどでもないがまだ若い男で、低からぬ官等と歴《れっ》とした贔屓《ひき》をもち、美男で、財産家で、しかも男やもめで、この最後の点に郡全体の夫人や令嬢たちは殊《こと》のほか興味を抱《いだ》いたのである。何か親戚《しんせき》関係だという県知事が県庁所在地の町で公爵のために催した華《はな》やかな歓迎会のこととか、県じゅうの夫人たちが「彼の慇懃《いんぎん》さにのぼせあがった」とかいう噂《うわさ》がしきりに語られた。要するに、この男はペテルブルグの上流社会の輝かしい代表者であり、地方にはあまり現われないが、ひとたび現われれば、必ず異常な反響を巻きおこす、といったたぐいの人物だったわけである。ところが実は、公爵は決して愛想のいい人物ではなく、とりわけ自分に必要のない人間や、少しでも目下の者にたいしては冷たかった。そして領地つづきの隣人たちとは交際する必要がないと判断したらしく、その点で大勢の敵を作ってしまった。だからこの公爵がとつぜん思い立ってニコライ・セルゲーイッチを訪問したときには、だれもがびっくり仰天したのである。もっともニコライ・セルゲーイッチは公爵の最も近い隣人の一人だったが。イフメーネフ家に現われた公爵は強い印象を与えた。夫妻はどちらもたちまちこの男の魅力のとりこになり、殊にアンナ・アンドレーエヴナは有頂天になった。しばらくすると公爵はこの家に遠慮なく出入りするようになり、毎日のように訪問したり、イフメーネフ夫妻を自宅へ呼んだりして、そのたびに洒落《しやれ》を言い、笑い話を聞かせ、イフメーネフ家のぼろピアノを弾《ひ》き、歌を歌うのだった。これほど人なつこい愛すべき人間のことを近隣の人々はよくも傲慢《ごうまん》だとか、横柄《おうへい》だとか、がりがりのエゴイストだとか口を揃《そろ》えて言ったものだと、イフメーネフ夫妻は不思議に思わざるをえなかった。きっと公爵はニコライ・セルゲーイッチが、この単純で率直で無欲で品のよい人物が気に入ったのだろうとしか解釈はつかなかった。けれども、まもなくいっさいの事情は明らかになった。公爵がワシリエフスコエ村にやって来たのは、自分の領地の管理人だった放《ほう》蕩者《とうもの》のドイツ人を追い出すためだったのである。それは功名心に燃えた農業技師で、品のよい白髪と、眼鏡と、鉤鼻《かぎばな》のもちぬしだったが、それらの利点にもかかわらず、検査がなかったのをいいことにして恥知らずなやり方で収入をごまかし、それればかりか何人かの百姓を苛《いじ》めたのだった。結局このイワン・カルロヴィチは悪の現場を抑《おさ》えられ、逆に開き直ってドイツ人の誠意とやらを大いに弁じ立てたが、その甲斐《かい》もなく、いくつかの醜聞さえも残して追い出された。公爵には新しい管理人が必要になり、ニコライ・セルゲーイッチに白羽の矢が立てられたというわけである。イフメーネフならば優秀な経営者であり、しかもこの上なしの正直者であることには疑いをさしはさむ余地がなかった。どうやら公爵は、ニコライ・セルゲーイッチのほうから管理人に立候補するのを望んでいたようだが、そんなふうにはならず、公爵はある日のこと、この上なく友情にあふれた丁重な依頼というかたちで、自分のほうからこの申し入れを行なった。イフメーネフは初め辞退したが、多額の俸給がアンナ・アンドレーエヴナの心を動かし、しかも相手がいっそう慇懃な態度に出たので、さまざまな迷いは雲散霧消した。こうして公爵は目的を達したのである。人を見る目にかけては大したものだったと言わねばなるまい。イフメーネフ夫妻と知り合ってからの僅《わず》かの期間に、公爵は相手の人柄を完全に見抜き、イフメーネフのような人物は心からの友情によって魅了しなければならないこと、何よりもまずイフメーネフの心を自分に惹《ひ》きつけること、それでなければ金だけでは効果が上がらないことを呑《の》みこんだのだった。公爵にしてみれば、もう二度とワシリエフスコエ村へ来なくてもすむような、盲目的かつ永久に信頼できるような管理人が必要だったのであり、事実彼はもう二度とここへ来ないつもりだったのである。公爵がイフメーネフに与えた魅力的な印象はまことに強烈だったから、イフメーネフは心底から公爵の友情を信じてしまった。ニコライ・セルゲーイッチは無類にお人よしで無邪気なほどロマンチックな人々の中の一人であり、こういう人たちはたとえどう批判されようともわがロシアでは好ましき人間の部類に属すると言わねばなるまい。こうした人たちは、ひとたびだれかを愛すると（時には愛する理由さえ分らずに）自分の全身全霊をその相手に捧《ささ》げ、滑稽《こっけい》なまでに愛着の心を押しひろげていくのである。

それから長い年月が過ぎ去った。公爵の領地は繁栄した。ワシリエフスコエ村の領主とその管理人との間の交渉は、両者にとって少しの不愉快な事柄をも伴わずに行われ、無味乾燥な事務書簡の往復に限られていた。公爵はニコライ・セルゲーイッチの処置に少しも干渉せず、時たま自分の意見を述べるだけだったが、その意見はイフメーネフがびっくりするほど実際的で、事業の才に富んでいるのだった。明らかに公爵は余分の浪費を好まぬのみか、利殖の巧みな男だったのである。ワシリエフスコエ村を訪れてから五年ほど経《た》ったとき、公爵はニコライ・セルゲーイッチに同じ県内の農奴四百人というりっぱな領地を買い入れる委任状を送ってきた。ニコライ・セルゲーイッチは有頂天だった。公爵の成功や、その昇進の噂を、彼はまるで実の弟の幸運のように喜ぶのだった。だがイフメーネフの喜びが絶頂に達したのは、公爵がふとした機会にその並々ならぬ信頼の情を具体的に示したときである。それというのは……いや、ここでまず、ある意味ではこの物語の主要人物の一人であるこのワルコフスキー公爵の来歴について、いくつかの事実を詳しく述べておくことが必要であろう。

第四章

すでに述べたように、公爵《こうしゃく》は男やもめであった。ごく若い頃に一度結婚したことがあったが、それは金のための結婚だった。モスクワで完全に破産した両親からは、ほとんど一文も貰《もら》えなかったのである。ワシリエフスコエ村は二重三重に抵当に入り、彼が背負った借金は莫大《ばくだい》なものだった。当時モスクワでどこかの役所へ勤めることを余儀なくされた二十二歳の公爵には、一コペイカの金も残っておらず、公爵はいわゆる「名門も裔《すえ》は哀れや素寒貧《すかんぴん》」という状態で人生の第一歩を踏み出したのだった。販売請負人か何かの薹《とう》が立った娘との結婚が彼を救った。販売請負人はもちろん持参金のことでは公爵を欺《だま》したが、それでも公爵は新妻の金で先祖伝来の領地を買い戻し、立ち直ることができた。公爵と結婚した商人の娘は、読み書きもろくにできず、口下手《くちべた》で、縹緻《きりょう》もわるかったが、ただ一つだけ、善良にして従順という大きな長所をそなえていた。公爵はこの長所を十二分に利用した。すなわち結婚一年目に、すでに男の子を生んでいた細君をモスクワに住む販売請負人の父親の許《もと》に残して、自分は××県へさっさと転勤してしまったのである。転勤先では、ペテルブルグの有名人だったある親戚《しんせき》の世話で、かなりの顕職につくことができた。公爵の心は栄誉、昇進、出世に渇《う》えていたのであり、こんな女房をかかえていてはペテルブルグやモスクワでは芽が出ないと判断をつけ、それよりはましだろうというわけで、まず地方から出世コースの第一歩を踏み出そうと決心したのだった。噂《うわさ》によれば、細君と一緒に暮し始めてから一年経《た》たぬうちに、公爵は粗暴な仕打ちによって細君をあやうく責め殺すところだったという。この噂を聞くとニコライ・セルゲーイッチはいつも激昂《げっこう》して、公爵はそんな卑《いや》しい行為のできる人ではないと、むきになって公爵の弁護をするのだった。しかし七年ほど経つと公爵夫人はとうとう死んでしまい、やもめになった公爵は時を移さずペテルブルグへ出て来た。ペテルブルグで公爵は世間にかなり強い印象を与えた。まだ年は若く、美男で、財産はあり、疑う余地のない機知や、よい趣味や、測り知れぬ朗らかさなど、さまざまな輝かしい資質に恵まれた公爵は、幸運や庇護《ひご》を求める青年としてではなく、充分に一人立ちした男として姿を現わしたのである。実際、彼に何かしら魅力的で、威圧的で、強いところがあることは、だれもが認めていた。女たちにも公爵は大もてで、ある社交界の美女との関係は、醜聞めいた名声を彼にもたらしたのだった。公爵はもともと吝嗇《りんしょく》に近いほど勘定高い性質だったが、にもかかわらず惜しげなく金を撒《ま》き散らし、然《しか》るべき相手にはトランプでも負けてやり、負けが莫大な金額に達しても眉《まゆ》一つ動かさなかった。だが公爵がペテルブルグへ出て来たのは遊びのためではなかった。決定的に出世の道へ踏み出し、栄達を確実なものにしなければならない。公爵はその目的を達した。もしも彼がありきたりの手づるを求める青年として現われたのなら、おそらくは見向きもしなかったに違いない親戚筋の名士、ナインスキー伯爵《はくしゃく》が、社交界での公爵の成功に驚いて、この男ならば特に目をかけてやってもいいし、そうしても世間体がわるくはあるまいと考えた結果、七歳になっていた公爵の息子《むすこ》を自邸に引き取り養育してくれることになったのである。公爵がワシリエフスコエ村を訪《たず》ね、イフメーネフ家と近づきになったのは、ちょうどこの頃のことであった。まもなく、伯爵を通じて重要な在外公館の一つにりっぱな地位を得た公爵は、外国へ旅立った。以後の公爵の噂は若干かんばしくなくなる。人の話では何か不愉快な事件が外国で公爵の身に起ったというのだが、それが具体的にどんなことだったのかはだれにもはっきり説明できなかった。ただ一つだけ分っているのは公爵が四百人の農奴を買い足したということで、これについてはすでに書いた。それから何年も経って、高い官等を得た彼は外国から帰り、さっそくペテルブルグで重要な地位についた。そして二度目の結婚をし、なんとかいう有名な金持の勢力家と親戚関係になったという噂が、イフメーネフカ村にまで伝わってきた。「いよいよおえら方の仲間入りだな！」と満足そうに手を揉《も》みながら、ニコライ・セルゲーイッチは言ったものである。その頃、私はペテルブルグの大学にいたけれども、イフメーネフがわざわざ手紙をよこして、公爵が結婚したという噂は本当かどうか調べてくれと頼んできたのを記憶している。イフメーネフは公爵にも手紙を書き、私のことをよろしく頼むと言ってくれたのだった。ところが公爵はその手紙には返事も書かなかった。私が調べてみて分ったのはただ、初め伯爵の家で養育され、のちに貴族学校《リツェイ》に学んだ公爵の息子が、ちょうどその頃十九歳でぶじ大学を卒業したということだけだった。そのことをイフメーネフに手紙で知らせてやったとき、公爵が息子を溺愛《できあい》していて、今から将来のことをあれこれ考えているらしいということも、私は書き添えた。こういう情報を私はすべて公爵二世の知り合いの学生仲間から仕入れたのだった。折も折、ニコライ・セルゲーイッチはある日のこと公爵から一通の手紙を受けとり、仰天してしまった……

すでに述べたとおり、公爵はそれまではニコライ・セルゲーイッチとの交渉を無味乾燥な事務書簡の往復に限っていたのだが、この手紙では微に入り細に入る率直かつ親密な態度で、自分の家庭の事情を書いていたのである。つまり公爵は自分の息子のことを訴えて、息子の不行跡に心を痛めていると書いてきたのだった。もちろん、こんな子供のいたずらを大まじめにとりあげる必要はないのだろうが（公爵は明らかに息子を擁護しようとしていた）、それにしても息子に罰を加え、多少おどしてやろうと公爵は決心した。すなわち、しばらくのあいだ田舎《いなか》へやってイフメーネフの監督下に置くことにするという。「この上なく善良かつ高潔なるニコライ・セルゲーイッチを、とりわけアンナ・アンドレーエヴナを」全面的に信頼しているから、どうか軽薄な若者を二人の家庭に迎え入れ、静かな環境の中で理性的な考え方を教えこみ、できることなら可愛《かわい》がってやってもらいたい、とにかく肝心なのは息子の軽はずみな性質を矯正《きょうせい》し、「人間生活に欠くべからざる有益で厳格な規律というもの」を吹きこんでやってもらいたいと、公爵は頼んでいた。老イフメーネフが夢中になってその仕事にとりかかったことはもちろんである。いよいよ公爵二世が現われた。夫妻はわが子のように若者を迎えた。そしてまもなくニコライ・セルゲーイッチは娘のナターシャへの愛に劣らぬほどの熱烈な愛情をこの若者に注ぐようになった。のちに父親の公爵とイフメーネフの間が完全に決裂してしまってからも、老人はときどき楽しそうにアリョーシャの——アレクセイ・ペトローヴィチ公爵のことをイフメーネフはこう呼びならわしていた——思い出話をするのだった。事実、アリョーシャは非常に可愛らしい少年だったのである。美しい顔立ちで、女のように弱々しく神経質だが、同時に陽気で気立てがよく、どんな高貴な感覚にたいしても開かれた心をもち、愛情と誠実と感謝にあふれていたこの若者は、イフメーネフ家の寵児《ちょうじ》になったのだった。しかし十九という年齢のわりにはまだ全くの赤ん坊で、この子を可愛がっていたはずの父親がどうして田舎へ追いやったりしたのか、その点は不可解だったが、噂によれば若者はペテルブルグでうわついた無為の生活を送り、就職もしたがらず、それが父親の悩みの種になったのだという。ニコライ・セルゲーイッチはアリョーシャにその点をたずねてみようとはしなかった。ピョートル・アレクサンドロヴィチ公爵はその手紙の中で息子の放逐の原因については明らかに沈黙を守っていたからである。もっともアリョーシャに何か赦《ゆる》しがたい軽率な振舞いがあったということ、たとえばある夫人との関係とか、だれかに決闘を挑《いど》んだとか、トランプで途方もない大金をすってしまったとか、終《しま》いにはだれか他人の金を費《つか》いこんだらしいとか、いろいろな噂が伝わってきた。また公爵が息子を遠ざけたのは決して息子の落度のためではなく、何か特別にエゴイスティックな考えの結果なのだという噂もあった。ニコライ・セルゲーイッチはその噂を憤然と否定した。アリョーシャは幼年時代と少年時代を通じてずっと知らなかった自分の父親を非常に愛していたのだから、なおさらのことである。若者は父親のこととなると夢中になっておもしろそうに喋《しゃべ》るのだった。父親の影響を強く受けていたことは一目瞭然《りょうぜん》である。ときどきアリョーシャは、ある伯爵夫人の話をした。その女性にはアリョーシャとその父親が同時に言い寄ったのだが、結局アリョーシャが勝利を収め、父親はそのことでひどく腹を立てたのだという。この話をするときのアリョーシャはいつも上機嫌《じょうきげん》で、よく響く笑い声を立てながら幼児のように率直だったが、ニコライ・セルゲーイッチはすぐさま若者を制止したのだった。父親が結婚したがっているという噂についても、アリョーシャはそれが事実だと言ったのである。一定の間隔をおいて恭《うやうや》しい分別くさい手紙を父親にあてて書きつづけながら、一年近く追放生活を送っているうちに、若者はすっかりワシリエフスコエ村に馴《な》れ、その夏、父親の公爵がみずから田舎へやって来たときには（この訪問は手紙でイフメーネフ家に予告された）この流刑者《るけいしゃ》は自分から進んで、田舎の生活こそ自分の真の使命であると力説し、できるだけ永いことワシリエフスコエ村に置いていただきたいと父親に頼み始めた。こういうアリョーシャの決意やのぼせあがりぶりは、すべてこの若者の異常なまでに神経質な感受性や、熱っぽい心情や、時としては無意味に近い軽率さに、そしてまたさまざまな外界の影響を極端に受けやすい性質や、おのれの意志の完全な欠如などに由来するのだった。だが公爵のほうは妙にうさんくさそうに息子の願いを聞いていた……。ニコライ・セルゲーイッチもまた、これがかつての「親友」だろうかと呆気《あっけ》にとられた。ピョートル・アレクサンドロヴィチ公爵は極端に変貌《へんぼう》していたのである。ニコライ・セルゲーイッチにたいしてことさらに難癖をつけるようになり、領地の会計監査のときにも何か忌《いま》わしい貪欲《どんよく》さと、吝嗇と、不可解な猜疑心《さいぎしん》を示した。それは善良なイフメーネフをひどく悲しませ、老人はしばらくのあいだ自分で自分が信じられなかったほどである。十四年前に初めてワシリエフスコエ村を訪れたときと比べると、何もかもがすっかりあべこべだった。つまり今回は、公爵は近隣の地主たちと、いうまでもなく重立《おもだ》った連中とだけであるが、あらためて近づきになった。ところがニコライ・セルゲーイッチのところへは一度も訪問せず、まるで使用人のようにこの老人をあしらったのだった。だしぬけに不可解な出来事が起った。さしたる理由もなしに公爵とニコライ・セルゲーイッチとの間に激しい不和が生れたのである。両者は激烈な侮辱の言葉を吐いた。イフメーネフは憤然とワシリエフスコエ村から去ったが、事件はこれで終りにはならなかった。近隣一帯にとつぜんいやらしい噂がひろまった。すなわち、ニコライ・セルゲーイッチは若い公爵二世の性質を見抜いて、そのあらゆる欠点をうまく利用しようともくろみ、娘のナターシャ（当時もう十七になっていた）はまんまとこの二十歳の青年の心を摑《つか》むことに成功し、そして父親や母親はいっこうに気がつかないふりをしながら、ひそかにこの色事をけしかけたというのである。そして狡猾《こうかつ》で「ふしだらな」ナターシャは完全に若者をたらしこみ、さまざまな策を弄《ろう》して、隣近所の地主のまともな家庭に大勢いる年ごろのまじめな令嬢たちに一度も若い公爵を紹介しなかったのだという。そしてまた、二人の恋人は実はワシリエフスコエ村から十五露里離れたグリゴーリエヴォ村で、どうやらナターシャの両親には内緒で結婚式を挙《あ》げる約束をしたらしいとか、あるいは両親は事の次第を細大洩《も》らさず知っていて、忌わしい知恵を授けては娘を操《あやつ》っているとか、まことしやかに言う者もあった。要するに、とても一冊の本には収めきれないほどのことを、お喋り好きな田舎の男ども女どもはこの事件について喋りちらしたのだった。だが何よりも驚くべきことは、公爵《こうしゃく》がこれをすっかり信じこみ、ペテルブルグの自宅へ田舎から送られて来た匿名《とくめい》の密告状とやらを読んで、それだけの理由でわざわざワシリエフスコエ村へやって来たことである。もちろん少しでもニコライ・セルゲーイッチを知っている者なら、こういうイフメーネフに浴びせられた非難弾劾《だんがい》の一言だって信じるはずはないと思われた。ところが、よくあることだが、だれもが騒ぎ立て、喋りまくり、注釈し、首をかしげ……とどのつまりは取り返しがつかぬまでにイフメーネフを弾劾してしまったのである。イフメーネフは誇り高い人だったから、こうしたお喋り連中にたいしては決して娘の弁護をせず、アンナ・アンドレーエヴナにも、たとえどんなことであろうと近所の人たちに釈明めいたことを言ってはいけないと固く申し渡した。こんなにもひどい中傷を受けたナターシャ本人は、それから一年経った頃もまだこれらの悪口や噂をほとんど何一つ知らなかった。つまり両親がひどく気をつかってこの一件を隠したからであり、ナターシャはその結果まるで十二歳の少女のように明るく無邪気だったのである。

そうこうするうちに争いは先へ先へと進んで行った。おせっかいな人たちはぼんやりしていなかった。密告者や目撃者がつぎつぎと現われ、ニコライ・セルゲーイッチの長年にわたるワシリエフスコエ村の管理が清廉潔白《せいれんけっぱく》どころではなかったということを、決定的に公爵に信じこませた。それればかりか、三年前に森を売ったとき、ニコライ・セルゲーイッチは銀貨で一万二千という金を自分のふところに入れたのであり、これについては明白この上ない法的証拠を法廷に提出できるし、なおまた、この森の売却についてイフメーネフは公爵から正式の委任を受けておらず、自分の一存で行動したのであって、後になって公爵に売却の必要を納得させ、森を売った金として実際に受けとった金額とは比較にならぬほどの少額を提出したのだという。もちろん、こういう話がすべて全くの中傷にすぎなかったことは、あとで判明したのだけれども、公爵はすべてを信じこみ、公衆の面前でニコライ・セルゲーイッチを泥棒呼ばわりした。イフメーネフも忍耐の緒が切れて、同じ程度に激しい侮辱の言葉を返した。恐ろしい一幕が演じられた。ただちに訴訟が始まった。若干の書類が揃《そろ》わなかったのと、何よりも肝心な後楯《うしろだて》になってくれる人物をもたず、こうした訴訟の進行に経験が乏しかったために、ニコライ・セルゲーイッチはみるみる旗色が悪くなり始めた。彼の領地は差し押えられた。苛立《いらだ》った老人はすべてを抛《なげう》ち、自らこの一件の奔走のためにペテルブルグへ出ることに決め、田舎には自分のかわりに経験に富んだ代理人を置いた。公爵はまもなく、自分がイフメーネフを侮辱したのがいわれのないことだったと分りかけたらしい。だが双方から加え合った侮辱はあまりにも激しかったから、和解を口に出すことなど論外といった状態であり、苛立った公爵は全力をあげて事件を自分に有利にもっていこうとした。言い換えれば、自分のかつての管理人から最後のパンの一片を奪い取ろうとしたのである。

第五章

こうしてイフメーネフ一家はペテルブルグへ引越して来た。ナターシャとの久々の対面の模様を描写することは控えよう。その四年間、私は片時もナターシャを忘れたことはなかった。ナターシャを想《おも》うときの感情の動きを、私はもちろん自分ではあまり意識していなかったのだけれども、再会したとき、このひとこそは私にとって運命の女性であることを、ただちに悟ったのだった。イフメーネフ家が移って来て最初の数日は、なんだかナターシャはこの数年間に成長せず、顔かたちも全然変らず、別れる前と同じ少女のままであるような気がしてならなかった。だがその後、私は毎日のように何かしら新しいものを、それまで私の全然知らなかったもの、まるで私の目からわざと隠され、少女がわざと私に隠していたようなものをナターシャに発見し——その一種の謎《なぞ》解きはなんという快楽だったことだろうか！　老人はペテルブルグへ出て来た当初は、苛立《いらだ》たしげで怒りっぽかった。訴訟の運びは思わしくなかったのである。老人は憤慨したり、興奮したり、訴訟の書類をいじりまわしたりで、私たちを構うどころではなかった。一方、アンナ・アンドレーエヴナはまるで途方に暮れた恰好《かっこう》で、初めのうちは考えをまとめることすらできなかった。ペテルブルグという都会に肝をつぶしたのだろう。溜息《ためいき》をついたり、やたらにこわがったり、昔のイフメーネフカ村の暮しを思い出して泣いたり、ナターシャは年頃なのにだれも親身になって心配してくれる人がいないと愚痴をこぼしたりするのだった。そしてほかに信頼できる相手がいないからなのか、私をつかまえては呆《あき》れるほどざっくばらんに打明け話をするのだった。

ちょうどその頃、イフメーネフ一家が引越して来る直前に、私は最初の長篇小説を完成した。これは私の出世作となった作品だが、なにしろ駆出しの頃のことなので、初めはどこへ持って行ったものやら見当もつかなかった。イフメーネフの家でも、これについてはなんにも喋《しゃべ》らなかった。私がのらくらしている、つまり勤めをせず、勤め口を探《さが》そうともしないと言って、イフメーネフ家の人たちは私と諍《いさか》いをしかねまじき勢いだったからである。老人は手きびしく私を非難し、癇癪《かんしやく》まで起したが、それはもちろん私を思う親心ゆえのことだった。私は自分のしていることを話すのがただもう恥ずかしかった。まさか、勤めはしたくない、小説を書きたいと、あからさまに言うわけにもいかないので、適当な時機が来るまでイフメーネフ家の人々は欺《だま》しておこうと決心し、なかなか就職できないで困っているが一生懸命探していますから、と言いわけをした。どうせ私の言葉の真偽を確かめる暇は老人にはなかったのだから。今でも覚えているが、ある日私たちのやりとりを耳にしたナターシャはそっと私を脇《わき》へ呼び、どうか自分の将来のことをまじめに考えてほしいと涙ながらに頼み、本当は何をしているのかと根掘り葉掘り詰問《きつもん》したのだった。それでも私が秘密を打ち明けないので、ナターシャは私に、のらくら者になって身を滅ぼすことはいたしませんと誓いを立てさせたものである。だが、自分の仕事を打ち明けはしなかったものの、もしもナターシャが私の労作について、この処女長篇について一言でも誉《ほ》めことばをかけてくれたなら、後日の批評家やファン連中の歯の浮くような評言など一つ残らず投げ棄《す》てても構わない、と思ったのを記憶している。さて、ようやく私の小説は出版された。それが出版されるずっと前から、文壇には騒ぎがもちあがっていた。Bは私の原稿を読むと子供のように喜んだ。そう！　もしも私にかつて幸福な時代があったとするならば、それは初めての成功の陶酔の瞬間ではなくて、まだだれにも原稿を読んで聞かせもしなければ見せもしなかったあの頃である。

長い夜《よ》な夜《よ》な、喜ばしい希望と夢と、仕事にたいする熱烈な愛に浸っていたあの頃である。私は自分の空想や、自分が創《つく》り出した人物たちと、まるで現存する血のつながった人間のように馴《な》れ親しんでいた。私はそれらの人物たちを愛し、彼らと喜びや悲しみを共にし、時には私の質朴な主人公のために心からの清い涙を流したのだった。そして老夫婦が私の成功をどれほど喜んでくれたかは筆舌《ひつぜつ》につくしがたい。だが初めのうちは二人とも呆気《あっけ》にとられていた。それほどこのことは二人を驚かしたのである！　たとえばアンナ・アンドレーエヴナは、この世間にもてはやされている新進作家が、ほかならぬこのワーニャだとはどうしても信じられず、ともすれば小首をかしげるのだった。老人はなかなか頑固《がんこ》で、世間の噂《うわさ》を初めて聞いたときは仰天したらしく、官吏としての出世の望みが絶えたとか、文士連中は概して身持がわるいとか言い始めた。だが、ひっきりなしに伝わってくる新しい噂や、雑誌に出た広告や、それから終《しま》いには自分が神様のように信じていた人たちの口から聞いた私への褒《ほ》めことばが、老人の意見を決定的に変化させた。そして私が金を持っているのをとつぜんおのれの目で確かめ、文学の仕事がどれほどの報酬をもたらすものかを知ると、わずかに残っていた疑惑も消えてしまった。疑惑から喜ばしい信仰への移り変りが早いイフメーネフは、まるで子供のように私の幸運を喜び、今度は急にきわめて勝手な希望や、私の将来についての目もくらむような空想へと走るのだった。毎日のように老人は私の出世のための計画を思いついたが、それはまことにもうありとあらゆる計画だったのである！　そして老人は何かしら一風変った、今までにはなかった尊敬の念を私に示すようになった。だがそれでも、喜びに満ちた空想の合間に、しばしば疑惑の念にふたたび捉《とら》えられ、なんだか支離滅裂になってしまったことがあるのを、私は記憶している。

『文士、詩人か！　どうも妙だな……。一体詩人が世に出たことが、官等を授かったことがあるか。やっぱり三文文士なんて頼りにならん連中じゃないか！』

こういう疑惑や、くすぐったい疑問が最もしばしば起るのは黄昏《たそがれ》どきであることに私は気づいていた。（こうした細かいことを、あの黄金時代のあらゆる些《さ》細事《さいじ》を、私は実によく覚えている！）黄昏どきになると、この老人は必ずなんとなく神経質になり、感じやすく疑い深くなるのだった。私とナターシャはすでにそのことを知っていたから、いつも笑ってあしらったものである。スマローコフ（訳注　十八世紀ロシアの詩人・劇作家）が将軍の位を貰《もら》ったことや、ジェルジャーヴィン（訳注　十八世紀末ロシアの詩人。プーシキン以前の最大の詩人といわれる）が金貨のつまった煙草《たばこ》入れを贈られたことや、ロモノーソフ（訳注　十八世紀ロシアの科学者・詩人・文法学者。ロシア文学の父といわれる）を女帝おんみずからが訪問されたエピソードなどを持ち出して、私は老人の話に相槌《あいづち》を打った。プーシキンやゴーゴリの話もして聞かせた。

「知ってるよ、お前、ちゃんと知ってる」と老人は答えたが、たぶんこんな話は生れて初めて聞いたに違いなかった。「ふむ！　とにかく、ワーニャ、お前の書いたものが詩でなくてよかった。詩というものは下らんものだ。いや、なんにも言わずに年寄りの言うことを信用しなさい。お前の為《ため》を思って言ってるんだから。実に下らんものだ、ただの暇つぶしだ！　詩なんて中学生の書くものだ。詩なんか書いていると、いずれは気違い病院行きさ……。そりゃあプーシキンは偉大だろう、そりゃそうだ！　しかしやっぱり詩だからな、それ以上のものではない。はかないもんだ……。もっともわしはプーシキンをあまりよく読んでおらんが……。散文なら話は別だ！　散文でなら文士は人を教えることができる。たとえば祖国愛とか、その、なんだ、善とかだな……そう！　うまくは言えないが、分るだろう。お前を愛すればこそ言うのだから。まあ、ともかく、読んでおくれ！」と、いよいよ私が本を持って行ったとき、老人はいくぶん保護者めいた態度で言葉を結んだ。お茶のあと、私たちは丸テーブルを囲んで腰をおろしたのだった。「さあ、一体どんなことを書き散らしたのか、ひとつ読んで聞かせてもらおう。お前のことじゃみんな大騒ぎだからな！　まあ、謹聴、謹聴！」

私は本を開き、読む支度《したく》を整えた。その晩、私の小説は刷り上がったばかりで、一冊だけようやく手に入れた私は、自分の作品を読んで聞かせようとイフメーネフ家に駆けつけたのだった。

原稿が出版元へ渡っていたために、もっと早く生原稿を読んで聞かせることができなかったのを、私はどんなに悲しみ、腹立たしく思ったことだろう！　ナターシャなどは苛立たしさに涙を流し、私に食ってかかって、赤の他人がナターシャよりも先に私の小説を読むことを責めたのだった……。しかし今ようやく私たちはテーブルにむかってい た。老人は異様にまじめな、批判的な顔をつくっていた。「あくまでも自分自身に納得のいくような」厳《きび》しい判断を下したかったのだろう。老婦人もまた恐ろしくまじめくさった顔つきだった。なにしろこの朗読のために新しい室内帽をかぶろうとしたくらいだから。可愛《かわい》い娘のナターシャを私が限りない愛のまなざしで眺《なが》めていること、そしてナターシャと話すとき私は息がとまりそうになり目の前がぼうっとなってしまうこと、ナターシャもまた思いなしか昔よりも晴れ晴れとした目つきで私を見ていることに、この老婦人はだいぶ前から気づいていたのである。そう！ ついにその時が来たのだ、成功と、黄金色《きんいろ》の希望と、満ち足りた幸福の時が、何もかも一緒に、いちどきに訪れたのだ！ そしてまた老人が妙に私を褒《ほ》め始め、私とナターシャとを何か特別の目で眺めていることにも、老婦人は気がついて……愕然《がくぜん》とした。なぜといって、私は伯爵《はくしゃく》でもなければ公爵でもなく、お城の王子様でもない。そんな高望みはしないとしても、法科出身の六等官か何かの、勲章を持った若い美男子ではない！ アンナ・アンドレーエヴナは中途半端《ちゅうとはんぱ》が嫌《きら》いなたちだった。

『みんな褒めてはいるけれど』――と老婦人は私のことを考えた――『どういうわけで褒めるのかはさっぱり分りゃしない。文士、詩人だなんて……。だいたい文士なんて何者でもないじゃないの』

第六章

　私は自分の小説を一気に読み通した。お茶のあと、すぐに始めて、夜中の二時まで私たちは坐《すわ》りつづけたのである。老人は初めのうちは眉《まゆ》をひそめていた。何か手がとどかぬほど高遠なもの、たとえ自分にはよく理解できなくてもとにかく高遠なものを期待していたのに、現われ出たのは、わかりきった日常茶飯事《さはんじ》――私たちのまわりで普通に行われていることと寸分たがわぬものだったのだ。そして主人公が偉大な人物、あるいはおもしろい人物、ロスラヴリョフとかユーリー・ミロスラフスキー（訳注　どちらも十九世紀の歴史小説家ザゴースキンの作中人物）のような歴史上の人物ならまだしも、出て来るのは制服のボタンがちぎれているような小役人、打ちひしがれた、間抜けな男なのである。しかもそれが私たちの日常使っているのと少しの変りもない単純な言葉で描かれている……。実に奇妙だ！　老婦人は不審そうにニコライ・セルゲーイッチにときどき視線を走らせ、まるで何かに侮辱されたように、いくらか腹立たしげだった。『ほんとに、こんな馬鹿《ばか》げたことを本にしたり、読んで聞かせたりすることがありますかね、しかもこんなものにお金を払うなんて』――老婦人の顔にはそう書いてあるようだった。ナターシャは全身注意の塊《かたまり》になり、むさぼるように耳を傾け、私から目をそらさず、私が一語一語を発音するたびに唇《くちびる》をじっと見つめて、自分の可愛《かわい》い唇をひくひくと動かすのだった。そしてどうだろう。私が半分も読み進まぬうちに、聞き手全員の目から涙がこぼれたのである。アンナ・アンドレーエヴナは私の主人公に心底から同情して涙を流し、その嘆声から判断すれば、私の主人公の不幸を救うために何かしてやりたいと無邪気にも願っているらしかった。老人はすでに高遠なものへの期待など投げ棄《す》てていた。『初めから分っていたんだ。若い者に高望みは無理だとな。まあ、なんというか、ありきたりの物語だね。そのかわり琴線《きんせん》に触れるものはある』――と老人の表情は語っていた――『身のまわりで起っていることがだんだん分ってくるし、忘れられなくなる。どんなに打ちのめされた屑《くず》のような人間でも、やはり人間であり、私の兄弟だということが、はっきり分ってくる！』ナターシャは聞きながら泣きつづけ、ひそかにテーブルの下の私の片手を固く握りしめていた。朗読は終った。ナターシャは立ちあがった。その頬《ほお》は真《ま》っ赤《か》に燃え、目には涙が浮んでいた。とつぜんナターシャは私の手を摑《つか》むと、その手に接吻《せっぷん》し、部屋から走り出て行った。父親と母親は顔を見合せた。

「ふむ！　だいぶ興奮したようだな」と老人は娘の振舞いに驚いて言った。「しかし、なんでもない、結構、結構なことだ、りっぱな感激の表現だ！　ナターシャはまじめな子だ……」と、ナターシャの行為を弁護しながら、まるで同時に私の行為までも弁護しようとするかのように、妻の顔をちらっと見ながら老人は呟《つぶや》いた。だがアンナ・アンドレーエヴナは、朗読の最中は自分でも興奮し感動していたくせに、今はこうとでも言いたげな様子だった。『もちろんマケドニアのアレクサンドル大王は英雄さ、しかし椅子《いす》をこわすって法があるか……』（訳注　ゴーゴリ『検察官』第一幕で、情熱的に歴史を講義する自由主義的な教師を非難して市長が言うセリフ）

ナターシャはまもなく明るく楽しそうな顔で戻って来て、通りすがりにこっそり私を抓《つね》った。老人はふたたび私の小説を「まじめに」批評しかけたが、喜びのあまり批評家の役を演じきれず、夢中で喋《しゃべ》りつづけるのだった。

「いや、ワーニャ、結構、結構！　楽しかった！　こんなに楽しませてもらえるとは思わなかった。高遠でも偉大でもないことは分ってるが……。たとえば私は『モスクワの解放』という本を持ってるが、これはなんでもモスクワで書かれたとかで――最初の一行目から、なんというか、つまりその、鷲《わし》となって天翔《あまが》けるというか……しかしお前の本はだな、ワーニャ、もっとやさしくて分りやすい。そう、分りやすい点が気に入ったよ！　なんとなく親しみやすいというか、まるで自分の身に起った出来事のようだ。ところが高遠なものといったら、書いてる本人もよく分らんのじゃないかな。もっともお前の文章は直してやりたいところがあった。いや、わしは褒《ほ》めてるんだよ、それにしても調子の高いところは少ないが……まあ、そんなことを言っても本になったんだからもう遅いな。再版のときにでも考え直すか。しかし再版はたぶん出るんだろうな。とすると、また金になるのか……ふむ！」

「でも本当にそんなたくさんお金が入ったの、イワン・ペトローヴィチ」と、アンナ・アンドレーエヴナが口を開いた。「こうしてあなたを見ていると信じられないわ。まったく近頃はとんでもないことにまでお金を出すようになったのねえ！」

「しかしな、ワーニャ」と老人はますます夢中になって言葉をつづけた。「こりゃあ勤めじゃないが、やはり出世の道だな。おえら方も読んでくれるわけだろう。お前が言ったとおり、ゴーゴリだって年金を貰《もら》って、外国へも行かせてもらったんだし。お前もそうなったらどうする。え？　まだ早いか？　まだあと何か書かなきゃならんのか？　だったら書きなさい、早く書きなさい！　わずかの成功に気を許しちゃいかん。何をためらうことがある？」

そう言う調子はいかにも確信に満ち、善意そのものだったので、とても話の腰を折ったり、老人の空想に水をかけたりする気にはなれなかった。

「それとも、煙草《たばこ》入れでも貰うことになるかな……。だってお上からの賜り物には決った型がないだろう。お褒めの型式はいろいろだ。ひょっとしたら宮廷に出入りできるようになるかもしれんぞ」と、老人は左目でウインクして、意味ありげな囁《ささや》き声で言った。

「それとも駄目か。まだ宮廷は早いか」

「まあ、宮廷だなんて！」と、アンナ・アンドレーエヴナはまるで気を悪くしたように言った。

「もう少ししたら、ぼくは将軍にでもしてもらえるんじゃありませんか」と、私は心底から気持よく笑って言った。

老人も笑い出した。その様子は限りなく満足そうだった。

「閣下、お食事はいかがでございますか」と夜食の支度をしていたナターシャが、いたずらっぽく叫んだ。

そして笑い出すと父親に駆け寄り、その燃えるような両手で固く抱きしめた。

「すてきよ、パパ、すてき！」

老人はいっぺんに感動した。

「よし、よし、分った、分った！　わしはただなんとなく言っただけだよ。将軍でもなんでもいいから、とにかく食事にしよう。お前も感じやすい子だね！」と、赤らんだナターシャの頬を軽く叩《たた》きながら老人は言い足した。これは折さえあれば老人が好んでするしぐさだった。「わしはな、ワーニャ、愛していればこそ言ったのだよ。まあ、将軍ではないにしても（将軍にまで出世するのはえらいことだよ！）文士といえば有名人だろう」

「パパ、今は作家って言うのよ」

「文士じゃいけないのか。そりゃ知らなかった。まあ作家でもいいさ。わしが言いたかったことはだね、小説を書いたからといって侍従にはなれない、そりゃ当り前だ。しかし出世はできる。たとえば大使館付きの何かにはなれる。保養のためとか、学問のためとかいうことで外国へ、イタリアかどこかへやってもらえるし、補助金も下りる。もちろん、お前としてはあくまでも高潔に身を持さなくてはいけない。業績で、本当の業績によって金や名誉を得るのならいいが、贔屓《ひいき》をあてにするようではいかん……」

「そうなってもあまり威張《いば》らないでね、イワン・ペトローヴィチ」と、アンナ・アンドレーエヴナが笑いながら言葉を添えた。

「じゃ、パパ、早くこのひとに勲章をあげてよ。でないと、大使館付きなんてつまらないもの！」

ナターシャはまた私の手を抓った。

「この子はわしをからかってばかりおる！」と老人は嬉《うれ》しそうにナターシャを眺《なが》めながら叫んだ。ナターシャの頰は燃え、その目は星のように明るく輝いていた。「いや、どうも先走りしてしまったな。アリナスカール（訳注　フメリニツキーの喜劇『空中楼閣』の主人公。絶えず名誉と褒賞を夢みる男）の輩《やから》の仲間入りをしてしまったようだ。わしには昔からそういうところがあって……。ただな、ワーニャ、お前を見ていると、どうもあんまり当り前すぎるような……」

「あら！　それじゃ、どんな人だったらいいの、パパ」

「いや、べつにそういう意味じゃない。それにしても、ワーニャ、お前の顔は、その、どうも……ぜんぜん詩人くさくないというか……。ほら、詩人というやつは蒼白《あおじろ》い顔をして、髪はこんなに長くて、目つきも変っているそうじゃないか……。あのゲーテとか、そういう人たちで……『アバドンナ』(訳注　十九世紀ロシアの評論家・作家ポレヴォイの小説。一八三四年発表)で読んだんだがね……え、なんだ？　また何か間違ったことを言ったかね？　このお転婆《てんば》娘め、またわしのことを笑っておる！　いいかね、お前たち、わしは学者じゃないが、人情の機微には通じておるつもりだ。まあ顔は顔だから、べつに大した問題じゃないさ。お前の顔だってりっぱなもんだ、わしは大いに気に入ってるよ……。わしが言いたいのはそういうことじゃなくて……ただ正直であれということだよ、ワーニャ、正直であれ、これが大事なことだ。誠実に生きることだ、妙な夢など見ずにな！　お前の前途は洋々たるものだ。まじめに自分の仕事を勤めること、それを言いたかったんだ、わしはな！」

なんというすばらしい時代だったろうか！　暇さえあれば毎晩のように私はイフメーネフ家を訪れたのだった。そしてどういうわけか老人がとつぜん猛烈な関心を示し始めた文壇や文学者の消息を持って行ってやった。私がよく話していたBの評論さえ老人は読み始めたが、読んでもほとんど理解できなかったらしく、それでも有頂天になって褒めちぎり、『北の蜂《はち》』という雑誌に書いているBの論敵たちをひどく攻撃するのだった。老婦人は私とナターシャを油断なく監視していたが、とうてい監視しきれるものではなかった！　私たちのあいだにはすでに一つの言葉が交《か》わされていたのである。ナターシャがうなだれ、唇を半ば開いて、ほとんど囁き声で「いいわ」と言ったのを、私はついにこの耳で聞いたのだった。だが老夫妻もそれを知った。たぶん推理もし、考えもしたのだろう。アンナ・アンドレーエヴナは長いこと首をひねっていた。奇妙な、恐ろしいことに思えたのだ。私を信じられなかったのである。

「成功したのは結構だけれど、イワン・ペトローヴィチ」と、老婦人は言った。「急にうまくいかなくなるとか、そんなようなことになったらどうするの。どこかに勤めていてくれれば一番いいんだけど！」

「わしの言いたいことはこうだ、ワーニャ」と考えあぐねた末に老人は心を決めて言った。「実はわしも前から気がついていて、正直に言えば嬉しかったんだ、お前とナターシャが……いや、べつにこれはむずかしいことじゃない！　しかしだな、ワーニャ、お前たちはまだ二人とも若いんだから、家内の言うことは正しいと思う。もう少し待つことにしないか。お前には、まあ、才能が、非常な才能があるのだし……もちろん初めみんなが騒いだような天才なんてことじゃなくて、単なる才能だ（今日も『北の蜂』に出ていたお前の批評を読んだが、ひどくやっつけられていたな。もっともありゃあひどい雑誌だけれども！）そう！　つまり才能というのは銀行預金ではないんだし、お前たちは二人とも貧乏人だろう。だから一年半か、せめて一年も待ってみないかね。うまくいって、お前がその道でりっぱに認められれば――ナターシャはお前のものだ。うまくいかなかった場合は――自分でよく考えてみてくれ！……お前はまじめな男だから、よく考えてみてほしい！……」

話はそこまでで中断された。一年後のことを次に述べよう。

そう、ちょうど一年後のことだった！　よく晴れた九月のある日の夕方、病気の私は悶々《もんもん》の情を抱いて老夫婦の家を訪れ、入るやいなや気を失いそうになって椅子に倒れるように腰をおろした。そんな私を眺めて老夫婦は仰天した。しかし、そのとき私の頭がくらくらし胸が痛んだのは病気のためではない。十度もイフメーネフ家の前まで来て、そのたびに入らずに引き返したのは、私がまだ文壇で成功せず、名誉も金もなかったためではない。まだ「大使館付き」になれず、イタリアでの保養に程遠かったためでもない。人は一年のあいだに十年分の人生を生きる場合があるものだが、私のナターシャはまさしくその一年間に十年を生きたのだった。私たちのあいだには無限の隔たりがあった……。忘れもしない、私は無言で老人の前にすわり、放心した手つきで、さなきだにぼろぼろな帽子の縁をやたらに揉《も》みつぶしていた。そしてなぜかナターシャの出現を待っていた。私の服は見すぼらしく、着こなしも悪く、私の顔はげっそりやつれて黄ばみ――それでもなお私はぜんぜん詩人らしくなく、善良なニコライ・セルゲーイッチがいつか心配してくれたような目の輝きはいっこうに見られないのだった。老婦人はせっかちであからさまな同情の色を浮べて私を眺めていたが、心の中ではこう考えていたのである。

『こんな男がナターシャのお婿《むこ》さんになるところだったなんて、まったく、くわばらくわばら！』

「どう、イワン・ペトローヴィチ、お茶を一ついかが（テーブルの上でサモワールがしゅんしゅん沸《わ》いていた）、近頃はどんな具合なの。なんだか病気みたいね」と、悲しげに訊《たず》ねたアンナ・アンドレーエヴナの声が今でも私の耳に残っている。

そして今でも目に見えるのだが、そう私に言いながらも、老婦人の目にはもう一つの心配事がありありと浮んでいたのである。その心配事のために老人もまた悲しみに沈み、どんどん冷えていくお茶を前にして、じっと物思いにふけっていた。その頃、ワルコフスキー公爵《こうしゃく》との訴訟事件はどうもかんばしくない方向に進み、しかもさらにもう一つ不愉快な事件が起って、ニコライ・セルゲーイッチは病気になるほど悩んでいたのだった。この訴訟事件のそもそもの発火点である公爵の息子《むすこ》が、五カ月ばかり前に、ふとした機会からイフメーネフ家を訪《たず》ねて来たのである。可愛《かわい》いアリョーシャをわが子のように愛し、ほとんど毎日のように思い出しては噂《うわさ》していた老人は、喜んで若者を迎えた。アンナ・アンドレーエヴナはワシリエフスコエ村を思い出して涙を流した。それ以来、アリョーシャは父親に隠れて、たびたびイフメーネフ家を訪れるようになった。ニコライ・

セルゲーイッチは誠実で、率直で、正直な人間だったから、当然涌《わ》き起るさまざまな警戒心を憤然と捨て去った。息子がふたたびイフメーネフ家に迎え入れられていることを知ったら公爵はどう思うだろうかなどとは、誇り高い老人は考えてみようともせず、おのれの馬鹿《ばか》げた疑惑を心の中では軽蔑《けいべつ》していたのである。だが新たな侮辱を耐え忍ぶだけの力が自分にあるかどうかということになると、老人には自信がなかった。若い公爵はほとんど毎日イフメーネフ家に入りびたるようになった。老夫婦も若者と一緒にいると楽しかった。一晩中、夜半すぎまで、若者は腰を上げようとしなかった。もちろん、父親はまもなくすべてを知った。きわめて忌《いま》わしい噂が流れた。父親の公爵は以前と同じ内容の恐ろしい手紙を送ってニコライ・セルゲーイッチを侮辱し、息子にはイフメーネフ家を訪ねることを厳禁した。それは私の訪問の二週間前の出来事であった。老人はひどくふさぎこんでしまった。なんということだろう！　娘のナターシャを、無垢《むく》の、気高いナターシャを、またもやこのいやらしい中傷に、この下劣な事件にかかりあわせてしまうとは！　かつて自分を侮辱した人間の口から、娘の名前を屈辱的に発音されてしまうとは……。しかもそのまま泣き寝入りしなければならない！　初めの数日間、老人は絶望のあまり床についた。こういう事情を私はすっかり知っていたのである。病気に打ちひしがれた私はここ三週間ばかりこの家を訪れず、自分の部屋で寝ていたのだけれども、こういういきさつは細大洩《も》らさず耳に入っていた。だが、そのほかにも私の知っていたことは……いや！　この一件のほかに、何にもまして心配のたねであるような事件がイフメーネフ家に起っているということは、そのときの私はただ予感するだけだった。知っていたけれども信じなかったのだ。私はただ胸を痛ませながら一家を見守っていた。そう、私は苦しかったのである。推量することが恐ろしく、信じることもまた恐ろしく、運命的な瞬間にぶつかることは全力をつくして避けていた。それなのに私はナターシャのために、こうして出掛けて来てしまった。まるで、この晩、私は何ものかに引かれて来たようだった！

「そう、ワーニャ」と、ふと我に返ったように老人がとつぜん訊《たず》ねた。「病気じゃなかったのかね。どうして永いこと来なかった？　わしも悪かった。一度訪ねてみようと前から思っていたんだが、どうもその……」そして老人はまた考えこんだ。

「からだの調子がよくなかったのです」と私は答えた。

「ふむ！　からだの調子がね！」と、五分ほど経《た》ってから老人は繰返した。「からだの調子がよくないのか！　だから言わんこっちゃない――言うことを聞かなかったからだよ！　いかんな、ワーニャ。どうもミューズの神は大昔から屋根裏部屋で空《す》き腹《ばら》をかかえていたらしいな。今後もずっとそうなんだ。そうだともさ！」

そう、老人は機嫌《きげん》が悪かった。心の傷がなかったならば、ミューズの神が空き腹をかかえているなどと私には言わなかっただろう。私は老人の顔を見つめた。その顔は黄ばみ、目には何か不審の色が、自分では解けない疑問というかたちをとった何か一つの考えが現われていた。老人はどこかしら衝動的で、いつになく怒りっぽかった。細君は不安そうに老人の顔色をうかがい、しきりに首を振った。夫がむこうを向いたとき、老婦人はこっそり私にむかって顎《あご》で老人を指《さ》してみせた。

「ナターリヤ・ニコラーエヴナはお元気ですか。今いらっしゃいますか」と私は心配そうなアンナ・アンドレーエヴナに訊ねた。

「おりますよ、もちろんおりますよ」と、私の質問に打撃を受けたように老婦人は答えた。

「今すぐ出て来るでしょう、あなたの顔を見に。ほんとにひどいわ！　三週間も来ないなんて。なんだかあの子ったら――さっぱりわけが分らなくなって。丈夫なんだか、病気なんだか、はっきりしなくて困りますよ」

そして老婦人はおずおずと夫の顔を見た。

「なんだって？　ナターシャならなんでもない」とニコライ・セルゲーイッチはいやいやながらのように、そっけなく答えた。「丈夫だ。もう年頃だから、子供でなくなった、それだけのことだ。年頃の娘の涙だとか、気紛《きまぐ》れだとか、そんなものはだれにも分らん」

「まあ、気紛れですって！」とアンナ・アンドレーエヴナは気を悪くしたように言った。

老人は押し黙り、指でテーブルをこつこつ叩《たた》いた。『ああ、ほんとに何かあったのだろうか』と私はぞっとしながら思った。

「ところでお前のほうはどうだね」と老人がまた口を開いた。「Bはまだ評論を書いているかね」

「ええ、書いています」と私は答えた。

「冗談じゃないよ、ワーニャ！」と、否定するように片手を振り、老人はいきなり結論を出した。「今さら評論の話など何になる！」

ドアがあいて、ナターシャが入って来た。

第七章

ナターシャは入って来ると、手に持っていた帽子をピアノの上に置いた。それから私に近づき、何も言わずに片手を差し出した。唇《くちびる》がかすかに動いた。私に何か挨拶《あいさつ》の言葉を言おうとしたようだが、何も言わなかった。

私たちは三週間ぶりに逢《あ》ったのだった。ためらいと恐怖を感じながら、私はナターシャの顔を見た。三週間のうちにナターシャはなんと変ってしまったのだろう！　私は胸がしめつけられるような思いで、げっそりこけた蒼《あお》い頰《ほお》を、熱があるように乾《かわ》いた唇を、黒い長い睫毛《まつげ》の下で火のように、何か情熱的な決意に燃えている目を見つめた。

だが、ああ、なんとナターシャは美しかったことだろう！　この運命的な日に見たようなナターシャを、あとにも先にも私は見たことがない。これがあのナターシャだろうか。これがほんの一年前には私から視線をそらさず、私について唇をふるわせながら小説の朗読に耳を傾け、あんなに明るく、あんなに屈託なく笑い、あの晩、食事のあとで父親や私に冗談を言った、あの少女なのだろうか。これが、そちらの部屋で、真っ赤《まか》になってうなだれ、私に「いいわ」と言った、あのナターシャなのだろうか。

晩禱《ばんとう》の時刻を知らせる低い鐘の音が響きわたった。ナターシャは身をふるわせ、老婦人は十字を切った。

「夕方のお祈りに出掛けるんだろう、ナターシャ、もう鐘が鳴っていますよ」と老婦人は言った。「行っておいで、ナターシェンカ、教会はすぐ近くだもの、行ってお祈りをしておいで！　ついでに散歩でもしてくるといい。どうして閉じこもってばかりいるの。ごらん、その蒼い顔。まるで悪魔に呪《のろ》いをかけられたみたいよ」

「今日は……私……行くのよそうかしら」と、ナターシャはのろのろと、ほとんど囁《ささや》きのような低い声で言った。「なんだか……具合がわるいのよ」と言い足すと、紙のように蒼ざめた。

「行ったほうがいいわよ、ナターシャ。だって、さっきまでは行くつもりで、そうやって帽子まで持って来たじゃないの。お祈りをしておいで、ナターシェンカ、神様が体を丈夫にしてくださるようにお祈りをしておいで」アンナ・アンドレーエヴナは娘をこわがってでもいるように、おずおずと顔色をうかがいながら勧めた。

「そうだ、行っておいで。散歩もしておいで」と、不安げに娘の顔を見つめながら老人も言った。「お母さんの言うとおりだ。ワーニャに連れて行ってもらうといい」

苦い嘲笑《ちょうしょう》の影が娘の唇をかすめたように見えた。ナターシャはピアノに近づいて帽子をとりあげ、それをかぶった。娘の手は震えていた。動作はすべて、自分でも何をしているのか分らぬ、無意識の動作のようだった。父親と母親は食い入るように娘を見ていた。

「さようなら！」と、聞えるか聞えないかの声でナターシャは言った。

「まあ、さようならだなんて、遠い旅に出るわけでもあるまいし！　少し風にあたってきたほうがいいよ。なんて蒼い顔をしているの。ああ！　忘れていたわ（どうしてこう物忘ればかりするんだろう！）――お前のお守り袋が出来上がったのよ。お祈りの文句を縫いこんだの。去年キエフの尼さんに教わった文句をね。とてもいい文句。ついさっき出来上がったばかりよ。さあ、おかけ、ナターシャ。きっと神様が体を丈夫にしてくださるからね。かけがえのない一人娘だものね」

そして老婦人は裁縫箱の中から、肌《はだ》につけるナターシャの金の十字架を取り出した。

その紐《ひも》に縫い上げたばかりのお守り袋が下げてあった。

「さあ、いい子だからね！」と十字架をかけ、娘に十字を切ってやりながら、老婦人は言い添えた。「昔は毎晩のように、こうして、よく眠れますようにって十字を切って、お祈りの文句をとなえたっけ。お前もわたしについてお祈りしたわね。今じゃお前はすっかり変ってしまったから、神様が安らぎを与えてくださらないんだよ。ああ、ナターシャ、ナターシャ！　母さんがせっかくお祈りしても、もうお前の助けにはならないのね！」そして老婦人は泣き出した。

ナターシャは無言で母親の手に接吻《せっぷん》し、ドアにむかって一歩進んだ。だが、とつぜん引き返し、父親に近づいた。胸が大きく波打っていた。

「パパ！　パパも十字を切って……ナターシャに」と喘《あえ》ぐような声でナターシャは言い、父親の前にひざまずいた。

思いもかけず改まったナターシャの振舞いに、私たち三人はどぎまぎして立ちすくんだ。数秒間、父親は度を失って娘を見つめた。

「ナターシェンカ、お前、お前、一体どうしたんだ！」と、老人はやっとのことで叫び、その日から涙がはらはらとこぼれた。「どうしてそんなに悩むんだ。どうして夜も昼も泣くんだ。わしはなんでも知ってるんだよ。夜だって眠れずに、こっそり起きて、お前の部屋の様子に耳をすますんだよ！……打ち明けておくれ、ナターシャ、年寄りに何もかも打ち明けなさい、そしたらみんなで……」

言いも終えず、老人は娘を助け起し、固く抱きしめた。ナターシャは痙攣《けいれん》的に父親の胸に身を投げ、その肩に顔を埋めた。

「なんでもないのよ、なんでもないの、ただ……体の具合がわるいだけよ……」と、こみあげてきた涙に喘ぎながら、ナターシャは繰返した。

「神様がお前を祝福してくださいますように。わしがこんなにお前を祝福しているのだもの。かわいい、かけがえのない娘だもの！」と父親は言った。「心には永遠の安らぎを与えてくださいますように。お前をいろんな悲しみから守ってくださいますように。さあ、お祈りをしておいで、わしの罪深い祈りが神様に届くようにな」

「私も、私もお前を祝福しますよ！」と涙にむせびながら老婦人が言った。

「さようなら！」とナターシャは囁いた。

戸口でナターシャは立ちどまり、もう一度両親を眺《なが》めて何か言いたそうなそぶりを見せたが、何も言えず、足早に部屋から出て行った。私は不吉なものを予感しながら、すぐにそのあとを追った。

第八章

ナターシャは無言のまま足早に、私には目もくれずに歩いていた。けれども通りを一つ越して河岸《かし》の通りに出ると、俄《にわ》かに立ちどまって私の手を摑《つか》んだ。

「息が詰るの！」とナターシャは囁《ささや》いた。「胸が苦しくて……息が詰るの！」

「家に帰りなさい、ナターシャ！」と私はあわてて叫んだ。

「分らないの、ワーニャ、私は完全に家を出て来たのよ、もう二度と帰らないのよ」と、なんとも言えぬ淋《さび》しい目で私を見つめて、ナターシャは言った。

私の胸は烈《はげ》しく鼓動した。それはイフメーネフ家へむかって歩いていたときから予感したことだった。こうしたことは何もかも、この日の来るずっと前から霧に包まれたように漠然《ばくぜん》と予想されていたことなのである。だが今、ナターシャの言葉は雷のように私を打った。

私たちはしょんぼりと河岸の通りを歩いて行った。私は口がきけなかった。想像し、思案し、全く途方に暮れていた。頭がくらくらした。私は思った、これは実に乱暴だ、あり得べからざることだ！

「ワーニャ、あなた私を非難する？」と、やがてナターシャが言った。

「いや、しかし……しかし信じられない。そんなことがあるはずはない！……」と、何を言っているのやら自分でも分らずに、私は答えた。

「ところが、ワーニャ、そうなのよ！　私は出て来てしまったのよ。父と母がこれからどうなるのか、分らないわ……自分がどうなるのかも分らない！」

「彼のところへ行くんだね、ナターシャ？　そうなんだね？」

「ええ」とナターシャは答えた。

「しかし、そりゃいけない！」と私は無我夢中で叫んだ。「分るだろう、そりゃいけないんだよ、ナターシャ！　気違い沙汰《ざた》じゃないか。お父さんたちを殺し、自分の身も滅ぼすことじゃないか！　それが分っているの、ナターシャ？」

「分ってるわ、でもどうしたらいいの、私にはどうしようもないのよ」とナターシャは言ったが、その言葉にはまるで刑場へ引かれて行くような絶望感がこめられていた。

「帰りなさい、帰るんだよ、手遅れにならないうちに」と私は頼んだ。だが熱っぽく執《しつ》拗《よう》に頼めば頼むほど、この忠告の無益さ、この期《ご》に及んでの忠告の馬鹿《ばか》らしさを私自身が意識するのだった。「分っているの、ナターシャ、そんなことをしたらお父さんがどうなるか。それをよく考えてみたのかい。彼の父親はきみのお父さんの敵じゃないか。公爵《こうしゃく》はきみのお父さんを侮辱し、お金を盗んだという嫌疑《けんぎ》をかけたんじゃないか。きみのお父さんを泥棒呼ばわりしたじゃないか。しかも訴訟の最中に……いや！　そんなことよりも、いいですか、ナターシャ……（ああ、こんなことはきみが知っていることばかりだ！）公爵はきみのお父さんとお母さんが、アリョーシャが田舎《いなか》のきみの家にいた頃、わざとたくらんできみとアリョーシャをくっつけたのだと疑ったんだよ。そんな中傷を受けてお父さんがどれほど苦しんだか、きみだって想像すれば分るだろう。この二年間にお父さんは髪がすっかり白くなってしまった――お父さんの頭を見てごらん！何よりもいけないのは、ナターシャ、きみがこういう事情をすっかり知っていることなんだ！　きみを永久に失うことがお父さんとお母さんにとってどれほどの打撃になるか、それはもう言うまでもない！　きみはお二人の宝であり、老後に残されたすべてなんだ。そのこともぼくは言わない、きみ自身が知ってるんだから。ただ思い出してもらいたいのは、お父さんがきみはあの傲慢《ごうまん》な男に無実の中傷を受け、復讐《ふくしゅう》もできないほど侮辱されたのだと思っていることだよ！　今また、選《え》りに選って今また、それが再燃し、お宅にアリョーシャが出入りしたばっかりに、古い耐えがたい敵意が強まった。そして公爵はまたきみのお父さんを侮辱し、お父さんの胸の中はこの新しい侮辱に煮えくりかえっている。そういう折も折、すべてが、何もかもが、そういう非難がすべて公爵の言うとおりだったということになる！　この一件を知っている人はみんな、今後は公爵が正しいと言い、きみやお父さんを非難するようになる。そうなったら、お父さんはどうなる？　まるでお父さんを殺すようなものじゃないか！　恥辱、不名誉、それもだれのせいだろう。きみの、自分の娘の、かけがえのない一人娘のせいなんだ！　お母さんはどうなる？　お父さんに先立たれたら、とても生きていけない……ナターシャ、ナターシャ！　きみはなんということをしてるんだ。家に帰りなさい！　しっかりしなさい！」

ナターシャは黙っていた。やがて咎《とが》めるように私を見上げた。そのまなざしには突き刺すような痛みと苦悩の色があったから、私の言葉を聞くまでもなく、ナターシャの傷ついた心がどれだけの血を流しているかが、はっきり感じられた。そしてナターシャの決心がどれほどの代価を払っているか、私の時期外《はず》れの無益な言葉がどれだけナターシャを苦しめ、傷つけたかも、よく分った。それが分っていながら、自分を抑《おさ》えることができずに私は喋《しゃべ》りつづけた。

「そう、きみはさっきお母さんに、今日は夕方のお祈りに……行くのをよそうかと思うって言ったじゃないか。ということは家を出たくなかったということだ。とすると、まだはっきり決心がついたわけじゃないんだね」

ナターシャはこれに応《こた》えて苦々しい笑《え》みを浮べただけだった。なんのために私はこんなことを訊《き》いたのだろう。もう何もかも取り返しがつかぬことは分っていたのに。だが私のほうも夢中だった。

「そんなに彼を愛しているの?」と、気も遠くなる思いでナターシャを眺《なが》め、ほとんど自分の質問の意味も分らずに私は訊《たず》ねた。

「何と答えたらいいの、ワーニャ。分るでしょう! ここへ来いってあのひとに言われて、私はこうして待ってるのよ」と、相変らず苦い笑みを浮べてナターシャは言った。

「でも、いいかい、よく聴《き》いてくれないか」と藁《わら》にもすがる気持で私はまたもや哀願し始めた。「こんなことはまだ取り返しがつくんだ。別のやり方で、何か全然別の方法で片をつけられる！　家出しなくてもすむんだ。どうしたらいいか教えてあげよう、ナターシェチカ。ぼくが万事うまくやってあげるよ、あいびきだって、なんだって……。ただ家出だけはやめなさい！……ぼくが手紙のお使いをしてあげよう、そう、ぼくは構わないよ。今の状態よりはずっとましだ。きっと上手《じょうず》にやってみせる。きみたちの気に入るように、そう、きっと気に入るようにしてあげるから……今のやり方じゃ、ナターシェチカ、身の破滅だ……そうさ、まるっきり自分で自分を駄目にするやり方じゃないか！　そうでしょう、ナターシャ。何もかもうまくいって、きみはきっと仕合せになる。きみたちは好きなだけ愛し合える……親たちの争いが収まりさえすれば（きっと争いは収まるんだ）そのときは……」

「もうたくさん、ワーニャ、よして」とナターシャは私の手を固く握り、涙を浮べながらも笑顔で私の言葉をさえぎった。「ワーニャ、あなたっていい人ね！　親切で、まじめな人ね！　自分のことはなんにもおっしゃらないのね！　あなたを棄《す》てたのは私なのに、何もかも赦《ゆる》して、私の仕合せのことしか考えていらっしゃらないのね。手紙のお使いだなんて……」

ナターシャは泣き出した。

「分ってるのよ、ワーニャ、あなたは私を愛してらしたでしょう、今でも愛していてくださるでしょう。それなのに、こんなことになっても、一言も非難めいたことや、強《きつ》い言葉で責めたりなさらない！　だのに私は、私は……。ああ、私あなたになんて悪いことをしてしまったのかしら。覚えている、ワーニャ、私たちが二人だけだった頃のこと。ああ、あのひとなんか知らなければ、逢《あ》わなければよかった！……そしたら、ワーニャ、やさしいあなたと一緒に暮せたのに！……いいえ、私にはあなたなんか勿体《もったい》ないわ！私ってひどい女ね、こんなときに昔の幸福な時代のことをあなたに思い出させるなんて。それでなくともあなたは苦しんでらっしゃるのに！　三週間もうちへいらっしゃらなかったのね。でも誓うわ、ワーニャ、あなたが私を呪《のろ》ったり憎んだりしてるだろうなんて、私絶対に思わなかった。あなたが離れて行った理由は分っていたわ。そばにいて、生きた非難のシンボルみたいに私たちの邪魔をしたくなかったんでしょう。それにご自分だって私たちを見ているのが辛《つら》かったんでしょう。でも私は待ってたのよ、ワーニャ、ほんとにあなたを待ってたのよ！　ワーニャ、聴いて、私はアリョーシャを気違いみたいに愛しているとしても、もしかしたらそれ以上に、あなたをお友達として愛してるわ。もうあなたなしでは生きていけないの、それはもうはっきりしてる。あなたは必要な人なのよ、あなたの心が、あなたの美しい魂が、私には必要なの……ああ、ワーニャ！どうしてこんな悲しい、辛いことになってしまったのかしら！」

ナターシャはさめざめと泣いた。そう、ナターシャは苦しかったのだ！

「ああ、でもあなたに逢えてよかった！」とナターシャは涙を拭《ふ》いて言葉をつづけた。「なんて痩《や》せてしまったの、病気みたいに蒼《あお》い顔で。ほんとに病気だったの、ワーニャ。どうして今まで私訊かなかったのかしら。自分のことばかり喋ってしまって。編集の人たちとは付き合っていらっしゃる？　新しい小説はいかが、進んでいる？」

「ぼくの小説どころじゃないでしょう、ナターシャ！　ぼくの仕事なんて問題じゃない。まあなんとかやっていますよ、そんなことはどうでもいい！　それより、ナターシャ、家出をして来いと言ったのは彼のほうからなの」

「いいえ、あのひとだけじゃないわ、どちらかといえば私。あのひともそう言ったけど、私が自分から……あなたにはすっかりお話するわ。あのひとには今、縁談があるの。お金持で、家柄のいい女《ひと》なんですって。親戚《しんせき》も有名人ばかりでね。お父さんはどうしてもそのひとと結婚させたがってるの。ご存知のとおり、彼のお父さんは凄《すご》い陰謀家でしょう。十年に一度あるかないかの良縁だって、いろんな方面に手をまわしてるんですって。コネとか、お金とか……それにその女《ひと》は美人だそうよ。教育もあるし、気立てはいいし、何もかも結構ずくめ。アリョーシャもなんだか夢中になりかけてるの。お父さんにしてみれば、一日も早くあのひとを結婚させて肩の荷を下ろして、自分も結婚したいわけね。だから、何がなんでも私たちの仲を裂こうとしてるの。つまり、私がこわいのよ、私がアリョーシャに影響を与えるのが……」

「じゃ公爵は」と私は驚いてナターシャの言葉をさえぎった。「きみたちの恋愛のことを知ってるの。うすうす感づいているという程度じゃなかったの」

「知ってるわ、何もかも知ってるわ」

「だれが言いつけたんだろう」

「アリョーシャがこのあいだすっかり話したのよ。お父さんにぜんぶ喋ったって、自分で言ってたわ」

「なんだって！　一体どういうつもりなんだ！　自分から喋るなんて。しかもこういう場合に……」

「あのひとを責めないで、ワーニャ」とナターシャはさえぎった。「あのひとを嗤《わら》わないで！　ほかの人と同じ尺度で測れない人なのよ。公平な目で見てほしいわ。あのひとは私やあなたとは違う種類の人間なのよ。子供なのよ。育てられ方からして違うの。あのひとに自分のやっていることが分ると思う？　ほんのわずかの印象や、ちょっとした他人の影響を受けただけで、一分前に誓いを立てたことをあっさり変える人なの。性格がとても弱いのよ。私に誓いを立てても、同じ日のうちに大まじめで、ほかの人に同じ誓いを立てたりする。そしてまっさきに私のところへ来て、自分でそのことを喋ってしまうの。あのひとが何か悪事を働いたとしても、その悪事のためにあのひとを責めることはできないわ。憐《あわ》れむのが関の山。でも、あのひとは自分を犠牲にすることだってできるのよ。どんな犠牲でも平気なの！　ただ何か新しい印象を受けると、それまでのことはけろりと忘れてしまう。私もきっとそんなふうに忘れられるわ、しょっちゅうそばにいてあげなかったら。そういう人なのよ！」

「じゃ、ナターシャ、その縁談の話は嘘《うそ》かもしれない、ただの噂《うわさ》かもしれない。だって、そんな子供みたいな男が結婚するなんて考えられない！」

「ですから、お父さんのほうが夢中なのよ、下心があって」

「でもきみはなぜ知ってるの、その女性が美人だとか、彼が夢中になりかけているとか」

「それはあのひとが自分で私に言ったの」

「なんだって！　自分でほかの女を好きになりそうだと言っておきながら、きみにこんな犠牲を強《し》いるのか」

「違うわ、ワーニャ、違う！　あなたはあのひとをよく知らないのよ、あまり逢ったことがないでしょう。親しく付き合わないと判断できないわ、あのひとのことは。あんなに真正直できれいな心の人は、ほかにいません！　それとも、あのひとは嘘をついたほうがいいとでもおっしゃるの？　その女のひとに夢中になったって何でもないわ。一週間も私の顔を見なければ私のことなんか忘れて、ほかの人を好きになるでしょうけど、そのあとで逢えば、たちまち私の足もとにひざまずくわ。そうなのよ！　私が知ってるから、私に内緒にしないから、まだましなの。でなかったら悪い想像ばかりして死んでしまうかもしれない。そうなの、ワーニャ！　私もう決心したの。いつも、一時も離れずにあのひとのそばについていなかったら、きっと愛がさめて、私は忘れられ、棄てられてしまう。そういう人なのよ。どんな女のひとにでも惹《ひ》きつけられる人なの。そうなったら私はどうすればいいの。死んでしまうわ……いいえ、死ぬなんてなんでもない！　今だって喜んで死ねます！　あのひとなしで生きるなんて。死ぬより辛いわ、どんな責苦より辛いわ！　ああ、ワーニャ、ワーニャ！　あのひとのために父と母を棄てたからには、それだけの理由《わけ》があるのよ！　もう私を帰らせようとなさらないでね、決心したことだから！　あのひとは片時も私のそばを離れてはいけないのよ。だから私は帰れない。自分を滅ぼし、ほかの人を滅ぼしてしまったことは、分ってるけど……ああ、ワーニャ！」とナターシャはとつぜん叫び、わなわな震え出した。「あのひとがもう私を愛していないんだったら、どうしよう！　あなたが今おっしゃったとおり、あのひとは私を欺《だま》しているだけで、正直で誠実そうなのは見かけだけ、本当は腹黒い見栄坊《みえぼう》だったら、どうしよう！（私は決してそんなことは言わなかった）。私はこうしてあのひとを庇《かば》っているのに、あのひとは今頃ほかの女と一緒にいて、せせら笑ってるのかもしれない……だのに私は、私は何もかも投げすてて、乞食《こじき》みたいに町をうろついて、あのひとを探《さが》している……ああ、ワーニャ！」

その呻《うめ》き声はひどい苦痛を伴ってナターシャの胸の底からほとばしり出たように聞えたので、私の心はやるせなさに疼《うず》いた。ナターシャがもはやあらゆる自己抑制の力を失ってしまったことは明らかだった。こういう気違いじみた決意へナターシャを駆り立てたのは、さぞかし盲目的な、極端に物狂おしい嫉妬心《しっとしん》であったに違いない。だが私自身の内部でも嫉妬心が燃えあがり、胸の外にほとばしり出た。醜悪な感情のとりことなった私は、もう我慢しきれなかった。

「ナターシャ」と私は言った。「一つだけ分らないことがある。今きみ自身が彼についてあいうことを言って、それでも彼を愛することができる？　彼を尊敬せず、彼の愛を信じてもいないのに、もう帰らない覚悟で彼に走って、みんなを破滅させるのかい？　一体そりゃどういうことだろう。あの男はきみを一生涯苦しめるだろうし、きみも彼を苦しめることになるんだよ。ナターシャ、きみは彼を愛しすぎてるんだ、愛しすぎだ！　そういう愛はぼくには分らない」

「そうよ、気違いみたいに愛してるわよ」と苦痛をこらえるように蒼白《そうはく》になってナターシャは答えた。「あなたをこんなふうに愛したことはなかったわ、ワーニャ。自分でも分ってるの、私は気がへんになったから、まともな愛し方なんかできないのよ。いけない愛し方なんだわ……ねえ、ワーニャ、こんなこと実は前から分っていたの。一番仕合せな瞬間にも、あのひとは私を苦しめるばかりだってことを予感していたわ。でも今の私にはあのひとから受ける苦しみが仕合せなのだとしたら、仕方がないじゃないの。私があのひとのところへ行くのは喜びのためだと思う？　あのひとと一緒になったら、何が待っているか、どんなことを耐え忍ばなければならないか、それが私に分らないと思うの？　あのひとは愛を誓ったし、いろんな約束をしてくれたわ。でもそんな約束なんか私は一つも信じていないし、今までもこれからも決して当てにはしないの。しかもあのひとは嘘をついたんじゃないし、嘘をつける人でもないのよ。私、自分からあのひとに言ったわ、少しでもあのひとを束縛したくないって。あのひとの場合はそのほうがいいのよ。だれだって束縛はいやでしょう、私もよ。それでも私は喜んであのひとの奴隷《どれい》になるわ。自発的に奴隷になるわ。一緒にいられるのなら、あのひとの顔を見ていられるのなら、あのひとにどうあしらわれても辛抱するわ！　あのひとがほかの女を愛したって構わないような気がする。それが私の目の前で起ることなら、私がそばにいられさえしたら……。なんて汚《けが》らわしいことなの、ワーニャ」と、何か熱に浮かされたような血走った目で私を見ながら、ナターシャはとつぜん訊《たず》ねた。一瞬、それは譫言《うわごと》のように聞えた。「だって汚らわしいことでしょ、こんなことを望むなんて。でも仕方がないわ、自分で汚らわしいことだって言うんだから。もし棄てられたら、突き飛ばされようと、追い払われようと、世界の果てまであのひとを追っかけて行くわ。あなたは家に帰れとおっしゃるけど、そんなことをしてどうなるかしら。今は帰っても、あしたまた家出するわ。そうしろと言われれば、すぐ飛び出してしまう。犬っころみたいに、口笛で呼ばれればすぐ走って行くのよ……苦労なんて！　あのひとのための苦労ならちっともこわくない！　あのひとのために苦労するって分っていさえすれば……ああ、でもこんなといくら喋《しゃべ》ってもきりがないわね、ワーニャ！」

『しかしお父さんやお母さんは？』と私は考えた。ナターシャはもう両親のことなど忘れてしまっているようだった。

「じゃ、彼はきみと結婚しないかもしれないんだね、ナターシャ」

「約束はしたわ、いろんな約束はしてくれたわ。今日呼び出されたのも、実は、あすにでもこっそり郊外で結婚式を挙《あ》げるためなのよ。でも、あのひとは自分で自分が分らない人ですからね。ひょっとしたら、結婚式を挙げるにはどうしたらいいのかも全然知らないんじゃないかしら。それにあのひとが女房持ちになるなんて！　滑稽《こっけい》だわ。結婚したら、きっと不幸そうな顔をして、がみがみ文句ばかり言うにきまってる……あのひとにそのうち文句を言われるようになるなんて、考えただけでぞっとするわ。だから私はすべてを捧《ささ》げるけど、あのひとは私に何もくれなくていいのよ。だって結婚して不幸になるんなら、それ以上あのひとを不幸にすることはないでしょう」

「きみの言うことは支離滅裂だ、ナターシャ」と私は言った。「要するに、今からまっすぐ彼のところへ行くわけだね」

「いいえ、ここへ迎えに来てくれる約束なの。ちゃんと打ち合せて……」

そしてナターシャはむさぼるように遠くを眺めたが、まだ人影は見えなかった。

「だのに彼はまだ来ない！　きみが先に来たんだ！」と私は憤然として叫んだ。ナターシャは殴《なぐ》られでもしたようによろめいた。その顔が病的にゆがんだ。

「もしかしたら、あのひとは来ないかもしれない」と、苦い笑《え》みを浮べてナターシャは言った。「おとといの手紙には、もしも私がここへ来るって約束しなければ、決めたことは――つまり郊外へ行って私と式を挙げることは、心ならずも延期しなければならない、そしたら縁談の相手のところへお父さんにむりやり引っ張って行かれるだろう、って書いてあったわ。まるでなんでもないことみたいに、とてもあっさりと、自然な調子で書いてあったの……ほんとにそのひとのところへ行ったのかしら、ワーニャ」

私は返事をしなかった。ナターシャは私の手を固く握りしめた。目がきらきら光った。「あのひとったら、私がここへ来ないで、自分は結局そのひとのところへ行けるようになればいいと思ってたのね。そしてあとで、やっぱり手紙に書いたとおり、ナターシャは来なかった、って言うつもりなのね。私に飽きて、離れて行くんだわ……ああ、どうしよう！　私、気が狂ったみたい！　だってこの前逢《あ》ったとき、あのひとはっきり言ったのよ、私に飽きたって……それなのにこうやって何を待ってるんだろう！」

「来た！」と、とつぜん河岸《かし》の通りの彼方《かなた》に男の姿を見つけて、私は叫んだ。ナターシャは身を震わせ、叫び声をあげ、近づいて来るアリョーシャにひとみを凝《こ》らしてから、急に私の手を放し、アリョーシャの方へ駆け出した。むこうも足を速め、まもなくナターシャは彼の両腕に抱かれていた。通りには私たちのほかにはほとんど人影がなかった。二人は接吻《せっぷん》し、笑っていた。ナターシャは長い別離のあとの再会のように泣き笑いしていた。その蒼《あお》ざめた頬《ほお》に血の気がのぼり、娘は半ば狂乱状態だった……。アリョーシャは私の姿に気がつき、すぐにこちらへ寄って来た。

第　九　章

それまでにもアリョーシャには何度か逢《あ》ったことがあるというのに、私は興味津々《しんしん》でその顔を見つめた。アリョーシャのまなざしが私のあらゆる疑念を解き、一部始終を説明してくれるかのように、私は相手の目を見たのである。一体何によって、どんなふうにしてこの若造はナターシャを魅惑したのだろう。あれほどの物狂おしい愛を――人間としての根元的な義務を忘れさせるほどの愛、それ以前のナターシャにとって神聖冒すべからざるものをすべて犠牲にしてかえりみないほどの愛を、どうやってナターシャの内部に生み出すことができたのだろう。若い公爵《こうしゃく》は私の両手を固く握りしめた。穏やかで明るい相手のまなざしが私の心に染《し》み通った。

相手が恋敵《こいがたき》であるというそれだけの理由から、私はこの青年の人物評価を誤るかもしれないと感じた。そう、私はアリョーシャが嫌《きら》いであって、正直に言ってしまえば一度も好きになれなかった。私はアリョーシャを知っていた人びとの中で、そんな人間は私一人だったかもしれない。アリョーシャの多くの部分が、その優雅な容貌《ようぼう》さえもが、たぶんあまりにも優雅すぎるために、どうしても私の気に入らなかった。あとで分ったことだが、この点でも私の判断は偏《かたよ》っていたのである。アリョーシャは背が高く、すらりと均斉がとれていた。顔は細長く、いつも蒼白《あおじろ》かった。髪はブロンドで、穏やかで物思わしげな大きな青い目は、時としてとつぜん、衝動的に、きわめて無邪気な、子供のように陽気な光を放った。あまり大きくないふっくらした赤い唇《くちびる》は、輪郭が非常に美しく、ほとんど常にまじめくさった皺《しわ》が寄っていた。それだけにその唇にとつぜん浮ぶ微笑は意外でもあり魅力的でもあり、その無邪気で素直な微笑を送られた相手は、たとえどんな気分であろうとも、すぐに同様の微笑を返すことを義務のように感じてしまうのだった。アリョーシャの服装は凝ったものではなかったが、いつも粋《いき》だった。それは苦労して身につけたのではなく、明らかに生れつきの粋さ加減なのだった。もちろんこの青年にはいくつかの悪い癖が、いくつかの優雅な悪習といったものがあった。すなわち軽薄、うぬぼれ、慇懃《いんぎん》無礼である。だがアリョーシャは明朗で素直な心のもちぬしだったから、自分の悪癖をだれよりも先に自分自身が発見し、悔い改めたり、自嘲《じちょう》したりした。この子供のような男は、たとえ冗談にでも嘘《うそ》をついたことが一度もなかったのではないかと思う。もし嘘をついたとしても、それが悪いことだとは夢にも思わなかったに違いない。エゴイズムすらもこの青年の場合にはなんとなく魅力的だった。つまり、それがあけっぱなしで、少しも隠されていなかったためだろう。だいたいアリョーシャには隠された部分というものがなかった。この青年は弱々しく、なんでも信じやすく、臆病《おくびょう》であり、意志は皆無だった。この青年を苛《いじ》めたり欺《あざむ》いたりすることは、幼児を苛め欺くことが罪深いように、罪深く哀れなことだった。なにしろ年に似ず無邪気で、実生活のことはほとんど何一つ知らないのである。たぶん四十になっても現実を知ることはないだろう。こういう人間は永久に未成年者であることを運命づけられている。だからアリョーシャを愛さずにいられる人間はおそらくいないだろうと思われる。だれにたいしてもアリョーシャは子供のように甘えるのだから。ナターシャが言ったとおり、この青年はだれかの強い影響に強《し》いられれば悪事を働くかもしれないが、そのような悪事の結果を知った途端に、おそらく後悔のあまり死んでしまうだろうという気がする。ナターシャは本能的に、自分がアリョーシャの主人あるいは支配者になるだろうことを、そしてアリョーシャが自分の犠牲にさえなるかもしれないことを感じていたのだった。前後の見境もなく愛することの快楽を、そして愛する人間を愛するがゆえに苦しめることの快楽を、ナターシャはすでに味わっていたのであり、だからこそ急いで身を投げ出し、自らアリョーシャの犠牲になろうとしているのかもしれない。けれどもアリョーシャは愛情に目を輝かして喜ばしげにナターシャを眺《なが》めていた。ナターシャは勝ち誇ったように私の顔をちらと見た。その瞬間、両親のことも、別離のことも、恐ろしい疑惑のことも、すべては念頭になく……ナターシャは仕合せだった。

「ワーニャ!」とナターシャは叫んだ。「私このひとに恥ずかしいわ！　アリョーシャ、もう来てくれないのかと思ってたの。私が言ったいやなことは忘れてね、ワーニャ。ぜんぶ取り消しよ！」と限りない愛のまなざしでアリョーシャを見ながら、ナターシャは言い足した。青年はにっこり笑ってナターシャの手に接吻《せっぷん》し、その手を握ったまま、私のほうを向いて言った。

「ぼくを責めないでください。ずっと前から、あなたをお兄さんとして抱きしめたかったのです。ナターシャからお噂《うわさ》はいろいろうかがいました！　今まではただお顔を知っているだけで、お付き合いがありませんでしたが、これからは友達になってください、そして……ぼくら二人を赦《ゆる》してください」と小声でアリョーシャは言い足し、少し赤くなったが、そのすばらしい微笑に、私は心の底からの挨拶《あいさつ》を返さずにはいられなかった。

「そうよ、そうなのよ、アリョーシャ」とナターシャがすぐ口を挟《はさ》んだ。「このひとは私たちのお兄さんよ。もう私たちを赦してくれたわ。このひとがいなかったら私たちは幸福になれないのよ。いつか話したでしょう……ああ、私たちは残酷な人間ね、アリョーシャ！　でも三人で仲よく生きていきましょう……。ワーニャ！」とナターシャは唇を震わせて言葉をつづけた。「あのひとたちのところへは、あなたが帰ってくださらない。あなたは心がきれいな人だから、あなたが私を赦しているのを見たら、父と母は赦さないまでも、もう少し私にたいする気持を和らげるかもしれないわ。父と母に何もかも洗いざらい話してくださらない、ご自分の率直な言葉で。そういう言葉を探《さが》してくださいな……。私を守って、救ってほしいの。父と母にわけを話してやって、あなたが解釈したとおりでいいから。だって、ワーニャ、もしあなたが今日うちへ偶然来てくださらなかったら、私はこんなことをする決心がつかなかったかもしれないのよ！　あなたは私の救い主だわ。私はすぐあなたに望みをかけたの、あなたなら父と母にうまく伝えてくださるに違いない、少なくとも最初の驚きをうまく和らげてくださるに違いないって。ああ、ほんとにどうしよう！……ワーニャ、父と母に伝えてくださらない、もう赦されないことは分っていますって。父と母が赦してくれても、神様がお赦しにならないわ。でも、父と母が私を呪《のろ》ったとしても、私はあのひとたちを祝福し、一生涯あのひとたちのために祈るわ。私の心は父と母から離れていないのよ！　ああ、どうして私たちはみんな仕合せになれないのかしら！　どうして、どうしてなの！……ああ！　私はなんてことをしてしまったんだろう……」ナターシャは我に返ったようにとつぜん叫び、恐怖に全身をおののかせて両手で顔を覆《おお》った。アリョーシャはナターシャを抱き寄せ、何も言わずに固く抱きしめた。数分間の沈黙がつづいた。

「よくこれだけの犠牲を要求できましたね！」と、非難をこめてアリョーシャの顔を見ながら私は言った。

「ぼくを責めないでください！」とアリョーシャは繰返した。「請《う》け合いますが、現在のこの不幸は、もちろん辛《つら》いには違いないけれども、ほんの一時的なものなんです。ぼくはそれを確信しています。この一時《いっとき》を切り抜ける強さがありさえすればいいんです。この女《ひと》も同じことを言いました。ご存じのとおり、すべての原因は、あの家の誇りというやつでしょう。あの無駄な争い、おまけに訴訟騒ぎまで！……しかし……（ぼくはこの点をよく考えてみました、ほんとです）こんなことはみんなお終《しま》いにしなければいけない。ぼくたちがみんなで手をつなぎ合えば、幸福はたちまち戻ってきて、年寄りたちもぼくらを見習って仲直りするでしょう。案外ぼくらの結婚は年寄りたちの和解の糸口になるかもしれません！　いや、それよりほかになりようがないと思います。あなたはどうお考えですか」

「結婚とおっしゃったけれども、式はいつ挙《あ》げるのですか」と、ナターシャの顔をちらと見て、私は訊《たず》ねた。

「あすか、あさってです。遅くとも、あさってには、たぶん。いや、つまり、ぼくは自分でもはっきり分らなかったんで、まだなんにも準備してないんです。ひょっとしたらナターシャは今日来ないかもしれないと思ったもんですからね。おまけに父はどうしても今日ぼくを縁談の相手のところへ連れて行こうとしましてね（ぼくには実は縁談があるんです。ナターシャが話したでしょう。ぼくは気が進まないんですが）。そんなわけでまだはっきり決められませんでした。でもぼくらはたぶん、あさってには結婚するでしょう。少なくともぼくはそうなると思います。ほかになりようがありませんからね。あす早速《さっそく》プスコフ街道に発《た》ちます。実は近くの村に友達がいましてね、貴族学校《リツェイ》時代からの、とてもいい友達です。あなたにもご紹介しましょう、その村には司祭もいます。いや、いるかいないか確かじゃないな。確かめておくつもりだったけど、間に合わなかった……でもそんなことは些細《ささい》な問題です。肝心なことさえはっきりしていれば構わないでしょう。隣村かどこかから司祭を呼んだっていい。どうお思いですか。隣村がない村なんて考えられませんからね！　ただその友達に一度も手紙を出さなかったのがまずいな。前もって知らせておけばよかった。ひょっとしたらその友達は留守にしているかもしれないし……でもそんなことは枝葉末節です！　決心さえはっきりついていれば、何事も自然にうまくいくもんですよね？　さしあたり、あすまで、あるいはあさってまで、ナターシャはぼくの所に置きます。家を一軒借りておいたんです。帰って来てから一緒に暮す家をね。もう父の家には帰らないのが当然ですよね？　ぜひお遊びにいらしてください。きれいに飾りつけておきましたから。貴族学校時代《リツェイ》の仲間も遊びに来ますから、パーティを開きましょう……」

狐《きつね》につままれたような気持で、うんざりして、私はアリョーシャの顔を眺めていた。ナターシャは、このひとを厳《きび》しく裁《さば》かないで、大目にみてやってと、目顔で頼んでいた。青年の話を聞きながら、ナターシャは何か悲しげな微笑を浮べているのだが、それと同時に、陽気な子供の支離滅裂だが可愛《かわい》らしいお喋《しゃべ》りを聞くときのように、なんとなくアリョーシャに見惚《みと》れてもいるのである。私は咎《とが》めるようにナターシャの顔を見た。心の中は耐えがたいほど重苦しかった。

「しかしお父さんは?」と私は訊ねた。「赦してもらえるという確信はおありですか」

「確実ですとも。ほかにどうしようもないでしょう。もちろん、初めのうち、父は私を呪うでしょうね。それも確実です。そういう人間なんです。ぼくには非常に厳しい。呪うだけではなくて、だれかに訴えたり、一口に言えば父親の権力を行使するかもしれません……でもそれはみんな本気じゃない。ぼくを目に入れても痛くないほど愛してますからね。腹を立ててもすぐ赦します。そしたらみんな仲直りして、ぼくらも仕合せになれるでしょう。この女《ひと》のお父さんもね」

「もし赦してくれなかったら? その場合のことを考えてみましたか」

「きっと赦してくれます、ただ時間はかかるかもしれない。でも、そんなことはなんでもありません。ぼくにも根性があるところを見せてやりますよ。お前には根性がない、軽薄だと言って、父は年中叱《しか》るんです。ぼくがほんとうに軽薄かどうか、今に分らせてやります。所帯を持つということは大変ですからね。そうなったら、ぼくはもう子供じゃない……いや、つまり、ほかの人たちと同じ……家庭の人間になるわけです。自分で働いて暮しますよ。人に頼って暮すよりそのほうがずっといいって、ナターシャも言うんです。ぼくらはみんな人に頼って暮しているわけですからね。いや、まったく、ナターシャは実にいろいろ為《ため》になることを言ってくれます！　ぼくはそんなふうには一度も考えなかった。育ち方が違うし、教育の中身も違うでしょう。もっともぼくが軽薄で、何の役にも立たない人間であることは、自分でも分ってます。ただ、おとどい、すばらしいことを考えつきましてね。まだ時機尚早《しょうそう》かもしれないけど、ナターシャにも聞いてもらいたいし、あなたのご意見もうかがいたいから、お話しましょう。つまりですね、小説を書いて、あなたのように雑誌に売りこみたいんです。売りこみについては援助してくださいますね？　あなたを当てにして、ゆうべも一晩かかって、小手試《こてだめ》しにある小説のプランを練ったんですが、これが実にもうすばらしい作品になりそうです。題材はスクリーブ（訳注　十九世紀フランスの風俗劇作家。一八六一年没）からちょっといただいて……しかし詳しい話はあとにしましょう。肝心なのは、その小説が金になるってことです……だってあなたも原稿料を稼《かせ》いでおられるんでしょう！」

私は苦笑せざるをえなかった。

「笑ってらっしゃる」と、自分もにこにこしながらアリョーシャは言った。「いえ、まあお聴《き》きください」と、得体の知れぬ素直さでアリョーシャは言葉をついだ。「見かけでぼくを判断しないでくださいよ。ぼくには非常な観察力があるんです。今にお分りになるでしょうが。だから小説を試しに書いてみたってわるくはないでしょう。何らかの結果が生じるかもしれない……しかしあなたが思っておられるとおりかもしれませんね。ぼくは実生活のことはなんにも知らない。ナターシャにもそう言われます。ほかの連中もみんなそう言うんです。作家になんか、なれっこありませんね。笑ってください、笑ってください、ぼくを叩《たた》き直してください。ナターシャのためにそうなさってください、だってナターシャを愛していらっしゃるんでしょう。正直に言いますと、ナターシャはぼくには勿体《もったい》ないのです。ぼくははっきりそう感じます。それがとても辛いんですよ。なぜこの女《ひと》はぼくなんかを愛してくれたんでしょう。でもこのひとのためなら、ぼくは命を投げ出したっていい！　ほんとに今までのぼくはこわいもの知らずだったんですが、今はこわくて仕方がない。ぼくらはなんてことを始めてしまったんでしょう！　ああ！　自分の義務に全身を打ちこんでみたら、その義務を遂行する能力も強さも足りないことが分るなんて！　せめてあなただけでもぼくらを助けてください！　ぼくらに残された友達はあなただけです。ぼく一人じゃ西も東も分りません！　あなたをこんなに頼りにしてごめんなさいね。でもあなたは実にりっぱな、ぼくなんかよりずっとりっぱな方だから、力になってください。ぼくも改めます。安心してください、あなた方二人にふさわしい人間になってみせます」

こう言うとアリョーシャはまた私の手を握りしめ、その美しい目には善良そうな美しい感情が輝いた。この青年は私を親友だと信じきって、こんなに素直に手をさしのべているのだ！

「ナターシャもぼくが改めるのに力を貸してくれるでしょう」とアリョーシャはつづけた。「しかし、まあ、あまり悲観的なことばかりお考えになって、ぼくらのことを気に病まないでください。なんといっても、ぼくにはまだ望みが残されていますし、物質的方面でもぼくらは完全に保証されています。たとえば小説で成功できなかったら（実はついさっきも小説なんか馬鹿馬鹿《ばかばか》しいと思ったんですが、あなたのご意見をうかがいたいばかりに、ちょっと話してみただけなんです）――もし小説で成功しなかったら、いざという場合は、音楽のレッスンを始めてもいいんです。ぼくに音楽の心得があることはご存知なかったでしょう。そういう労働によって生活することを、ぼくは恥とは思いません。そういう点では、ぼくは全く新しい思想のもちぬしなんです。そう、それにぼくはいろんな高価な飾り物や、化粧道具なんかを持ってます。そんなものが何の役に立つでしょう。それを売り払えば、ずいぶん食いつなげる！　それでも、どうしてもぎりぎりのところまで追いつめられたら、本当に勤めに出るかもしれません。そしたら父も喜ぶでしょう。なにしろ勤めろ勤めろとうるさかったのを、ぼくは健康状態を理由に逃げてばかりいたんですから。（しかし名義上はどこかに勤めていることになっています）。結婚のおかげでぼくの身が固まって、本当に勤めに出るようになったのを見たら、父も喜んでぼくを赦すでしょう……」

「しかし、アレクセイ・ペトローヴィチ、あなたのお父さんとナターシャのお父さんのあいだに、これからどんな騒ぎがもちあがるか考えてみましたか。それに今晩このひとの家がどういうことになるか、その点は一体どう思います？」

そして私は、私の言葉にたちまち蒼《あお》ざめてしまったナターシャをゆびさした。私は無慈悲だった。

「ええ、ええ、おっしゃるとおり恐ろしいことです！」とアリョーシャは答えた。「そのことはもちろん考えましたし、心の中では苦しみもしました……しかし仕方がないじゃありませんか。あなたがおっしゃるとおり、ナターシャの両親だけでもぼくらを赦してくれるといいんですがね！　お分りいただけるかどうか、ぼくはあのお二人を非常に愛しています！　お二人はぼくには肉親と同じことです。だのに何という恩返しだろう！……ああ、この争い、この訴訟騒ぎ！　それがどんなにぼくらにとって不愉快か、あなたには想像もつかないかもしれない！　しかもその争いの原因たるや！　ぼくらはみんなこれほど愛し合ってるのに、訴訟なんだから！　仲直りさえすれば、何も問題はないじゃありませんか！　ぼくが親たちの立場にいたら、すぐそうしますね……あなたのお言葉を聞いたら、ほんとに恐ろしくなりました。ナターシャ、ぼくらのしていることは恐ろしいよ！　前にも言っただろう……きみが我《が》を張るから……でも、イワン・ペトローヴィチ、何もかもいずれは丸く収まるんじゃないでしょうか、どうお思いです？　いずれは親たちも仲直りしますよ！　ぼくらが仲直りさせましょう。そう、きっとそうさせてみせます。親たちだってぼくら二人の愛情に逆《さか》らいきれるものじゃない……親たちに呪われようとも、ぼくらは親たちを愛しつづけます。これに逆らいきれるはずはないでしょう。ご存知ないかもしれないけど、うちの親父《おやじ》も時にはひどくやさしくなるんです！　ただ気むずかしそうなふりをしているだけで、時と場合によっては実に物判《ものわか》りがいい。今日も実にやわらかな口調でぼくを説き伏せようとしましたが、あれをお聞かせしたかったな！　それなのに反対の行動をしたことがぼくはとても悲しい！　しかもすべての原因となっているものは下らない偏見なんですからね！　まるで気違い沙汰《ざた》だ！　ほんとに父がもう少しこの女《ひと》をよく見て、せめて三十分でも席を共にしてくれたらなあ。すぐに何もかも赦《ゆる》してくれるに違いないんだけど」そう言いながらアリョーシャは情熱的なやさしい目つきでナターシャを見やった。

「ぼくは何百ぺんも楽しい空想をしたんです」とアリョーシャはお喋りをつづけた。

「父がナターシャの人柄を知ってすっかり惚《ほ》れこむ図とか、ナターシャが世間を驚かすところとかね。だってこのひとみたいな娘はちょっとほかにいませんよ！　ところが父はこのひとのことを陰謀家だと信じこんでいます。ナターシャの名誉回復はぼくの義務ですからね、それは絶対に実行しますよ！　ああ、ナターシャ！　きみはみんなに愛されるよ、みんなに。きみを愛さずにいられる人間なんているもんか」とアリョーシャは夢中になって言い足した。「ぼくはきみに価しない男だけれども愛しておくれ、ナターシャ、でないとぼくは……分ってるだろう、ぼくのことは！　二人が仕合せになるのに面倒なことは要《い》るもんか。そう、ぼくは信じる、ぼくは信じる、今夜はぼくら全体にきっと幸福と平和と調和とがもたらされるよ！　この夜に祝福あれ！　そうだろう、ナターシャ？　おや、どうしたんだい。ねえ、一体どうしたんだい」

ナターシャは死人のように蒼ざめていた。アリョーシャがぺらぺら喋るあいだ、娘はずっと相手の顔を見つめていたのだった。だがナターシャの目つきは次第に濁り、すわってきて、顔はいよいよ蒼ざめていった。終いにはもう何も耳に入らず、一種の無我の境に陥ったように思われた。アリョーシャの叫びにナターシャは我に返った。はっとして、あたりを見まわし――いきなり私に駆け寄った。そしてアリョーシャには隠すようにして、あたふたとポケットから一通の手紙を取り出し、私に手渡した。それは老夫婦にあてた手紙で、ゆうべのうちに書かれたらしい。それを渡しながら、まるで自分のまなざしで縛りつけられたように、ナターシャは私の顔をじっと見つめた。そのまなざしには絶望があふれていた。その恐ろしいまなざしを私は決して忘れないだろう。私も恐怖にとりつかれた。今初めてナターシャが自分の行為の恐ろしさをありありと感じ始めたことを、私ははっきり見てとったのである。ナターシャはむりに口を開き、私に何か言おうとして、だしぬけに失神して倒れた。私はやっとのことでその体を受けとめた。アリョーシャは驚きに蒼ざめ、ナターシャのこめかみをこすったり、手や唇《くちびる》に接吻《せっぷん》したりした。二分ほど経《た》って、ナターシャは意識をとり戻した。あまり遠くない所に、アリョーシャの乗って来た馬車が待っていた。青年はそれを呼んだ。馬車に乗るとき、ナターシャは狂ったように私の手を握り、熱い涙が私の指を焼いた。馬車は動き出した。私はなお永いことそこに立って、ナターシャを見送った。このとき私の幸福はすべて滅び去り、私の人生は二つに折れたのである。それが痛いほど感じられた……。ゆっくりと私は元来た道を老夫婦の家へ引き返した。二人に何と言うべきか、どんなふうに訪《たず》ねて行くべきか、私には分らなかった。思考は痺《しび》れ、足はがくがくした……

これが私の幸福の一部始終である。私の恋はこうして終り、片がついた。さて、中断していた物語をつづけることにしよう。

第十章

スミスの死後五日ばかり経《た》ち、私はその住居へ引越した。その日一日、私はたまらなく物悲しかった。天気は悪く、気温は下がり、雨まじりの湿った雪が降っていた。夕方頃はじめて、ほんの一瞬、太陽が顔を出し、どこか戸惑いしたような日の光が、たぶん好奇心からだろう、私の部屋にもさしこんだ。ところで、この部屋は広いのだが、ひどく天井が低く、煤《すす》けているうえに黴《かび》くさく、多少の家具があるにもかかわらず、不愉快なほどがらんとしていた。その日、私はきっとこの部屋の中で自分の残りわずかな健康をすら駄目にしてしまうだろうと思ったのだった。果してそのとおりになったのである。鞄《かばん》午前中いっぱい、私は原稿をよりわけたり揃《そろ》えたりする仕事にかかりきっていた。がなかったので、私は原稿を枕《まくら》カバーに入れて運んだのだった。だから何もかもがごちゃまぜになり、皺《しわ》くちゃになっていた。やがて私は腰を落着けて書き始めた。その頃はまだあの長篇小説を書いていたのである。だがまたしても仕事はうまく進行しなかった。頭はほかのことでいっぱいだった……

私はペンを投げ棄《す》てて、窓ぎわに坐《すわ》った。たそがれが迫り、私の物悲しさは募る一方だった。さまざまな重苦しい考えが私につきまとっていた。やはりペテルブルグでこのまま身を滅ぼすのではないかという考えが絶えず立ち戻ってきた。もうじき春だ。こんな殻《から》を破って広い世界に飛び出し、かぐわしい野や森の香りを吸いこんだら、さぞかしせいせいするだろう。もう永いこと野原や森を見ていない！……そしてまた、何かの魔術か奇蹟《きせき》によって、過去のすべてを、ここ何年間かの経験のすべてを忘れられたら、どんなにすばらしいだろうと、ふと思ったことを記憶している。すべてを忘れ、頭を新鮮にして、新たな力を貯《たくわ》えて仕事にかかれたら、どんなにいいだろう。当時の私はまだそんなことを夢み、復活に望みをかけていたのだった。『脳味噌《のうみそ》をぜんぶ掻《か》き出して、新しいのと入れ替えて、また元どおりにできるものなら』と私は平気で考えた。『気違い病院にでも入ってやるんだが』。それは生への渇望《かつぼう》と信仰だった！……だが、今でも覚えているが、私はすぐに笑い出したのである。『気違い病院を出たら何をする気だ。まさかまたもや小説を書くんじゃあるまいね……』

こうして空想したり嘆いたりするうちに、時間はどんどん経過した。夜が来た。その晩、私はナターシャと逢《あ》う約束があった。ゆうべ手紙が来て、ぜひとも逢いに来てくれという。私はそそくさと支度《したく》を始めた。それでなくとも、なるべく早くこの部屋から逃げ出して、雨であろうと霙《みぞれ》であろうと、どこかへ行きたかった。

暗闇《くらやみ》が迫るにつれて私の部屋は次第にがらんとなり、ますます広がっていくように思われた。この部屋には毎晩のように、到る所にスミスの姿が現われるのではなかろうかと、私は空想した。老人は腰を下ろしたまま、あの喫茶店でアダム・イワーヌイチを見つめたように、身動きもせずに私を見つめ、その足もとにはアゾルカが寝そべっているかもしれない。と、その瞬間、ある出来事が起って私をひどく驚かした。

だが、すべてを告白しなければなるまい。神経の変調のせいか、あるいは新しい住居の新しい印象のためか、それとも最近の憂鬱症《ゆううつしょう》のせいだろうか、私はたそがれが迫り始めると、それにつれて少しずつ、妙な気分に陥るようになっていたのである。それは病気になってから毎晩のように襲ってくる、私が神秘的恐怖と呼ぶところの気分だった。それは何物かにたいするきわめて重苦しい恐怖心である。その対象が何物なのかは自分ではっきり定められないのだが、とにかくそれは、現実の物質の秩序の中には存在せず、したがって捉《とら》えることができない何物かであり、しかもそれは間違いなく、今の今にも、まるで理性のあらゆる論証をあざ笑うように、とつぜん姿を現わし、追い払いがたい一つの事実、恐ろしい、醜悪な、容赦ない一つの事実として、私の前に立ちふさがるかもしれない。この恐怖心は通常いかなる理性の論証があろうとも、強まる一方のものであり、したがって知性は、たぶんそういう場合いっそう明晰《めいせき》さを増すのかもしれないが、それと同時にこのような感覚に抵抗する可能性をいっさい失ってしまう。知性はその権威を喪失し、無力なものになる。そしてこのような分裂が、臆病《おくびょう》な期待の悩ましさを更にいっそう強めるのである。死人をこわがる人びとの感情も、ある部分ではこれに似通っているかもしれない。だが私の恐怖心の場合は、危険の正体が不明であるだけに、苦しみはますます強まるのだった。

忘れもしない、私は戸口に背を向けて立ち、テーブルの上の帽子をとりあげたが、その瞬間、とつぜん、今うしろを振り返ったら、きっとスミスの姿が見える、と思ったのだった。老人はまずそうっとドアをあけ、敷居の上に立ち、部屋を見まわすだろう。それから頭を垂《た》れたまま静かに中へ入り、私の前に立ち、その濁った視線を私に据え、とつぜん歯のない口をあけて、音のない笑いをながながと私に浴びせるだろう。老人の体は揺れ始め、その笑いのためにいつまでも揺れつづけるだろう。それらの幻は私の空想の中できわめて明瞭《めいりよう》にくっきりと描き出され、と同時に、私の内部にはとつぜん非常に明瞭な打ち消しがたい確信が生れた。すなわち、こういうことは必ず、今すぐ起るに違いない、いや、もう起っているのだが、ドアに背を向けているから私には見えないだけなのであり、今この瞬間にもドアは開きかけているのだという確信である。私はくるりと振り返った。と、どうだろう――つい今し方空想したとおりに、音もなく、ドアが本当に開きかけていた。私はあっと叫んだ。まるでドアがひとりでに開きでもしたように、しばらくは誰も姿を現わさなかった。出しぬけに何やら奇妙な生きものが敷居の上に現われた。闇の中で識別できた限りでは、確かに何者かの目がじっと執拗《しつよう》に私を見つめていた。私の全身を寒気が走った。ぞっとしたことには、それはよく見ると子供であり、しかも女の子だった。かりにこれがスミスその人であったとしても、こんなとき、こんな場合に私の部屋へ見知らぬ奇妙な子供が思いがけなくも出現したほどには、私を驚かさなかったかもしれない。

今も言ったとおり、女の子はまるで中へ入るのを恐れているかのように、音を立てずにゆっくりとドアをあけたのだった。姿を現わした女の子は、敷居の上に立ち、驚きのあまり全身を棒にして、永いこと私を凝視した。やがて静かにゆっくりと二歩ばかり前進し、依然として無言のまま私の前で立ちどまった。私は近くで女の子をつくづく眺《なが》めた。それは十二、三歳ぐらいの背の低い少女で、重病の床から起きあがったばかりのように痩《や》せて蒼白《あおじろ》かった。そのために大きな黒い目はいっそう明るく光って見えた。少女は左手に握った穴だらけの古いハンカチで胸のあたりを抑《おさ》えていたが、それは夕方の寒さにまだ震えている胸を辛《かろ》うじて覆《おお》っていた。着ているものは、全くのぼろとしか言いようがない。濃い黒い髪は櫛《くし》を入れた様子がなく、ひどく乱れていた。お互いにじろじろ眺めながら、私たちはこうして二分ばかりのあいだ突っ立っていた。

「おじいさんはどこ?」と、まるで胸か喉《のど》でもわずらっているような、辛うじて聞きとれる嗄《しゃが》れ声で、やがて少女は訊《たず》ねた。

その問いを聞いて、私の神秘的な恐怖はたちまち消えた。これはスミスのことを訊《き》いているのだろう。思いがけなく老人の手がかりが現われたのだ。

「きみのおじいさん？　あのひとなら、もう死んじゃったじゃないか」と、その質問に答える用意が全然できていなかった私は、咄嗟《とつさ》にそう言い、たちまち後悔した。少女は少しのあいだそのままの姿勢で立っていたが、とつぜん全身を震わせ始め、その震え方があまり烈《はげ》しかったので、何か危険な神経症の発作でも起りかけているように見えた。少女が倒れないように、私は手を伸ばして支えようとした。二、三分経って少女は回復したが、自分の興奮を隠そうと異常な努力をしていることがはっきり分った。

「ごめん、ごめんね！　赦《ゆる》しておくれ、いい子だから！」と私は言った。「いきなり言ってしまったけど、もしかすると、そうじゃないかもしれない……かわいそうに！……だれを探《さが》してるの。この部屋に住んでいたおじいさん？」

「ええ」と不安そうに私の顔を見ながら、少女はやっとのことで囁《ささや》いた。

「名前はスミスだね？　そうだろう？」

「そ、そうよ！」

「じゃ、そのひとは……そう、やっぱり死んじゃったんだ……でも、いい子だから、悲しむのはやめなさい。どうして今まで来なかったの。今はどこから来たの。きのうお葬式だったんだ。急にぽっくり亡《な》くなったんでね……きみは、じゃあ、あのひとの孫だね？」

少女は私の脈絡のないせっかちな質問には答えなかった。何も言わずに向きを変え、部屋から出て行こうとした。私はすっかり面喰《めんくら》っていたので、少女を引きとめもしなければ、もっと質問をつづけようともしなかった。少女は敷居の上でもういちど立ちどまり、私のほうに体を半分ひねって訊ねた。

「アゾルカも死んじゃったのね」

「そう、アゾルカも死んだよ」と私は答えたが、少女の質問は異様に思われた。まるでアゾルカは老人と必ず一緒に死ぬものと信じ切っていたような言い方ではないか。私の答を聞くと、少女はそっと部屋から出て、後ろ手に注意深くドアをしめた。

一分ばかり経ってから、私は俄然《がぜん》、少女を追って駆け出した。帰してしまったのがひどく残念である！　少女の出て行き方は恐ろしく静かだったから、階段に通じるもう一つのドアをあけた音は、私の耳には全然聞えなかった。まだ階段を下り切っていないだろうと私は思い、いったん入口の間で立ちどまって、耳をすました。だがあたりは静まり返り、だれの足音も聞えない。どこか下の方でドアがばたんと音を立てただけで、ふたたび静けさが立ちこめた。

私は急いで下り始めた。階段は私の住居のすぐ前から始まり、五階から四階まで螺旋《らせん》形《けい》に走っていた。四階から下はまっすぐな階段である。それは黒く汚《よご》れた、いつも薄暗い階段で、小さな住居に分割された建物にはよく見られるしろものだった。そのとき階段はもう完全に暗くなっていて、手探りで四階まで下りた私は、ちょっと足をとめたが、その踊り場の物陰にだれかがいて、私から身を隠そうとしているのに、ふと気づいた。私は両手であたりを探り始めた。少女は踊り場の隅で、顔を壁に向け、声もなく泣いていた。

「ねえ、何をこわがってるの」と私は口を開いた。「びっくりさせて、ごめんね。おじいさんは亡くなるとき、きみのことを言っていたよ。それがあのひとの最後の言葉だった……ぼくのところに本も残っているけど、きっときみの本だろうね。きみの名前は？　うちはどこ？　おじいさんは六丁目って言ってたけど……」

だが私は言い終えることができなかった。少女は住所を言いあてられたように驚きの叫びをあげ、痩せて骨ばった手で私を突きのけると、あわてて階段を駆け下りて行った。私はあとを追った。少女の足音はまだ下の方に聞えていた。とつぜんそれが聞えなくなった……私が街路に走り出たとき、少女の姿はすでになかった。ヴォズネセンスキー通りまで走って行ってみたが、私の努力は徒労に終った。少女は消えていた。『きっと階段の途中でどこかに隠れたんだ』と私は思った。

第十一章

けれどもヴォズネセンスキー通りのどろどろに汚《よご》れた歩道に足を踏み入れるや否《いな》や、

私はとつぜん一人の通行人に突き当った。その通行人は何か考えこんでいたらしく、頭を垂《た》れ、足早にどこかへ歩いて行くところだった。たいそう驚いたことには、それはイフメーネフ老人だったのである。その夜は思いがけない出逢《であ》いのつづく夜だった。老人が三日ばかり前にひどく体具合がわるくなったことを私は知っていた。それなのに、こんなじめじめした夜、路上で逢うとはどういうことだろう。しかも、老人は以前から夜はほとんど外出しなかったし、ナターシャの家出以来、つまりもうほとんど半年ほど前からは、完全に蟄居型《ちっきょがた》の人間になっていたのだった。老人はまるで腹を割って話せる友人に出逢ったように何やら異常に喜び、私の手をしっかり摑《つか》むと、どこへ行くのかと訊《たず》ねもせずに私をどんどん引っ張って行った。何か心配事があるらしく、老人はせかせかしていて衝動的だった。『どこへ行くところだったんだろう』と私は思った。それを訊ねるのは余計なことだった。老人は恐ろしく疑《うたぐ》り深くなっていて、ほんのちょっとした質問や意見を、当てこすりとか、侮辱とかいうふうに受けとるのだった。

私は横目を使って老人を観察した。老人の顔は病人じみていた。近頃ひどく痩《や》せたようである。髭《ひげ》はもう一週間も伸び放題だった。すっかり白くなった髪の毛が型の崩れた帽子の縁からだらしなくはみ出し、着古した外套《がいとう》の襟《えり》の上に長く垂れていた。前から気づいていたことだが、老人はときどき放心したようになることがあった。たとえば同じ部屋にだれかがいるのを忘れて、独《ひと》りごとを言ったり、手で何かの身ぶりをしたりする。

そういう老人を見るのは辛《つら》いことだった。

「どうした、ワーニャ、え？」と老人は口を開いた。「どこへ行くんだね。わしはちょっと用事があって出て来た。元気か」

「あなたこそお元気ですか」と私は答えた。「ついこのあいだ病気だったのに、もう外出ですか」

老人は私の言葉が聞きとれなかったように返事をしなかった。

「アンナ・アンドレーエヴナはお元気ですか」

「元気だよ、元気だ……いや、ちょっと加減が悪かったりするが。なんだか気が弱くなって……お前のことをよく言うんだ、なぜ遊びに来ないんだろうとな。今わしの家へ来るところだったんじゃないのか、ワーニャ。違うか？　もしかしたら、引っ張って来たりして迷惑じゃなかったのか」と、なんとなく疑わしそうに私をじろじろ見ながら、老人はとつぜん訊ねた。疑り深い老人はひどく神経質になり怒りっぽくなっていたから、いま私がイフメーネフ家へ行くのではないと答えたら、きっと腹を立てて冷たく別れてしまうだろう。私はあわてて、ちょうどアンナ・アンドレーエヴナをお訪《たず》ねしようとしていたところですと答えた。もう約束の時刻に遅れていたし、ぐずぐずしているとナターシャの家へ行けなくなることは分っていたが。

「そう、そりゃよかった」と、私の答にすっかり安心して老人は言った。「そりゃよかった……」そして急に口をつぐみ、何か言葉を中途で呑《の》みこんだように考えこんだ。

「そう、そりゃよかった！」と、五分ほど経《た》って、ふと物思いから醒《さ》めたように老人は機械的に繰返した。「ふむ……そう、ワーニャ、お前は昔から実の息子《むすこ》のようだった。神様はアンナ・アンドレーエヴナに男の子を授けてくださらなかったから……代りにお前をくださったんだ。わしは前からそう考えていたよ。家内もな……そう！　お前も実の息子のように、わしらにいつもやさしくしてくれた。神様がそんなお前を祝福してくださるといいな、ワーニャ。わしら年寄りはお前を祝福しているよ、愛しているよ……そう！」

老人の声が震えた。一分間ほど、老人は息を休めた。

「そう……で、どうだ。病気はしなかったのか。どうして永いこと来なかった？」

私はスミスとのいきさつの一部始終を物語り、スミスの一件で手間どったし、おまけにあやうく病気になりかけたりして、いろいろごたごたしたためにワシリエフスキー島に（老夫婦はその頃ワシリエフスキー島に住んでいた）行けなかったことを詫《わ》びた。それでもナターシャの所へは行って来たと、すんでのことに口を滑《すべ》らしそうになったが、気がついて沈黙した。

スミスの話はたいそう老人の興味をひいたとみえて、老人はいくらか身を入れて話を聞くようになった。私の新居が湿っぽく、ひょっとすると前の住居よりも悪いかもしれないのに、月六ルーブリの家賃を取られるという話を聞くと、老人はいきりたったほどだった。それでなくともひどく衝動的になり、せっかちになっていたようである。こんなとき老人をうまく扱えるのはアンナ・アンドレーエヴナだけだったが、それもいつでもというわけではなかった。

「ふむ……そりゃお前の文学のせいだ、ワーニャ！」と、ほとんど憎しみをこめて老人は叫んだ。「文学がお前を屋根裏部屋へ連れて行ったんだ。今に墓場まで連れて行かれるぞ！　だから言わんこっちゃない！……ところでBはまだ評論を書いているかね」

「あのひとはもう肺病で死にましたよ。いつかそのことは話したでしょう」

「死んだか……ふむ、死んだか！　いや、それが当然だ。で、女房子供には何か残していったかね？　確かお前の話だと、あのひとには奥さんがいたんだろう……何を頼りに結婚したのか知らんが！」

「いいえ、なんにも残さなかったようです」と私は答えた。

「そうだろうとも！」と、身内の話でもしているように、そしてBは実の弟であるかのように、ひどく熱中して老人は叫んだ。「まあいいさ！　そんなことはどうでもいいさ！　しかし、ワーニャ、彼の最後がこんなふうになることは、まだお前がしきりとあの男に感心していた頃から、わしは予感しておったよ。なんにも残さなかった、か。言うはやすしだ！　ふむ……その代りに名声を得たわけか。まあそれが不朽の名声だとしても、名声じゃ飯は食えんからな。わしはな、あの頃から、お前のこともすっかり先を見通したんだよ、ワーニャ。口では褒《ほ》めたが、心の中じゃ先を見通していた。そうか、Bは死んだか。死なないわけにはいかんものな！　結構な暮しに……結構な住居だものな！」

そして老人は痙攣《けいれん》的に、せっかちに手を動かして、じめじめした靄《もや》の中で弱くまたたく街燈《がいとう》の光に照らし出されたおぼろげな街の遠景を、その薄汚れた建物や、濡《ぬ》れて輝く歩道の敷石や、濡れそぼれて腹立たしげな暗い表情の人びとなど、一面に墨汁を流したようなペテルブルグの空の黒い天蓋《てんがい》が覆《おお》っている風景ぜんたいを指《さ》してみせた。私たちはもう広場に出ていた。目の前の暗闇《くらやみ》にはガス燈の光を下から浴びた銅像がそびえ立ち、そのむこうにはイサーク寺院の暗い巨大なマッスが、大空の陰鬱《いんうつ》な色調の中で辛《かろ》うじてそれと見分けられた。

「ワーニャ、お前は言ったっけ、あのひとはいい人だ、心の広い、感じのいい人で、こまやかな感情のもちぬしだ、って。ところがお前の言う、こまやかな感情のもちぬしなんて、みんなこんなものさ！　父《てて》なし子をふやすよりほかに能がない連中なんだ！　ふむ……だから結構いい気分で死んでいったと思うよ！……ええい、くそ！　どこかへ行きたいな、シベリヤでもいい……おや、どうした、娘さん？」――歩道で物乞《ものご》いをしている子供を見つけて、老人はとつぜん訊ねた。

それはせいぜい七つか八つの、ちっぽけな痩せこけた少女で、汚《きた》ないぼろを身にまとい、小さな足には、素足にじかに穴だらけの靴をはいていた。寒さにふるえる体は使い古したマントのようなものでほんのお体裁のように包まれていたが、それはとうに身丈《みたけ》の合わなくなったマントなのだった。やせて蒼白《あおじろ》い不健康な顔は、私たちの方に向けられていた。少女は何も言わずにおずおずと私たちを見ながら、断わられる恐怖に馴《な》れた表情で、震える小さな手を差しのべていた。少女を見ると老人は急にわなわな震え出し、少女が驚くほどの凄《すご》い勢いで向き直った。びくりとした少女は身を引いた。

「どうした、どうしたんだ、娘さん」と老人は大声で言った。「どうした。お貰《もら》いかい？　そうなんだね？　じゃ、ほら……これをとっときなさい！」

そして興奮に震えながら老人はせかせかとポケットを探り、二、三枚の銀貨をとり出した。だがそれでは足りないと思ったのか、財布《さいふ》をとり出し、一ルーブリ札を——有り金ぜんぶを引き抜くと、それを小さな乞食娘《こじきむすめ》の手に握らせた。

「イエス様がお前をお守りくださるように……かわいそうな子！　天使様がお前についていてくださるように！」

そして老人は震える手で哀れな子供に何度か十字を切った。だが、私がそばにいて、その様子を見守っていることに不意に気がつき、眉《まゆ》をひそめて、さっさと歩き出した。

「わしはとても見ていられないんだよ、ワーニャ」と、かなり永いあいだ腹立たしげに黙っていてから、老人は喋《しゃべ》り出した。「罪もない小さな子供が往来で寒さに震えているなんて……それもみんなろくでなしの母親や父親のせいなのだ。しかし、母親だって子供をあんな恐ろしい目にあわせるものか、自分がよっぽど不幸でない限りはな！……きっとほかにも父《てて》なし子がいて、あの子は長女なんだ。母親はきっと病気で……ふむ！とにかく良家の子女でないことは確かだ！　この世の中には、ワーニャ、いくらもいるんだよ……育ちの悪い子供たちがな！　ふむ！」

少しのあいだ、老人は何かに当惑したように黙っていた。

「実はな、ワーニャ、わしはアンナ・アンドレーエヴナに約束したんだよ」と、少々まごつきながら老人は口を開いた。「約束というのは……つまり、アンナ・アンドレーエヴナと意見が一致したんだが、どこかのみなし児《ご》を引き取ろうという……つまり、どこかの小さな女の子を養女にしようということなんだ。分るかね。なにしろ年寄りだけだと淋《さび》しくて……ところが、どういうわけだか、アンナ・アンドレーエヴナがそれに反対し始めたんだ。そこでお前にあれを説き伏せてもらいたいんだよ、つまり、わしに頼まれたとは言わずに、あくまでも自分の意見として……説き伏せてくれないか……分るね？　前からこのことを頼もうと……あれを説き伏せて、うんと言わせてもらおうと思ってたんだが、自分で頼むのはどうも具合がわるくて……いや、こんな下らん話はもうよそう！　女の子なぞ、わしは要《い》らんよ。ただ、老後の慰めというか……子供の声を聞きたくて……いや、実を言えば、これは家内のためなんだよ。わしと二人きりでいるよりか、そのほうが賑《にぎ》やかだろう。しかし、下らん話だ！　こんな調子じゃ、ワーニャ、なかなか家まで行き着かないな。辻《つじ》馬車を呼ぼう。道は遠いし、アンナ・アンドレーエヴナも待ちくたびれただろうから……」

私たちがアンナ・アンドレーエヴナのところに着いたときは、七時半だった。

第十二章

老夫婦はお互いにたいそう愛し合っていた。愛情と、長年の馴《な》れが、二人を離れがたく結びつけていた。だがニコライ・セルゲーイッチは現在だけではなく以前の幸福な頃でも、アンナ・アンドレーエヴナにたいしてなんとなく打ち解けず、時には厳《きび》しすぎることすらあり、ことに人前ではその傾向が強かった。やさしい細やかな感情のもちぬしでも時として一種の強情さというか、一種の潔癖さを示し、人前だけではなく差し向いでいるときにすら、自分の愛する者に腹を割って話したり、やさしさを見せたりしたがらないことがままある。差し向いでいるとき、むしろその傾向はいちじるしいかもしれない。ただごく稀《まれ》にやさしさがほとばしり出ることはあるが、そのやさしさが抑圧されていればいるだけ、発現の仕方は情熱的になり衝動的になる。イフメーネフ老人のアンナ・アンドレーエヴナにたいする態度にも、すでに若い時分からそういうところがあった。アンナ・アンドレーエヴナはただ善良なだけで夫を愛するよりほかに能のない女だったけれども、イフメーネフはこの妻を尊敬し、限りなく愛していた。それだけに妻がもちまえの単純さから、あまりにも無用心であけっぱなしな態度に出るとき、老人はひどく憤慨した。けれどもナターシャの家出以来、二人はなんとなくお互いにいたわり合うようになった。この世の中で二人だけになってしまったことを身にしみて感じたのだろう。そしてニコライ・セルゲーイッチはときどき極端に気むずかしくなったけれども、それでも二人は二時間と別々にはいられず、少しのあいだ離れる場合にも淋《さび》しそうな、辛《つら》そうな顔をするのだった。ナターシャについては暗黙の了解があるように二人とも何も言わず、まるでナターシャはこの世にいないようだった。アンナ・アンドレーエヴナは夫の前ではナターシャのことをほのめかしもしなかったが、これはひどく辛いことであったに違いない。老婦人はもうずっと前から心の中ではナターシャを赦《ゆる》していたのだった。私たちのあいだではなんとなく取り決めができていて、訪問のたびに私はアンナ・アンドレーエヴナに忘れられぬ愛娘《まなむすめ》の消息を伝えた。

永いこと消息を聞かないと老婦人は病気になるのだった。そして私のもたらす消息の些細《ささい》な点にも関心をもち、心ぜわしい好奇心にかられてあれこれと質問し、私の話を気晴らしのたねにした。だからナターシャが一度病気になったときは恐怖のあまり気も転倒し、もう少しで自分から娘の所へ出掛けて行きそうになったのである。だが、これは極端な場合だった。初めのうち、老婦人は私の前ですら娘に逢《あ》いたい気持を口に出さず、さんざん私に質問をあびせたあとでは、いつもきまってなんとなく殻《から》を閉じるような態度になり、娘の運命には関心があるけれども、やはりナターシャは罪人《つみびと》だから赦すことはできないと繰り返したのである。だがそれはすべて表面だけのことだった。しばしばアンナ・アンドレーエヴナは衰弱するまでに嘆き悲しみ、私の前ではナターシャの愛称をいとしげに口に出したり、ニコライ・セルゲーイッチのことをこぼしたりするのだった。そして夫の前では、きわめて用心しいしいではあるけれども、人間というものは傲《ごう》慢《まん》で薄情だとか、私たちは侮辱を赦すすべを知らないとか、人を赦さぬ者を神はお赦しくださらないとか、遠まわしに言い出すのだったが、夫の前ではそれ以上は何も言えなかった。そんなとき老人は途端にかたくなになり、陰気に眉《まゆ》をひそめて黙りこむかと思えば、とつぜんひどく不器用に大きな声で話題を変え、あるいは私たち二人を残して自分の部屋へ引っこんでしまうのだった。それはつまり、アンナ・アンドレーエヴナに私の前で思う存分、涙と愚痴まじりに悲しみを吐き出すチャンスを与えるということらしかった。それと同じように、いつも私が訪《たず》ねて行って挨拶《あいさつ》をすませた途端に、老人は引きさがり、私がアンナ・アンドレーエヴナにナターシャの消息を伝える場をこしらえてくれることが多かったのである。この晩も老人はそう振舞った。

「すっかり濡《ぬ》れちまった」と、部屋へ入るや否《いな》や、老人は妻に言った。「わしはちょっと自分の部屋へ行くから、ワーニャ、お前はここにいておくれ。ワーニャの住居の件で妙な事件があったとさ。ひとつ話してやってくれないか。わしはすぐ戻るから……」

そして自分から私たち二人を結びつけたのを恥じるように、私たちの顔をなるべく見ないようにして老人はそそくさと出て行った。こんな場合、私たちの部屋へ戻ってきたときの老人は、いつも私とアンナ・アンドレーエヴナにたいして妙に厳しく怒りっぽくなり、自分で自分のやさしさや妥協しやすさに腹を立てているように、わざといろんな難癖をつけてくるのだった。

「へんな人ね」と、気どりや底意をこの頃ではすっかり棄《す》ててしまった老婦人が私に言った。「いつも私にはああなのよ。そのくせ自分じゃ分ってるのよ、私たちがあのひとの狡《ず》るさを承知してるってことを。なぜ私の前であんなふりをするのかしら！　他人じゃあるまいしね。娘にもああなのよ。赦せないわけはないし、ひょっとしたら、たぶん赦したくってうずうずしてるのよ。毎晩泣いてるの、私ちゃんと聞いてしまった！　でもうわべはすごく強情。自尊心のとりこなのね……それはそうと、イワン・ペトローヴィチ、早く話してくださらない、あのひとどこへ行って来たの」

「ニコライ・セルゲーイッチですか。知りません。あなたにうかがおうと思って来たんです」

「出掛けるのを見て、私、気が遠くなりそうだった。だって病気なのに、こんな天気に、しかも夕方からの外出でしょう。何か大事な用だろうとは思ったけど。でも、あなたもご存知の例の一件のほかに、大事な用なんてあるかしら。そう思ったけど、口に出しては訊《き》けないの。もう今のあのひとにはこわくて何も訊けないわ。ほんとに、あのひとと娘のことで気が遠くなりそう。あの子のとこへ行ったのかしら、ほんとに赦す気になったのかしら、なんて思ったりして。あのひと何もかも知ってるのよ、ナターシャの最近の消息はぜんぶ知ってるの。知っているってことはだいたい分るけど、どこから消息が入って来るのかはさっぱり分らないわ。きのうもひどくふさぎこんでいたし、今日もよ。あなた、どうして黙りこんでるの！　早く話してちょうだい、その後の様子を。まるで天使の訪れでも待つみたいに、首を長くしてあなたを待ってたのよ。ねえ、どうなの、あの悪者はナターシャを棄てるんじゃない？」

私はすぐアンナ・アンドレーエヴナに知っていることを残らず話した。老婦人にたいして私はいつも完全に率直だったのである。ナターシャとアレクセイの仲はどうも決裂にむかっている様子であり、今度は以前の仲違《なかたが》いよりもだいぶ深刻らしいということを、私は語った。そしてナターシャはゆうべ私に手紙をよこして、今夜九時に来てほしいと頼んで来たこと、だから今夜はイフメーネフ家に来ることなど考えてもいなかったのだが、ニコライ・セルゲーイッチに引っ張られて来てしまったこと。そして私は、今の状勢がきわめて微妙であることを詳しく説明した。アリョーシャの父親は二週間ばかり前に旅行から帰ってきたが、息子の言い分には少しも耳をかさず、アリョーシャにきわめて厳しい態度をとっている。それよりも肝心なのは、アリョーシャがどうも縁談の相手が気に入ったらしく、すっかり惚《ほ》れこんでしまったという噂《うわさ》もある。さらに私は、ナターシャの手紙が推測できる限りでは非常な興奮状態で書かれたものらしいということも言い添えた。今夜何もかも決ると書いているが、何が決るのかはよく分らない。それから、きのう書いた手紙なのに、今日来るようにと言い、九時と時刻まで指定してあるのは奇妙である。だから私としてはぜひとも、なるべく早く行かなければならない。

「行きなさい、行きなさい、ぜひとも行ってね」と老婦人はせかせかと言った。「ただあのひとがもうじき出てくるから、まずお茶でも飲んで……ああ、サモワールをまだ持って来ない！　マトリョーナ！　サモワールはどうしたの。まったく悪い女だよ、あの女は……じゃね、お茶を飲んだら、何か体裁のいい口実をつくって、行っておくれ。あした必ずここへ来て、すっかり話してね。なるべく急いで行くのよ。ああ！　何かもっと面倒なことが起ったんでなければいい！　でも、これ以上わるくなりっこないけど！　ニコライ・セルゲーイッチは何もかも知ってるのよ、どうも知っているような気がする。私はマトリョーナから消息を聞くんだけど、そのマトリョーナはまたアガーシャから聞いてくるのよ。そのアガーシャはまた、公爵《こうしゃく》の家に厄介になっているマリヤ・

ワシーリエヴナという女《ひと》の名付け親なの……あ、こんなことはあなたもう知ってたわね。今日はなんだかすごく怒りっぽいの、うちのニコライは。私があれこれ話しかけると、もうどなりつけんばかりの剣幕でね。でもあとでわるいと思ったらしくて、金が足りないなんて言うのよ。まるでお金のことで怒ったみたいにね。で、お食事のあとでお昼寝をしに行ったから、隙間《すきま》から覗《のぞ》いてみたら（ドアにそういう隙間があるのよ、あのひとは知らないけど）聖像の前にひざまずいて、あなた、お祈りしてるじゃありませんか。それを見た途端に、私、足ががくがくしてしまってね。それからあのひとはお茶を飲みもしなければ、お昼寝もしないで、帽子をかぶって出て行ったわ。出かけたのは四時すぎ。どこへ行くか、こわくて訊けなかった。どなられそうでね。この頃よくどなるのよ、マトリョーナや私に。どなられると、私、足ががくがくして、魂が抜けたみたいになるでしょう。そりゃあ、ただのわがままだってことは分ってるわ。あのひとのわがままよ。でも、あのひとが出て行ってから、まる一時間もお祈りしたの、どうか穏やかな気持にお導きくださいって。それで、どこにあるの、ナターシャの手紙は、見せて！」

私は出して見せた。私には分っていたのだが、アンナ・アンドレーエヴナはひそかに、自分がつねづね悪党とか冷酷で馬鹿《ばか》な青二才とか呼んでいるアリョーシャがやがてはナターシャと結婚し、父親のピョートル・アレクサンドロヴィチ公爵がその結婚を認めることを、望んでいたのである。その望みを私の前でうっかり口に出したことさえあったが、あとですぐ後悔し、自分の言葉を否定したりした。だがニコライ・セルゲーイッチの前では、老婦人は口が裂けてもそんなことは言わなかったに違いない。老人のほうでは妻の考えをうすうす感づいていて、何度か遠まわしにそれを非難したことさえあったのだが。そんな結婚の可能性を知ったなら、老人は決定的にナターシャを呪《のろ》い、娘の思い出を永遠に自分の胸からえぐりとってしまうだろう。

老婦人も私も、その頃はそんなふうに考えていた。老人は心の底から娘を待っていたのだけれども、老人が期待していたのは、ナターシャがすっかり悔い改め、アリョーシャの思い出をきれいに拭《ぬぐ》い去ることだった。それが娘を赦す唯一《ゆいいつ》の条件だったのである。口に出してはそう言わなかったが、老人を見ていると、それは疑いの余地がないことのように思われた。

「意志の弱い子供ですよ、あのアリョーシャという人は。意志が弱くて、残酷な人よ。私、前からそう思っていたわ」とアンナ・アンドレーエヴナはふたたび口を開いた。「結局、教育がわるかったから、あんな薄っぺらな男ができてしまったのね。あれほど惚れているナターシャを棄てるなんて、まったくなんてことだろう！　かわいそうに、ナターシャはどうなるのかしら！　その縁談の相手のどこがいいんだろう、呆《あき》れるわ！」

「噂によれば」と私は反対した。「その女性は非常に魅力的な娘さんだそうです。ナターシャもそう言っていました……」

「そんなこと嘘《うそ》よ！」と老婦人は私の言葉をさえぎった。「なにが魅力的なもんですか。あなた方文士というものは、スカートがひらひらしていりゃ、どんな女性でも魅力的なんじゃないの。ナターシャが褒《ほ》めるのは、あの子の気位の高さのせいよ。アリョーシャを抑《おさ》えつけることができないのよ。なんでもかんでも赦してしまって、自分一人で苦しむんだから。今までにもう何度裏切られたかしら！　薄情な悪党よ！　ほんとに、イワン・ペトローヴィチ、私はもうぞっとしてしまうわ。みんな自尊心のとりこになってしまった。せめてニコライだけでも心を和らげて、あの子を赦して、うちへ連れてくればいいのに。そしたら思うぞんぶん抱きしめて、ゆっくり顔を見られるのに！　ナターシャは痩《や》せたでしょうね」

「痩せました、アンナ・アンドレーエヴナ」

「かわいそうに！　実はね、イワン・ペトローヴィチ、困ったことがあるのよ！　そのことで、ゆうべも今日も、泣き暮したの……いいえ、なんでもないのよ！　あとでお話するわ！　とにかく私は何度も遠まわしに言ったの、赦してやってくれということをね。はっきり言う勇気はなくて、遠まわしにだけど、言葉巧みに何度も言ったの。でも心の中はどきどき。今にも怒り出して、あの子を呪うんじゃないだろうかってね！　あのひとが人を呪うのはまだ聞いたことがないけど……とにかく呪いの言葉だけは聞きたくないわ。だって、万一呪ったりしたらどうなると思う？　父親が娘を呪ったら、きっと神様の罰を受けるでしょう。そんなわけで毎日こわくて、震えながら暮してるの。あなたもよくないわよ、イワン・ペトローヴィチ、あなたはこの家で育って、親身に可愛《かわい》がられた人なのに、魅力的な女だなんて言い出すんだもの！　あの家のマリヤ・ワシーリエヴナのほうが気のきいたことを言ってるわ。（実はうちのひとが午前中ずっと用事で出かけていなかったとき、わるいとは思ったけどマリヤを呼んでコーヒーをご馳走《ちそう》したの）。いろんな秘密をすっかり聞いちゃったわ。アリョーシャの父親の公爵はね、伯爵《はくしゃく》夫人と道ならぬ関係なんだって。伯爵夫人はもうだいぶ前から、結婚してくれないと言って公爵を責めてるんだけど、公爵はいやがってるんだって。その伯爵夫人というのが、まだ旦那《だんな》様が生きていた時分から、身持のわるさが評判でね。旦那様が亡《な》くなると、さっそく外国へ行ったわけよ。そうしてイタリア人やフランス人とさんざ遊びまわり、男爵だとかなんとかいう連中とくっついていた。その頃にピョートル・アレクサンドロヴィチ公爵もひっかけられたのね。そうしているうちにも、販売請負人だった最初の旦那様の娘、つまりその女《ひと》の継娘《ままこ》がどんどん大きくなる。継母の伯爵夫人は財産を食いつぶす一方なのに、カチェリーナ・フョードロヴナはすくすく成長し、販売請負人だった父親が銀行に残しておいた二百万ルーブリも殖《ふ》える一方。今じゃそれが三百万だって。そこで公爵が、これをアリョーシャの嫁にと考えついたわけ！（がっちりしてるわね！

手に入るものは絶対にほっとかないんだから）。ほら、あの有名な宮廷付きの伯爵がいるでしょう。公爵の親戚《しんせき》の。あのひとも賛成だそうよ。三百万といえば、ちょっとやそっとのお金じゃないものね。結構、その伯爵夫人に話をもちこみなさい、というわけ。で、公爵は自分の希望を伯爵夫人に伝えたのね。伯爵夫人はなかなか承知しなかったそうよ。なにしろ相当のあばずれでしょう！　外国にいた頃とは違って、ここじゃもうあまり相手にする人もいないんですって。だめよ、公爵、あなたが私と結婚してよ、でなきゃ娘をアリョーシャのお嫁にはやれません、っていう返事なの。その継娘がまた、継母の心の中はさっぱり読みとれないのね。継母をまるで神様扱いにして、なんでも言うことを聞く娘だそうよ。おとなしい、天使みたいな心のもちぬしなんですって！　公爵は事情を見抜いてこう言った。いや奥さん、心配なさることはありません。あなたは財産をすってしまって、借金に首がまわらないのでしょう。ところでお嬢さんがアリョーシャと結婚してくだされば、似合いの夫婦です。お宅のお嬢さんは無邪気な方だし、うちのアリョーシャは少々ぼんやりだ。だからわれわれ二人が若者たちの後見人になろうじゃありませんか。そうすればあなたにもお金ができる。なにも私と結婚する必要はないでしょう。そう言ったんだって！　狡い男ね！　まるでフリーメーソンよ！　これが半年前のことで、伯爵夫人はそれでもまだ決心がつかなかったけど、最近なんでも二人でワルシャワへ旅行して、そのとき話が決ったそうよ。これが私の聞いた話。マリヤ・

ワシーリエヴナが細大もらさず話してくれてね。確かな人から聞いたことなんですって。とにかくそういうことなのよ。要するに何百万というお金が問題なのね。魅力的な娘だなんて、とんでもない話よ！」

アンナ・アンドレーエヴナの話に、私はぎょっとした。それは私が最近アリョーシャ自身から聞いた話と完全に符合していたのである。アリョーシャはその話をしながら、絶対に金のための結婚はしないと強がりを言っていた。だがやはりカチェリーナ・フョードロヴナに心を動かされ、その魅力に負けたのだろう。アリョーシャの話では、父親のほうもまた、その噂を否定してはいるが、伯爵夫人の機嫌《きげん》を当分損じないためにやはり結婚するかもしれないということだった。すでに述べたとおり、アリョーシャは父親を熱愛し、褒めちぎり、予言者のように信じていた。

「その魅力的な娘さんとやらは、だいたい伯爵家の血統じゃないじゃありませんか！」とアンナ・アンドレーエヴナは苛立《いらだ》たしそうに言った。若い公爵の未来の花嫁を私が褒めたことがよほど気に障《さわ》ったらしい。「うちのナターシャのほうがよっぽどアリョーシャには似合いだわ。むこうはたかが販売請負人の娘だけど、ナターシャは古い貴族の家柄に生れた血筋の正しい娘ですからね。うちのひともきのう（話すのを忘れてたけど）トランクをあけて——あの鉄の帯がはまっているトランクよ、覚えてる？——一晩じゅう私の前にすわって古い書類をかきまわしたのよ。恐ろしくまじめな顔をしてね。私は靴下を編んでたんだけど、こわくて顔も見られなかった。そして私が黙ってると、あのひとったら腹を立てて、自分から私に声をかけて、一晩がかりでうちの系図の講釈をしたの。なんでもイフメーネフ家はイワン雷帝の時代からの貴族で、私の実家《さと》のシュミーロフ家もアレクセイ・ミハイロヴィチ皇帝の頃にはもう有名な家柄で、うちには文書も残っているし、カラムジンの歴史の本にもそう書いてあるんですって。だから私たちもその点じゃ決してよその家には負けないわけよ。うちのひとがこういう講釈を始めた胸の中は、私にはすぐ分ったわ。つまり、ナターシャを低く見られることが、うちのひとは我慢できないのね。うちが劣っているのは財産の点だけだというわけ。あんなピョートル・アレクサンドロヴィチみたいな悪者は勝手に財産のことであくせくすればいいのよ。薄情で欲の深い人間だってことはだれ知らぬ者がないんだから。噂だと、ワルシャワでこっそりイエズス会に改宗したんだって？　本当かしら？」

「馬鹿馬鹿しい噂ですよ」と、その噂の根強さに思わず心を惹《ひ》かれながら、私は答えた。以前だがニコライ・セルゲーイッチが自分の家系を確かめたという話は耳よりだった。以前には自分の家系を自慢したことなど一度もなかったのである。

「みんな薄情な悪人ばかり！」とアンナ・アンドレーエヴナは言葉をつづけた。「じゃ、あの子は悲しんだり、泣いたりしてるのね。ああ、もうあなたは行かなくちゃ！　マトリョーナ、マトリョーナ！　まったく図々《ずうずう》しい女だよ！　ナターシャは恥ずかしい目にはあわなかったのね？　話して、ワーニャ」

何と答えたらいいのだろう。老婦人は泣き出した。さきほど、あとで話すと言った、困ったことというのは何なのかと私は訊《たず》ねた。

「ああ、これだけ不幸が重なっても、まだ私たちの不幸のたねは尽きないらしいわ！　あなたは覚えているかどうか、縁が金《きん》のロケットをいつだったか記念に作ったのよ、まだ子供の頃のナターシャの絵姿を入れてね。あの子が八つぐらいのときだったろうか。私とニコライ・セルゲーイイッチが旅まわりの絵描きに描かしたんだけど、あなたはもう忘れたみたいね！　とてもいい絵で、あの子はキューピッドみたいに描けていたわ。あの頃、ナターシャの髪はとても明るい金色で、きれいな巻毛だった。モスリンの服を着て、ちっちゃな体が透けて見えるみたいで、もういくら眺《なが》めても飽きないくらい、そりゃあ可愛らしかったのよ。私は羽根を描いてもらいたかったんだけど、絵描きさんに断わられてね。それであの恐ろしいことが持ちあがったとき、私はそのロケットを手箱から出して、紐《ひも》で自分の胸に十字架と並べて吊《つる》したの。でも、うちのひとに見つかるのがこわくてね。だってあのとき、うちのひとったら、あの子を思い出すような物は家の中に残しておくな、みんな外に放り出すなり焼き捨てるなりしろ、って言うんでしょう。でも私はせめてあの子の絵姿ぐらいは見たいと思ったのよ。ときどきそれを眺めて泣くと気が楽になったし、一人のときはあの子にキスするようにそれに思うぞんぶんキスしたりした。それにむかってあの子の名前を呼んだり、夜寝る前には十字を切ってやったりね。一人のときは話しかけたり、何か訊ねたりして、あの子の返事を聞いたような気持になって、また何か訊ねたり。ああ、ワーニャ、話すだけでも辛《つら》くてたまらない！まあそんなわけで、あのロケットのことはうちのひとも知らないし、気がついてもいないと思って、喜んでいたの。ところが、きのうの朝ふと気がついたら、ロケットがなくなっていて、紐だけぶらさがってるのよ。紐が擦《す》り切れて落っこちたのかもしれない。私ぞうっとしてね。それから探《さが》したわ探したわ、さんざん探したけど、どこにもない！　影も形もない！　どこへ行っちゃったんだろう。ベッドの中で落したのかと思って、すっかり引っかきまわしたけど、ないの！　もし紐が切れて、どこかへ落ちたのなら、だれかが見つけたかもしれない。といっても、うちのひとかマトリョーナのほかに見つける人はいないでしょう。でも、マトリョーナが見つけたとは思えないわ。私にはなんでも打ち明ける子だから……（マトリョーナ、まだなの、サモワールは？）そこで、もしうちのひとが見つけたら、どうなるだろうって考えたの。しょんぼり腰を下ろして、泣いたこと泣いたこと、涙がどうしてもとまらないのよ。ニコライ・セルゲーイッチはそんな私にいやにやさしくしてくれたわ。くよくよしている私を見て、なぜ泣いてるのか、そのわけはちゃんと分っていて、私を憐《あわ》れんでるみたいなのよ。それで私考えたの。どうしてうちのひとが感づいたんだろう。ひょっとしたらロケットを探しあてて、窓から捨ててしまったのかもしれない。腹を立てたら、そのくらいのことはやりかねない人でしょう。そうやって捨ててしまってから、捨てたことを悔んで、悲しんでるのかもしれない。そう思ったから、マトリョーナと一緒に窓や通風孔の下を探しに行ったんだけど、何も見つからなかった。まるで行方《ゆくえ》知れずなの。一晩じゅう泣き明かしたわ。だって寝る前に十字を切ってやらなかったのは、これが初めてでしょう。ああ、悪いしるしよ、これは、悪いしるしよ、イワン・ペトローヴィチ、いいしるしであろうはずはない。そして夜が明けて、それでもまだ涙が乾《かわ》かずに泣きつづけたの。だから天使の訪れを待つみたいに、あなたを待ってた。少しは気が晴れるかと思って……」

そして老婦人はさめざめと泣いた。

「ああ、そうそう、話すのを忘れていた！」と、思い出したことを喜ぶように、老婦人はとつぜん言った。「うちのひと、みなし児《ご》のことを言ってなかった？」

「聞きましたよ、アンナ・アンドレーエヴナ、親のいない貧しい女の子を引きとって、養女にする相談がまとまったそうじゃありませんか。本当ですか」

「とんでもない、あなた、とんでもない！　みなし児なんて、いやよ！　そんなことをしたって、私たちの情けない運命を、私たちの不幸を思い出すたねになるだけよ。ナターシャのほかには、だれも欲しくないわ。今までも、これからも、娘はあの子だけ。でも、うちのひとがみなし児なんて言い出したのは、どういうわけかしら。あなたどう思う、イワン・ペトローヴィチ。私の涙を見て、慰めるつもりかしら。それとも、実の娘を思い出の中からさえ追い払って、別の子に愛情を移させる気なんだろうか。今ここへ来る途中で、私のことを何て言ってました？　うちのひとはどんな様子だったの。気むずかしく、怒りっぽく見えた？　しっ！　来たわ！　あとですっかり話してね、あとでね！……あした忘れずに来るのよ……」

第十三章

老人が入って来た。好奇心たっぷりで、同時に何かしら面映《おもはゆ》そうに私たちを眺《なが》め、眉《まゆ》をひそめると、テーブルに近寄った。

「サモワールはどうした」と老人は訊《たず》ねた。「今までかかって、まだできないのか」

「今持って来るわ、今すぐ。ほら、持って来た」とアンナ・アンドレーエヴナはあわてて言った。

マトリョーナはニコライ・セルゲーイッチの顔を見るが早いか、まるで老人の出現を待ち構えてお茶を出そうとしていたように、すぐさまサモワールを持って来た。これは物馴《ものな》れた忠実な老女中だったが、およそ世界に類のないほどわがままな不平家で、鼻柱の強い頑固《がんこ》な女だった。それでもニコライ・セルゲーイッチを恐れていて、老人の前では口を慎んでいたけれども、そのかわりアンナ・アンドレーエヴナの前ではその埋め合せをするように、ことごとに粗暴な言葉を吐き、女主人を支配しようとする露骨な野心を示したが、しかし同時に老婦人とナターシャを心の底から愛してもいたのだった。このマトリョーナを、私はイフメーネフカ時代から知っていた。

「ふむ……濡《ぬ》れてしまって、どうも気分がよくない。だのにお茶も満足に飲ましてもらえないのかい」と、老人は小声で呟《つぶや》いた。

アンナ・アンドレーエヴナはさっそく私に目くばせした。老人はこういう秘密めかした目くばせを我慢できないたちだったから、今は私たちを見ないように努めてはいたものの、その顔つきから、アンナ・アンドレーエヴナの今の目くばせに気づいていることが明らかに見てとれた。

「用事で出かけたんだよ、ワーニャ」と老人はとつぜん喋《しゃべ》り出した。「実に下らんことになってな。話さなかったか？　わしは有罪だというんだよ。なにしろ有利な証拠がない。必要な書類はないし、調査の結果は間違いだらけだし……ふむ……」

それは公爵《こうしゃく》との訴訟のことだった。その訴訟はまだつづいていたが、ニコライ・セルゲーイッチにとってたいそう不利な方向に進んでいた。私はなんと答えたらいいか分らずに沈黙していた。老人はうさんくさそうに私を見た。

「まあ、どうでもいいさ！」と、私たちの沈黙に気を悪くしたように老人はとつぜん言った。「早くすめば、それに越したことはない。わしが罰金を払うことになったとしても、まさか卑怯者呼《ひきょうものよ》ばわりはできんだろう。わしにはわしの良心がある。勝手に判決を下せばいいんだ。少なくとも片はつくさ。解放はされても、破産だ……わしはな、何もかも棄《す》てて、シベリヤへ行くぞ」

「まあ、どこへですって！　なんだってそんなに遠くへ！」とアンナ・アンドレーエヴナはたまりかねて言った。

「じゃあ、近けりゃいいのか」と、妻の反対を待ち構えていたように、老人は乱暴な口調で問い返した。

「でもやっぱり……ひとさまから離れてしまうのは……」とアンナ・アンドレーエヴナは口ごもり、困ったように私の顔を見た。

「ひとさまとは、どんな連中だ」と、私と老婦人に熱い視線を投げながら老人は叫んだ。「どんな連中だ。強盗か、金棒引きか、裏切者か？　そんな連中なら、どこへ行ってもうじゃうじゃいるよ。シベリヤにもいるから心配するな。わしと一緒に行くのがいやなら、残ってもいいんだぞ。無理強《むりじ》いはせんよ」

「だって、ニコライ・セルゲーイッチ！　あなたがいなくなったら、私はだれを頼りにここに残ればいいの！」と哀れなアンナ・アンドレーエヴナは叫んだ。「だって私は、この広い世間にあなたのほかにはだれも……」

老婦人は口ごもって黙りこみ、助けを求めるようにおずおずした視線を私に向けた。老人は苛立《いらだ》ち、何にでも突っかかりたい気分なのだろう。ここで逆《さか》らっても無駄なことだ。

「およしなさい、アンナ・アンドレーエヴナ」と私は言った。「シベリヤも人が思うほどひどい所じゃありませんよ。もし何かまずい事態になって、イフメーネフカ村を売ることになった場合、ニコライ・セルゲーイッチのお考えはむしろたいへん結構だと思いますね。シベリヤでだって何か民間の勤め口は見つかるでしょうし、そしたら……」

「そうだ、イワン、少なくともお前だけは筋の通ったことを言ってくれる。わしもそう思ったんだよ。だからすべてをなげうって行くぞ」

「まあ、大変なことになってしまった！」とアンナ・アンドレーエヴナは両手を打ちあわせて金切声をあげた。「ワーニャ、あなたまで調子を合わせて！ あなたがそんなことを言うなんて夢にも思わなかったわ……さんざん私たちに可愛《かわい》がられて育ったのに、今になって……」

「はっはっはっ！ じゃお前はどう言ってもらいたかったんだ？ これからどうやって生活していけばいいんだ、よく考えてみなさい！ 金は費《つか》い果して、今や最後の一コペイカじゃないか！ それともピョートル・アレクサンドロヴィチ公爵のところへ行って、お赦《ゆる》しを乞《こ》えというのか」

公爵の名を聞くと老婦人は恐怖に身を震わせた。手に持っていたスプーンが受け皿にかちかちとぶつかった。

「いや、まったくの話」と、意地悪で頑固《がんこ》な喜びにたかぶってイフメーネフは言った。「ワーニャ、どう思う、ひとつ本当に謝《あやま》りに行くか！　シベリヤまで行く必要はないよな！　あすにでも、めかしこんで、髪をきれいに撫《な》でつけてさ。アンナ・アンドレーエヴナに新しいシャツのいいかを用意してもらってさ（ああいうおえら方の所へ行くには、そうしないわけにはいかんだろう！）上等の手袋を買って、閣下の前にまかり出るか。閣下、情け深いお方様、どうかパンを一切れお恵みください、女房子供は飢えに泣いております！……これでいいのか、アンナ・アンドレーエヴナ？　こうしてほしいんだろう？」

「そんな……そんなことしてほしくないわ！　ちょっと口が滑《すべ》っただけよ。もし気に障《さわ》ったのなら赦してくださいな、お願いですから、どならないで」と、いよいよ恐怖に身を震わせながら老婦人は言った。

この瞬間、哀れな細君の涙と恐怖を見て、老人の心は疼《うず》き、煮えくりかえったに相違ない。老人は妻よりも遥《はる》かに辛《つら》い思いをしていたのだが、どうにも自分を制し切れなかったのだと私は思う。この上なく善良だが神経の弱い人にはよくあることで、おのれの善良さとは裏腹に、自己満足に近い程度まで自分の悲しみや怒りにのめりこみ、何の罪もない相手を、それもたいていは一番身近な人間を侮辱してまで、何がなんでも鬱憤《うつぷん》を吐き出そうとする。たとえば女性は、なんの不幸も侮辱もない場合に、自分は不幸な侮辱された女だと思いたがることがよくある。この点で女性に似ている男は大勢いるのであり、それもとくに弱々しい女っぽい男というわけではない。老人は要するに喧嘩《けんか》したかったのであり、同時にその気持を苦にしていたのだった。

このとき次のようなことをちらりと思ったのを、私は記憶している。もしかすると老人はアンナ・アンドレーエヴナが想像したような突飛なことを、本当にやってしまったのではないだろうか！　ひょっとすると思い立って実際にナターシャの家へ出かけ、途中で思い直したか、あるいは何かまずいことがあって計画を変更し——そのほうが現実に近いようだ——おのれの今し方までの望みや感傷を恥じるあまり、ひどくいらいらしながら自宅へ帰り、さてそこで自分の弱さへの怒りを爆発させる相手を探《さが》し、結局そのような望みや感傷をだれにもまして抱《いだ》いていると思われる相手に白羽の矢を立てたのではないだろうか。おそらく、娘を赦そうと思ったときには哀れなアンナ・アンドレーエヴナが有頂天に喜ぶさまをまっさきに思い浮べたに違いないが、いざそれがうまくいかないと、まっさきに仕返しを受けるのはもちろん老婦人なのである。

だが目の前で恐怖に震えている老婦人の打ちひしがれた姿に、イフメーネフは心を打たれたらしい。自分の怒りを恥じるように、老人は少しのあいだ感情を抑《おさ》えた。私たち三人は黙りこくっていた。私は老人を見ないようにしていた。だが穏やかな時間は永くはつづかなかった。たとえ発作的にであろうと、呪《のろ》いの言葉であろうと、老人はとにかく言いたいことを言わなければ気がすまなかったのである。

「なあ、ワーニャ」と老人はとつぜん言った。「こんなことを言うのはくやしいし、言いたくもないんだが、こうなった以上は、正直な人間らしく、歯に衣《きぬ》きせずに、ざっくばらんに言ってしまおう……分るだろう、ワーニャ。お前が来てくれて嬉《うれ》しいから、この際、お前のいるところで、ほかの人間にも聞えるように、大きな声で言うんだが、わしはね、こういう下らんこと、涙、溜息《ためいき》、不幸、その他もろもろにうんざりしちまったんだ。わしが血を流さんばかりの苦しみで自分の胸からえぐりとってしまったものは、もう二度と胸に戻してなるものか。そうだとも！　口に出した以上わしは実行するぞ。あの半年前のことを言ってるんだが、分るね、ワーニャ！　こんなふうにざっくばらんに率直に言うのは、自分の言葉を絶対に誤解されたくないからだ」と、血走った目で私を見つめ、おびえる妻の視線を明らかにそらしながら老人は言い足した。「繰返して言うが、これは下らんことなのだ。わしはもうまっぴらごめんだ！……みんながわしを馬《ば》鹿者《かもの》か卑怯者扱いして、ああいう下劣な女々《めめ》しい気持になれる男だと思っているのが、わしは気がへんになるほどくやしいのだよ……わしが悲しみのあまり気が狂うと思うのか……下らん！　古い感情など、わしは投げ捨てたのだ、忘れたのだ！　思い出なんてものは、わしにはありゃせん……そうなんだ！　そうなんだ！　そうだとも！……」

老人は椅子から躍《おど》りあがり、拳骨《げんこつ》を固めてテーブルを殴《なぐ》りつけた。茶碗《ちゃわん》ががちゃんといった。

「ニコライ・セルゲーイッチ！　あなたはアンナ・アンドレーエヴナが可哀想《かわいそう》じゃないんですか。なんということをなさるんです」と、たまりかねた私は、ほとんど怒りをこめて老人を見つめながら言った。だがそれは火に油を注ぐ結果に終った。

「可哀想なものか！」と、体を震わせ蒼《あお》くなって老人はどなった。「可哀想なものか、わしを可哀想だと思ってくれる人間は一人もいないんだからな！　名誉を傷つけられたこのわしに逆らって、陰謀をたくらみ、あの堕落した娘を庇《かば》っているんだからな、いくら呪っても、いくら罰しても足らないあの娘を！……」

「あなた、ニコライ・セルゲーイッチ、呪うのはおやめになって！……何をなさっても構いませんけど、娘を呪うのだけはおやめになって！」とアンナ・アンドレーエヴナは叫んだ。

「呪うとも！」と今までの倍も大きな声で老人はわめいた。「名誉を傷つけられたこのわしに、あの不良娘のところへ行って赦しを乞えと言うんだからな！　そう、そうなんだ！　毎日毎日、この家じゃ、夜となく昼となく、涙や、溜息や、馬鹿げた当てこすりで、わしを苦しめるんだ！　泣き落しをかけるんだ……まあ見てくれ、ワーニャ」と、震える手で脇《わき》のポケットから書類をとり出しながら、老人は付け足した。「これが例の事件の書類さ！　こいつのおかげで、わしは泥棒にされ、詐欺師《さぎし》にされ、恩人の財産を横領したことにされちまうんだ！……あの娘のせいで、悪名を着せられ、顔に泥を塗られるんだ！　さあ、ほら、よく見てくれ！……」

そして老人は上着の脇ポケットからさまざまな書類をテーブルの上に投げ出し始め、その中から私に見せたい書類をじれったそうに探した。だが肝心の書類は意地わるく見つからなかった。老人はじれったがって、手あたり次第にポケットの中の物を掴《つか》み出したが、とつぜん――何かがカチンと音を立て、重そうにテーブルの上に落ちた……アンナ・アンドレーエヴナは、あっと叫んだ。それは紛失したロケットだった。

私は自分の目を疑った。老人の頭に血がのぼり、頰《ほお》を赤く染めた。その体がぴくりと震えた。アンナ・アンドレーエヴナは両手を組み合せて立ったまま、哀願するように夫の顔を見つめていた。老婦人の顔は明るい喜ばしい希望に輝いていた。私たちの前で老人が頰を赤らめ、狼狽《ろうばい》したのは……そう、アンナ・アンドレーエヴナは正しかった。今こそロケットの紛失の真相がはっきり分ったのである。

老婦人は悟ったのだった。夫はロケットを発見し、その拾い物に喜び、たぶん嬉しさに身を震わせながら、嫉妬《しっと》深く、だれの目にも触れぬように隠したのだ。そしてどこかでこっそり、限りない愛情をこめていとしい娘の顔を眺め、いくら眺めても見飽きぬまま、たぶん哀れな妻と同じように、自分の部屋に閉じこもって可愛いナターシャに話しかけ、娘の返事を空想してはそれに答え、夜中になれば恐ろしいわびしさに襲われ、慟《どう》哭《こく》を胸に秘めて、愛らしい絵姿を愛撫《あいぶ》し、接吻《せっぷん》し、人前では顔を見るのもいやだと呪った娘に、呪いどころか赦しと祝福の言葉を浴びせたに違いないのである。

「あなた、やっぱり、あの子をまだ愛してらっしゃるのね！」と、ほんの一分前にナターシャを呪った厳《きび》しい父親にむかって、たまりかねたアンナ・アンドレーエヴナは叫んだ。

だがその叫びを聞くや、気違いじみた怒りの色が老人の目にひらめいた。老人はロケットを摑むと、力まかせに床に叩《たた》きつけ、狂ったように足で踏みつけ始めた。

「呪ってやる、永遠に呪ってやる！」と老人は喘《あえ》ぎ喘ぎ嗄《しゃが》れ声で言った。「永遠に、永遠に！」

「よして！」と老婦人は悲鳴をあげた。「あの子を、あの子を！　私のナターシャを！　あの子の顔を……足で踏むなんて！　足で！……人でなし！　情け知らずの、むごたらしい意地っ張り！」

妻の号泣を耳にして、狂気の老人は事のなりゆきに恐怖したように動きをとめた。それから出しぬけに床からロケットを拾い上げると、身を躍らせて部屋から走り出ようとしたが、二歩ばかり進んで、がっくり膝《ひざ》を突き、目の前の長椅子《ながいす》に両手をかけ、消耗しきったように頭を垂《た》れた。

子供のように、女のように、老人は声をあげて泣き出した。その泣き声は老人の胸を引き裂くようにほとばしり出た。いかめしい老人は一瞬にして赤子よりも弱々しくなった。ああ、今となってはもう呪いの言葉を吐くことはできないだろう。もはや私たちの目を恥じることなく、愛の発作に駆られた老人は、たった今足で踏みにじった娘の肖像を、数知れぬ接吻で覆《おお》うのだった。永いこと抑えつけられていた娘へのやさしさと愛情のすべては、今抑えきれぬ勢いで外へ流れ出し、その発作の勢いに老人の全存在は打ち砕かれたように見えた。

「赦してやって、あの子を赦してやって！」と、アンナ・アンドレーエヴナは夫に身をかがめ、夫を抱きしめ、涙にむせびながら叫んだ。「この家に呼び戻してやって。そうすれば最後の審判のときにも、神様はきっとあなたの慈悲深い、やさしい心を覚えてくださるわ！……」

「駄目だ、いかん！　何がどうだろうと、絶対にいかん！」と老人は息苦しそうな嗄れ声でわめいた。「絶対に……絶対にいかん！」

第十四章

だいぶ遅くなって、十時に私はナターシャの住居に着いた。その頃ナターシャはフォンタンカのセミョーノフスキー橋に近い、コロトゥーシキンという商人の持ち家である薄汚《うすぎた》ない「高級」アパートの四階に住んでいた。家出をした当初、彼女とアリョーシャはリテイナヤ通りの建物の三階の、広くはないが小ざっぱりした、住み心地のよい美しい部屋に住んでいたのだが、まもなく若い公爵《こうしゃく》の貯《たくわ》えは涸渇《こかつ》してしまった。アリョーシャは音楽教師にはならずに金を借り始め、この若者にとっては莫大《ばくだい》な借財をこしらえた。その金を青年は部屋の装飾やナターシャへの贈り物に費《つか》ったのだが、ナターシャはアリョーシャの浪費に反対して小言をいったり、時には泣いたりした。感受性が強いアリョーシャは、どうかすると一週間もかかってナターシャに何を贈ったらいいだろうか、ナターシャはそれをどう受けてくれるだろうかと楽しい空想にふけり、その間ほかのことはなんにもしないばかりか、自分の期待や夢をあらかじめ私に話したりしたので、ナターシャに小言をいわれたり泣かれたりすると、見るも気の毒なほどしょげかえり、そのあとではきまって贈り物のことから二人のあいだに非難のやりとりや、愁嘆場や、諍《いさか》いがもちあがるのだった。そのほかにも、アリョーシャはナターシャには秘密でたくさんの金を浪費していた。つまり悪友について歩いて、ジョゼフィーナとかミーナとかいうたぐいの女のところへ行き、ナターシャを裏切っていたのだが、それでもアリョーシャが彼女を愛していたことに間違いはない。それはなんとなく苦痛を伴う愛し方だった。アリョーシャはよく思い乱れた悲しげな顔で私を訪《たず》ねてきて、自分はナターシャの小指ほどの値打ちもないとか、自分は粗暴でやくざな男だから彼女を理解する力はないし、彼女の愛にも値しないなどと言った。その言葉にはいくらかの真実が含まれていた。二人の関係には全く釣合いのとれない部分があったのである。青年はナターシャの前では自分を子供のように感じ、彼女もまたアリョーシャをいつも子供扱いしていた。アリョーシャは涙を流してジョゼフィーナとのいきさつを私に告白し、同時にそのことをナターシャに話してくれるなと哀願するのが常だった。そしてこういう打明け話のあとで、アリョーシャは私を連れておずおずと、恐れおののきながらナターシャの住居へ帰るのだが（罪を犯したあとでは彼女の顔を見るのがこわい、頼みになるのは私一人というわけで、いつも私は連れて行かれるのである）、ナターシャはアリョーシャの顔を一目見るなり事の次第を呑《の》みこむのだった。ナターシャは非常に嫉妬《しっと》深かったから、彼の浮気をいつも赦《ゆる》したのはどうしてなのか、私にはよく分らない。それはいつも次のような具合に起るのだった。アリョーシャは私と一緒に入って行って、おずおずとナターシャに話しかけ、弱々しいやさしさをこめた目つきでじっと彼女を見る。ナターシャは彼の悪事をすぐ見抜くが、決してそんなそぶりを見せず、自分のほうからそのことを話し出したり、探りを入れたりしない。それどころか、いつもよりずっと愛想よく、やさしく、陽気になる——これはナターシャの狂言でもなければ、考えぬいた末のトリックでもなかった。そう、このすばらしい女性にとっては、赦すこと、憐《あわ》れみをかけることが、一種の無限の快楽だったのである。アリョーシャを赦す過程そのもののなかに、この女性は何か独特の洗練された魅力を見出していたかのようだった。もっとも、その頃、問題はもっぱらジョゼフィーナなどに限られていたのだったが。いっさいを赦そうとするやさしいナターシャを見ると、アリョーシャはもうたまらなくなって、何も訊《き》かれないのにすべてを洗いざらい告白したが、それは青年の言葉によれば、気分を軽くし、すべてを「元どおりにする」ためであった。そして赦されるや、青年は歓喜し、時には喜びと感動に涙を流してナターシャに接吻《せっぷん》し、抱擁するのだった。それからたちまち陽気になって、子供のようなあけっぴろげな態度でジョゼフィーナとの一部始終を喋《しゃべ》り出し、げらげら笑ったり、ナターシャをむやみやたらに褒《ほ》めたりして、その夜はめでたく楽しく幕を閉じるという次第である。金がすっかりなくなると、青年は持ち物を売り始めた。ナターシャが言い張って、フォンタンカに狭いけれども安い住居が見つけられた。物を売ることは相変らずつづいた。ナターシャは自分の衣類まで売り、とうとう内職を探《さが》し始めた。それを知ったときのアリョーシャの絶望は限りなかった。青年は自分を呪《のろ》い、自分を軽蔑《けいべつ》すると叫んだが、具体的な解決の道を探そうとはしなかった。現在ではこうした最後の貯えすらなくなり、残るところは内職だけだったが、その収入はきわめて僅《わず》かだった。

二人が同棲《どうせい》し始めたそもそもの初めから、アリョーシャはこのことで父親と猛烈な喧《けん》嘩《か》をした。息子《むすこ》を伯爵《はくしゃく》夫人の継娘《ままこ》のカチェリーナ・フョードロヴナ・フィリモーノワと結婚させようという当時の公爵のもくろみは、まだ計画の段階にすぎなかったが、公爵はこの計画にひどく固執し、アリョーシャをしきりに未来の花嫁のところへ連れて行っては、なるべく気に入られるようにしろと、おどかしたりすかしたり、さんざん説得した。だがこの話は伯爵夫人の側からこじれてしまった。すると父親は息子とナターシャとの関係を時間の問題だとして、見て見ぬふりをするようになった。つまりアリョーシャの飽きっぽさを知っていたから、その愛情はまもなくさめるだろうと楽観したわけである。息子がナターシャと結婚するかもしれないということについては、公爵はごく最近まで、ほとんど問題にしていなかった。恋人たちのほうはどうかといえば、結婚は父親と正式に和解できるまで、そして一般的な事情が変化するまで延期ということになっていた。もっともナターシャがその話をしたがらなかったという事情もある。アリョーシャが私にこっそり洩《も》らしたところによれば、父親は事のなりゆきをいくらか喜んでいた。すなわち、イフメーネフが貶《おとし》められたことが何よりも気に入ったのである。それでも世間体だけのために、相変らず息子への不満を表明しつづけ、それでなくとも僅かなアリョーシャの小遣《こづか》い（公爵は息子にたいして極端にけちだった）を減らしたり、何もかも取り上げるとおどかしたりしたが、まもなく伯爵夫人を追ってポーランドへ行ってしまった。依然として結婚の計画を飽きもせずに追っていたから、伯爵夫人を逃してはならじというわけである。アリョーシャは結婚するにはまだ若すぎたが、なにしろ花嫁は大金持だから、このチャンスを逃すわけにはいかない。公爵はついに目的を達した。いよいよこの結婚話がまとまったという噂《うわさ》が私たちにまで伝わってきた。私が今物語っているこの時期には、公爵はペテルブルグへ帰ってきたばかりだった。息子を公爵は愛想よく迎えたが、ナターシャとの結びつきが案外根強いことは、公爵にとって不愉快な驚きだった。公爵は疑い深く、小心になり、ナターシャと手を切ることを厳《きび》しく執拗《しつよう》に要求した。だがまもなく、もっと有効な手段を考えついて、アリョーシャを伯爵夫人の家へ連れて行った。伯爵夫人の継娘はまずまずの美人で、まだほんの少女だったが、稀《まれ》に見る気立てのよさで、明るい無垢《むく》な心をもち、快活で、利口で、やさしかった。公爵は、なんといっても半年の月日が物を言い、ナターシャはもう息子にとって新鮮な魅力を失っているだろうし、息子も半年前とは違った目で未来の花嫁を見るだろう、と計算したのである。その胸算用は部分的にしか当らなかった……。アリョーシャは果して夢中になってしまった。もう一つ付け加えるならば、父親はとつぜん異様に息子にやさしくなった（それでも金を与えはしなかったのだが）。そのやさしさの陰に頑《がん》として動かぬ決意がひそんでいるのを感じて、アリョーシャは悩んでいたのである。それは毎日カチェリーナ・フョードロヴナに逢《あ》えない悩みとは少々違った悩みであった。青年がもう五日もナターシャの住居に姿を見せていない事実を、私は知っていた。イフメーネフ家からナターシャの住居へ行くみちみち、ナターシャが話したいことというのは一体何だろうと、私は不安な気持で想像をめぐらした。遠くからナターシャの部屋のあかりが見えた。私たちのあいだにはだいぶ前から取り決めができていて、どうしても私に逢いたいときはナターシャが窓ぎわに蠟燭《ろうそく》を立てることになっていた。もし私が近くを通れば（そういうことはほとんど毎晩のようにあったのだが）ふだんと違う窓のあかりを見て、ナターシャが私を待っているな、何か用事があるのだなと推し量ることができるわけである。最近、ナターシャが窓ぎわに蠟燭を立てることは頻繁《ひんぱん》になった……

第十五章

ナターシャは一人で部屋にいた。両手を胸に組み、深い物思いに沈んで、静かに部屋の中を行ったり来たりしていた。火の消えかかったサモワールがテーブルの上で、だいぶ前から私を待っていた。何も言わずに、微笑を浮べて、ナターシャは私に手を差し出した。その顔は蒼白《あおじろ》く、病的な表情がみなぎっていた。ほほえみには何か殉教者めいた、やさしい、辛抱強いものが感じられた。青い明るい目は以前よりも大きくなり、髪はいっそう濃くなったように見えた。それもこれも病気で痩《や》せたせいなのだろう。

「もう来てくれないのかと思ったわ」と、私に手を差しのべながらナターシャは言った。

「マーヴラに様子を聞きに行ってもらおうかと思ったの。また病気じゃなかったの」

「いや、病気じゃなくて、引きとめられていたんだ、今わけを話すよ。でも、どうしたの、ナターシャ。何があったの」

「別に何もなかったわ」と、驚いたようにナターシャは答えた。「どうして?」

「だって手紙に……きのうの手紙に、ぜひ来てほしいって、時間まで指定して、それより早くても遅くてもいけないなんて書いてあったからね。なんだかいつもと様子が違ったから」

「ああ、そのこと! きのうはあのひとを待ってたからなのよ」

「彼は、相変らず現われない?」

「ええ。だから、今日も来なかったら、あなたと話し合わなきゃならないと思って」と、少し黙っていてからナターシャは付け足した。

「じゃ今晩も彼を待ってたんだね」

「いいえ、待ってなんかいなかったわ。あのひと、夜はあちらよ」

「で、きみはどう思うの、ナターシャ、彼はもうここへは来ない気だろうか」

「もちろん来るわよ」と、妙に真剣に私の顔を見て、ナターシャは答えた。

私の質問のスピードの速さがナターシャの気に入らなかったらしい。私たちは部屋の中をぶらぶら歩きながら、沈黙していた。

「ワーニャ、あなたを待ちながら、何をしていたかご存じ？」と、ふたたび微笑を浮べてナターシャは喋《しゃべ》り出した。「部屋の中を行ったり来たりしながら、詩を暗誦《あんしょう》してたの。覚えている？　鈴の音、冬の道。『サモワールは樫《かし》のテーブルにたぎり……』むかし二人でよく読んだわね。

吹雪《ふぶき》はやんだ。道は明るくなり、

夜が数知れぬほの暗い目で見る……

……………………

そのあとは、

ふと聞える、情熱的な歌声、

鈴の音と和して響きわたる。

『ああ、いつの日か、いとしい人が来て、
わたしの胸に憩《いこ》うだろう！
それこそ人生！　夜明けの光が
窓ガラスの冷たさとたわむれ始め、
サモワールは樫のテーブルにたぎり、
ペチカはぱちぱち弾《はじ》け、片隅《かたすみ》の
色模様のカーテンの陰のベッドを照らす……』

すてきだわ！　とても悩ましい詩ね、ワーニャ。しかも幻想的で響きの高いイメージだわ。一枚のカンバスに下絵が描いてあるだけ――あとは読者が好きなものを刺繍《ししゆう》すればいいのよ。二つのものが感じられるわね、過去と現在と。サモワールも、更紗《さらさ》のカーテンも、なつかしいものばかり……田舎《いなか》の私たちの町の中流家庭の光景ね。この家は目に見えるようだわ。新しい丸太作りの家、まだ板を張ってない……このあとはイメージが変って、

ふと聞える、同じ歌声、
鈴の音と和して悲しげに。

『いとしい人はどこ。わたしはこわい、
かれが訪れてわたしを抱きしめるのが！
これが人生か！　部屋は狭くて暗く
味気ない。窓からは隙間風《すきまかぜ》……
窓のむこうには桜の木が一本、
それすら凍った窓ガラスに見えず、
とうに朽ち果てたのかもしれない。
これが人生か！　帷《とばり》の色も褪《あ》せた。
病んでさまようわたしは身内と逢《あ》わず、
わたしを咎《とが》めるいとしい人もいない……
ただ老婆《ろうば》が呟《つぶや》くばかり……』

『病んでさまようわたし』……この『病んで』がとても効果的に入っているわ！『わたしを咎めるいとしい人もいない』――この一行にどれだけのやさしさと甘さがこめられているかしら。それに思い出の苦しみもね。自分で種をまいて、その結果に溺《おぼ》れているような、そんな苦しみ……ほんとにすてき！　とても現実的ね！」

始まりかけた喉《のど》の痙攣《けいれん》を抑《おさ》えるように、ナターシャは沈黙した。

「ねえ、ワーニャ！」と、しばらくしてナターシャは言ったが、何を言おうとしたのか忘れてしまったように、またもやふっつり黙りこんだ。あるいは、何かを考えていたわけではなく、何か突然の感情にかられて、なんとなく言葉が出ただけなのかもしれない。

その間、私たちはずっと部屋の中を歩きまわっていたのだった。聖像の前にはお燈明《とうみょう》がともっていた。最近ナターシャはますます信心深くなっていたが、そのことを人に指摘されるのはいやがった。

「おや、あしたは祭日だったかな」と私は訊《たず》ねた。「お燈明がともってるね」

「いいえ、祭日じゃないわ……ワーニャ、疲れたでしょう、おすわりになって。お茶はいかが。まだなんでしょう？」

「すわろうか、ナターシャ。お茶はもう飲んできた」

「今どこからいらしたの」

「お二人の所」私たちはナターシャの家のことをいつもこう言っていた。

「お二人の所？　どうして？　ご自分から行ったの？　呼ばれたの？……」

ナターシャは私につぎつぎと質問を浴びせかけた。顔が興奮にいっそう蒼《あお》ざめた。私は老人との出逢いを、母親との話を、ロケットの一件を詳しく――ニュアンス豊かに物語った。私はそれまでにもナターシャに隠し立てをしたことはなかったのである。ナターシャは一語も聞き洩《も》らすまいと、注意深く耳を傾けた。その目に涙が光った。ロケットの一幕はナターシャをひどく興奮させた。

「待って、待って、ワーニャ」とナターシャは幾度となく私の話をさえぎった。「もっと詳しく話して、できるだけ詳しく、何もかも話して。あなたの話はちっとも詳しくないわ！……」

ひっきりなしの細かい質問に答えながら、私は話を二度も三度も繰返した。

「じゃ、あなたは父が本当に私のところへ来るところだったと思うのね？」

「さあ、どうかな、ナターシャ、それはなんとも言えないな。ただきみのことを思って悲しんでること、そしてきみを愛していることだけは、はっきりしている。しかし、ここへ来ようとしたかどうかは……そうだな……」

「ロケットにキスしたのね」とナターシャは私の言葉をさえぎった。「キスしたとき、何か言っていた？」

「脈絡のない叫び声だけだった。やさしい愛称できみの名前を呼んでいたようだった……」

「呼んでいたの」

「そう」

ナターシャは声を立てずに泣き出した。

「かわいそうな父と母！」とナターシャは言った。「でも父がすべてを知っていても不思議はないわ」と、しばらく黙っていてからナターシャは言い足した。「アリョーシャのお父さんのことについてもずいぶん詳しいみたいだから」

「ナターシャ」と私はこわごわ言った。「お二人の所へ行かないか……」

「いつ?」と、たちまち蒼ざめ、椅子《いす》から体を浮かせてナターシャは訊ねた。私が今すぐ連れて行くのかと思ったらしい。

「だめよ、ワーニャ」と、私の肩に両手をかけ、悲しげに微笑《ほほえ》みながらナターシャは言った。「だめなのよ。あなたはいつもそうおっしゃるけど、でも……その話はもうよしましょう」

「そんな調子じゃ、この恐ろしいいざこざは絶対に、絶対に終らないよ!」と私は力なく叫んだ。「自分から和解の第一歩を踏み出せないほど、きみはプライドの強い女なのか! 和解のきっかけはきみ次第なんだよ。きみのほうから歩み寄らなきゃいけないんだ。ひょっとするとお父さんは、きみを赦《ゆる》す日を待ちわびているのかもしれない……なんといってもお父さんだからね。きみに恥をかかされたんだ! お父さんのプライドも尊重しなくちゃ。それは正当な、自然なことなんだから! ぜひともきみはそうすべきだよ。やってみなさい、お父さんはきっと無条件できみを赦すよ」

「無条件ですって! そんなことあり得ないわよ。私を責めないで、ワーニャ、そんなことなさっても無駄《むだ》だわ。そのことは夜も昼も考えたし、今でも考えているの。父と母したでしょう！　そんなことがあり得ないってことは、あなただってご存知のくせに！」

「それでも、やってみなさい！」

「だめよ、不可能よ。やってみたところで、父をもっと怒らせるのが関の山よ。元どおりにならないものはならないのよ。何が元どおりにならないか、お分りになる？　父や母とすごした子供の頃の仕合せな日々が、元どおりにならないのよ。たとえ父が赦してくれたとしても、私はもう昔の私じゃないわ。父が愛していたのは少女時代の私なのよ、大きな赤ん坊なのよ。私の子供らしい無邪気さに惚《ほ》れ惚《ぼ》れして、私の頭を撫《な》でていただけなのよ。まだ七つか八つの頃、父の膝《ひざ》にすわって童謡を歌っていたときと同じようにね。物心ついた時分から、ごく最近まで、父は夜寝る前にはいつも私のベッドに来て、十字を切ってくれたのよ。今度の不幸なことがもちあがる一月《ひとつき》前、父は私に内緒で耳環《みみわ》を買って（ところが私はちゃんと知ってたの）その贈り物を貰《もら》って私が喜ぶところを想像して、子供みたいに嬉《うれ》しがってたの。だからその耳環を買ったことはちゃんと知ってたって私が言ったら、ものすごく腹を立てて、みんなを、特に私を叱《しか》ったわ。家出の三日前にも、私がふさぎこんでいるのに気がついて、自分も病気になるほどふさいでしまって――どうしたとお思いになる？――私を喜ばせようと、お芝居の切符を買うって言い出したの！……父はそんなことで私の機嫌《きげん》を直そうとしたのね！　繰返して言いますけど、父が知っていた、愛していた私は少女なのよ。私もいつかは一人前の女になるなんて、考えようともしなかったのよ……そんなこと夢にも思わなかったんじゃないかしら。今、私がうちに帰ったとしても、父は私がすっかり変ったと思うにきまってる。赦してくれたって、その赦す相手がもう違うのよ。私はもう昔の私じゃない、子供じゃないわ。いろいろ世間を見てしまった女よ。もし万一、私が父に喜ばれるとしても——父はやっぱり昔の幸福を思って溜息《ためいき》をつくと思うわ。自分が愛していた少女時代の私とは全然変ってしまったといって嘆くと思うわ！　昔のことって、いつでも良く見えるでしょう！　思い出すと辛《つら》くなるでしょう！　ああ、昔はよかったわね、ワーニャ！」と、胸から痛々しくほとばしり出たその叫び声で自分の言葉を打ち切り、自分でも夢中になってナターシャは叫んだ。

「それは全くそのとおりだ」と私は言った。「きみの言うとおりだと思うよ、ナターシャ。ということはつまり、お父さんは現在のきみをよく知り、あらためてきみを愛さなければならないということだ。肝心なのは、よく知るということ。大丈夫だよ、お父さんはきっときみを愛してくれる。あのひとがきみをよく知り、理解することができない人だと思う？　あんなやさしい心のもちぬしが！」

「ああ、ワーニャ、依怙贔屓《えこひいき》はだめよ！　私に理解するほどのことは何もないもの。そんなことより、私が言いたいのは、いいこと、父親の愛情だって嫉妬《しっと》深いものなのよ。父がくやしがってるのは、自分と関係のないところですべてが始まり、自分が何も知らず、見逃《みのが》してしまっているうちに、アリョーシャと私が勝手に解決をつけてしまったことなのよ。自分ではそれを予感できなかったことを知っているくせに、私たちの恋愛の不幸な結果や、私の家出は、すべて私の『恩知らずな』秘密主義のせいにされているの。私は初めから父には相談しなかったし、その後も自分の心の動きを一々告白したりしなかったわ。それどころか、何もかも自分の胸に秘め、父には隠していたの。そうなのよ、ワーニャ、父には恋愛の結果そのものよりも、自分に秘密にされていたことのほうが、ずっと腹立たしい侮辱なのよ――私が家出したことや、すべてを恋人に捧《ささ》げたことよりもね。たとえ今、父が熱烈な愛情をこめて父親らしく私を迎えてくれるにしても、反目の種はあとあとまで残るわ。二日目か三日目には、泣きごとや誤解や非難が始まるのよ。それに父が無条件で私を赦すはずはないでしょう。かりに私が心の底から本当のことを言うとするわね。父の顔に泥を塗ってしまったこと、自分が悪い娘だったことを認めるとするわ。アリョーシャとの仕合せが私にとってもどれほどの犠牲を伴っていたか、私がどれほどの苦しみに耐えたかを、父が理解してくれないで、私が辛い思いをするとしても、自分の辛さは抑えつけるわ、すべてを我慢するわ――そうなったとしても、父はまだ不満なのよ。きっと、とうてい不可能な償いを私に求めるわ。私が過去を呪《のろ》い、アリョーシャを呪い、アリョーシャへの愛を悔いることを求めるわ。できもしないことを——過去を元どおりにし、私たちの人生からこの半年を抹殺《まっさつ》することを望むにきまってるのよ。でも私はだれも呪わないし、後悔もしないわ……こうなる運命だったんですもの……そうよ、ワーニャ、今は駄目なのよ。まだその時期じゃない」

「じゃ、いつになったらその時期になるんだろう」

「分らないわ……なんとか苦しみ抜いて私たちの未来の幸福を獲得しなきゃならないわ。何か新しい苦しみでそれを贖《あがな》うのよ。すべては苦しみに浄《きよ》められる……ああ、ワーニャ、この世の中はなんて苦しみだらけなのかしら！」

私は沈黙を守り、思いに沈みながらナターシャの顔を見つめた。

「なぜそんなに私の顔を見るの、アリョーシャ、じゃなかった、ワーニャ」と、ナターシャは間違えて言い、自分の間違いににこりと笑った。

「今きみの笑顔を眺《なが》めているんだ、ナターシャ。そんな笑顔はどこで覚えたの。前にはそんな笑い方をしなかった」

「私の笑顔がどうかしたの」

「そりゃあ昔の子供らしい無邪気さはまだ残っている……でも今のきみが笑うと、同時にきみの胸がひどく痛んでいるような、そんな感じなんだ。ナターシャ、きみは痩《や》せたね、髪はなんだか濃くなったみたいだし……その服はどうしたの。まだあっちの家にいた頃こしらえた服じゃなかったかな」

「ワーニャ、あなたほんとに私を愛していてくださるのね！」と、やさしく私を眺めながらナターシャは答えた。「私のことより、あなたは今何をしてらっしゃるの。お仕事はどんな具合？」

「相変らずさ。相変らず長篇を書いてる。なかなかうまくいかなくて、辛いけどね。インスピレーションが涸《か》れてしまったのかな。単刀直入に書ければおもしろくなるんだろうけれども、せっかくのアイデアを駄目にするのが惜しくてね。ぼくの大好きなアイデアなんだ。しかも雑誌の締切りにはどうしても間に合せなくちゃならない。いっそ長篇はやめにして、大急ぎで中篇でも考えようかと思ってたところさ。何か軽くて品のいい、暗い傾向のぜんぜんないやつをね……もうそれはぜんぜん……読者が陽気に、愉快になるような作品をね！……」

「かわいそうに、大変なお仕事ね！　スミスはどうしたかしら」

「スミスは死んだよ」

「いいえ、その後あなたのお部屋に現われなかった？　まじめな話だけど、ワーニャ、あなたは病気のせいで神経がおかしくなってるのよ。みんなあなたの空想よ。スミスの部屋を借りるっておっしゃったとき、私すぐ気がついたわ。どうなの、そのお部屋、じめじめしてよくないんでしょ？」

「そうなんだ！　実は今夜もまた妙なことがあったんだけれども……その話はあとにしよう」

　ナターシャはもう私の言葉が耳に入らないらしく、深い物思いに沈んでいた。

「でも、あのときお二人の家から出てくるなんてことがどうしてできたのか、今じゃ分らないわ。きっと熱に浮かされていたのね」と、答を期待しない目つきで私の顔を見ながらナターシャはやがて言った。

　ここで話しかけたとしても、私の言葉はナターシャには聞えなかったに違いない。

「ワーニャ」と、ようやく聞きとれるような声でナターシャは言った。「実は用があってあなたに来ていただいたの」

「どんな用？」

「私あのひとと別れるわ」

「もう別れたの、それともこれから？」

「こんな生活はやめなければいけないわ。あなたを呼んだのは、胸の中に溜《たま》っていたものを、今まであなたに隠していたことを、すっかり吐き出してしまいたかったからなの」ナターシャはいつもこんなふうに語り始め、秘密の意図を打ち明けると言うのだが、いざ聞いてみると、それはほとんどいつもナターシャ自身からすでに聞かされたことばかりなのだった。

「ああ、ナターシャ、そのセリフはもう千回も聞いたよ！　もちろん、きみたちの同棲《どうせい》は不可能だ。きみたちの関係はどこかしら奇妙だよ。二人のあいだに一つも共通点がないんだから。しかし……きみに別れる勇気があるかな」

「前はそう思うだけだったわ、ワーニャ。でも今は固く決心したの。私はあのひとを限りなく愛しているけど、それと同時に、私はあのひとの一番の敵なのよ。だってあのひとの未来を駄目にしてるんですもの。解放してあげなくちゃならない。私と結婚するなんて、あのひとにはできっこないわ。お父さんに逆《さか》らう力がないから。私もあのひとを束縛したくはない。だから縁談の相手の女《ひと》を好きになったって聞いて、私はむしろ嬉しいのよ。私と別れやすくなったわけでしょう。とにかく別れなくちゃいけないわ！　それは義務よ……あのひとを愛してるんなら、私はすべてを犠牲にして、自分の愛を証明しなくちゃいけない、それが義務よ！　そうじゃないかしら！」

「しかし、きみは彼を説得できないだろう」

「説得しようとは思わないわ。今の今あのひとがこの部屋に入って来たとしても、私は今までどおりに振舞うわ。でも私は、あのひとがなるべく良心の痛みを感じずに楽に私と別れられるような方法を、なんとか探《さが》さなければいけないのよ。それが私の悩みなの、ワーニャ。助けて。何かいい考えを聞かせてくださらない？」

「その方法は一つだ」と私は言った。「彼に本当に愛想をつかして、ほかの男を好きになること。しかしそれが適当な方法かどうかは疑わしいね。だって彼の性格はきみもご存知のとおり。もう五日も姿を見せていない。ここで彼はきみを完全に棄ててしまったと仮定するよ。きみは、きみのほうから彼を棄てるという手紙を出しさえすればいい。彼はすぐすっ飛んで来る」

「どうしてあなたはあのひとが嫌《きら》いなの、ワーニャ」

「ぼくが？」

「そうよ、あなたがよ！　あなたはアリョーシャの敵なのよ、陰に陽に！　復讐《ふくしゅう》の心を抱《いだ》かずにはあのひとの話ができないのよ。もう何百ぺんも気がついてたわ、あなたの最大の楽しみは、あのひとを卑しめ誹謗《ひぼう》することなのよ！　そうよ、誹謗よ、間違いないわ！」

「きみがそう言うのも、もう何百ぺんも聞いた。もういいよ、ナターシャ。この話はやめよう」

「どこかよそに引越そうかとも思ってるの」と、少しのあいだ沈黙がつづいてから、ナターシャはまた喋《しゃべ》り出した。「あなた怒ってるの、ワーニャ……」

「どこへ越しても彼は追ってくるさ。いや、ぼくは怒ってなんかいないよ」

「恋は強しというくらいだから、新しい恋愛をすればあのひとは来なくなるかもしれない。私のところへ戻って来たとしても、ほんの一時のことじゃないかしら。どうお思いになる？」

「さあどうかな、ナターシャ、彼のすることは桁《けた》はずれだからね。今だって、むこうのお嬢さんとは結婚したいし、きみのことは愛したいんだ。いろんなことが同時にできる人なんだなあ」

「その女《ひと》を愛してることがはっきり分りさえすれば、私はもうはっきり決心して……ワーニャ！　私にはなんにも隠さないでね！　私に知らせたくないことを何かご存知なんじゃないの？」

不安そうな、探るような目つきで、ナターシャは私を見た。

「いや、誓ってもいいが、ぼくはなんにも知らないんだ。きみにはいつも率直に話してきただろう。しかし、ぼくはこうも思う。もしかすると彼は、ぼくらが想像しているほど伯爵《はくしゃく》夫人の継娘《ままこ》に熱烈に惚《ほ》れこんでるのじゃないのかもしれない。ただ惹《ひ》かれたという程度で……」

「そう思う、ワーニャ？　ああ、それさえはっきり分ればね！　ああ、今すぐあのひとに逢《あ》いたい、顔を見たいわ。顔を見さえすれば何もかも分るんだけど！　でもあのひとはいない！　あのひとはいない！」

「じゃ、やっぱり彼を待ってるんだね、ナ、ナ、ナターシャ」

「待ってなんかいないわ。あのひとはその女のひとのところですもの。これは間違いないことなの。人をやって調べさせたから。その女《ひと》にも逢ってみたいわ……ねえ、ワーニャ、馬鹿《ばか》みたいなことかもしれないけど、なんとかその女《ひと》の顔を見ることは不可能かしら、どこかで逢うことはできないかしら。どうお思いになる？」

ナターシャは不安そうに私の答を待っていた。

「顔を見ることはできるだろうね。でも、顔を見るだけじゃ、なんにもならないだろう」

「顔を見るだけで結構よ、その先は自分でなんとか考えるわ。ねえ、私ってほんとに馬鹿になってしまったの。いつも一人ぼっちで、部屋の中をうろうろ歩きまわって、考えてばかりでしょう。まるでつむじ風みたいにいろんな考えが涌《わ》き起って、とっても辛い！　こんなことも考えたんだけど、ワーニャ、あなたがその女《ひと》と知り合いになることはできないかしら。だって伯爵夫人は（あの頃あなたがおっしゃってたわ）あなたの小説を褒《ほ》めていたんでしょう。それにあなたはときどきR公爵のパーティにいらっしゃるけど、その女《ひと》もよくそこへ行くんですって。だから、うまくだれかに紹介してもらうのはどう？　でなかったら、アリョーシャに紹介させるのでもいいわ。そしたら、あとであなたからいろいろ詳しく聞けるでしょう」

「ナターシャ、ねえ、その話はあとにしよう。それよりも、ほんとに別れる勇気が自分にあると思う？　よく考えてみるんだ。自分は冷静だと思う？」

「だいじょうぶよ!」とナターシャは低い声で答えた。「何もかもあのひとのためですもの! でも私がたまらないのは、今あのひとがその女のひとのところにいて、私のことを忘れているってことなの。その女《ひと》のそばにすわって、話したり笑ったりしてることなの。この部屋でしたのと同じように……その女《ひと》の目をじっと見つめてるかもしれない。いつも私の目をじっと見たでしょう。私が今こうして……あなたと話してることなんか、あのひとはちっとも知らないんだわ」

ナターシャは口をつぐみ、絶望的に私の顔を見た。

「しかし、ナターシャ、きみはたった今、つい今し方、別れるって……」

「そうよ、別れましょう、だれもかれもみんな別れるのがいいのよ!」と、目を光らせてナターシャは私の言葉をさえぎった。「私あのひとを祝福してあげるわ、別れてくれたら。でも、ワーニャ、あのひとのほうから私を忘れるなんて、辛《つら》いのよ。ねえ、ワーニャ、それがすごく辛いの! もう自分で自分が分らないわ。頭で考えたことが、実際にはそういかない! どうなるの、私って!」

「分った、分った、ナターシャ、落着きなさい!……」

「もう五日よ、毎時間、毎分……寝ても醒《さ》めても、あのひとのことばかり! ね、ワーニャ、そこへ行きましょう、連れてって!」

「やめなさい、ナターシャ」

「いいわよ、行きましょう！　そのためにあなたを待ってたの、ワーニャ！　もう三日前から、そのことばかり考えてたの。用ってそれなのよ、あなたに手紙を書いたのは……どうしても連れてって。いやなんて言わないで……待ってたのよ……もう三日も……今夜はパーティだわ……あのひとが行ってる……行きましょう！」

それはまるで譫言《うわごと》だった。入口の間で騒ぎが起った。マーヴラがだれかと言い争っているようだった。

「待って、ナターシャ、だれだろう」と私は言った。「聞いてごらん！」

うさんくさそうな微笑を浮べてナターシャは耳をすましたが、とつぜん恐ろしく蒼《あお》ざめた。

「どうしよう！　だれが来たの？」と、聞えるか聞えないかの声でナターシャは言った。

そして私を引きとめようとしたが、私はマーヴラのいる入口の間へ出て行った。やっぱりそうだった！　それはアリョーシャだった。彼は何やらしきりにマーヴラに訊《たず》ねていた。初めマーヴラは通すまいとしたらしい。

「一体どこからやって来たの」と、マーヴラは主人顔でやりこめていた。「え？　どこをほっつき歩いていたの。まあいいから、入んなさい、入んなさい！　私はあんたなんかには欺《だま》されないからね！　早く入んなさいってば、何をぐずぐず言ってるのさ」

「ぼくはだれもこわくなんかないよ！　入るよ！」と、多少どぎまぎしながらアリョーシャは言った。

「だから入んなさいよ！　ふわふわ遊び歩いてばかりいないで！」

「入るともさ！　あ！　あなたもいらしたんですか！」と私を見つけてアリョーシャは言った。「ああよかった、あなたがいらして下さって！　ぼくは今帰って来たんです。さて、これからどうやって……」

「構わずに入ればいいでしょう」と私は答えた。「何をこわがってるんです」

「いや、こわがってやしませんよ、ぼくはちっとも疚《やま》しくないんだから。疚しいところがあるとお思いですか。まあ見ていてください、今すぐ身のあかしを立てます。ナターシャ、入っていいかい？」と、アリョーシャは閉じたドアの前に立ちどまり、空元気《から》を出して叫んだ。

返事はなかった。

「どうしたんでしょう」とアリョーシャは心配そうに訊ねた。

「大丈夫ですよ、今そこにいたんだから」と私は答えた。「まさか、何か……」

アリョーシャは注意深くドアをあけ、こわごわ部屋を見渡した。だれもいない。とつぜん部屋の片隅《かたすみ》の戸棚《とだな》と窓のあいだにナターシャの姿が見えた。まるで隠れん坊のように、息を殺して、ナターシャはそこに立っていたのである。今でもその様子を思い出すと、私はほほえまずにはいられない。アリョーシャは用心しいしい、そっとナターシャに近寄った。

「ナターシャ、どうしたの。ただいま、ナターシャ」と、何かおびえたように相手の顔を見ながら、アリョーシャはおずおずと言った。

「べつに……どうもしないわ！」と、まるで自分が悪いことでもしたように、ひどくどぎまぎしながらナターシャは答えた。「あなた……お茶は？」

「ナターシャ、あのね……」と完全に度を失ってアリョーシャは言った。「ぼくが悪いことをしてきたと思ってるんだろう……でも疚しいところはないんだ。ぜんぜん疚しくない！　いいかい、今すぐ説明してあげよう」

「そんなことといいわよ」とナターシャは囁《ささや》いた。「いいのよ、いいのよ……それより握手しましょう……それでお終《しま》い……いつものようにね……」そしてナターシャは片隅から出て来た。頬《ほお》に赤味がさし始めた。

アリョーシャの顔を見るのがこわいように、ナターシャはうつむいていた。

「ああ、よかった！」とアリョーシャは大喜びで叫んだ。「もし疚しいところがあったら、とてもこのひとの顔を図々《ずうずう》しく見られやしないはずでしょう……ごらんなさい！」と私の方を向いてアリョーシャは大声で言った。「ほら、このひとはぼくに疚しいところがあると思ってる。まるっきり四面楚歌《しめんそか》だ！　ぼくが縁談の相手のところにいるという噂《うわさ》さえあるのに、どうでしょう。このひとはもうぼくを赦している！『握手して、それでお終い』って言ってくれるんです！　ナターシャ、ぼくの天使！　ぼくは疚しくないんだよ、分っておくれ！　これっぽっちも疚しくないんだよ！　それどころか！　それどころか！」

「でも……でもむこうにいらしたんでしょ……むこうに呼ばれたんでしょ……どうしてここへいらしたの。今、な……何時？」

「十時半！　そう、ぼくはむこうに行った……でも仮病をつかって出て来たんだ――この五日間のうち初めて、初めて自由になれたんだ。彼らから逃げて、ようやくきみのところへ来られたんだよ、ナターシャ。いや、前にも来れば来られたんだけど、わざと来なかったのさ！　そのわけを今すぐ聞かせてあげよう。それを説明するために来たんだ。ただ誓って言うけど、今度だけはきみにたいして疚しくないんだ、絶対に！　絶対に！」

　ナターシャは顔を上げ、アリョーシャを見つめた……。だが、それに応《こた》える青年のまなざしは誠実そのもので、顔は喜びに満ち、真剣で、快活だったから、青年の言葉を信じないわけにはいかないようだった。今までにも何度かあった似たような和解の場面と同じく、二人は声をあげて、ひしと抱き合うのだろうと、私は思った。だがナターシャは幸福感に打ちひしがれたように、深くうなだれ、だしぬけに……泣き出した。アリョーシャはもうこらえきれずに、ナターシャの足もとに身を投げ出した。そしてナターシャの手や足に接吻《せっぷん》した。それはまるで狂乱状態だった。私はナターシャのそばに肘掛椅《ひじかけい》子《す》を押してやった。ナターシャは腰をおろした。ショックのあまり足が立たなかったのである。

第二部

第一章

　まもなく私たち二人は気でも狂ったように笑いころげていた。

「いや、頼むから、話をさせてくださいよ」とアリョーシャはそのよく響く声で私たちの笑い声に負けじと叫んだ。「またいつものとおり……つまらない話だろうと思ってるんですね……ところが実におもしろい話なんです。さあ、いい加減静かにしてくださいよ！」

　アリョーシャは話したくてたまらないらしい。その顔つきから察するに、何か重大な知らせがありそうだった。しかし、そういう知らせを持ってきたという子供っぽい誇りのためか、アリョーシャの態度は妙に勿体《もったい》ぶっていて、それがナターシャを笑わせたのだった。私も思わず釣られて笑い出した。アリョーシャが腹を立てれば立てるほど、私たちはいっそう盛大に笑った。初めはアリョーシャの苛立《いらだ》ちが、やがては子供っぽい絶望が、私たちの笑いをどんどん煽《あお》って、終《しま》いにはゴーゴリの海軍少尉《しょうい》のように指を一本立てて見せただけで、たちまち笑いころげるような状態になった（訳注　ゴーゴリの喜劇『結婚』第二幕第八場から。「その男ときたら指を一本立てて見せれば、たちまち笑い出して晩まで笑いつづけるんです」）。台所から出て来たマーヴラは戸口に立ち、本気で怒った顔をして私たちを見守った。アリョーシャがナターシャにさんざんとっちめられるのを、この五日間、楽しみにして待っていたのに、その楽しみが得られなかったばかりか、みんながこんなに陽気になっているのだから。

やがてナターシャは、私たちの笑いにアリョーシャが気を悪くし始めたのに気づいて、ようやく笑うのをやめた。

「何を話したいの」とナターシャは訊《たず》ねた。

「サモワールは出しますか、どうしますか」と、平気でアリョーシャの答をさえぎってマーヴラが訊ねた。

「あっちへ行ってくれよ、マーヴラ、あっちへ行ってくれ」と、手を振って女中を追い払いながらアリョーシャは答えた。「これから過去、現在、未来のすべてを話そう。ぼくにはぜんぶ分っているんだからね。さて、みなさん、あなた方はぼくがこの五日間どこにいたか、それを知りたいんでしょう。ぼくが話したいのも実はそのことで、だのにあなた方はぼくに話させてくれないんだ。ところで、まず第一に、ナターシャ、ぼくはきみをだいぶ前からずうっと騙《だま》しつづけてきた。これがまず肝心な点だ」

「騙しつづけて？」

「そう、騙しつづけてきた、もう一カ月もね。まだ父が帰って来ない前から始まったことなんだ。今ようやく何もかも打ち明ける時が来たけれども。今から一月《ひとつき》前、まだ父が帰って来ない頃、ぼくは父から長文の手紙を貰《もら》って、そのことをあなた方二人には隠していた。その手紙の中で父はきわめて率直に、あっさりと——しかもぼくがびっくりしたほどの真剣な調子で——ぼくの結婚問題はもう結着がついた、花嫁は完全無欠な女性だと書いていたんだ。ぼくはその花嫁には勿体ないくらいだが、それでもぜひ一緒にならなくてはいけない、というわけ。だから結婚の準備をすること、下らない考えは頭の中からいっさい追い出してしまえ、云々《うんぬん》……その下らない考えというのが何を指《さ》しているのかはご承知のとおり。そういう手紙をあなた方二人には隠していたんです……」

「ちっとも隠してなんかいなかったわ！」とナターシャは話の腰を折った。「そんなことを自慢してるの！　実際は、さっそく私たちに何もかも話してくれたじゃありませんか。まだ覚えてるわ、あなたは急におとなしくやさしくなって、何か悪いことをしたみたいに私のそばを離れなくなったと思ったら、その手紙のことを小出しにして、少しずつ、すっかり話してくれたわ」

「そんなことはない、肝心なことは話さなかったと思うよ。あなた方二人がどう推理しようと、それは勝手だけれども、ぼくは話さなかったと思うな。隠していることでぼくはひどく苦しんだんだ」

「ぼくも覚えていますよ、アリョーシャ、あなたはあの頃しょっちゅうぼくに相談をもちかけて、もちろん、もしもこうなったらという形だったけれども、小出しにぜんぶ話してくれた」と私はナターシャの顔を見ながら言い添えた。

「そうよ、話したわよ！　お願いですから、へんな自慢はよして！」とナターシャは私の言葉を引き取って言った。「あなたは隠し立てできないたちなのよ。人を騙せないたちなのよ。マーヴラだってすっかり知ってたわ。知ってたわね、マーヴラ？」

「知らないわけがありますか！」と、ドアから首を突き出してマーヴラが応じた。「三日も経《た》たないうちにすっかり喋《しゃべ》ったくせに。あんたには人は騙せないわ！」

「ふう、きみたちと話していると、いらいらしてくる！　きみはわざと意地悪をしてるんだね、ナターシャ！　マーヴラ、お前は間違ってるよ。つまりね、あのときのぼくは気違いみたいだっただろう。覚えてるかい、マーヴラ」

「覚えてますとも。あんたは今だって気違いみたいだわ」

「いや、そういうことじゃなくて。覚えてるだろう！　あのとき金がなくなって、お前はぼくの銀の葉巻入れを質に入れに行ったね。それはそうと、マーヴラ、一つ注意しておくけれども、お前はぼくの前でわがままに振舞いすぎるよ。それはナターシャのお仕込みかい。まあ、ぼくが当時すっかり喋ったと仮定してもいい、小出しにしてね（今少し思い出してきた)。でも手紙の調子、調子はご存知ないでしょう。手紙で一番肝心なのは調子だからね。ぼくが言ってるのはそのことですよ」

「へえ、どんな調子だったの」とナターシャは訊ねた。

「ナターシャ、きみの訊《き》き方はまるでふざけてるみたいだよ。ふざけるのはよしてくれ。ほんとに大切なことなんだから。それは一読してがっかりしちまうような調子の手紙だった。父があんな調子で物を言ったのは初めてさ。つまり、父の望みどおりにならないのならリスボンは廃墟《はいきょ》になれ、そういう調子の手紙なんだ！」

「それで、その先を話して。どうしてそのことを私に隠さなきゃならなかったの」

「ああ、決ってるじゃないか！　きみをびっくりさせないためにさ。ぼくは自分一人で事を丸く収めようと思った。というわけで、その手紙のあと、父が帰って来て、ぼくの苦しみは始まったんだ。ぼくは父に断乎《だんこ》たる明確な真面目《まじめ》な答をしようと思ったが、どうもうまくいかなかった。父は狡《ずる》いから何一つ訊こうともしない！　それどころか、もう何もかも決ったのだから、ぼくとのあいだには議論も食い違いもありえない、というような顔をしている。いいかい、ありえないだよ、凄《すご》い自信なんだ！　そしてぼくにはひどく愛想よく、やさしくなった。ぼくはただただ呆《あき》れていましたよ。イワン・ペトローヴィチ、お逢《あ》いになれば分るでしょうが、父は非常に利口なんです！　すべてを読み、すべてを知ってしまう。一度でも逢った相手なら、そのひとの考えをまるで自分の考えのように読むんです。きっとそのためなんでしょう、父がイエズス会の信徒だなんて言われるのは。ぼくが父を褒《ほ》めると、ナターシャはいやがりますがね。怒らないでくれ、ナターシャ。さて、それで……あ、そうそう！　父は初めのうち金をくれなかったのに、きのうはくれたんだ。ナターシャ！　ぼくの天使！　ぼくらの貧乏もついに終ったよ！　ほら、見てごらん！　この半年間、罰として減らされていた分を、きのうすっかりくれたんだ。いくらあるか数えてくれないか。ぼくはまだ数えてない。マーヴラ、ごらん、大した金だろう！　これでもうスプーンやカフスボタンを質に入れなくてすむんだ！」

アリョーシャはポケットから銀貨で千五百ルーブリはあるかと思われる分厚い札束をとり出し、テーブルの上に置いた。マーヴラは満足そうにそれを眺《なが》め、アリョーシャにお愛想を言った。ナターシャは話のつづきをうながした。

「さて、それで、どうしたものかと考えた」とアリョーシャは話をつづけた。「まさか父に逆《さか》らうわけにもいかない。つまり、あなた方二人に誓ってもいいけれど、父がこんなにやさしくなく、ぼくに意地悪く出たのなら、何も考えることはないんです。はっきり言ってやるでしょう、いやです、ぼくだってもう一人前の男です、もう何も言うことはありません、ってね。そしてあくまで自分の考えを通しましたよ。でも、こう出られては、何と言ったらいいのだろう。でも、ぼくを責めないでください。きみはどうやら不満らしいね、ナターシャ。なんだってあなた方は目くばせなんかするんです。ほら、もう一杯食わされてしまった、なんという意志の弱い男だ——そう思ってるんでしょう。いや、ぼくには意志がありますよ、あなた方が思っているよりずっと強い意志がね！　その証拠はこうです。ぼくの苦しい立場にもかかわらず、そのときすぐぼくは思った。何もかも父に話してしまおう、それがぼくの義務だ。そう思って、すっかり話してしまったんです。父もぼくの話を聴《き》いてくれました」

「何を、どういうことを話してしまったの」とナターシャは不安そうに訊ねた。

「いや、つまり、ほかの嫁なんか欲しくない、ぼくにはもう嫁がいる、それはきみだということさ。といっても、まだはっきりそうは言ってないんで、いわばそれにたいする父の心構えをつくってやっただけだけれども、あしたは必ず言うよ。ぼくはまず、こんなことから切り出したのさ。金のための結婚なんて恥ずべき卑《いや》しいことだし、ぼくらが自分たちは貴族だと思ってるのは馬鹿馬鹿《ばかばか》しいことだ、ってね（ぼくと父とはまるで兄弟同士みたいにざっくばらんなんだ）。それから更にぼくは言ってやった、ぼくは平民《ティエールゼタ》であり、平民こそ大切なものだ《ティエールゼタ・セ・レサンシエル》（訳注　フランスの政治家シェイエスが大革命直前に発表した『平民とは何ぞや』の中の句）、ぼくはほかの人たちと同じ人間であることを誇りに思うし、だれからも区別されたいとは思わない……熱烈に、滔々《とうとう》と喋ってやった。自分でも驚いたくらいさ。父の観点に立ってはっきり証明してやった……一体ぼくらは公爵《こうしゃく》なんだろうかって、面とむかって言ったんだよ。

ただ生れがそうだというだけで、ぼくらのどこが果して公爵らしいだろう。まず肝心なのは財産だが、うちにはこれといった財産がない。今の世の中じゃ一番の公爵はロスチャイルドさ。第二に、本当の上流社会じゃ、うちのことなんか、だいぶ前からだれも問題にしていない。うちの最後の上流社会人といえば叔父《おじ》のセミョン・ワルコフスキーだけれども、その叔父だってモスクワで知られているだけで、それもなけなしの農奴三百人をきれいにすってしまったということで知られているんだ。父が自分で財産をこしらえなかったら、孫たちは百姓になり下がるかもしれない。そういう公爵はいくらもいるんだからね。だから、ぼくらにはお高くとまる理由はぜんぜんない。とまあ要するに、ぼくは胸の中のもやもやをすっかり吐き出してやったのさ。何もかも熱烈に、ざっくばらんに吐き出して、おまけまで一つ二つ添えてやったんだ。父はとくに反対もしなかったけど、ぼくがナインスキー伯爵の家に出入りしなくなったことを咎《とが》めてね、ぼくの名付け親のK公爵夫人にもっと取り入らなくてはいけない、K公爵夫人が好意を持ってくれたら、それはつまり、どこへ行っても好意を持たれるということであり、出世の糸口はついたわけだ、とかなんとか喋ること喋ること！　これはつまり、ぼくがきみと一緒になってから、そういう連中の家に出入りしなくなったのは、みんなきみの悪影響だと言いたいんだよ、ナターシャ。でも父は今まできみのことをあからさまに言ったことはなくて、なんとなく避けてるようなんだ。ぼくと父はどっちも狡く立ちまわって、チャンスを見つけ次第、相手を罠《わな》にかけようとしてるわけだけど、まあ大丈夫、最後に勝つのはぼくらのほうだから」

「それは結構だけど、結局どういうことになったの。お父さんはどうお決めになったの。それが大事なところよ。あなたってお喋りね、アリョーシャ……」

「それがさっぱり分らない、父がどう決めたのかは。でもぼくはお喋りじゃないよ、まじめな話をしてるだけだ。ぼくを憐《あわ》れむような笑い方でね。父は決めるどころか、ぼくの議論を聞いてにやにや笑うだけなんだよ。ぼくを憐れむような笑い方でね。くやしいことだけれど、ぼくはべつに恥ずかしいとも思わない。父はこう言うのさ、お前の意見には全く同感だが、まあともかくナインスキー伯爵《はくしゃく》の家へ行こうじゃないか、でもあそこでは今みたいな話はしないほうがいい。私なら理解できるが、あのひとたちはお前を理解できない、ってね。どうも父のことも、あの家の人たちはあまりよく思わず、何かのことで腹を立ててるらしいんだ。一般に、現在の社交界じゃ父はどうも嫌《きら》われてるらしい！　で、伯爵の家に行ったら、初めのうち伯爵は恐ろしく傲慢《ごうまん》な、人を見下すような態度でね、ぼくが伯爵の家で育ったことさえ忘れちまったらしくて、そう言われてようやく思い出す始末さ！　そしてぼくのことをしきりに恩知らずだと責めるんだけれども、こっちは恩を忘れたなんてことじゃなくて、ただあの家が恐ろしく退屈だったから、それで行かなくなっただけの話なんだ。父にたいしても伯爵はひどく気のない態度でね、その気のなさといったら、父がどうしてあの家へ行くのか、わけが分らないくらいなんだ。ぼくは憤慨しちゃったよ。父は可哀想《かわいそう》にこのひとの前では、背中を二つに折らんばかりでね。それもぼくのためだってことは分るけど、本人のぼくはなんにも要《い》らないんだ。あとで父に思ったことを洗いざらい言ってやろうかと思ったけど、遠慮した。言ったって仕方がないからね！　ぼくには父の信念を改めさせることはできやしない、父を怒らせるばっかりさ。それでなくても父は辛《つら》い立場なんだし。で、ぼくは一つ老獪《ろうかい》に立ちまわって、知恵でみんなを負かして、伯爵も一目置かざるをえないようにしてやろう、と思った。そしたらどうだろう。たちまち目的を達して、ほとんど一日のうちに万事が逆転さ！　ナインスキー伯爵は今じゃぼくを下にも置かない有様。それもみんなぼくが一人で、自分の知恵を使ってやったことなんだよ。父も驚き呆れるばかり！……」

「ねえ、アリョーシャ、それより肝心なお話をして！」と気の短いナターシャは叫んだ。「何か私たちのことを話してくださるんじゃなかったの。あなたったら、ナインスキー伯爵の家でどうとかっていう話ばかりじゃないの。あなたの伯爵なんか、私、関係ないわ！」

「関係ないだって！　聞きましたか、イワン・ペトローヴィチ、関係ないそうです。ところが、これが一番肝心なところなんだなあ。今に分るさ。話を最後まで聞けば分るよ。まあ、話をつづけさせてくれ……つまりね、ナターシャ、イワン・ペトローヴィチもよくお聞きください、(ざっくばらんに言ってしまおう!) ぼくはなるほど、ときどき非常に、非常に思慮の浅いことをするかもしれない。それどころか時には(いや、むしろしばしば) まるっきりの馬鹿であるかもしれない。でも今度ばかりは大いに老獪に……その……知性的にやってのけたんです。ですから、ぼくが必ずしも……馬鹿ではないことが分れば、あなた方にも喜んでいただけると思う」

「まあ、なんてことを言うの、アリョーシャ、もういいわよ! かわいい人!……」

アリョーシャは愚か者だと人に思われることが、ナターシャは我慢できなかった。私がアリョーシャにたいして歯に衣《きぬ》きせずに、あなたは馬鹿なことをしたと指摘してやるたびに、ナターシャが口に出しては何も言わないけれどもみるみる仏頂面《ぶっちょうづら》になったことが、いくたびあったことだろう。それはナターシャの一番痛い部分だった。アリョーシャが貶《おとし》められることを我慢できないのは、彼女が自分でもひそかにアリョーシャの限界を意識していたためかもしれない。だがその考えをナターシャは決して口に出さず、アリョーシャの自尊心を傷つけないように気を配っていた。ところがそんな場合アリョーシャは妙に敏感になり、いつもナターシャの内心を見破るのだった。ナターシャはそれに気づくとひどく悲しげになり、すぐさまアリョーシャの機嫌《きげん》をとったり、甘い言葉をかけたりした。そんなわけで、今もアリョーシャの言葉は彼女の胸に痛く響いたのである……

「もうやめて、アリョーシャ、あなたは少し軽はずみなだけよ、絶対にそんな人じゃないわ」とナターシャは言い足した。「どうしてそんなに卑下するの」

「まあいいさ。とにかく終《しま》いまで話をつづけさせてくれ。伯爵の家を訪《たず》ねたあと、父はぼくにかえって腹を立てた恰好《かっこう》になった。まあ見てろ！　とぼくは思った。ぼくらはそれからK公爵夫人の家に行ったんだ。だいぶ前から噂《うわさ》を聞いていたけれども、公爵夫人は年のせいですっかり耄碌《もうろく》しちまって、おまけに耳が遠いんだが、ものすごい犬好きなんだ。犬をうようよ飼っていて、犬のこととなるともう目がない。それでも社交界では大した勢力家で、あの自信家《ル・シューペルブ》のナインスキー伯爵でさえ公爵夫人の次の間《アンティシャンブル》じゃ小さくなってるんだとさ。で、ぼくはみちみち作戦計画を立てたんだけれども、その計画の根本は何だと思う。すなわち、ぼくは犬どもに好かれるということさ、ほんとだよ！　前から自分でも気がついていたんだ。ぼくには不思議な磁力みたいなものがそなわっているのか、それともぼくが生きものならなんでも好きなせいなのか、そのへんはよく分らないけれども、とにかく犬はぼくにひどくなつくんだ、それだけのことさ！　磁力といえば、きみにはまだ話してなかったね、ナターシャ、こないだある霊媒の所へ行ってね、いろんな霊を呼び出したんだ。ものすごくおもしろいものですね、イワン・ペトローヴィチ、びっくりしちまいました。ぼくはジュリアス・シーザーを呼び出したんです」

「まあ、呆れた！　どうしてジュリアス・シーザーを？」と、ナターシャはげらげら笑いながら叫んだ。「まったく、いやになっちゃうわ！」

「でもどうして……まるでぼくが何か……ぼくにだってジュリアス・シーザーを呼び出す権利はあるじゃないか。べつに、どうってことはないじゃないか。どうしてそんなに笑うんだい！」

「そうよ、そりゃそうよ、どうってことはないわよ……ああ、あなたって人は！　それでジュリアス・シーザーはなんて言ったの？」

「いや、べつに、何も言わなかった。ぼくはただ鉛筆を握ってるだけで、鉛筆がひとりでに紙の上を動いて字を書くんだ。それはジュリアス・シーザーが書いてるんだってさ。そんなことは、ぼくは信じないけどね」

「で、なんて書いたの、シーザーは？」

「『濡《ぬ》れそぼちて』とかなんとか、まるでゴーゴリの小説みたいに……もう笑わないでくれよ！」

「じゃ、その公爵夫人のことを話して！」

「だから、そうしょっちゅう話の腰を折らないでくれ。で、K公爵夫人の家へ行くと、ぼくはまずミミを口説《くど》くことから始めた。このミミというのは、老いぼれの、いやらしい下品な犬でね、しかも強情で、すぐ嚙《か》む癖がある。公爵夫人はこの犬に首ったけ。年《と》齢《し》も同じくらいなんじゃないかな。ぼくはまずミミにお菓子をやって、十分あまりのうちにお手を教えこんだ。今までいくら教えても覚えなかったお手をね。公爵《こうしやく》夫人は感きわまってもう泣かんばかり。『ミミ！　ミミ！　ミミがお手をする！』ってね。だれかが来ると、『ミミがお手をするわよ！　私が名付け親になってあげたこの子が教えてくれたの！』ナインスキー伯爵が入って来ても、『ミミがお手をするわよ！』という騒ぎ。ぼくはもう感激の涙を浮べてぼくを見てね。実に善良なお婆《ばあ》さんだよ、気の毒なくらい。ぼくはそこですかさず、お世辞を言ってやった。公爵夫人の煙草《たばこ》入れには、六十年ばかり前のまだ夫人が花嫁だった頃の肖像が入っているんだ。その煙草入れを夫人が落っことしたので、ぼくはすぐさま拾い上げ、その肖像の主がだれだか知らないような顔をして言った。なんて魅力的な絵姿だろう！　これこそ理想の美だ！　これで公爵夫人はとろとろに溶けちまった。どこの学校へ行ったのとか、どこの家に出入りしてるのとか、あなたの髪はきれいねとか、ぼくを相手に喋《しゃべ》るわ喋るわ。こっちも負けずに笑い話をしたり、猥談《わいだん》までしてやった。公爵夫人は猥談が好きなんだよ。指を立てておどすようなしぐさをするだけで、げらげら笑ってるのさ。帰りがけには、ぼくにキスするやら、十字を切るやらで、気晴らしに毎日来ておくれなんて言ったんだ。ナインスキー伯爵はもう目をとろんとさせちゃって、ぼくと握手する。父は父で、もともと善良で正直でまじめな人間なんだけれども、あなた方に信じてもらえるかなあ、二人で家に帰りついたとき、嬉《うれ》しさのあまり涙を流さんばかりの有様でね。ぼくを抱きしめると、打明け話を始めた。それはどうも秘密めいた打明け話で、出世とか、贔屓《ひき》とか、金とか、結婚とか、いろんなことが出てきて、ぼくにはあまりよく分らなかったけどね。そのときなんだ、金をくれたのは。それがきのうのこと。あすはまた公爵夫人の家へ行かなくちゃならないんだけど、父のことをあまり悪く思わないでほしいな、とにかくまじめな人間なんだから。ナターシャ、父がきみからぼくを引き放そうとしてるのも、カーチャの何百万かの金が欲しくて目が眩《くら》んでるだけなんだよ。きみにはそんな金はないものね。父がその金を欲しがるのは、ひとえにぼくのためであって、きみに不当な態度をとるのはきみを知らないからなんだよ。父親は息子の仕合せを願うのが当り前の話だろう。何百万という金にしか仕合せを見出せないのは父一人の罪じゃない。父のような人たちはみんなそうなんだから。父にたいしてこういう見方をすれば、父の正しさというものはすぐ分ると思うよ。ここへ急いでやって来たのはね、ナターシャ、そのことを言いたかったからなのさ。きみは父にたいして偏見を抱《いだ》いているからね。それはきみの罪じゃないけどね。ぼくはきみを責めようとは思わない……」

「じゃ、あなたの出来事というのは、公爵夫人の家で出世の糸口を摑《つか》んだことだけなの。老獪にやったというのは、そのことなのね」とナターシャが訊《たず》ねた。

「冗談じゃない！　何を言うんだい！　これはほんの序の口で……ぼくがK公爵夫人の

話をしたのは、分るだろう、公爵夫人を通して父を掌握できるということなんだ。まだ肝心な話は始まってもいないんだよ」

「じゃ、早く話して！」

「実は今日、もう一つ事件があってね。非常に奇妙な事件で、いまだに茫然《ぼうぜん》としてるくらいなんだ」とアリョーシャは言葉をつづけた。「まずあなた方二人に言っておきますが、父と伯爵夫人とのあいだでぼくの結婚話が決ったとはいうものの、正式には現在のところまだ何一つ決っていないんで、だから今この縁談が駄目になったとしても世間体のわるいことは一つもないんです。この縁談を知っているのはナインスキー伯爵だけだけれども、伯爵は親戚《しんせき》ということになってるし、それにパトロンでしょう。しかもこの二週間のうちにぼくはカーチャと仲良しになったけれども、将来の話、つまり結婚とか……愛情とか、そういう話をしたことは今夜以前には一度もなかったんです。おまけに、まずK公爵夫人の同意を得ることが縁談の条件になっていた。つまり公爵夫人から、ありとあらゆる庇護《ひご》と黄金《こがね》の雨とを期待していたわけなんだね。なにしろK公爵夫人の意見はすなわち社交界の意見というくらいで、凄《すご》い勢力家なんだ……で、ぼくはどうしても社交界に引っ張り出され、出世させられるという次第だ。ところで、こういう処置をだれよりも熱心に主張してるのが、カーチャの継母《ままはは》の伯爵夫人なんだよ。つまり、この女《ひと》は外国でのご乱行がたたって、K公爵夫人の家にまだ出入りさせてもらえない。そして公爵夫人の家に出入りできないということは、ほかの家にも出入りできないことになるだろう。だからぼくとカーチャとの結婚話は、願ってもない幸運ということなのさ。だから伯爵夫人は前はこの結婚話に反対だったくせに、今日はぼくが公爵夫人の家で首尾よくやったことを物凄く喜んでる。まあ、そんなことはいいとして、肝心なことはこうだ。ぼくはカチェリーナ・フョードロヴナを去年から知っていた。でも知り合った頃は、ぼくはまだ子供で、なんにも分らなかったから、あのひとの性質というものが少しも理解できずに……」

「それはその頃、私のほうを余計に愛してらしたからよ」とナターシャが話をさえぎった。「だから理解できなかったのよ。でも今は……」

「黙って、ナターシャ！」とアリョーシャは熱っぽく叫んだ。「きみはまるっきり勘違いしているし、ぼくを侮辱している！……いや、まあいいよ、話のつづきを最後まで聞いてくれれば、きみにも分ってもらえるはずだから……ああ、カーチャにきみを逢《あ》わせたいよ！ どんなにやさしい、明朗な、鳩《はと》のような心のもちぬしか、知ってもらいたいよ！ でも今に分る、とにかく最後まで聴《き》いてくれ！ 二週間前、伯爵夫人が外国から帰って来た直後、父に連れられてカーチャに逢いに行ったとき、ぼくは彼女をじっくり観察してやった。むこうもぼくをしきりに観察してるんだね。ぼくは大いに好奇心を刺激された。ところが、カーチャをもっとよく知ろうという特別な気持がぼくにあったことは、言うまでもないだろう。それは、父の手紙をもらって、ひどく驚いたとき以来の気持だったんだ。ここでカーチャを褒《ほ》める気はさらさらないけれども、ただ一つだけ言っておこう。ああいう社交界では、彼女はいわば輝かしい例外だよ。実に独特な性格で、強い、まっすぐな心のもちぬしなんだ。その純潔さと正しさがすなわち強さなんだな。だから彼女の前に出ると、ぼくなんかただの子供か、弟みたいなものさ。彼女はまだ十七なんだけどね。それからもう一つ気がついたのは、彼女には非常な悲しみというか、何か秘密のようなものがあるんだね。だいたい口数が多くない。家にいても、まるで何かにおびえてるみたいに、あまり喋らない……何かを深く考えこんでるようにね。ぼくの父をこわがってるようでもある。継母を愛していないことは前から気がついていた。継娘にたいへん愛されてますなんていうのは、何らかの目的のために伯爵夫人自身が言い触らしてることなんだ。みんな嘘《うそ》っぱちさ。カーチャはなんにも逆《さか》らわずに伯爵夫人の言うことをおとなしく聞いているけど、その点は申し合せでもあるような感じだね。とにかく四日前に、ぼくはいろんな観察の総決算として自分の考えを実行に移そうと決心した。そして今晩それを実行したのさ。すなわち、カーチャにすべてを話すこと、すべてを打ち明けて、彼女をぼくらの味方に引き入れ、一挙に問題を解決すること……」

「なんですって！　何を話すの、何を打ち明けるの」とナターシャは不安そうに訊ねた。

「すべてをさ、断然すべてをさ」とアリョーシャは答えた。「こういう考えをぼくに吹きこんでくださった神に栄光あれ。でもね、いいですか、よく聴いてくださいよ！　四日前のぼくの決心というのは、あなた方からしばらくのあいだ離れて、自分一人ですべてを解決しようということだったんです。あなた方と一緒だと、ぼくは絶えず動揺し、あなた方を頼ってしまって、どうしても決心がつかないに違いない。でも一人ぼっちになって、解決しなくちゃいけない、どうしても解決しなくちゃいけないと、自分で自分に一分おきに繰返して言い聞かせるような立場に身を置いた結果、ぼくは勇気をふるって——解決しちゃったんです！　片をつけてあなた方の許《もと》に帰ろうと決心し、そのとおりに片をつけて帰って来たんです！」

「それ、どういうこと？　どうなったの？　早く話して！」

「実に簡単さ！　彼女に近づいて誠実率直に……いや、まずその前に起った出来事を話さなくちゃならない。ぼくをすっかり驚かせた出来事をね。ぼくらが出掛けようとしていたら、父に一通の手紙が来た。ぼくはちょうど父の書斎に入りかけていて、戸口に立ちどまった。父はぼくに気がつかなかった。その手紙に大変なショックを受けたように、独《ひと》り言を言ったり、何か大声をあげたり、茫然と部屋の中を歩きまわったりしていたけど、終いに父はとつぜんげらげら笑い出したんだよ、手にはその手紙を握ったままでね。ぼくは入るのがこわくなったんで、少し待ってから、ようやく入って行った。父はなんだか知らないけれどもひどく嬉しそうでね、ぼくに話しかける言葉遣《づか》いまで妙だったけど、そのうちにとつぜん話をやめて、まだ早いけれどもすぐに出掛ける支度をしろと言う。伯爵夫人の家じゃ、今夜は何もなかったんだよ。ぼくら二人が訪ねただけさ。パーティがあったなんていうのは、ナターシャ、きみの思いすごしだ。きみの情報が間違っていたんじゃないのか……」

「ああ、お願い、アリョーシャ、脇道《わきみち》にそれないで。どんなふうにカーチャにすべてを打ち明けたの。それを早く話して！」

「うまい具合に、たっぷり二時間、彼女と二人きりでいられてね。ぼくはあっさり言ったんだよ、親たちはぼくら二人を一緒にしようとしているけれども、ぼくらの結婚は不可能だ。ぼくはあなたに好感を抱いている、ぼくを救えるのはあなただけだ、ってね。そして何もかも打ち明けた。驚いたことにはね、ナターシャ、彼女はぼくときみとのいきさつを何一つ知らなかったんだ！　彼女がどれほど感動したか、見せたかったなあ。初めは、ぎょっとしたらしくて、真《ま》っ蒼《さお》になってね。ぼくはきみとぼくとのことをすっかり話してやった。きみがぼくのために家出をしたこと、ぼくらが二人で暮しているこ と、現在ぼくらが苦しんでいること、心配事だらけなこと、そして今ぼくらは彼女を頼りにしようとしていること、（きみもそれを望んでいると言っておいたよ、ナターシャ）彼女にぼくらの味方になってもらって、ぼくとは結婚したくないと継母にはっきり言ってもらいたいということ、それこそがぼくらの救いであり、ほかにはだれの援助も期待できないということ。彼女はとても熱心に、親身になって聞いてくれた。そのときの彼女の目！　魂がすっかりその目に乗り移ったみたいだった。濁りの全くない青色の目でね。そして彼女は、すっかり打ち明けてくださってありがとうと言い、全力をあげてぼくらを援助すると約束してくれたんだ。それからきみのことをいろいろ訊《き》いて、ぜひともお友達になりたい、もうきみを姉のように愛している、きみも彼女を妹みたいに愛してほしいと伝えてくれって言っていた。そしてぼくがもう五日もきみと逢わないでいると分ったら、すぐ逢いにいらっしゃいとぼくを追い出しにかかった……」

ナターシャは感動していた。

「そんな大事な話の前に、よくも、耳の遠い公爵夫人に取り入ったことなんか話せたものね！　ああ、アリョーシャ、アリョーシャ！」と、責めるように青年の顔を見ながらナターシャは叫んだ。「で、カーチャはどうだったの。あなたを帰らせたとき、喜んでいた、嬉しそうだった？」

「そう、りっぱな行いができたと言って喜んでいたけれども、そのくせ涙を流してるんだ。だって彼女もぼくを愛しているんだからね、ナターシャ！　すでにぼくを愛するようになったと告白していたよ。あまり人とは交際がないけれども、ぼくのことはだいぶ前から気に入っていたんだそうだ。まわりが狡《ずる》さと嘘の世界だから、余計ぼくが目について、誠実で正直な人間のように見えたらしいんだね。彼女はいきなり立ちあがったと思うと、『ではご機嫌《きげん》よう、アレクセイ・ペトローヴィチ、でも私は……』と言いかけて、わっと泣き出して行ってしまった。でもぼくと彼女は決めたんだ、あす彼女は継母にぼくと結婚したくないと言うし、ぼくのほうもあした父にすべてを打ち明け、きっぱりと自分の考えを言ってしまう、とね。もっと早く父に打ち明けるべきだったと彼女はぼくを非難したよ、『正直な人間は何を恐れる必要もありません！』ってね。実にりっぱな人だ、彼女は。ぼくの父のこともあまり好きじゃないと言ってた。お金が目当ての狡い人だと言うんだよ。ぼくは弁護をしたけど、どうも信じてもらえないようだった。とにかく、あすの父との話し合いがうまくいかない場合は（きっとうまくいかないだろうと彼女は思ってるらしい）ぼくはK公爵夫人の力を借りることにして、彼女もそれに賛成してくれた。そうすりゃ、もうだれも反対できなくなるからね。ぼくと彼女は約束したんだ、兄と妹のようになろうって。ああ、きみに彼女の話を聞かせたかったよ、彼女は実に不幸な人なのさ。継母の家での生活や、そういう社交界の環境というものを、非常な嫌悪《けんお》の目で見ているんだ……まるでぼくまでこわがっているように、はっきりは言わないんだが、言葉の端々からそれがうかがえたよ。ナターシャ！　きみに逢ったら、彼女はきっと見惚《みと》れてしまうだろうなあ！　それにしても彼女はなんという善良な人だろう！　彼女と一緒にいると気が軽くなる！　きみと彼女はもともと姉妹《きょうだい》として、お互いに愛し合うべく創《つく》られたんだ。ぼくはそのことばかり考えていたよ。そう、きみと彼女を引き合せておいて、ぼくは横から惚《ほ》れ惚《ぼ》れと眺《なが》めていたい。こんなふうに彼女のことを話しても誤解しないでおくれよ、ナターシャ。ぼくはきみと逢っていると彼女のことを話したくなるし、彼女と逢っていると、きみのことばかり話してしまう。でも、だれよりも、彼女よりもきみを愛していることは、分ってくれるね……きみはぼくのすべてなんだ！」

ナターシャは何も言わず、やさしく、そしていくらか悲しそうにアリョーシャを眺めていた。青年の言葉はナターシャを愛撫《あいぶ》すると同時に、なぜか彼女を苦しめているようでもあった。

「ぼくがカーチャの価値を認めたのは、もう二週間以上も前からなんだ」と、アリョーシャは言葉をつづけた。「ぼくは毎晩のように伯爵夫人の家へ行ってたからね。そして家に帰ると、きみと彼女のことばかり考えていたんだ。心の中できみと彼女を比べてばかりいた」

「で、どちらがいいということになったの」とナターシャは笑顔で訊ねた。

「きみだったこともあるし、彼女だったこともある。でも結局はいつもきみがいいということになった。彼女と話していると、いつも自分がより賢くなったような、より立派になったような気がすることも事実だけどね。とにかく、あすだ、あす、すべてが決る！」

「でも彼女が気の毒だと思わない？　彼女はあなたを愛してるんでしょう。ご自分でもそれに気づいたって、あなた、おっしゃったでしょう」

「そりゃ気の毒だよ、ナターシャ！　でもぼくら三人はお互いに愛し合おう、そしたら……」

「そしたら、お別れね！」と、ナターシャは独り言のように低い声で言った。アリョーシャは不審そうにナターシャの顔を見た。

だが私たちの会話はとつぜん思いもよらぬ出来事に中断された。入口の間を兼ねている台所で、だれかが入って来たような軽い物音が聞えた。まもなくマーヴラがドアをあけ、そっと顎《あご》をしゃくって、アリョーシャに出てこいという合図をした。私たちはみなマーヴラの方を見た。

「あんたにお客様よ、ちょっと出て来て」とマーヴラは妙に秘密めかした声で言った。

「今時分、だれだろう」と不思議そうに私たちの顔を見ながらアリョーシャは言った。

「行ってみよう」

台所には父親の公爵《こうしゃく》のお仕着せを着た従僕が立っていた。公爵は帰宅の途中、馬車をナターシャの住居の前に止め、アリョーシャがいるかどうかを訊《たず》ねるために従僕をよこしたのだという。それだけ言うと、従僕はすぐ出て行った。

「へんだな！　今までこんなことはなかったのに」とアリョーシャは取り乱したように

私たちの顔を見ながら言った。「一体どうしたんだろう」

ナターシャは不安そうにアリョーシャの顔を見ていた。とつぜんマーヴラがまた部屋のドアをあけた。

「ご本人が来ましたよ、公爵が！」とマーヴラは早口に囁《ささや》き、すぐ姿を消した。

ナターシャは蒼《あお》くなって立ちあがった。その目が急に光り始めた。テーブルに軽く寄りかかった姿勢で、招かれざる客が入って来るドアを、ナターシャは興奮の面持で見つめた。

「ナターシャ、こわがらなくていい、ぼくがついてるから！きみに失礼な真似《まね》はさせないから」と、当惑して、それでも度を失わずにアリョーシャは言った。

ドアがあき、紛れもないワルコフスキー公爵その人が戸口に姿を現わした。

第二章

公爵《こうしゃく》はすばやく注意深い視線を私たちに投げた。そのまなざしからだけでは公爵が姿を現わしたのは敵としてか、それとも友人としてなのか、判断はつきにくかった。だが、まず公爵の外見を詳しく描き出してみよう。この晩、私はこの人物から特に強い印象を受けたのである。

以前にも私は公爵を見たことがある。この人は年齢はせいぜい四十五、六だろうか。整った、実に美しい目鼻立ちで、顔の表情は状況に応じて変化したが、その変り方たるや実に激しく、異常なまでの速さであり、まるで何かのバネでも押したように、この上なく愉快そうな表情からこの上なく陰気な、あるいは不満そうな表情へと、あっというまに変るのである。いくらか浅黒い卵型の端正な顔、みごとな歯並び、小さくてかなり薄い唇《くちびる》の美しい線、まっすぐで少し長めの鼻、まだ小皺《こじわ》一つない秀《ひい》でた額、かなり大きな灰色の目——これらの特徴は寄り集まって美男子に近いものを作りあげていたが、そのくせ公爵の顔は快い印象を与えなかった。その顔がむしろ不愉快な印象を与えるのは、顔の表情がなんだか自分のものではなく、いつも計算したうえで取って付けたような借りものの表情だったためであろう。それを見る者の胸の内には、この男の本当の表情を摑《つか》むことは決してできないという何かしら盲目的な確信が生れるのである。もっとよく眺めれば、この不断の仮面の下には何か邪悪かつ狡猾《こうかつ》で、極度にエゴイスティックなものが隠されているのではないかと思われてくる。とくに見る者の注意を引くのは、一見美しい灰色の、むきだしの目だった。この目だけは本人の意志に無条件には従わなかったようである。本人はやわらかいやさしい目つきをしたいのだろうが、その目の光はいわば分裂していて、やわらかいやさしい光のあいだから、硬い、疑り深い、探るような、邪悪な光がのぞくのだった……。公爵はかなり背が高く、いくらか痩《や》せぎみだが均斉のとれた体格で、年よりは遥《はる》かに若く見えた。暗い亜麻色《あまいろ》のやわらかい髪には、まだほとんど白いものは見えなかった。耳や、手や、爪先《つまさき》は、驚くほど美しかった。それはまさしく血統から来る美しさだった。着ているものは粋《いき》で洗練されていたが、いくらか若作りであり、それがまたけっこう似合うのだった。全体の感じはまるでアリョーシャの兄のようである。少なくとも、こんな大きな息子《むすこ》をもつ父親とはどうしても見えない。

まっすぐナターシャに歩み寄り、その顔をまじまじと見ながら公爵は言った。

「こんな時刻に、取り次ぎも待たずにお邪魔するのは、奇妙な、常識外れのことです。しかし自分の行為の奇矯《ききょう》さを私が少なくとも意識できるということは、認めてくださいますね。それから私はあなたのことも存じあげております。あなたが明敏でしかも寛大なお方であることを承知しております。十分間だけお時間をさいてくださいませんか。そうすればたぶん私の気持を理解し、私を赦《ゆる》してくださるに違いないと存じますので」

このセリフを慇懃《いんぎん》に、だが力をこめ、妙に押しつけがましく、公爵は一気に喋《しゃべ》った。

「どうぞお掛けください」と、初めの狼狽《ろうばい》と多少の驚きからまだ脱《ぬ》け切れずに、ナターシャは言った。

公爵は軽く頭を下げ、腰をおろした。

「まず、これに一言いわせてくださいませんか」と、息子を指《さ》して公爵は喋り出した。

「アリョーシャ、お前が私を待ちもせず、みなさんに挨拶《あいさつ》もせずに帰ってしまった直後、カチェリーナ・フョードロヴナの気分が悪いという知らせが伯爵《はくしやく》夫人に伝えられたのだ。夫人はすぐお嬢さんの部屋へ行こうとなさったが、そのときカチェリーナ・フョードロヴナ自身がひどく取り乱した様子で私たちの部屋へ入って来た。そしてお前の妻になることはできないと、いきなり言う。そして修道院へ入るとか、お前がナターリヤ・ニコラーエヴナを愛していると告白し、カチェリーナに助けを求めたとか、しきりに口走る……選《え》りに選ってこんなときに、カチェリーナ・フョードロヴナがこんな驚くべき告白をしたのは、言うまでもなく、お前があのお嬢さんに乱暴きわまる打明け話をしたためなのだ。お嬢さんはほとんど狂乱状態だった。私がどんなに驚き呆《あき》れたかはお前にも分るだろう。そして今ここを通りかかりましたらお部屋にあかりが見えました」と、ナターシャの方に向き直って公爵は言葉をつづけた。「すると以前から私を悩ましていた一つの考えが急に頭を占領し、涌《わ》き起った衝動に逆《さか》らいきれずこちらへうかがったような次第です。その理由ですか？　それは今すぐ申しますが、あらかじめお願いしておきます、どうか私の説明の多少の激しさにびっくりなさらないでください。なにぶん突然のことですので……」

「お話は理解できると思いますし、おっしゃることはもちろん……尊重いたすつもりですけれど」とナターシャは口ごもりながら言った。

公爵はまるで一分かそこらのうちに大急ぎで相手の姿を記憶に刻みつけようとでもい

うように、ナターシャを凝視した。

「あなたの明敏さにも私は望みをかけております」と公爵は言葉をつづけた。「今こちらへ突然お邪魔させていただいたのも、あなたという方をよく存じあげているからなのです。いつかあなたに全く不当な態度をとり、まことに申しわけなく思いますが、それでも私はだいぶ以前からあなたをよく存じあげております。まあお聴《き》きください。ご承知のとおり、あなたのお父様と私とのあいだには、ずっと以前から不愉快な事件がもちあがっております。私は自己弁護はいたしません。お父様にたいして私は、今でも自分で考えていたよりも遥かに悪いことをしているのかもしれません。しかし、そうだとすれば私もまた欺《だま》されておりました。私は自分でも認めますが、非常に疑り深い人間なのです。良いことよりもまず悪いことを想像してしまう癖がありまして、これはまことに不幸な特徴といいますか、人情味に欠けた精神の特徴です。けれども自分の欠点を隠す習性は、私にはございません。私は中傷をすっかり真に受けていたものですから、あなたがご両親をお棄《す》てになったときは、アリョーシャの身を案じて戦慄《せんりつ》いたしました。しかしそのときはまだ私はあなたを存じあげなかった。少しずつ調査をした結果、私はすっかり安心いたしました。観察し、研究した末に、自分の疑惑はなんら根拠のないものであると確信したのです。あなたがご家族の方と争われたことを私は聞きましたし、あなたのお父様が全力をあげてあなたと私の息子との結婚に反対しておられることも知っております。そしてあなたがアリョーシャにたいして非常な影響力といいますか、支配力をおもちでおられながら、その力を利用しアリョーシャに結婚を強《し》いることを今までなさらなかったという、そのこと一つとってみても、あなたが非常に善良な方であることはみごとに証明されます。にもかかわらず、すっかり申し上げてしまえば、私はその頃、あなたと私の息子との結婚のあらゆる可能性を潰《つぶ》すべく全力をあげようと決心したのです。あまりにも露骨な申し上げ方であることは分っておりますが、この際、私に何よりも必要なのは包み隠さずお話し申し上げることなのです。お終《しま》いまで聞いてくだされば、あなたもきっと同意なさるに違いないと思います。さて、あなたが家出をなさった直後、私はペテルブルグを離れました。しかし旅に出るとき、私はもはやアリョーシャの身を案じてはおりませんでした。私はあなたの気高い自尊心を当てにしておりました。あなたご自身、私たち両家の紛争が終るまでは結婚を望んでおられないことを、私は存じていたのです。あなたはまた、アリョーシャと私との和合を乱すことをお望みにならなかった。もしそうなった場合、私は息子とあなたとの結婚を絶対に許さないでしょうから。そしてまた、あなたは第三者から、あれは公爵の花婿《はなむこ》が欲しかったのだ、公爵家と縁を結びたかったのだと言われることもお望みではなかった。それどころか、あなたは私どもを無視する態度をおとりになった。そして私のほうからどうか息子と結婚していただきたいとお願いに参上する時を待っておられたのかもしれません。しかし、にもかかわらず私は頑強《がんきょう》にあなたの敵としてとどまりました。自己弁護はいたしませんが、その点について、私の理由を隠すつもりもございません。つまり、あなたは高貴の家柄の方ではないし、財産もおありにならない。私には多少の財産はございますが、実はもっと必要なのです。私ども一家は凋落《ちょうらく》しつつありましてね。贔屓《ひき》と金が必要です。ぐずぐずしていたら求婚者が現われて、あのお嬢さんを横取りしてしまうでしょう。この伯爵夫人ジナイーダ・フョードロヴナの継娘《ままこ》は、贔屓こそないが非常な財産家です。このチャンスを逃す手はありません。で、アリョーシャはまだ若すぎるのですが、私はこの縁談を進行させようと決意いたしました。ごらんのとおり、私は何一つ隠してはおりません。おそらくあなたは、我欲と偏見ゆえにわが子によからぬ振舞いをけしかけた父親の告白を、軽蔑《けいべつ》なさるでしょう。なにしろこの息子のためにすべてを捧《ささ》げつくした心の清い娘さんを棄てようというのですから、よからぬことに間違いない。しかも従来あなたにたいしてこの息子はさんざん疚《やま》しいことをしてきましたのにね。しかし私は自己弁護はいたしません。息子と伯爵夫人ジナイーダ・フョードロヴナの継娘とを結婚させたい第二の理由は、そのお嬢さんが充分に愛情と尊敬に値する方だということです。顔立ちも美しく、りっぱな教育を受け、申し分のない気立てのよさで、まだいろいろな点で子供ではありますが非常に聡明《そうめい》な方なのです。ところがアリョーシャは意気地なしで、軽はずみで、極端に無分別で、二十二にもなってまだ子供同様。人のよさが唯一《ゆいいつ》の取柄《とりえ》ですが、ほかに欠点が多い場合、これはむしろ危険な性質です。久しい以前から気づいておりましたが、息子にたいする私の感化力はそろそろ弱まり始めております。血気盛んな若さと申しますか、青年の情熱というものが次第に優位に立ち、人としての真の義務はしばしばなおざりにされている。それは私が甘やかしすぎたためかもしれませんが、とにかく私の指導だけでは不足であることは確かなようです。息子はつねにどなたかの絶え間ない道徳的影響の下に置かなければいけない。これは生来、受動的な弱い性格のもちぬしで、自分から命令するよりは、むしろ人を愛し服従することを好む人間なのです。おそらく死ぬまでこの性質は変りますまい。ですからカチェリーナ・フョードロヴナが息子の嫁として理想的な女性であると知ったとき、私がどんなに嬉《うれ》しかったかご想像いただけるでしょう。だがこれは糠《ぬか》喜びでした。息子はすでに別人の影響力に——あなたの影響力にゆるぎなく支配されておりました。一月前にペテルブルグへ帰ってから、私は息子を詳細に観察しましたが、驚いたことには、より良い方向への変化が歴然と現われていたのです。軽はずみなところ、子供っぽいところは相変らずですが、何か気高い感化のようなものがしっかりと根を張っている。興味の対象もおもちゃだけではなく、高尚な、気高い、誠実なものへと変化している。考えることは奇妙で、不確かで、時には他愛ないのですが、望みや渇望《かつぼう》といいますか、心は見違えるように良くなっている。心はすべての基礎ですからね。そういう息子の良くなった点はすべて、疑いもなくあなたから発したものです。あなたが息子を再教育してくださったのです。正直に申しますと、そのときすでに、あなたこそ他のだれよりも息子に仕合せをもたらしてくださるのではあるまいかという考えが、私の頭にひらめいたのです。しかし私はそんな考えを望まなかったから、すぐに追い払ってしまいました。そして何がなんでも息子をあなたから引き離そうと思った。私はすぐに行動を開始し、まもなく目的を達したと思いました。つい一時間前までは、勝利はこちらのものだとばかり思っていたのです。けれども伯爵夫人の家での出来事は、私の予想を一挙にくつがえしました。私が何よりも驚いたのは思いもかけぬ一つの事実です。すなわちアリョーシャの不思議な生真面目《きまじめ》さ、あなたへの愛情の激しさ、その愛情の執拗《しつよう》さ、根強さです。繰返して申しますが、あなたは息子を徹底的に再教育してくださった。私はとつぜん気づいたのですが、息子に生じた変化は私が想像したよりも遥かに先へ進んでいるのです。今日、この息子は私の前で出しぬけに知性の兆《きざし》と、並々ならぬ繊細さ、それに洞察力《どうさつりょく》までも示してくれました。息子にそんなものがあろうとは私は夢にも思わなかった。この困難な状況から脱け出すために、息子は最も正しい道を選んだのです。人間の精神の最も尊ぶべき力、すなわち人を赦す能力、悪に報いるに寛大をもってするという力を、この子は呼び醒《さ》ましたのです。つまり、自分が辱《はずか》しめた人間のふところに飛びこんで、同情と助力を求めたのです。すでに自分を愛し始めていた女性のプライドをかきたて、恋敵《こいがたき》の存在を告白し、同時にその恋敵への同情を呼びさまし、自分にたいしては赦しと、清い友愛の約束とをとりつけたのです。こんなふうに告白をして、しかも相手を侮辱せず、怒らせもしない――これは非常な知恵者にもなかなかむずかしいことであって、この子のような若々しい、清潔な、正しい方向をもつ心のみが、よくなし得ることではないでしょうか。ナターリヤ・ニコラーエヴナ、あなたはこの息子の今日の振舞いについては、ただの一言も知恵をつけたりなさらなかったのですね。私はそれを確信しております。事情はたった今、この子の口からお聞きになっただけなのでしょう。私は間違っておりませんね？　そうではありませんか？」

「間違ってはいらっしゃいませんわ」とナターシャは相手の言葉を繰返した。その顔は赤く火照《ほて》り、目は何か霊感に似た奇妙な輝きを放っていた。公爵《こうしゃく》の弁舌は効果を現わし始めたようである。「私は五日間アリョーシャと逢《あ》っておりませんでした」とナターシャは付け足した。「それはみなこのひとが自分で考え出し、自分で実行したことです」

「それに違いありません」と公爵は相槌《あいづち》を打った。「ですが、それにしても、この子の思いがけぬ洞察力といい、決断といい、義務意識といい、それにあの意志の固さといい、すべてはあなたの良き影響の現われなのです。こうしたことをいろいろ思い合せ、帰るみちみち考えてみたのですが、その結果、私はとつぜん身内に決断の力が涌いてくるのを感じました。私どもと伯爵夫人の家との縁談はすでに破れたのであり、それを立て直すことは不可能です。よしんば可能だとしても、事はこれ以上には進行しないでしょう。しかも私は自分で確信したのですが、あなたは息子に仕合せをもたらしてくださるただ一人の方であり、息子を真に導く方であり、もうすでに息子の未来の幸福の礎《いしずえ》を築かれた方なのです！　私は今まであなたに何一つ隠し立ていたしませんでしたし、今も隠し立てしようとは思っておりません。出世、金銭、名声、それに地位や身分のたぐいが、私は大好きです。それらのうちの多くは単なる偏見にすぎないのだと、頭では認めておりますが、しかもそれらの偏見が好きであり、それらを無視したくないのです。しかし、ほかの考え方を認めねばならぬような状況、一つの尺度ですべてを測ることのできないような状況というものは確かにあるものでして……それに私は息子を熱愛しております。これを要するに、アリョーシャはあなたと別れてはいけない、あなたなしではアリョーシャは破滅してしまう、という結論に私は達したのです。正直に申し上げてしまいましょうか。実はそう決心したのは一月《ひとつき》も前のことでして、今になってようやく私は自分の決心の正しさを悟った次第です。もちろん、こんなことを申し上げるためならば、何もこんな夜中近くにお邪魔しないで、あすお訪《たず》ねしてもよかったのです。しかしこれほどあわてて参上したことで、私がこの問題にいかに熱心に、そしていかに真剣に取り組んでいるかが、お分りいただけるのではないでしょうか。私は子供ではありません。この年齢《とし》になれば、ろくに考えもせず行動に踏み切るようなことはございません。この部屋に入って来たときに、すべてはすでに決定され、熟考されておりました。しかし私の誠意を信じていただくには、まだ永いこと待たねばならぬと覚悟しております……しかし本題に戻りましょう！　なにゆえに私が今こちらへ伺ったか、その理由をご説明申し上げます。私はあなたにたいする私の義務を果すべく伺ったのであり――あなたへの限りない尊敬をこめて、ここで改めてお願いいたします。どうか私の息子と結婚して、これを仕合せにしてやってくださいませんか。ああ、どうか誤解をなさらないでください、私はやっとのことで心を決めた雷親父《おやじ》として、子供たちを赦《ゆる》し、お情けで子供らの幸福に同意するために来たのではありません。ちがいます！　ちがいますとも！　そんな考えを抱いているとお考えでしたら、それは私にたいする侮辱です。それからまた、あなたはこの息子の犠牲になったくらいだから、一も二もなくこの申し出を承諾するだろうというふうに、私があらかじめ計算していたとはお考えにならないでください。それもまた、ちがうのです！　だれよりも先に私は声を大にして申しますが、この息子はあなたに値しない人間であり……（しかし善良で純粋な青年ではありますから）自分でもそれを認めると思います。しかしそれだけではまだ充分ではない。こんな時刻に私がここへ引き寄せられるように参りましたのは、それだけの理由からではなく……私がこちらへお伺いしましたのは……（公爵はうやうやしげに、いくらか勿体《もったい》ぶった様子で椅子《いす》から腰を上げた）こちらへ伺いましたのは、あなたの友人になるためなのです！　私にそんな権利が少しもないことは存じております！　しかし、どうかその権利をお与えください！　せめてその期待を抱《いだ》くことをお許しください！」

ようやうやしくナターシャに頭を下げ、公爵は相手の返事を待った。公爵が喋《しゃべ》っているあいだ、私はじっとその様子を観察していたのだった。公爵もそれに気づいていた。いくらか能弁を衒《てら》うようにときどきわざとぞんざいな言いまわしをまじえながら、公爵はこの長ゼリフを喋り通した。全体の口調は、こんな時ならぬ時に、しかもこんな場合にこの家を初めて訪問したという公爵の衝動にあまりふさわしくないようだった。いくつかの言いまわしは明らかにこしらえものの感じだったし、その呆気《あっけ》にとられるほど長い話のところどころで、公爵は自分の苦しい気持をユーモアとぞんざいな表現と冗談とで覆《おお》い隠そうと骨を折る変人というポーズを、技巧的に装《よそお》っているようだった。だが、こんなことを考えたのはあとになってからで、そのときはまた問題が別だったのである。最後の言葉などは、いかにも真実にあふれ、ナターシャへの心からの敬意に満ち満ちていたから、私たちは三人とも圧倒されてしまった。公爵の睫毛《まつげ》には涙らしきものが光ったほどである。ナターシャの純な心は完全に征服された。公爵につづいて席を立ち、深い感激に言葉も出ず、ナターシャは公爵に片手を差しのべた。公爵はその手をとり、やさしく、感情をこめて接吻《せっぷん》した。アリョーシャは喜びに我を忘れた。

「ぼくが言ったとおりだろう、ナターシャ！」とアリョーシャは叫んだ。「きみは信じなかったけど！　父が世界一りっぱな人だってことを、きみは信じなかった！　でも、これで分っただろう！……」

アリョーシャは父親に駆け寄り、熱烈に父親を抱きしめた。公爵もその抱擁に応じたが、感情を表へ出すのを恥じるように、急いでこの感傷的な場面を切り上げた。

「もういい」と公爵は言い、帽子をとりあげた。「私は帰るから。十分間だけと申し上げておきながら一時間もお邪魔してしまいました」と、苦笑しながら公爵は言い足した。

「しかし、またできるだけ早い機会にお目にかかれることを、切望いたします。今後はできるだけたびたびお訪ねしてよろしいでしょうか」

「どうぞ、どうぞ！」とナターシャは答えた。「できるだけたびたびいらしてください！　私もなるべく早く……あなたを愛するようになりたいと思います……」と、まごつきながらナターシャは付け足した。

「なんという誠実な、なんという正直な方だろう！」と、ナターシャの言葉に微笑しながら公爵は言った。「簡単な外交辞令一つにもご自分をごまかそうとはなさらない。しかしあなたの誠実さは、どんなこしらえものの礼儀よりも貴重です。そう！　あなたに愛されるためには、私はこれからまだまだ永いこと努力せねばなりますまい！」

「そんな、私をお褒《ほ》めにならないでください……もうたくさんですわ！」とナターシャは照れて囁《ささや》いた。その瞬間、ナターシャがどんなに美しかったことか！

「では、このへんで！」と公爵はきりをつけるように言った。「その前にもうひとこと。ああ、私は実に不幸な男です、あなたにはご想像もつかないでしょう！　実は、明日はお伺いできないのです、明日も、明後日も。今夜、非常に重要な手紙を受けとりまして（ある用件ですぐ来るようにという手紙ですので）どうしても外《はず》すわけにいかないことになりました。あすの朝、ペテルブルグを発《た》ちます。あすもあさっても暇がないから、それで今夜こんなに遅く伺ったのだとは解釈なさらないでください。あなたはもちろんそこまでお考えにならないでしょうが、これこそ私の疑り深さの一例です！　あなたがそんなふうにお考えになるなどと、私はどうして思ったのでしょうか。まったく、この猜疑心《さいぎしん》のおかげで今までにずいぶん損をいたしました。あなたのご家族とのいざこざも、もしかすると私のこの憐《あわ》れむべき性格のなせる業《わざ》かもしれません！……今日は火曜日でしたね。水、木、金と、私はペテルブルグにおりません。しかし土曜にはきっと帰って、さっそくその日のうちにこちらへお伺いいたします。夕方からお邪魔してもよろしいでしょうか」

「ぜひ、ぜひいらしてくださいませ！」とナターシャは叫んだ。「土曜日の夕方、お待ちしております！　首を長くしてお待ちします！」

「ああ、私は仕合せです！　あなたという方がだんだんよく分ってきました！　しかし……もうおいとまします！　といっても、あなたと握手せずに帰ってしまうわけには参りませんな」と、とつぜん私の方を向いて公爵は言葉をつづけた。「どうも失礼いたしました！　とりとめのない話ばかりしておりまして……あなたにはもう何度かお目にかかりましたし、一度はお互いに紹介されましたね。ここで旧交を温めることが私にとってどんなに嬉しいか、それを申し上げずに帰ってしまうことはできませんでした」

「何度かお目にかかったことは事実です」と公爵の手を握りながら私は言った。「しかし失礼ですが、お近づきになった覚えはございません」

「R公爵の家で、昨年」

「失礼、忘れておりました。ですが今度はもう決して忘れません。今夜は私にとって特に記憶に残る晩ですから」

「まったく、おっしゃるとおり、私にとってもそうです。あなたがナターリヤ・ニコラーエヴナと私の息子《むすこ》の本当の、心からの親友でいらっしゃることは、前から存じておりました。あなた方三人に加わって、私も四人目の友人になれれば幸いです。そうではありませんか？」とナターシャの方を向いて、公爵は言い足した。

「ええ、このひとは私たちの親友です。私たち、みんな仲良くならなければなりませんわ！」と、深い感情をこめてナターシャは答えた。かわいそうに！　公爵が私を忘れずに声をかけたのを見て、ナターシャは嬉《うれ》しさのあまり顔を輝かしたのである。どれほど私を愛していたことだろう！

「あなたのファンには大勢逢いました」と公爵は言葉をつづけた。「心からあなたを崇拝している二人の女性も知っております。あなたとお近づきになれたら、どんなにか喜ぶことでしょう。二人の女性とは、私の親友である伯爵《はくしゃく》夫人と、その継娘《ままこ》のカチェリーナ・フョードロヴナ・フィリモーノワです。あなたをこの二人の方にぜひご紹介したいのですが、ご迷惑ではございませんね」

「それはたいへん嬉しいことですが、このごろ私はあまり人づきあいをしておりませんので……」

「しかしご住所を教えてくださいませんか！　お住居はどちらでしょう。もしよろしければ、そのうちにぜひ……」

「うちにはどなたも来ていただかないことにしています。少なくとも今しばらくは勘弁してください、公爵」

「その例外になる価値は私にはございませんけれども、しかし……それでも……」

「どうしてもとおっしゃるのでしたら、もちろん喜んでお迎えします。私の住居は××横町のクルーゲンのアパートです」

「クルーゲンのアパート！」と何かに驚いたように公爵は叫んだ。「本当ですか！　そこには……もう永くお住まいで？」

「いいえ、最近です」と、思わず公爵の顔を見つめながら私は答えた。「私の部屋は四十四号です」

「四十四号？　お一人で……お住まいなのですね？」

「一人ぼっちです」

「そうでしたか！　と申しますのは……実はそのアパートでしたら、どうも知っているらしいので。それでしたらなおさら結構……ぜひとも伺わせてください、ぜひとも！　いろいろご相談したいこともありますし、お話もいろいろ聞かせていただきたいのです。きっとご面倒をお願いすることになるでしょう。いやはや、いきなりお願いとは私も図々《ずうずう》しい。では、おいとまいたします。もう一度お手を！」

公爵は私とアリョーシャの手を握り、もう一度ナターシャの手に接吻すると、アリョーシャについて来いとも言わずに出て行った。

とり残された私たち三人はひどく狼狽《ろうばい》していた。すべてはあまりにも思いがけない唐突な出来事だった。一瞬にしてすべてが変り、何か新たな、得体《えたい》の知れぬことが始まりかけているのを、私たち三人は感じていた。アリョーシャは何も言わずにナターシャの脇《わき》に腰をおろし、そっとその手に接吻した。そして何か言ってくれるのを待つように、こっそりナターシャの顔を覗《のぞ》きこんだ。

「ねえ、アリョーシャ、あすすぐカチェリーナ・フョードロヴナのところへ行ってらっしゃい」と、ナターシャはやがて口を開いた。

「ぼくもそう思っていたんだ」とアリョーシャは答えた。「必ず行ってくるよ」

「でも、あちらはあなたに逢《あ》うのが辛《つら》いかもしれないわね……どうしたらいいかしら」

「ぼくには分らない。そのことも実は考えたんだ。まあ、いずれ……様子を見て……決めるさ。でも、ナターシャ、これでもう何もかも変っちまったんだなあ」と、アリョーシャはたまりかねて言った。

ナターシャはにっこり笑い、やさしい目で永いことアリョーシャを見つめた。

「それに父はなんてデリケートなんだろう。こんなみすぼらしい部屋を見ても、ひとことも……」

「ひとことも何？」

「いや……どこかに引越せとか……そういうことを言わなかっただろう……」と赤くなってアリョーシャは付け加えた。

「よしてよ、アリョーシャ、まさかそんなことをおっしゃるわけはないわ！」

「いや、だから父はデリケートだって言うんだよ。それにずいぶんきみを褒めたね！いつかきみに言ったとおりだろう……確かに言ったよ！　そう、なんでも理解できるし、感じとってしまう人なんだ！　でも、ぼくのことはまるで子供扱いだったな。みんなぼくを子供扱いするんだからね！　でも仕方がない、ぼくは事実そうなんだ」

「あなたは私たちのだれよりも洞察力《どうさつりょく》の鋭い子供よ！　あなたっていい人よ、アリョーシャ！」

「ぼくの人のよさが、かえってぼくの害になるって言ってたね。どういうことだろう。分らない。それはそうと、ナターシャ、ぼくは今夜、父の家に行ったほうがよくはないだろうか。あすは夜が明けたらすぐここへ来るよ」

「そうなさい、そうなさい。いいことに気がついたわ。ぜひお父さんに顔を見せていらっしゃい。でも、あすはなるべく早く来てね。もう五日も私を放りっぱなしにはなさらないでね」と、やさしい目つきで、からかうようにナターシャは言った。私たち一同は何かしら穏やかな満ち足りた喜びに浸っていた。

「一緒に行きますか、ワーニャ」と部屋を出ながらアリョーシャが叫んだ。

「いいえ、このひとは残るわ。もう少しお話しましょうね、ワーニャ。忘れないでね、あすは夜が明けたらすぐよ！」

「夜が明けたらすぐ来る！　さよなら、マーヴラ！」

マーヴラはひどく興奮していた。公爵《こうしゃく》の話を残らず立ち聞きしたのだが、どうも事情が呑《の》みこめず、いろいろ問いただしたかったらしい。だが、さしあたりはたいそう真剣な、傲慢《ごうまん》にすら見える顔つきをしていた。情勢が一変したことには気づいていたのである。

私たちは二人きりになった。ナターシャは私の手をとり、話題を探《さが》しているようにしばらく沈黙していた。

「疲れたわ！」とやがて弱々しい声でナターシャは言った。「ねえ、あした、うちへ行ってくださる？」

「必ず行く」

「ママには話してもいいけど、父には話さないでね」

「いや、それでなくても、きみの話をお父さんとしたことはない」

「そうね。話さなくても、いずれは知れるわね。父の言うことをよく聞いてきてね！　どういうふうに受けとるかしら。ああ、ワーニャ！　父はほんとうに私のこの結婚を呪《のろ》うかしら。そんなことないわね！」

「公爵がすべてを丸く収めるべきだな」と私はあわてて言った。「公爵はお父さんとどうしても和解しなくちゃいけない。そうすれば、すべては解決するんだから」

「ああ、どうしよう！　もし！　もし！」とナターシャは祈るように叫んだ。

「心配しなくていい、ナターシャ、万事うまくいくから。その方向に事は運んでいるんだから」

ナターシャはじっと私の顔を見た。

「ワーニャ！　あなた、公爵のことをどうお思いになる？」

「あれが誠心誠意の言葉なら、たいへんりっぱな人なんだろうな」

「あれが誠心誠意の言葉なら？　それはどういうこと？　誠心誠意の言葉じゃなかったかもしれないの？」

「そんな気もする」と私は答えた。そして思った、『とすると、ナターシャも何か考えたわけだ。なんと奇妙なことだろう！』

「あなた、ずっと公爵の顔ばかり見ていたのね……穴があくほど」

「そう、少し変な気がしたものだから」

「私もなのよ。あのひとの話し方はなんだか……でも、私、疲れたわ。わるいけど、あなたも、もうお帰りになって。あす、父の家からなるべく早くここへいらしてね。ああ、それからね、私あのひとになるべく早くあなたを愛するようになりたいって言ったけど、あれは失礼じゃなかったかしら？」

「いいや……なぜ失礼なの？」

「それに……馬鹿《ばか》みたいに聞えなかったかしら。だって、つまり、私はまだ公爵を愛してないってことになるでしょう？」

「それどころか、あれはとてもみごとで、無邪気で、機転がきいていた。あの瞬間、きみはとても美しかった！　上流社会の人間のくせにあれが分らなかったら、馬鹿みたいなのは公爵のほうだ」

「あなた、公爵に腹を立ててるみたいね、ワーニャ。でも私ってどこまで馬鹿で、疑り深くて、虚栄心が強いんでしょう！ 笑わないでね。私あなたには何も隠さないの。ああ、ワーニャ、あなたは私の親友よ！ もしまた悲しいことがあって、私が不幸になったとしても、あなたは私のそばにいてくださるわね。もしかすると、そばにいてくださるのはあなただけかもしれない！ どうやってこの恩返しをしたらいいの！ 私を呪ったりなんかしないでね、ワーニャ！……」

家に帰ると、私はすぐに服をぬいで横になった。部屋の中はまるで穴倉のように湿っぽくて暗かった。さまざまの奇妙な思いや感覚が胸の中を行き来して、私は永いこと寝つかれなかった。

しかしその頃、一人の男は寝心地のよいベッドに横たわって、どんなにか笑っていたことだろう。それも私たちのことを嗤《わら》うに値すると認めたならばの話である！ おそらく、その値を認めなかったに違いない！

第三章

翌朝十時頃、なるべく早くナターシャの家へまわるために急いでワシリエフスキー島のイフメーネフ家へ行こうと思い、家から出ようとしたとき、戸口のところで、きのう訪《たず》ねて来たスミスの孫娘とばったり出くわした。少女は私の部屋に入ろうとしていた。

なぜか分らないが、私は少女を見てたいそう嬉《うれ》しかったことを記憶している。きのうはまだよく見る暇がなかったのだが、昼間の少女は私をいっそう驚かせた。少なくとも外見だけからいって、これほど奇妙な、これほど風変りな生きものに出逢《であ》うことは珍しい。どこか非ロシア的な黒いよく光る目と、乱れた濃い黒髪と、強情そうで謎《なぞ》めいた沈黙の視線とをもつ、この背の低い少女は、どんな通行人の注意をも惹《ひ》きつけずにはおかないだろう。とくにそのまなざしは印象的だった。そのまなざしには知性と同時に、何か問いただすような不信の色と、猜疑心《さいぎしん》さえもが光っていた。着古して汚《よご》れた服は、昼の光で見ると、きのうよりももっとぼろに近かった。この少女は何か緩慢に、だが仮借《かしやく》なく肉体を破壊する慢性の病気に蝕《むしば》まれているのではないか、と私は思った。蒼白《あおじろ》い痩《や》せた顔は不自然に黄ばみ、癇癪《かんしやく》もちらしい影を帯びていた。だが、貧困と病気のもたらした醜さにもかかわらず、少女は全体としてはむしろ美貌《びぼう》であった。眉《まゆ》はきりりと細く美しく、とりわけ美しいのは少し狭いが秀《ひい》でた額であり、輪郭の美しい唇《くちびる》だった。その唇は勝気そうだが、蒼ざめていて、それでも幽《かす》かに赤味がさしていた。

「ああ、またきみか！」と私は叫んだ。「きっと来るだろうと思っていたよ。お入り！」

きのうのようにゆっくり敷居をまたぎ、うさんくさそうにあたりを見まわしながら、少女は入って来た。そして住人が変って部屋の様子がどれだけ変化したかを確かめるように、かつての祖父の住居を注意深く見まわした。『あの祖父にしてこの孫娘か』と私は思った。『この子は気違いじゃなかろうか』少女は黙りこくっていた。私は待った。

「本をちょうだい！」と、やがて目を伏せて少女は言った。

「ああ、そうか！　きみの本だったんだね。はい、どうぞ！　ちゃんときみのためにとっておいたんだよ」

少女は珍しそうに私の顔を見つめ、冷笑しようとしたように妙な具合に唇を歪《ゆが》めた。だが笑いの欲望はすでに消え、たちまち相変らずの厳《きび》しい謎めいた表情が取って変った。

「お祖父《じい》さんは私のこと言ってた？」と、皮肉な目つきで私の頭から爪先《つまさき》まで眺《なが》めながら少女は訊《たず》ねた。

「いや、きみのことは言わなかったけれども……」

「じゃどうして私が来るだろうと思ったの。だれがそう言ったの」と、すばやく私の言葉をさえぎって少女は訊ねた。

「それはね、お祖父さんがみんなに見棄《みす》てられて、一人ぼっちで暮していたはずはないと思ったからさ。お年寄りだし、体が弱っていただろう。だからきっとだれかが出入りしていると思ったんだ。さあ、きみの本だよ。その本で勉強してるの」

「ちがう」

「じゃ、どうするの、その本を」

「ここへ来てた頃、お祖父さんに教わったの」

「じゃ、来なくなったわけ？」

「来なくなったの……病気になったから」と少女は弁解のように言い足した。

「それでお家《うち》の人はいるの、お母さんは、お父さんは？」

少女はとつぜん顔をしかめ、驚いたように私の顔を見た。それから目を伏せ、無言で向きを変えると、きのうと全く同じように、私の問いに答えもせず、そっと部屋から出て行こうとした。私は呆《あき》れてその姿を目で追った。だが少女は戸口で立ちどまった。

「お祖父さんはどうして死んだの」と、こころもち私の方に体を向けて、ぶっきらぼうに少女は訊ねた。それはきのう帰りがけに、ドアの方を向いたまま、アゾルカのことを訊ねたときと、全く同じ体の動きだった。

私は少女に近寄り、手短かに話して聞かせた。少女は何も言わず、私に背を向けてうなだれたまま、熱心に聴《き》いていた。私は老人が息を引きとるとき六丁目と口走ったことも話した。「だからぼくは考えたんだ」と私は付け加えた。「きっとそこに親しい人が住んでいるんだろうってね。そのひとがお祖父さんのことを聞きに来ると思っていた。最期にきみのことを言ったのだから、お祖父さんはきっときみが好きだったんだね」

「ちがう」と少女は釣りこまれたように囁《ささや》いた。「好きじゃなかった」

少女はひどく興奮していた。私は話をしながら、かがみこんで少女の顔を覗《のぞ》いたのである。まるで私に弱味を見せまいとするかのように、少女が恐ろしい努力を払って内心の動揺を抑《おさ》えつけているのを、私ははっきりと見た。顔はますます蒼くなり、下唇は噛《か》みしめられていた。だがとりわけ私を驚かせたのは少女の心臓の奇妙な鼓動だった。その鼓動は強まる一方で、終《しま》いにはまるで動脈瘤《りゅう》の患者のように、二歩も三歩も離れた所からでも聞きとれるようになったのである。きのうのように少女はわっと泣き出すだろう、と私は思った。だが少女はよく自分を抑えた。

「それで囲いはどこにあるの」

「囲いって？」

「お祖父さんが死んだところの」

「教えてあげよう……外に出たらね。ところで、きみの名前はなんていうの」

「いいわよ……」

「何がいいんだい」

「いいわよ、そんなこと……名前なんかないの」と、なんだか苛立《いらだ》たしげに、ぶっきらぼうに少女は言い、出て行こうとした。私は引きとめた。

「待ちなさい、きみは変な子だなあ！　ぼくはきみのためを思って言ってるんだよ。きのう、階段で泣いているのを見てから、ぼくはきみが可哀想《かわいそう》でたまらないんだ。思い出すだけでもたまらない……それにお祖父さんはぼくに抱かれて死んだんだし、六丁目と言ったのはきみを思い出していたんだとすれば、それはつまり、きみをぼくの手に残して行ったようなものじゃないか。今でもぼくはきみのお祖父さんを夢に見るんだ……この本だってちゃんととっておいたのに、きみはまるっきり乱暴で、ぼくをこわがってるみたいだね。きみはたぶん貧乏なみなし児《ご》で、よその家の厄介になっているんじゃないのか。ちがう？」

私は熱心に少女を説き伏せながら、なぜこんなにこの少女に惹きつけられるのか自分では分らなかった。私の感情には単なる憐《あわ》れみ以外の何ものかがあったようである。この状況が神秘的だったせいか、スミスから受けた印象のせいか、それとも私自身の気分が幻想的だったためか、とにかく私はこの少女に否応《いやおう》なく惹きつけられていた。私の言葉は相手の心に触れたようだった。もう厳《きび》しくはない妙にやわらかな目つきで、少女は私を永いこと凝視した。それからまた物思わしげに目を伏せた。

「エレーナ」と、出しぬけに、ひどく低い声で少女は囁いた。

「それはきみの名前かい、エレーナっていうのが」

「そう……」

「じゃ、これからもぼくのところへ遊びに来る？」

「だめよ……分らない……来るわ」と、自分の心と戦うように少女は囁いた。そのときどこかでとつぜん柱時計が時を打った。少女は身震いをして、なんともいえぬ病的なさびしい目つきで私を見て、囁いた。「あれ何時？」

「十時半だろう」

少女は驚いて叫んだ。

「たいへん！」と言うと、少女はいきなり駆け出した。だが私はもう一度、入口の間で少女を引きとめた。

「このままでは帰さないよ」と私は言った。「何をこわがってるんだい。遅くなったのかい」

「そうなの、そう、こっそり出て来ちゃったの！　放して！　ぶたれちゃうから！」と、私の手から逃《のが》れようとしながら、うっかり口を滑《すべ》らしたように少女は叫んだ。

「まあ聞きなさい、そうあばれないで。きみはワシリエフスキー島に帰るんだろう。ぼくもあそこの十三丁目まで行くんだ。ぼくも遅れてるから、辻《つじ》馬車に乗ろうと思うのさ。一緒に行かないか。乗せてあげるから。歩いて行くより早いよ……」

「うちへ来ちゃいやよ、いやよ」と、いっそうおびえて少女は叫んだ。私が自分の住んでいる場所に来るかもしれないと思っただけで、何かひどい恐怖に襲われたように、その顔までがゆがんだ。

「だから十三丁目へ自分の用事で行くんだって言ってるじゃないか。きみの所へ行くんじゃないんだ！　ついて行きゃしないから心配しなくていい。馬車だと早いよ。さあ！」

私たちは急いで下へおりた。最初に見つけたぎしぎし軋《きし》む辻馬車を、私は呼びとめた。私と一緒に乗ることを承知したのを見れば、エレーナはよほど急いでいたらしい。何よりも不思議なのは、私が詳しく訊ねることさえできなかったということである。だれがそんなにこわいのと訊《き》きかけると、少女は両腕をものすごく振りまわし、あやうく馬車から跳《と》び下りるところだった。『なんという謎の少女だろう』と私は思った。

少女にとって馬車の乗り心地はわるそうだった。馬車が揺れるたびに、体を支《ささ》えようと、何か引掻《ひっか》き傷《きず》だらけの小さな汚れた左手で、少女は私の外套《がいとう》にしがみついた。右手では自分の本をしっかりかかえていた。明らかに非常に大切な本なのだろう。体を直そうとした拍子に、とつぜん片足があらわになったが、私が仰天したことには、少女は靴下をはかず、素足に穴だらけの靴をはいていたのだった。もう何も訊くまいと思っていた私は、またもや我慢できなくなった。

「靴下もはいていないのかい」と私は訊ねた。「こんなじめじめした寒い日に、素足でよく歩けるね」

「靴下、ないんだもの」と少女はぶっきらぼうに答えた。

「そりゃひどい、だってきみはだれかの家にいるんだろう！　外へ出るときくらい、だれかの靴下を借りたらいいんだ」

「私はこれでいいの」

「病気になって死んでしまうよ」

「死んだって、いいわ」

少女はどうやら私の質問に腹を立て、返事をしたくない様子だった。

「そこだよ、お祖父さんが亡《な》くなった場所は」と、老人が死んだ建物の前の道をゆびさして私は言った。

少女はじっと眺めたが、とつぜん哀願するように私の方に向き直って言った。

「お願いだから、私のあとをつけないで。私があなたのとこへ行くから、きっと行くから！時間があいたら、すぐ行くから！」

「分った、さっきも言ったとおり、ぼくはきみのとこへ行くんじゃない。でも何をそんなにこわがってるんだ！　何かひどく不幸なことがあるんだね。きみを見ていると辛《つら》くなる……」

「私こわがってないわ」と、いくらか苛立たしげに少女は言った。

「でも、さっき、『ぶたれちゃう』って言ったじゃないか！」

「ぶたれたっていい！」と少女は答え、その目がきらきら光った。「ぶたれたっていい！」と、痛々しく繰返す少女の上唇は、何かを蔑《さげす》むようにめくれあがり震えていた。

やがて私たちはワシリエフスキー島に着いた。少女は六丁目の入口で馬車をとめさせ、不安そうにあたりを見まわしながら地面に跳び下りた。

「早く行って。あなたのとこへ必ず行くから！」と、ひどく不安そうに少女は繰返し、あとをついて来ないでと哀願した。「早く行ってよ、早く！」

私は馬車を進めた。だが河岸《かし》の通りを少し行った所で馬車を下り、六丁目へ戻ると、すばやく通りの反対側へ移った。少女の姿はすぐ目に入った。全速力で歩いているらしいが、まだそれほど遠くへは行っていない。絶えずあたりを見まわしながら、ときどき立ちどまって、私があとをつけていないかどうかを確かめるためなのか振り返ったりしている。だが私は手近の門口に隠れたので、少女は私の姿には気づかなかった。そして少女は歩きつづけ、私は依然として通りの反対側をつけて行った。

私の好奇心は極端にかき立てられていた。まさか少女の家に入って行きはしないにしても、万一の場合のために、その家を覚えておきたかったのである。私は重苦しい奇妙な印象にとらわれていたが、それはあのアゾルカが死んだとき、喫茶店で少女の祖父から受けた印象に似ていた……

第四章

私たちはマールイ通りまで、かなりの距離を歩いた。少女はほとんど駆け出さんばかりの速さだった。やがて小さな一軒の商店に入って行った。私は立ちどまって少女が出てくるのを待った。『まさかこの店に住んでいるわけではあるまい』と私は思った。果して、一分ほど経《た》つと少女は出て来たが、もう本は持っていなかった。本の代りに何か素焼きの碗《わん》のようなものを両手で持っていた。少し行って、少女は一軒のみすぼらしい建物の門に入った。建物はあまり大きくないが、石づくりの古い二階建で、きたならしい黄色いペンキを一面に塗ってあった。階下の窓は三つあったが、その一つの窓に小さな赤い棺桶《かんおけ》が突き出ていた――しがない葬儀屋の看板である。二階の窓はひどく小さく真四角で、曇った緑色の破れガラスがはまり、そのガラスごしにばら色のキャラコのカーテンがすけて見えた。私は道を横切って、その建物に近づき、門の上のブリキ板の「町人ブブノワの家」という文字を読んだ。

だが私がその標札を読みとるか読みとらぬうちに、とつぜんブブノワの家の中庭に女の金切声が、つづいて罵倒《ばとう》の声が響きわたった。私は垣根《かきね》ごしに覗《のぞ》いた。入口の木の階段の上に、頭巾《ずきん》に緑のショールという町人らしい服装の肥《ふと》った女が立っていた。その顔はいやらしい紫色で、小さな、むくんだ、血走った目は憎しみに光っていた。まだ昼前だというのに、この女は明らかにしらふではなかった。両手で碗を持ったまま茫然《ぼうぜん》と前に立っているエレーナに、女は金切声を浴びせていたのである。赤紫色の女のうしろの階段から、半ば髪を乱し、白粉《おしろい》や紅を塗りたくった女が顔を覗かせていた。少し経つと、地下室の階段から一階へ通じるドアがあき、金切声に惹《ひ》かれて出て来たのだろう、おとなしそうな上品な顔立ちの、身なりの貧しい中年女が現われた。半開きになったドアからは、一階のほかの住人——よぼよぼの老人と、若い娘とが、外の様子をうかがった。たぶん門番だろう、背の高い頑丈《がんじょう》な百姓が、手に箒《ほうき》を持って中庭のまんなかに立ち、けだるそうにこの光景を眺《なが》めていた。

「えい、ろくでなし、吸血鬼、虱《しらみ》の卵！」と女は、ありったけの罵倒の言葉を、ほとんど句読点なしで、一気に、金切声で吐き出した。「それがお前の恩返しかい、乞食《こじき》娘《むすめ》！　ちょっと胡瓜《きゅうり》を買いに行かせたら、すぐとずらかりやがって！　どうもずらかるんじゃないかと思ったんだ。胸《むな》くそがわるいったらありゃしない！　ゆんべも同じことで髪の毛をさんざ引っ張ってやったのに、今日になりゃまたトンズラだ！　一体どこをほっつき歩くんだよ、ふしだら娘！　だれのとこに通ってるんだよ、この阿呆娘《あほうむすめ》、どんぐりまなこの悪党、毒虫、だれのとこだよ！　言わないのかよ、この腐れあま、言わないんなら今すぐ絞め殺してやる！」

そして猛《たけ》り狂った女は哀れな少女に跳《と》びかかろうとしたが、入口の階段で見物していた一階の女の姿を見ると、急に動作を止め、その女の方を向いて、哀れなこの犠牲者の恐るべき犯罪の証人だとでもいうように、前よりもいっそう甲高い声で、両手を振りまわしてわめき始めた。

「こいつのおふくろはくたばったのよ！　みなさんご存知のとおりよ。こいつは一人ぼっちになった。みなさんだって楽じゃないのに、こいつはみなさんの厄介になってる。それじゃあニコライ聖者様の功徳《くどく》にもなるから、引き取ろうかってんで引き取った。そしたらどうだろう。もう二カ月も養ってやってるのに、その二カ月のうちに、こいつときたら私の生血をすっかり吸って、私の白い体を食らい始めたもんだ！　蛭《ひる》だよ！　がらがら蛇《へび》だよ！　しつっこい悪魔だよ！　叩《たた》こうが蹴《け》とばそうが、だんまりの一手で、口に水でも含んだみたいに黙りこくってやがる！　胸くそがわるくなるくらい何も言わないのさ！　一体、何様のつもりでいやがるんだい、青びょうたん！　私がいなきゃお前なんざ野垂《のた》れ死にしたんだよ。私の足を洗った残り水でも飲むがいいんだ、この人でなし、外国人みたいな面《つら》しやがって。私がいなきゃお陀仏《だぶつ》だったんだよ！」

「まあ、アンナ・トリフォーノヴナ、何をそんなに怒ってるの。この子がどんな悪いことをしたっていうの」と、怒り狂う悍婦《かんぷ》が話しかけていた女は、おとなしい口調で訊《たず》ねた。

「何をだって、どんなだって、奥さん？　私ゃ人に反対されるのが嫌《きら》いでね！　人にいいことはしなくても、自分の悪いことはあくまで通す女なのよ！　今日はこいつときたら、もうちょっとで私を棺桶に叩きこむとこだったんだから！　胡瓜を買いに行かせたら、三時間も経って帰って来た！　使いに出すときから虫が知らしたんだ。もう腹が立って、腹が立って、胸くそがわるいったらありゃしない！　どこにいたんだよ？　どこをほっつき歩いてたんだよ？　どんな旦那《だんな》を見つけたんだよ？　私の恩は忘れたのかよ！　こいつの碌《ろく》でもないおふくろの十四ルーブリの借金は棒引きにしてやったし、自腹を切って葬式も出してやったし、この餓鬼も引き取ってやったし、奥さん、あんただって知ってるでしょ！　そこまでしたんだもの、私が叱《しか》るのはあったりまえじゃないかね。こいつときたらその恩を感じないだけじゃない、私に逆《さか》らうんだから！　私はね、こいつをけっこう大事にしてやったのよ。モスリンの服を着せたり、デパートで靴を買ってやったり、孔雀《くじやく》みたいに飾り立てたり――とんだ散財さ！　そしたらこいつはどうしたと思う、みなさん？　たった二日でずたずた、びりびりに破いちまって、そのずたずたの服で平気で歩きまわってるんだからね！　しかもどうだろう、わざと自分で破いたんだ――嘘《うそ》じゃないよ、この目で見たんだから。不断着のほうがいい、モスリンなんか着たくないんだとさ！　だから腹が立ってぶんなぐって、あとで医者を呼んで銭《ぜに》を払う始末。こういう虱の卵はひねりつぶしてやりたいよ、一週間も牛乳を飲まないで精進すりゃ罪の償いなんてすんじまうんだから！　罰に床を洗わしたら、どうだろう、この畜生め、洗うこと、洗うこと！　あんまし一生懸命洗うから、こっちはかえってむかむかしてくる！　こりゃずらかる気だなって思ったわよ！　そしたら案の定、きのうさっそくトンズラだ！　みなさんにも聞えたでしょ、きのう、それでぶんなぐったのよ。こっちの手が痛くなるほどぶんなぐって、靴下も靴もぜんぶ取り上げた。まさか素足じゃ逃げられまいと思ってね。ところが今日はまたさっそくだ！　どこに行ったんだよ？　言いな！　だれに私のことを言いつけに行ったんだよ、じんましん娘！　言えったら、この宿なし、外人面、言えったら！」

　そして女は狂ったように、恐怖に卒倒せんばかりの少女に跳びかかり、髪の毛を摑《つか》んで地べたに引き倒した。胡瓜の入っていた碗が吹っ飛んで、がちゃんと割れた。それが酔っぱらった悍婦の怒りに油を注いだ。女は犠牲者の顔を、頭を殴《なぐ》った。だがエレーナは強情に押し黙り、どんなに殴られても、叫び声一つ、泣き声一つ立てなかった。私は怒りに我を忘れて中庭に駆けこみ、酔った女にまっすぐ近寄った。

「何をするんです。よくそんなことができますね、可哀想《かわいそう》なみなし児《ご》に！」と、この悍婦の腕を摑んで私は叫んだ。

「こりゃまた何だい！　あんただれさ？」と、エレーナを放り出し、両手を腰にあてて女は金切声を張り上げた。「私の家に入りこんで一体何のご用ですかね」

「あなたがあんまり残酷だからですよ！」と私は叫んだ。「可哀想な子供をよくもそんなにいじめられますね。あなたの子供じゃないんでしょう。今聞いたけれども、あなたの養女でしょう、気の毒なみなし児でしょう……」

「こりゃたまげた！」と気の荒い女はわめいた。「そんな余計な口を出すお前さんは、どこのどいつだい！　こいつと一緒に来たのかい。私ゃすぐ交番に行くよ！　アンドロン・チモフェーイッチだって、私のことは貴婦人扱いなんだから！　こいつがずらかったのはお前さんのとこかい？　一体だれなんだよ。赤の他人の家に殴りこみをかけたりしてさ。だれか来てくれえ！」

そして女は私に殴りかかって来た。だがその瞬間、出しぬけに甲高い、この世のものとも思えぬ叫び声が響きわたった。私は振り向いた。今まで感覚を失ったように突っ立っていたエレーナがとつぜん恐ろしい異様な叫びとともに、ばったりと地面に倒れ、恐ろしい痙攣《けいれん》に身もだえしているのである。顔は醜くゆがんでいた。それは癲癇《てんかん》の発作だった。髪の乱れた娘と、一階の女とが駆け寄り、少女を抱き起し、急いで二階へ運んで行った。

「いっそくたばるがいいや、できそこないめ！」と、その後ろ姿にむかって女は金切声をあげた。「一月にもう三度もぶっ倒れやがって……帰んなよ、どこの馬の骨だか知らないけど」と、女はまた私に食ってかかった。「何をぼやっと突っ立ってるんだよ、門番！　なんのために給料を貰《もら》ってるんだ」

「さあ行った、行った！　頸《くび》の骨を折られたくないならな」と、門番はほんの申しわけ程度に、大儀そうな胴間声を張り上げた。「人の喧嘩《けんか》にくちばし入れるなってことさ。謝《あやま》って早く帰んな！」

自分の登場が全く無駄《むだ》に終ったことを感じながら、私は仕方なく門の外へ出た。だが胸の中では怒りが煮えたぎっていた。私は門のむかい側の歩道に立ち、垣根の方を眺めた。私が出て行くや否《いな》や、女は二階へそそくさと上って行き、門番もお役目をすませてどこかへ消えた。ややあって、エレーナを運ぶのを手伝った女が階段を下りて来て、急いで自分の部屋へ入ろうとした。だが私の姿を見ると立ちどまり、珍しそうにじろじろ私の顔を眺めた。その善良そうなおとなしい顔つきに勇気を得て、私はふたたび中庭に入りこみ、まっすぐに女へ近づいた。

「あの、ちょっとお訊ねしますが」と私は口をきった。「あの女の子はどういう素姓の子で、あのいやらしい鬼婆《おにばば》は一体どうしたというんでしょう。どうか、ただの好奇心で訊《き》いているとはお思いにならないでください。ぼくはあの女の子に偶然出逢《であ》って、ある事情から非常に興味を持っているのです」

「そんなに興味がおありでしたら、ご自分の所へお引き取りになるなり、どこか別の働き口を見つけておやりになるなりしたほうがよろしいわ。このままじゃ、あの子は駄目になってしまいますものね」と、女はいやいやながらのように言い、離れて行きそうなそぶりを示した。

「しかしあなたに事情を教えていただかないことには、ぼくはどうしようもありません。ほんとにぼくは何も知らないんです。あの女がブブノワですね、ここの家主の？」

「ええ、大家さんです」

「で、あの子はどうしてブブノワの家に来たんです。母親はここで死んだのですか」

「どうしてって、ただそういうことになったんでしょう……私たちの知ったことじゃないわ」女はまた離れて行こうとした。

「お願いですから、もう少し教えてください。今申したとおり、ぼくは非常に興味があるんです。もしかすると何か具体的にしてあげられるかもしれませんし。あの子は何者なんです？　母親はどういう人だったかご存知でしょうか」

「なんでも外国から渡って来た人だそうで、ここの地下室に住んでいましたよ。それにひどい病気でね。肺病で死んだんです」

「とすると、地下室に住んでいたくらいだから、ひどく貧しかったわけですね」

「ええ、もうそりゃひどい貧乏！　気の毒で見ていられないようでした。私たちだってその日暮しですけど、その私たちから、五カ月間で六ルーブリも借りたんですからね。お葬式もうちで出しました。主人がお棺を作ってあげて」

「ブブノワは自分で葬式を出したようなことを言っていましたね」

「とんでもない」

「で、そのひとの名前は？」

「うまく言えませんわ。むずかしくてね。ドイツの名前かしら」

「スミスでしたか？」

「いいえ、そうじゃなかったみたい。それでアンナ・トリフォーノヴナがみなし児を引き取ったんです。養女にするってね。ところがどうもそれがよくないみたいで」

「何か下心があって引き取ったんでしょうか」

「どうも何かよくないことがあって」と、話すべきか否か迷うように女は答えた。「でもうちは関係ないんだから……」

「お前、余計なことは言うんじゃないよ」と私たちの背後から男の声が聞えた。それはガウンの上に上着をひっかけた年輩の男で、一見して職人とわかる、私の話し相手のご亭主だった。

「旦那、どうもお話し申し上げることは何もないようで。なにしろ他人様のことだから……」と斜に構えて私をじろじろ見ながら男は言った。「お前はひっこんでな！　じゃ、ごめんなさい、旦那。うちは葬儀屋だもんで、何か仕事のほうでご用でしたら、いつでもお役に立たしていただきますが……それ以外のことだったら、とくにお役に立てることもないようで……」

物思いに沈み、胸騒ぎを覚えながら、私はその場から立ち去った。私にはどうすることもできないのだが、これをこのまま放っておくことは辛《つら》かった。葬儀屋の女房の二、三の言葉が、とりわけ私の心をかき乱した。何かよくない事情があるらしい。私はそれを予感した。

考えながらうつむいて歩いて行くと、ふいに鋭い声が私の名前を呼んだ。見ると——私の前に一人の酔漢が少しふらつきながら立っている。かなり小ざっぱりした服装だが、外套《がいとう》はひどい状態で、庇《ひさし》つきの帽子は脂《あぶら》に汚れている。見覚えのある顔だ。私はひとみを凝らした。男はウインクをし、皮肉な笑顔を見せた。

「忘れたかい？」

第五章

「あ！　きみか、マスロボーエフ！」と、その男がかつての田舎《いなか》の中学時代の学友であることにとつぜん気づいて、私は叫んだ。「いやあ、奇遇だな！」

「まったく、奇遇だ！　六年ぶりぐらいじゃないか。いや、実は逢《あ》ってはいたんだが、閣下のお目にはとまらなかったんだ。今のきみは将軍だからな、文壇の将軍だ！……」

そう言いながら、彼はからかうようににやにや笑った。

「いや、マスロボーエフ君、それは嘘《うそ》だ」と私は相手の言葉をさえぎった。「第一に将軍というものは、たとえ文壇の将軍であっても、今のぼくみたいなこんな恰好《かっこう》をしていない。第二に、失礼だが、なるほどぼくは二度ばかり往来できみを見かけた記憶はあるけれども、きみは自分からぼくを避けているようだった。相手が避けているのに、こっちから近寄って行く馬鹿《ばか》はいない。それに今ぼくが考えていることを言おうか。もし酔っていなけりゃ今のきみだってぼくに声をかけなかったに違いないんだ。そうじゃないかい？　まあとにかく、久しぶりだね！　きみに逢えてとても嬉《うれ》しいよ」

「本当か！　きみの迷惑じゃないのかい……こんな恰好でも？　しかしそんなことを訊《き》く必要もないな。大したことじゃない。ワーニャ、おれはよく思い出すんだが、きみはすばらしい少年だった。覚えてるかい、おれの身代りに笞《むち》でひっぱたかれたのを。きみは絶対口を割らず、おれを庇《かば》ってくれたが、おれはそのお返しに一週間もきみを冷やかしたっけ。実に清潔な心のもちぬしだ、きみは！　いやあ、まったく久しぶり、嬉しいよ！（私たちは接吻《せっぷん》をかわした）。おれはもう何年もこうして昼となく夜となく疲労困《こん》憊《ぱい》の状態だが、昔のことは忘れちゃいない。忘れられるものか！　で、きみは、きみはどうなんだ」

「ぼくはどうなんだって、何がだい。ぼくだって疲労困憊さ……」

酒に現《うつつ》を抜かしている人間に特有の、あの強い感情をこめて、彼は永いこと私の顔を見つめた。いや、それでなくとも、この男は極端なお人よしだったのである。

「いや、ワーニャ、きみはおれとは違う！」と、やがて悲劇的な口調《くちょう》で彼は言った。

「だって読んだよ、ワーニャ、ちゃんと読んだよ！……そう、胸襟《きょうきん》を開いて語り合おうじゃないか！　急いでるかい？」

「急いでるんだ。それに実は、ある事件のことで気もそぞろなんだ。それよりも、きみはどこに住んでる？」

「場所は教えるけどさ。それよりじゃないよ。もっといいことを言おうか」

「うん、なんだい」

「あれだよ！　見えるか？」私たちが立っていた場所から十歩ほど離れた所にある看板を彼はゆびさした。「見えるだろう、喫茶と食事、手っとり早く言やあレストランだが、いいとこだぜ。断わっておくけれども、いかがわしい店じゃない、それにウォツカは上等だし！　キエフから取り寄せてるんだ！　何度も飲んだことがあるから確かだよ。おれには悪い酒なんか絶対に出さないがね。フィリップ・フィリップイッチは顔なんだ。フィリップ・フィリップイッチとはおれのことさ。どうした？　何をいやな顔をしてるんだ。だめだよ、好きなだけ喋《しゃべ》らせてくれよ。今ちょうど十一時十五分だろ。じゃあ、十一時三十五分になったら放免してやる。それまでちょいと一杯やろう。旧友と二十分間つきあうんだ。いいね？」

「二十分間だけならいいよ。実は、ほんとに用事があって……」

「よし、きまった。ただ、その前に一言。きみは顔色がよくないな。たった今、おもしろくないことがあったみたいだぜ。違うか？」

「そのとおり」

「だろうと思った。おれはね、今、人相学に凝ってるんだ、おもしろいぜ！　じゃ、だべりに行こう。二十分間だと、まずアドミラル・チャインスキーをひっかけて、それからベリョーゾフカをぐいとやって、次にはゾールナヤ、それからポメランツェワヤ、それからパルフェータムール、それからまだなんか飲めるかな。おれは飲み助だろう！　日曜のミサの前だけなんだ、しらふでいるのは。きみは飲まなくたって構わないぜ。きみがそばにいてくれさえすりゃいいんだから。飲んでくれりゃ、友情のしるしにはなるがね。行こう！　ちょいとお喋りをして、また十年ばかりおさらばだ、ぼくなんかどうせきみにはふさわしくない友達だからな、ワーニャ！」

「まあ、余計なお喋りはやめにして、早く行こう。二十分はきみの時間だが、それから先は勘弁してくれよ」

そのレストランに入るには、二度折れ曲った木の階段を二階まで上がらなければならなかった。だが階段の中途で、私たちはしたたか酔った二人の男と行き会った。私たちの姿を見ると、二人はよろよろしながら脇《わき》に寄った。

一人は非常に若い、あるいは年よりもずっと若く見える青年で、まだ顎髭《あごひげ》はなく、口髭はやっと生えかけた程度で、いやに間の抜けた表情をしていた。みなりは粋《いき》だったが、まるで借り着でもしているようになんとなく滑稽《こっけい》で、指にはいくつもの高価な指輪をはめ、ネクタイには高価なネクタイ・ピンをさし、妙な具合に前髪を立てた馬鹿みたいな髪型だった。この青年は絶え間なくにやにや、くすくす笑った。その連れはもう五十がらみの肥《ふと》った太鼓腹の男で、かなりだらしのない服装だったが、それでもネクタイ・ピンをつけ、頭はてらてらに禿《は》げ、酔いどれ特有の締りのないあばた面《づら》で、ボタンのような鼻に眼鏡《めがね》をちょこんとのせていた。その顔の表情は悪意に満ち、淫《みだ》らだった。醜悪で疑り深そうな目はたるんだ皮膚に覆《おお》われ、その隙間《すきま》から覗《のぞ》いていた。明らかに二人はマスロボーエフを知っていたようだが、太鼓腹のほうは私たちと行き会うと、ほんの一瞬だが苛立《いらだ》たしそうなしかめっ面になり、一方、若いほうはへつらうような甘ったるい微笑を顔いっぱいに浮べた。庇《ひさし》つきの帽子をぬいだほどである。若者は帽子をかぶっていたのだった。

「どうも、フィリップ・フィリップイッチ」と卑屈な目つきでマスロボーエフを見ながら若者は言った。

「どうした」

「どうもすみません……実は……（若者はカラーを指で弾《はじ》いた）（訳注　酔っぱらっているというしぐさ）。あっちにミトローシカがおりますよ。奴《やつ》はどうも、フィリップ・フィリップイッチ、やっぱり悪党ですね」

「そりゃまたどうして」

「いや、もう、どうもこうも……実はこいつが（と連れを顎で指して）先週、あのミトローシカの奴にですね、人聞きのよくない場所で面《つら》に生クリームをなすりつけられちまって……ひくっ！」

連れの男はいまいましそうに若者を肘《ひじ》で突いた。

「ところで、フィリップ・フィリップイッチ、ご一緒に五、六本ひっかけるのはいかがでしょう、デュッソーの店あたりで？」

「いや、今はまずいな」とマスロボーエフは答えた。「用事があるんだ」

「ひくっ！　私にも用があるんですよ、あなたにね……」連れの男がまた肘で突いた。

「あとにしろ、あとに！」

マスロボーエフは明らかに二人の男の顔をなるべく見ないようにしていた。けれども、部屋いっぱいの長さになかなか小ざっぱりしたカウンターがあり、その上に酒の肴《さかな》や、炉の底で焼いたピローグや、さまざまな色の果実酒の壜《びん》などが並べてある、最初の部屋へ入るや否《いな》や、マスロボーエフは私をさっそく片隅《かたすみ》へ連れて行き、口を開いた。

「若いほうは商人の息子のシゾブリューホフといって、有名な穀物問屋の御曹子なんだが、親父《おやじ》の遺産の五十万で今遊びまわってるんだ。パリにも行って、金を湯水のように費《つか》い、あやうくむこうで一文なしになるところだったんだが、叔父貴《おじき》の遺産が入ったんで、パリから帰って来た。その遺産もここで費い果すだろうよ。あと一年もしたら乞食《こじき》になるにきまってる。鵞鳥《がちょう》みたいに阿呆《あほう》な男でね、一流のレストランから地下室の飲み屋、居酒屋のたぐいまで飲み歩き、女優の尻《しり》は追いまわすわ、軽騎兵に志願するわ――こないだ、ほんとに願書を出したそうだよ。もう一人の年取ったほうのはアルヒーポフといって、やはり商人か管理人らしい。何かの一手販売権をとるとかいって方々うろついてるよ。悪党で、ペテン師で、今のところはシゾブリューホフの仲間だが、ユダとフォルスタッフを一緒にしたような野郎で、破産の経験が二度あり、いやらしい助平男で、いろんな奇癖のもちぬしなんだ。奴については刑事事件を一つ知ってるがね、うまく切り抜けやがったよ、奴は。ちょっと事情があって、今ここで奴に逢ったことをおれは喜んでるんだ。手ぐすね引いて待ってたのでね……アルヒーポフはもちろんシゾブリューホフにたかってるのさ。いろんな怪しげな場所をたくさん知ってるから、ああいう若造にしてみりゃ重宝なんだろう。おれはね、だいぶ前からアルヒーポフに恨みがあるんだ。ミトローシカも奴に恨みがある。ほら、あの窓ぎわに立ってる、りっぱな胴着を着た、ジプシー面のあんちゃんさ。あいつは馬喰《ばくろう》だから、ここの軽騎兵連中とは顔なじみでね。言っとくけれども、あれはまた凄《すご》いペテン師で、人の目の前で平気で贋札《にせさつ》を作って、人の目の前でそれを平然と両替えするような奴なんだ。ビロードの胴着なんか着こんで、スラブ主義者みたいな顔をしてるけど（しかしあの胴着はよく似合うな）もしりっぱな燕尾服《えんびふく》かなんかを着せて、イギリス人のクラブに連れてって、大地主バラバノフ伯爵《はくしゃく》様とかなんとか名乗ったら、まあ二時間は伯爵様で通るだろうよ。ホイストの勝負はやるし、伯爵ふうの喋り方も上手《じょうず》だから、一杯食っているとはだれも気がつきゃしない。あいつも碌《ろく》な死に方はしないだろうな。このミトローシカがさっきの太鼓腹に恨みを抱いてるんだ。なぜかというと今ミトローシカは金に困ってるが、シゾブリューホフはミトローシカの昔の友達で、その甘い汁をまだ吸う暇がないうちに、太鼓腹の野郎が奴からシゾブリューホフを横取りしたんだからね。今このレストランで奴らが顔を合わせたとすると、こりゃ何か裏があるに違いない。おれはだいたい事情が分ってるのさ。ほかならぬミトローシカから聞いたんだが、アルヒーポフとシゾブリューホフは何かよからぬことをたくらんでいて、それでここによく来るらしい。つまりおれはアルヒーポフにたいするミトローシカの憎しみを利用したいわけだが、それにはそれだけの理由もある。ここへ今来たのも実はそのためなんだ。でもミトローシカにはそんなそぶりを見せたくないんだから、きみもあんまり奴のほうを見ないでくれよ。おれたちが帰りかけたら、奴はきっと寄って来て、おれの聞きたいことを喋ってくれるんだ……じゃ、ワーニャ、そっちの部屋へ行こうか。おい、スチェパン」と彼はボーイにむかって言った。「おれの注文は分ってるね」

「はい、承知しております」

「じゃすぐ出してくれるね」

「はい、すぐお持ちいたします」

「すぐ出してくれ。すわれよ、ワーニャ。どうしてそんなにおれの顔を見るんだい。さっきからじろじろ見てるじゃないか。驚いてるのか。まあ驚くなよ。人間にはいろんなことが起るもんだ。夢にも思わなかったような……そう、きみと一緒にコルネリウス・ネポスを暗記していた頃には夢にも思わなかったようなことがね！　ただ、ワーニャ、一つだけ信じてくれ。マスロボーエフは正道を踏みはずしたけれども心は昔のままだ。境遇が変っただけなのさ。体は汚れても心は汚れておりません、ってやつだ。これでも医者を志したこともあるし、国語教師になる準備もしたし、ゴーゴリ論も書いたし、金鉱業者になろうともしたし、結婚する気になったこともある――おれだって生身の人間だもの、安楽な生活は欲しい。相手の家は恐ろしく固くてね、外に誘い出す手もなかったぐらいだが、それでも彼女は承知してくれたよ。こっちは結婚式にはく靴を借りる算段までした。おれの靴ときたら、一年以上前から穴だらけでね……結局、結婚はしなかった。彼女は教師の家へ嫁に行っちゃって、おれは事務所に勤め始めた。といっても普通の会社じゃなくて、ただの事務所なんだ。その頃からだね、調子が狂っちまったのは。何年かが過ぎ去って、今のおれは勤めこそしていないが、適当な収入はある。賄賂《わいろ》は取っても正義の味方だ。相身互いというやつさ。ちゃんと原則がある。たとえば一人じゃ戦《いくさ》にならぬことはようく心得て仕事をする。おれの仕事は主に極秘事項で……分るだろう？」

「まさか探偵か何かじゃないだろうね」

「いや、探偵というわけじゃないが、一部はお上《かみ》の御用で、一部はおれ自身の天職として、ある種の仕事をする。いいかね、ワーニャ、おれは酒を飲むさ。しかし自分の理性まで飲んじまわないから、将来のことはよく分ってるんだ。おれの時代はすでに過ぎ去り、黒を白と言いくるめることはもはや不可能。ただ一つだけ言えるのは、もしもおれの内部の人間らしさが目をさまさなかったのなら、今日きみに寄って行かなかっただろうということだよ、ワーニャ。前に逢《あ》ったとき、わざと避けたのは、きみが言うとおり。どうしてもきみに近づけなかったんだ。おれはきみに値しないからな。今日近づいたのは酔っていたからだろうというのも、きみの言ったとおりだ、ワーニャ。いやもう実につまらん話さ、もうおれの話はやめよう。それよりきみのことを話そうじゃないか。いや、きみ、読んだよ！　読んだぜ！　このおれがぜんぶ読んだよ！　きみの処女作のことさ。あれを読んで、このおれがすんでのことに真人間に立ち返るとこだった！　すんでのことにね。しかしよく考えて、やっぱりやくざであることをえらんだがね。そういう次第さ……」

それからまださまざまなことを、彼は喋った。酔いはまわる一方で、涙を流さんばかりの感傷が押しよせていた。マスロボーエフは昔から愛すべき男だったが、昔から抜け目がなく、どこかしら発育の不均衡な人間だった。学校時代から狡《ずる》くて、老獪《ろうかい》で、こすからい陰謀家だったが、本質的には感情的な男であり、一口に言うなら身を持ち崩した人間である。こういう人間はロシア人のなかには数多い。彼らは往々にして偉大な才能のもちぬしだが、その才能は何か妙に混乱しており、しかも特定の事柄についての弱さから、彼らはしばしば良心に反する行動をとり、結局は身を滅ぼすばかりか、おのれの破滅をあらかじめ意識しているのである。さて、マスロボーエフはますます酒に溺《おぼ》れていった。

「ところで、もう一言いわせてもらおう」と、彼は話をつづけた。「おれはきみの名声が天下に轟《とどろ》きわたるのを聞いて、きみの小説の批評をいろいろ読んでみた（本当に読んだんだぜ、おれはもう活字なんか読まないと思ってるんだろ）。ところがその後、きみがひどい靴をはいて、泥んこ道をオーバーシューズもはかずに、ぼろぼろの帽子をかぶって歩いてるのを見て、多少の推理をした。今でも雑誌のほうの仕事をしてるのかい」

「してるよ、マスロボーエフ」

「じゃ、馬車馬の仲間に入ったわけだな」

「そういうことだね」

「それならおれは忠告しよう。飲むほうがいい！　おれなんか、こうしてしたたか飲んで、ソファに寝そべって（うちのソファはバネつきですてきだぞ）自分は、そう、たとえばホーマー、あるいはダンテ、あるいはフリードリヒ一世だと空想するんだ。空想だけならだれにでもなれるからな。きみは自分がダンテだとかフリードリヒ一世だとか空想できないだろう。なぜかというと、第一にきみはきみ自身でありたいし、第二に馬車馬であるきみにはいっさいの欲望は禁じられている。すなわち、おれには空想があり、きみには現実しかない。いいかね、友人として素直におれの言うことを聞いて欲しいんだが（でないと今後十年間おれを怒らせることになるぜ）——金は要《い》らないか。あるんだよ。いやな顔をしないでくれ。金を摑《つか》んでさ、前借りを返して、軛《くびき》をかなぐり棄《す》てて、むこう一年間の自分の生活を確保しておいて、あとは好きなことを考えるなり、大作を書くなりすりゃいい！　どうだい？　どう思う？」

「聞いてくれ、マスロボーエフ！　きみの親切な申し出はありがたいけれども、今はなんとも返事できないんだ。なぜかというと——話せば長くなる。いろいろ事情があるんだ。でも約束するよ。いずれきみに残らず打ち明ける。申し出はありがとう。今後はきみの家へちょくちょく遊びに行くよ。しかしね、実はこうなんだ。きみが打明け話をしてくれたから、ひとつ思い切って相談しよう。きみはこの方面にかけちゃ有能らしいし」

そして私はスミスとその孫娘とのいきさつを、あの喫茶店から始めて残らず話して聞かせた。奇妙なことに、話しながら相手の目を見ていて分ったのだが、彼はこの事件を多少知っているらしかった。その点を、私は訊《たず》ねた。

「いいや、そういうわけじゃない」と、彼は答えた。「でも、そのスミスのことなら、どっかの年寄りが喫茶店で死んだという噂《うわさ》を聞いたよ。しかしマダム・ブブノワのことだったら、いろいろ知ってるぜ。あの女からは二月ほど前に袖《そで》の下を巻きあげたからね。金は金のある所から取れ《ジュ・ブラン・モン・ビアン・ウ・ジュ・ル・トルーヴ》（訳注 モリエールが好んでいたという金言）さ。この点だけ、おれはモリエールそっくりなんだ。でも、そのとき取ったのは百ルーブリなんだが、おれは誓ったね、こいつは百どころか五百ルーブリは巻きあげてやらにゃあ、とね。ひでえ婆《ばば》あだよ、ありゃあ！ けしからん商売をやってるんだ。その商売はまあいいとしても、ときどきあんまりあくどいことをやるからね。おれをドンキホーテ扱いしないでくれよ。情勢はおれにえらく有利でさ。だから三十分前にシゾブリューホフに逢ったとき嬉しかったんだ。シゾブリューホフは明らかにこの店へ連れられてきたんで、連れて来たのは太鼓腹だろう。おれは太鼓腹のもっぱらの商売をよく知っている、だから……まあ、とにかく奴はただじゃおかないからね！ きみがその女の子の話をしてくれて助かった。これでもう一つ尻尾《しっぽ》を掴んだことになる。おれはね、きみ、いろんな人の個人的な依頼を受けて仕事してるもんだから、思いもよらぬような人とお近づきがあるんだ！ つい最近も、ある公爵の依頼で、ちょいとした事件を扱ったんだが、その事件たるや、まさかあの公爵がと思うような事件でさ。なんだったら、これは別のことだが、ある人妻の話をして聞かせようか。うちへ遊びに来いよ、きみが小説に書いたってだれも本当にしないようなねたをどっさり提供してやるから……」

「その公爵の名前はなんていうんだい」と、なんとなく予感がしたので私は口を挟《はさ》んだ。

「それを聞いてどうする？　まあいいだろう、ワルコフスキーだよ」

「ピョートル・ワルコフスキー？」

「そう。知ってるのかい」

「知り合いだが、そう深い付き合いはない。じゃ、マスロボーエフ、その公爵の話でも聞きに、これからときどき遊びに行くよ」と、私は立ちあがりながら言った。「きみの話は実におもしろかった」

「やっぱり昔の友達はいいもんだろ。いつでも訪ねて来てくれ。話はいくらでもしてやるが、ただし限界はあるよ、分るだろ？　でないと信用にかかわるからな。つまり職業上の秘密ってやつだ」

「じゃ、その限界まで話してもらうさ」

私はだいぶ興奮していた。彼もそれに気づいていた。

「で、今ぼくが話した事件についてはどう思う？　何か思いあたることがあるかい」

「きみの話か？　ちょっと待ってくれ、勘定をすますから」

彼は食堂へ行ったが、ふと気がつくと、例の胴着を着た若者、ミトローシカというくだけた呼び名の男と何か話していた。マスロボーエフは私に語ったよりもこの若者とはずっと親しいように見えた。少なくとも、これが初対面でないことだけは明らかだった。ミトローシカは見たところ相当に風変りな若者だった。その胴着や、赤い絹のルバーシカ、それに鋭いが上品な顔立ちといい、その若々しい顔の浅黒さといい、不敵に光るまなざしといい、この若者は人の好奇心をそそるような、決してわるくはない印象を与えるのだった。その動作には何かしら向う見ずなところがあったが、今は自分を事務的に、しっかり者に見せたいのだろう、かなり自制しているように思われた。

「それじゃ、ワーニャ」と、私のそばへ戻って来てマスロボーエフは言った。「今夜七時にうちへ来てくれないか、たぶんきみの耳に入れることがあると思うから。どうもおれ一人じゃ、どうにもならなくてね。前はもっとやり手だったんだが、今じゃ仕事から遠ざかったただの酔いどれさ。しかし以前のひっかかりがあるから、何か探り出すこともできるし、各方面の事情通とも相談できるから、それでなんとかやってるんだ。もっとも暇なとき、つまり、しらふのときには、自分でも何やかや仕事してるがね。それも知り合いに手伝ってもらってだが……主に調査の仕事をね……しかし、そんなことはどうでもいい！　もうたくさんだ……これがおれの住所、シェスチラーヴォチナヤだ。ああ、だいぶ酔った。もう一杯、黄金の水をひっかけて帰るとするか。そのあと一寝入りだ。今晩来たら、アレクサンドラ・セミョーノヴナに紹介するよ。時間があったら詩の話でもしよう」

「そう、で、さっきのことは?」

「うん、その話もたぶんな」

「じゃ伺うかもしれない、きっと伺うよ……」

第六章

アンナ・アンドレーエヴナはだいぶ前から私を待ちわびていた。きのう私がナターシャの手紙について語ったことはいたく老婦人の好奇心を刺激し、朝早くから、少なくとも十時頃から老婦人は待っていたのだった。午後一時すぎに私がやっと現われたときには、待つことの苦しみは哀れな老婦人の限界にまで達していたらしい。しかも老婦人は、きのうから心に芽生《めば》えた新たな希望のことや、きのうから寝こんで気むずかしくなったが、そのくせ妻には妙にやさしくなったニコライ・セルゲーイッチのことなどを、私に話したくてたまらなかったのだった。現われた私を、老婦人は不満そうな冷たい表情で出迎え、何やら口の中で呟《つぶや》くばかりで少しも私に関心を示さず、今にも『なぜ来たの? 毎日ふらふら出歩くなんて物好きな人だね』とでも言い出しそうだった。遅れて来たことに腹を立てていたのだろう。だが私は急いでいたから、余計な前置きはぬきにして、きのうのナターシャの住居での一幕を話した。老公爵《ろうこうしゃく》の訪問と、そのものものしい結婚申しこみの話を聞くや否《いな》や、見せかけだけのふさぎの虫はたちまち消えた。老婦人の喜びようは筆舌《ひつぜつ》に尽しがたい。妙に取り乱して、十字を切ったり、泣いたり、聖像の前で床に額をこすりつけるように頭を下げたり、私を抱きしめたりという騒ぎで、さっそくニコライ・セルゲーイッチのところへ飛んで行って、自分の喜びを知らせようとした。

「だって、あなた、うちのひとがふさいでいるのも、いろんないやな思いをしたり、侮辱されたりしたせいでしょう。ナターシャに満足のいくような結果が出たと分ったら、すぐに何もかも忘れてしまうわ」

私は強引に老婦人を思いとどまらせた。この善良な老婦人は、二十五年も夫と暮してきたのに、いまだに夫の気持を呑《の》みこんでいないのだった。老婦人はまた、私と一緒にすぐナターシャの住居へ行きたがった。そんな行為をニコライ・セルゲーイッチは決して許さないだろうし、そんなことをしたら何もかも台なしになってしまうと、私は言って聞かせた。老婦人はしぶしぶ思い直したが、それから半時間も私を引きとめ、その間ずっと一人で喋《しゃべ》りつづけた。

「だって話し相手がいないもの」と老婦人は言うのである。「こんな嬉《うれ》しいことがあったのに、部屋に閉じこもっていなきゃならないの」。ナターシャが待ちきれぬ思いで待っているからと説明して、ようやく私は解放された。老婦人は出て行く私に何度も十字を切り、ナターシャに自分の祝福を伝えてくれと言い、ナターシャの身に何か特別のことがない限り今日はもう伺えないと私がきっぱり言うと、ほとんど泣かんばかりの表情になった。ニコライ・セルゲーイィッチにはとうとう逢《あ》わなかった。ゆうべ眠れなかったので頭痛がするとか、寒気がするとかいうことで、自分の書斎で眠っていたのである。ナターシャも午前中ずっと私を待っていた。私が入って行ったとき、いつもの例に違《たが》わず、ナターシャは両手を組み合せ、何か深い物思いに沈んで、部屋の中を歩きまわっていた。今でもナターシャを思い出すたびに目に浮ぶのは、いつも貧しい部屋の中で、物思いに沈み、一人ぼっちで、何かを待ちわびて、両手を組み合せ、目を伏せて、あてもなく行ったり来たりしている姿である。

歩きまわりながら、なぜこんなに遅かったの、とナターシャは静かに訊《たず》ねた。私は手短に自分の経験したことを物語ったが、ナターシャはほとんど聞いていなかった。何か非常に心配なことがあるのが、はっきり見てとれた。「何かあったの」と私は訊ねた。「べつに、なんにも」とナターシャは答えたが、その様子から、何か新しい事態が生じたこと、それを話すために私を待っていたこと、そしていつものように私が帰りかけるまでは話し出さないだろうことを、私は読みとった。ナターシャはいつもそうなのである。私はそれに馴《な》れていたから、おとなしく待っていた。

私たちはもちろん、きのうのことから話を始めた。老公爵についての二人の印象が全く一致することを知って、私はとくに驚いた。ナターシャはきのうよりも公爵が一段と気にくわないようだった。そして二人できのうの公爵の訪問の細かい点をほじくり始めたとき、ナターシャはとつぜん言った。

「ねえ、ワーニャ、初めに気に入らないのは何かの兆《きざし》みたいなもので、あとではきっと気に入るようになるのが普通でしょ。少なくとも私の場合はいつもそうだったわ」

「そうだといいけれどね、ナターシャ。それだけじゃなくて、ぼくの考えは、ぎりぎりの考えはこうなんだ。いろいろ吟味してみたけれど、公爵はたとえ何か狡《ずる》いことを考えているとしても、きみたちの結婚には本心からまじめに賛成していると思う」

ナターシャは部屋のまんなかで立ちどまり、きびしい目で私を見た。その表情は一変していた。唇《くちびる》はかすかに震えたようだった。

「じゃあ、どうしてこんな場合に狡いことを考えたり……嘘《うそ》をついたりするの」と、傲《ごう》慢《まん》な不信の色を浮べてナターシャは訊ねた。

「そこなんだ、問題は！」と私はあわてて相槌《あいづち》を打った。

「もちろん、嘘はつかなかったわ。そう考える根拠はないわ。狡いことを考えていると言い切ることもできないわね。それに、あのひとにしてみれば、私をからかっても仕方がないでしょう。人間ってそれほど人を傷つけることはできないんじゃないかしら」

「そりゃそうだ、もちろん！」私は相槌を打ち、心の中で思った。『部屋の中を歩きまわりながら、そのことばかり考えていたんだな、かわいそうに、それに公爵のことは私以上に疑っているんだな』

「ああ、なるべく早く公爵がまた来てくれればいい！」とナターシャは言った。「今度来るときは夕方からうかがいますなんて言ってたけど……何もかも放り出して急に旅に出るなんて、よほど大切な用事なのね。どんな用事なのか、あなたはご存知ない、ワーニャ？　何か聞かなかった？」

「さっぱり分らない。何か金儲《かねもう》けのことだろうね。このペテルブルグで何かの事業の片棒をかついでるという噂《うわさ》は聞いたけれども。なにしろ事業のことなんかぼくには分らないからね、ナターシャ」

「そりゃそうね、分らないわ。アリョーシャはきのう、手紙がどうとか言ってたわね」

「何かを知らせてきたんだろう。ところでアリョーシャは来た？」

「ええ」

「朝早く？」

「十二時頃。あのひと朝寝坊なのよ。ちょっといただけで、私がカチェリーナ・フョードロヴナの家へ追っ払ったわ。だって、わるいでしょう、ワーニャ」

「彼は自分でもそっちへ行くつもりだったんじゃない？」

「ええ、そうだったみたい……」

ナターシャは更に何か言おうとして、口をつぐんだ。私はナターシャの顔を見つめ、言葉を待った。その顔は悲しげだった。こちらから訊《き》いてもよかったのだが、ナターシャはときどき質問をひどくいやがることがある。

「あのひとって変な子」と、やがてわずかに口をゆがめ、私を見ないで、ナターシャは言った。

「どうしたの！　何かあったんだね」

「ううん、べつに、何も……でもあのひとは可愛《かわい》い人よ……ただ……」

「とにかく彼の悲しみや心配事はこれで終ったわけだ」と私は言った。

ナターシャは探るように私の顔を見た。私にこう答えたかったのかもしれない。『悲しみや心配事なんて前からあのひとにはそんなにありゃしなかったわ』。だが私の言葉にも同じ意味が含まれていると気がついたのだろう、ナターシャは不機嫌《ふきげん》な顔になった。

しかしすぐまた、やさしく、愛想よい態度にかえった。この日のナターシャはなんだか異様におとなしかった。私は一時間以上すわりこんでいた。ナターシャはひどく落着きがなかった。公爵の訪問におびえていた。いくつかの質問から私は察したのだが、ナターシャは自分がきのう公爵にどんな印象を与えたかを、ひどく知りたがっているようだった。自分の振舞いは作法に叶《かな》っていただろうか。公爵の前で自分の嬉しさを見せすぎはしなかっただろうか。あまりにも怒りっぽくなかっただろうか。あるいは逆に卑下しすぎていなかっただろうか。公爵は何か妙なふうに思わなかっただろうか。自分は軽蔑《けいべつ》されたのではないだろうか……それを思うと、ナターシャの頬《ほお》は火のように赤くなるのだった。

「悪い奴《やつ》が何か考えたかもしれないというぐらいのことで、そんなに興奮するもんじゃない。勝手に考えさしておけばいいんだ」と私は言った。

「どうして公爵が悪い奴なの」とナターシャは訊ねた。

ナターシャは疑り深かったけれども、心の清い正直な女性だった。その疑り深さの源は清い泉だったのである。ナターシャの誇りはきわめて品のいい誇りだったから、いったん何ものにも替えがたいと判断したものが目の前で嘲笑《ちょうしょう》されるのを我慢できなかった。卑しい人間の軽蔑にはもちろん軽蔑をもって答えるだけだったろうが、それでも自分が神聖視しているものが嘲《あざけ》られると、たとえ嘲る人間がだれであろうと胸が痛むのだった。これは信念の不足に由来するものではない。それは部分的には、世間知らずに、人ずれのなさに、閉じこもりがちの生活に由来していた。ナターシャは生れてこの方ずっと自分の小世界に暮し、そこから出たことがなかった。それにもう一つは、たぶん父親ゆずりなのだろうが、非常に善良な人間の特質——他人を褒《ほ》め、実際以上に高く評価し、美点のみを熱烈に誇張するという特質が、ナターシャの内部でも極端に発達していた。こういう人間にとっては、あとで幻滅を感じることはたいそう辛《つら》い。しかも自分に罪があると感じる場合は、なおさら辛いのである。なぜ期待できる以上のものを期待したのだろう。こういう人間は絶えずこうした幻滅に待ち伏せされている。彼らは自分の小世界に閉じこもり、そこから出なければ一番いいのである。彼らが自分の小世界を愛するあまり、そのなかで一種の人間嫌《ぎら》いになってしまう事実にも、私は気がついていた。もっともナターシャは多くの不幸を、多くの侮辱を耐え忍んできた。だからこの娘はすでに病める存在なのであり、ナターシャを非難することはできない。私の言葉に非難が含まれているとしての話だが。

しかし私は急いでいたので、立ちあがり、出て行こうとした。それを見てナターシャはびっくりし、泣き出しそうな顔になった。そのくせ、私がいたあいだ、とくにやさしいそぶりも見せないばかりか、なんだか普段より冷たい態度だったのである。ナターシャは私に熱烈に接吻《せっぷん》し、妙に永いこと私の目を見つめた。

「ねえ」とナターシャは言った。「今日のアリョーシャはなんだか滑稽《こっけい》なのよ。びっくりするぐらい。見たところやさしくて幸福そうなんだけど、まるで蝶々《ちょうちょう》か伊達《だて》男みたいに鏡の前で飛びまわってるの。なんだか急に遠慮がなくなって……ちっとも腰が落着かなくて。それに、どうでしょう、私にお菓子なんか持って来たのよ」

「お菓子？　そりゃ、やさしくて無邪気でいいじゃないか。ああ、きみたちは二人ともなんという人たちだろう！　もうお互いに観察したり、スパイしたり、お互いの顔色をうかがって内心を読みとろうとしたりしてるんだから（そんなことはきみたちにはできもしないくせに！）彼はまだいい。相変らず陽気な小学生なんだからね。しかし、きみは、きみは違う！」

今までにもよくあったことだが、ナターシャが口調を変えて私に近寄って来たり、アリョーシャのことをこぼしたり、あるいは何かデリケートな疑惑を解いてもらいたいとき、何かの秘密や願望を私に分ってもらいたいときなど、今でも覚えているが、ナターシャはいつも微笑を浮べて私を見つめるのだった。それは今すぐ胸の悩みを軽くして欲しいとでも言わんばかりの、哀願するような微笑である。だが、これまた今でも覚えているのだが、そんな場合、私はいつもまるでだれかを叱《しか》りつけでもするような、なんとなく厳《きび》しい乱暴な口調になるのだった。それは全く巧まずしてそうなるのだが、いつも効果的ではあった。私の厳しさや勿体《もったい》ぶった態度は、いかにもその場にふさわしく、権利ありげに見えるのである。人間は時としてだれかに叱られたいという抑《おさ》えがたい欲求を感じるものではないだろうか。少なくともナターシャが時には全き慰めを得て私の許《もと》から帰ることは事実だった。

「いいえ、実はね、ワーニャ」と、片手を私の肩に置き、もう一方の手で私の手を握り、目は私の目をまじまじと見つめながら、ナターシャは言葉をつづけた。「私、なんだかあのひとの心が摑《つか》めないような……あのひとがもう夫《マリ》になったみたいな……分るでしょ、十年も一緒に暮して、まだ妻にやさしい夫みたいな感じがしたの。少し早すぎやしないかしら……笑ったり飛びまわったりしてるんだけど、なんだか私のためにそうしているみたいで、前とは違うような……いやに急いでカチェリーナ・フョードロヴナのところへ行ったわ……私が話しかけても、よく聞いていなかったり、ほかのことを話したり。上流社会のいやな習慣でしょ。それをやめさせようとしてあなたと二人で骨を折ったのに。一口で言えば、なんだか……気のないみたいな……でも私、何を言ってるのかしら！　へんなこと喋ってしまった！　ああ、私たちってみんな要求が多すぎるのね、ワーニャ、気紛《きまぐ》れな暴君なのね！　今ようやく分ったわ！　ちょっとした表情の変化さえ許さないんですものね。あのひとの表情の変化なんか、だれにも理由は分りゃしないのに！　ワーニャ、今あなたに叱られたとおりよ！　何もかも私が悪いの！　自分で悩みをこしらえて、おまけにそれを人に訴えて……ありがとう、ワーニャ、おかげで気分が落着いたわ。ああ、今日またあのひとが来てくれればいい！　でも、だめね！　またさっきのことで腹を立ててしまうかもしれない！」

「おや、きみたちはもう喧嘩《けんか》までしたのか！」と、私は驚いて叫んだ。

「とんでもない、腹を立てたことなんか、そぶりにも見せるものですか！　ただ私が少し悲しかったもんだから、あのひと、陽気だったのに急に考えこんでしまって、別れるときもなんだかそっけなかった。でも、あとで呼びに行ってもらうわ……あなたも今晩いらしてね、ワーニャ」

「きっと来る、用事で遅くならなければ」

「あら、用事って、どんな？」

「面倒なことでね！　でも、きっと来られると思う」

第七章

ちょうど七時に、私はマスロボーエフの家を訪《たず》ねた。シェスチラーヴォチナヤ通りの、さして大きくない建物の別館に彼は住んでいて、その三部屋の住居はかなり汚《きた》ならしかったけれども家具類だけは豪勢だった。多少の余裕らしきものと同時に、極端なだらしなさがうかがわれた。ドアをあけてくれたのは年の頃十八、九の可愛《かわい》らしい女性で、質素だが可愛い服を着て、たいそう清潔な感じであり、その目は明るく善良そのものだった。これがさっき紹介してやるとか言っていたアレクサンドラ・セミョーノヴナだなと、私はすぐ推理した。どなたですかと女性は訊《たず》ね、私の名を聞くと、主人はお待ちしておりましたが、今じぶんの部屋で寝《やす》んでおりますと言い、その部屋へ私を案内した。小ぎれいな、やわらかそうなソファの上で、自分の薄汚れた外套《がいとう》をひっかぶり、擦《す》り切れた革のクッションを枕《まくら》にして、マスロボーエフは眠っていた。それはきわめて浅い眠りだった。私たちが入って行くと、彼はすぐ私の名を呼んだ。

「あ！　きみか。待ってたよ。いま夢の中できみに起こされたとこだ。じゃ、もう時間か。行こう」

「行こうって、どこへ？」

「女のとこへさ」

「女？　何しに？」

「マダム・ブブノワのとこへさ、とっちめてやりにさ。あれがまた美人でね！」と、アレクサンドラ・セミョーノヴナの方に向き直って、彼は嫌味《いやみ》たっぷりに言い、マダム・ブブノワを思い出したように、自分の指先に接吻《せっぷん》してみせた。

「またそんな嘘《うそ》ばっかり！」少し怒ってみせるのを義務と心得ているようにアレクサンドラ・セミョーノヴナは言った。

「まだ紹介してなかったね？　じゃ一つ紹介しよう。これがアレクサンドラ・セミョーノヴナ、この方は文壇の将軍だ。無料《ただ》で拝めるのは年に一度っきり、あとは金が要《い》る」

「あら、また下らないことを言う。このひとの言うことなんか聞かないでくださいましね、いつも私をからかってばかりなんですから。それで、どんな将軍でいらっしゃるの」

「だから特別な将軍だって言ってるじゃないか。閣下、われわれをどうか馬鹿者《ばかもの》扱いせんでください。これでも見かけよりはずっと利口なんだから」

「ほんとに、このひとの言うことをお構いにならないでくださいね！　いつもひとさまの前で私に恥をかかせるんですから。ひどい人。たまにはお芝居ぐらい連れて行ってくれてもいいのに」

「アレクサンドラ・セミョーノヴナ、愛せよわが家の……何を愛せよなんだか忘れちゃいないだろうね。この文句を忘れちゃいないだろうね。ほら、お前に教えただろう」

「もちろん忘れていないわ。そんな下らない文句」

「じゃ、どういう文句だった？」

「またお客様の前で恥をかかせる気なの。どうせ何かいやらしいいたずらでしょ。舌が腐っても言うもんですか」

「じゃ、忘れたんだな」

「忘れてませんてば。氏神《ペナート》でしょ！　愛せよわが家の氏神《ペナート》を、でしょ……ほんとに、なんて文句だろう！　氏神《ペナート》なんてどこにもありゃしないのよ、きっと。それをまた、なんで愛さなきゃならないの。みんなでたらめよ！」

「そのかわり、マダム・ブブノワのところへ行くと……」

「勝手になさい、ブブノワだかなんだか知らないけど！」アレクサンドラ・セミョーノヴナはかんかんに怒って、部屋から走って出て行った。

「時間だ！　行こう！　行って参ります、アレクサンドラ・セミョーノヴナ！」

私たちは外へ出た。

「さて、ワーニャ、まずあの辻《つじ》馬車に乗ろう。これでよし、と。次にだね、さっききみと別れてから、ちょっと分ったことがあるんだ。推理じゃなくて、事実として分ったことがね。あれから一時間もワシリエフスキー島にいたんだよ。あの太鼓腹の野郎はとんでもない悪党でね、いろんなわるい癖やわるい趣味のある汚ならしい助平野郎なんだ。あのブブノワはその方面のあくどさではもうだいぶ前から有名な存在だろう。ついこないだも良家の娘をかどわかしかけたことがある。そのみなし児《ご》にモスリンの服を着せたという話ね（さっききみが話しただろう）、そいつがおれはどうも気になった。前にもちょっと聞いたことがあってね。さっき偶然かぎつけたことがあるんだけれども、これは確かな情報だ。その子はいくつ？」

「顔つきからすると、十二、三かな」

「体つきからすると、もっと小さく見えるんだろう。それをあの女は利用する。必要とありゃ十一とでも十五とでも言ってね。そのみなし児には後見人も家族もいないとすると……」

「まさか」

「じゃ、きみの解釈を聞こうじゃないか。だいたい、あのマダム・ブブノワがただの同情からみなし児を引き取ると思うか。それにあの太鼓腹が出入りしてるとなると、もう間違いないね。奴《やつ》は今朝《けさ》もブブノワと逢《あ》ってるんだぜ。阿呆《あほう》のシゾブリューホフは、今夜、美人の人妻をとりもってもらう約束だとさ。なんでも役所勤めの女で、亭主は佐官級の軍人だと。遊び好きの商人の伜《せがれ》は、そういうのに目がないんだ。いつも女の亭主の官等級ばかり気にしてやがる。ラテン語の文法と同じことさ、覚えてるだろう。意義は語尾に優先する、というやつだ。ところで、おれはまださっきの酔いが残ってるみたいだぜ。しかしブブノワのそういう商売は許しておけないよ。警察にまんまと一杯食わせる気だが、どっこい！　おれがどやしつけてやる。なにしろおれに旧悪を握られてるのを、あの女は知ってるからな……まあ、そんなような事情だ、分るだろう？」

私は度胆《どぎも》を抜かれていた。それらの情報に心底からゆすぶられたのだった。手おくれになるのが心配で、私は御者をせきたてた。

「心配するな、ちゃんと手は打ってあるから」とマスロボーエフは言った。「ミトローシカがもうむこうへ行ってるんだ。シゾブリューホフは金で、太鼓腹野郎は……てめえの体で片をつけることになるだろうよ。さっき、そう決めたのさ。ブブノワはおれの鴨《かも》になると……だからあの女はもう手も足も出ない……」

私たちはあのレストランに着き、その前で馬車をとめた。だがミトローシカと呼ばれた男は、そこにはいなかった。御者にレストランの入口で待つように言いつけて、私たちはブブノワの家へ行った。ミトローシカはその門口で私たちを待っていた。窓には煌々《こうこう》とあかりがともり、酔っぱらったシゾブリューホフの馬鹿笑いが聞えた。

「十五分ぐらい前から、連中はみんなあそこにいる」と、ミトローシカが報告した。

「今がチャンスだ」

「どうやって入る?」と私は訊ねた。

「客としてさ」とマスロボーエフは答えた。「あの女はおれを知ってるし、ミトローシカも知ってる。戸締りは厳重だが、おれたちにはあけるさ」

彼がそっと門を叩《たた》くと、すぐに門は開いた。あけてくれた門番はミトローシカにウインクした。私たちはこっそり入って行った。建物の中の連中は私たちに気づかなかった。門番は先に立って階段を上り、部屋のドアを叩いた。中から声がした。門番は、自分一人きりだが「ちょっと用がある」と言った。ドアが開き、私たちは一気に押し入った。門番はいちはやく消えた。

「あっ、だれだい」と、酔っぱらって髪を乱したブブノワが叫んだ。両手で蠟燭《ろうそく》を持ち、猫の額ほどの玄関口に立っている。

「だれだとは何だ」とマスロボーエフが即答した。「大事なお客の顔を忘れたのか、アンナ・トリフォーノヴナ。おれたちでなくてだれが来るんだよ……フィリップ・フィリップイッチだ」

「ああ、フィリップ・フィリップイッチ！　あなたでしたか……大事なお客様ですとも
さ……でもどうして……私はまた……いえ、べつに……まあ、どうぞこちらへ」

女はすっかりうろたえていた。

「こちらとはどちらへだよ。そこは仕切り壁じゃないか……もっと丁重に扱ってもらい
たいね。冷たいやつを一杯やりたいんだ。それと、いい子はいるかい」

女は途端に元気づいた。

「そりゃ大切なお客様のためなら、土を掘ってでも見つけてきますさ。シナからでも取
り寄せます」

「ときに、アンナ・トリフォーノヴナ、シゾブリューホフは来てるかい」

「い……いますよ」

「実はあいつに用があるんだ。あの野郎、よくもおれを出し抜いて、一人遊びをしやが
ったな」

「いえ、あなたのことは忘れちゃいませんよ。どうもだれかを待ってたみたいだから、
きっとあなたを待ってたんでしょう」

マスロボーエフはドアをとんと突き、私たちは小さな部屋に入った。二つの窓、ゼラ
ニウムの鉢、籐椅子《とういす》、ぼろぼろのピアノ、すべてが型どおりである。だが私たちがこの

部屋へ入る前に、まだ玄関口で話をしていたあいだに、ミトローシカは消えてしまった。あとで聞いたことだが、青年は中へ入らずに、ドアの陰で待ち伏せたのだった。あとから来る人物にドアをあけてやるためである。今朝方《けさ》ブブノワの肩ごしに中庭を覗《のぞ》いていた、髪の乱れた厚化粧の女は、このミトローシカの名付け親にあたるのだった。

シゾブリューホフは、テーブルクロースをかけた丸テーブルを前にして、マホガニー色の安っぽい長椅子に腰かけていた。テーブルには暖めたシャンパンの壜《びん》が二本と、安いラム酒が一本、それに菓子屋の菓子、糖蜜菓子《プリャーニック》、三種類の胡桃《くるみ》などをのせた皿が置いてあった。シゾブリューホフとむかい合って、テーブルのむこうには、黒い琥珀織《こはくおり》の服を着て、ブロンズの腕環《うでわ》とブローチをつけた、あばた面の、四十の坂を越したいやらしい生きものがすわっていた。これが例の佐官級の軍人の細君というわけだろうが、明らかに眉唾物《まゆつばもの》だった。シゾブリューホフは酔っぱらって満足そうな顔をしていた。太鼓腹の相棒の姿は見えなかった。

「なんてえざまだよ！」とマスロボーエフは猛烈な大声でわめいた。「何がデュッソーの店へ行きましょう、だ！」

「フィリップ・フィリップイッチ、これはようこそ！」と、ひどく仕合せそうに立ちあがって私たちを迎えながら、シゾブリューホフは呟《つぶや》いた。

「飲んでるな」

「すみません」

「あやまらなくてもいいから、お客様をもてなせ。お前と楽しく騒ごうと思って、わざわざ来たんだ。おまけにもう一人、お客さんを連れて来たぜ。おれの友人だ!」マスロボーエフは私をゆびさした。

「初めまして、ようこそおいでくださいました……ひくっ!」

「なんだ、これがシャンパンか! まるで腐ったキャベツ汁じゃねえか」

「申しわけございません」

「これじゃお前なんぞ、デュッソーの店にゃとうてい行けねえよ。そのくせ人を誘ったりしやがって!」

「このひとパリに行ったことがあるなんて、今言ってたのよ」と、佐官級の軍人の細君が引き取って言った。「きっと嘘だわよね!」

「フェドーシャ・チーチシナ、わるいけど本当なんだよ。行きましたとも」

「まあ、こんな田舎《いなか》っぺがパリに行けるの」

「行ったんだよ。行けますよ。むこうで、カルプ・ワシーリッチとどえらいことをやりましたよ。カルプ・ワシーリッチをご存知?」

「知らないわよ、そんなカルプ・ワシーリッチなんて人」

「そうですか……こりゃただの外交辞令。その男と、パリのさる場所で、すなわちマダム・ジュベールの店で、イギリス製の鏡をこわしましたよ」

「何をこわしたんですって」

「鏡をですよ。壁いっぱい、天井まであるでっかい鏡。カルプ・ワシーリッチは酔っぱらってね、マダム・ジュベールにロシア語で話しかけた。その鏡の前に立ってね、肘《ひじ》を突いたんですよ。するとマダムがどなった、もちろんむこうの言葉でね、『こわれるわよ、その鏡は七百フランもするのよ！（われわれにしてみりゃ端た金ですよ）』彼はにやっと笑って、ぼくの顔を見る。ぼくはむかい側の安楽椅子にすわってました、別嬪《べっぴん》さんをかかえてね。それが、あなた、ここいらへんの醜女《すべた》とはわけがちがう、なんともいえない上玉です。で、彼がどなった、『スチェパン・チェレンチッチ、よう、スチェパン・チェレンチッチ！　割り勘でいいな？』ぼくが言った、『いいよ！』――するてえと、彼は拳《こぶし》を固めて鏡を――がちゃん！　途端に鏡は粉みじん。マダムは金切声だ、彼に詰め寄って、『何をするのさ、悪党、ここをどこだと思ってるの』（これもむこうの言葉でね）。すると彼は、『マダム・ジュベール、銭《ぜに》を取っときな、そのかわり、おれのやりてえことの邪魔立てするな』、そう言って六百五十フランをぽんと投げ出した。五十フランだけ値切ったわけですよ」

このとき、恐ろしい悲鳴が、ドアをいくつかへだてた、私たちの部屋から二つ三つむこうの部屋で響きわたった。私は身震いして叫び声をあげた。その悲鳴に聞き覚えがあったのである。エレーナの声だ。その悲鳴につづいて別の叫び声や怒声が響きかわし、まもなくはっきりそれと分る、平手で頰《ほお》をひっぱたく大きな音が聞えてきた。これはミトローシカが自分の仕事を遂行している音らしい。とつぜん勢いよくドアが開き、真《ま》っ蒼《さお》なエレーナが、惑乱した目つきで、部屋に駆けこんできた。白いモスリンの服は揉《も》みくちゃで、ずたずたに破れ、きれいにとかしてあった髪は、格闘でもしたように乱れている。私はドアの真正面に立っていたが、エレーナはまっすぐ飛んで来て、両手で私にしがみついた。一同は総立ちになり、騒ぎ出した。エレーナの出現と同時に、更に金切声や怒声が響きわたった。すぐあとから戸口に現われたのはミトローシカで、見るも無《む》惨《ざん》な仇敵《きゅうてき》、あの太鼓腹の男の髪の毛を摑《つか》んでいる。敷居の所まで引きずってきた太鼓腹をミトローシカは私たちの部屋へどしんと投げ出した。

「そうれ！　受け取ってくれ！」と、たいそう満足の体《てい》でミトローシカは言った。

「いいかい」と、静かに私に近寄ってきたマスロボーエフは、私の肩を叩いて言った。「さっきの馬車で、この子を連れて帰ってくれ。きみはもうここには用がないだろう。あとのことは、またあす相談しよう」

私は返事もせずにエレーナの手を摑み、この魔窟《まくつ》から少女を連れ出した。あとがどうなろうと私の知ったことではない。だれも私たちを引きとめる者はなかった。マダムは恐ろしさに気が転倒していた。すべてがあっという間の出来事だったから、マダムは手出しができなかったのである。御者が待っていてくれたので、二十分後に、私は自分の部屋に帰りついた。

エレーナは半死半生の状態だった。私は少女の服のホックを外し、体に水を吹きかけ、長椅子に寝かせてやった。熱が出て、譫言《うわごと》が始まった。少女の蒼《あお》ざめた顔を、血の気を失った唇《くちびる》を、ばらりと垂《た》れてはいるが、きれいにくしけずり油を塗った黒い髪を、化粧の跡を、服のところどころにまだ残っているピンクのリボンを、私はつくづくと眺《なが》め——この忌《いま》わしい事件の全貌《ぜんぼう》をようやく理解したのだった。かわいそうな少女！ 容態は悪くなる一方だった。私は少女に付き添い、今夜はナターシャの所へは行くまいと決心した。ときどきエレーナは長い睫毛《まつげ》をあげて私の顔を眺め、私がだれなのか確かめようとするように、永いことまじまじと見るのだった。だいぶ遅くなって、夜中の十二時すぎに、少女は眠りに落ちた。かたわらの床の上で、私も眠りについた。

第八章

私はたいそう早く起きた。一晩中、私はほとんど三十分おきに目をさまして、哀れな女の客に近寄り、その顔を注意深く見守ったのだった。少女は発熱し、軽い譫言《うわごと》を口走っていた。だが朝方になってぐっすり眠りこんだ。いい徴候だと私は思ったが、朝、目をさますと、哀れな少女がまだ眠っているうちに、なるべく早く医者を呼びに行こうと決心した。私は医者を一人知っていたが、それは独り者《ひと》の善良な老人で、昔からヴラジーミルスカヤ通りの近くにドイツ人の家政婦と二人で暮していた。私はそこへ出掛けて行ったのである。医者は十時に来ると約束してくれた。私がそこへ行ったのは八時だった。途中、マスロボーエフの家に寄ってみたくてたまらなかったが、思い直した。彼はたぶんきのうの疲れで眠っているだろうし、それにもしもエレーナが目をさましたら、私の部屋に一人ぼっちでいるのに気づいて驚くかもしれない。ゆうべのエレーナは異常な状態だったから、いつどうして私の部屋に来たのかは、きっと忘れているだろう。

私が部屋に入って行くと、少女はちょうど目をさましたところだった。私はそばへ寄り、気分はどうかと用心深く訊《たず》ねた。少女は返事をしなかったが、その表情に富んだ黒い瞳《ひとみ》で永いこと私をしげしげと見つめた。そのまなざしからすれば、少女は何もかも理解し、記憶しているように思われた。返事をしないのは、いつもの習慣であるのかもしれない。きのうも、おとといも、訪《たず》ねて来たとき少女は私の質問に答えず、ただとつぜんその執拗《しつよう》な視線を私に注いだだけだったが、そのまなざしには不審の色や露骨な好奇心のほかに、何かしら奇妙な誇りが読みとれたのだった。だが今、少女のまなざしには厳《きび》しさと、不信の色らしきものがうかがわれた。熱があるかどうか調べるために、私は手を少女の額に触れようとしたが、少女は何も言わずにその小さな手で私の手を払いのけ、顔を壁のほうに向けた。少女の気持を乱すまいと、こちらは引きさがった。

私は大きな銅《あかがね》の湯沸かしを持っていた。だいぶ前からサモワール代りに使い、湯を沸かしていた道具である。私はストーブを焚《た》きつけ、水を汲《く》んできて、湯沸かしをかけた。そしてテーブルにお茶の道具を並べた。エレーナはこちらに寝返りを打ち、珍しそうに私のすることを眺《なが》めた。何か欲しいものはないかと私は訊ねた。だが少女はまたそっぽを向き、返事をしなかった。

『どうして私に腹を立てるんだろう』と私は思った。『へんな娘だ!』

老人の医者は約束どおり十時にやって来た。そしてドイツ人らしい几帳面《きちょうめん》さで病人を診察し、熱はあるが特に危険はないと言って、私をほっとさせた。医者は更に、何かほかの持病、たとえば脈の不整といったようなことがあるに違いないが、「それはおいおい注意すればいいことで現在は危険はない」と付け足した。そして必要のためといわんよりはむしろ習慣的に、水薬と、何かの粉薬の処方を書き、それからさっそく質問を始めた。どうしてこの少女は私の部屋にいるのか。医者はそう訊ねながら、私の部屋を呆《あき》れたように眺めまわしていた。この老人はものすごいお喋《しゃべ》りなのである。

それにしてもエレーナには手を焼いたようだった。脈をみようとしても少女は手を引っこめてしまうし、舌を出して見せたがらない。何を訊《き》かれても一言も答えず、医者の頸《くび》に揺れている大きなスタニスラフ勲章をじいっと見つめつづけているのである。「たぶん頭痛がひどいんだろう」と老人は言った。「しかしあの目つきはどうも！」私はエレーナの事情を話す必要はないと判断し、話せば長くなるからとお茶をにごした。

「何かあったらまた連絡してきなさい」と帰りがけに医者は言った。「今のところ危険はないと思うが」

私はその日一日エレーナに付き添い、できれば少女の健康が回復するまでなるべく一人にしておかぬようにしようと決心した。しかしナターシャやアンナ・アンドレーエヴナが私を待っていらいらしているといけないと思い、せめてナターシャにだけでも市内郵便で今日は行けないと知らせることにした。アンナ・アンドレーエヴナに手紙を出すわけにはいかなかった。ナターシャが病気のとき一度手紙でそのことを知らせてやったところ、もう絶対に手紙をよこさないでくれと老婦人は言ったのだった。「あなたの手紙を見ると、うちのひとがいやな顔をするのよ」と老婦人は言った。「手紙の中身を知りたくてたまらないのに、口に出しては訊けないのね。だから一日じゅう機嫌《きげん》がわるくって。それにあなたの手紙は私をいらいらさせるだけよ。だって十行しか書いてないんだもの！　もっと詳しく聞きたくても、あなたはいないし」。そんなわけで私はナターシャにだけ手紙を書き、薬局へ処方箋《しょほうせん》を持って行くとき、ついでに出しておいた。

その間、エレーナはふたたび眠りに落ちた。眠りながら少女はかすかに呻《うめ》いたり、身震いしたりした。医者の言ったとおり、ひどく頭が痛いらしい。ときどき少女は小さな叫び声をあげて目をさました。そして私の心づかいが辛《つら》くてたまらないとでもいうように、むしろ腹立たしげに私を見た。正直に言えば、私にはそれが苦痛だった。

十一時にマスロボーエフが来た。何か気がかりなことがあるらしく、なんだかぼんやりしていた。ほんのちょっと立ち寄っただけで、急いでどこかへ行かなければならないのだという。

「いや、どうせりっぱな暮しじゃないだろうとは思っていたが」と、部屋を見まわしながら彼は言った。「こんなトランクみたいなとこに住んでるとは思わなかった。だって、こりゃあ人間の住居じゃないぜ、トランクだ。しかしそんなことはいいとしても、問題は、こんな余計な雑事がきみを肝心な仕事から引き離すということだよ。きのうブブノワの家に行くときも、そのことを考えていたんだがね。おれは自分の性質からいっても、社会的な地位からいっても、自分じゃまともなことを何一つやらんくせに、他人には仕事をしろとお説教する、そんな人種に属してるのさ。いいかね、おれはあすかあさって必ず来るけれども、きみは日曜の朝、間違いなくおれの家に来てくれ。それまでに、この女の子の一件は完全に片がついているといいけれどね。そのときまじめな話をしよう。きみのことはまじめに考えなくちゃいけない問題だ。とにかくこういう生活はいかんよ。きのうはほのめかしただけだったが、今度は論理的に攻めるからね。それからもう一つだけ聞かしてくれ。きみはなにかい、おれから金を一時借りることは不名誉だとでも思ってるのかい？……」

「まあ、喧嘩《けんか》はよそうよ！」と私は相手の言葉をさえぎった。「それより、きのうの事件はどう片がついた？」

「ああ、めでたしめでたしだよ。おれは目的を達した、分るだろ？　さてと、おれは忙しいんだ。今寄ったのも、忙しくてきみの事件どころじゃないってことを知らせに来たのさ。ついでに訊くが、きみはあの子をどっかに預ける気か、それともきみのとこに置いとくつもりか。これはよく考えて決めなきゃならんことだよ」

「それはまだよく分らない。実はきみに相談しようと思ってたんだ。ぼくが自分のとこに置いておくとした場合、どういう理由をつけたらいいだろう」

「そんなことは簡単さ、女中ということにでもすりゃ……」

「頼むからもう少し小さな声で話してくれ。あの子は病気だけれども記憶はしっかりしてるし、きみを見たとき、なんだか震えたみたいだったから。きっと、きのうのことを思い出したんだろう……」

少女の性格について、私は気がついていた限りのことをマスロボーエフに話した。相手は私の言葉に好奇心をそそられたようだった。私は、ひょっとすると少女をある家庭に預けられるかもしれないと言い、老夫婦のことに軽く触れた。驚いたことに、彼はすでにナターシャの一件を部分的に知っていて、どこから聞いたのかという私の問いには、こう答えた。

「いや、なんということなしに、ちらちらと聞いていたよ。ある事件にひっかかりがあってね。ワルコフスキー公爵《こうしゃく》を知ってることは、もうきみに話しただろう。あの子を老夫婦の家に預けるのは、なかなかいい考えだ。でないと、きみの足手まといになるからな。そうだ、それにしても、何か身分証明書のようなものが必要だね、あの子には。心配するな、それはおれが引き受けた。じゃ、さよなら、ちょくちょくうちへ来てくれよ。あの子は眠ってるのかい」

「そうらしい」と私は答えた。

だがマスロボーエフが帰るや否《いな》や、エレーナは私の名を呼んだ。

「あれはだれなの」と少女は訊ねた。その声は震えていたが、私の顔を見つめる目つきは相変らず執拗で、なんとなく不遜《ふそん》だった。どうも、そうとしか形容できない。

私はマスロボーエフという名前を教え、彼のおかげでブブノワの手から少女を奪うことができたということ、そしてブブノワが彼をひどくこわがっている事実を話して聞かせた。少女の頬《ほお》はまるで夕焼けに照らされたように赤くなった。きっときのうのことを思い出したためだろう。

「ブブノワはもうここには絶対来ないのね」と、探るように私の顔を見ながらエレーナは訊ねた。

私は急いで少女を安心させた。少女は口をつぐみ、その熱い指で私の手をとろうとしたが、はっとしたように、すぐ手を放した。『私を毛嫌《けぎら》いしているはずはない』と私は思った。これはエレーナの癖なのだ、あるいは……あるいは辛酸《しんさん》をなめたこの子は、もう世の中のだれをも信用できなくなっているのかもしれない。

指定された時刻に私は薬を取りに行き、ついでに馴染《なじ》みの食堂に寄った。そこは私がときどき食事に行く店で、つけがきいたのである。今、私は出がけに入れものを掴《つか》んで行って、エレーナのために食堂から鶏のスープを一人前貰《もら》ってきた。だが少女はたべようとしないので、ペチカの上にスープを置いておいた。

薬を飲ませてから、私は仕事にとりかかった。少女は眠っているものとばかり思っていたが、ふと見ると、思いがけず少女は頭をもたげて、私の書いているさまをじっと見守っていた。私はそれに気がつかなかったふりをした。

やがて少女はほんとうに眠りに落ち、私がほっとしたことには、譫言もいわず、呻きもせず、それは穏やかな眠りだった。私は考えこんだ。事情を知らぬナターシャは、私が今日行かないので怒っているばかりか、たぶんいつにもまして私を必要とする今、なおざりにされたことを悲しんでいるに違いない。もしかすると何か心配事とか、私に頼みたいようなことがあるかもしれないのに、私はわざとのように姿を見せないのだから。アンナ・アンドレーエヴナのほうはどうかといえば、あす訪ねて行って何と言いわけしたらいいのか私には見当もつかなかった。あれやこれや考えた末に、私はとつぜん両方へひとっ走りしようと決心した。留守にする時間はせいぜい二時間ぐらいですむだろう。エレーナは眠っているから、出て行く音は聞えないだろう。私は跳《と》びあがり、外套《がいとう》をひっかけて帽子を掴み、まさに出て行こうとした刹那《せつな》、エレーナが私の名前を呼んだ。私はぎょっとした。では今までは狸《たぬき》寝入りだったのか。

ついでに言っておこう。エレーナは私と口をききたくないようなふりをしていたけれども、こんなふうにかなり頻繁《ひんぱん》に声をかけたり、不審なことはなんでも訊ねたりすること自体、逆のことを証明していたわけで、実をいえば私はむしろ嬉《うれ》しかったのである。

「私をどこへやろうっていうの」と、私が近寄るとエレーナは訊ねた。少女は概していつも唐突に、思いもよらぬときに質問する癖があった。このときも私はすぐには質問の意味が分らなかった。

「さっき来た人と話していたでしょ、私をどっかへやるつもりだって。私、どこにも行きたくない」

私は枕《まくら》もとにかがみこんだ。少女はふたたびひどい熱を出していた。またもや高熱の危機が訪れたのだ。私は少女を慰め、元気づけようと、もしここにいたいのなら、どこへもやらないと言った。そう言いながら外套をぬぎ、帽子をとった。こんな状態の少女を一人残して出て行くことはできない。「眠いの。すぐ寝ちゃうから」

「ううん、行って！」と、私が残る気なのをすぐに察してエレーナは言った。

「でも一人じゃ淋《さび》しいだろう……」と私はためらいながら言った。「もっとも、ぼくは二時間ぐらいで帰れるけれど……」

「ねえ、行ってよ。じゃないと、私が一年ぐらい寝てたら、あなたも一年間外に出られないわよ」。そして少女は微笑しそうになり、まるで内心に生れた良き感情と争ってでもいるように、奇妙な目つきで私の顔を見た。かわいそうに！　一見冷たそうな人間嫌いの性質にもかかわらず、善良なやさしい心がこの瞬間ふと表にあらわれたのである。

最初に私はアンナ・アンドレーエヴナのところへ行った。老婦人はじりじりしながら待っていたとみえて、いきなり私に恨みごとを言った。なんだかひどく不安なのだという。ニコライ・セルゲーイッチが昼食のあと、どこへ行くとも言わずに家を出て行ったのだった。私はすぐ推理したのだが、老婦人は例によって、こらえきれずに何もかもを、遠まわしに喋ってしまったらしい。そのことを老婦人は事実上、白状した。すなわち、この喜びを伝えずにはいられなくなったので話したところ、ニコライ・セルゲーイッチは老婦人の表現によれば雨雲よりも陰気になり、なんにも言わず、「こっちが何を訊いてもちっとも返事をしなくなり」、昼食のあととつぜん支度《したく》をして出て行ったのだという。そう言いながらもアンナ・アンドレーエヴナは恐怖に身を震わし、一緒にニコライ・セルゲーイッチの帰りを待ってくれないかと私に頼むのだった。私はそれを断わり、あすも来られないかもしれない、今寄ったのはそれを前もって断わっておくためなのだと、ほとんどけんもほろろに言った。そして私たちはあやうく喧嘩しそうになった。老婦人は泣き出し、きびしく私を責めたが、私が出て行こうとすると、跳びついてきて両腕でしっかりと私を抱きしめ、この「よるべない女」に腹を立てないでおくれ、今言った言葉を悪くとらないでね、と言った。

ナターシャは私の予期に反して、またもや一人ぼっちだった。そして不思議なことに、ナターシャはきのうのように、あるいは今までの場合のように、私の訪問を喜んでいないように見えた。まるで私はナターシャに何か気まずいことをしたような具合なのである。今日アリョーシャは来たかという私の質問にたいして、もちろん来たけどすぐ帰ったわとナターシャは答えた。今夜また来る約束なの、と何やら考えこみながらナターシャは付け加えた。

「ゆうべは来た？」

「い、いいえ。用があったんですって」とナターシャは早口に言い足した。「それで、ワーニャ、お仕事のほうは、どう？」

ナターシャは明らかにこの話題を避け、ほかの話へ持って行こうとしていた。私は相手の様子をあらためて眺めた。ナターシャは明らかに気もそぞろだった。だが、私にじっと観察されていることに気がつくと、ナターシャはすばやく、なんだか怒ったような視線を私に投げた。それは視線の力で私を焼きつくそうとするかのような、力のこもったまなざしだった。『また何か悩みごとがあるな』と私は思った。『ただそれを私に話したくはないのだ』

仕事のほうはどうかという質問に、私はエレーナの一件を事細かに話して聞かせた。ナターシャは私の話に大いに関心を寄せ、心を奪われたように見えた。

「まあ！　そんな病人を一人きりにしてきたりして！」とナターシャは叫んだ。

私は、今日は来ないつもりだったが、きみが腹を立てるかもしれないし、何か私に用があるかもしれないと思ったのだ、と説明した。

「用ねえ」と何か考えながらナターシャは独《ひと》りごとのように言った。「あなたに用があるかもしれないけど、それはまたにするわ、ワーニャ。うちに寄ってくださった？」

私は報告した。

「そうね。今度のことを父がどう取るかは分りゃしないわね。どう取られても仕方がないけど……」

「どう取るかだって？」と私は訊《たず》ねた。「事情は一変したんじゃないか！」

「ええ、でもなんとなく……父はまた、どこへ行ったのかしら。この前は、ここへ来たのかと思ったんでしょ。ねえ、ワーニャ、もし都合がついたら、あす寄ってみてくださらない。相談したいことがあるかもしれないし……今はあなたに心配かけたくないのよ。もうそのお客さまのところへ帰ったほうがいいんじゃない？　出てからもう二時間は経《た》ったでしょ」

「経った。じゃ、さよなら、ナターシャ。それはそうと、今日アリョーシャはどんなふうだった？」

「アリョーシャは相変らずよ……あなたって詮索《せんさく》好きね」

「じゃまた逢《あ》おう」

「さようなら」ナターシャはなんだか気乗りがしないように手を差しのべ、私の最後の別れの視線から目をそらした。『ナターシャにもいろいろ悩みはあるんだろう。一生の大問題だからな。あすはまっさきに事情を話してくれるだろう』

物悲しい気分で家に帰った私は、ドアをあけるや否や度胆《どぎも》を抜かれた。部屋の中はもう暗かった。瞳《ひとみ》をこらして見ると、エレーナは長椅子《ながいす》に腰かけ、うなだれて、じっと考えこんでいた。我を忘れたように、私のほうを見ようともしない。私は近寄った。少女は何か呟《つぶや》いていた。『譫言《うわごと》だろうか』と私は思った。

「エレーナ、どうしたんだ」と、かたわらに腰をおろし、片腕で少女を抱きかかえて、私は訊ねた。

「ここから出て行きたい……あそこへ行ったほうがいい」と、うなだれたまま少女は呟いた。

「どこへ？　だれのところへ？」と私は驚いて訊ねた。

「ブブノワのとこ。私にたくさん貸しがあるんだって、ママのお葬式も自分のお金でやったんだって、いつも言うの……ママが悪く言われないように、私はあそこで働いて、お金を返すの……お金を返したら、一人で出て行くわ。でも今はもう一度あそこへ帰る」

「しっかりしなさい、エレーナ、あそこへ帰っちゃ駄目だ」と私は言った。「ブブノワにいじめられるよ、殺されるよ……」

「いじめられたっていい、殺されたっていい」とエレーナは力をこめて言い返した。「私だけじゃないもの。私よりずっといい人だって、いじめられてるんだもの。道で女《おんな》乞食《こじき》がそう言ってた。私は貧乏人だから、貧乏のままがいいの。死ぬまで貧乏なの。死ぬとき、ママがそう言ってた。私、働くわ……こんな服なんか着ていたくない……」

「あす別の服を買ってあげよう。本も持ってきてあげるからね。きみはここで暮すんだ。きみがいやなら、だれにも預けやしない。安心しなさい……」

「私、どこかで女中に雇ってもらう」

「分った、分った！　とにかく落着きなさい、横になって眠りなさい！」

だが哀れな少女はわっと泣き出した。その涙は次第に激しい慟哭《どうこく》に変った。私は途方に暮れ、水を持ってきて、こめかみや頭を冷やしてやった。やがてエレーナはすっかり弱って長椅子に横たわり、ふたたび出てきた熱にがたがた震え出した。ありあわせのもので体をくるんでやると、少女は寝ついたが、その眠りは浅く、絶えず体を震わせ、幾度となく目をさますのだった。この日、私はそんなに歩きまわらなかったのに、ひどい疲れを感じたので、自分もなるたけ早く寝ようと決心した。頭の中では重苦しい心労が渦巻いていた。この女の子のことでは今後いろいろ奔走しなければならないような予感がする。だが何よりも私が心配なのは、ナターシャの問題だった。今思い出してみても、この不幸な夜、眠りに落ちる寸前の重苦しい精神状態は、私の生涯でもそうざらになかったような気がする。

第九章

朝おそく、十時頃目をさました私は病人だった。めまいと頭痛。私はエレーナの寝床に目をやった。ベッドは空《から》だった。と、右側の小部屋から、だれかが箒《ほうき》で床を掃《は》いているような音が聞えてきた。私は見に行った。エレーナが片手に箒を持ち、もう一方の手ではあの晩以来着たままの晴着の裾《すそ》をおさえて、床を掃いていた。ペチカ用の薪《まき》はきちんと片隅《かたすみ》に積まれ、テーブルの埃《ほこり》は拭《ぬぐ》われ、湯沸かしはきれいに磨《みが》かれていた。要するに、エレーナが主婦の役をつとめたわけである。

「ね、エレーナ」と私は大声で言った。「だれがきみに床を掃けと言った？　そんなことはしてもらいたくないね、きみは病気なんだから。きみはここの女中になったわけじゃないよ」

「じゃ、だれがここの床を掃除するの」と、腰をのばし、私の目をまっすぐに見て、エレーナは答えた。「私もう病気じゃないわ」

「しかし働いてもらうためにきみを連れて来たんじゃないんだ、エレーナ。ぼくがブブノワみたいに、無駄めしを食うなって叱《しか》るんじゃないかと思ってるのかい。それに、その汚《きた》ない箒はどこから持って来た？　ここには箒なんかなかったはずだよ」と、呆《あき》れて少女の顔を見ながら、私は付け加えた。

「これは私の箒。私が自分で持って来たの。お祖父《じい》さんにも床を掃いてあげてたの。この箒はね、あの頃からそこのペチカの下に置いてあったのよ」

私は物思いに沈みながら自分の部屋へ戻った。私の推量は間違っていたのかもしれない。しかし少女は私の歓待が心苦しく、なんとかして自分がただの厄介者ではないことを証明しようとしているのではないだろうか。私はそんな気がしてならなかった。『だとすると、なんというひねくれた性格だろう』と私は思った。二、三分経《た》つと、少女も部屋に戻って来て、何も言わずに長椅子《ながいす》の昨日以来の自分の席にすわり、探るように私の顔を眺《なが》めた。その間に私は湯を沸かし、お茶をいれ、少女の茶碗《ちゃわん》に注《つ》いでやり、白パンを一切れ添えてやった。少女は逆らわずに黙って受けとった。まる一昼夜、この子は何も食べていなかったのである。

「ほら、せっかくのきれいな服を箒でよごしたじゃないか」と、スカートの裾に汚ない大きな筋がついているのを見つけて、私は言った。

少女はそれを眺めていたが、驚いたことにはとつぜん茶碗を置き、一見ひどく冷静にモスリンのスカートを両手でつまんだと思うと、いきなり上から下まで一気に引き裂いた。そうやってから、何も言わずに、きらきら光る執拗《しつよう》なまなざしを私に向けた。その顔は蒼白《そうはく》だった。

「なんてことをするんだ、エレーナ」と、少女は気が狂ったに違いないと思って、私は叫んだ。

「こんなの、きたない服よ」と、興奮に喘《あえ》ぎながら少女は言った。「どうしてきれいな服なんて言ったの。私、こんな服、着たくない」。そして少女はとつぜん席から躍《おど》りあがって叫んだ。「破くわ。だれもいい服を着せてって頼んだんじゃないんだもの。ブブノワにむりに着せられたんだもの。前にも別の服を破いたから、これも破いちゃう！　破いちゃう！　破いちゃう！……」

そして少女は猛然とその哀れな服に襲いかかり、あっというまにずたずたに引き裂いてしまった。その仕事を終えたとき、エレーナは真《ま》っ蒼《さお》で、その場に立っているのがやっとのことだった。私はこの乱暴ぶりを茫然《ぼうぜん》と眺めていた。少女はまるで私も何かに責任があるとでも言わんばかりに、挑《いど》むような視線を私に注いだ。だが私はすでに自分の行動を決めていた。

先へのばさずに、今朝ただちに新しい服を買ってやらなければならない。この粗野で乱暴な少女にたいしては、善意をもって働きかける必要があるだろう。少女の目つきはまだ一度も善意の人間に逢《あ》ったことがない目つきだった。かつて残酷な処罰を覚悟のうえで別の似たような服を破いたのだとすれば、最近のあの恐ろしい一瞬を思い出させるこの服を、少女が激しい怒りをこめて見たことは当然である。古着市場へ行けば、小ざっぱりしたきれいな服を非常に安く買える。ただ困ったことに、私はそのときほとんど無一文だった。しかしゆうべ寝ながら決心したのだが、今日は金を借りるあてのある場所へ行ってみるつもりだった。それはちょうど古着市場の方角にあたる。私は帽子を手に取った。エレーナは何かを待ち受けるように、私の動きをじっと見守っていた。

「また私を閉じこめるの」と、私が鍵《かぎ》を出し、きのうやおとといと同じようにドアに鍵をかけようとすると、エレーナは訊《たず》ねた。

「あのね」と少女に近寄って私は言った。「怒らないでくれよ。だれか来るといけないから鍵をかけるのさ。きみは病気だから、こわい思いをしちゃいけないだろう。だれが来るか分ったもんじゃない。ひょっとしたら、ブブノワが来るかもしれないし……」

それはわざと言ったのだった。ドアに鍵をかけるのは、まだ少女を信用していなかったからなのである。どうも少女はとつぜん逃げ出しそうな気がしてならなかった。当分は用心するに越したことはない。エレーナが黙っていたので、私は今度もドアに鍵をかけた。

三年ほど前からある双書を出している出版屋を、私は知っていた。手っとり早く金を稼《かせ》ぎたいとき、私はよくそこから仕事を貰《もら》った。そこの払いはきちんとしていた。私はその出版屋へ出掛けて行き、一週間後に双書用の編纂《へんさん》記事を一つ渡す約束で二十五ルーブリだけ前借りした。しかし私は長篇の執筆を口実にして期日をのばすつもりだった。これは切羽詰ったとき私がよく使う手である。

金を手に入れると、私は古着市場へ行った。そこで顔見知りの古着商売の老婆《ろうば》をすぐ見つけ出した。そしてエレーナの背恰好《せかっこう》を言うと、老婆はたちまち明るい色の更紗《さらさ》の服をえらんでくれた。たいそう丈夫そうな、せいぜい一度しか洗濯したことのない服で、値段は馬鹿《ばか》に安かった。私はついでに肩掛けを買った。そして勘定を払いながら、ふと、エレーナには毛皮の胴着か、ケープか、そんなようなものが必要だと気がついた。寒さがつづいているというのに、少女には着るものがなんにもなかったのである。だがその買物は次にのばすことにした。エレーナは誇り高く怒りっぽい女の子である。この服だって、どんなふうに受けとってくれるか分ったものではない。私はわざと、なるべく安っぽくて見すぼらしい、これ以上は選びようもない不断着らしいのを選んだのだけれども。そう思いながらも、私はやはり木綿《もめん》の靴下を二足と、毛糸の靴下を一足買ってしまった。これは少女が病気であることと、部屋が寒いことを理由にして渡せばいいだろう。それから下着類もやはり必要だった。しかしそれはやはり少女ともう少し親しくなるまで遠慮することにした。代りにベッド用の古物のカーテンを買った――これなら必需品だから、エレーナも喜んでくれるに違いない。

買物をかかえて家に帰ったときは、もう午後一時だった。ドアの鍵はほとんど音を立てずにあけたので、エレーナは私が帰って来たことにすぐには気づかなかった。少女は机の前に立ち、私の本や原稿をいじっていた。私の足音を聞くと、あわてて読みさしの本をばたんと閉じ、赤くなって机から離れた。その本をちらりと覗《のぞ》くと、それは単行本として出版された私の処女作で、扉《とびら》には私の名前が印刷されていた。

「だれかがさっきドアを叩《たた》いたわよ」と、なぜ鍵をかけたのと嘲笑《ちょうしょう》するような口調で、少女は言った。

「お医者さんじゃなかったのかな」と私は言った。「返事をしなかったのかい、エレーナ」

「しなかった」

それにには答えずに、私は買物の包みをひらき、服を出した。

「ほら、どうだい、エレーナ」と、少女に近寄りながら私は言った。「そんなぼろを着てちゃ外を歩けないだろう。だから服を買ってきた。一番安い不断着だから、気がねはいらない。たった一ルーブリ二十コペイカだからね。さあ、頼むから着てみてくれないか」

私は服を少女のそばに置いた。少女はさっと顔を赤らめ、しばらくのあいだ目を大きく開いて私の顔を見つめた。

少女はひどく驚いていたが、同時に何かたいそう恥ずかしがっているように見えた。けれども何かやわらかなやさしい光がその目に宿った。少女が黙っているのを見て、私は机の方に向き直った。私の行為は明らかに少女の心を打ったらしい。だが少女はむりに自分を抑《おさ》え、うなだれたままじっと坐《すわ》っていた。

頭痛とめまいは募る一方だった。外の空気は少しも効《き》き目を現わさなかったようである。それにしてもナターシャの住居へ行かなければならない。私の不安はきのうから軽くなるどころか、ますます強まっていた。とつぜんエレーナが呼んだような気がした。私は振り向いた。

「外へ出るとき、もう閉じこめないでね」と、そっぽを向いて長椅子の毳《けば》をむしりながら、まるでその仕事に全身を打ちこんでいるような恰好で少女は言った。「私、ぜったい逃げないから」

「よし、エレーナ、ぼくも賛成だ。でも、だれか知らない人が来たらどうする。まだだれが来るか分らないよ」

「じゃ鍵を私に貸して。中から鍵をかけておくわ。だれかがドアを叩いたら、留守ですって言う」そして『ほらね、簡単なことでしょ！』とでも言いたげに、少女はいたずらっぽい目で私を見た。

「あなたの下着はだれが洗濯するの」と、私がまだ何も返事しないうちに、少女はだしぬけに訊ねた。

「この建物に雑役の女の人がいるんだ」

「私、お洗濯は上手《じょうず》よ。それから、きのうのスープはどこから持って来たの」

「食堂だよ」

「私、お料理もできる。これからは私がごはんを作るわ」

「いいよ、エレーナ。一体どんな料理を作るっていうの。そんなことばかり言うもんじゃない……」

エレーナは口をつぐみ、目を伏せた。私の言葉に悲しくなってしまったらしい。少なくとも十分間の沈黙がつづいた。私たちは二人とも押し黙っていた。

「スープ」と、うなだれたまま少女がとつぜん言った。

「スープがどうしたの。なんのスープ？」と私は驚いて言った。

「スープなら作れる。ママが病気のとき作ったのよ。市場に買い出しにも行った」

「ああ、エレーナ、きみは負けん気の子なんだね」と私は少女に近寄り、長椅子に並んで腰をおろしながら言った。「ぼくはね、きみにたいして、自分の心が命令するとおりに動いているんだ。きみは今一人ぼっちで、身寄りもいない不仕合せな身の上だ。だからぼくはきみの力になりたい。きみだって、もしもぼくが困っていたら同じように力になってくれるだろう？　ところがきみはそういうふうに考えないから、ぼくからのささやかな贈り物を受けとることさえ心苦しいんだ。まるでぼくがブブノワで、きみを叱るんじゃないかというように、すぐお返しをしたり、働いたりすることしか、きみは考えない。そうだとしたら恥ずかしいことだよ、エレーナ」

少女は唇《くちびる》を震わせ、返事をしなかった。何か言いたげだが、唇を噛《か》みしめ黙りこくっていた。私はナターシャのところへ行こうと立ちあがった。そして今度はエレーナに鍵を預け、もしもだれか来てドアを叩いたら、どなたですかと訊《き》いてみるように頼んだ。

ナターシャに何かよくないことが起り、今までにも一度ならずあったように、ナターシャがそれをまだ私に隠していることは確実であるように思われた。いずれにせよ、ナターシャの住居には、ほんのちょっとだけ寄ることにしようと私は心を決めた。でないと、私のしつこさにナターシャは苛立《いらだ》つかもしれない。

　果してそのとおりだった。またもや不満そうな厳《きび》しいまなざしでナターシャは私を迎えた。すぐ帰らなければならない。だが私は足ががくがくしていた。

「ちょっと寄っただけなんだ、ナターシャ」と私は喋《しゃべ》り始めた。「うちのお客さんをどうしたらいいか相談しようと思ってね」そして私は大急ぎでエレーナのことを残らず話し始めた。ナターシャは無言で聞いていた。

「どう言ったらいいか分らないわ、ワーニャ」とナターシャは答えた。「ちょっと変った子だということは分るけど。もしかしたら、ひどく痛めつけられて、おびえているのかもしれないわね。とにかく病気だけでも治《なお》してあげなければ。その子をうちに預けるつもり？」

「本人はどこへも行きたくないって言ってるんだけどね。それにきみのお父さんやお母さんがどんなふうに迎え入れてくれるかも、さっぱり分らないし。それはそうと、きみは元気だった？　きのうはなんだか具合がよくなかったみたいだったけど」と、私は恐る恐る訊ねた。

「ええ……今日もなんだか頭が痛くて」とナターシャはぼんやり答えた。「父か母に逢わなかった？」

「いや。あすは行ってみようと思ってる。あすは、ほら、土曜日だろう……」

「それがどうかしたの」

「晩に公爵《こうしゃく》が来るから……」

「だからどうなの。私は忘れていないわよ」

「いや、ぼくはただ……」

ナターシャは私の前で立ちどまり、永いこと私の目を見つめた。そのまなざしには何かかたくなな決意の色が見えた。何かしら熱っぽい病的な色が。

「あのねえ、ワーニャ」とナターシャは言った。「お願いだから帰ってくださらない？　ちょっと都合があるから……」

私は肘掛椅子《ひじかけいす》から立ちあがり、言うに言われぬ驚きの色を浮べてナターシャを見た。

「ナターシャ、きみは！　一体どうしたんだ。何があったんだ」と私は叫んだ。

「何もなかったわ！　何もかも、あすになれば分ることよ。今は一人でいたいの。お願い、ワーニャ、すぐ帰って。辛《つら》いのよ、あなたを見ていると辛いのよ！」

「しかし、せめて一言でも……」

「あす分るんですってば！　ああ、しつこいのね！　早く帰ってよ」

私は部屋を出た。あまりの驚きに、私は茫然としていた。入口の間へ、マーヴラが出て来た。

「どう？　怒ってたでしょ？」とマーヴラは私に訊ねた。「私はもう近寄るのもこわくって」

「一体どうしたんだろう」

「いえね、あいつがもう三日も顔を見せないのよ！」

「三日も？」と私はびっくりして問い返した。「だってナターシャはきのう言ったぜ、彼はきのうの朝来たし、晩も来ることになってるって……」

「とんでもない！　朝だって来やしなかったのよ！　間違いなく、もう三日も来ていないんですってば。朝来たって、ほんとに自分でそう言ったの？」

「そう言っていた」

「へえ」とマーヴラは考えこんだ。「あいつが来なかったことを、あんたにまで隠してるとこをみると、よっぽど辛いのね。まったく、薄情な男！」

「でも一体どういうことなんだろう？」と私は叫んだ。

「どうもこうも分りゃしませんよ」とマーヴラは両手をひろげて言葉をつづけた。「きのうは二度も私を使いにやろうとしたのはいいけど、二度とも途中で呼び返したのよ。今日はもう私に口をきこうともしないんだから。あんた、あの男に逢《あ》ってみてくれません？　私はなんだかナターシャから離れるのが恐ろしくて」

私は我を忘れて階段を駆け下り始めた。

「夕方には来てくれるわね？」と、うしろからマーヴラが叫んだ。

「まだ分らないよ」と私は走りながら答えた。「あんたに様子を訊きに来るかもしれないけどね。夕方まで生きていたらね」

ほんとうに、私は心臓のどまんなかを突き刺されたような気持だった。

第十章

私はまっすぐアリョーシャを訪《たず》ねた。青年はマーラヤ・モルスカヤ街の父親の家に住んでいた。一人暮しだというのに公爵《こうしゃく》の家はかなり広かった。アリョーシャはその家のすてきな二部屋を占領していた。私はその家を訪ねたことはめったになく、それまでに一度しか訪問しなかったように思う。アリョーシャのほうはしげしげと、とくにナターシャとの関係が始まった当時はよく私を訪ねてきたのだったが。

アリョーシャは不在だった。私はまっすぐ青年の部屋へ行って、次のような置手紙を書いた。

『アリョーシャ、きみは気が狂ったのですか。火曜の夜、お父様ご自身がナターシャにきみの妻になってほしいと申し出られ、きみがその申し出を喜んでいたことはぼくも目撃しましたが、だとすれば現在のきみの行状はいささか奇怪だと思います。きみは今ナターシャをどんな辛《つら》い目にあわせているか、自分で分っているのですか。いずれにせよ、この手紙を読んだら、未来の妻にたいするきみの振舞いがきわめて不穏当かつ軽率であることを悟ってください。きみにお説教などする権利がぼくにないことはよく分っていますが、それはこの際、無視させてもらいます。

二伸、この手紙のことはナターシャは全然知りません。また、きみの振舞いについて教えてくれたのもナターシャではありません』

私は手紙に封をして、アリョーシャの机の上に置いた。私の質問にたいして従僕は、アレクセイ・ペトローヴィチはほとんど家にいたことがなく、最近では帰宅は深夜か明け方近くのことが多い、と答えた。

私はやっとのことで家に帰り着いた。めまいはひどく、足は力が抜けて、がくがく震えた。部屋のドアはあいていた。部屋にはニコライ・セルゲーイッチ・イフメーネフがすわりこみ、私を待っていた。老人は机のそばにすわって、何も言わず、驚いたようにエレーナを眺《なが》め、エレーナもかたくなに黙りこみ、負けず劣らず驚いたように老人をじろじろ眺めているのだった。『これじゃあ』と私は思った、『さぞかし妙な女の子だと思われたに違いない』

「ああ、もう一時間も待っていたよ。しかし正直に言えば、意外だったな……こんな状態だとは思わなかった」と、部屋を見まわし、こっそりエレーナの方を目配せしながら老人は言った。老人の目には驚きの色があった。だがそばへ寄ってみると、その目には不安と悲しみが認められた。顔はふだんより蒼《あお》かった。

「まあ坐《すわ》ったらどうだ、坐りなさい」と、気ぜわしそうな不安な様子で、老人は言葉をつづけた。「いま急に来たのは、ちょっと用があってな。ところでお前、どうしたんだ。ひどい顔色だぞ」

「具合がよくないんです。朝からめまいがして」

「気をつけなくちゃいけない、油断は禁物だ。風邪《かぜ》でもひいたのかな」

「いや、ただの神経でしょう。ときどきこうなるんです。あなたはお元気ですか」

「大丈夫、大丈夫！　ちょっと興奮しているが。実は用事があるんだ。掛けなさい」

私は椅子《いす》を引き寄せ、老人と向き合って机の前に腰をおろした。老人は私のほうに顔を近づけ、半ば囁《ささや》き声で喋《しゃべ》り出した。

「あの子を見ないで、ほかの話をしているふりをするんだ。一体ありゃどういうお客さんだね」

「あとですっかりお話しします、ニコライ・セルゲーイッチ。あれは気の毒なみなし児でしてね、例のスミスの孫娘ですよ。ここに住んでいて、喫茶店で行き倒れになったスミスの」

「ああ、孫がいたのか！　しかし妙な子だなあ！　あの目つきがね！　いや、まったく、お前があと五分遅かったら、わしはこの部屋にいたたまれぬところだったよ。不承不承ドアをあけたはいいが、今まで一言も喋らないんだからな。なんだか人間離れしているようで、気味が悪くなってくる。しかしどうしてここに来たんだ？　ああ、分った、きっと爺《じい》さんが死んだことを知らずに、訪ねて来たんだな」

「そうなんです。とても不幸な子でしてね。スミスは息をひきとるとき、あの子のことを言っていました」

「ふむ！　爺さんといい孫といい、ふしぎな連中だな。まあ、あとで事情を話してくれ。もしできることなら、何か援助してやってもいいよ、そんなに気の毒な子だったら……ところで、今あの子にちょっと席を外《はず》してもらうわけにはいかないかね、ちょっと大事な用件だから」

「いや、あの子はどこにも行く所がないんです。ここに住んでるんですから」

私はなるべく手短に老人に事情を語り、あの子はまだ子供だから、あの子の前で話をしても構わないのだと言い足した。

「そう、まあ……子供には違いない。しかしお前にも呆《あき》れたな。一緒に暮しているとはな！」

そして老人はつくづく驚いたというように、もういちど少女を眺めた。エレーナは自分のことが話題になっているのを感じて、何も言わずにうなだれて坐ったまま、指先で長椅子の毳《けば》をむしった。もう新しい服を着ていたが、それはエレーナによく似合った。髪をいつもよりきちんととかしているのは、新しい服を着たためだろうか。そのまなざしの奇妙な野性味さえなかったら、たいそう可愛《かわい》い女の子なのかもしれない。

「簡単明瞭《めいりょう》に言うと、実はこういうことなんだ」と、老人は口を切った。「話せば長い、重要なことだけれども……」

老人は目を伏せ、思案をめぐらすような勿体《もったい》ぶった様子で、その気忙《きぜわ》しい喋り方や、「簡単明瞭」という予告にもかかわらず、話の最初の言葉を探しあぐねていた。『何事だろう』と私は思った。

「実はな、ワーニャ、大変な頼みがあって来たんだ。しかしその前に……今考えてみたんだが、若干の事情を説明する必要がありそうだ……きわめて微妙な事情だが……」

老人は咳払《せきばら》いをし、ちらっと私の顔色をうかがった。そしてたちまち顔を赤らめた。顔を赤らめ、自分の不器用な喋り方に腹を立てた。腹を立てて、ようやく決心がついたらしい。

「いや、何も今さら説明するほどのこともない。お前には分るだろう、単刀直入に言えばだね、わしは公爵に決闘を挑《いど》もうと思うんだ。それでお前にその世話をしてもらって、ついでに介添人になってもらいたい」

私は思わずたじろいで椅子の背にぶつかり、茫然《ぼうぜん》と老人の顔を見つめた。

「どうしてそんなに顔を見る！　わしは気が狂ったわけじゃないぞ」

「しかし、ニコライ・セルゲーイッチ！　どういう口実でです、どういう目的で？　それに第一そんなことは……」

「口実！　目的！」と老人は叫んだ。「冗談じゃない、わしは……」

「分りました、分りました、おっしゃりたいことは分ります。しかし、そんな突拍子もないことをして何になるんです！　決闘が何の解決になりますか。率直に言うと、ぼくにはわけが分らない」

「お前には分らんだろうと思っていたよ。いいかね、われわれの訴訟は終った（つまり、二、三日中に終る。あとは形式的な手続きが残っているだけだ）。わしは有罪ときまった。一万ルーブリ近くの金を払わなければならん。そういう判決なのだ。イフメーネフカの領地は抵当に取られる。つまり、あの卑怯者《ひきょうもの》は自分の金を保証され、わしはイフメーネフカ村を提供して借金を支払い、完全に両者の縁は切れるわけだ。そこでわしは頭をもたげる。公爵閣下、かくかくしかじかで、あなたはわしを二年間、侮辱しつづけた。

わしの名前に、わしの家族の名誉に泥を塗り、わしはそのすべてを耐え忍んだ！　今までわしはあなたに決闘を挑むことはできなかった。あなたはこう言ったに違いない、『ああ、狡《ずる》い奴《やつ》だ、遅かれ早かれ金を払えという判決が下るのを見越して、私を殺し、金を払わずにすます気だな！　いや、まず訴訟の結果を見よう、決闘はそれからだ』。しかし今こそ、公爵閣下よ、判決は下され、あなたの立場は保証された。すなわち面倒な問題は片付いたのだから、ひとつ決闘場へお越し願おう。とまあ、こういうわけなのさ。どうだね、これでもわしに復讐《ふくしゅう》の権利がないと思うか？　自分のために、今までのすべてのことのために、復讐する権利がないというのか！」

老人の目は輝いていた。私は無言でその顔を永いこと見つめた。相手の胸にひそむ考えを見抜きたかったのである。

「いいですか、ニコライ・セルゲーイッチ」とやがて私は、肝心な一言を、それなしには私たちがお互いに理解し合えない一言を言ってしまおうと決心して、答えた。「あなたはぼくになんでも打ち明けてくれますか」

「そうしよう」と老人はきっぱり答えた。

「では、はっきり言ってください。あなたを決闘にまで駆り立てたものは、復讐の気持だけですか、それとも何かほかの目的があるのですか」

「ワーニャ」と老人は答えた。「わしが話の中である問題についてはだれにも触れることを許さないのは知っているね。しかし今はその例外ということにしよう。お前がその利口な頭で、その点を避けて通るわけにはいかないことを、すぐ見抜いたからだ。そう、わしにはほかの目的がある。その目的とは、身を滅ぼしたわしの娘を救うこと、破滅への道から救い出すことなのだ。最近、あの娘が落ちこんでいる破滅への道からな」

「しかしそんな決闘などでナターシャを救えますか。それが問題ですよ」

「今やつらが企《たくら》んでいることを何から何まで邪魔してやるのだ。いいかね、父親のやさしさとか、そういうたぐいの弱みから、わしがこんなことを言うとは思わないでくれ。そんなことは愚の愚だ！　わしは自分の心の中身なぞだれにもあけて見せはしない。お前にだってそれは分らんだろう。娘はわしを棄《す》て、恋人と手をとりあって家出をした。わしはあの晩、娘をこの胸からえぐり出した、永遠にえぐり出したのだ、覚えているだろう。わしが娘の絵姿を抱いて泣いたとしても、それはすなわちわしが娘を赦《ゆる》したがっているということにはならん。あのときだって赦しはしなかった。わしは失われた幸福を思い、空《むな》しい夢を思って泣いたので、今の、あの娘を思って泣いたのではない。今でもわしはよく泣くんだ。それを認めることは少しも恥ずかしくないし、昔わが子をこの世の何にもまして愛していたことを認めるのも恥とは思わない。こういうことは一見わしの現在の行動と矛盾しているように見えるかもしれない。お前はこう言いたいんじゃないのか、もしそうなら、もし勘当した娘の運命に関心がないのなら、一体なんのために奴らの企みに干渉するのか、とな。答えよう。それは第一に下劣で狡猾《こうかつ》な男に凱歌《がいか》を上げさせたくないからだ。第二に、それは最も平凡な人間愛の感情のためなのだ。あれはすでにわしの娘ではないとしても、依然として弱い、よるべない、欺《あざむ》かれた人間であることに変りはない。しかも今、あの子は欺かれつづけ、決定的に破滅させられようとしている。それに正面から係り合うことはできないが、間接的に、決闘という方法で干渉することなら、わしにもできる。もしもわしが殺されたり、わしの血が流れたりした場合、まさか父親の死《し》骸《がい》を馬車で乗り越えたあの皇帝の娘のように(覚えているだろう、そんな本がうちにあったじゃないか、お前はあの本で字を覚えたっけ)あの娘が決闘場の柵《さく》をまたぎ、わしの死骸を乗り越えてまで、父親の下手人の息子と婚礼の席に進み出るようなことはあるまい? それにもし決闘ということになったら、あの公爵《こうしやく》親子も自分たちのほうから結婚を断わるだろう。要するに、わしはこの結婚を望まないから、全力をつくしてそれが成立しないようにするのだ。わしの気持が分ったかね」

「いいえ。もしもあなたがナターシャの仕合せを望むなら、なぜその結婚を、すなわちナターシャの名誉回復の機会を妨げようとするのですか。ナターシャにはまだこれから先の人生があるんですよ。あのひとには名誉回復が必要なんです」

「そういう世間の思惑は糞《くそ》くらえと、あれは思っているんじゃないのか! 何よりも重大な恥辱はこの結婚であり、ああいう卑劣な連中と、ああいう哀れむべき社交界と結びにつくことなのだ。それをあの娘は自覚しなければいかん。気高い誇り、それこそが世間にたいするあの子の返答なのだ。そうなった暁にこそ、わしは、あるいはあの子に手を差しのべるかもしれない。そのときこそ、わが子の顔に泥を塗るやつばらに思い知らせてやるのだ！」

この猛烈な理想主義に、私は呆れてしまった。しかしすぐ思い直した。老人は我を忘れて、熱っぽく喋りまくっているだけなのである。

「それはあまりにも理想的ですね」と私は老人に答えた。「したがって残酷ですね。あなたはナターシャに、たぶん生れるときから授けもしなかった力を要求しているんです。それにナターシャが結婚を承諾したのは、公爵夫人になりたいからなんかじゃない。ナターシャは愛しているんですよ。あれは情熱であり、宿命なんです。もう一つ、あなたはナターシャに世間の思惑を軽蔑《けいべつ》することを要求していながら、ご自分は世間の思惑に屈伏しておられるじゃありませんか。公爵があなたを侮辱し、あなたは下劣な策謀をめぐらして公爵家と姻戚《いんせき》関係を結ぼうとしたという疑いを公《おおやけ》の場に持ち出した。だから今、むこうから正式に申しこみがあったあとでナターシャ自身が縁談をことわれば、これは以前の中傷を最も完全かつ明白に覆《くつがえ》すことになる——そんなふうに思っておられるのじゃありませんか。そういうあなたの執心はすなわち公爵自身の意見に屈伏することなんです。あなたは公爵が自らの過《あやま》ちを認めることに執心しておられる。公爵をあざ笑い、公爵に復讐することに執心するあまり、あなたは娘さんの幸福を犠牲にしているんです。これはエゴイズムではなくて何でしょう」

老人は暗い苦々しげな顔で坐ったまま、永いこと一言も答えなかった。

「お前はわしを正しく理解していないよ、ワーニャ」と、やがて老人は口を開き、涙が睫毛《まつげ》にきらりと光った。「誓って言うが、お前は正しくない。しかしその話はやめよう！　お前にこの胸を断ち割って見せるわけにもいかないからな」と、老人は立ちあがり、帽子を摑《つか》みながら言葉をつづけた。「ただ一つだけ言えば、お前は今、娘の幸福を云々《うんぬん》したね。だがわしはその幸福を絶対に信じない。文字どおり信じない。この結婚は、たとえわしの妨害がなくたって、決して成り立ちはせんよ」

「それはどうしてです！　どうしてそうお考えになるんです？　ひょっとしたら何かご存知なのじゃありませんか」と、私は好奇心にかられて叫んだ。

「いや、特に何を知っているわけでもない。しかしあのいまいましい狐《きつね》が、そんな決心をするはずはないじゃないか。みんなでたらめだよ、罠《わな》だよ。わしはそう信じている。わしの言葉を覚えておきなさい、必ずそのとおりになるから。第二に、もしこの結婚が成立したとしても、それはあの卑怯者《ひきょうもの》に特別な、秘密の、だれも知らぬ打算があって、この結婚があいつの得になると判断された場合に限るのだよ。それが果してどんな打算なのかは、わしにも分らないが、しかしお前、自分で判断してごらん、自分の心に訊《き》いてごらん、ナターシャはこの結婚で仕合せになれると思うか？　世間の非難、さげすみ、しかも相手はただの小僧っ子だ。もう今からナターシャの愛情をもてあまし気味の小僧っ子だ。結婚したらたちまち、ナターシャを尊敬しなくなるばかりか、侮辱したり、蔑《さげす》んだりし始めるだろう。むこうの熱がさめるにつれて、あの子の情熱は募るばかりだ。嫉妬《しっと》、苦しみ、地獄、離婚、ひょっとすると、刃傷沙汰《にんじょうざた》にさえなりかねない……いかんな、ワーニャ！　もしお前たちがそんなことのお膳立《ぜんだ》てをして、お前がその片棒をかついでいるのだったら、今から警告しておくが、いずれ神様の前で責任を問われることになるだろうよ。そうなってからではもう遅い！　じゃ、さようなら！」

私は老人を引きとめた。

「それだったら、ニコライ・セルゲーイッチ、こう決めましょう。もう少し待ってみませんか。信じてほしいのですが、この事件を見守っているのは一人や二人ではありません。たとえばその決闘のような、暴力的で人為的な解決でなくとも、事件はおのずから一番いいように解決するかもしれない。時間は最良の解決者ですよ！　それに、失礼だけれども、あなたの計画は全くの不可能事です。公爵があなたの挑戦《ちょうせん》に応じるだろうなんて、本気で思っておられるんですか」

「応じないわけがあるものか。お前こそ、しっかりしろ！」

「いや、賭《か》けてもいい、応じませんね。非の打ち所のない言い逃《のが》れをするにきまっています。ペダンチックな勿体《もったい》ぶった物言いでうまく逃げるでしょう。そしたら、あなたは完全に物笑いのたねにされる……」

「よしてくれ、お前、冗談じゃない！　あんまりわしの出鼻をくじくようなことを言うな！　どうしてあの男が挑戦に応じないんだね。ワーニャ、お前はまるで詩人だよ。まったく、本物の詩人そっくりだ！　それともなにか、わしと決闘するのは世間体の悪いことだとでも言うのか？　わしはあの男と同等だぞ。わしは老人であり、辱《はずか》しめられた父親だ。お前はロシアのひとかどの文学者だから、介添人の資格は充分にあるし……それに……この上、何が必要なんだ。わしにはさっぱり分らんな……」

「今に分ります。あの男はきっと上手《じょうず》な口実を見つけるでしょう。だれよりもまずあなたご自身が、公爵と決闘することは絶対に不可能だと納得されるような、そういう口実をね」

「ふむ……まあいい、お前の言うとおりにしよう！　待つことにするよ。もちろん、このしばらくのあいだだけだが。時がどう解決してくれるか見ていることにしよう。しかし、いいかね、一つだけ約束してくれ。むこうにも、アンナ・アンドレーエヴナにも、この話はしないこと。いいね？」

「約束します」

「それから、ワーニャ、お願いだから、今後二度とわしにこの話を切り出さないでくれ」

「ええ、約束します」

「それからもう一つ頼みがある。お前はうちなんかへ来ても退屈だろうが、もしなろうことなら、ちょくちょく遊びに来てくれないかな。アンナ・アンドレーエヴナはお前がとても好きだし……それに……お前が来ないと淋《さび》しがるし……分るだろう、ワーニャ」

そして老人は私の手を固く握りしめた。私は誠意をこめて約束した。

「さてと、ワーニャ、最後にもう一つデリケートな問題がある。お前、金はあるのか」

「お金ですか！」と私は驚いて鸚鵡《おうむ》返しに言った。

「そうだよ（老人は赤くなり、目を伏せた）。どうもお前の住居や……環境を見ていると……それにいろいろ不時の出費もあることだろうし（特に今はな）それで……まず、さしあたり、この百五十ルーブリを……」

「百五十ルーブリをさしあたりですって！　訴訟に負けたあなたからですか！」

「ワーニャ、お前にはどうもわしの気持が分らんらしいな！　不時の出費というのはよくあるものなんだよ、そこを考えなくちゃいけない。金というものは、場合によっては、人の立場や、人の決断を自由にする効能があるんだ。今のお前には不必要かもしらんが、将来も不必要かどうかはだれにも分らない。いずれにしろ、これは置いて行くよ。今は搔《か》き集めてもこれくらいしかないんだ。費《つか》わなかったら返してくれればいい。じゃ、わしはもう帰ろう！　ああ、お前の顔は蒼《あお》いな！　まるで病人だ……」

私は逆らわずに金を受けとった。老人がなんのためにその金を置いて行くのかは、あまりにも明瞭《めいりよう》だった。

「立っているのがやっとなんです」と私は答えた。

「用心しろよ、ワーニャ、くれぐれも用心するんだよ！　今日はどこへも出るな。アンナ・アンドレーエヴナにもお前の様子を話しておこう。医者を呼ばなくてもいいのか？　あす見舞いに来るからな。まあ自分の足が立つあいだは、わしも一生懸命やろう。お前はもう横になったほうがいい……じゃ、さようなら。さようなら、娘さん。おや、そっぽを向いてしまった！　あのな、ワーニャ！　ここにもう五ルーブリ置くから、これは娘さんにあげなさい。でもわしがくれたとは言わないでな、なんとはなしに費うといい、その、靴とか、下着とか、そういうことにな……そういう費用も馬鹿《ばか》にならんよ！　じゃ、さようなら……」

私は老人を門まで送って行った。門番に食べものを運んでもらうよう頼みに行かなければならない。エレーナはまだ昼食をとっていなかった……

第十一章

だが家に帰った途端、激しいめまいに襲われて、私は部屋のまんなかに倒れた。エレーナの叫び声だけが記憶に残っている。少女は驚きに両手を打ち合せ、私を支えようと飛んで来た。それが私の記憶に残る最後の瞬間だった。

それからすでに寝床に横たわっていた自分を記憶している。エレーナがあとで話してくれたところによれば、ちょうどそのとき食べものを運んで来た門番に手伝ってもらって、少女は私を長椅《ながい》子《す》に移したのだった。私は何度か目をさまし、そのたびに自分の上にかがみこんでいるエレーナの同情に満ちた心配そうな顔を見た。だがそれらのことは靄《もや》に包まれ、夢の中の出来事のように覚えているだけであり、哀れな少女の可愛《かわい》い姿は、まるで幻影か絵姿のように夢現《ゆめうつつ》の中に見え隠れするのだった。少女は私に飲みものをすすめたり、寝床を直してくれたり、あるいはおびえた悲しそうな顔つきで私の前にすわり、小さな指で私の髪を撫《な》でてくれたりした。一度、私の顔にそっと接吻《せっぷん》してくれたのを覚えている。また別のときは、夜中にふと目がさめると、長椅子のそばに引き寄せられた小机の上の蠟燭《ろうそく》は今にも燃えつきそうで、その光の中でエレーナは、私の枕《まくら》に顔を伏せ、蒼《あお》ざめた唇《くちびる》を半ば開き、暖かい頰《ほお》に掌《てのひら》をあてて、見るからに臆病《おくびょう》そうな恰好《かっこう》で眠っていた。だが、私がはっきり目をさましたときは、もう早朝だった。蠟燭は完全に燃えつきていた。夜明けのばら色の光線がすでに壁の上で踊っていた。エレーナは机の前の椅子に腰かけ、机の上にのせた左腕に疲れた頭を横たえて、ぐっすり眠っていた。今でも覚えているが、私はそのあどけない顔を、だが夢の中ですらなんだか大人びた悲しみの表情や、妙に病的な美しさをたたえたその顔をつくづく眺《なが》めたのだった。その顔は蒼白く、痩《や》せた頰に長い睫毛《まつげ》が影を落し、漆黒《しっこく》の髪は無造作にたばねられ、一方の側に重そうに垂《た》れていた。少女の右手は私の枕の上に置かれていた。私はその痩せた手にそうっと接吻したが、哀れな子供は目をさまさず、ただその蒼ざめた唇を微笑らしきものがかすめて通りすぎた。私はいつまでも少女を眺めているうちに、穏やかな快い眠りに落ちた。次に目がさめたときは、もう正午に近かった。健康はほとんど回復したように思われた。ただ手足の力が抜けた感じとだるさが、きのうからの病気を物語っていた。こういう神経性の急激な発作は、以前にもときどき起ったので、私はよく心得ていた。この病気はふつうたいてい一昼夜で峠を越すのだが、その一昼夜の激しい苦痛は耐えがたいものだった。

もう正午に近かった。私が最初に見たものは、部屋の片隅《かたすみ》に張られた綱と、そこにぶらさがっている、きのう買って来たカーテンだった。エレーナがちゃんとこの部屋に自分の片隅を確保したのである。少女はストーブの前にすわり、湯を沸かしていた。私が目をさましたことに気づくと、少女は明るく微笑し、すぐ寄って来た。

「ありがとう」と私は少女の手をとって言った。「きみは一晩中ぼくを看病してくれたんだね。そんなにいい子だとは知らなかった」

「看病したなんて、どうして分るの。私は一晩中寝てたかもしれないわよ」と、恥じらいを含む善良ないたずらっぽさをこめて私を見つめ、同時に自分の言葉に赤くなりながら少女は訊《たず》ねた。

「ときどき目をさまして、ちゃんと見ていたんだ。きみが眠ったのは明け方だろう」

「……」

「お茶を飲む？」と、その話をつづけられては困るというように、少女は私の言葉をさえぎった。純粋で、厳格に近いほど正直な心のもちぬしは、面とむかって褒《ほ》められたとき、きまってこんな態度に出るものである。

「飲もう」と私は答えた。「でも、きみはきのう昼ごはんをたべた？」

「昼はたべなかったけど、晩ごはんはたべたわ。門番のおじさんが持ってきてくれたの。でも話をしちゃ駄目《だめ》。静かに寝てらっしゃい。まだすっかりよくなってないのよ」と、茶を運んで来て、私のベッドに腰かけながら少女は付け加えた。

「寝るなんて、とんでもない！　夕方までは寝ているけれども、そのあと出掛けてくるよ。どうしても行かなきゃならないんだ、レーノチカ」

「どうしてもなの！　でもだれのとこへ行くの？　きのうのお客さんのとこじゃないでしょうね」

「そう、きのうのお客さんのとこじゃない」

「よかった。だってあの人がきのうあなたを病気にしたんだもの。じゃ、あの人のお嬢さんのとこ?」

「おや、どうして知ってる、あの人のお嬢さんのことなんか?」

「きのう、すっかり聞いちゃったもの」と少女は目を伏せて答えた。

少女の顔は曇った。眉《まゆ》が寄っていた。

「わるいお爺《じい》さんね、あの人」と、やがて少女は付け足した。

「きみはあの人をよく知らないんだ。逆に、とてもいい人なんだよ」

「ちがう、ちがうわ。意地悪な人よ。私ちゃんと聞いてた」と、少女はむきになって答えた。

「聞いたって何を?」

「お嬢さんを赦《ゆる》さないって言ってた……」

「でもあの人は娘さんを愛してるんだ。娘さんがいけないことをしたので、とても心配したり、苦しんだりしてるんだ」

「じゃ、どうして赦さないの。でも今から赦したって、お嬢さんはあの人のとこへ帰らないわね」

「なぜ? どうして?」

「だってあの人はお嬢さんに愛されるだけの値打ちのない人だからよ」と少女は熱っぽ

く答えた。「お嬢さんはあんな人からはきっぱり離れて、乞食《こじき》でもすればいいんだわ。自分の娘が乞食をしているのを見て、あの人はうんと苦しめばいいんだわ」

少女の目はきらきら光り、頰《ほお》は燃えていた。『これはただわけもなく口走っているのではないようだ』と私はひそかに思った。

「私を預けようと思ったのは、あの人の家なの」と、少し黙っていてから、少女は言い足した。

「そうだよ、エレーナ」

「いやよ、女中にでも行ったほうがましだわ」

「ああ、きみの言うことはどうもよくないな、レーノチカ。それに馬鹿《ばか》げている。一体だれに雇ってもらうつもりだい」

「どっかのお百姓でもいいわよ」と、ますますうなだれて、少女は苛立《いらだ》たしそうに言った。この子はひどく怒りっぽい性質らしい。

「お百姓だって、そんな女中は要《い》らないとさ」と、私はにやにや笑いながら言った。

「じゃ、お屋敷でもいい」

「きみのような性質の子がお屋敷奉公か」

「そう」苛立てば苛立つほど少女の答はぶっきらぼうになった。

「辛抱しきれないだろう」

「辛抱する。叱《しか》られたら、わざと黙っててやるの。ぶたれても黙ってる。どんなにぶたれたって絶対に泣かないの。私が泣かないから、むこうは余計いらいらしちゃうの」

「驚いたな、エレーナ! きみはなんという強情な子だろう。それにプライドが高い! よっぽど辛《つら》い目にあったんだな……」

私は立ちあがり、自分の大きな机に近寄った。エレーナは長椅子にすわったまま、物思わしげに目を伏せ、毳《けば》をむしった。何も喋《しゃべ》ろうとしない。『私の言葉に腹を立てたのかな』と私は思った。

机のかたわらに立って、きのう双書の原稿を書くために借りてきた本を、私は機械的に拡《ひろ》げ、いつのまにか夢中でそれを読んでいた。これは私の癖で、ちょっと調べようと思って拡げた本を読みふけり、何もかも忘れてしまうのである。

「いつもそこで何を書いてるの」と、そっと机に寄って来たエレーナが、おずおずと微笑を浮べて訊ねた。

「何って、レーノチカ、いろんなことさ。これでお金を稼《かせ》ぐんだ」

「お役所に出す書類?」

「いいや、書類じゃない」そして私は、いろんな人間のいろんな物語を書いていること、その物語を本にしたものが中篇とか長篇とか呼ばれることを、できるだけ分りやすく説明してやった。少女は好奇心たっぷりで聞き入った。

「じゃ、本当にあったことを書くわけ？」

「いや、自分で考え出すんだ」

「どうしてそんな嘘《うそ》を書くの」

「じゃ、この本を読んでみてごらん。きのう、きみはこの本を見ていただろう。字は読めるね？」

「読める」

「じゃ読んでごらん。この本はぼくが書いたんだ」

「あなたが？　読んでみる……」

少女は何か言いたそうなそぶりを見せたが、遠慮したらしい。何やらひどく興奮していた。少女の質問の裏には何かが隠されているようである。

「それで、本を書くと、お金をたくさんくれる？」と、やがて少女は訊ねた。

「そのときによりけりだね。たくさんのときもあるし、一文にもならないときもある。仕事がうまくいかないときはね。とてもむずかしい仕事なんだよ、レーノチカ」

「じゃ、あなたはお金持じゃない？」

「そう、金持じゃない」

「だったら私が働いて、あなたを助けるわ……」

少女はちらっと私を見て、赤くなり、目を伏せた。そして二、三歩寄って来たかと思うと、とつぜん両手で私に抱きつき、私の胸に顔を押しつけた。私はぎょっとして少女を見つめた。

「私あなたが大好きよ……私、負けん気なんかじゃない」と少女は言った。「きのう、私のこと負けん気だって言ったわね。ちがう、ちがうの……私そんなんじゃない……あなたが大好きなの。私を可愛《かわい》がってくれたのはあなただけ……」

だが涙がこみあげて、少女は口がきけなくなった。まもなく、きのうの発作と同じくらいの強さで、嗚咽《おえつ》が胸の底からほとばしり出た。少女は私の前にひざまずき、私の手や足に接吻した……

「あなたは可愛がってくれる！……」と少女は繰返した。「あなただけよ、あなただけ！……」

そして少女は発作的に両手で私の膝《ひざ》を抱きしめた。永いこと抑《おさ》えつけられていた感情のすべてが、とつぜん抑えがたい発作となって外にあふれ出したのだ。時期がくるまで心の中に純潔に秘めておいた、この奇妙にかたくなな気持が、私には分るような気がした。それはかたくなであればあるだけ、激しければ激しいだけ、外へ流れ出たいという欲求はますます強まり、ついには避けがたい激情の発作となるのである。そして全存在はだしぬけに我を忘れて、この愛と感謝の欲求に、愛撫《あいぶ》と涙におのれをゆだねる……

少女の号泣は凄《すさ》まじく、とうとうそれはヒステリーの発作に変った。私を抱きしめていた両手を、私はむりやりふりほどいた。そして少女を抱きあげ、長椅子《ながいす》へ運んだ。私を見るのが恥ずかしいように、顔を枕に押しつけ、それでも小さな手で私の手をしっかり握りしめ自分の胸に押しあてて、少女は永いあいだ泣きつづけた。

泣き声は少しずつ静かになったが、少女はなかなか顔を上げようとしなかった。二度ばかり、少女はちらっと私の顔を盗み見たが、その目には測り知れぬやさしさがあり、ふたたび身をひそめた臆病な感情がこめられていた。やがて少女は顔を赤らめ、にっこり笑った。

「楽になった?」と私は訊ねた。「病気のせいかな、そんなに感じやすいのは、レーノチカ?」

「レーノチカじゃない、ちがう……」と依然として顔を隠したまま、少女は囁《ささや》いた。

「レーノチカじゃない? じゃ、何と呼べばいいの」

「ネリー」

「ネリー? どうしてネリーなんだい。でもすてきな名前だね。きみがそのほうがいいんなら、そう呼ぶことにしよう」

「ママがそう呼んでたの……ママだけよ、私をそう呼んでくれた人は……ママのほかにはだれにもそう呼ばれたくなかった……でもあなたならいいわ……私あなたをいつまでも愛するわ、いつまでも……」

『愛と誇りに満ちた心』と私は思った。『たいへんな苦労だったよ、きみが……ネリーになるまでが』。だが今や少女の心は永遠に私に捧《ささ》げられたのだ。それが私にはよく分った。

「ネリー、あのね」と、少女が落着いたのを見て私は訊ねた。「きみは今、愛してくれたのはママだけで、ほかにはだれもいなかったと言ったね。でも、お祖父《じい》さんはきみを愛していなかったの」

「いなかった……」

「でも、覚えてるだろう、そこの階段のところで、きみはお祖父さんのことを思って泣いたじゃないか」

少女はちょっと考えこんだ。

「ううん、お祖父さんは愛してくれなかった……意地悪な人だった」そして何か病的な感情の動きが少女の顔に現われた。

「しかしそれはお祖父さんに要求しても無理なことじゃなかったのかな、ネリー。あの人はすっかり耄碌《もうろく》していたみたいだろう。亡《な》くなったときは気違いみたいだったからね。亡くなったときの様子は、きみにも話したとおりだ」

「ええ、でもぼけてしまったのは死ぬ一月前ぐらいからなの。この部屋に一日じゅう坐《すわ》ったっきり。私が来なければ、食べも飲みもしないで二日でも三日でも坐ってるの。前はそんなじゃなかったんだけど」

「前って、何の前？」

「ママが生きていた頃」

「じゃ、食べものや飲みものを運んで来たのは、きみだったんだね、ネリー」

「そう、私も運んできた」

「どこから貰《もら》って来たの？　ブブノワから？」

「ううん、ブブノワから貰ったことなんか一度もない」と震え声で少女はむきになって言った。

「じゃ、どこで貰って来たの？　だってきみにはお金がなかったんだろう？」

ネリーは口をつぐみ、恐ろしいほど蒼《あお》ざめた。それから食い入るように私の顔を見つめた。

「道で乞食をしたの……五コペイカ溜《たま》ると、お祖父さんにパンや嗅《か》ぎ煙草《たばこ》を買ってあげたの……」

「お祖父さんはそれを許していたのか！　ネリー！　ネリー！」

「初めは何も言わないで、私一人でやったのよ。でも、それが分ると、お祖父さんは早く行けってせきたてるようになったわ。私が橋の上で乞食をすると、お祖父さんは橋のたもとで待ってるの。だれかがお金を恵んでくれると、すぐ飛んで来て、そのお金を取り上げるの。私はお祖父さんのために乞食をしていたんだから、くすねたりしやしないのに」

そう言いながら少女は皮肉な苦い微笑を浮べた。

「みんなママが死んだあとのことよ」と少女は付け加えた。「それからよ、お祖父さんが気違いみたいになったのは」

「とすると、お祖父さんはきみのママをとても愛していたんだね。どうして一緒に暮さなかったんだろう」

「ううん、ママを愛してなんかいなかった……意地悪だから、ママを赦さなかったの……きのうの意地悪なお爺さんと同じよ」と、ますます蒼ざめながら、少女はほとんど囁き声で言った。

私は身震いした。大長篇小説の発端が私の胸にひらめいた。葬儀屋の地下室で死ぬ哀れな女、自分の母親を呪《のろ》いつづけた祖父をときどき訪れるみなし児《ご》の娘、飼犬の死んだあと喫茶店の店先で倒れる気の狂った変り者の老人！……

「あのアゾルカは前はママの犬だったのよ」と、何かを思い出してにこにこしながら、とつぜんネリーは言った。「お祖父さんは昔はママをとても愛していたの。ママが家出をしたあと、ママのアゾルカが残ったわけ。だからお祖父さんはアゾルカをとても愛していたの……ママのことを赦さなかったから、犬が死ぬと自分も死んじゃったのよ」と、ネリーは厳《きび》しく付け加え、その顔から微笑が消えた。

「ネリー、お祖父さんは昔どういう人だったの」と、少し間をおいてから私は訊《たず》ねた。

「昔はお金持だったんだって……何をしていたかは知らない」と少女は答えた。「工場を持ってたんだって……ママがそう言ってた。私がまだ小さかったから、詳しいことは話してくれなかったの。いつもママは私にキスして、今に分るわ、時が来れば分るわ、かわいそうな子、不仕合せな子！　って言った。いつも、かわいそうな子、不仕合せな子って。夜なんかも、私が眠ってると思って（ところが私はわざと眠らないで、眠ってるふりをしてたのよ）私の顔をのぞいて涙を流したり、キスしたりして言うの、かわいそうな子、不仕合せな子、って」

「お母さんはなんで亡《な》くなったの」

「肺病。もう六週間経《た》ったわ」

「お祖父さんがお金持だった頃のことを覚えてる？」

「だって私はまだ生れてなかったもの。ママは私が生れる前に家出をしたの」

「だれと家出をしたの」

「知らない」とネリーは小声で、物思いに沈むように答えた。「ママはそのとき外国へ行って、私は外国で生れたのよ」

「外国で？　どこの外国？」

「スイス。私いろんな国へ行ったわ。イタリアにも行ったし、パリにも行ったし」

私は驚いた。

「外国のことを覚えてるのかい、ネリー」

「いろんなことを覚えてる」

「でもきみはどうしてそんなにロシア語がうまいんだ、ネリー」

「まだ外国にいた頃からママがロシア語を教えてくれたの。ママはロシア人だったのよ。ママのお母さんはロシア人だったの。お祖父さんはイギリス人だけど、ロシア人とおんなじだったわ。それで一年半ぐらい前にママと外国から帰って来て、私、完全に覚えてしまった。ママはその頃から病気だったわ。私たちはどんどん貧乏になった。ママは泣いてばかり。初め、このペテルブルグで永いことお祖父さんを探《さが》したの。お祖父さんにすまないって、ママは泣いてばかり……とっても泣いたわ！　そしてお祖父さんが貧乏してるって分ったら、もっと泣いたわ。それで手紙を何度も出したけど、お祖父さんは返事をくれないの」

「ママはなぜここへ帰って来たんだろう。お父さんに逢《あ》いに来ただけかな」

「知らない。外国じゃとても暮しよかったのよ」ネリーの目は輝いた。「ママと私と二人だけでね。ママにはお友達がいたわ。あなたみたいに親切な男のひと……こっちにいた頃からの知り合いなんだって。でもそのひとがむこうで死んだから、ママは帰って来たの……」

「じゃ、ママがお祖父さんの家を出たときは、そのひとと一緒だったのかな」

「ううん、そのひとじゃないの。ママがお祖父さんの家を出たときは、ほかの人と一緒だったんだけど、そのひとはママを棄《す》てたの……」

「それはだれなの、ネリー？」

ネリーは私の顔を見たが、何も答えなかった。母親が家出をしたとき一緒だった男、たぶん自分の父親であるその男を、ネリーは明らかに知っているようだった。私にさえもその名前を言うことは辛《つら》いのだろう……

私は質問攻めでネリーを苦しめたくなかった。この少女は奇妙にむらのある性質のもちぬしで、情熱的かと思うと自分の激情を抑えるし、人に同情するかと思えば自分の誇りと殻の中に閉じこもってしまう。私と知り合って以来、この子は心の底から、明るい澄み切った愛をもって私を愛し、その愛は思い出すだに胸が痛む今は亡き母親への愛に匹敵するものだったけれども――にもかかわらず、ネリーが私にその愛をあらわに示すことは稀《まれ》であり、この日を除いては、過去を語りたがることはめったになかった。それどころか妙に厳しく私を避けたのである。だがこの日は数時間にわたって、苦悩と発作的な慟哭《どうこく》に言葉を途切らせながら、ネリーはその思い出の中で何よりも自分の心を波立たせ苦しめていた出来事を、残らず私に打ち明けたのだった。私はこの恐ろしい物語を決して忘れないだろう。だが、ネリーにまつわる物語の本筋は、まだこれから先のことなのである……

それは恐ろしい物語だった。それは仕合せを失い、見棄てられた一人の女の物語である。女は病み、あらゆる人に苦しめられ、棄てられた。頼りにできる最後の人間——自分の父親にさえ斥《しりぞ》けられた。その父親はかつて娘に恥をかかされ、その結果、耐えがたい苦痛と屈辱に正気を失った。それは絶望の淵《ふち》に突き落された一人の女の物語である。女は冷たい薄汚《うすよご》れたペテルブルグの町々を、自分ではまだ赤ん坊とばかり思っていた娘の手を引いて歩きまわり、物乞《ものご》いをした。そして湿っぽい地下室で何カ月も死の床に横たわり、父親は最後の瞬間まで娘を赦《ゆる》そうとせず、最後の瞬間にふと我に返り、娘を赦そうと駆けつけたが、かつてこの世の何にもまして愛した娘は冷たい屍《しかばね》と化していた。それは正気を失った老人とその小さな孫娘とのあいだの、神秘的な、ほとんど不可解ないきさつの奇妙な物語である。孫娘はすでに老人の気持を理解し、その幼さにもかかわらず、何不自由ない順調な暮しでは何年かかっても思い及ばぬ多くのことを理解していた。それは陰惨な物語だった。重苦しいペテルブルグの空の下で、実にしばしば、しかも人知れず、ほとんど神秘的に繰りひろげられる、陰惨で残酷な数知れぬ物語の一つである。大都会の薄暗い秘密の片隅《かたすみ》では、愚鈍なエゴイズム、衝突する利害、陰気な放蕩《ほうとう》、ひそかな犯罪など、不条理な人間生活が煮えたぎる。それらもろもろの無意味かつ異常な生活の絶望的な地獄絵図……

だがその物語は、まだこれから先のことなのである……

第三部

第一章

すでによほど前から黄昏《たそがれ》がたれこめ、もう夜だった。私はふと暗い悪夢から我に返り、現実を思い出した。

「ネリー」と私は言った。「きみは今、病気で、調子がよくないのに、その千々《ちぢ》に乱れ涙に暮れているきみを一人残して、ぼくは行かなきゃならない。どうか、ぼくを赦《ゆる》しておくれ！　ほかにもう一人、赦されていない女《ひと》がいるんだ。辱《はずか》しめられ、見棄《みす》てられた可哀想《かわいそう》な女《ひと》がいるんだ。それを分っておくれ。そのひとはぼくを待っている。それにぼくも、今きみの話を聞いたら、いたたまれない気持なんだ。今すぐそのひとに逢《あ》わないとね……」

この言葉をネリーが果して理解したかどうかは分らない。少女の物語と、さきほどまでの病気に、私は心乱れていたが、とにかくナターシャの住居へ急行した。着いたときはもうかなり遅く、八時をまわっていた。

まだ通りを歩いていたときから、ナターシャの住んでいる建物の門の前に、私は一台の馬車を認めた。それはどうも公爵《こうしゃく》の馬車のように見えた。ナターシャの住居の入口は中庭に面している。その階段を昇《のぼ》り始めた途端に、上の方から人の足音が聞えた。どうやらこの建物に不案内らしく、用心しいしい手探りで昇って行く男の足音である。きっと公爵に違いないと私は思ったが、すぐに思い直した。その見知らぬ男は昇って行きながら、しきりにぶつぶつと足場の悪さを呪《のろ》っていたのだが、上へ行くにつれてその声はますます大きく激しくなった。むろん、この階段は狭く、薄汚《うすぎた》なく、急勾配《こうばい》で、今までに一度だってあかりのついていたためしはない。だが三階あたりから始まったこの悪口雑言は、公爵の口から出たものであるとはどうしても信じられなかった。階段を昇って行く男の罵声《ばせい》はまるで辻《つじ》馬車の御者のそれにそっくりだったのである。だがナターシャの住居の戸口に小さなあかりがついていたので、三階から上は少しずつ明るくなり始めた。そしてナターシャの住居の前で、私はようやく見知らぬ男に追いつき、それがやはり公爵であることが分って仰天した。相手も、こんなふうに私とばったり顔を合わせるのは不愉快そうに見えた。最初の瞬間、公爵は私の顔が分らなかったらしい。だが、とつぜんその顔つきが一変した。初めの意地悪そうな憎々しいまなざしは途端に愛想のよい明るい目つきに変り、公爵は妙に喜ばしげに手を差しのべた。

「ああ、あなたでしたか！ いや、もう少しでひざまずいて、命ばかりはお助けをと言うところでした。私が悪態をついていたのをお聞きになりましたね？」

そして公爵はいかにも人がよさそうに大声をあげて笑った。だが、その顔にとつぜん真剣な、心配そうな表情が浮んだ。

「それにしてもアリョーシャは、ナターリヤ・ニコラーエヴナをよくもこんな所に住まわせておけるものだ！」と頭を振りながら公爵は言った。「こういう些細なことから人柄が知れるものですからね。私はアリョーシャが心配です。あれは人のよい、やさしい心のもちぬしですが、早い話がこのとおりです。夢中で愛している相手を、こんな犬小屋のような所に住まわせておく。私の聞いたところでは、食うや食わずのときもあったとか」と、ベルの引き手を探《さが》しながら公爵は小声で付け足した。「まったく、息子の将来を考えると、頭が痛いです、いや、息子よりも、アンナ・ニコラーエヴナがあれの妻になったときのことを考えますとね……」

公爵は名前を間違えたが、ベルが見つからないのでいらいらして、その間違いに気づかないのだった。だがベルなどはもともとありはしないのである。私がドアの把手《とって》をがちゃがちゃいわせると、マーヴラがすぐにドアをあけ、あたふたと私たちを迎え入れた。板の間仕切りで、小さな玄関の間から仕切られている台所には、何かいろいろと支度されているのが、あけ放した戸口を通して見えた。どこもかしこも普段とは違ってきれいに拭《ふ》き掃除がしてあった。暖炉には火が燃え、テーブルの上には新しい食器が並べられていた。明らかに私たちを待っていた様子である。マーヴラはあたふたと私たちの外套《がいとう》を脱がせにかかった。

「アリョーシャは来ている？」と私は訊《たず》ねた。

「それがずっと来ないのよ」とマーヴラは妙に秘密めかして私に囁《ささや》いた。

私たちはナターシャの部屋に入った。その部屋にはとくに支度をした様子はなかった。何もかもが普段のままである。もっともナターシャの部屋はいつも小ざっぱりと片付いていたから、とりたてて何かを片付ける必要はないのだった。ナターシャはドアの前に立って私たちを迎えた。その死人のような頰に一瞬、赤みがさしたが、その顔の病的なやつれ方と異常な蒼白《あおじろ》さに、私はびっくりした。目は熱に浮かされたように輝いていた。ナターシャは明らかにそわそわしながら、無言でせわしげに公爵に手を差し出した。私には目もくれない。私は立ったまま黙って待っていた。

「やっと来ました！」と親しげな快活な口調で公爵は喋《しゃべ》り出した。「つい二、三時間前に帰って来たばかりです。あれ以来ずっと、あなたのことが頭を離れず（公爵はやさしくナターシャの手に接吻《せっぷん》した）いくたび、いくたびあなたを思い出したことでしょう！　あなたに申し上げること、お伝えすることを何度心の中で繰返したことでしょう……やっとゆっくりお話できるときが来ました！　ところで、うちのおっちょこちょいはまだこちらへ来ていないようですな……」ナターシャは顔を赤らめ、そわそわしながら、相手の話をさえぎった。「失礼ですけれど、公爵」と、ナターシャはイワン・ペトローヴィチに話がありますので。ワーニャ、こっちへいらして……ちょっとだけ……」

ナターシャは私の手をとり、衝立《ついたて》の陰へ連れて行った。

「ワーニャ」と、私を薄暗い片隅《かたすみ》へ引っ張って行き、囁き声でナターシャは言った。

「私を赦してくださる？　もう赦してくださらない？」

「ナターシャ、何を言うんだ！」

「いいえ、いけないわ、ワーニャ、あなたはしょっちゅう、どんなことでも私を赦してくださったけど、どんな辛抱にだって限りがあるでしょう。あなたに愛想をつかされることはないとしても、私は恩知らず呼ばわりされても仕方がないわけよ。だって、きのうも、おとといも、私はあなたにたいして恩知らずで、エゴイストで、残酷で……」

ナターシャはとつぜん泣き出し、私の肩に顔を押しつけた。

「もういいよ、ナターシャ」と私はあわててなだめた。「なにしろぼくは一晩じゅう病気だったんで、今でも立っているのがやっとなんだ。だから、ゆうべも今日も来られなかったのさ。ぼくが怒ったと思ったんだね……きみは大切な友人だもの、きみの心の中がぼくに分らないとでも思うのかい」

「それならいいわ……つまり赦してくださったのね、いつものように」と泣き笑いをしながら、痛いほど私の手を握りしめて、ナターシャは言った。「じゃ、ほかのことはあとでね。いろいろ話したいことがあるのよ、ワーニャ。でも、むこうへ行きましょう……」

「そう、早く行きなさい、ナターシャ、いきなり置き去りにしたんだから……」

「でも見ていてね、どうなるか」とナターシャは早口に囁いた。「今度こそ、私、何もかも分ったのよ。ぜんぶ見抜いたわ。すべてはあのひとのせいなのよ。今夜はいろんなことが解決すると思う。行きましょう！」

私にはわけが分らなかったが、訊ねる余裕はなかった。ナターシャは晴れ晴れとした顔で公爵のいる方へ出て行った。公爵はまだ手に帽子を持ったまま立っていた。ナターシャは快活な口調で詫《わ》びを言い、帽子を受けとり、自分で椅子を動かして公爵にすすめ、私たち三人は小さなテーブルをかこんで席についた。

「うちのおっちょこちょいのことを話しかけておりましたな」と公爵は言葉をつづけた。「さっき実はちょっと逢ったのです。それが往来のまんなかでして、息子はちょうど馬車に乗りこみ、ジナイーダ・フョードロヴナ伯爵夫人の家へ出掛けるところでした。なんですか、ひどく急いでいて、四日ぶりで逢ったというのに、馬車を下りて私と一緒に家へ入ろうともしない。本当のことを申しますと、ナターリヤ・ニコラーエヴナ、私たちが息子《むすこ》よりも早くこちらへうかがってしまったのは私の責任です。つまり、私はその機会を利用しまして、自分が今日は伯爵夫人の家へ行けないものですから、息子にちょっと用を頼んだのです。しかし、おっつけ息子も現われるでしょう」

「アリョーシャはあなたに約束しました、今夜ここへ来るということを？」と、きわめて無邪気な顔で公爵を見つめながら、ナターシャは訊ねた。

「ああ、もちろん参りますとも、どうしてそんなことをお訊ねになります！」と、公爵はナターシャを見つめ、驚いたように叫んだ。「しかしお気持は分ります。息子に腹を立てておられるのですね。まったく、一番遅く来るのは確かによくない。しかし繰返して申しますが、それは私の責任なのです。どうかお怒りにならないでください。あれは軽薄な、お調子者です。しかし、あれを弁護するわけではありませんが、ある特別な事情がありまして、息子は伯爵夫人の家であるとか、その他いくつかの交際を、いまだに振り切れないばかりでなく、むしろそういう所へ今までより頻繁《ひんぱん》に出入りしているのです。なにしろ最近はこちらへうかがうことが多くて世間のことをすっかり忘れておるようですから、かりに私が自分の用であれを二時間ばかり、それ以上にはなりません、ほんの二時間ばかり使うことがあったとしても、どうか大目に見てやってくださいませんか。あの晩以来、K公爵夫人の家にはたぶん一度も行っていないのでしょう。さっきそのことを息子に訊《き》けなかったのが残念です！……」

私はナターシャの顔を見た。ナターシャは半ば嘲笑《ちょうしょう》に近いかすかな微笑を浮べて、公爵の話に耳を傾けていた。だが公爵の話しぶりはたいそう率直で自然だった。その言葉を疑う理由は少しもないように思われた。

「では、あのひとがここ数日一度もここへ来なかったことは、本当にご存知ないのですね」とナターシャは、きわめてありふれたことを話すように、静かな落着いた声で訊ねた。

「なんですって！　一度もうかがわなかった？　一体それはどういうことでしょう！」と見たところ仰天して公爵は言った。

「あなたは火曜の夜遅くお見えになりましたね。その翌朝、あのひとは三十分ほど、ここに寄りましたけど、それ以来一度も顔を見ておりません」

「しかし信じられない！（公爵はますます驚いた表情になった）あなたのそばにつきっきりだとばかり思っておりました。失礼ですが、それは実に妙な……信じられないことです」

「でも本当なんです。残念だわ、お父様なら居場所をご存知だろうと思って、あてにしておりましたのに」

「ああ、なんということだろう！　いや、息子は今すぐここへ来ます！　それにしても、あなたのおっしゃられたことで私は仰天いたしました……実は、息子のことだから何を仕出かすか分らないとは思っておりましたが、それにしても……まさかこんな！」

「ずいぶん驚いていらっしゃるのね！　でも私は、きっとお驚きにならないだろうと思っていました。こうなることは前からご存知だったのかもしれないと思っておりましたわ」

「知っていた！　私がですか？　しかし誓って申しますけれども、ナターリヤ・ニコラーエヴナ、私は今日ほんのちょっと息子の顔を見ただけで、そのほかにはだれからも息子のことなど聞かなかったのです。それにしても、あなたが私を信用しておられないようなのが、どうも奇妙ですな」と、私たち二人の顔を見ながら公爵《こうしゃく》は言葉をつづけた。

「とんでもございません」とナターシャはすぐに言い返した。「あなたが事実をおっしゃっていることは、信じて疑いませんわ」

そしてナターシャは公爵をまともに見ながら、ふたたび笑顔を見せた。公爵はなんとなく渋い顔になった。

「ひとつ説明してくださいませんか」と当惑したように公爵は言った。

「でも、何も説明することはございません。私は簡単なことを申し上げただけですもの。アリョーシャが軽はずみな、忘れっぽい人だということは、ご存知でいらっしゃいますわね。ですから、あのひとはすっかり自由になって羽根をのばしてるだけじゃないかしら」

「しかし、こんなふうに羽根をのばすのはけしからんことです。きっと何かわけがあるに違いありません。今来ましたらすぐ事情を話させましょう。しかし何よりも驚いたのは、あなたが何らかの点で私を責めておられるように見えることです。私はこの町にはいなかったのですよ。いや、ナターリヤ・ニコラーエヴナ、あなたが息子に腹を立てておられるお気持はよく分ります！ ご立腹なさるのが当然です……それに……むろんだれよりも悪いのはこの私です。つまりその、息子より先に来てしまったことだけでもですね。そうではありませんか？」と、苛立《いらだ》たしげな苦笑いを浮べて私を見ながら、公爵は言葉をつづけた。

ナターシャは赤くなった。

「失礼ですが、ナターリヤ・ニコラーエヴナ」と公爵は改まった口調で喋りつづけた。「私は自分の非を認めます。ですが、それはお近づきになった次の日に旅に出てしまったという点だけです。お見受けしたところ、あなたのご性格にはいくらか疑り深いところがおありになるらしい。そこで私にたいする見方を若干変えておしまいになった。それもこれも現在の状況のなせるわざです。私が旅に出なければ、あなたは私という人間をもっとよくお分りになったことでしょうし、アリョーシャも私の目のとどく限り、こんな軽率な真似《まね》はしなかったでしょう。さっそく息子を叱《しか》ってやります。まあお聞きになっていてください」

「それはつまり、あのひとが私を重荷に感じるように仕向けることだわ。あなたのような賢明な方が、そんなやり方が私の役に立つと本気でお考えになるなんて、とても信じられないのですけれど」

「とおっしゃると、つまり、息子があなたを重荷に感じるように、私が故意に仕向けようとしていると、そう当てこすりをおっしゃりたいのですか。それはひどいお言葉ですな、ナターリヤ・ニコラーエヴナ」

「私、どなたとお話するときでも、当てこすりはなるべく言わないように努力していますわ」とナターシャは答えた。「いつもできるだけ率直に物を言おうと努めているつもりです。それはたぶん今夜のうちにあなたにもお分りいただけると思いますわ。あなたにひどいことを申し上げるつもりは少しもございません。だいいち、そんなことは無駄ですわ。私が何を申し上げようと、あなたは私の言葉にご立腹なさるおつもりはないのですから。その点は間違いないと、私、思っております。私たちのお付き合いの性質を、私、よく分っているつもりですもの。あなたは私との交際のことなど、まじめにお考えになるおつもりはないのじゃございません？　違うでしょうか？　でも私が本当にひどいことを申し上げてしまったのでしたら、いつでもお詫《わ》びを申し上げて、自分の義務を……お客様にたいする義務を果しますわ」

軽い冗談めかした口調で、唇《くちびる》には笑《え》みを浮べて、ナターシャはこのセリフを喋ったが、私はこんなにいらいらしているナターシャを見るのは初めてだった。この三日間にナターシャの心がどれほど傷ついたかを、今初めて私は知ったのである。もう何もかも分った、ぜんぶ見抜いたというナターシャの謎《なぞ》めいた言葉は私を驚かせた。それは明らかに公爵を指《さ》した言葉だった。ナターシャが公爵についての考え方を変え、今や公爵を自分の敵と見ていることは疑う余地がなかった。アリョーシャとうまくいかないのはすべて公爵のせいであるとして、何かしらそう解釈するための材料をもっているに違いない。二人が思いがけぬ喧嘩《けんか》の場面を演じるのではないかと私はひそかに心配した。ナターシャの冗談めかした口調はあまりにも露骨だったからである。公爵にむかって言ったナターシャの最後の言葉――彼女との交際など公爵はまじめに考えるつもりはないだろうという言葉、そして客にたいする義務として詫びてもいいというセリフ、そして率直に物を言えることを今夜のうちに分らせるという脅迫にも似た約束――それらすべては毒を含んだ、きわめてあからさまな言葉であり、公爵にそれが通じないはずはなかった。案の定、公爵は顔色を変えたが、よく自分を抑《おさ》えた。そしてすぐにそれらの言葉の本当の意味が分らなかったふりをし、冗談に紛《まぎ》らそうとした。

「あなたに詫びていただくなど、とんでもない！」と笑いながら公爵は即座に言った。「私には少しもそんな気はありませんし、だいたい女性に詫びていただくなど私の主義に反します。初めてお目にかかったとき私の性質のことは多少お話し申し上げましたから、たぶんご立腹なさらないだろうと思いますが、一つだけ私の考えを述べさせてください。ませんか。これは女性一般についての考えですから構わないでしょう。あなたもこの考えには同意してくださると思います」と私の方を振り向いて、公爵は愛想よく言葉をつづけた。「つまりですね、私はかねてから女性の性格の次のような特徴に気がついておりました。たとえば、もしも女性が何か過失を犯すとしますと、その瞬間に、すなわち過失の証拠がまだ生々しいときに、その過失を認め、赦《ゆる》しを乞《こ》うというのではなくて、女性はむしろ、あとで、しばらく経《た》ってから、無数の愛撫《あいぶ》によって自分の罪を償おうとする傾向がある。ですから、かりに今、私があなたに侮辱されたと仮定しても、現在、この瞬間に詫びを言ってもらいたいとは私は思いません。あとであなたがその過失を認められて、それを……無数の愛撫で償おうという気になられるのを待つほうが、私には好都合ですからね。ところであなたは実に善良で、清潔で、みずみずしくて、率直でいらっしゃるから、そのあなたが後悔なさる瞬間たるや実に魅力的であろうと、私は今から想像するわけです。しかしそれよりも、詫びの言葉の代りにおっしゃっていただけませんか。私はあなたが考えておられるよりも遥《はる》かに誠実かつ率直な態度であなたに接しているということを、私自身、なんらかのかたちで今夜のうちに証明してよろしいでしょうか？」

ナターシャは赤くなった。公爵の答には何かあまりにも軽率で投げやりな調子が、何かぶしつけな悪ふざけのようなものが感じられると、私も思った。

「私にたいして率直で誠実だということを証明なさりたいのですね」と、挑《いど》むように公爵を見つめてナターシャは訊ねた。

「そうです」

「それでしたら、私の願いを叶《かな》えていただきたいわ」

「叶えると前もってお約束しましょう」

「それはこういうことです。今夜も、あすも、私にかんしてアリョーシャの気持を乱すようなことは、ただの一言も、ほのめかすようなことも、おっしゃらないでいただきたいのです。私をなおざりにしたといって責めたり、お説教をしたりなさらないこと。私は何事もなかったように、あのひとが何事にも気がつかないようにして、あのひとを迎えたいのです。そうすることが私には必要なのです。約束していただけますか」

「喜んで約束いたします」と公爵は答えた。「もう一つ心の底から申し上げますが、こういう事柄について、あなたほど思慮深い明晰《めいせき》な考えをもった方には、めったに出逢《であ》ったことがありません……ところで、アリョーシャが来たようですな」

ほんとうに、玄関で物音がした。ナターシャは身を震わせ、なんとなく身構えるようなそぶりを見せた。公爵はまじめくさった顔つきで、次に起る事件を待った。その目は注意深くナターシャの動きを追っていた。しかしドアが開き、アリョーシャが部屋に飛びこんできた。

第二章

まさしく飛びこんできたとしか言いようのないアリョーシャの顔は、光り輝き、いかにも喜ばしげで浮き浮きしていた。この四日間を青年が愉快に楽しくすごしたことは一目瞭然《りょうぜん》だった。私たちに何か伝えたいという気持が顔に書いてあるようだった。

「ほうら、来ましたよ！」とアリョーシャは部屋中に響きわたる声で言った。「だれよりも早く来るべきだったぼくがね。でも今すぐお話しします、何もかも、何もかも！　さっきは、お父さん、ろくに話もできなかったけど、実は山ほど話すことがあったんです。父がお前呼ばわりしてくれるのは機嫌《きげん》のいいときだけでしてね」と私の方を向いてアリョーシャは注釈を入れた。「そうでないときは絶対にだめなんです！　わざとぼくにあなたなんて言うんですからね。でも今日からはいつも機嫌よくしていてもらいたいな。ぼくがそうさせますとも！　とにかく、ぼくはこの四日間に全く変りました、完璧《かんぺき》に変ってしまったんです、事情は今すぐお話しします。でもそれはあとにして、今肝心なのはこのひとだ！　このひと！　ああ、逢《あ》いたかったよ！　ナターシャ、ご機嫌よう、ぼくの天使！」と、ナターシャのそばに腰をおろし、むさぼるようにその手に接吻《せっぷん》しながらアリョーシャは言った。「この四日間、きみに逢えなくてさびしかったよ！　でも、どうしても逢えなかったんだ！　どうしても都合がつかなかった。かわいいナターシャ！　なんだか少し痩《や》せたようだね、顔色も蒼《あお》いし……」

青年は嬉《うれ》しそうにナターシャの手を接吻で覆《おお》い、いくら眺《なが》めても飽きないというように、その美しい目でむさぼるようにナターシャを見つめるのだった。私はナターシャの顔色をうかがい、その表情から、私たちが同じことを考えていると悟った。つまり、この青年には全く罪の意識がないのだ。この無邪気な男が罪を意識することなどあり得るだろうか。まるで心臓に集まっていた血が一気に頭へ昇《のぼ》ったように、ナターシャの蒼ざめた頰《ほお》にとつぜん赤味がさした。目をきらきら光らせて、ナターシャは傲然《ごうぜん》と公爵《こうしゃく》を見やった。

「でも、どこに……いらしたの……こんなに何日も」と、抑《おさ》えた途切れがちの声でナターシャは言った。息づかいが苦しげで、乱れていた。ああ、どれほどナターシャはこの青年を愛しているのだろう！

「それなんだ、実はぼくはきみにすまないことをしたらしい。いや、らしいじゃない！　したに決ってるんだ。それは自分でも分ってる。分ってればこそ、こうして来たのさ。カーチャはきのうも今日もぼくに言ったっけ、女はそういうだらしのなさを赦《ゆる》さないって（彼女は火曜日にここであったことをぜんぶ知ってるんだ。次の日にぼくが喋《しゃべ》ったからね)。ぼくはカーチャに反論して、言ってやったんだ、この女性はナターシャ、といって、世界中でこのひとに匹敵する女性は一人しかいない、それはカーチャだ、ってね。ぼくはこの議論に当然勝ったと思いながら、ここへやって来た。だってきみのような天使が赦せないはずはないからね。『来ないのは何か来られない用事があるからで、嫌《きら》いになったからじゃない』――そう思ってくれるに違いないだろう、ぼくのナターシャなら！　それに、きみを嫌いになんかなれるものか。そんなことはあり得ないよ。ぼくの心はきみを思って痛いくらいなんだ。しかし、それはそれとして、ぼくはやっぱり悪かった！　でも事情を聞いたら、きみはきっとまっさきに、ぼくの味方になってくれると思う！　今すぐ話すよ、ぼくはみんなの前で思いのたけをぶちまけたくって、ここへ来たんだからね。実は今日(ほんの少し暇があったんで)きみのところへ飛んで来て、キスしたかったんだが、思わぬ邪魔が入った。カーチャが、大事な用があるからすぐ来てくれというんだ。それはね、パパ、ぼくが馬車で出掛けようとしてパパにばったり逢った、その前のことなんです。あれは二度目で、やっぱりカーチャから手紙が来て、出掛けたんです。もうここ何日かは使いの人が手紙を持って行ったり来たり大騒ぎですよ。イワン・ペトローヴィチ、あなたの置手紙はゆうべ遅くなってようやく読みました。まったく、あなたが書いてらしたとおりですね。でも、どうしようもない、物理的に不可能だったんですから！　で、あしたの晩こそ何もかも説明しようと思ったんです。だって今晩はどうしてもここへ来ないわけにはいかないものね、ナターシャ」

「その置手紙って何のこと」とナターシャが訊《たず》ねた。

「このひとがうちへいらして、ぼくに逢えなかったものだから、置手紙を書いて、そのなかで、ぼくがきみのところへ来ないのを叱《しか》ってくださったのさ。まったく、このひとのおっしゃるとおりなんだ。それがきのうのことでね」

ナターシャはちらりと私の顔を見た。

「しかし朝から晩までカチェリーナ・フョードロヴナの家にいる暇があったのなら……」と公爵が言いかけた。

「お父さんの言いたいことは分ります」とアリョーシャはその言葉をさえぎった。『カーチャのところへ行けるのなら、ここへはその倍も来られるはずだ』でしょう。まったくそのとおりです。あえて付け足すなら、倍どころか、百万倍もそうなんです！　しかし第一にはですね、人生には奇妙な思いがけぬ事件が起るものでしょう、何もかも掻《か》きまわし、ひっくりかえすような事件が。ぼくにもそういう事件が起ったんです。だから、さっきも言ったとおり、ぼくはこの数日で、頭のてっぺんから爪先《つまさき》まで、すっかり変ってしまった。ということは、これはよほど重大な出来事であったということです！」

「ああ、お願い、一体何があったの！　じらさないで、お願いよ！」と、アリョーシャの熱弁にほほえみながら、ナターシャは叫んだ。

ほんとうにアリョーシャはいささか滑稽《こっけい》だった。なんだかひどく焦《あせ》っていて、言葉は脈絡もなく、釘《くぎ》でも打つように、ぽんぽん飛び出てくる。喋りたくて喋りたくてたまらない風情《ふぜい》である。だが喋りながらもナターシャの手を握って放さず、いくら接吻しても足りないように、その手を絶えず唇《くちびる》へ持っていくのだった。

「それが問題なんだ、何があったかということがね」とアリョーシャはつづけた。「ああ、みなさん、聞いてください！　ぼくが何を見、何をしたか、どんな人たちと近づきになったか！　まず、カーチャです。実に完璧なひとだ！　今までぼくはあのひとを全然知りませんでした！　こないだの火曜日に、あのひとの話をしたね、ナターシャ、覚えてるだろう、あのときも、ぼくは夢中で彼女の話をしたけれど、実は何も知らなかったも同然なんだよ。あのひとはつい最近まで、自分というものをぼくに隠していた。でも今こそぼくらはお互いにすっかり知り合った。もうきみと呼ぶような親しさでね。でも初めから話そう。第一に、ナターシャ、次の日、水曜日にぼくがここであったことを話して聞かせたとき、あのひとがきみのことを何と言ったか、きみに聞かせたかった……あ、思い出したけど、水曜の朝ここへ来たとき、ぼくはなんて馬鹿《ばか》だったんだろう！　きみは大喜びで、もうぼくらの新しい関係にすっかり入りこんだ感じでぼくを迎え、ぼくにそういうことを話したかったんだね。あのときのきみはちょっと悲しそうだったけれど、それでもふざけたり、ぼくをからかったりした。だのに、ぼくときたら、勿体《もったい》ぶって紳士面《づら》をしたりしてさ！　ああ、馬鹿だった！　馬鹿だった！　ぼくはもうじき女房持ちの人間になる、一人前の紳士になるということを、自慢したくってたまらなかったんだけど、自慢する相手に事欠いて、きみの前で気取ってみせるなんて！　ああ、きっとあのときのぼくは滑稽だったろうね、きみにいくら嗤《わら》われても仕方がないんだ！」

公爵は何も言わず、どこかしら勝ち誇ったような皮肉な笑顔でアリョーシャを眺めていた。息子《むすこ》がこれほど軽薄で滑稽な面をさらけ出しているのを、喜んででもいるような感じだった。この晩、私はずっと公爵を観察していたが、息子を溺愛《できあい》しているという世の噂《うわさ》とは逆に、この男が息子を全然愛していないことを確認したのである。

「きみと別れてから、ぼくはカーチャのところへ行った」とアリョーシャは物語をつづけた。「その朝初めて、ぼくとカーチャがお互いに完全に理解し合ったということは、もう言ったたね。そうなったいきさつが、どうも妙なんだ……はっきり覚えていないくらいで……熱烈な言葉を二言三言やりとりし、お互いの感じ方や考え方を少しばかり率直に話し合っただけで、もうぼくらは永久に親しくなってしまったのさ。あのひとのことを理解しておくれよ、ナターシャ、ぜひとも理解しておくれ！　あのひとはきみのことをとても巧みに説明してくれたんだ！　きみがぼくにとってどれほど尊い存在かということをね！　そして自分の思想や人生観を少しずつぼくに聞かせてくれた。とてもまじめな、とても感じやすい娘さんなんだ！　ぼくらの義務とか使命とか、だれでも人類全体のために奉仕しなければいけないとか、そういうことを話してくれて、五、六時間喋ってるうちにぼくらの意見は完全に一致した。そして最後にぼくらは永遠の友情を誓い合ったんだ。一生涯、行動を共にしようってね！」

「どういう行動をだね」と公爵が驚いて訊ねた。

「ぼくはすっかり変ったんですよ、お父さん、だからこういうことをお聞きになってびっくりなさるかもしれない。反対されることはあらかじめ分っています」とアリョーシャは勿体ぶって言った。「あなた方は実際的な人ばかりだから、古くさい生《き》まじめで厳《きび》しい原則をたくさん持っていらっしゃる。そして新しいもの、若々しいもの、新鮮なもののすべてを、うさんくさそうに、あるいは敵意をこめて、あるいは嘲《あざけ》りの目でごらんになるのです。しかし今のぼくは、何日か前にあなた方がご存知だったぼくじゃない。もう違う人間なんです！　ぼくはこの世のすべてのもの、すべての人間を大胆率直に見つめています。自分の信念が正しいと思えば、それをとことんまで追究します。その道に迷うことさえなければ、ぼくは誠実な人間であり、自分でも満足です。あとでなんと言われようとも、ぼくは自分を信じています」

「ほほう！」と嘲るように公爵は言った。

ナターシャは不安そうに私たちを見まわした。アリョーシャが心配でならなかったのだろう。青年はよく話に熱中しすぎて自分に不利な状況を作り出すことがあり、ナターシャはそれを知っていた。アリョーシャが自分の滑稽な一面を私たちの前に、とくに父親の前にさらけ出すのが、ナターシャはいやなのだった。

「それは何のことなの、アリョーシャ！　何かの哲学みたいね」とナターシャは言った。

「だれかに教わってきたんでしょ……それより早く事情を話して」

「だから話してるじゃないか！」とアリョーシャは叫んだ。「つまりね、カーチャの遠い親戚《しんせき》に、従兄弟《いとこ》か何かだけれども、レーヴィンカとボーリンカという二人の青年がいてね、一人は学生で、もう一人はただの青年だ。カーチャはこの人たちと付き合ってるんだが、この人たちたるや実に変ってる！　伯爵《はくしゃく》夫人の家になんか出入りしない主義でね。カーチャと人間の使命とか天職とか、そういう話をしたとき、彼女はその二人のことをぼくに教えて、すぐ紹介状を書いてくれた。ぼくはすぐ飛んで行って、その二人と近づきになったんだ。その晩のうちに完全に意見が一致してね。そこには十二、三人、いろんな人たちが集まっていた。学生とか、軍人とか、芸術家とか。作家も一人いましたよ……イワン・ペトローヴィチ、あなたのことはみんな知っていました。つまり、あなたの作品を読んでいて、あなたの将来に大いに期待をかけていましたよ。みんなそう言ったんです。ぼくはあなたと知り合いだから、紹介してあげようと、その人たちに約束したんです。みんながぼくを兄弟のように、両手を拡《ひろ》げて歓迎してくれましてね。もうじき結婚するなんて初めに言ったもんだから、ぼくはすっかり妻帯者扱いされちゃって。そこは五階の屋根裏部屋で、連中はちょくちょく集まるらしいんですが、主な会合日は水曜日です。その日になると、みんながレーヴィンカとボーリンカの部屋へやって来る。みんな生き生きとした若者たちです。みんなが全人類にたいする熱烈な愛を抱《いだ》いていてね。わが国の現状のこと、未来のこと、科学や文学のこと、いろいろ話し合うんだけれども、その話し方がまたすばらしい。単純率直な話しぶりで……そこには高校生も一人来るんです。お互いのやりとりもまた、みんなとても上品なんだな！　ああいう人たちは初めてだ！　ぼくが今まで出入りしていた所といったら、どうだろう！　ぼくは何を見聞きしていたんだろう？　ぼくが育ってきた場所はどんなだろう？　きみだけだよ、ナターシャ、ぼくにそういうたぐいのことを話してくれたのは。ああ、ナターシャ、きみもぜひあの人たちと近づきになるといい。カーチャはもう親しくしてるんだ。彼女のこととなると、あの人たちはもう神様扱いでね。カーチャは自分の財産を自由にできる権利を得たら、すぐ百万ルーブリを公共のために寄付するって、レーヴィンカとボーリンカに約束したそうだよ」

「で、レーヴィンカとボーリンカとその一味が、その百万ルーブリの管理人になるわけか」と公爵が訊ねた。

「嘘《うそ》だ、嘘です。お父さん、そんな言い方をして恥ずかしくないんですか！」とアリョーシャは熱っぽく叫んだ。「ぼくはお父さんの思想を疑うな！　その百万ルーブリについては、ぼくらもいろいろ議論して、どう使うかを永いことかかって決めたんです。結局、何よりもまず社会教育に使おうという……」

「そう、私もカチェリーナ・フョードロヴナのことは今の今まで全然知らなかったらしい」と、相変らず嘲りの笑《え》みを浮べて、独《ひと》り言のように公爵《こうしゃく》は言った。「まあ何をやり出すか分らない女性だとは思っていたが、まさかそんなことを……」

「そんなこととは、どういう意味ですか！」とアリョーシャは父親の言葉をさえぎった。「何がそれほど奇妙なのですか。あなた方の秩序から多少はずれているからですか。今までにだれも百万ルーブリ寄付した人はいないのに、彼女がそれをするからですか。つまり、それなんですね！　でも、彼女が他人の金で暮したくないといったらどうなりますか。だってその百万ルーブリで暮すことは、すなわち他人の金で暮すことですからね(ぼくは今ようやくそれが分ったんです)。彼女は祖国と万人のために役立ちたいと願って、公共の利益のために分相応の寄付をするだけなんです。分相応の寄付のことは、小学校の読本にだって書いてあります。ただその寄付が百万ということになると事態が別になるわけですか。それに、ぼくが信じていたしかつめらしい常識の根本にあるものは何ですか。どうしてそんな顔をしてぼくを見るんです、お父さん。まるで道化か阿呆《あほう》を見る目つきだ！　いや、阿呆だって構いやしない！　この問題についてカーチャが言ったことを、ナターシャ、きみに聞かせたかった。『肝心なのは知恵ではなくて、その知恵を導くもの――人間の天性と、心情と、身にそなわった気高さ、そして人間の進歩』なんだって。でもこの点については、ベズムイギンの天才的な言葉があるんだ。ベズムイギンというのはレーヴィンカとボーリンカの友人で、ぼくらの頭株なんだけど、実に天才的な頭脳のもちぬしでね！　きのうも話の途中でこう言った、自分が馬鹿であることを自覚した馬鹿はすでに馬鹿ではない！　なんという真理だろう！　こういう警句がひっきりなしに出てくるんだ。絶えず真理を撒《ま》き散らすんだ」

「なるほど天才だ！」と公爵が口を挟《はさ》んだ。

「お父さんはなんでも冷やかしてばかりいる。でもぼくはお父さんの口からはこういう言葉を聞いたことがありませんからね。あなた方の社交界でもこんな言葉は聞いたことがない。逆にあなた方の社交界では、こういうことをなるべく隠し、なるべく伏せて、みんなの背丈《せたけ》が、みんなの鼻が、一定の寸法に、一定のしきたりに合致《がっち》することにばかり気を使う。そんなことができるものですか！　それはぼくらが話し合ったり考えたりしていることの千倍も不可能なことです。だのに、ぼくらはユートピアンだなんて言われる！　ほんとに、きのうのぼくらの話を聞かせたかったな……」

「でも一体どういうことを話し合ったり、考えたりしているの、その人たちは？　話して、アリョーシャ。私まだよく分らないわ」とナターシャが言った。

「一般的に言って、進歩と人道と愛とに至るためのあらゆることさ。そういうことが現在のいろいろな問題と結びつけて語られる。言論の自由とか、今始まりかけている改革のこととか、人類愛とか、現代の社会運動家とか、そういうことを語り合い、研究したり、本を読んだりするんだ。しかし肝心なのは、お互いに全く腹蔵なく話し合おうと約束していることなんだ。自分のことでも恥ずかしがらずに率直に喋《しゃべ》ろうとね。腹蔵なく、率直に話すことによってのみ、目的は達せられる。この点はとくにベズムイギンが骨折っていることでね。カーチャにこのことを話したら、彼女はベズムイギンに全く同感だと言っていた。だからぼくらはベズムイギンの指導の下に、生涯、誠実かつ率直に行動することを誓ったんだ。他人にどう言われようと、どう批判されようと、何事にも迷わされず、ぼくらの感激、熱意、あるいは誤りを恥じることなく、まっしぐらに進もうとね。人に尊敬されたいのなら、何よりもまず自分自身を尊敬しなければならない。それによってのみ、ただ自己を尊敬することによってのみ、他人の尊敬をかちとることができる。これはベズムイギンの言葉だけれども、カーチャも全く同感だとさ。ぼくらの信念は一致した。だからまずそれぞれ自分自身を研究すること、そして集まったときにはお互いにお互いを批判すること……」

「まるで寝言だ！」と公爵は不安そうに叫んだ。「そのベズムイギンとは何者かね。いや、これは放っておくわけにはいかないようだ……」

「何を放っておくわけにはいかないんです」とアリョーシャはすばやく言った。「聞いてください、お父さん、今ぼくがこんなことをあなたの前でわざわざ喋るのは、なぜだと思いますか。ほんとうはお父さんもぼくらのサークルに引き入れたいからなんです。ぼくはもうみんなの前で、お父さんについては責任をもつと約束しました。笑っていますね。きっと笑われるだろうと思ったんだ！　でも聴《き》いてください！　お父さんは善良な、りっぱな人だから分ってくださると思う。だってあの人たちにお父さんは一度も逢っていないし、直接あの人たちの話を聞いたこともないでしょう。そりゃあお父さんは物知りだから、今のような話は聞いたことがあるし、研究もなさったかもしれない。しかしあの人たちを直接見ていないし、あの人たちの集まりに行ったこともない、だったらどうして正しい判断ができますか！　お父さんは知っていると思っているだけなんですよ。とにかく集まりへ行って、話を聞いてください、そしたら――そしたら賭《か》けてもいい、お父さんはぼくらの仲間になります！　肝心なのは、ぼくがあらゆる手段に訴えてでも、お父さんを解放したいと思っていることです。社交界にしがみついて破滅することから、その間違った偏見から、お父さんを解放したいんです」

公爵は何も言わずに、毒々しい嘲笑《ちようしよう》を浮べてこの突飛な言葉を聞き終えた。その顔には憎しみの色があった。ナターシャは嫌悪《けんお》の表情もあらわに公爵を見守っていた。公爵はそれに気づいていたが、気づかぬふりをした。だがアリョーシャの言葉が終るが早いか、公爵はとつぜんげらげら笑い出した。体を支える力が抜けたとでもいうように、椅《い》子《す》の背にぐったり寄りかかったほどである。けれどもこの笑いは完全に作りものの笑いだった。公爵ができるだけひどく息子を侮辱し卑しめるためにだけ笑ったのであることは、歴然としていた。アリョーシャは案の定しょげかえった。その顔には極度の悲しみが現われた。だがアリョーシャは公爵の笑いが収まるのを辛抱強く待った。

「お父さん」とアリョーシャは悲しげに口を開いた。「どうしてぼくのことを笑うんです？　ぼくはお父さんに率直に打ち明けました。もし馬鹿《ばか》なことを言うとお思いなら、笑わずに言って聞かせてください。それに何を笑うのですか。今のぼくにとって神聖な、大切なことをですか。そりゃぼくは正道を踏み外《はず》しているのかもしれません。これはみんな間違いであり、正しくないのであって、お父さんに今までにも何度か言われたとおり、ぼくは馬鹿なのかもしれない。でも、たとえ正道を踏み外しているとしても、ぼくはあくまでも真剣で誠実です。自分の品位を失ってはいませんよ。ぼくはいろんな高遠な思想に感激しているんです。その思想は間違っているかもしれないが、その根本の所は神聖です。さっきも言ったように、あなたやあなたの社交界は、ぼくを導くような、ぼくを夢中にさせるようなことを、まだ何一つ言ってくれないじゃありませんか。あの人たちの考えを反駁《はんばく》し、それ以上の意見を聞かせてください。そしたらぼくはお父さんについて行きます。でも笑うのだけはやめてください。笑われると、ぼくは悲しくなるんです」

アリョーシャはこの言葉をきわめて堂々と、なんとなくきびしい威厳をこめて言ってのけた。ナターシャは同感したように青年を見守った。公爵は驚きの色さえ見せて息子の言葉を聞き終えると、すぐに調子を一変させた。

「侮辱する気は少しもなかったのだよ」と公爵は答えた。「それどころか、私はお前を可哀想《かわいそう》に思うのだ。お前はもうそろそろ軽薄な少年であることをやめなければならない人生の一時期にさしかかっている。これが私の考えだ。なんの気なしに笑っただけで、お前を侮辱する気は毛頭なかった」

「じゃ、どうしてそんなふうに見えたんだろう」と、苦い感情をこめてアリョーシャは言葉をつづけた。「もうだいぶ前から、あなたが敵意をこめて、父親が息子を見るようにではなく、冷たい嘲笑を浮べてぼくを見ているような気がするのは、なぜなんだろう。ぼくがあなただったら、今みたいに息子をあざ笑いはしないだろうと思うのは、どういうわけなんだろう。ねえ、ざっくばらんに、今すっかり話し合ってしまいませんか。今後はもう絶対に少しの疑問も残らないように。それに……ぼくは本当のことをすっかり言ってしまいたい。さっきこの部屋へ入って来たとき、なんだか感情の行き違いがあるような雰囲気《ふんいき》を感じたんです。それはぼくの予想とはなんとなく違っていた。そうじゃなかったんですか？　もしそうだったのなら、一人一人が自分の気持をすっかり喋ってしまったらどうでしょう。ざっくばらんに話し合えば、たいていの不幸は取り除けるでしょう!」

「話しなさい、話しなさい、アリョーシャ!」と公爵は言った。「お前の提案はなかなか気がきいている。その辺から始めればよかったのかもしれないね」と、ナターシャの顔を見て公爵は言い足した。

「ぼくがひどくざっくばらんに喋っても怒らないでください」とアリョーシャは口をきった。「お父さん自身ですからね、ここまで事態を持って来たのは。よく聞いてください。お父さんはぼくとナターシャとの結婚に同意してくださった。ぼくらにその仕合せを与え、そのためにご自分の気持を抑《おさ》えてくださった。あなたは寛大であり、ぼくらは揃《そろ》ってあなたのりっぱな行為に感謝しました。しかし、それならば、今なんだか妙に嬉《うれ》しそうに、ぼくはまだ滑稽《こっけい》な少年で、妻《めと》を娶る資格は全然ないのだということを、しきりにほのめかすのはどういうわけですか。それだけじゃない。お父さんはなんだか、ナターシャの前でぼくをあざ笑い、卑《いや》しめ、辱《はずか》しめたくって仕方がないみたいですね。あなたはいつでもぼくのどこか滑稽な面を人前にさらすのが、愉快でたまらないんだ。それは今初めてではなく、だいぶ前から気づいていたことでした。まるでお父さんは一生懸命になって、何のためなのかは知らないが、ぼくらの結婚は滑稽な馬鹿げたことであり、二人は不釣合だということをぼくらに証明しようとしているみたいですね。そう、ご自分でぼくらのために決めてくださったことを、ご自分では信じていないみたいだ。今度のことは冗談か、愉快な思いつきか、滑稽なボードビル程度にしか考えていないんじゃありませんか……ぼくはなにもお父さんの今日の言葉だけを根拠にして、こんなことを言ってるのじゃありません。あの晩、火曜の晩、ここから帰るや否《いな》や、お父さんは妙なことを言った。それを聞いて、ぼくは驚いたし、がっかりもしたんです。それから水曜日に旅行へ出掛けるときにも、お父さんはぼくらの現在の状態について妙なあてこすりを言い、ナターシャのことも――侮辱とまではいかないけれども、なんだかぼくが予想していたのとは違う調子で、つまり、なんとなくぞんざいに、ナターシャへの愛もなければ尊敬もない口調で、何か言った……うまく説明できないけど、口調だけははっきり覚えています。ぴんと感じたんだ。これはぼくの思い違いだと言ってください。疑惑をとき、ぼくを元気づけてください。ナターシャにもそうしてやってください、だって……あなたはナターシャを悲しがらせたんだ。この部屋へ入って来たとき、一目で分りましたよ……」

アリョーシャはこれだけのことを熱っぽくきっぱりと言ってのけた。ナターシャは興奮に顔を火照《ほて》らせ、何か勝ち誇ったような様子で青年の言葉を聞きながら、話の中途で二度ばかり、「そう、そうよ、そのとおりだわ！」と独《ひと》りごとのように口走った。公爵は当惑の体だった。

「そりゃお前」と公爵は答えた。「私はもちろん、お前に言ったことを残らず思い出すことはできないが、しかしお前が私の言葉をそんなふうに取ったとすれば、実に奇妙なことだ。誤解をとくために、できるだけのことをしよう。まず、いま私が笑ったことだが、あれは無理からぬことなのだ。実は、あの笑いは苦い感情を隠すための笑いだった。お前がもうじき妻帯者になろうとしているのだと考えると、今でもそれは全く実現不可能な、馬鹿げたことのように、更には失礼だが、滑稽なことのように、私には見える。お前はあの笑いを責めたが、私に言わせれば、すべてはお前の責任なのだ。もちろん私も悪い。私はこの頃、お前にたいする注意を怠っていたかもしれない。だから今晩初めて、お前が何を仕出かすか改めて認識したような次第だ。お前とナターリヤ・ニコラーエヴナとの将来を思うと、今から私は身震いするね。どうも少し早まったようだ。二人は非常に不釣合のように見えてならない。どんな愛情もいずれは消えるが、不釣合ということは永久に残るからね。お前の運命についてはもう何も言わないが、もしお前に少しでも誠実な気持があるならば、よく考えてみなさい。自分と一緒にナターリヤ・ニコラーエヴナまでもお前は破滅させてしまうのだよ。決定的に破滅させてしまう！　今お前はまる一時間も人類愛だとか、信念だとか、りっぱな人たちと知り合ったとか喋りちらしたが、イワン・ペトローヴィチに聞いてごらん、さっき二人でこの建物の恐るべき階段を四階まで昇《のぼ》って、この部屋のドアの前で命と足がぶじだったことを神に感謝したとき、私が一体なんと言ったか。そのとき私が思わず口に出したことがなんだったか分るかね。ナターリヤ・ニコラーエヴナをそれだけ愛していながら、よくもこんな所に住まわせておけるものだと、私は驚いたのだ。資力が、つまり義務を果す能力がない場合、妻帯の資格もないし、なんらかの義務を負う権利もないのだということが、お前には分らなかったのかね。愛情だけでは足りないのだ。愛情は行為によって証明されるものなのだ。ところがお前は、『苦しもうがどうしようが、とにかくおれと一緒に暮せ』という考え方だ。それは人道に反し、品格に欠けるやり方ではないかね！　口では博愛を語り、全人類の問題に熱中しながら、同時に愛情に全く反する犯罪を行い、しかもそれに気づかないとは、まったく不可解きわまる！　いや、話の腰を折らないでください、ナターリヤ・ニコラーエヴナ、最後まで喋らせてください。あまりにも苦々しい気分ですから、すっかり言ってしまいたいのです。アリョーシャ、お前は言ったね、この数日間、りっぱな、美しい、まじめな雰囲気に夢中になった、そして社交界にはそれほど夢中になれるものがない、無味乾燥な常識ばかりだと、私を責めたね。ところがわが身を振返ってごらん。その高遠な美しい思想とやらに夢中になって、火曜の晩の出来事を忘れ、この世の何にもましてお前には貴い存在であるはずのこのひとを四日間もなおざりにしたのだ！　しかもお前はカチェリーナ・フョードロヴナと議論をして、ナターリヤ・ニコラーエヴナはお前を愛しているし、寛大な人だから、きっとお前の行為を赦《ゆる》してくれるに違いないと言ったと、得々として語ったね。しかし、そんな赦しをあてにしたり、それに賭けたりする権利が、果してお前にあるだろうか。この数日間ナターリヤ・ニコラーエヴナにどれほどの苦い思いをさせ、どれほどの疑惑や迷いをもたらしたか、お前は一度でも考えてみたのかね。どこかで新しい思想とやらに夢中になったからといって、何よりも大切な義務をなおざりにする権利がお前にあるのかね。ナターリヤ・ニコラーエヴナ、さきほどの約束を破ってしまったことをお赦しください。けれども現在の事態はあの約束よりも重大です。あなたもよくお分りのことと思います……アリョーシャ、私がここへ来たとき、ナターリヤ・ニコラーエヴナがどんなに辛《つら》い思いをされていたか、お前は知っているのかね。生涯の最良の日々であるべきこの四日間を、お前は地獄に変えてしまったのだから、その苦しみは当然のことではないか。一方ではそんな振舞いをしておきながら、他方では言葉、言葉、言葉……これでも私は間違っているのだろうか！　これほどの罪を犯して、お前はなおかつ私を非難できるのだろうか？」

公爵は口をつぐんだ。そして自分の雄弁にうっとりして、勝利の色を隠すことができないのだった。アリョーシャは、ナターシャが苦しんだという言葉を聞くと、病的な憂《うれ》いをこめた目で彼女を見つめたが、ナターシャはすでに決心していた。

「いいのよ、アリョーシャ、くよくよしないで」とナターシャは言った。「あなたより悪い人がほかにいるんですもの。黙って聴《き》いていてちょうだい、これから私があなたのお父様に申し上げることを。もういい加減けりをつけなければいけないわ！」

「どうか説明してください、ナターリヤ・ニコラーエヴナ」と公爵がすかさず言った。「ぜひともお願いします！　もう二時間も、そういう謎《なぞ》めいたお言葉を聞かされているのですからね。どうもやりきれなくなってきました。それに、正直を申せば、ここでこんな歓迎を受けようとは夢にも思わなかったものですから」

「そうでしょうね。私たちがあなたの秘密の魂胆を見抜けないように、言葉で私たちをうっとりさせようとお考えになっていたのですものね。何を今さら説明することがあるでしょう！　あなたは何もかもご自分でご存知ですし、何もかも心得ていらっしゃる。アリョーシャの言うとおりです。あなたが何よりもまず望むことは、私たちを引き離すことなのだわ。今日ここで何が起るかも、あの火曜日の夜から、あらかじめ目算を立てて、細かいところまですっかり決めておしまいになったのでしょう。さっきも申しましたけれども、あなたは私のことも、ご自分でもくろんだこの結婚話のことも、真剣に考えてはいらっしゃらない。私たちをからかっていらっしゃるのです。一定の目的があって、お芝居をなさっているのです。あなたのお芝居は成功でしたわ。アリョーシャは、あなたが今度のことをボードビルを見るようにしか見ていないと非難しましたけど、ほんとうにそのとおりよ。あなたはアリョーシャを叱《しか》るどころか、ほんとうは大喜びしなければならないんだわ。だってアリョーシャはなんにも知らずに、あなたの期待どおりのことをやってのけたのですから。もしかしたら、それ以上のこともね」

私は驚きに身が竦《すく》んだ。今晩、なんらかの破局が訪れそうな予感はしていたのだが、ナターシャの露骨きわまる態度と、そのあからさまに軽蔑《けいべつ》的な語調は、私を極端に驚かせたのである。してみればナターシャは実際に何かを知っていて、猶予《ゆうよ》することなく決裂をえらんだのだな、と私は思った。もしかすると、面とむかってすべてを叩《たた》きつけるために、待ちきれぬ思いで公爵の訪問を待っていたのかもしれない。公爵はわずかに蒼《あお》ざめた。アリョーシャの顔には無邪気な恐怖と、悩ましげな期待の色が浮んでいた。

「たった今なんと言って私を非難なさったか思い出してください」と公爵は叫んだ。「ご自分の言葉をもう少しよくお考えになってください……私には何が何やらさっぱり分らない」

「ああ！　一口に申し上げただけでは分っていただけないのね」とナターシャは言った。「アリョーシャでさえ私と同じ程度にあなたのお心を見抜いたのですよ。私たちは打ち合せをしたわけじゃありません、逢《あ》いもしなかったわ！　あなたが私たちを相手に、人を馬鹿《ばか》にしたひどいお芝居をなさっていることは、このひとでさえ感じたのよ。アリョーシャはあなたを愛し、神様のように信じています。ですからアリョーシャにたいしては、あなたはあまり慎重に、狡猾《こうかつ》になさる必要をお認めにならなかった。アリョーシャには分るまいと、たかをくくったのでしょう。でもこのひとは敏感な、やさしい、感じやすい心のもちぬしですから、あなたの言葉が、このひとの言うあなたの口調が、心に残ったんだわ……」

「さっぱり、さっぱり分らない！」と、証言を頼むとでもいうように私のほうを向いて、いかにも驚き呆《あき》れたように公爵は繰返した。明らかに公爵は苛立《いらだ》ち、興奮していた。

「あなたは疑り深い方だし、興奮しておられる」と、ナターシャの方に向き直って公爵はつづけた。「要するにあなたはカチェリーナ・フョードロヴナに嫉妬《しっと》し、そのためにだれも彼もが悪者に見えるのです。そして私がまず槍玉《やりだま》にあげられたというわけだ……失礼ながら、はっきり申し上げましょう。あなたのご性格については、どうも奇妙な考えを抱かざるをえない……つまり私はこういう場面には馴《な》れておりませんのでね。息子の利害に関することででもなければ、こんな目にあわされて一分たりともここに残りたくはないのですが……それでもお待ちしましょう、ご説明いただけるでしょうね」

「それではまだ強情を張って、一口に申し上げただけでは分ろうとしてくださらないのね。ほんとうは何もかもすっかりご存知のくせに。どうしても私の口からはっきりお聞きになりたいんですか」

「それを望みますね」

「分りました、ではお聞きください」と、怒りに目を光らせてナターシャは叫んだ。

「何もかも申し上げます、何もかも！」

第三章

　ナターシャは立ちあがり、立ったまま喋《しゃべ》り出したが、興奮のあまりそれには気づかないのだった。公爵《こうしゃく》はじっと耳をすまして聴《き》いていたが、やがて自分も椅子《いす》から立ちあがった。この場の光景はひどく物々しくなってきた。

「火曜日のご自分の言葉を思い出してください」とナターシャは始めた。「金と、踏みならされた道と、社会的な地位が、自分には必要なのだ。そうおっしゃいましたね。覚えておられますか」

「覚えています」

「そのお金を手に入れるために、今まで得られなかったそういう社会的な成功をわがものにするために、あなたは火曜日にここへ来て、あの結婚話を捏造《ねつぞう》したのです。その狂言が今まで得られなかったものをつかまえるのに役立つだろうと計算なさったうえでね」

「ナターシャ」と私は叫んだ。「何を言ってるんだ、よく考えてごらん！」

「狂言！　計算！」と、ひどく威厳を傷つけられたように公爵は繰返した。

　アリョーシャは悲しみに打ちひしがれたように坐《すわ》ったまま、ほとんど何も分らずに茫《ぼう》然《ぜん》としていた。

「ええ、そうよ、とめないでください、私、何もかも言ってしまおうと心に誓ったんですから」と、ナターシャは苛立《いらだ》った口調でつづけた。「でも覚えていらっしゃるでしょう、アリョーシャはあなたの言うことを聞きませんでした。半年間というもの、あなたはアリョーシャを私から引き離そうとさんざん苦労なさった。でもアリョーシャはあなたに従いませんでした。そのうちに、どうにも猶予《ゆうよ》のならぬときがやって来ました。その時を逃せば、花嫁も、お金も——肝心なのは、その三百万という持参金が、あなたの指のあいだからこぼれ落ちてしまう。残る手段は一つだけ。あなたが息子《むすこ》の花嫁と決められたその方を、アリョーシャが好きになればいい。あなたはそうお考えになった。もしそちらを好きになれば、息子さんは私を棄《す》てるかもしれない……」

「ナターシャ、ナターシャ！」と悲しそうにアリョーシャは叫んだ。「なんてことを言うんだ！」

「で、あなたはそのとおり実行なさった」と、アリョーシャの叫びにもめげず、ナターシャは言葉をつづけた。「ところが、それでも前と同じこと、同じ経過の繰返しです！　何もかもうまくいくはずなのに、私がまたまた邪魔をしてしまう！　ただ一つだけ、あなたには望みがありました。あなたは経験に富んだ狡《ずる》い方だから、アリョーシャが今までの愛情をときどき持て余し気味なのにお気づきにならないはずはない。アリョーシャが私をなおざりにし始め、五日も訪《たず》ねて来ないことがあるのにお気づきにならないはずはない。きっと完全に飽きて私を棄てるだろうと思った矢先、火曜日に、アリョーシャの思いきった行動にあって、あなたは仰天なさった。どうしたらいいだろう！……」

「失礼ですが」と公爵は叫んだ。「それは逆です。あの事実は……」

「まだ話の途中ですわ」とナターシャは頑《がん》としてさえぎった。「あの晩あなたは、『さてどうしたものだろう』と考え、こうお決めになった。アリョーシャを安心させるために、実際にではなく、ただ言葉の上でだけ私との結婚を許してやろう。結婚式の日どりなどはいくらでものばせるし、一方では新しい恋愛が始まっている。あなたはそのことにもお気づきでした。というわけで、その新しい恋愛の芽生《めば》えに、あなたはすべてをお賭《か》けになった」

「小説だ、小説だ」と、独《ひと》り言のように公爵は小声で呟《つぶや》いた。「世間知らずの空想、小説の読みすぎだ！」

「そう、その新しい恋愛にあなたは望みをおかけになったんだわ」と、公爵の言葉には耳もかさず、熱に浮かされたようにますます夢中になってナターシャは繰返した。「しかもその新しい恋愛はずいぶんとチャンスに恵まれていました！　だってその恋は、アリョーシャがそのお嬢さんをあまりよく知らないうちから始まったんですもの！　あの晩、アリョーシャがそのお嬢さんに、自分にはほかの女を愛さねばならぬ義務があるから、あなたを愛することはできないと告白した途端に、そのお嬢さんはとつぜん真心を見せ、アリョーシャと恋敵《こいがたき》の私への同情を示し、心の底からアリョーシャを赦《ゆる》したんですものね。それまでのアリョーシャは、その方の美しさには気づいていても、その方の心のやさしさはその瞬間までちっとも知らなかったんですもの！　それからアリョーシャはここへ来て、その方の振舞いに感激した話ばかりしていました。そう、アリョーシャは翌日すぐ、そのりっぱな方に逢《あ》いに行かずにはいられなかった。感謝の念からだけでもね。行っていけない理由は何一つありません。だって今までの恋人はもう苦しんでいない。もうすっかり運命がきまって、生涯ともに暮すのだから、一分や二分さいたって……その一分や二分に嫉妬《しっと》したりしたら、ナターシャはとんでもない恩知らずだわ。というわけでナターシャはいつのまにか、一分や二分どころか、一日、二日、三日と取り上げられてしまう。その間に、お嬢さんはアリョーシャの前に思いもかけぬ新しい姿を現わす。とてもりっぱな情熱家で、それと同時に、とても無邪気な子供。その点ではアリョーシャと性格が似ているわね。そして二人は友情と友愛を誓い、生涯離れるまいと誓った。ほんの五、六時間喋っているうちにアリョーシャの魂は新しい雰囲気にたいしてすっかり開かれ、心はすっかりそちらへなびいてしまう……いよいよ時が来たぞ、とあなたはお考えになる。アリョーシャは今までの恋と、この新鮮な感覚とを比較してみるだろう。片や、知りつくして変りばえがしない。堅苦しくて要求が多すぎる。嫉妬されたり責められたり。そして涙……ふざけたり遊んだりすることがあっても、対等の人間としてではなく、子供扱いだ……それに何よりも新鮮味がない、知りすぎている……」

涙と痛々しい痙攣《けいれん》が息をつまらせた。だがナターシャはなおしばらく持ちこたえた。

「それから先はどうでしょう？　あとは時間の問題です。だってナターシャとの結婚は今すぐと決められたわけではない。時間はたっぷりあるから、何もかも変るだろう……しかもあなたには言葉という武器がある。ほのめかし、解釈、雄弁……いまいましいナターシャには何かの汚名を着せてしまえばいい、不利な立場に立たせてしまえばいい……どんな結果が出るにしても、とにかく勝利はあなたのものなんだわ！　アリョーシャ！　お願いだから私を責めないでね！　私があなたの愛情を理解していないとか、その価値を認めていないとか、そんなふうには思わないでね。あなたは今でも私を愛しているのよ。でも今のこの瞬間でも、私の訴えの意味はたぶん分ってらっしゃらないのよ。今こんなことを洗いざらい言ってしまったりして、自分のやり方がとてもまずいことは分ってるわ。でも、どうしようもないの。そんなことはみんな分っていながら、ますますあなたを愛してしまう……もう、すっかり……わけが分らなくなるくらい！」

ナターシャは両手で顔を覆《おお》って肘掛《ひじかけ》椅子に身を投げ出し、子供のように声をあげて泣き出した。アリョーシャは叫び声を発して駆け寄った。ナターシャの涙を見ると、いつもこの青年は自分も泣いてしまうのだった。ナターシャの号泣はどうやら公爵の立場を大いに救ったようだった。長い言葉のあいだのナターシャののぼせ方にしても、単に体面の問題からだけでも腹を立てないわけにいかない乱暴な物言いにしても、すべてこれは狂気じみた嫉妬の発作であり、辱《はずか》しめられた恋愛感情であり、あるいは病気のせいであるとしてしまうことができる。それどころか同情を示してもいいほどの情勢だった……

「落着いてください、しっかりしてください、ナターリヤ・ニコラーエヴナ」と公爵は慰めた。「何もかも興奮と空想と孤独のせいです……あなたはアリョーシャの軽はずみな行為にすっかり苛立ってしまわれた……しかしこれは単にアリョーシャが軽率であったというにすぎません。あなたが今指摘された一番重要な事実、すなわち火曜日の出来事は、むしろあなたにたいするアリョーシャの限りない愛着を証明しているのです。ところがあなたはそれを逆におとりになって……」

「ああ、何もおっしゃらないでください、せめて今だけでも私を苦しめないで！」とナターシャはむせび泣きながら相手の言葉をさえぎった。「もう前から感じで分っていたわ、ずっと前から！　アリョーシャの今までの愛情はすっかりさめてしまったのよ。それが私に分らないとお思いになるの……ここで、この部屋で、ひとりで……アリョーシャに棄てられ、忘れられて……私はじっと我慢して……よくよく考えてみました……でも、どうしようもなかったわ！　あなたを責めてるんじゃないのよ、アリョーシャ……どうしてあなたは私をだますの。私は自分で自分をだまそうとしてみたのよ、それがお分りにならないの！……それも何べんも、何べんもよ！　アリョーシャの声音《こわね》に耳をすましたわ。アリョーシャの顔色や目の表情を一生懸命読もうとしたわ……もう何もかも駄目になったのよ、葬《ほうむ》り去られたのよ……ああ、私はなんて不幸なんだろう！」

アリョーシャはナターシャの前にひざまずいて泣いていた。

「そうだよ、そうだよ、悪いのはぼくなんだ！　すべてはぼくのせいなんだ！」と泣きながらアリョーシャは繰返した。

「だめよ、自分を責めないで、アリョーシャ……私たちの敵は……ほかにいるのよ。それは、そこにいる人の仲間よ……そこにいる人の仲間なのよ！」

「しかし失礼だが」と公爵はいくらか苛立たしげに言った。「どういう根拠があって、あなたは私のせいになさるのですか、そういう……かずかずの罪を？　それはあなたの邪推であって、なんの証拠もない……」

「証拠ですって！」とナターシャはすばやく椅子から立ちあがって叫んだ。「あなたに証拠が要《い》るのですか、悪賢いあなたに！　ここへ来てあの申し出をなさったとき、あなたにはほかに打つ手がなかったのです！　息子さんがもっと自由に、もっと落着いてカーチャに打ちこめるように、息子さんの良心の呵責《かしやく》を麻痺《まひ》させ、安心させなければならなかった。でないとアリョーシャはいつまでも私のことを思い出して、あなたの言うことを聞かなかったでしょう。あなたはもう待ちくたびれていた。いかが、図星じゃありません？」

「なるほど」と公爵は皮肉な笑《え》みを浮べて答えた。「もし私があなたをだまそうとしたのなら、そのとおりに計画を立てたでしょうな。あなたは非常に……機知に富んだお方です。しかしそれには証拠がなければならない。証拠があって初めて、そのような非難で人を侮辱することができます……」

「証拠！　それならば、あなたが息子さんを私から引き離そうと懸命になっていらした、あの頃の振舞いは一体何なのですか。世間的な利害関係や金銭のために、こういう大切な義務をないがしろにしたり玩《もてあそ》んだりすることを自分の息子に教えるような人は、息子を堕落させる人だわ！　さっき、ここの階段のことや、ひどい住居のことを、なんとおっしゃいました？　アリョーシャからそれ以前のお小遣《こづか》いをとりあげて、貧乏と飢えという武器で私たちの仲を裂こうとなさったのは、あなたではなかったのですか。この住居も階段もみんなあなたのせいなのですよ。だのに今アリョーシャを責めるなんて、あなたは二重人格だわ！　それにあの晩のあの熱意、あなたらしくもない新しい信念は、一体どこから現われたのかしら。どういうわけで私はとつぜんあなたに必要な人間になったのですか。私は四日間この部屋の中を歩きまわって、いろいろ考えたり、秤《はかり》にかけてみたりしたわ。あなたの言葉の一つ一つ、あなたの表情の一つ一つをね。その結果、分りました、あれはみんなにせものなのよ、冗談なのよ、人を馬鹿《ばか》にした、安っぽい、下らない喜劇なのよ……あなたのことはもうだいぶ前から分っていますもの！　アリョーシャがあなたの家からここへ来るたびに、アリョーシャの顔色からあなたのおっしゃったこと、あなたが吹きこんだことを、私、一々推理していました。あなたのアリョーシャにたいする影響はとうに研究ずみだわ！　そう、あなたにはだまされません！　もしかすると、あなたにはほかの思惑があるかもしれないし、私が今言ったことは少しピントが外《はず》れているかもしれません。でも、いずれにせよ同じことだわ！　あなたにだまされた――これが肝心なことなのよ！　それをあなたに面と向って申し上げたかったのよ！……」

「それだけですか？　証拠はそれで全部ですか。しかし考えてごらんなさい、あなたはだいぶ取り乱しておられるが、あの狂言（とあなたは私の火曜日の申し出のことをお呼びになる）によって、私は自分をあまりにも縛りすぎたことにはなりませんか。私としては軽率すぎるほどの行動ではないでしょうか」

「ご自分を縛るって、どんな点で？　私をだますことなんか、あなたにはなんでもないことじゃないかしら。たかが小娘一人が腹をたてたからって、それが何でしょう！　だってその娘は哀れな家出娘で、父親にも見棄てられて、だれも頼る人のいない、自分の顔に泥を塗った自堕落娘ですものね！　その狂言がほんの少しでも何らかの利益をもたらすものならば、そんな女に遠慮する必要はありゃしないんじゃないかしら！」

「ナターリヤ・ニコラーエヴナ、あなたはご自分をどんな立場に追いこもうとなさっているのですか。よくお考えになってみてください！　あなたは私のほうからあなたを侮辱したというふうに、是が非でも主張なさりたいようだ。しかし、その侮辱ははなはだ重大な、屈辱的なものですから、なぜそんなことを想定なさるのか、私にはとんと分りかねます。ましてや、それに固執なさるのは全く不可解です。そういうことを平気で言うということは、失礼ですが、よほど海千山千の女でなくてはできるものではない。とにかく、あなたは息子を私に反抗させようとなさっているのだから、私にはあなたを非難する権利があるわけです。たとえ今すぐ私に反抗しないとしても、息子の心はすでにそむいて……」

「違う、お父さん、違う」とアリョーシャは叫んだ。「ぼくがお父さんに反抗しないのは、お父さんが人をそんなふうに侮辱するはずはないと信じているからなんだ。それに、そんな侮辱なんて、ぼくはとうてい信じられない！」

「お聞きになりましたか」と公爵《こうしゃく》は叫んだ。

「ナターシャ、何もかもぼくが悪いんだ、父を責めないでおくれ。それは罪だよ、恐ろしいことだよ!」

「いいこと、ワーニャ、お父様はもう私の敵なのよ!」とナターシャは叫んだ。「もうたくさんだ!」と公爵は言った。「この重苦しい場面はもうお終《しま》いにしなくてはいけない。あらゆる限界を越えたこの盲目的で激しい嫉妬の発作は、私にとって全く新しいかたちであなたの性格を描き出してくれました。これはいい警告になりました。私たちは早まったようですね、まったく早まった。あなたはどれほど私を侮辱なさったか、それに気づいてもおられない。そんなことはあなたには問題にならないのですね。早まりました……早まりました……もちろん約束は神聖なものであらねばなりませんが、しかし……私は父親ですから、息子の幸福を望むことは当然の……」

「約束を取り消すとおっしゃるのね」とナターシャは我を忘れて叫んだ。「いいチャンスだと大喜びしていらっしゃるのね! でも、よろしいですか、私のほうも二日前に、この部屋で、一人で決心しましたわ。あなたの約束からあなたを解放して差し上げようってね。今みなさんの前ではっきり申します。私、お申し出をお断わりします!」

「それはつまり、『息子の心に従来の不安や義務感、『義務を果せぬ悩み』(さきほどのあなたの言葉によれば)をよみがえらせて、そのことによって息子を今までどおりご自分に引き寄せようというおつもりなのかもしれませんな。あなたの理論からすれば、そういうことになるではありませんか。だからこそ私もこんなことを申し上げたのですが。

しかしもうたくさんです、あとは時が解決してくれるでしょう。いずれもっと穏やかな時期を待ってあなたと話し合うことにいたします。私たちのお付き合いが完全に切れることなどないように、私は希望しますな。それからあなたもせいぜい私という人間をもっと良く評価なさるように努めていただきたいものです。今日は、実はあなたのご両親のことについても私の計画をお伝えするつもりでした。それをお聞きになれば、あなたも……いや、もうやめましょう！　イワン・ペトローヴィチ！」と私に近づいて公爵は言い足した。「以前からお近づきになりたいと思っておりましたが、今はますます、あなたに親しくしていただくことは私にとって貴重なことに思えてまいりました。あなたに私という人間を理解していただきたいのです。近日中にお宅へうかがいます。よろしいでしょうか」

私はうなずいた。私自身も、今となっては公爵との付き合いを避けるわけにはいかないような気がしたのである。公爵は私の手を握り、無言でナターシャに頭を下げ、いかにも自尊心を傷つけられたという恰好《かっこう》で出て行った。

第四章

何分間か、私たちはだれも口をきかなかった。ナターシャは物思いに沈み、打ちのめされたように、悲しげに坐《すわ》っていた。体の力が俄《にわ》かにすっかり抜けてしまったようだった。何も見えていない目でぼんやりと眼前を見つめ、アリョーシャの手を握りしめている。青年は悲しげに泣きつづけ、ときどき臆病《おくびよう》そうな好奇の表情でナターシャの顔色をうかがった。

やがて青年はおずおずとナターシャを慰め始め、怒らないでくれと哀願したり、自分を責めたりした。どうやらアリョーシャは父親を弁護したいらしく、それが何よりも気がかりなことは目に見えていた。何度もそのことを言いかけるのだが、ナターシャの怒りをふたたび呼びさますことが恐ろしく、はっきりとは言えないのである。青年は永久不変の愛を誓い、カーチャへの愛着について一生懸命言いわけをした。カーチャは妹のように、かわいい善良な妹のように愛しているのであり、だから全く手を切ってしまうわけにはいかない、そんな乱暴で残酷なことは自分としてはできないと、アリョーシャはくどくど繰返した。そしてもしナターシャとカーチャが知り合えば、二人はすぐ仲良くなり、決して離れられなくなるだろう、そうなればもう何の誤解も生じえないわけだと、自信ありげに言った。この考えはとくに青年の気に入ったようだった。哀れなアリョーシャは嘘《うそ》をついているつもりは少しもなかったのだ。ただナターシャの心配がよく呑《の》みこめず、だいたい、今し方ナターシャが自分の父親に言ったことの内容がよく理解できなかったのである。アリョーシャが分っているのは、二人が喧嘩《けんか》をしたということだけで、それがことのほか胸に重くのしかかっていたのだった。

「お父様のことで、あなた、私を責める？」とナターシャは訊《たず》ねた。

「責めることなんかぼくにはできないよ」とアリョーシャは苦しそうに答えた。「すべての原因はぼくにあるんだし、何もかもぼくが悪いんだもの。きみをそんなに怒らせてしまったのも、ぼくのせいなんだ。きみは腹を立てたあまり、ぼくを弁護しようとして父を責めたんだからね。きみはいつも弁護してくれるけれど、ぼくにはその価値がない。とにかく、だれか一人、悪者を探《さが》し出さなきゃならなくなって、きみは父を選んだんだ。でも、ほんとに、ほんとに父は悪くないんだよ！」とアリョーシャは勢いづいて叫んだ。「そんなつもりでここへ来たんじゃないんだからね！　こんなことになるとは夢にも思わなかったんだよ、父は！」

だが、ナターシャが悲しげに非難の目つきで自分を見ているのに気づき、青年はたちまち怖気《おじけ》づいた。

「いや、もう言わない、もう言わないから赦《ゆる》しておくれ」とアリョーシャは言った。「すべての原因はぼくなんだ！」

「そうよ、アリョーシャ」と苦しい感情をこめてナターシャは言葉をつづけた。「お父様は私たちのあいだを通りぬけて、私たちの平和を永久にこわしてしまったのよ。あなたはだれよりも私を信じていてくださったわね。でもお父様はあなたの心に、私への疑惑と不信を植えつけたのよ。だからあなたは私を責め始めた。あなたの心をお父様に半分とられたんだわ。私たちのあいだを黒猫が駆け抜けたんだわ」

「そんなふうに言わないでくれ、ナターシャ。どうして黒猫なんて言うんだい」その一語に青年はしょげかえった。

「お父様はいつわりの親切と、贋《にせ》の寛大さでもって、あなたを自分に引き寄せたのよ」とナターシャはつづけた。「今後はますます私に逆らわせるように仕向けるのよ」

「誓ってもいいけど、そんなことはない！」とアリョーシャはいっそう熱っぽく叫んだ。「父はいらいらしていたから『早まった』なんて言ったんだ。まあ見ていてごらん、あしたか、二、三日中に、きっと思い直すから。もし本当にぼくらの結婚を望まないほど腹を立てたんだとしても、ぼくは父の言うことをおとなしく聞きやしない。ぼくにだってそれくらいの力はあるからね……それに、そうだ、ぼくらを助けてくれる人がいる」と、とつぜんの思いつきに有頂天になってアリョーシャは叫んだ。「カーチャが助けてくれるよ！　そしたらきみもきっと分ると思う、あのひとがどんなにすばらしい人だか！　きみの恋敵《こいがたき》になって、ぼくらを別れさせるなんて気があのひとにあるかどうか、今に分る！　そういえば、きみがさっき言ったことはひどいよ、結婚式の翌日にも熱がさめる男のようなことを言ったね、ぼくのことを！　ぼくは聞いていて辛《つら》かった！　いいや、ぼくはそんな人間じゃない。たびたびカーチャの家に行くとしても、それは

「……」

「もういいわよ、アリョーシャ、いつでも好きなときにカーチャの家へいらっしゃい。私がさっき言ったのは、そんなことじゃないわ。あなたにはまだすっかり分らないのね。だれとでも好きな人と仕合せにおなりなさい。あなたの心が与えてくれる以上のものを、私が要求したってどうにもならないわ……」

マーヴラが入って来た。

「どうします、お茶を出します？ ほんとに困っちゃうわ、もうサモワールは二時間も沸かしっぱなしよ。今、十一時ですからね」

マーヴラの訊《き》き方は乱暴で、腹立たしげだった。明らかにこの女中は不機嫌《ふきげん》で、ナターシャに腹を立てていた。つまり、あの火曜日以来、マーヴラは有頂天になって、お嬢様（自分が非常に愛している）がお嫁に行くのだと、このアパート中に、いや近所の商店や門番にまで喋《しゃべ》って歩いたのである。あの大金持のえらい公爵《こうしゃく》様がおんみずからお嬢様に申しこまれたのをこの耳でちゃんと聞いたのだと、マーヴラは自慢そうに大いばりで喋って歩いたのだが、それがとつぜん何もかも水泡《すいほう》に帰してしまったのだ。公爵は怒って帰り、お茶を出す暇もなかった。悪いのはもちろんお嬢様にきまっている。お嬢様が公爵に失礼なことを言ったのを、マーヴラはちゃんと聞いたのだ。

「そうね……持って来て」とナターシャは答えた。

「でも前菜《ザクースカ》は出しますか」

「ええ、前菜《ザクースカ》も」ナターシャはちょっとうろたえた。

「せっかく用意したのにねえ！」とマーヴラは言葉をつづけた。「きのうから足を棒にしてさ、葡萄酒《ぶどうしゅ》を買いにネフスキー通りまでも行って来たのに、やれやれ……」そして腹立ちまぎれにドアをばたんと閉めて、マーヴラは出て行った。

　ナターシャは少し赤くなり、妙な目つきで私の顔を見た。まもなくお茶が出て、前菜《ザクースカ》も運ばれた。山鳥があり、何か魚らしいものもあり、一本の上等な葡萄酒はエリセーエフの店から買って来たものだった。『なんだってこんな高級なものを揃《そろ》えたのだろう』と私は思った。

「ワーニャ、私って馬鹿《ばか》な女ね」と、ナターシャはテーブルに近寄り、私にまで照れてみせながら言った。「今夜はきっとこんな結果になるだろうとは思っていたんだけど、でも、ひょっとしたら、こうならないかもしれないとも思ったの。アリョーシャが来て、みんな仲直りをして、私の疑いは間違いだったことが分って、私も思い直して……そのときのために前菜《ザクースカ》を用意したのよ。みんなで話に花が咲くんじゃないか、なんて思って……」

　哀れなナターシャ！　そう言いながらナターシャは真《ま》っ赤《か》になった。アリョーシャは有頂天になった。

「ほらごらん、ナターシャ！」と青年は叫んだ。「きみは自分で自分を信じていなかったんだ。二時間前には自分の疑いを信じていなかったんだ！　そう、この事態はなんとか収拾をつけなきゃいけない。悪いのは、すべての原因はぼくなんだから、ぼくが何もかも収拾をつけるよ。ナターシャ、すまないけど、ぼくは今すぐ父のところへ行く！父に逢《あ》わなきゃ。傷つけられて怒ってる父を慰めなきゃ。ぼくはぼくの責任において、すべてを父に話すよ。きみとは関係なくね。何もかも丸く収めてみせる……きみをここに残して父のところへ行くからって怒らないでおくれ。そうじゃないんだ。ぼくは父が可哀想《かわいそう》なんだよ。だって父はきみにいずれは弁解しなくちゃならないんだからね……あしたは朝からここへ来て、一日いっぱい一緒にいよう。カーチャの所へなんか行かないからね……」

ナターシャは青年を引きとめようとせず、かえって自分から行きなさいとすすめた。アリョーシャが今度はわざと意地を張ってここにとどまり、すっかり退屈してしまうのを、ナターシャはひどく恐れていたのだった。ただナターシャは自分を引き合いに出しては何も言わないでほしいとだけ頼み、精いっぱいの努力をして青年に別れの笑顔を見せた。アリョーシャは出て行こうとしたが、とつぜんナターシャに近寄り、その両手をとって、そばに腰をおろした。そして言うに言われぬやさしい目でナターシャを見つめた。

「ナターシャ、きみはぼくの天使だ、ぼくのことを怒らないでおくれ、もう喧嘩はぜったいしないことにしようね。ぼくのすべてを信じると約束してくれないか、ぼくもきみのすべてを信じるから。ちょっとぼくの話を聞いておくれ、お願いだ。いつだったか、原因は忘れたけれども喧嘩をしたことがあったね。どうせぼくが悪かったんだろうけど。とにかく、ぼくらはお互いに口をきかなかった。ぼくは自分から先にあやまるのはくやしかったけど、それでも悲しくてたまらなかった。で、町をぶらついたり、友達の所へ寄ってみたりしたけど、胸の中は苦しくて、苦しくて……そのとき、ふっと考えたんだ、もし万一きみが病気か何かで死んだら、ってね。そのことを想像したら、ぼくは急に物《もの》凄《すご》い絶望に襲われた。まるで本当にきみを永遠に失ったみたいにね。考えることはどんどん苦しい、恐ろしいものになっていった。そしていつのまにか、ぼくはきみの墓参りをして、お墓の上にばったり倒れ、墓石を抱きしめて、悲嘆にくれている自分を空想していたんだ。その墓石にキスして、せめて一瞬間でもいい、出て来ておくれと呼びかけたり、ほんの一秒間でも甦《よみがえ》らせてくださいと神に奇蹟《きせき》を祈ったりしている自分を空想した。それからきみをいきなり抱き寄せてキスするところを胸に描いた。ほんとに、たとえ一瞬間でもいい、昔のようにきみを抱きしめられるなら、そのまま死んでもいいと思った。そんなことを想像しているうちに、とつぜん頭にひらめいたんだ。ぼくはそんなふうに一瞬間でもきみを抱きしめたいなどと祈っているけれど、そのきみはもう六カ月もぼくと一緒だったじゃないか、ってね。その六カ月のあいだに、ぼくらは何べん喧嘩をし、幾日お互いに口をきかなかっただろう！　何日も何日も喧嘩をして、お互いの仕合せを粗末にしたくせに、今はせめて一瞬間でも墓から出て来てくれ、そのためならば命も惜しくないと叫んでる！……そう思うと、ぼくはもうたまらなくなって、走ってここへ帰って来た。きみはもう待っていてくれて、喧嘩のあとで初めてぼくらは抱き合った。忘れもしない、ぼくは本当にきみを失いかけたみたいに、この胸にしっかりときみを抱きしめた。ナターシャ！　もう絶対に喧嘩はよそう！　喧嘩はぼくにはいつも辛いんだ！　それに、ああ、きみを棄《す》てるなんて、そんなことが考えられるもんか！」

ナターシャは泣いていた。二人は固く抱き合い、アリョーシャはもう一度、決してナターシャを棄てないと誓った。それから父親の家へ飛んで行った。何もかもうまくいく、何もかも丸く収まると、固く信じているように。

「何もかもお終《しま》いだわ！　もう駄目だわ！」と、発作的に私の手を握りしめてナターシャは言った。「あのひとは私を愛してる。その気持は変らないと思うわ。でもあのひとはカーチャも愛してる。もう少し経《た》てば、私よりもカーチャを愛するようになるのよ。あの執念深い公爵はぐずぐずしているはずはないでしょう、だから……」

「ナターシャ！　ぼくも公爵のやり方はきたないと思うけれども、でも……」

「私が公爵に言ったことを、全部は信じていらっしゃらないのね！　あなたの顔色で分ったわ。でも見ていてごらんなさい、私が正しかったかどうか今に分るから。私はただ大ざっぱに話しただけよ、公爵がほかにどんなことを考えているか分ったもんじゃないわ！　あれは恐ろしい人間なのよ！　四日間この部屋の中を歩きまわって、私すっかり見抜いてしまったの。公爵はアリョーシャの心を解放し楽にしてやりたかった。生きることの邪魔になる悲しみや、私にたいする義務的な愛情からね。あの結婚話を考え出したのは、私たちのあいだに自分の力を割りこませて、自分の威厳や寛大さでもってアリョーシャをうっとりさせたいこともあった。本当よ、これが真相なのよ、ワーニャ！　アリョーシャはそういう性格の人なんですもの。つまり、そうなればアリョーシャは私については安心してしまう。私についての不安は消えてしまう。もうナターシャはぼくの妻で永遠に一緒なんだから、というふうに考えて、思わず知らずカーチャのほうにいっそう注意を向けるようになる。公爵はたぶんカーチャのことをよく研究して、これこそ似合いの妻だ、私よりもアリョーシャを惹《ひ》きつける力の強い女だと見抜いたのね。ああ、ワーニャ！　今はもう、あなただけが頼みの綱よ。公爵は何のためか知らないけど、あなたと付き合いたがっているでしょう。その付き合いに応じてやってくださらない？　そしてお願いですから、なるべく早く伯爵夫人の家に出入りするようになってほしいの。そのカーチャと知り合って、よく観察して、どんな人か聞かせてほしいの。ぜひともあなたの目で見ていただきたいのよ。あなたはだれよりも私のことを理解してく

だ さるでしょ。だから私の見てほしいことも分ってくださるわね。二人がどの程度に親しいか、二人のあいだに何があるか、二人でどんな話をしているか、そういうことを見てきて。何よりもカーチャを、カーチャをよく見てきて……私の大好きなワーニャ、あなたの友情をもう一度だけ、もう一度だけ見せてほしいの！　あなただけよ、もうあなただけなのよ、私が頼りにできるのは！……」

…………………………

私が家へ帰ったときは、もう夜中の十二時すぎだった。ネリーが寝呆《ねぼ》けまなこでドアをあけてくれた。そしてにっこり笑い、明るい表情で私を見上げた。待つ間に眠ってしまったことで、この哀れな少女は自分自身に腹を立てていた。ちゃんと起きて待っていたかったらしい。だれかが私を訪ねてきて、しばらく待っていたが、置手紙をして帰った、と少女は言った。置手紙の主はマスロボーエフだった。あすの十二時すぎに彼の自宅へ来てほしいと書いてある。私はネリーにいろいろ訊こうと思ったが、それはひとまずあすまで延ばすことにして、早く寝なさいと少女をせきたてた。哀れな少女はそれでなくとも待ちくたびれて、私が帰る三十分ほど前に、とうとう、うたた寝をしてしまったのだという。

第五章

翌朝、ネリーはゆうべの訪問客のことで、ちょっと奇妙な話を聞かせてくれた。もっとも、マスロボーエフがゆうべ急に思い立って訪ねて来たことからして、すでに奇妙だった。私が留守にすることを、たぶん知っていたはずなのだから。この前逢《あ》ったとき、そのことは私がすでに言ってあったのであり、私の記憶に間違いはないと思う。ネリーの話によれば、初め少女はこわかったのでドアをあけなかった。なにしろ夜の八時頃である。だが男は閉まったドアごしに、どうしてもあけてくれと言い、もし置手紙をいま置いていかないと、なぜだか分らないが私の身によくないことが起ると言った。そこで中に入れると、彼はすぐに手紙を書き、それから少女に近寄り、長椅子《ながいす》に並んで腰をおろした。「私すぐ立ちあがって、あのひとと話をしなかったの」とネリーは語った。「とてもこわかったから。だってブブノワのことを喋《しゃべ》り出したんだもの。今は怒ってるけど、もう私をとり戻すことはできないだろうって言って、それからあなたのことを褒《ほ》め始めたの。あなたとは大の仲良しで、小さな子供の頃からの友達だ、って。それで私も喋り出したわ。あのひと、お菓子を出して、私にすすめたの。私、手を出さなかった。そしたら、おじさんはいい人間なんだよ、唄《うた》も踊りもうまいんだって言って、立ちあがって踊り出したの。私おかしくなっちゃった。それから、もう少し待ってみよう、ワーニャが帰って来るかもしれない、って言って、こわがらずに、そばへ坐《すわ》ってくれって頼むの。私は坐ったけど、なんにも話はしようとしなかった。そしたらあのひと、ママやお祖父《じい》さんを知ってるって言うんで……それで私も喋り出したの。ずいぶん永いこと帰らなかったのよ」

「で、なんの話をしたの」

「ママのことや……ブブノワのことや……お祖父さんのこと。二時間ぐらい、いたの」

ネリーはどうも二人の話の内容を言いたくない様子だった。マスロボーエフから聞き出せると思ったので、私は詳しくは訊《き》かなかった。ただ、マスロボーエフはネリー一人に逢うために、わざと私の留守に来たのだという気がした。『一体なんのためなのだろう』と私は思った。

少女は彼がくれた三個のお菓子を見せた。それは緑と赤の紙に包んだ氷砂糖で、たぶん八百屋ででも買ったのだろう、ひどい粗悪品だった。ネリーはそれを見せながら、げらげら笑い出した。

「どうして食べなかった？」と私は訊《たず》ねた。

「いやよ」と少女は眉《まゆ》をひそめ、真顔で答えた。「私、手も出さなかった。あのひとが勝手に長椅子の上に置いて行っただけ……」

その日、私は方々歩きまわる予定だった。そこで早速《さっそく》ネリーにそう言った。

「一人だと、さびしい？」と、私は出がけに訊ねた。

「さびしいけど、さびしくない。さびしいのは、あなたがなかなか帰って来ないから」

そう言ってネリーは愛情のこもった目つきで私を見つめた。この朝、少女はいつも同じやさしいまなざしを私に投げかけ、たいそう明るくやさしく見えたが、同時に何かしら恥ずかしげな、おずおずした様子も見受けられた。それはまるで私を怒らせることを、私の愛情を失うことを恐れている感じであり……自分の気持を表に出しすぎたことを恥じている感じでもあった。

「じゃ、さびしくないのはどうして？『さびしいけど、さびしくない』って言っただろう」と、思わず笑顔を見せて私は訊ねた。それほどネリーがかわいい、かけがえのない者に思われてきたのである。

「どうしてだかは、自分じゃ分ってるけど」とネリーはにっこり笑って答えたが、なぜかまたもや恥ずかしそうな顔になった。私たちは開け放ったドアの敷居の上で話していたのである。ネリーは私の前に立って目を伏せ、片手を私の肩にかけ、もう一方の手では私のフロックコートの袖《そで》をつまんでいた。

「じゃ、秘密なんだね」と私は訊ねた。

「ううん……べつに……私ね、あなたがいないあいだに、あなたの小説を読み始めたの」と少女は小声で言い、しみ通るようなやさしいまなざしを私に向け、真っ赤《まか》になった。

「ああ、そうだったのか！　どう、おもしろい？」面とむかって褒められた作者の常として、私はうろたえたが、この瞬間、少女に接吻《せっぷん》することができたなら、この世のすべてを投げ出したかもしれない。だが、さすがになんとなく接吻できなかった。ネリーは少しのあいだ黙っていた。

「どうして、どうしてあのひとは死んだの」とネリーは私の顔を見上げ、悲しくてたまらぬように訊ねてから、すぐまた目を伏せた。

「あのひとって？」

「あの若いひとよ、肺病の……小説の中の」

「仕方がないんだ、ネリー、ああしなければならなかったんだよ」

「そんなことないわ」と少女はほとんど囁《ささや》くように答えたが、その口調はぶっきらぼうで、怒っているように聞えた。唇《くちびる》をとがらせて、少女はいっそうかたくなに床を凝視している。

さらに一分ほど経《た》った。

「じゃ、あの女のひとは……あの二人……娘さんとお爺《じい》さんは」と、前よりもいっそう熱心に私の袖をもてあそびながら、ネリーは囁き声でつづけた。「結局、一緒に暮すようになるの？　貧乏じゃなくなるの？」

「いいや、ネリー、あの娘は遠くへ行ってしまうんだ。地主のところへお嫁に行くのさ。お爺さんは一人になってしまう」と、私はたいそう残念な気持で答えた。何かもっとネリーの慰めになることを言ってやれないのが本当に口惜しかった。

「そう……そうなの！　そうだったの！　そんなことって！……私もう読みたくない！」

　そしてネリーは怒ったように私の手を払いのけ、くるりと私に背を向けると、机の方へ逃げ出し、部屋の隅《すみ》に顔を向けたまま、うなだれた。その顔は真っ赤で、何かひどい悲しみに襲われたように息づかいは乱れていた。

「どうした、ネリー、怒ったのかい！」と少女に近寄りながら私は言った。「あの本に書いてあるのは本当のことじゃないんだよ、みんな拵《こしら》えたことなんだよ。だから怒ることはないじゃないか！　きみも感じやすい子だね！」

「怒ってなんかいない」と少女はためらいがちに言い、たいそう明るい愛情に満ちたまなざしを私に向けた。それからとつぜん私の手を取り、私の胸に顔を押しつけて、どうしたわけか泣き出した。

　だが、泣き出したと思った途端に、少女は笑い出した。泣くのと笑うのとが同時だった。私もなんだか滑稽《こっけい》になり、なんだか……甘い気分になった。けれどもネリーは絶対に私に顔を見せようとせず、私がその顔を肩から押しやろうとすると、ますます強くしがみつき、ますます激しく笑うのだった。

やがてこの感傷的な場面も幕となった。私は急いでいたので、さっそく出掛けることにした。ネリーは顔を真っ赤にして、依然として恥ずかしそうな様子で、目を星のように光らせながら、階段まで私を追って来て、なるべく早く帰ってねと頼むのだった。食事時までには必ず帰るし、できればもっと早く帰って来ようと私は約束した。

最初に、私は老夫婦の家へ行った。二人はどちらも体具合が悪かった。アンナ・アンドレーエヴナは完全な病人で、ニコライ・セルゲーイッチは自分の書斎に閉じこもっていた。老人は私の来たことをちゃんと知っていたが、いつもの伝《でん》で、細君と私に充分話し合う時間を与えるために、少なくとも十五分経ってからでないと出て来ないのだった。私はアンナ・アンドレーエヴナをあまり悲しませたくなかったので、ゆうべの出来事もできるだけ和《やわ》らげたかたちで話してやったが、しかし事実を語ったことはもちろんである。驚いたことに、老婦人は悲しみはしたものの、結婚話がこわれそうだという報告をさして驚かずに聞いたのだった。

「そうだったの、私もそんなことだろうと思っていたわ」と老婦人は言った。「あのときあなたが帰ってから、永いことといろいろ考えてみたんだけど、これはうまくいくはずがないと思ったの。だって私たちはまだまだ信心が足りないし、それに相手はあんな恥知らずでしょう。あの男に何かいいことを期待するほうが間違っているわ。だって、なんの理由もないのに私たちから一万ルーブリもふんだくるんでしょう。なんの理由もないと分っていて、それでも取るのよ。最後の一切れのパンまで取り上げられてしまう。イフメーネフカ村は売りに出されるしね。あの男を信用しなかったナターシェチカは利口な子よ。それにねえ、あなた」と、声を低めて老婦人は言葉をつづけた。「うちのひとときたら！　この縁談に大反対なのよ。わしは反対だ、なんて口に出して言うようになってね！　初めは気紛《きまぐ》れだろうと思ってたんだけど、そうじゃないのよ、本気なのよ。だから、もしこの話がまとまったりしたら、あの子はどうなると思う？　実の父親に呪《のろ》われてしまうのよ。それはそうと、あのひとは、アリョーシャはどうなの？」

そして老婦人は永いこと根掘り葉掘り訊ねて、いつものように、私の返事の一つ一つに溜息《ためいき》をついたり、愚痴をこぼしたりするのだった。最近このひとがめっきり気弱になっていることに私は気づいた。さまざまな新事実にいためつけられたせいだろう。ナターシャの身を案ずる悲しみに、心身ともに損《そこな》われたのである。

部屋着を着て、スリッパをはいた老人が入って来た。なんだか熱っぽいと訴えながらも、老人はやさしい目で妻を眺《なが》め、私がいるあいだ中、まるで乳母《うば》のようにあれこれと世話をやき、妻の顔色をうかがい、妙におずおずした態度さえ見せるのだった。その日にはやさしさがあふれていた。このひとは妻の病気に気も転倒し、妻を失えば人生のすべてを失うような気持になっていたのだった。

私は一時間ばかり坐りこんだ。別れぎわに老人は私について玄関に出て来て、ネリーのことを話し出した。娘の代りにネリーを引きとろうと老人は真剣に考えていたのだった。それについてアンナ・アンドレーエヴナの心を動かすにはどうしたらいいだろうと、老人は私に相談をもちかけた。そして熱心にネリーのことをあれこれ訊ね、何か少女について新しいことを聞かなかったかと言った。私はかいつまんで話してやった。私の話は老人に強い印象を与えたように見えた。

「この話はいずれまたあらためてしよう」と老人はきっぱりと言った。「さしあたって……そうだな、わしがまた訪《たず》ねるよ、体具合がもう少しよくなったらな。そのとき決めることにしよう」

ちょうど十二時に、私はマスロボーエフの家に着いた。ひどく驚いたことには、家に入る早々まっさきに出逢《であ》った人物は公爵《こうしゃく》だったのである。公爵は玄関の間で外套《がいとう》を着ているところだったが、マスロボーエフはまめまめしく手を貸し、ステッキを渡したりしていた。彼が公爵と知り合いであることはすでに聞いていたが、それでもこの出逢いは私をひどく驚かせた。

公爵は私の姿を見ると、ちょっとたじろいだようだった。

「ああ、あなたでしたか！」と、少し力を入れすぎた口調で公爵は叫んだ。「これはまた奇遇ですな！　といっても、つい今し方マスロボーエフさんから、あなた方がお知り合いだと伺ったばかりですが。よかった、よかった、あなたにお逢いできて嬉《うれ》しいです。なるべく早くお目にかかりたいので、お宅へ伺おうと思っていた矢先でした。お差支えないでしょうね。実はお願いがあるのです。あなたのお力をお借りして、現在の私たちの状態をはっきりさせたいのですよ。たぶんお分りでしょうが、私が申しているのはきのうのあの一件のことでして……あなたはあちらとも親しくしておられるし、この事件のいきさつをすっかりご存知だから、あなたならば解決してくださるだろうと……いや、今ゆっくりお話できないのは実に残念です……用事がありましてね！　しかし二、三日中に、いや、たぶんもっと早くお伺いできると思います。今はどうも……」

公爵は妙に強い力で私の手を握り、マスロボーエフと視線を交《か》わして出て行った。

「頼むから話してくれ、これは……」と、部屋に入りながら私は言いかけた。

「いや、なんにも言えないね」とマスロボーエフは私の言葉をさえぎり、あたふたと帽子を摑《つか》んで玄関へ引き返した。「仕事、仕事！　今急いでるんだ、遅れそうでね！……」

「十二時に来いと置手紙をしていったじゃないか」

「それがどうした。きのうはきみが手紙を受けとったが、今日はおれが手紙で責めたてられてさ。頭が痛いほど用事また用事だ！　おれが行くのを待ってるんだよ。ごめんな、ワーニャ。むだな心配をさせたんだから、どうしても腹の虫をおさめたいとあらば殴《なぐ》るなりなんなりしてくれ、ほんとに殴ったたって構わないよ、ただお願いだから一つ早いとこ頼む！　引きとめないでくれよな、仕事なんだ、人が待ってるんだ……」

「いや、べつに殴るほどのことでもないさ。仕事なら早く行けよ。だれにだって予期しないことは起るからな。ただ……」

「おっと、そのただのことならおれが言おう」と、玄関で外套を着ながら（私も外套を着始めた）彼は私の言葉をさえぎった。「きみにも実は用があるんだ。非常に大事な用でね、そのためにきみを呼んだのさ。きみと、きみの利害に直接関係のあることなんだ。しかし今、簡単には話せないから、すまないが今夜かっきり七時、遅くもなく早くもなく、ちょうど七時にもう一度ここへ来ると約束してくれないか。おれは帰っているから」

「今日か」と私はためらいながら言った。「それがね、今夜は、ちょっと行きたいところがあって……」

「じゃ、きみ、その行きたいところに今行ってしまって、晩にはおれんとこへ来いよ。そのときおれが話して聞かせることが、ワーニャ、どうだい、想像がつくかい」

「いや一体なんの話なんだ、そりゃあ。好奇心をそそられるなあ」

この間、私たちはすでに門を出て、歩道に立っていた。

「じゃ来るね？」と彼は執拗《しつよう》に念を押した。

「だから来るって言っただろう」

「いや、ちゃんと約束しろ」

「ちぇ、うるさい男だな！　よし、約束した」

「りっぱ、りっぱ。で、きみはどっちへ？」

「こっちだ」と私は右を指した。

「じゃ、おれはこっちだ」と彼は左を指した。「失敬するぜ、ワーニャ！　忘れるなよ、七時だ」

『妙だな』とその後ろ姿を見送りながら私は思った。

今夜行きたい所というのは、ナターシャの住居だった。だが今マスロボーエフに約束してしまったので、今すぐそこへ出掛けることにした。きっとアリョーシャに逢《あ》えるだろうという確信が私にはあった。果せるかな、アリョーシャは来ていて、私が入って行くとひどく喜んだ。

青年はたいそう愛想がよく、ナターシャには極端にやさしくて、私が行くと浮かれ出したほどだった。ナターシャは明るく見せようと努めてはいたが、無理をしていることは目に見えた。その顔はやつれて蒼白《あおじろ》かった。ゆうべよく眠れなかったのだろう。アリョーシャにたいして、ナターシャはなんだか無理にやさしくしているようだった。

アリョーシャは彼女を元気づけ、ともすればほほえみを忘れがちな唇《くちびる》にほほえみを引き出そうと、さかんに喋《しゃべ》り、いろんな話をしたが、カーチャと父親の話は意識的に避けていた。どうやら、ゆうべの和解の試みは失敗に終ったらしい。

「ねえ、あのひと出て行きたくて仕方がないらしいの」と、青年がマーヴラに何かを言いつけにちょっと部屋を出たとき、ナターシャは急いで耳打ちした。「でも遠慮してるの。お出掛けなさいって私から言うのはこわいわ。だって、そう言ったら、あのひとは意地になって出掛けないかもしれないでしょ。でもこうしていて、すっかり退屈して、そのために私に冷たくなられるのもこわいの！　どうしたらいいかしら」

「ああ、きみたちはなんという状態になってるんだ！　そんなに疑り深くなって、お互いの心を探り合うなんて！　あっさり言いたいことを言えば、それですむことじゃないかな。こんな状態でいたら、それこそ彼は本当に退屈してしまうよ」

「じゃ、どうしたらいいの」と、ナターシャはおびえて叫んだ。

「よし、ぼくがうまくやってあげよう……」そこで私は汚《よご》れてしまった片方のオーバーシューズをマーヴラに拭《ふ》いてもらうという口実で、台所へ入って行った。

「慎重にやってね、ワーニャ！」とナターシャはうしろから声をかけた。

マーヴラのところへ入って行くと、アリョーシャはまるで待ちかねていたように私に寄って来た。

「イワン・ペトローヴィチ、ねえ、ぼくはどうすればいいんでしょう。相談に乗ってください。きのうカーチャに約束しちゃったんです、きょうのちょうど今時分訪ねるって。すっぽかすわけにはいきません！　ぼくはナターシャをもちろん愛しています、彼女のためなら火の中、水の中というくらいですけど、でもお分りでしょう、むこうもまるっきり切れてしまうわけにはいかない……」

「構わないから、行けばいいじゃないですか」

「でもナターシャはどうします。悲しがるにきまってるでしょう。イワン・ペトローヴィチ、なんとか助けてください……」

「あなたは今カーチャのほうへ行ったらいいと思いますね……ナターシャがどれほどあなたを愛しているかは知ってるでしょう。あなたはここにいると退屈なんじゃないか、無理にいてくれるんじゃないか、そんなことばかりナターシャは考えてるんです。無理は何よりもいけない。しかし、まあ、あっちへ行きましょう、ぼくが助けてあげますから」

「ああ、イワン・ペトローヴィチ！　あなたはなんていい方なんだろう！」

私たちは部屋へ戻った。少し経《た》ってから私はアリョーシャに言った。

「さっきお父さんに逢いましたよ」

「どこで？」と青年はびっくりして叫んだ。

「町で偶然にね。ちょっと立ち話をしましたが、近づきになってほしいとまた頼まれました。あなたのことを訊《き》いておられたっけ。今どこにいるか知らないか、とね。なんでも、逢ってぜひとも話したいことがあるとか」

「じゃ、アリョーシャ、行ってお父様に逢ってらっしゃい」と私の意図を察したナターシャが間髪を入れず言った。

「でも……どこへ行ったら逢えるだろう。うちかな？」

「いや、確か、これから伯爵夫人のところへ行くとおっしゃっていましたよ」

「じゃ、やっぱり駄目だね……」とアリョーシャは無邪気に言い、悲しそうにナターシャの顔を見た。

「ああ、アリョーシャ、駄目じゃないわよ！」とナターシャは言った。「私を安心させたいばっかりに、あなた本当にあちらの交際をおやめになる気？　そんなの子供っぽい考え方よ。第一そんなことは不可能だし、第二にカーチャにたいして不誠実だわ。あなた方はお友達なんでしょう、そんな乱暴な絶交ってないわ。それに私が嫉妬《しっと》すると思ってるのなら、それはもう私にたいする侮辱よ。お出掛けなさい、すぐにお出掛けなさい、お願いですから！　それにお父様もきっと安心なさるわ」

「ナターシャ、きみは天使だ、ぼくなんかきみの小指の先ほどの値打ちもない！」とアリョーシャは喜びと後悔で胸がいっぱいになって叫んだ。「きみはそんなにやさしいのに、ぼくときたら……ああ……白状してしまおう！　たった今、台所でイワン・ペトローヴィチに頼んだんだ、ここから出掛けるのに手を貸してくれってね。それでこのひとがこんなやり方を考え出したんだ。でも、ぼくを裁《さば》かないでおくれ、天使のようなナターシャ！　ぼくには罪は全然ないんだ、だってきみをこの世の何よりも、何千倍も愛しているんだもの。だからこそ、ぼくは新しいアイデアを思いついた。つまりね、カーチャに何もかも打ち明けようと思うんだ。ぼくらの現在の状態や、きのうの出来事も、今日すぐ洗いざらい話してしまう。カーチャはぼくらを救うためにきっと何か考え出してくれると思う。だって心の底からぼくらに関心を寄せてるから……」

「とにかくお行きなさい」とナターシャは笑顔で答えた。「それからね、私もカーチャとお付き合いをしたいわ。どうしたらいいかしら」

アリョーシャの喜びは限りなかった。青年はさっそく二人が知り合う方法を空想し始めた。アリョーシャの考えでは、それはたいそう簡単なことだった。すなわち、カーチャがうまい方法を考えつくだろうという。熱っぽく、むきになって、青年は自分の考えを繰りひろげた。そして今日のうちに、二時間もしたらむこうの返事を持って来て、今夜はナターシャの住居ですごすと約束した。

「本当に来てくださる？」と、青年を送り出しながらナターシャは訊ねた。

「疑ってるのかい？　じゃ行ってくるよ、ナターシャ、きみはぼくの恋人なんだ、永遠の恋人なんだ！　じゃ、さようなら、ワーニャ！　あ、しまった、うっかりワーニャなんて呼んでしまいました。イワン・ペトローヴィチ、ぼくはあなたが大好きなんです、きみと呼んではいけませんか。きみでいきましょうよ」

「きみでいきましょう」

「よかった！　もう今までにも何べんそのことを考えたかしれやしません。でもなかなかあなたに切り出す勇気がなくてね。あ、またあなたなんて言ってしまった。でも、きみとはなかなか言いにくいなあ。確かトルストイの何かにありましたね。二人の男がきみ呼ばわりする約束はしたものの、どうしてもうまく言えなくて、お互いに代名詞の出てくる文句を避けたりしてね。ああ、ナターシャ！　そのうちに『幼年時代と少年時代』を読み返してみようね。あれは実にいいからなあ！」

「さあ、もうお行きなさい、早く」とナターシャは笑いながら追い立てた。「嬉しいもんだから、凄《すご》くお喋りになったのね……」

「じゃ行ってくるよ！　二時間経ったら、また来る！」

アリョーシャはナターシャの手に接吻《せっぷん》して、急ぎ足で出て行った。

「ああなのよ、あの調子なのよ、ワーニャ！」とナターシャは言い、わっと泣き出した。

私は更に二時間ばかりナターシャの部屋にとどまり、慰めの言葉でナターシャに万事を納得させた。もちろん、ナターシャの危惧《きぐ》はすべて正しかった。現在のこの娘の状況を思うと、私は胸が締《し》めつけられるようだった。ナターシャの身が心配でならない。だが、それならばどうしたらいいのだろう。

アリョーシャも私にとっては奇妙な存在だった。青年はナターシャを以前と同じように、いや、後悔と感謝の念から、もしかすると前よりもいっそう強く、熱烈に愛している。ところがそれと同時に、新たな愛情は青年の心にしっかりと根を下ろし始めていた。それがどんな結果に終るかは予測しがたい。私自身もカーチャに逢ってみたいという好奇心は強まっていた。そこでもう一度、カーチャと付き合ってみようとナターシャに約束した。

やがてナターシャはいくらか陽気になったように見えた。そこへ行くまでに、私はネリーのこと、マスロボーエフのこと、ブブノワのこと、今日マスロボーエフの家で公爵《こうしやく》と出っくわしたこと、七時にまたその家へ行くことなどを、すっかり話して聞かせたのである。この話はたいそうナターシャの興味を惹《ひ》いたようだった。老夫婦のことについては私は多くを語らず、イフメーネフの訪問については当分黙っていることにした。ニコライ・セルゲーイッチと公爵が決闘をするかもしれないなどと言ったら、ナターシャは仰天するにきまっている。公爵とマスロボーエフとの関係や、公爵がしきりに私と付き合いたがっていることは、現在の情勢から一応の説明がつくとはいうものの、ナターシャもひどく不思議がっていた……

三時頃、私は帰宅した。ネリーは晴れ晴れとした顔で私を迎えた……

第六章

きっかり午後七時に私はマスロボーエフの家に着いた。彼は大声をあげて私を迎え、両手をひろげて私を抱きしめた。ほろ酔いの状態だったことは言うまでもない。だが何よりも驚いたのは、私を迎えるために大変な支度《したく》をしていたことである。これは明らかに私にたいする大歓迎だった。美しい高価なテーブルクロースをかけた小さな丸テーブルの上では、みごとな真鍮《しんちゅう》のサモワールがたぎっていた。お茶の道具は、カットグラスと銀と陶器の光を放っていた。別の種類の更にりっぱなテーブルクロースのかかったもう一つのテーブルには、上等のキャンディや、キエフ・ジャムの濃淡二種類や、マーマレード、焼菓子《パスティラー》、ゼリー、フランス・ジャム、蜜柑《みかん》、林檎《りんご》、三、四種類の木の実など、要するに果物屋一軒分ほどのものが皿に盛り合せてあった。雪のように白いクロースに覆《おお》われた第三のテーブルには、さまざまな前菜《ザクースカ》が並んでいた。イクラ、チーズ、ペースト、ソーセージ、腿肉《ももにく》のハム、魚、それに各種銘柄のウォツカを満たした緑色、ルビー色、褐色《かっしょく》、金色など、すばらしい色彩のカットグラスの容器が列を作っていた。もう一つ、これまた白いクロースに覆われた片隅《かたすみ》の小テーブルには、シャンパンを入れた桶《おけ》が二つも置いてあった。長椅子《ながいす》の前のテーブルには、ソーテルヌと、ラフィットと、コニヤックの三本の罎《びん》が並んでいたが、いずれもエリセーエフの店の極上の酒だった。お茶のテーブルを前にして坐《すわ》っているアレクサンドラ・セミョーノヴナは、比較的すっきりした服装だったが、よく見るとその服はいかにも凝っていて、それがまたよく似合うのだった。服がよく似合うことを彼女自身も意識し、なんとなく得意そうである。私を迎えるときも、いくらか勿体《もったい》ぶった物腰で立ちあがった。満足感と楽しさがそのさわやかな顔に輝いていた。マスロボーエフはみごとな中国ふうのスリッパをはき、高価な部屋着をまとい、しゃれたシャツを着こんでいた。上着には到る所に、むやみやたらに流行の留金やボタンがくっついていた。髪はポマードできれいに撫《な》でつけられ、流行にしたがって斜めに分けられていた。

私は呆気《あっけ》にとられて部屋のまんなかに突っ立ち、口をぽかんとあけて、マスロボーエフの顔と、自己満足でうっとりとなったアレクサンドラ・セミョーノヴナの顔を、かわるがわる見つめた。

「一体どうしたんだ、マスロボーエフ。今夜はパーティなのかい」と、とうとう心配になって私は叫んだ。

「いいや、きみ一人だ」と、彼は勿体をつけて答えた。

「じゃ、これはどういうわけだい（と私は前菜《ザクースカ》をゆびさした）まるで一連隊の食糧じゃないか」

「食糧だけじゃない、飲料もだ。肝心なことを忘れちゃいかんね！」とマスロボーエフは付け加えた。

「これがみんなぼく一人のため？」

「アレクサンドラ・セミョーノヴナのためでもある。これはみんな彼女の好みでやったことなのさ」

「また、そんな！　きっとそう言うだろうと思ったわ！」とアレクサンドラ・セミョーノヴナは赤くなって、だが満足そうな様子を少しも変えずに叫んだ。「ちゃんとお客様をおもてなしすることもできないのね。なんでもすぐ私のせいにするんだから！」

「朝っぱらからなんだよ、きみ、どうだろうね、きみが今晩来るって聞くが早いか、朝っぱらから騒ぎ出したんだ。もう死物狂いでね……」

「また嘘《うそ》ばっかり！　朝からじゃないわ、きのうの夕方からよ。きのうの夕方帰って来たとき、あすはお客様が一晩ゆっくりくつろいでくださるって言ったから……」

「それはお前さんの聞きちがいだね」

「聞きちがいなもんですか、間違いありません。私は嘘はつきませんからね。お客様をおもてなしするのがなぜいけないの。私たちはなんでも揃《そろ》えて待ってるのに、どなたもお客に来てくださらない。私たちにも人並みの暮しができるってことを、りっぱな方々に見ていただいたっていいでしょ」

「それより、お前さんが非の打ち所ない主婦であり、家政の才に長《た》けていることを見てもらいたいんだろう」とマスロボーエフは付け加えた。「それにしても、きみ、聞いてくれよ、このおれがどんな目にあったと思う。オランダのシャツを着せられるわ、ボタンはいろんな所にくっつけられるわ、スリッパだ、中国ふうの部屋着だ、そのうちに髪をおん手ずから梳《と》かしてくれるわ、ポマードを塗ってくれるわ。それもベルガモットだとさ。なんとかいう香水を振りかけられそうになるわ。そう、クレーム・ブリュレだ。おれはついにたまりかねて立ちあがり、亭主の権力を行使したね……」

「ベルガモットなんかじゃないわ、最高級のフランス製のポマードよ、とってもきれいな瀬戸物の瓶《びん》の！」とアレクサンドラ・セミョーノヴナは真っ赤になってご亭主の言葉をさえぎった。「まあ考えてみてくださいな、イワン・ペトローヴィチ、お芝居にも行かない、ダンスにも連れて行ってくれない、ただ服を作ってくれるだけなんですからね。私は服を作ってもらっても、どうしようもないわ。おめかししたって一人で部屋の中を歩きまわるだけ。こないだもやっと拝み倒して、とうとうお芝居に行くことになったのはいいけど、こっちがブローチをつけようとして、ちょっと背中を向けた隙《すき》に、もう戸《と》棚《だな》をあけて一杯でしょう。その一杯が二杯三杯になって、すぐにぐでんぐでん。とうとうお芝居に行けなかったんですよ。ほんとに、うちには、どなたも、だれ一人、お客に来てくださらない。午前中、仕事でお見えになるだけ。そんなとき私は追っ払われますしね。でもうちにはサモワールも、食器のセットも、上等のお茶碗《ちゃわん》も、みんな揃っているんです。贈り物をいただきましてね。それに食べるものもよくいただくんですよ。買うのはお酒と、ポマードくらいね。ああ、その前菜《ザクースカ》、パイやハムやキャンディは、あなたのために買いましたけど……ほんとに、どなたに見ていただいても恥ずかしくない暮しなんです！ 今にどなたか本当のお客様が見えたら、これもお目にかけよう、これもご馳走《ちそう》しようと、もう一年も考えつづけてきましたの。そしたらお客様も褒《ほ》めてくださるでしょうし、自分たちも気持がいいでしょうし。このお馬鹿さんにはポマードをつけてやりましたけど、ほんとはそんな値打ちのある人じゃないんです。いつも汚《きた》ない恰好《かっこう》ばかりしていて。その部屋着にしたって、いただきものですけど、そんな部屋着の似合う人かしら。酔っぱらっていさえすれば、それでいい人なんですから。見ていてごらんなさい、きっとお茶の前にウォツカをおすすめしたりするのよ、このひと」

「そうだ！ 全くそのとおり。飲もうじゃないか、ワーニャ、金色のと銀色のをさ。すっきりしたとこで、ほかの飲みものにも手を出そうじゃないか」

「ほうら、やっぱり！」

「心配することはないよ、サーシェンカ、茶も飲んでやるよ。コニャックをちょっぴり入れてな、お前の健康を祝おう」

「また、そんな！」と女は両手を打ち合せて叫んだ。「おととい商人から貰《もら》った六ルーブリもする東洋のお茶だってのに、コニャックを入れて飲む気だわ。この人の言うとおりにしちゃいけませんよ、イワン・ペトローヴィチ、今すぐお茶をいれて差し上げますからね……召しあがればお分りになるわ、どんなにすてきなお茶だか！」

そして女はあたふたとサモワールの支度を始めた。

私を一晩中ひきとめておきたいことは明らかだった。アレクサンドラ・セミョーノヴナはまる一年もお客を待ちつづけ、今や私を相手にして大いに気晴らしをしようとしている。これは私の予期しなかったことだった。

「ねえ、マスロボーエフ」と私は腰を下ろしながら言った。「ぼくはご馳走になりに来たんじゃなくて、用事で来たんだぜ。何か話があるって、きみが呼んだんじゃないか」

「なあに、用事は用事、友達同士の四方山話《よもやまばなし》はまた別だ」

「いや、そんなつもりになってもらっちゃ困る。八時半には失礼するからね。用があるんだ。約束が……」

「冗談じゃない。それじゃ、このおれをどうするんだ。アレクサンドラ・セミョーノヴナをどうするんだ。見てみろ、きみの今の言葉を聞いただけで失神せんばかりだぜ。なんのためにおれはポマードを塗ったくられ、ベルガモットを振りかけられたか、考えてみろよ！」

「いや、まじめになってくれ、マスロボーエフ。アレクサンドラ・セミョーノヴナにお約束するけれども、来週中に、そう、金曜日にでも、改めてご馳走になりに来ます。でも今は約束があるんだ。というより、どうしても行かなくちゃならない所があるんだ。それより一体何を話してくれるのか、早く説明してくれないか」

「じゃ本当に八時半までしかいてくださらないんですか！」とアレクサンドラ・セミョーノヴナは極上のお茶をいれた茶碗を私に渡しながら、ほとんど泣かんばかりの弱々しい訴えるような声で言った。

「心配するな、サーシェンカ。みんな嘘だよ」とマスロボーエフはあわてて言った。「でたらめなんだよ、こいつはゆっくりしていくよ。それより話してくれないか、ワーニャ、きみはそんなにいつもどこへ出掛けるんだ。どういう用事があるんだ。差支えなくば聞かせてほしいね。仕事もせずに毎日駆けまわってるようだけれども……」

「それを聞いてどうする？　まあ、あとで話してもいいがね。でも、それより、きみこそわけを話してくれよ、どうしてゆうべうちへ来たんだい。留守だということは前に言っておいたはずだよ」

「それをあとで思い出した。きのうは忘れていたんだ。本当にきみと話したいことがあってね。それに何よりもまず、アレクサンドラ・セミョーノヴナを慰めなきゃならなかった。『せっかくお友達に逢《あ》ったのに、どうしてうちへお呼びしないの』というわけさ。もう四日間も、きみのことで苛《いじ》められ通しなんだからね。こんなベルガモットなんかつけなくたって、あの世でせいぜい罪の四十か五十を問われるくらいだろうが、一晩ゆっくり友達とすごすのもわるくなかろうと思ってね。だから戦術として、ああ書いたんだ。来なければ味方の軍艦はみんな沈没するぞ、ってな」

今後はそんな手を使わずに、もっと用件をずばりと書いてもらいたい、と私は頼んだ。しかしこの説明で私はすっかり納得したわけではなかった。

「ところで、さっきはなぜ逃げ出した？」と私は訊《たず》ねた。

「いや、ほんとに用事があったんだよ。これっぽっちも嘘なんかついていないよ」

「公爵《こうしゃく》と一緒じゃなかったのか」

「お茶はお気に召しました？」とアレクサンドラ・セミョーノヴナが蜜《みつ》のような声で訊ねた。

もう五分も私がお茶を褒めるのを待っていたのである。こちらは全然気がつかなかった。

「すばらしいですね、アレクサンドラ・セミョーノヴナ、すてきなお茶です！　こんなお茶は初めてです」

アレクサンドラ・セミョーノヴナは満足のあまり顔を赤らめ、さっそくもう一杯注《つ》ぎ始めた。

「公爵か！」とマスロボーエフは叫んだ。「あの公爵は、きみ、大変な悪党でペテン師だぜ……いや、まったく！　断わっておくけれども、おれだってペテン師だが、あいつのような真似《まね》だけはしたくないね、それくらいの潔癖感はある！　しかし沈黙だ、あとはもうたくさん！　奴《やつ》についちゃ、これだけしか言えない」

「ところが、こっちは公爵のことをいろいろ訊《き》きに来たんだ。しかしその話はあとでもいい。ところで、きみはなんだってぼくの留守中に、エレーナに氷砂糖をやったり、踊ってみせたりしたんだい。一時間半も何をそんなに話すことがあったんだい！」

「エレーナというのは今イワン・ペトローヴィチのお宅で居候《いそうろう》をしている十一、二の小さな女の子のことなんだ」と、マスロボーエフはとつぜんアレクサンドラ・セミョーノヴナに向き直って説明した。「見ろ、ワーニャ、見ろよ」と、彼女をゆびさしながらマスロボーエフは言葉をつづけた。「知らない女の子に氷砂糖をやったと聞いただけで、あんなにいきりたって真っ赤になって、まるでおれたちがピストルでもぶっぱなしたみたいに、ぎくりとしてるぜ……ほら、あの目、まるで炭火みたいに光って。隠したって仕方がないだろ、アレクサンドラ・セミョーノヴナ！　やきもち焼きなんだよ、お前さんは。十一の女の子だと説明しなかったら、たちまち髪の毛を摑《つか》んで引きずりまわされるとこだ。そうなったら、ベルガモットも糞《くそ》もあったもんじゃない！」

「そうなったら、じゃないわよ！」

アレクサンドラ・セミョーノヴナはそう叫ぶと、お茶のテーブルから一跳《と》びに跳びかかり、マスロボーエフが頭を守る間もあらばこそ、いきなりその髪を掴んで、かなり乱暴に引っ張った。

「このひとったら、このひとったら！　お客様の前で、私がやきもち焼きだなんて、言ったわね、言ったわね、言ったわね！」

彼女は真っ赤になって笑ってはいたものの、マスロボーエフはかなりこたえたようだった。

「どんな恥でも平気で喋《しゃべ》るんですから！」と私の方に向き直って、彼女は真顔で言い添えた。

「どうだね、ワーニャ、これがおれの暮しなんだ！　これだから、どうしてもウォツカということになっちまうんだ！」とマスロボーエフは髪の乱れを直しながら断乎《だんこ》として言い、駆けるようにして酒壜に近づいた。だがアレクサンドラ・セミョーノヴナはその先を越してテーブルに駆け寄ると、自分で一杯注ぎ、グラスをマスロボーエフに渡し、おまけに彼のほっぺたをやさしくつっついたものである。マスロボーエフは勿体《もったい》ぶって私に目配せすると、舌を鳴らしてグラスの酒を意気揚々と飲み干した。

「氷砂糖についちゃ、あまりはっきりしたことは分らんな」と、彼は私と並んで長椅子《ながいす》に腰を下ろしながら喋り出した。「おととい酔っぱらって八百屋で買ったんだが、なんのつもりだったんだろう。ひょっとすると祖国の商工業を援助するためだったかもしれないが、よくは分らん。ただそのとき酔っぱらって街を歩いていて、ぬかるみにぶっ倒れ、われとわが髪を掻《か》きむしって、自分の腑甲斐《ふがい》なさに泣いたのを覚えているよ。もちろん氷砂糖のことなんか忘れちまって、きのう、きみんとこで長椅子に腰をおろそうとして、ポケットに入ってたことにはたと気がついた次第さ。踊りのことは、これまた酒のせいだ。きのうはだいぶ酔っていたからね。酔っぱらって自分の運命に満足しちまうと、おれはときどき踊るんだ。それだけのことさ。ただ、あのみなし児はおれの憐《あわ》れみをそそったな。あの子はまるで怒ってるみたいに、おれと口をきこうとしなかったけどさ。だからあの子を元気づけようと思って、踊りもし、氷砂糖をご馳走もしたわけだ」

「何か聞き出そうと思って買収したんじゃないのか。正直に白状しろよ、ぼくの留守を承知で、あの子と一対一で話して何か聞き出すために訪ねて来たんじゃないのか。知ってるよ、きみは一時間半も坐りこんで、あの子の死んだ母親を知ってると称して、何かいろいろ訊いたそうじゃないか」

マスロボーエフは目を細め、いかにもペテン師らしい笑《え》みを浮べた。

「思いつきとしちゃ悪くないだろう」と彼は言った。「しかし違うんだ、ワーニャ、そうじゃない。いや、事のついでに質問したことはべつに構わないだろう。しかし、そうじゃないんだ。いいかね、きみ、おれは今いつものとおり相当に酔ってるが、でも分ってくれ、このフィリップはよからぬ企みを抱いてきみを欺《だま》すようなことは絶対にしない。

よから、、、ぬ企《たく》みを抱いてはね」

「じゃ、よからぬ企みを抱かなければ欺すのか」

「いや……よからぬ企みを抱かなくてもさ。しかしそんなことは糞くらえ、一杯飲んで用件に入ろう！　大した用件でもないがね」と彼は一杯飲み干してから言葉をつづけた。「あのブブノワはあの子を手許《てもと》に置く権利なんぞないんだ。おれはすっかり調べ上げたよ。養女とかなんとか、そういうことは全くない。母親に貸しがあったから、代りに女の子を引っ張って来ただけなんだ。ブブノワはペテン師で悪党だが、そこはやっぱり女で、馬鹿《ばか》なんだなあ。死んだ母親のパスポートは正式のものだった。だからもう何もかもきれいなもんだ。エレーナはきみのとこで暮してもいっこうに差支えない。どこかちゃんとした家庭であの子を引き取って、まじめに養育してくれれば、それに越したことはないがね。しかし今しばらくはきみの家にいるのがいいだろう。おれがうまくとりはからってやるから心配は要《い》らない。ブブノワには指一本させやしないよ。死んだ母親については、確かなことはなんにも聞き出せなかった。なんでも未亡人で、苗字《みようじ》はザリツマンというんだがね」

「そう、ネリーもそう言っていた」

「さて、これでお終《しま》いだ。ところで、ワーニャ、今度は」と、彼はいくらか勿体《もったい》をつけて切り出した。「きみに一つお願いがある。ぜひ叶《かな》えてくれたまえ。きみは毎日、用事だといっちゃ方々へ出掛けるが、一体そりゃどういうことなのか、ひとつできるだけ詳しく話してくれないか。多少はおれも聞いているが、もっと詳しく知りたいんだ」

この勿体ぶった口調に私は驚き、いささか不安にもなった。

「そりゃなんのことだい。どうしてきみにそんなことを知る必要があるんだ。そんな勿体ぶった訊き方をして……」

「いや、手っとり早く言えばだね、ワーニャ、おれはきみに力を貸したいんだ。おれはね、いいかい、ずる賢く立ちまわる気なら、何も勿体ぶらなくても聞き出す手はいくらもあるんだぜ。きみはおれが何か企んでると疑ってかかってるんだろう。きのうの氷砂糖のことがあるから疑われても仕方ないけどさ。しかし、おれが勿体をつけて訊くのは、すなわち自分のためではなくて、きみのためだということにほかならん。疑うのはやめて、率直に話してくれ、真相をね……」

「力を貸すとはどういうことなんだ。じゃ、マスロボーエフ、きみはどうして公爵のこととなるとぼくに話したがらない？　ぼくはそこを訊きたいんだ。そこを話してくれれば力を貸してくれることにもなる」

「公爵のことか！　ふむ……じゃ仕方がない、はっきり言おう。おれが今きみに訊いているのも、実は公爵に関係したことなんだ」

「なんだって？」

「こういうわけさ。おれはね、公爵がどうもきみの一件に関係しているらしいのに気がついたんだ。話の合間にきみのことをいろいろ訊いていたからね。われわれが友達であることを奴がなぜ知ったかは――そりゃきみの知ったことじゃない。ただ肝心なのはだね、あの公爵には気をつけろということだ。あれは裏切者のユダだ、いや、もっと悪いかな。だから公爵がきみの一件に関係しているらしいと分って、おれはきみのことが心配になったんだよ。でも、おれはなんにも知らないんでね、だからこそ、きみに事情を話してもらって判断をつけようと思う……そのためにも今夜きみを呼んだんだ。大切な用事というのはこれなのさ、はっきり言っちまえばね」

「しかし少なくとも、なぜ公爵を警戒しなくちゃいけないのか、その点について何か話してくれてもいいだろう」

「よし、仕方がない。おれはときどき他人の御用をつとめるんだがね。考えてみろよ、他人がそれほどおれを信用するのは、おれがお喋りじゃないからにきまってるだろう。だとしたら、きみにだってそうそう喋れるもんじゃない。だから大ざっぱに、ごく大ざっぱに話すけど、勘弁してくれよ。奴がどんな悪党かを証明するに足りる程度のことをね。しかし、まず、きみから事情を話してもらおうか」

こちらとしてはマスロボーエフに隠さなければならぬことは何一つないと、私は判断した。ナターシャの問題はべつに秘密ではないのだし、しかもマスロボーエフからは何かナターシャの利益になることを期待できるかもしれない。もちろん私は二、三の点は避けるようにして話を進めた。マスローボーエフは、公爵に関することには特に注意深く耳を傾けていた。そして何度も私の話をさえぎり、改めて訊き返したりしたので、結局、話はかなり詳しいものになってしまった。私の語りは三十分もつづいた。

「ふむ！　その娘さんは利口だな」とマスローボーエフは断定した。「公爵についての判断が完全に正確ではないとしても、初めから正体を見抜いて、すっぱり関係を断ったことだけでも結構なことだ。えらいぞ、ナターリヤ・ニコラーエヴナ！　彼女の健康を祝って乾杯！（彼はぐいと一杯飲み干した）こういう場合、してやられないためには、知恵だけじゃなく心が必要なんだな。心は裏切らなかった、というわけだ。むろん娘さんは負けさ。公爵はあくまで自分の考えを通すだろうし、アリョーシャは娘さんを棄《す》てるだろう。可哀想《かわいそう》なのはイフメーネフ一人だ――あの悪党に一万ルーブリ払わせられるんだから！　その訴訟の担当者はだれだい。まさか自分でやったんじゃないだろうな！　相なんてこった！　正直者の熱血漢はみんなそうなるんだ！　役立たずの連中だよ！　相手があの公爵だってのに、そんなことじゃとうてい駄目だ。おれが知ってりゃ、すてきな弁護士をイフメーネフにつけてやったのに、くそ！」そして彼はじれったそうにテーブルを叩《たた》いた。

「さて、今度は公爵のことだ」

「きみは公爵《こうしゃく》のことばかり気にしてるんだね。だいたい奴について何を話したらいいんだ。名前を聞くだけでも不愉快だってのに。おれはね、ワーニャ、きみが奴の罠《わな》にひっかからないように、あのペテン師のことをあらかじめ警告したかっただけなんだよ。ひっかかったが最後だからな。じゃ、耳の穴をほじってよく聞けよ。こういうわけだ。でもきみは、おれが何か途轍《とてつ》もない大秘密を打ち明けると思ったんだろう。やっぱり小説家だね！　あんな悪党のことは喋ったってしようがないじゃないか。悪党は要するに悪党だもの……じゃ、奴の行状を一つだけ話して聞かせるか。むろん、地名、町名、人名、日付その他いっさいぬきでね。奴がまだ役所の給料だけで生活しなきゃならなかった若い頃、金持の商人の娘と結婚したことは知ってるね。その女房にたいして奴は決してやさしく振舞わなかった。今はその女の話じゃないんだが、一つだけ注意しておこう、ワーニャ、奴がね、一生涯何よりも一生懸命やったことというと、そういうたぐいのことなんだよ。もう一つ、こういうこともある。奴は外国へ行った。そして……」

「待ってくれ、マスロボーエフ、それはいつの外国行きのことだ。何年の？」

「ちょうど九十九年三カ月前のことさ。奴はある娘をその親父《おやじ》の家から拐《かどわ》かして、パリへ連れて行った。しかもそのやり口たるや！　その親父はどこかの工場の経営者か、そんなような商売をやっていた。正確には知らん。なにしろこの話は他人から聞いた材料を元にして、おれの推理や想像で喋ってるんだからね。とにかく公爵はまずその親父をたぶらかし、そいつの事業に首を突っこんだ。そしてもう完全にたぶらかして金を巻きあげた。巻きあげた金のことについては、むろんその親父は証文のようなものを握っていた。ところが公爵は返さなくてもすむように巻きあげたかった――われわれの言葉でいえば盗みだね。その親父の娘は美人で、その美人には理想家肌《はだ》の男が惚《ほ》れこんでいた。シラーにかぶれた詩人で、しかも商人で、若い空想家で、一言にしていえば紛れもなきドイツ人だな。フェフェルクーヘンとかいった」

「それは苗字だね、フェフェルクーヘンというのは？」

「かもしれないね。いや、フェフェルクーヘンじゃなかったな。そんなことはどうだっていいさ、問題はそれじゃないんだから。とにかく公爵はその娘に取り入り、その取り入り方があんまり上手《じょうず》だったので、娘は気違いみたいに公爵に惚れちまった。そこで公爵は二つのことを企んだ。その一、娘をものにすること、その二、親父から巻きあげた金に関する証文。親父の書類入れの鍵《かぎ》はぜんぶ娘が預かっていた。爺《じい》さんはもう娘を嫁にやりたくないほど、べたべたに可愛《かわい》がっていたんだね。いや、ほんとにさ。求婚者には片っ端から嫉妬《しっと》して、どうしても娘とは別れたくないと言い、そのフェフェルクーヘンさえ追っ払われたんだと。イギリス人の変り者だからね……」

「イギリス人？　一体どこで起った話なんだ？」

「いや、たとえばイギリス人と言ったまでのことさ。あんまり揚げ足をとるなよ。これはサンタフェ・デ・ボゴタでの話かもしれないし、もしかするとクラコフの出来事かもしれない。いや、ナッサウ公園というのが一番正確かな。ほら、ゼルター鉱泉水の壜《びん》に書いてあるだろう。そのナッサウだ。満足したかい？　そこでだ、公爵は娘を拐かし親父の家から連れ出したが、そのとき公爵に口説かれて娘は証文を何枚か持ち出した。こういう恋愛も珍しくないいんだよ、ワーニャ！　なにしろその娘ときたら、まじめで、育ちがよくて、情熱家だからな！　その証文の意味なんか分ろうはずがない。親父に呪《のろ》われやしないかということだけが気がかりでね。公爵はそこも抜かりなく、ちゃんと正式に、必ず結婚しますという誓約書を書いた。こうやって娘を安心させておいて、当分は方々へ旅行する。そのうちに親父の怒りが収まったら、晴れて夫婦として親父の家へ帰り、あとは三人でいついつまでも仕合せに暮しましょう、というようなわけさ。で、娘は家出する、爺さんは娘を呪う。しかも泣きっ面《つら》に蜂《はち》で、爺さんはまもなく破産しちまった。そしてフラウエンミルヒも商売をおっぽり出して、パリまで彼女を追っかけた。よっぽど惚れてたんだな」

「ちょっと待て！　フラウエンミルヒというのは何者だ」

「だから、あいつだよ、なんて言ったたっけな！　フォイエルバッハでもなし……えい、畜生、フェフェルクーヘンだ！　さてと、公爵はもちろん結婚するわけにはいかなかった。そんなことをしたら、フレストワ伯爵《はくしゃく》夫人がなんと言うだろう、ポモイキン男爵はどう思うだろう、てなわけでね。とすると、またもや欺すことが必要になってくる。その欺し方がまた腹黒いやり方だった。まず女をさんざん虐待《ぎゃくたい》しておいて、次にわざとフエフェルクーヘンを自宅へ呼んだ。フェフェルクーヘンはのこのこやって来て、女にやさしく話しかけ、まあ要するに夜な夜な二人で愚痴を喋《しゃべ》り合い、わが身の不幸を嘆いたわけだな。なにしろ、どっちもお人よしだ。それが公爵のつけ目だった。ある晩遅く、二人がそうしている所へ入って行って、不義の現場を見つけたと言いがかりをつけた。間違いなくこの目で見たぞ、てなわけで、二人を外へ追い出し、自分は一時ロンドンへ飛んだ。ところが女はもうそのとき身重になっていた。追い出されてまもなく女の子を生んだ……いや、女でなくて男だったかな、そう、男だ、ヴォローチカという名前をつけた。フエフェルクーヘンが名付親になってね。それから女はフエフェルクーヘンと旅に出た。この男、小金を持っていたらしい。二人は型のごとくに、スイス、イタリアと……詩的な国々をめぐり歩いた。女は泣いてばかり、フエフェルクーヘンも貰《もら》い泣きして、何年かが過ぎ去り、女の子は育っていった。公爵にすりゃ万事うまくいったわけだが、一つだけ、まずいことがあった。すなわち昔書いた結婚の誓約書だ。『あなたは下劣な方ね』と女は別れぎわに公爵に言った。『私を一文なしにして、名誉を踏みにじって、その上、棄てようとなさる。お別れしましょう！　でも誓約書は渡しません。いつかあなたと結婚したいからではなくて、あなたがこの証文をこわがっているからよ。だからこれはいつまでも私が握っています』。要するに女はかんかんに怒ったんだが、公爵はけろりとしていた。だいたい、こういう悪党はいわゆる情熱家を相手にするのは馴《な》れたもんだからね。情熱家は育ちのいい人間だから簡単にだまされる、しかも、たとえ法律に訴えることができる場合でも、情熱家は実際的な法の力に頼ろうとしないで、ごく品よく相手を軽蔑《けいべつ》するくらいで事をすませてしまうだろう。この母親にしてもそうだ。あくまでも誇り高く、相手を軽蔑するだけだった。誓約書を握ってはいたものの、それを実際に活用するくらいなら首でもくくったほうがましだと思ってることを、公爵は先刻ご承知なんだなあ。だから当分は安心していられる。女のほうは公爵の汚《けが》らわしい面に唾《つば》をひっかけたのはいいが、なにしろヴォローチカをかかえているだろう。もし女が死んだら、この子はどうなる？　だが、そこまでは考えなかった。ブルーダーシャフトも女をはげますだけで、それに思い至らなかった。シラーの愛読者だからね。そのうちにブルーダーシャフトは何かの病気でぐったりして、死んじまった……」

「つまり、フェフェルクーヘンがだね？」

「名前なんか糞《くそ》くらえだ！　で、女は……」

「待てよ！　その二人は何年ぐらい外国をさまよったんだ？」

「ちょうど二百年。で、女はクラコフへ帰って来た。親父は女を家に入れず、呪った。女は死に、公爵は大喜びで十字を切った。ワタシモソノ場ニ居合セテ、蜂蜜《はちみつ》飲モウトシマシタガ、髭《ひげ》ヲ伝ッテ流レルバカリ、口ニハ少シモ入リャセヌ、帽子ヲクレルトイイマシタガ、私ャサッサト逃ゲマシタ（訳注 プーシキン『ルスランとリュドミラ』の詩句のもじり）……さあ一杯やろう、ワーニャ！」

「公爵に頼まれて、その事件のことで走りまわってるんだな、マスロボーエフ」

「きみがそう思いたいなら、それでもいいだろう」

「しかし分らないな、きみにこの場合、何ができるんだろう！」

「だって女は十年ぶりに名前を変えてマドリッドへ帰って来たんだぜ。ブルーダーシャフトのこと、爺さんのこと、本当に女が帰って来たのかどうかということ、子供のこと、女が本当に死んだのかどうか、それに誓約書はどうなったのか、その他その他、いろいろ調べなきゃならんことはあるじゃないか。そのほかにも二、三の点をね。とにかく、きわめていやらしい野郎だから気をつけなよ、ワーニャ。それからマスロボーエフのことはこう考えてくれ。決して、絶対に、彼を悪党呼ばわりしないこと！　彼は悪党だけどさ（おれに言わせると悪党でない人間なんていないがね）。しかしきみの味方なんだ。おれはしたたか酔っちゃったが、聴《き》いてくれ。もしいつか、近い将来、遠い将来、今年、あるいは来年でも、マスロボーエフがきみに一杯食わせたという気がしても（この一杯食わせるという言葉を忘れないでくれな）それはよからぬ企《たくら》みを抱いてのことじゃないと分ってほしいんだ。マスロボーエフはきみを見守っている。だから自分の疑惑を信じるよりも、直接ここへ来て、本人のマスロボーエフと腹をわって、ざっくばらんに話し合ってくれないか。さて、そこで一杯やろう」

「いや」

「前菜《ザクースカ》は？」

「いや、ほんとにもう結構……」

「そうか、じゃ、もう帰れよ。九時十五分前だからさ。きみは高慢だぞ。もう時間なんだろう」

「まあ、なんですって！　自分はべろべろに酔って、今度はお客様を追い出すの！　いつもこうなんですからね！　この恥知らず！」とアレクサンドラ・セミョーノヴナは泣かんばかりに叫んだ。

「歩兵と騎兵は友達じゃないんだ！　アレクサンドラ・セミョーノヴナ、あとはおれたち二人だけで楽しもうじゃないか。こいつは将軍なんだからな！　いや、ワーニャ、それは嘘《うそ》だ。きみは将軍じゃないが、おれは悪党なんだ！　なあ、今のおれは何に似てる？　このざまは何に見える？　赦《ゆる》してくれよ、ワーニャ、おれを咎《とが》めないでくれ、そして思うぞんぶん……」

彼は私を抱きしめて、さめざめと泣き出した。私は帰ろうとした。

「ああ、せっかくお夜食の支度までしたのに！」とアレクサンドラ・セミョーノヴナは、ひどく悲しそうに言った。「でも金曜日には来ていただけますね」

「うかがいます、アレクサンドラ・セミョーノヴナ、必ずうかがいます」

「でも、このひとがこんなに……酔ってしまって、愛想が尽きたんじゃありません？　でもどうぞお見捨てなくね、イワン・ペトローヴィチ、このひと、とてもいい人なんです、それにあなたをとても愛していますの！　この頃はもう昼も夜も、あなたのことばかり話しますのよ。そしてあなたの小説をわざわざ買ってきたりして、私まだ拝見してませんけど、あしたから読んでみますわ。それに、いらしていただけると、私とっても嬉《うれ》しくって！　どなたもお客に来てくださらないので、さみしくてたまらないんです。何もかも揃《そろ》ってるのに私たち二人っきりで。今も私そこに坐《すわ》って、お話をじいっと一生懸命聴いていましたけど、とても楽しくって……では、また金曜日に……」

第七章

私は急ぎ足で家へ帰った。マスロボーエフの言葉は驚きだった。突拍子もない考えが次から次へと私の心に浮んだ……ところが、まるで示し合せたように家では一つの出来事が待っていて、電気ショックのように私を飛び上がらせたのである。

私の住居がある建物の門の前には、街燈《がいとう》が立っていた。私が門を入ろうとした刹那《せつな》、その街燈の陰から、何か異様な影がこちらにむかって飛び出して来た。私は思わず叫び声をあげた。おびえきって、半狂乱の体《てい》で体を震わせる生きものが、叫び声をあげて私の腕にしがみついた。恐怖が私を捉《とら》えた。それはネリーだった！

「ネリー！　どうした」と私は叫んだ。「何事だ！」

「階上《うえ》に……あのひとがいるの……私たちの部屋に……」

「だれが？　行こう、さ、一緒に行こう」

「いや、いやよ！　あのひとが帰るまで待ってるわ……玄関で……いやよ」

奇妙な予感を抱きながら部屋へ上がり、ドアをあけると――公爵《こうしゃく》の姿が目に入った。公爵は机の前に腰を下ろし、私の小説を読んでいた。少なくとも本は開かれていた。

「イワン・ペトローヴィチ！」と公爵は嬉《うれ》しそうに叫んだ。「やっとお戻りになられて、こんなに嬉しいことはありません。今もう帰ろうかと思ったところでした。一時間以上もお待ちしていましてね。実は伯爵夫人が非常に執拗《しつよう》に頼むものですから、今夜あなたと一緒に伺うと約束してしまったのです。夫人はぜひともあなたを紹介してほしいとおっしゃるのですよ！　私がここへ伺うことについてはあなたのお許しをすでに得てありますから、それでは一つ早目に、あなたがどこへもお出掛けにならぬうちに伺って、ご一緒においで願おうかと、そう思ったのです。ところがいざ伺ってみると、女中さんはあなたがお留守だと言う。がっかりいたしましたよ。どうしたらいいだろう！　あなたをお連れすると約束してしまったのですからね。仕方なく、十五分ほど待ってみようと腰をおろしました。ところが、とんだ十五分です。あなたの小説を拡《ひろ》げましたら、すっかり読みふけってしまった。イワン・ペトローヴィチ！　これは実に傑作ですな！　これを読めば、あなたのお気持はすっかり分ってしまう！　すっかり泣かされましたよ。私が泣いたのですよ、めったに泣かない私が……」

「じゃ一緒に行こうとおっしゃるんですね。実は今……とくに行きたくないわけではないのですが、しかし……」

「お願いです、いらしてください！　私の顔を立ててください。一時間半もお待ちしたんですよ！……それにぜひとも、お話したいことがありますし――なんのことだかお分りでしょう？　今度のことについては、あなたのほうがずっとよくご存知だから……二人で考えれば何か解決がつくかもしれません。何か一致点が見出《みいだ》されるかもしれないでしょう。お考えになってみてください！　お願いですから、いやとおっしゃらないでください」

遅かれ早かれ行かなければならないのだ、と私は判断した。ナターシャは今一人ぼっちで、私を必要としているかもしれないが、なるべく早くカーチャと近づきになってくれと頼んだのはナターシャ自身ではないか。それに伯爵《はくしゃく》夫人の家にはアリョーシャも来ているかもしれない……どうせ私がカーチャについての話を持って行くまでナターシャの気分は落着かないにきまっている。私は出掛けようと決心した。だが気がかりなのはネリーのことだった。

「ちょっと待ってください」と私は公爵に言い、階段口へ出た。その暗い片隅《かたすみ》にネリーは立っていた。

「なぜ部屋に入らないんだ、ネリー。あのひとが何かしたのかい。なんと言ったんだい」

「なんにも言わない……でも、いや、いやなの……」と少女は繰返した。「こわいの……」

いくらなだめても効《き》き目《め》はなかった。結局、私が公爵と外へ出たら、すぐ部屋に入って鍵《かぎ》をかけることを約束させた。

「それでだれも部屋に入れるんじゃないよ、ネリー、どんなに頼まれてもね」

「あのひとと一緒に行くの」

「そう」

少女は身を震わせ、行かないでほしいと言いたげに私の手を摑《つか》んだが、口に出しては何も言わなかった。あしたもっと詳しく訊《き》いてみよう、と私は心を決めた。

公爵に断わって、私は着替えを始めた。公爵は、伯爵夫人の家へ行くのに正装をする必要はないと一生懸命言い出した。「何か小ざっぱりした服であればいいんです！」と、私の頭のてっぺんから爪先《つまさき》まで異端糺問僧《きゆうもんそう》のような目つきでじろりと見て、公爵は言い足した。「ご承知のとおり、この社交界の偏見というものはやはり……それを全く無視するわけにもいきませんのでね。そういう理想的な状態はまだなかなか実現しないでしょうな」と、私が燕尾服《えんびふく》を持っているのを見て、公爵は満足そうに言葉を結んだ。

私たちは外へ出た。だが私は公爵を階段のところに待たせておいて、すでにネリーが忍びこんでいた部屋へ舞い戻り、もういちど行ってくるよと言った。少女は恐ろしく興奮していた。その顔は青ざめていた。私は心配になり、少女を一人残すのが心苦しかった。

「お宅の女中さんは妙な子ですな」と階段を下りながら公爵は言った。「あの小さな女の子はお宅の女中さんでしょう?」

「いや……あれはただ……当分預かっているだけです」

「奇妙な子ですね。あの子は少し精神異常なのじゃないですか。さっきも初めはちゃんと返事をしていたのですが、そのうちに私の顔をじっと見ていたと思うと、いきなり金切声をあげて跳《と》びかかってきて、ぶるぶる震えながら私にしがみつき……何か言おうとするのですが言えないのです。正直に申せば私は恐ろしくなりましてね、逃げ出そうとしたのですが、さいわい、あの子のほうが出て行ってくれました。いや、驚きましたね。あなたはよく一緒に暮していられますな」

「あの子は癲癇《てんかん》持ちなんです」と私は答えた。

「そうでしたか！　それならば驚くことはありませんでしたね……そういう発作があるとすれば」

そのとき、ふと私は思いついた。きのうマスロボーエフが私の留守を承知で訪《たず》ねてきたこと、今日私がマスロボーエフを訪ねたこと、酔ったふりをしていやいやながら話してくれたマスロボーエフの今日の物語、そして今夜七時に私が彼の家に呼ばれたこと、彼が一杯食わされたと思わないでくれとしきりに言っていたこと、更には私がマスロボーエフの家に行ったのをたぶん承知のうえで公爵が一時間半も待っていたこと、そしてネリーが公爵を避けて外へ飛び出したこと――これらすべての事実は互いに何らかの点で関連し合っているのではなかろうか。考えることは山ほどあった。

門のそばで公爵の馬車が待っていた。私たちはそれに乗りこみ、出発した。

第八章

トルゴーヴィ橋までは大した道のりではなかった。初めの一分間、私たちは黙っていた。公爵《こうしゃく》はどう話を切り出すだろうと、私は考えつづけていた。いずれは私を試《ため》したり、探《さぐ》りを入れたり問いつめたりするだろうと思ったのである。ところが公爵は前置きなしで、いきなり本題に入った。

「実は今、あることで非常に頭を悩ましているのです、イワン・ペトローヴィチ」と公爵は喋《しゃべ》り始めた。「そのことをまずご相談して、あなたのご忠告をいただきたいと思うのです。だいぶ前から決心したことですが、実は私が勝ったあの訴訟を放棄してですね、問題の一万ルーブリをイフメーネフに譲ろうと思います。これはどういうふうにしたらいいものでしょう」

『どういうふうにしたらいいか、それをお前さんが知らぬはずはあるまい』と私はちらりと思った。『まさか私をお笑い草にするつもりじゃないだろうな』

「さあ分りませんね、公爵」と私はできるだけ何気なく答えた。「何かほかのことでしたら、つまりナターリヤ・ニコラーエヴナのことでしたら、あなたにも私たちみんなにも必要な情報をお知らせする用意がありますけれども、その一件についてなら、あなたのほうがお詳しいでしょう？」

「いや、いや、もちろんあなたのほうがよくご存知です。あなたはあの一家とは親しくしておられるし、たぶんナターリヤ・ニコラーエヴナもこの点に関してご自分の考えを何度かあなたに話したことがあるでしょう。それが私には重要な指針となるのです。あなたは大いに私の力になってくださる方です。なにぶん極端に厄介な事件ですからね。あ私は譲る用意があるというだけでなく、ぜひとも譲歩しようと決心したのです。たとえ、ほかの問題がどんな結果に終ろうともですね――お分りでしょう？　しかしどんなかたちで譲歩するか、それが問題です。あの老人は誇り高い頑固者《がんこもの》ですからね。私の善意にかえって立腹して、その金を投げ返さないとも限らない」

「失礼ですが、あなたはその金のことをどう考えておられるのですか。ご自分のものとお考えですか、それともあのひとのものと？」

「訴訟は私が勝ったのだから、当然、私のものでしょうな」

「しかし良心の問題としては、いかがです？」

「もちろん私のものだと思いますよ」と、私のぶしつけな質問にいささかぎょっとした様子で、公爵は答えた。「どうもあなたはこの一件の本質をよくご存知ないらしい。私はあの老人が計画的に詐欺《さぎ》をしたなどと責めているのではないし、正直な話、そう言って責めたことは一度もありません。侮辱されたといって騒ぐのはむこうの勝手ですがね。あの男は委任された仕事について監督不行き届きであり怠慢であったという点で罪があるので、前からの私たちの契約により、そういう問題の一部については彼が責任を問われなければならなかった。しかし、ご存知かどうか分りませんが、問題はそんなことではないのです。問題は私たちの口論に、つまりあのとき与え合った侮辱にあるのです。要するに、お互いに自尊心を傷つけ合ったということですな。私はそんな一万やそこいらの端た金にはあの頃、目もくれなかったでしょうが、この訴訟が何から始まったかは、あなたももちろんご存知でしょう。なるほど私は少々疑り深かったし、もしかすると正しくなかったかもしれない（当時は正しくなかったという意味ですよ）しかし私はそれに気がつかず、あの男の乱暴な言葉に腹を立てて、時を移さず訴訟に踏み切ってしまった。そういうことは私にしてみればあまりかんばしいことではないとお思いかもしれない。弁解はしません。ただ一つだけ申せば、怒りは、そして肝心なこととして傷つけられた自尊心は、品格の欠如というようなことではなくて、非常に自然な、人間的なことではないでしょうか。白状しますと、くどいようですが、私はイフメーネフという人物をほとんど知らずに、アリョーシャとイフメーネフの娘についての噂《うわさ》を全く信じこんでしまい、したがって故意に金を盗んだということも信じてしまった……しかしそれはひとまず措《お》きましょう。肝心なのは、これから私がどうしたらいいかということです。金の権利を放棄するのはいいとしても、ここで私が今でもあの訴訟を正しいと思っていると言ったりしたら、それはつまり、金をあの男にくれてやることになりますね。そこへもってきて、ナターリヤ・ニコラーエヴナに関する微妙な事情がある……あの男はきっとその金を私に叩《たた》き返すにちがいありません」

「ほらごらんなさい、ご自分でも叩き返すとおっしゃった。それはつまりイフメーネフを正直者と認めておられることでしょう。とすると彼が金を横領したのではないということも完全に信じられていいのじゃありませんか。もしそうならば、あなたは彼の所へ行って率直に、ご自分の訴訟は不法なものであったとおっしゃったらいかがです。それこそ品格のあるりっぱなことで、イフメーネフも自分の金を受けとることに難色を示しはしないだろうと思いますが」

「ふむ……自分の金ね。そこですよ、問題は。その場合、私は一体どうなるのです。わざわざ彼の所まで行って自分の訴訟は不法なものであったと言う。じゃ、不法だと分っていたのなら、なぜ訴訟を起こしたのだということになりますな。みんなにそう言われるでしょう。しかし私はそんなことを言われる覚えはない。あの訴訟は合法的であったのですから。彼が私の金を盗んだとは、私はどこで喋ったことも、どこに書いたこともない。しかしあの男が不注意であり、軽率であり、経営の才がないということは、今でも信じています。金は間違いなく私のものであり、したがって自分自身を中傷することは辛《つら》いのです。それに繰返して申しますが、あの老人は自分で勝手に侮辱を感じて腹を立てたわけで、その点で彼に謝罪しろとおっしゃられると――どうも辛いのですがね」

「しかし私の考えでは、二人の人間が仲直りする気になれば、あとは……」

「あとは簡単だとお思いなわけですか」

「ええ」

「いや、そう簡単でもありません、だいいち……」

「だいいち、ほかの事情があるとおっしゃりたいのでしょう。その点では私も同感ですよ、公爵。ナターリヤ・ニコラーエヴナとあなたの息子《むすこ》さんとの問題は、あなた自身でどうにでもなる点はすべてあなた自身が片をつけ、イフメーネフ家が充分満足するようになさるべきです。そのとき初めて、訴訟の件についても、あなたはイフメーネフと真剣に話し合うことができるのです。ところが現在はまだ何一つ解決されていないのですから、あなたのとるべき道は一つしかない。すなわちご自分の訴訟が間違っていたことを認めることです。なんなら公式にでも声明なさることです。これが私の意見ですね。そちらから意見を求められたから率直に申し上げるわけです。私が狡《ずる》く立ちまわることはおそらくお望みにならないのでしょう？　同じ理由から、ぶしつけな質問をいたしますが、あなたは一体なんのためにその金をイフメーネフに返すことで悩んでおられるのですか。もしその訴訟が正しかったと思っておられるのなら、なんのために金を返すのですか。物好きな質問ですが勘弁してください。でもこれはほかの問題ともつながりがあるので……」

「ところで、どうお考えでしょう」と、私の質問など全然耳に入らなかったように、とつぜん公爵は訊《たず》ねた。「その一万ルーブリを、とくになんの言いわけもせず、また……そうですね……とくに相手をなだめるような言葉もつけずに、ただ黙って手渡したとした場合、イフメーネフ爺《じい》さんは突っ返すとお思いですか」

「もちろん突っ返すでしょう！」

私は全身がかっと熱くなり、怒りに体が震えた。このあからさまに懐疑的な質問は、まるで公爵が私の目にいきなり唾《つば》を吐きかけたような印象を私に与えたのである。この侮辱にもう一つの侮辱が加わった。すなわち、私の質問に全然答えず、それに気づかなかったふりをして、ほかの質問で私の言葉をさえぎるという、無礼きわまる上流社会のやり方である。それはおそらく、私が夢中になりすぎて、そんな失礼な質問をするほど馴《な》れ馴れしい態度をとったことを、思い知らせるためだったのだろう。こういう上流社会の会話術を私はほとんど憎悪《ぞうお》に近いまでに嫌《きら》っていて、アリョーシャにもその癖をやめさせるように前から全力を尽していたのだった。

「ふむ……あなたはどうも短気ですな。世の中にはあなたが考えているようにいかないものがいろいろあります」と、公爵はおだやかな口調で私の叫びに答えた。「しかしこの問題は、ある程度まではナターリヤ・ニコラーエヴナが解決できると思いますね。あのひとにそうお伝えください。もしかすると相談に乗ってくれるかもしれない」

「全然乗らないでしょうね」と私は乱暴に答えた。「あなたは今しがた私がお訊ねしたことには耳を傾けず、話の腰を折ってしまわれた。あなたが誠意を見せずに、あなたのいわゆる相手をなだめるような言葉なしで金を返されるとしたら、ナターリヤ・ニコラーエヴナはおそらく、これは父親にたいしては娘の身代金《みのしろきん》であり、彼女にたいしてはアリョーシャの身代金であると……つまり要するに、あなたが金で片をつけようとしていると解釈するでしょう……」

「ふむ……私のことをそんなふうに理解しておられるのですか、イワン・ペトローヴィチ」と公爵は笑った。なぜこのとき公爵は笑ったのだろう。「ところで」と公爵は言葉をつづけた。「あなたとは話し合いたいことがまだ山ほどあります。しかし今はもう時間がない。ただお願いですから一つだけ分っていただきたいのです。つまり問題はナターリヤ・ニコラーエヴナとその将来に直接関係のあることで、それはある程度まで、あなたと私がどう決めるか、どう話し合いをつけるかにかかっているということです。いずれお分りになるでしょうが、あなたは必要欠くべからざる方なのです。ですから、もし今後もナターリヤ・ニコラーエヴナに好意を持ちつづけられるのでしたら、たとえ私にあまり好感をお持ちでないとしても、私との話し合いを避けるわけにはいかないだろうと思うのです。おや、もう着きましたね……ではまたあとで《ア・ビアントー》」

第九章

伯爵《はくしやく》夫人の住居はみごとだった。どの部屋の飾りつけも決してけばけばしくなく、快適で、趣味がよかった。けれども到る所に仮住まいというおもむきがあった。つまりこれは一時的な住居として相応のものであるというにすぎず、貴族の住まいとして必要欠くべからざる贅《ぜい》の限りをつくした、規模の大きい恒久的な家ではなかったのである。伯爵夫人はこの夏、シンビールスカヤ県の自分の領地（これは荒れ果てて、二重三重に抵当に入っている）へ出掛ける予定で、公爵がそのお供をするという噂《うわさ》があった。私はすでにその噂を聞いていたので、カーチャが伯爵夫人と一緒に行ってしまったらアリョーシャはどうする気だろう、と心配だった。それがなんだか恐ろしくて、ナターシャにはこの噂はまだ話していなかった。しかしいくつかの兆候から推し測れば、ナターシャもどうやらその噂を知っていたらしい。だが何も言わずに、一人で苦しんでいるのだった。

伯爵夫人は愛想よく私を迎え、手を差しのべて、以前からお招きしたく思っていたと何度も言った。そして手ずから、すばらしい銀のサモワールのお茶を注《つ》いでくれた。そのサモワールを囲んで、私と、公爵と、もう一人いかにも外交官らしい物腰の、少々固苦しい年輩の紳士がすわった。勲章などをつけ、上流社会の人間の見本のようなこの客は、みんなから非常に尊敬されているらしかった。伯爵夫人は外国から帰って来たばかりなので、この冬ペテルブルグの社交界で各方面にまだつながりができておらず、もくろみどおりに自分の地位を固めるに至っていないらしい。この人物のほかには客は一人もいなかったし、一晩中だれも訪ねて来なかった。私は目でカチェリーナ・フョードロヴナを探《さが》した。カチェリーナはアリョーシャと一緒に隣の部屋にいたが、私たちの到着を聞きつけると、すぐにこちらの部屋へ出て来た。公爵は愛想よくその手に接吻《せっぷん》し、伯爵夫人は私をゆびさしてみせた。公爵がただちに私たちを引き合せてくれた。私はせっかちにカチェリーナを注視した。彼女はおとなしそうなブロンド娘で、白い服を着ていて、背は高くなく、顔の表情は冷静で、目はアリョーシャの言ったとおりとてもきれいな青色で、全体的には青春の美しさがあったが、それだけのことだった。私は完璧《かんぺき》な美人に逢《あ》うことを期待していたのだが、そういう美しさはなかった。整ったやさしい輪郭の卵型の顔、かなり整った目鼻立ち、ふさふさして本当にみごとな髪、無造作な髪型、おだやかに凝視する目——もしこの娘にどこかで逢ったとしても、私はとくに何の注意も払わずに通りすぎてしまったかもしれない。だがそれは第一印象で、その晩、私はさらに詳しくこの娘を観察したのだった。初め私に手を差しのべたとき、無邪気なほど何かしら一生懸命になって、なんにも言わずにこちらの目をじっと見つめつづけたその様子だけでも、私を驚かすには充分であった。どういうわけか私は思わずこの娘にほほえみかけた。たぶん相手が清い心のもちぬしであると直感的に悟ったためだと思う。伯爵夫人はじっと娘を見守っていた。私と握手してから、カーチャは妙にせかせかと離れて行って、アリョーシャと一緒に部屋の向うの隅《すみ》に腰を下ろした。アリョーシャは私に挨《あい》拶《さつ》しながら囁《ささや》いた。「ほんのちょっと来ただけです、すぐあちらへ、行きますから」

『外交官』は——名前を知らないので、名前がわりに外交官と呼んでおこう——おだやかな少々勿体《もったい》ぶった口調で何やら理論的な話をつづけていた。伯爵夫人はその話にじっと耳を傾けていた。公爵は御説ごもっともと言わんばかりの追従笑《ついしょう》いを浮べていた。話し手はおそらく公爵《こうしゃく》のことをりっぱな聞き手だと思ったらしく、しきりにそちらを向いて喋《しゃべ》るのだった。私はお茶を出されただけで、とくにだれが構ってくれるわけでもなかったが、私はそれが大いにありがたかった。その間、私は伯爵夫人を注意深く眺《なが》めた。第一印象では、私はなんとなく不本意ながら伯爵夫人が気に入ったようだった。もう若くはないのかもしれないが、せいぜい二十七、八のように見える。顔はまだみずみずしくて、若い頃はさぞかし美人だったろうと思われる。濃い栗色《くりいろ》の髪はまだ相当にふさふさしていた。目つきは非常に善良そうだが、何かしら軽薄な、人を小馬鹿にしたようなところもあった。だが今、伯爵夫人はなぜか自分を抑《おさ》えているようだった。そのまなざしには知性もはっきり認められたが、何よりも強いのは善良さと明るさである。私の見たところでは、夫人の性質の中で一番強いものは若干の軽率さと、享楽《きょうらく》への渇望《かつぼう》と、いささかの、いやもしかすると多量の善良なエゴイズムといったようなものだった。このひとは公爵に左右され、公爵の強い影響力を受けていた。私は二人が関係を結んでいたことを知っていたし、公爵が外国旅行中からすでに恋人としての熱がさめかけていたという噂を聞いたこともあった。しかし私が感じたのは——今でもそう感じているのだが、そういう昔からの関係のほかに、何かほかのものが、いくらか神秘的な、しかも何らかの利害関係を土台とするお互いの義務のようなものが二人を結びつけているということだった……。要するに、そのたぐいのことがあるに違いないのである。公爵が現在この夫人をもてあまし気味であり、それでもなお二人の関係が絶たれていないことも、私は知っていた。今二人をとくに結びつけているものはカーチャへの思惑かもしれない。その主導権をとっているのはもちろん公爵のほうだった。そのことを楯《たて》にとって公爵は伯爵夫人との結婚からうまく逃げ、それを実際に強く望んでいた伯爵夫人を説得して、アリョーシャと夫人の継娘《ままこ》との結婚話を推し進めたのである。少なくとも私は、いつか聞いたアリョーシャの無邪気な話から、そんなふうに解釈していた。いかなアリョーシャでもその程度のことは気づいていたに違いない。そしてまた同じ話から推理したこととしては、夫人は公爵にほとんど絶対服従だったにもかかわらず、公爵のほうには何か伯爵夫人を恐れる理由があるということである。アリョーシャですら、それに気づいていた。あとで知ったことだが、公爵は伯爵夫人をだれかと結婚させようとして、その目的のために夫人をシンビールスカヤ県へ行かせたのだった。田舎《いなか》へ行けば適当な候補者が見つかるかもしれないということである。

どうやったら一刻も早くカチェリーナ・フョードロヴナと差し向いで話ができるだろうかと考えながら、私はおとなしく話を聞いていた。外交官は伯爵夫人の質問に答えて、現在の政治情勢や、始まりかけた社会改革のことや、それを恐れるべきか否《いな》かということなどを語っていた。次から次へと、永いこと、物静かに語るその口調は、いかにも権威ありげだった。その思想の展開も緻密《ちみつ》かつ知的だったが、思想そのものはきわめて醜悪だった。外交官の主張はこうである。現在の改革あるいは革新の雰囲気は、あまりにも早くある種の結果をもたらすに違いない。ひとたびその結果を見るならば、この改革精神は社会から（もちろんその一部分から）消えてしまうのみならず、人はその経験によって過《あやま》ちを悟り、前にもまして積極的に旧体制を支持するだろう。その経験は悲しむべきものであるが、同時に非常に有益でもある。なぜならばそういう経験こそは、救いの神である旧体制を支持することを人に教え、そのために新しい材料をもたらすからだ。してみれば、現在の状況が無謀の極限にまで達することをむしろ望まなければいけない、というのである。「われわれなしでは何事もできません」と外交官は結論を下した。「われわれを抜きにして社会が成り立ったことは、いまだかつて一度もありません。われわれは敗北したのではなくて、今まさに勝利しつつあるのです。われわれはどんどん浮びあがっていく。現在のわれわれのモットーは『悪《ピール》ければ悪《・サ・ヴァ・ミュー・サ・エ》いほど結構』でなければなりません」。公爵は醜悪な同感の色を浮べて外交官に笑顔を見せた。話し手は自分に満足しきっていた。私は愚かにも反駁《はんばく》しようとした。もう腹の中は煮えくりかえっていたのである。だが公爵の毒を含んだ視線が私をとめた。ちらりと私へ向けられたその視線は、私が何か青年らしい突飛な行動に出ることを期待しているように見えたのである。ことによると公爵は、私が自分の評判を落すのを楽しみにしていたのかもしれない。しかも外交官が私の反駁を無視するだろうこと、いや私の存在すら無視するだろうことは、あまりにも明らかだった。こんな連中と一緒にいることが、私はつくづくいやになってきた。ここで助け舟をアリョーシャが出してくれた。

青年は私にそっと近寄り、私の肩にさわって、ちょっと来てくださいと言ったのである。これはカーチャの使いだな、と私は推察した。その推察は正しかった。一分後には、私はもうカーチャと並んで坐《すわ》っていた。初めのうち、カーチャはまるで『あなたはこんな方だったの』と言わんばかりに私の全身をじろじろ眺めまわすばかりで、私たちはなかなか話の糸口が摑《つか》めなかった。けれども、いったん話し出しさえすれば、カーチャは朝まででもとめどなく喋りつづけるだろうと、私は信じて疑わなかった。「ほんの五、六時間喋っているうちに」と言ったアリョーシャの言葉が、ちらりと私の頭をかすめたのである。アリョーシャは私たちのそばにすわり、話の始まりをじれったそうに待っていた。

「あなた方はどうして何も話さないんです」と、笑顔で私たちを見ながらアリョーシャは口をきった。「せっかく逢ったのに黙っているなんて」

「ああ、アリョーシャ、あなたって人は……今すぐ話すわ」とカーチャは答えた。「だってお話したいことは山ほどあるのですものね、イワン・ペトローヴィチ、何から始めたらいいか分らないわ。お近づきになるのが遅すぎたみたい。もっと前にお逢いしたかった。あなたのことはずいぶん前から知っていましたけれど。ですからとてもお目にかかりたかったんです。お手紙を差し上げようかと思ったくらい……」

「どんなお手紙を?」と思わずほほえみながら私は訊《たず》ねた。

「用事はたくさんありました」とカーチャはまじめに答えた。「たとえば、アリョーシャはナターリヤ・ニコラーエヴナのことを話してくれるんですけど、こんなときに一人にされていても彼女は怒っていないというのは本当かしら。一体アリョーシャのようなやり方が許されるものでしょうか。ねえ、あなたはどうして今ここにいらっしゃるの、そのわけを聞かせて」

「ああ、だから、もうすぐ行くってば。ぼくは、だから、あなた方二人の話しぶりをちょっと監督して、それからむこうへ出掛けるって言ったでしょう」

「話の監督ってどういうこと?　いつもこのひとはこんな調子なんですよ」と、少し顔を赤らめ、アリョーシャをゆびさしてカーチャは言った。「『ちょっとだけ、ちょっとだけです』なんて言って夜中まで話しこむんです。そしてもう遅いから行かない、なんて。『彼女は怒らないよ、やさしい人だから』――いつもそういう考え方!　ねえ、こんなことでいいんでしょうか、少し不真面目《ふまじめ》じゃないかしら」

「じゃ、もう行こうかな」とアリョーシャは不満そうに答えた。「ほんとうはあなた方と一緒にいたいけれども……」

「私たちに何の用事があるの。私たちは二人だけでたくさん話すことがあるのよ。ね、怒らないでね。どうしても必要なことなのよ、分って」

「どうしても必要なら、ぼくは今すぐ……何もぼくは怒ってなんかいない。でも先にちょっとレーヴィンカの所へ寄って、それから彼女のほうへまわろうかな。それはそうと、イワン・ペトローヴィチ」と、帽子を手にとりながら青年はつづけた。「ご存知ですか、父はイフメーネフとの訴訟で取り戻した金を、むこうに返そうとしているんです」

「知っています、お父さんから聞きました」

「実にりっぱな行いじゃありませんか。ところがカーチャは、父のりっぱな行いを信じないんですからね。その点をよく話し合ってください。じゃ、さようなら、カーチャ、頼むからぼくがナターシャを愛していることを疑わないでくださいよ。どうしてあなた方はしょっちゅうぼくに約束を押しつけたり、ぼくを責めたり、見張ったりするんだろう――まるであなた方は親代りにぼくを監督しているみたいだ！　ナターシャはぼくに愛されていることを知ってるし、ぼくを信じているんです。そう、ナターシャが信じていてくれると、ぼくは信じている。ぼくはナターシャを無条件に愛しています。どのくらい愛しているか自分でも分らないくらいだ。ただただ愛している。だからぼくを罪人扱いして問いただす必要は全然ないんだ。そう、嘘《うそ》だと思ったらイワン・ペトローヴィチに訊《き》いてごらん、ぼくの言葉を確認してくれるから。ナターシャはやきもち焼きでね、ぼくをとても愛していてくれるけれども、その愛にはエゴイズムがたくさん含まれているんだ。だって、ぼくのために何かを犠牲にする気はないんだからね」

「なんですって」と私は自分の耳を信じかね、仰天して訊ねた。

「なんてことを言うの、アリョーシャ」とカーチャは両手を打ち合せ、ほとんど叫ぶように言った。

「そうさ。何も驚くことはない。イワン・ペトローヴィチがご存知ですよ。ナターシャはぼくにいつも一緒にいることを要求してばかりいるんだ。いや、要求するわけじゃないけど、そう望んでいることが分るんだ」

「恥ずかしくないの、恥ずかしくないの、そんなこと言って！」と怒りに全身を震わせてカーチャは言った。

「何が恥ずかしいんだい。きみはほんとに変な人だなあ、カーチャ！　ぼくはナターシャを、ナターシャ自身が思ってるよりも遥《はる》かに愛してるんだよ。そのぼくと同じくらいナターシャも愛してくれるんなら、自分の満足を犠牲にしてくれてもいいはずだろう。もちろんナターシャは自分からぼくに行きなさいって言ってくれるんだけれども、顔を見るといかにも辛《つら》そうだろう。だからぼくにしてみりゃ、行くなと言われるのと同じことさ」

「いいえ、これは何かわけがあるわ！」と、またもや怒りにきらきら光る目を私に向けてカーチャは叫んだ。「白状しなさい、アリョーシャ、白状するのよ、きっとお父様に何か言われたんでしょう？　今日何か言われたんでしょう？　ごまかしたって駄目よ、私にはすぐ分るんですから！　ね、そうでしょ、どうなの？」

「そう、言われたよ」とアリョーシャは当惑して答えた。「でもそれがどうしたっていうのさ。父は今日とてもやさしく、とても打ち解けた調子で話してくれて、ナターシャのことをしきりに褒《ほ》めるんだ。ぼくはびっくりしてしまった。あんなに父を侮辱したナターシャを褒めるんだからね」

「あなたは、その言葉を信じたんですね、あなたは」と私は言った。「ナターシャは捧《ささ》げうるものはすべてあなたに捧げたじゃありませんか。現に今日だって、あなたを退屈させはしまいか、カチェリーナ・フョードロヴナと逢う機会をあなたから奪いはしないかと、それればかり心配していたじゃありませんか！　ナターシャ自身がぼくに今日そう言いましたよ。それなのにあなたはそんなでたらめの言葉を信じるのだから！　恥ずかしくないのですか」

「恩知らずですよ！　このひとは恥ずかしいってことを知らないのよ！」と、救いがたい男だと言わんばかりに手を振ってカーチャは言った。

「でも、あなた方は一体どうしたっていうんです！」とアリョーシャは哀れな声でつづけて言った。「カーチャ、きみはいつでもこうなんだからね！　いつもぼくのあらばかり探すんだから……イワン・ペトローヴィチにはもう何も言いません！　あなたはぼくがナターシャを愛していないと思っておられるんですね。ナターシャがエゴイストだと言ったのは、そういう意味じゃないんです。ぼくはただ、彼女があまりにも、ちょっと常軌を逸するほどぼくを愛しているから、そのためにぼくも彼女も辛いと言いたかったんです。それに父がたとえぼくをだます気だとしても、ぼくは絶対にだまされませんよ。ぼくは負けません。父はナターシャがエゴイストだなんて悪い意味で言ったんじゃない、それはぼくにはよく分ります。父はぼくが今伝えたとおり、そっくりそのまま言ったんです。つまりナターシャはぼくを非常に激しく愛している、それはもうエゴイズムになりかねないくらいの激しさだ、だからぼくも彼女も辛いのだ、今後はぼくがもっと辛い思いをするだろう、ってね。それは父がぼくを愛していればこそ本当のことを言ったので、決してナターシャを侮辱したということじゃない。逆に父はナターシャの強い愛を認めているんです。測り知れないくらいの、奇蹟《きせき》のような愛をね……」

だがカーチャは青年の言葉をさえぎった。そしてむきになってアリョーシャを責め始めた。父親がナターシャを褒め始めたのは、見せかけの善人ぶりでアリョーシャを欺くためなのであり、これはすべて二人の仲にひびを入らせ、きわめて巧妙に目立たぬようにアリョーシャの心をナターシャに背《そむ》かせるための策略なのだ、とカーチャは論証し始めた。ナターシャがいかにアリョーシャを愛しているか、そして現在のアリョーシャの仕打ちはいかなる愛情によっても赦《ゆる》すべからざるものであること、そして真のエゴイストはアリョーシャ自身であることを、熱っぽく、しかも巧妙にカーチャは導き出したのである。青年は次第次第に恐ろしい悲しみと深い悔悟へと導かれていった。じっと目を伏せ、もう何も言わず、すっかりしょげかえり、顔に苦痛の色を浮べて、アリョーシャは私たちのそばにすわっていた。けれどもカーチャは容赦しなかった。私はきわめて好奇心をそそられ、つくづくカーチャを見守った。そして少しでも早くこの奇妙な娘をもっとよく知りたいと思った。カーチャはまだほんの子供だが、なんといおうか、ふしぎな子供、信念にあふれた子供なのである。この娘には確固とした原則があり、善と正義にたいする生れながらの熱烈な愛情があった。もしもこの娘をほんとうに子供と呼べるならば、カーチャはわが国の家庭にかなり多く見受けられる物を思う子供の部類に属していた。この娘がすでに多くのことについて自分の判断を持ちあわせていることは明らかだった。この物思う頭の中を覗《のぞ》きこみ、全く子供っぽい思想や観念と、まじめに経験された人生の印象や観察（カーチャはすでに人生を生きていた）とが入りまじっているのを、ひそかに眺《なが》めたならば、さぞかしおもしろいに違いない。またそこには身をもって経験したのではなく、抽象的に書物で読んで感動した思想なども入りまじっているだろう。それはすでに多量に蓄積されていて、おそらくカーチャはそれを自分で体験したもののように思いこんでいるに違いない。この晩、そしてその後も、私はカーチャをかなりよく研究したと思う。この娘の心は燃え立ちやすく、感受性が強かった。ある場合には、この娘はまるで自己抑制の能力を軽蔑《けいべつ》しているようであり、何よりもまず真理を第一として、実生活上の我慢ということを一時的な偏見であると見なし、そういう信念をひけらかしているようだった。これはとくに若者に限らず、情熱的な人間にはありがちの傾向である。だが、その傾向はまたカーチャに一種独特の魅力を与えていた。この娘は思索や真理追求が大好きなのだが、それは学問的というよりはむしろ子供っぽい奇行であり、人はこの娘を一目見るなりその風変りな点を愛したり大目に見たりするようになる。私はレーヴィンカとボーリンカの話を思い出し、こういうことは何もかも当然であろうと考えた。そして不思議なことに、初めはとくに美しいとも思わなかったカーチャの顔が、この晩のうちにだんだん美しい魅力的な顔に見えてきたのである。この思索する若い娘の無邪気な分裂といい、真理と正義にたいする子供っぽいがきわめて誠実な渇望といい、自分の渇望についての確固不動の信念といい――それらすべては何かしら誠実さの美しい光といったものによってカーチャの顔を照らし出し、高潔で精神的な美しさをその顔に与えていた。そして人は、こういう美しさの意義は簡単に汲《く》みつくせるものではない、こういう美しさはありふれた第三者の目にはそう簡単に見えるものではないと悟り始めるのである。そして私は、アリョーシャがこの娘に激しい愛着を感じるのは当然だと思った。アリョーシャが自分で考えたり判断したりする力をもたぬとすれば、自分に代って思索し、意志をすら表明してくれる人物を愛するのは当然ではないだろうか。カーチャはすでにアリョーシャの後見人になっていたわけである。青年の心はおっとりと素直だったから、誠実で美しいものにはわけもなく征服されたのであり、カーチャはすでにその幼い誠実さと好意を青年の前にさらけ出していた。青年には自己の意志というものは皆無であり、カーチャには執拗《しつよう》で激しい炎のような意志が多量にそなわっていた。そしてアリョーシャは自分を支配し命令を下してくれる人物にのみ愛着する男なのである。ナターシャもまた初めのうちはそういうことでもアリョーシャを惹《ひ》きつけていたのだが、カーチャにはナターシャよりもずっと有利な点があった。つまりカーチャはまだ子供であり、今後も永いこと子供でありつづけるに違いないということである。カーチャの子供らしさ、その輝かしい知性、と同時に多少分別に欠けているところ——これらはなんとなくアリョーシャには親しみやすかった。青年はそれを感じとり、だからこそカーチャにますます強く惹かれていたのだった。私は想像するのだが、二人きりで話すとき、カーチャのまじめな『プロパガンダ』と同時に、この二人は玩具《おもちゃ》の話でもしていたのではあるまいか。そしてカーチャはしばしばアリョーシャに叱言《こごと》をいい、青年を思いのままに動かしていたが、アリョーシャにしてみれば、ナターシャとよりはこの娘と一緒にいるほうが気が楽だったに違いない。肝心なのは、この二人がお互いに似合いの一組だったということなのである。

「もういいよ、カーチャ、もういい、もうたくさんだ。きみはいつも正しくて、ぼくはいつも間違っているのさ。きみのほうが心がきれいだからね」とアリョーシャは言い、立ちあがって別れの手を差しのべた。「すぐ彼女の家へ行こう。レーヴィンカのところには寄らずに……」

「レーヴィンカのところへ行ったって何もすることがないでしょ。でも、私の言うとおりにしてくれて嬉《うれ》しいわ」

「きみはだれよりも可愛《かわい》い人だよ」とアリョーシャは悲しそうに答えた。「イワン・ペトローヴィチ、ちょっとお話したいことがあります」

私たちは二、三歩、脇《わき》へ寄った。

「今日のぼくは恥知らずでした」とアリョーシャは私に囁《ささや》いた。「下劣なことをしてしまいました。世の中にたいして申しわけないと思います。とくにナターシャとカーチャにたいしていけないことをしました。実は夕食のあとで父がアレクサンドリーナ（フランスの女性です）に紹介してくれて、とても魅力的な女性なので、ぼくは……夢中になってしまって……しかしこんなことはどうでもいいんです。ぼくはナターシャやカーチャと付き合う価値のない男です……じゃ、さようなら、イワン・ペトローヴィチ！」

「彼はいい人だわ、やさしい人だわ」と、私がふたたびそばに腰を下ろすと、カーチャは急いで口を開いた。「でも彼のことはあとでいろいろお話しましょう。今はそれより打ち合せておきたいことがあるんです。あなたは公爵《こうしゃく》のことをどうお思いになる？」

「たいへんな悪人だと思いますね」

「私もなの。じゃ意見が一致したわけですから、話が楽になるわ。で、ナターリヤ・ニコラーエヴナのことですけど……実は、イワン・ペトローヴィチ、今、私なんだか暗闇《くらやみ》の中にいるみたいで、光を待つようにあなたをお待ちしてましたの。お願いですから、いろいろ教えてくださいな。だって一番大事なことになると、アリョーシャの話から推理するしかないんですもの。ほかにはだれも訊く人がいませんし。あの、まず第一に(肝心なことですけど)どうお思いになります、アリョーシャとナターシャは一緒になって仕合せになるでしょうか。それをまず第一に知りたいんです。自分がどう行動すべきか最後の決心を固めるためにも」

「そういうことはなかなか確言できないものですが……」

「ええ、もちろん確言はできないわ」と娘は私をさえぎった。「でも感じとしてはどうかしら。だってあなたは頭のいい方だから」

「私の見たところでは、仕合せになれないでしょうね」

「どうして」

「性格が合わないからです」

「私もそう思ったんです！」そして娘は物思いに沈み、両手を組み合せた。

「もっと詳しく話してくださいません？　あの、私とってもナターシャに逢《あ》いたいんです。話したいことがたくさんあるし、ナターシャと話し合えば何もかも決るような気がして。今はただ頭で想像するだけですけど、ナターシャはとっても利口で、まじめで、誠実で、お美しい方だと思うわ。そうでしょう？」

「ええ」

「やっぱり思っていたとおりだわ。じゃ、ナターシャがそういう方なら、どうしてアリョーシャを、あんな子供みたいな人を愛することができたんでしょう。それを説明してくださいません？　私よくそのことを考えるんです」

「それは説明不可能ですね、カチェリーナ・フョードロヴナ。なんのために、どうして愛したかなどというのは、想像しにくいことです。そう、彼は子供です。しかし子供をどうして愛するようになるかはご存知ですか。（深い、まじめな、もどかしそうな注意をこめて私を見つめる相手の目を眺め、その顔を眺めていると、私の心は和《なご》んできた）ナターシャ自身が子供に似ていなければいないだけ」と私は言葉をつづけた。「彼女が真剣であればあるだけ、アリョーシャを愛することは簡単なのです。彼は正直で、誠実で、恐ろしく無邪気でしょう。時には気が遠くなるほど無邪気だ。ですから、たぶん、ナターシャが彼を愛したのは——なんと言ったらいいか……一種の憐《あわ》れみからのようですね。思いやりのある心は憐れみから愛することだってできます……どうもぜんぜん説明になっていないようですが、そのかわり、あなたに一つ質問をさせてください。あなたは彼を愛していらっしゃるんですね？」

私は大胆にこの質問を発したつもりだったが、この幼子のように明朗な精神の限りない清らかさは、この程度の性急な質問によってはかき乱されるものではないと、すぐさま悟った。

「そんなこと、まだ分りません」と、明るい目で私を見つめながら、カーチャは小声で答えた。「でも、とっても愛しているような気がします……」

「そら、ごらんなさい。なぜ愛しているか説明できますか」

「あのひとには嘘《うそ》がないわ」と、少し考えてからカーチャは言った。「私の目をまっすぐに見ながら何か話してくれたりするときが好きなんです……イワン・ペトローヴィチ、私こんなお話をしていますけど、私は女で、あなたは男でしょう。私のしていることは間違っていないかしら」

「一体どうして間違っているんです？」

「ええ、もちろん間違ってはいないと思いますけど、あの人たちは（とサモワールのまわりに坐《すわ》っているグループに目をやって）きっと間違っているって言うに違いないわ。あの人たちは正しいとお思いになります？」

「いいえ！　あなたはべつに悪い行いをしているとご自分で感じてはおられないのでし

よう。だったら……」

「私いつもこうなんです」と、明らかにできるだけ永く私と話をつづけるために、カーチャは急いで言った。「何かに当惑したら、すぐ自分の胸に訊《き》いてみるんです。もし心が平静ならば私も平静なんだわ。いつもこんなふうにしなければならないんです。それから、あなたとこれほど打ち解けて、まるで自分と話すみたいに話せるのは、第一にあなたがとてもごりっぱな方ですし、それにあなたとナターシャとの昔のいきさつを知っているからなんです。アリョーシャが登場する前の。その話を聞いたとき、私、泣いてしまったわ」

「だれがそんな話をしました？」

「もちろんアリョーシャよ。アリョーシャも涙を流しながら話してくれたんです。それも彼のいいところで、私、感動したわ。イワン・ペトローヴィチ、あなたがアリョーシャを愛している以上に、アリョーシャはあなたのことを愛しているんじゃありませんか？　彼のそういうところも、私、好きなんです。それから第二に、まるで自分と話すようにこうして率直にお話できるのは、あなたがとても頭のいい方で、いろいろ私に忠告したり教えたりしてくださることのできる方だからなんです」

「あなたに教えるほど頭がいいなんて、どうして分ります？」

「だってそれは！」カーチャは考えこんだ。「なんの気なしにこんなことを言ってしまいましたけど、それより一番大切なことを話しましょうよ。教えていただきたいんですけど、イワン・ペトローヴィチ、ナターシャの恋敵《こいがたき》である私は、そう確かに感じている私は、一体どうしたらいいんでしょう。だからこそ二人が仕合せになれるかどうかをお訊きしたんです。そのことを、私、昼も夜も考えていますの。ナターシャの立場は恐ろしいわ、ほんとに恐ろしい！　だって彼はもうナターシャを愛さなくなって、そのかわりにますます私を愛している。そうじゃありません？」

「そうらしいですね」

「でも彼はナターシャを欺《だま》しているんじゃないわ。だって愛さなくなったことに自分では気がついていないんですもの。でもナターシャはきっと気づいているのね。どんなに苦しんでいるかしら！」

「で、あなたはどうするおつもりです、カチェリーナ・フョードロヴナ」

「計画はいろいろあります」と娘はまじめに答えた。「でも私、迷っているんです。ですから、それを解決してくださらないかと思って、あなたを一日千秋の思いで待っていましたの。こういうことを、あなたは私なんかよりずっとよくご存知でしょう。今の私にしてみれば、あなたは神様みたいな存在なんです。実は初めのうち私はこう考えました。彼とナターシャが愛し合っているなら仕合せにならなければいけない、だから私は自分を犠牲にして二人を助けなければいけない。そうじゃないかしら？」

「あなたがご自分を犠牲になさったことは聞きました」

「ええ、犠牲にしました。でもそのあと彼がよくここへ来るようになり、だんだん私を愛するようになったとき、私、考えこんでしまいました。今でも考えているんです、自分を犠牲にすべきかどうかを。これはいけないことでしょうか」

「自然なことでしょう」と私は答えた。「それが当然です……あなたが悪いんじゃない」

「そうかしら。あなたはやさしい方だから、そうおっしゃってくださるけど、私は自分の心があまりきれいじゃないと思います。もし心がきれいなら、どう決めるべきかは分るはずですもの。でもこんな話はやめましょう！　その後、公爵や母《ママン》やアリョーシャ自身の口から二人の関係をもっと詳しく聞いて、どうも似合いではないような気がしていました。あなたは今そのことを裏づけてくださいましたわね。それで私はいっそう考えこんでしまったんです。どうしたらいいんでしょう。だってどうせ不仕合せになることが分っているのなら、二人は別れるべきじゃないかしら。でもそのあとで私、決めました。あなたにいろんなことをもっと詳しくお訊ねしてから、ナターシャを直接訪《たず》ねてみよう。そしてあの方と二人ですべてを解決しようって」

「しかしどう解決するのです、それが問題ですよ」

「私、ナターシャにはっきり言います。『あのひとをだれよりも愛していらっしゃるのなら、あのひとの幸福をご自分の幸福よりも先に愛してください。その場合、別れるのが当然です』って」

「そう、しかしそれを聞くナターシャの気持はどうでしょう。たとえあなたの意見に賛成だとしても、それを実行することができるかどうか」

「そのことなんです。それを私、夜も昼も考えて……それで……」

カーチャはとつぜん泣き出した。

「私がどんなにナターシャのことを気の毒に思っているか、あなたにはお分りにならないわ」と、涙に震える唇《くちびる》でカーチャは囁いた。

もう何も言うことはなかった。私は沈黙を守ったが、この娘を見ていると、言うに言われぬ愛情に自分も泣き出したくなった。なんという可愛らしい子供だろう！ なぜ自分にはアリョーシャを仕合せにする力があると思っているのか、とは、私はもう訊かなかった。

「音楽はお好き？」と、今し方の涙のためにまだ沈んだおももちで、いくらか落着いたカーチャは訊ねた。

「好きです」と、いささか驚いて私は答えた。

「もし時間があれば、ベートーヴェンの協奏曲《コンツェルト》の三番を弾《ひ》いてお聞かせするんですけど。今あれを練習しているんです。あの曲にはそういう感情が……私の今の感情と同じものが含まれているわ。私にはそんな気がするんです。でもそれは今度にしましょう。今はまだお話しなきゃならないことがありますから」

どうやってナターシャに逢うか、その手筈《てはず》をどう整えるかという話し合いが始まった。自分は監視されているとカーチャは言った。継母《ままはは》はいい人でカーチャを愛しているが、ナターリヤ・ニコラーエヴナと付き合うことを許してくれる気づかいはない。そこでカーチャは一計を案じた。午前中にこの娘はときどき馬車で外出することがあったが、ほとんどいつも伯爵《はくしゃく》夫人と一緒だった。しかし稀《まれ》には伯爵夫人は外出せず、そんな場合、あるフランス女をカーチャにつけた。ところで、その婦人はあいにく今病気である。そういうケースは伯爵夫人が頭痛のときに起り、したがって夫人の頭痛を待たねばならない。それまでにカーチャはそのフランス女（茶飲み友達といった感じの老婆《ろうば》だった）を説得することにした。その婦人は非常に親切な人だという。だが要するに、ナターシャを訪問する日時を前もって決めることは、やはり不可能だった。

「ナターシャと付き合っても後悔することはないと思います」と私は言った。「むこうもあなたに逢いたがっているし、それにアリョーシャをゆずり渡す相手がどんな人間か、それを知ることは必要ですからね。その問題については、あまり心配なさることはありません。あなたが心配なさらなくても、いずれは時が解決してくれます。だってあなたは田舎《いなか》へいらっしゃるのでしょう」

「ええ、もうじき、たぶん一月ほどして」と娘は答えた。「公爵《こうしゃく》がしきりにすすめるんです」

「どうお思いです、アリョーシャもあなた方と一緒に行くでしょうか」

「ええ、そのことは私も考えました！」と、じっと私を見つめてカーチャは言った。

「きっと行くと思うわ」

「行くでしょうね」

「ああ、それで結局どうなるのかしら——分らないわ。ねえ、イワン・ペトローヴィチ、私これから手紙で何もかもお知らせすることにします。たびたびお手紙しますわ。もうさっそく今日から厄介なことばかり申し上げてしまいました。これからはちょくちょく、いらしていただけます？」

「分りませんね、カチェリーナ・フョードロヴナ。事情によりけりです。ひょっとすると全然おうかがいしないかもしれません」

「あら、どうして？」

「原因はいろいろ考えられますが、主なところは、私と公爵との関係ですね」

「公爵は不誠実な人だわ」とカーチャはきっぱり言った。「それとも、イワン・ペトローヴィチ、私、お宅へ伺ったらどうかしら！　そんなことをしても悪くないかしら？」

「あなたご自身はどう思います？」

「私は構わないと思うわ。それじゃ、いずれお伺いすることにして……」カーチャはにっこり笑って付け加えた。「こんなことを申し上げるのは、あなたを尊敬しているだけじゃなくて、あなたが大好きだからなんです……それに、いろいろ教えていただけるでしょう。あなたが大好きだわ……私がこんなことを言っても、べつに恥ずかしいことじゃありませんわね？」

「何を恥ずかしがることがありますか。私にもあなたはもう肉親のように大切な人です」

「じゃ親友になってくださる？」

「ええ、なりますとも！」と私は答えた。

「でもあの人たちはきっと、それは恥ずかしいことだ、若い娘にあるまじき振舞いだって言うわ」と、ふたたびお茶のテーブルを囲んでいる連中を指《さ》してカーチャは言った。ここで気づいたのだが、どうやら公爵は、思うぞんぶん話をさせるために、わざと私たちを二人きりにしておいたらしい。

「私にはよく分っていますけど」とカーチャは言い足した。「公爵は私のお金が欲しいのよ。あの人たちは私のことをまるっきりの赤ん坊だと思っていて、はっきり私にそう言ったりするんです。でもそうじゃないわ。私はもう赤ん坊じゃありません。へんな人たちね。自分たちこそ子供みたいなくせに。なんのためにあんな大騒ぎをしてるのかしら」

「カチェリーナ・フョードロヴナ、お訊きするのを忘れていました。アリョーシャがよく訪ねて行くレーヴィンカとボーリンカというのはどんな人たちですか」

「私の遠い親戚《しんせき》なんです。とても利口で正直な人たちですけど、ちょっとお喋《しゃべ》りがすぎて……私、よく知ってるんです……」

そしてカーチャは笑顔になった。

「その人たちに、あなたがいずれ百万ルーブリをおゆずりになるというのは本当ですか」

「まあ、やっぱり、その百万のことまであの二人はお喋りしてるのね、いやになってしまうわ。もちろん私は有益なことだったら喜んで寄付します。そんな大金を持っていたって仕方がないでしょう。でも、まだいつ寄付するかも決めてないのに、あの二人ったらもう今から、どう分配するか考えたり、大騒ぎで議論してるのよ。何に利用するかでもう喧嘩《けんか》したり——ほんとにへんな人たち。あんまり気が早すぎるでしょう。でも、誠実で……利口な人たちなんですけど。まだ学生なのよ。でも、世間の人たちの生き方よりは、そのほうがましだわ。そうじゃありません？」

そのほか、いろいろ私たちは話し合った。カーチャはほとんど生れて以来の話を私に語り、私の話にも一生懸命耳を傾けた。そして何よりもナターシャとアリョーシャの話をしてくれと、せがむのだった。十二時近くになると、ようやく公爵が私に近寄ってきて、もうおいとましませんかと言った。私は別れの挨拶《あいさつ》をした。カーチャは私の手を固く握り、意味深長に私の顔を見つめた。伯爵夫人は、これからもたびたび遊びに来るようにと言った。私は公爵と一緒に外へ出た。

ところで、奇妙な、当面の問題とは何の関係もないことだが、私は一つだけ気づいたことをどうしても述べておきたい。三時間にわたるカーチャとの会話から、私はちょっと奇妙な、と同時に深い確信を得たのである。つまり、カーチャはまだ全くの赤ん坊で、男女関係の秘密など何一つ分っていないのだった。そのことがカーチャのいくつかの考え方や、一般にカーチャが重大な問題についていろいろ語ったときのきまじめな調子に、異様な滑稽《こっけい》さを添えたのである……

第十章

「ところで、どうでしょう」と、一緒に馬車に乗りこむと公爵《こうしゃく》は私に言った。「これからご一緒に夜食でも？　いかがです？」

「さあ、どうしようかな」と私は迷いながら言った。「私は夜食はとらないことに……」

「いや、むろん、夜食をしながらお話したいのですがね」と、ずるそうな目つきで私の目を覗《のぞ》きこみながら公爵は付け足した。

その意味が分らないでどうしよう！『腹を割って話す気だな』と私は思った。『それこそ、こちらの望むところだ』私は同意した。

「それで決った、と。ボリシャヤ・モルスカヤ街のBへやってくれ」

「レストランですか」と私は少しどぎまぎしながら訊《たず》ねた。

「ええ。どうしてですか。私は家ではめったに夜食をとらないのです。私の招待をお断わりになるんじゃないでしょうな」

「しかし今申したとおり、夜食はしないことにしていますから」

「一度ぐらい、いいじゃないですか。それに私がご招待するのですし……」

つまり、お前の分は払ってやるということだ。公爵はわざとその言葉を言い足したに違いなかった。私は連れて行かれることにしたが、レストランでは自分の分は払おうと決心した。やがて目的地に着いた。公爵は特別室をとり、いかにも通人らしい趣味と知識を見せて、二、三品の料理をえらんだ。その料理も、公爵が運ばせた食卓用の葡萄酒《ぶどうしゅ》も、たいそう高価なもので、私のふところには合わなかった。私はメニューを見て、エゾヤマドリの半身と、ラフィット葡萄酒を注文した。公爵はたちまち色をなした。

「私と夜食をなさるのがおいやなんですね！　それはむしろ滑稽《こっけい》ですよ。失礼《パルドン》ですが、《モナミ》それはなんというか……不愉快なこだわりだ。実につまらない自尊心じゃありませんか。身分の違いを意識なさっているのでしょう、いや、きっとそれに違いない。あんまり私を傷つけないでください」

　だが私はあくまで我《が》を張った。

「じゃ、まあ、お好きなように」と公爵は付け足した。「無理にとは申しません……ところで、イワン・ペトローヴィチ、友人として打ち解けて喋《しゃべ》ってもよろしいでしょうか」

「それはこちらからお願いしたいくらいです」

「それでしたら、私の考えでは、そういうこだわりはあなたを傷つけるだけですよ。あなた方のお仲間は、いつもそういうことで自分を傷つけておられる。あなた方文学者は世間を知らなければいけないのに、わざとそれから遠ざかろうとなさる。べつにエゾヤマドリのことを言うわけではありませんが、あなた方はわれわれの社交界と交渉をもつことを全く避けようとしているのではありませんか。それは絶対に有害ですよ。いろんな損をする――たとえば、まあ、出世の点とか――そういう点で損をする以外にも、お書きになることをご自身で体験しなければいけないということだけでもですね。小説には伯爵《はくしゃく》とか、公爵とか、婦人の私室とか、そういうものがつきものでしょう……いや、これは私の思いちがいですかな。今どきの小説は、貧乏話や、外套《がいとう》を失《な》くした話や、検察官だとか、喧嘩《けんか》っ早い将校だとか、小役人だとか、でなきゃ昔々の物語とか、分離派宗徒《ラスコーリニキ》の生活とか、そんなものばかりでしたな。分ってます、分ってます」

「しかしそれは誤解です、公爵。私があなた方のいわゆる『上流社会』に出入りしないのは、第一にそういうところが退屈であり、第二に行っても何もすることがないからなのです！　でも、それでも時たま出入りすることはありますが……」

「知ってますよ、R公爵の家へ年に一度ぐらいでしょう。私が初めてお目にかかったのもあそこででしたね。しかし、それ以外のときは、民主主義の誇りから脱《ぬ》け切れずに、屋根裏部屋にくすぶっておられるのでしょう。もっとも、あなたのお仲間がみなそうしているわけでもない。中には私でさえうんざりするくらいの猟奇好みの人もいて……」

「公爵、そういう話題は変えていただきたいものですね。もう屋根裏部屋の話はやめましょう」

「ああ、気を悪くなさいましたか。しかし友人として打ち解けても構わないとおっしゃったじゃありませんか。いや、失礼しました、まだ友人として付き合っていただけるほどのことは何もしておりませんでしたね。これはなかなかいける酒ですよ。どうぞ一つお試《ため》しください」

公爵は自分の壜《びん》から私のコップに半分ほど注いだ。

「ところで、イワン・ペトローヴィチ、友情の押し売りが不粋《ぶすい》であることは、私だってよく心得ています。しかし私たちは、あなたが考えておられるほど野蛮でもなければ、厚かましくもない。そう、あなたがこうして私と一緒に坐《すわ》っておられるのも、べつに私に好意を寄せておられるためではなくて、話があると私が申したからだということも、よく分っています。そうじゃありませんか？」

公爵は声を立てて笑った。

「あなたはある女性の利害を見守っておられるから、私がこれから喋ることをお聞きになりたい。でしょう？」と公爵は毒々しい微笑を浮べて付け足した。

「そのとおりです」と私はたまらなくなって相手の言葉をさえぎった（私の見るところでは、公爵は相手がほんの少しでも自分の権力の内側に入ったとき、それを相手に思い知らさずにはいられない人間だった。ところで私は公爵の権力の内側に入っていた。つまり公爵が喋るつもりのことを聞き終えぬうちは、私はこの場から立ち去れないのであり、そのことを公爵もよく知っていた。公爵の口調はとつぜん変化し、ますます無礼で馴《な》れ馴れしい嘲笑《ちょうしょう》的な口調になっていったのである）。「そのとおりですよ、公爵。そのためにここへ来たのです。でなければ……こんな夜ふけにこうして坐ってはいなかったでしょうよ」

でなければあなたとは絶対に付き合わなかったでしょう、と私は言いたかったのだが、そうは言わずに言葉を変えたのは、臆病《おくびょう》のためではなく、私のいまいましい弱気とデリカシーのためであった。たとえ相手がそれに価する人間であっても、またいくらこちらが乱暴なことを言ってやりたくても、一人の人間に面とむかって乱暴な言葉を吐くことはなかなかできないものである。私の目つきから公爵もそれに気づいたとみえて、私が喋っているあいだ、あざ笑うように私の顔を見つめ、そのまなざしはまるで私の小心を楽しみながら、こう挑発《ちょうはつ》の言葉を吐いているようだった。『おや、きみ、どうした、腰砕けじゃないか、しっかりしろよ！』これは正《まさ》しく公爵の考えていたことに違いなかった。私が喋り終えると、公爵は高笑いして、妙にパトロンめいたやさしさで私の膝《ひざ》を叩《たた》いたのである。

『まったくきみは滑稽だよ』という言葉を、私は公爵の目つきに読んだ。『今に見ろ！』と私はひそかに思った。

「今日は実に愉快だ！」と公爵は叫んだ。「なぜ愉快なのか、さっぱり分らんですがね。ええ、ええ、分っていますとも！　今申したその女性のことを話そうと思ったんでした。とにかく徹底的に本音を吐いて、なんらかの結論を出さなきゃいけませんな。今度こそはあなたに完全に理解していただきたいものです。さっきはあの金のことを、あの六十歳の赤ん坊、あの間抜けな親父《おやじ》のことを話しかけていましたね……なあに！　もうあれは話すまでのこともない。さっきはなんとなく言ってみただけのことです！　ははは、あなたは文学者だから、もうお分りになっていたでしょうが……」

私はびっくりして公爵の顔を見た。どうやら相手はまだ酔っていないらしい。

「で、あの娘さんのことですが、率直に言って私は尊敬しているし、愛してもいるくらいです。本当ですよ。あの娘さんは少々気紛《きまぐ》れだが、五十年前にだれかが言ったとおり、『きれいなバラには棘《とげ》がある』、いや、まったくね。棘が刺されば痛いが、それがまた魅力で、うちの息子は馬鹿《ばか》だけれども、私はもう幾分かは赦《ゆる》しています——趣味のよさに免じましてね。要するに、私はああいう娘さんが好きです。で、実は特別なもくろみがあるんですが（公爵は意味ありげに唇《くちびる》を噛《か》んだ）……しかし、それはまたあとで……」

「公爵！　ちょっと待ってください、公爵！」と私は叫んだ。「あまり話題の転換が早くて、私にはよく分りませんが、しかし……何か別の話にしてくださいませんか、すみませんが！」

「また怒っておられる！　分りました、別の話にしましょう、別の話にね！　ただ一つだけお訊ねしたい。あなたはあの娘さんを非常に尊敬しておられますか」

「もちろんです」と、私はあからさまに苛立《いらだ》ちをこめて答えた。

「じゃ、愛しておられるんですね」と、歯をむきだし、目を細めて、公爵は嫌味《いやみ》たっぷりにつづけた。

「いい加減にしてください！」と私は叫んだ。

「いや、もう言いません、もう言いません！　気を落着けてください！　今日の私はどうも調子がよすぎる。こんなに浮き浮きしたことは久しぶりです。シャンパンでも飲もうじゃないですか！　いかがですか、詩人さん」

「私は飲みません、いやです！」

「そんなことを言わずに！　今日はぜひとも付き合ってください。こういい気分で、感傷的なほど自分が善良になっていると、だれかと一緒にこの幸福を味わいたくってね。ひょっとしたら、あなたとも、きみ呼ばわりで飲めるところまで行くかもしれない、ははは！　そう、あなたはまだ若いから、私という人間をよくご存知ないんです！　今にきっと私が好きになってくださると思いますね。今日は悲しみも喜びも、笑いも涙もわけあって、大いにやろうじゃありませんか。もっとも、私は泣きたくはないけれども。ね、どうです、イワン・ペトローヴィチ。まあ考えてみてくださいよ、もし私の望むようにならなかったら、私の昂揚《こうよう》した気分はたちまち消え失《う》せ、飛び散ってしまって、あなたは結局なんにも聞けないいんですよ。あなたがここへいらしたのは、私から何かを聞き出すのが唯一の目的なんでしょう。そうじゃありませんか？」と、またもや無礼な目配せをしながら、公爵は付け加えた。「だったら、ひとつご自分で選択してください」

このおどかしは重大だった。私は同意した。『私を酔いつぶす気だろうか』と私は思った。ここで、だいぶ前から私の耳に入っていた公爵に関する一つの噂《うわさ》を語っておこう。社交界ではあれほど礼儀正しく小粋《こいき》な公爵は、噂によれば、夜な夜な飲み歩き、ぐでんぐでんに酔っぱらって、汚らわしい秘密の放蕩《ほうとう》にふけるのが大好きだという……私の耳にも恐るべき噂はいくつか入っていた……人の話だと、アリョーシャは父親の飲酒癖を知っていたが、人の前では、ことにナターシャの前では極力それを隠そうとしていた。一度、私の前でアリョーシャは口を滑《すべ》らしかけたが、すぐに話をそらし、私の質問に答えなかったことがある。しかしこの噂は青年の口から直接聞いたことではないので、以前の私は信じていなかった。だが今は、どうなることかと待ち受けていたのである。

葡萄酒が来た。公爵は自分と私の二つのグラスに注《つ》いだ。

「私を罵《ののし》ったけれども、かわいい、実にかわいい娘さんだ！」と公爵はうまそうに葡萄酒を味わいながら言葉をつづけた。「ああいうかわいい人は、まさしくああいう瞬間にいっそうかわいい……あの晩を覚えておられますか、あの娘さんはさぞかし、私に恥をかかせてやった、めちゃめちゃにやっつけてやったと思ってるんでしょうな！　ははは！　あの頬《ほお》の赤みがなんともいえない！　あなたは女性にお詳しいほうですか？　蒼《あお》白《じろ》い頬にとつぜん赤みがさすというのは、実にもうすばらしいですな。ああ、しまった！　あなたはまたお腹立ちですね？」

「ええ、怒っています！」と、私はもう遠慮せずに叫んだ。「ナターリヤ・ニコラーエヴナのことを話してもらいたくないのです……そんな調子では。そんなことは……許しません！」

「ほほう！　では、あなたのお気に入るように話題を変えましょう。私はまるで捏《ね》り粉《こ》のようにやわらかくて従順ですからね。あなたの話をしましょうか。私はあなたが大好きですよ、イワン・ペトローヴィチ。私が友人としてどんなにまじめにあなたのことを心配しているか、分ってくださるかなあ……」

「公爵《こうしゃく》、それよりも用件にとりかかったほうがよくはありませんか」と私は相手の話をさえぎった。

「つまり、われわれの用件とおっしゃりたいのでしょう。みなまで聞かなくともお気持は分りますよ、あなた《モナミ》、しかし今あなたの話をすることが問題の核心に近づくことになるんです、信じてください。もちろんあなたに話の腰を折られなければね。そういうわけで、つづけましょう。実はこう申し上げたかったんです、イワン・ペトローヴィチ、あなたの現在の生活はご自分を滅ぼすに等しいとね。失礼ながら、デリケートな問題に触れさせてください。私は友情から申し上げるのです。あなたは貧しい。あなたは出版屋から前借りをする。そして方々のわずかばかりの借金を払い、残りの金で半年のあいだお茶だけで露命をつなぎ、屋根裏部屋で震えながら、あなたの小説が雑誌に載るのを待つ。そうですね？」

「だとしても、それはしかし……」

「盗みを働いたり、おべっかを使ったり、賄賂《わいろ》をとったり、陰謀を企《たくら》んだり、その他その他、そういうたぐいのことよりはましだ。分っています、分っています、おっしゃりたいことは。そんなことはもうだいぶ前にだれかが書いていますよ」

「それだったら何も私のことをかれこれおっしゃることはないでしょう。あなたにデリカシーの問題をお教えする必要はないと思いますが、公爵」

「ああ、それはもちろんあなたのお仕事じゃない。しかしそういうデリケートな問題にどうしても触れなければならないとしたら、仕方がないじゃありませんか。それを避けて通るわけにはいかないでしょう。しかしまあ、屋根裏部屋の問題は措《お》きましょう。私だってべつに屋根裏が好きなわけじゃない。ある場合をのぞいてはね（公爵は卑猥《ひわい》な笑い声をあげた）。それより私は驚いているんですよ。あなたは何を好きこのんで脇役《わきやく》を演じるんですか。そういえば、覚えていますよ。あなたのお仲間の作家がどこかに書いていましたね。人間の最も偉大な功績はおのれをつねに人生の脇役に限定することができるということである……とかなんとか、そんなようなことだった！　これについてはどこかで人が喋《しゃべ》ったのを聞いたこともありますが、しかしアリョーシャはあなたのいいなずけを横取りしたんじゃありませんか、知ってますよ、だのにあなたはまるでシラーか何かみたいに、二人のために奔走したり、サービスしたり、使い走りまでしかねまじき有様だ……失礼だけれども、それは心の広さを衒《てら》う醜悪な演技のように見えますな……うんざりしないんですか、ほんとに！　恥辱ですよ、これは。私があなただったら、いまいましさに死んじまうところだ。しかし何よりも恥辱ですよ、恥辱！」

「公爵！　あなたはどうも私を侮辱するためにわざわざここへ引っ張ってこられたよう

ですね！」と私は憎しみに我を忘れて叫んだ。

「ああ、とんでもない、あなた、違います、私は今ただ感情ぬきで申し上げただけで、あなたの幸福を望んでいることに変りはない。要するにこの問題を丸く収めたいのです。しかしそのことはしばらく措くとして、お終《しま》いまで聞いてください。どうか怒らずにね、せめて二、三分でもね。で、いかがでしょう、あなた結婚なさっては？　どうです、今度はぜんぜん別の話でしょう。どうしてそんなびっくりしたような顔でごらんになるんです」

「あなたのお話が終るのを待っているんです」と、ほんとうにびっくり仰天して私は答えた。

「いや、何も具体的な話じゃないのですがね。実はあなたがどうおっしゃるかを聞きたかったんです。あなたのために、かりそめではなく確実な真の幸福を望んでいる友人のだれかがですね、もしもあなたに若くて美しい女性、しかし……多少は経験をつんでいる女性をご紹介するとしたら、です。これは一つの比喩《ひゆ》として申し上げるのだから分っていただきたいのですが、たとえばナターリヤ・ニコラーエヴナのような女性をですね、例のもちろんそれ相応の持参金をつけて……（よろしいですか、これは別の話ですよ、例の問題ではないんですよ）どうでしょう、あなたはどうおっしゃるかな」

「あなたは……気が狂ったのだと言いますね」

「ははは！　いやこれはどうも！　凄《すご》い勢いだな、殴《なぐ》らないでくださいよ」

ほんとうに私は公爵に飛びかかろうかと思った。これ以上はもう我慢がならなかった。公爵が私に与える印象は何かの爬虫類《はちゆうるい》か巨大な蜘蛛《くも》のそれであり、私はそいつを踏みにじりたくてたまらなかった。公爵は私をからかって楽しんでいたのである。私をすっかり掌握したと見て、まるで猫が鼠《ねずみ》をもてあそぶように私を嬲《なぶ》っていたのだ。ついに仮面をぬぎすてた公爵は、その下劣さ、厚顔、シニシズムのなかに一種の満足を、あるいは一種の肉欲をすら見出《みいだ》しているように思われた（それに違いないと私は思う）。私の驚きや恐怖を楽しんでいたのだ。公爵は心の底から私をさげすみ、あざ笑っていたのである。

これがすべてあらかじめ計画されたことであり、何かの目的があるのだということは初めから感じていた。しかし私は、何はともあれ公爵の話を最後まで聞かねばならぬ立場にあった。話がナターシャの利害に関することであり、もしかすると今夜のうちにすべてが解決されるかもしれないのだから、私はどんなことでも我慢しなければなるまい。しかしナターシャに関するこのようなシニックで下劣な放言を、どうしておとなしく聞いていられるだろう。こんなことをどうして冷静に耐え忍べるだろう。しかも公爵は、私がお終いまで聞かないわけにはいかないのをよく心得ているのであり、それが屈辱をさらに深めるのだった。『しかしこいつも私を必要としているんじゃないか』と私は思い、ぞんざいに喧嘩腰《けんかごし》で答え始めた。公爵もそれに気づいたようである。「こんな調子で話をつづけるわけにはいきませんか、真顔で私を見つめながら公爵は口を開いた。「こんな調子で話

「ところでですね」と、真顔で私を見つめながら公爵は口を開いた。「こんな調子で話をつづけるわけにはいきませんから、ひとつ申し合せをしませんか。つまり、私はあなたにいろいろお話したいと思っているわけですが、そこであなたもですね、私が何を申し上げようと、最後まで聞いていていただけないでしょうか。私は自分の思うとおりに、自分の流儀で話をしたい。それが本当の話し方というものでしょう。いかがです、しばらく辛抱していただけますか」

公爵はまるで私の激しい抗議を期待するように、毒々しい嘲笑《ちようしよう》を浮べて私を見つめたが、こちらは歯をくいしばって沈黙を守った。だが私が今すぐ帰らないことに同意したと見て、公爵は言葉をつづけた。

「怒らないでくださいよ、あなた。一体何に立腹なさったんです。うわべだけを見てのことじゃないんですか！　だって根本的には、私がどんな調子で喋ろうと、これ以外のことは私に期待なさらなかったんでしょう？　香水をふりかけたような丁寧な口調であろうと、今のような口調であろうとね。してみれば、どちらにしても意味は今と同じことです。あなたは私を軽蔑《けいべつ》しておられる。そうでしょう？　ところが、ごらんのとおり、私にはこういう単純率直なところ、愚直《ボノミ》なところがある。あなたに何もかも、子供っぽい気紛《きまぐ》れな行為のことまで白状してしまう。そうですよ、あなた《モン・シエール》、だからあなたももう

少し愚直《ボノミ》になってくださったら、私たちの話もうまく進行し、話し合いもつき、お互いに完全に理解し合えると思うんですがね。私がへんなことを申し上げても驚かないでください。実はね、ああいう子供っぽさ、アリョーシャの牧歌調、シラーばりの言いまわし、ナターシャとの益体《やくたい》もない関係にまつわるお上品さ（ナターシャそのものは可愛《かわい》らしい娘さんですが）、そういうものに私はほとほと嫌気《いやけ》がさしたので、そういったもろもろに、いわば赤んべえをしてやれるチャンスが来たのが嬉《うれ》しくてたまらないんですよ。今こそ機会到来というわけだ。そこで私はあなたに心情を吐露したくなった、と。ははは！」

「驚きましたね、公爵、まるで人が変ったようです。いきなり道化役者《ポリチネッラ》の口調になってしまった。そういう思いがけぬ打明け話は……」

「ははは、それはある程度、真実だな！　実におもしろい比喩だ！　ははは！　私は気晴らしをしているんですよ、あなた、気晴らしですよ、きわめて上機嫌《じょうきげん》かつ満足です。だから詩人さん、あなたも私のことはできるだけ大目に見てくださらなくちゃあ。そんなことより飲みましょう」と公爵は自分に満足しきった様子でグラスに酒を注《つ》ぎ足した。

「いやあ、しかしあの馬鹿げた一夜には、つまり、あのナターシャの住居での出来事には参りましたね。あの娘さん自身はかわいい人だけれども、あそこから帰るときの私は憎しみの塊《かたまり》でした。あのことだけは忘れたくない。忘れもしなければ隠しもしません。

むろん勝利はこっちのものだし、その時は近づきつつあるのですが、それはひとまず措きましょう。ところであなたにご説明しようと思ったことですが、私にはあなたのご存知ない性格の一面がある――それはああいう俗悪な、一文の価値もない無邪気さや牧歌趣味にたいする憎しみです。私にとって最も刺激的な快楽の一つは、初めそういうものに調子を合わせるふりをして、その調子に入りこみ、そういう永遠に若いシラー先生を手なずけたり、おだてたりしておいて、それからいきなりむこうの度《ど》胆《ぎも》を抜いてやることなんです。がらりと仮面をぬぎすてて、嬉しそうな顔をしかめっ面《つら》に変え、むこうが夢にも不意打ちを予期していない瞬間を見はからって、ぺろりと舌を出してやるんです。いかがですか。あなたにはお分りにならんだろうな。そんなことは汚らわしい、馬鹿げた、下品なことだとお考えでしょうな。違いますか？」

「もちろん、そう考えます」

「はっきりしていらっしゃる。私が逆に人に苛《いじ》められるんでは、どうも間が抜けていますね！　私がこうざっくばらんなのは馬鹿《ばか》な話ですが、性格だから仕方がない。ところで私の過去のエピソードをいくつかお話しましょうか。私という人物をよりよく理解していただけるでしょうし、それになかなかおもしろい話ですからね。そう、今日の私はほんとうに道化役者《ポリチネッラ》そっくりだ。道化役者《ポリチネッラ》はざっくばらんに喋るものでしょう？」

「あの、公爵、もうだいぶ遅いですから、それはまた……」

「なんですって？　ああ、気の短い方だ！　そんなに急いで、どこへいらっしゃるんです？　まあ、いいじゃありませんか、ここには酒もあることだし、親友として率直に話し合いましょうよ。私が酔っぱらったとお思いですか。どういたしまして、このほうがいいんです。ははは！　まったく、こういうなごやかな話し合いというものは、のちのちまで記憶に残り、思い出すたびに楽しくなるものです。あなたは冷たい方だな、イワン・ペトローヴィチ。あなたには感傷性というか、感じやすさがない。私のような友人のための一時間やそこいらの無駄費《むだづか》いがどうだっていうんです。しかもこれは例の問題に関係のあることだし……それを分ってくださいよ。それに文学者だったら、こういうチャンスは祝福してしかるべきです。だって私をモデルにして小説が書ける、ははは！　ああ、今日の私はかわいらしいほどあけっぱなしだな！」

公爵は酔ってきたようだった。顔つきが変り、なんとなく意地の悪い表情が現われていた。毒舌をふるい、嫌味を言い、噛《か》みつき、あざ笑いたがっていることは明らかだった。『酔ってくれたほうが好都合かもしれない』と私は思った。『酔っぱらいはお喋りだから』。だが公爵の理性はしっかりしていた。

「さてそこでと」と自分の言葉を楽しむように公爵は喋り出した。「場所柄にふさわしくなかったかもしれないが、私はたった今、告白をいたしましたね。ある場合に相手に舌を出してみせたくなる抑《おさ》えがたい欲望を感じるという、あの告白ですよ。この無邪気でお人よしなあけっぴろげの態度ゆえに、あなたは私を道化役者《ポリチネッラ》に比較された。それはまことに愉快でした。けれども、私が今あなたにたいして乱暴であるとか、あるいは百姓のように無作法であるとか、要するに急に態度が変ったと言って責められるのでしたら、あるいは驚かれるのでしたら、それは全くの見当違いだと言わなければならない。第一に、それは私の勝手ですし、第二に、ここは私の自宅ではなくて、あなたと一緒の場です……つまり私たちは今、親友としてご一緒に気晴らしをしているということですね。第三に、私は恐ろしく気紛れが好きなんです。ご存知かどうか知りませんが、この気紛れのために、私はかつて形而上学《けいじじょうがく》を学びましたし、博愛主義者になったこともあるし、ほとんどあなたと同じ思想を抱いていたこともある。しかしそれは昔々の、わが青春時代の黄金の日々のことです。忘れもしない、私はその頃、人道主義的な目的を抱いて自分の領地へ出掛けたが、もちろん、じきに退屈でたまらなくなった。そこでどういうことが起ったと思います？ 退屈のあまり、私はきれいな娘さんたちと付き合い始めたんです……おや、しかめっ面はもうやめたんですか。お若い方は複雑だ！ ここは気晴らしの席でしょう。遊ぶからには羽目をはずさなくては！ 私はなにしろ正真正銘のロシア的性格で愛国者なものですから、羽目をはずすのが大好きです。それにチャンスがあり次第、せっせと人生を楽しまなくちゃ。死んでしまったら、それっきりだ！ ま、そういうわけで女たちを口説《くど》いたんです。今でも覚えていますが、ある羊飼い女に亭主がいましてね、美男子の若い百姓でした。私はそいつを痛い目にあわせて、そのあと兵隊に行かせようと思ったんですが（過ぎし昔のいたずらですよ、詩人さん）、結局、兵隊には出しませんでした。私の病院で死にましたのでね……私の村には病院があったんですよ。ベッドは十二あって、設備が整っていて、清潔で、床なんか嵌木《はめき》細工です。この病院はとうの昔につぶしましたが、当時は自慢のたねでね。博愛主義者だったんですよ。その百姓は細君の一件にひっかけて、笞《むち》で半殺しの目にあわせてやったけれども……あ、また顔をしかめましたね。聞くに堪《た》えないですか？　あなたの高潔な感情をかきみだしますか。まあまあ、落着いてください！　何もかも過去の話です。ロマンチックな気分にかられて人類の恩人になろうとしたり、慈善協会を設立しようとしたり、その時分の話です……当時の風潮に染まっていたわけですな。だからこそ笞でひっぱたいた。今なら笞は使いません。今はしかめっ面をしなきゃいけない。今日ではみんなしかめっ面だ、そういう時代なんですね……それにしても今いちばん滑稽《こっけい》なのは、あのイフメーネフの馬鹿ですよ。奴《やつ》はこの私と百姓とのいきさつを確かに知っていた……だのにどうしたと思います？　奴は糖蜜《とうみつ》みたいに甘ったるいお人よしだから、その頃は私に惚《ほ》れこんでいた。そして自分で自分に私のことは褒《ほ》めなきゃいかんと言いきかせた。だから人の噂《うわさ》は全然信じるまいとして、ほんとうに信じなかった。つまりその事実を信じずに十二年間、私を庇《かば》ったわけです。そのうちに手前にお鉢《はち》がまわってきた。ははは！

まあ何もかも下らん話です！　飲みましょう、若い方。ところで、あなたは女はお好きですか」

私はなんにも答えなかった。ただ公爵《こうしゃく》の言葉に耳を傾けていた。公爵はもう二本目を飲み始めていた。

「私は食事をしながら女の話をするのが好きでしてね。この夜食がすんだら、マドモアゼル・フィリベルトというのをなんならご紹介しましょうか。いかがです。どうお思いです。おや、どうしました？　私の顔を見るのもおいやですか……ふむ！」

公爵は少し考えこんだ。だがふいに頭をあげると、何か意味ありげに私の顔をちらりと見て、言葉をつづけた。

「さて、詩人さん、あなたにひとつ自然界の秘密をお見せしたい。あなたのおそらくぜんぜんご存知ない秘密をね。あなたは今、この私は罪深い男だと、いや、卑怯者、淫蕩《いんとう》と犯罪の化け物だとお考えでしょう。しかしまあ私の話を聞いていただきたい！　まず、こういうことを仮定してみてください（もっともこれは人間の本性からしてあり得ないことですがね）、とにかく仮定してみてください。つまりわれわれが一人残らず自分の秘中の秘ともいうべきものを吐き出すとね。それも、口にするのが恐ろしいような、人には絶対に言わないような、あるいは親友にも決して言いたくないようなことだけではなく、自分で自分に認めることすら恐ろしいようなことまでも、一つ残らず恐れることなく吐き出すとする。そうしたら世界には恐るべき悪臭が立ちこめ、われわれはみんな息が詰ってしまうかもしれない。ちょっと括弧《かっこ》に入れたかたちで言うならば、だからこそわれわれ社交界のしきたりや礼儀などというものは良きものなんです。そういうものには深い意味が――道徳的な意味とは言わないまでも、単に予防的な、快適な意味がある。それはもちろん、そのほうがいいのです。なぜならば道徳というやつは、本質的には快適さと同じことであって、つまり、快適な生活のためにのみ発明されたものだからです。しかし礼儀の話はあとにしましょう。私は脱線ばかりしていますから、あとで催促してくださいよ。とにかく結論はこうです。あなたは罪悪、淫蕩、不道徳という点で私を非難なさるが、今の私が悪いのは、もしかすると、ほかの人間より露骨であるということだけで、ほかには何もないかもしれない。つまり、今申したように、ほかの人たちが自分自身にすら隠すことを、私は隠さないということですね……これは醜悪なやり方かもしれないが、今の私はそういうやり方をしたい。もっとも、心配なさることはありませんよ」と、あざけるような笑みを浮べて公爵は付け足した。「『私が悪いのは』などと言いましたが、私は決して赦《ゆる》しを乞《こ》うているわけじゃない。それからもう一つ申し上げれば、あなたにも同じような秘密がありはしないかと問いただして、あなたを困らせるつもりはありません。あなたの秘密で自分の秘密を正当化する気はないんです……礼儀正しい上品なやり方でしょう。私の振舞いは大体においていつも上品なんです……」

「あなたは少々お喋《しゃべ》りがすぎただけでしょう」と、軽蔑をこめて公爵の顔を見ながら私は言った。

「お喋りがすぎたか、ははは！　あなたが今何を考えているか、あててみましょうか。あなたはこう考えておられる。なぜこの男は私をここへ引っ張って来て、藪《やぶ》から棒に自分の秘密を喋りちらすんだろう。あたりましたか？」

「ええ」

「そのわけはあとでお話しますよ」

「簡単に言えば、二壜近く飲んで……酩酊《めいてい》なさったんじゃないんですか」

「つまり酔ったということですね。あるいはそうかもしれない。『酩酊』か！　酔っぱらったというより多少上品ですな。実にデリカシーに富んだ方だ！　しかし……どうもまた悪口の言い合いになってしまったようだな。せっかくおもしろい話をしかけていたのに。そうですよ、詩人さん、もしこの世に何か楽しい甘美なものがあるとすれば、それは女です」

「しかし、公爵、私にはまだよく分りませんね、あなたの秘密や……色好みの性癖を打ち明ける相手に、なぜ私を選んだのですか」

「ふむ……それはあとでお話すると申し上げたでしょう。ご心配なく。しかし、とくに理由はないとも言えますね。あなたは詩人だから、私の気持を分ってくださるでしょう。あるいは、その理由はもうお話したかもしれない。いきなり仮面をかなぐりすてて、恥も外聞もなく他人の前に自分をさらけ出すというシニシズムには、独特の快感があるんです。エピソードを一つお話しましょう。パリに気の狂った役人がいました。気違いに相違ないと分って、その後、病院へ入れられましたがね。その男は気が狂いかけていた頃、自分の楽しみのためにこんなことを考え出した。すなわち自宅でアダムのように素っ裸になり、靴をはき、踵《かかと》まで隠れるゆったりしたマントに身を包んで、勿体《もったい》ぶった厳《きび》しい顔をして街へ出る。傍《はた》から見れば、ほかの人間となんの変りもない、ゆったりしたマントを着て散歩している一人の男です。ところが、あたりに人影のない所で、通行人にばったり逢《あ》うとすると、こいつは何も言わずに、まじめくさった思索的な顔で近寄って行って、通行人の前で立ちどまり、マントをぱっと開いて、自分の体を……残るくまなく見せる。そして一分ほど経《た》つと、ふたたびマントに身を包み、なんにも言わず、眉《まゆ》一つ動かさず、呆気《あっけ》にとられて棒立ちになっている通行人のそばを、まるでハムレットに出てくる幽霊みたいに、ゆらりと、物々しく通りすぎる。相手が男であろうと、女であろうと、子供であろうと、この男はそれをやった。それが快楽のすべてだったんですな。まさにこれと同じ快楽の一部を味わうことができるんです、さっき言ったように、シラー気どりの男の不意をついて、ぺろりと舌を出してみせて相手の度胆を抜くとね。

『度胆を抜く』――なんという言葉だろう。あなた方の現代文学の何かで覚えた言葉ですがね」

「しかし、その男は気違いですが、あなたは……」

「正気だとおっしゃるのですか？」

「ええ」

公爵はげらげら笑い出した。

「それは正しい判断でしょうな」と、この上なく厚かましい表情で公爵は言い足した。

「公爵」と、その厚かましさにかっとなって私は言った。「あなたは私をも含めて私たちみんなを憎んでおられる。そして今、すべてのもの、すべての人間のために私に復讐《ふくしゅう》なさっておられる。それはあなたの小さな自尊心のなせる業《わざ》です。あなたは意地の悪い方ですが、その意地の悪さは規模が小さい。私たちはあなたを怒らせました。たぶんあの晩のことで、あなたは一番腹を立てておられるのでしょう。もちろん、あなたに可能な一番手ひどい復讐は、こんなふうに私を徹底的に軽蔑《けいべつ》なさることです。私たちが日常お互いに義務づけられているような、ごく当り前の礼儀作法をすら、あなたは無視なさっている。これほど露骨に、これほど突然、ご自分の醜悪な仮面をかなぐりすてて、これほどの道徳的シニシズムを露出して見せ、私などは、恥ずかしがってみせる必要もない相手なのだということを、思い知らせようとなさっている……」

「なんのためにそんなことをおっしゃるのです」と意地悪くじろじろ私を眺《なが》めながら公爵は訊《たず》ねた。「ご自分の洞察《どうさつ》力を見せつけるためですか」

「私があなたという人間を理解していることを、はっきり表明するためです」

「おもしろい考え方ですな《ケル・イデー・モン・シエール》」と、とつぜん今までの愉快そうなお喋りの調子に戻って、公爵は言葉をつづけた。「あなたは話を横道にそらしただけですよ。まあ飲みましょう《ビュヴォン・モナミ》、一杯注がせてください。実は今、とてもおもしろい、珍しい出来事の話をしようと思っていたんです。かいつまんでお話しましょう。私はかつてある夫人と付き合っていたことがありました。そんなに若い女ではなかったが、年の頃は二十七、八で、その胸といい、立居振舞いといい、歩き方といい、第一級の美人でした！ その目つきは鷲《わし》のように鋭く、いつも厳しい。態度は尊大で、容易に人を寄せつけない。主顕節（訳注 一月六日）前後のように冷たい女だというので有名でしたが、その恐ろしい道徳観はみんなを震えあがらせていたものです。そう、まさしく恐ろしい道徳。この女のように容赦のない裁《さば》き手は、私の交際範囲にはいませんでした。ほかの女たちの罪をあばくだけではない。些細《ささい》な弱点までも咎《とが》めたてて、相手の言いわけも聞かず徹底的に責めるのです。社交界でこの女は大変な勢力家でした。道徳問題にはきわめてやかましい老婦人たちでさえ、この女には一目おき、機嫌《きげん》をとったりする始末。まるで中世の修道院長みたいに、この女は冷酷無情な態度でみんなに接するんですな。若い娘たちなど、この女の意見や考えに戦々兢々《きょうきょう》です。この女に何か一言いわれただけで、何かちょっと当てこすられただけで、評判はがた落ちだ。それくらい社交界で勢力があった。男たちですらこわがっていたくらい。この女はその後何か瞑想《めいそう》的な神秘主義のようなものに落ちこみましてね、それでもあくまで悠揚《ゆうよう》迫らぬ神秘主義でしたが……ところがです。実はこの女はこの上ないというほど淫蕩な女だった。私は幸いこの女に信頼されましてね。手っとり早く言えば、だれも知らない秘密の情夫だったのです。私たちの関係は実に巧妙に、手ぎわよく仕組まれていたから、その女の家の使用人たちですら、これっぽっちも疑う者はいなかった。ただ一人、かわいいフランス人の小間使がこの女の秘密を知っていましたが、この小間使は完全に信頼できた。というのは、この情事の片棒をかついでいたからです。どんなふうに片棒かついでいたかは、この際、省略しましょう。とにかくこの夫人の淫蕩さ加減といったら、サド侯爵《こうしゃく》もこの女には教えを乞わなければなるまいと思われるほどでした。しかしこの享楽《きょうらく》の一番強烈な、一番刺激的な点は、それが秘密であり、しゃあしゃあと世間を欺《あざむ》いているということなんです。この夫人自身が社交界では高尚なこと、近寄りがたいこと、侵すべからざることだと説教していたもろもろの美徳をあざ笑い、心の中で悪魔的に哄笑《こうしょう》しつつ、踏みにじるべからざるものをわざと踏みにじる――しかもそれを際限なく、ぎりぎりの極限まで、どんなに激しい想像力でも考え及ばぬところまで実行すること――そこにこそ、この快楽の最も鮮明な特徴があったのです。そう、あの女は悪魔の化身でしたが、それがまたたまらなく魅力だった。今でも思い出すたびにぞくぞくする。猛烈な快楽の真最中にこの女はまるで狂ったようにげらげら笑い出すんです。私にはその笑いの意味がよく分ったから一緒になって笑いましたが……もう何年も前のことだというのに、今でも思い出すと息が詰りそうになる。一年後に、その女はほかの男に乗りかえてしまいました。しかし私にその気があったとしても、あの女を傷つけることはできなかっただろうな。だいたい、そんな関係を世間のだれ一人として信じてくれないのですからね。とにかく凄《すご》い女でしょう。いかがですか」

「ふう、なんて下劣な話だろう！」と、この告白にうんざりした私は答えた。

「そう答えてこそ私の若い友人です！　きっとそうおっしゃるだろうと思っていましたよ。ははは！　まあ待ってください、あなた、もう少し人生を生きればあなただってお分りになるはずだ。今のあなたはまだ糖蜜菓子《モナミ》が欲しいくちなんじゃないんですか。そんなことじゃ、まだ詩人とはいえない。その女は人生を理解し、それを利用することを知っていたんです」

「しかし、そんなふうに動物的になる必要は少しもないでしょう」

「動物的とは？」

「その女性とあなたが一緒に堕《お》ちた状態のことですよ」

「ああ、それを動物的とおっしゃるのか。それもまた、あなたがまだよちよち歩きをしている証拠です。むろん、一人歩きは動物的なものとは正反対の現象であるけれども、しかし……もっとざっくばらんに話し合いましょうよ、あなた《モナミ》……だって、こんなことはみんな下らない話でしょう」

「じゃ、下らなくないものは何なんです」

「下らなくないものは個性です。私自身です、すべては私のためにあり、全世界は私のために創《つく》られた。よろしいですか、私はいまだに、この世では楽しく暮すことが可能だと信じている人間なんです。これは最良の信仰じゃないかな。だってこの信仰がなかったら、辛《つら》い暮しをすることさえ不可能ですからね。結局は毒でも呷《あお》らなきゃならなくなる。そのとおりにした馬鹿者《ばかもの》もいるそうだが。そいつは哲学にいれあげて、何から何まで、ノーマルで自然な人間の義務の合法性までも破壊しつくして、つまるところは何も残らなかった。結論はゼロということになり、そこで人生における最良のものは青酸カリであると宣言したそうです。それはすなわちハムレットだ、強烈な絶望だ、要するに凡人には全然分らぬ壮麗なるものだと、あなたはおっしゃるかもしれない。しかし、あなたは詩人であり、私は平凡人です。平凡人は物事を平凡な実際的な見地から見なければならない。たとえば私はもうだいぶ以前から、いろんな束縛や義務とは手を切っています。自分になんらかの利益をもたらしてくれる限りにおいてしか、義務というものを認めない。あなたはもちろん、そういう物の見方はなさらないでしょう。あなたは足がもつれているし、趣味は病的だ。理想とか、美徳とかに恋いこがれておられる。しかし、私だってあなたのご命令を何から何まで認める用意はあるんですよ。ただ、すべての人間の美徳の根元にはきわめて深いエゴイズムがあることを、幸か不幸かよく心得ているので、どうしようもない。しかも美徳が強まれば強まるほど、エゴイズムもまた大きくなるのです。おのれ自身を愛せよ――これが私の認める唯一《ゆいいつ》の原則ですね。人生は商取引です。だから金をどぶに捨てるようなことをするな、ただし満足を与えてくれるものには金を払え、そうすれば隣人への義務はすべて果されるだろう――強《し》いて言うならばこれが私の道徳律です。もっとも正直を言うと、隣人にはぜんぜん金を払わず、ただで何かをさせるほうが、私としては結構ですがね。理想なんてものは私は持っていないし、持ちたくもない。理想にあこがれたことは一度もない。この世の中じゃ、理想なしでも結構おもしろおかしく暮せるんであって……要するに《アン・ソム》、青酸カリぬきですませられるのが私は嬉《うれ》しいですな。もう少し私に美徳があれば、さっき言った馬鹿な哲学者みたいに（きっとドイツ人でしょう）青酸カリなしではすませられなかったかもしれない。そう！　人生にはまだいいことがたくさんある。社会的な地位とか、官等とか、ホテルとか、トランプの大きな賭《かけ》とか、そういうものが私は大好きです（賭けごとが好きでしてね）。しかし肝心なのは、肝心なのは女です……女にもいろいろ種類がある。私はむしろ秘密の、怪しげな放蕩《ほうとう》が好きです。ちょっと奇妙な、変った遊びがね、少しぐらい汚《きた》なくても変化があっておもしろい……ははは！　あなたの顔を見ていると、その目つきは私をだいぶ軽蔑してるようじゃありませんか！」

「そのとおりです」と私は答えた。

「かりにあなたのお考えが正しいとしてもですよ、いずれにせよ、青酸カリよりは汚ない遊びのほうがましじゃないですか。違いますか」

「いや、青酸カリのほうがましですね」

「あなたの答を楽しもうと思って、わざと『違いますか』と訊《き》いたんです。答は初めから分っていた。いや、あなた、もしあなたがほんとうに人間を愛するなら、私と同じ趣味をすべての賢明な人たちが持つように望んでください。たとえ少々汚ない趣味であっても、これなしでは賢明な人はまもなくすることが何もなくなってしまう。残るのは馬鹿者だけということになる。そうなったら馬鹿者はさぞ仕合せなことでしょう！　今だって阿呆《あほう》は仕合せという諺《ことわざ》があるくらいで、馬鹿者どもと一緒に生き、連中に相槌《あいづち》を打っているくらい愉快なことはない。そのほうが都合がいい！　私が偏見を後生大事に守り、しきたりを支持し、社会的な地位を追い求めているというふうには考えないでくださいよ。私の生きているこの社会が空疎《くうそ》なものだくらいは、私にも分っています。しかし今のところは、その社会にも暖かみが残っている。だから私は相槌を打ち、社会を擁護するようなふりをしているが、機会さえ来りゃ私はまっさきにそんなものは棄《す》ててしまう。あなた方の新しい思想くらい私はたいてい知っているんですよ。もっともその思想のために苦しんだことはないけれども。だいたい苦しむ原因がない。良心の呵責《かしやく》を感じたことが一度もないんですからね。自分に好都合なことなら、私はすべて賛成です。こういう人間は実に数が多いんだ。だから居心地もわるくない。世界のすべてが滅びようとも、われわれだけは決して滅びない。世界が存在し始めたとき以来、われわれはずっと存在しつづけてきたのです。全世界がどこかへ陥没したとしても、われわれは浮びあがる。ついでながら、われわれのような連中の生活力がいかに旺盛《おうせい》か、まあ見てごらんなさい。われわれは実に模範的に、異常なまでに生活力が旺盛です。そのことに気づいて、びっくりなさったことはありませんか。つまり自然そのものがわれわれを保護してくれるんです、へへへ！　私はぜひとも九十歳まで生きたい。死は嫌《きら》いだし、こわいです。いつかは死なねばならぬなんて、べらぼうな話じゃありませんか！　しかしそんなことを言ったって仕方がない！　さっき言った服毒した哲学者の話に少々あてられたかな。哲学なんか糞《くそ》くらえ！　飲みましょう。ところで、きれいな女の子の話を始めたところでしたね……あなた、どちらへ？」

「もう帰ります、あなたもうそろそろ……」

「何をおっしゃる！　私はこうやって胸の内をさらけ出してるのに、これほどはっきりした友情のあかしを、あなたは感じとってもくださらない。へへへ！　あなたには愛情が不足ですよ、詩人さん。まあお待ちなさい、もう一本だけ」

「三本目ですか」

「三本目です。ところで美徳のことですが、わが若き門弟よ（この感じのいい呼称を使わせてください、ひょっとしたら私の教えは何かの役に立つかもしれない）……というわけで、わが門弟よ、美徳についてはすでに述べたとおり、『美徳が美徳であればあるだけ、それに含まれるエゴイズムもまた多くなる』。この点に関連して、実に愉快なエピソードを一つお聞かせしたい。かつて私はある娘が好きでした、ほとんど真剣に惚《ほ》れていました。娘は私のためにたくさんのものを犠牲にしてくれて……」

「それはあなたが一文なしにしてしまった娘のことですか」と、私はたまりかねて乱暴に訊《たず》ねた。

公爵《こうしゃく》はぶるっと身を震わせ、顔色を変えて、その血走った目を私に据えた。そのまなざしには疑惑と狂乱の色があった。

「ちょっと待ってください」と、ひとりごとのように公爵は言った。「ちょっと考えさせてください。どうも酔ってしまったらしい、考えがまとまらない……」

公爵は口をつぐみ、相変らず敵意のこもった目で探るように私を見つめ、帰られては困るというように私の手を取った。だれも知らないはずのその事実を、果してだれから私が聞いたのか、これは何かの罠《わな》ではないのかと、いろいろ考えをめぐらしていたに違いない。この状態が一分間ほどつづいた。だが公爵の表情はとつぜん変化した。今までの嘲笑《ちょうしょう》的な、酔いどれふうの浮き浮きした表情が、ふたたびそのまなざしに現われた。そして公爵は高笑いをした。

「ははは！　タレランだ、まさしく！　いや、あのときは唾《つば》でも吐きかけられたように棒立ちになりましたよ、面とむかってあの娘に、あなたのおかげで一文なしにされたと言われたときはね！　あのときの金切声、悪口雑言！　あの女は気違いじみてしまって……もう抑制力がなくなっていた。しかし、ご自身で判断なさってください。第一に、私は今あなたがおっしゃったように、あの女を一文なしにしたわけじゃ決してない。むこうからあの金をくれたのであって、あの金はすでに私のものだった。たとえばあなたが上等の燕尾《えんび》服《ふく》を下さったとしますね（こう言いながら、二年ほど前に仕立屋のイワン・スコルニャーギンに作らせた私の一張羅《いっちょうら》の燕尾服、もうだいぶくたびれているのを、公爵はじろりと眺《なが》めた）、私はお礼を言い、それを着ているとしますね。ところが一年後にとつぜんあなたは私と喧嘩《けんか》をする。そして私がすでに着古してしまった燕尾服を返せという。これはひどいじゃありませんか。だったら初めになぜくれたのです。第二に、たとえ自分の金になっていようと、私は必ずそれを返してやったに違いないのですが、それにしても、そんな大金がどこで都合できます？　何よりも肝心なのは、さっきも申したとおり、そういう牧歌調やシラーばりの態度が、私は大嫌いなのです。すべての原因はそれだったかもしれない。あなたには信じていただけないかもしれないが、その女は私にむかって、そんな金はくれてやると（ところがその金は私のものなんです）叫びました。私は猛烈に腹が立ったけれども、とつぜん非常に正しい判断をすることができた。そもそも私は決して冷静さを失わないたちでしてね。その判断というのは、金を女に返せば、女はかえって不幸になるかもしれないということです。つまり、私ゆえに不幸になるという楽しみを、そのために生涯私を呪《のろ》いつづけるという楽しみを、奪ってしまうことになりかねない。よろしいですか、こういう種類の不幸には、往々にして、自分は全く正しく、かつ寛大であり、自分を侮辱した相手を卑劣漢と呼ぶ権利があると考える、一種の高度の陶酔が含まれているのです。こうした憎しみの陶酔は、もちろん、シラー的な性格の人間にしばしば見られるものですが……その後、女は食うや食わずの状態になったかもしれない。しかし幸福だったに違いないと私は確信しますね。その幸福を女から奪いたくなかったので、私はわざと金を送ってやらなかった。こうして、人間の寛大さが声高く叫ばれれば叫ばれるだけ、そこに含まれる醜悪なエゴイズムもまた増大するという私の理論は、完全に証明されたことになる……よくお分りになりませんか。しかし……あなたは私を困らせようとなさったんですね、ははは！……白状なさい、困らせようとなさったんでしょう……ああ、タレラン！」

「失礼します！」と私は立ちあがりかけた。

「ちょっと！　結論を一言」と、とつぜん嫌味《いやみ》たっぷりの調子から真面目《まじめ》な口調になって公爵は叫んだ。「私の結びの言葉を聞いてください。今までに申し上げたことから明らかになったと思いますが（あなたもすでにお気づきでしょう）、私は決してだれのためにもおのれの利益を逃したくはない。そして私は金が好きですし、金が必要です。カチェリーナ・フョードロヴナは金をたくさん持っている。なにしろ彼女の父親は酒の専売権を十年間握っていましたのでね。彼女の財産は三百万、その三百万が私には非常に役に立ちます。アリョーシャとカーチャは似合いの夫婦になれる。どちらも徹底的に馬鹿ですが、その点も私には好都合。そういうわけですから、私は二人の結婚をぜひとも、なるべく早く成立させたいと思うのです。二、三週間後に、伯爵《はくしゃく》夫人とカーチャは田舎《いなか》へ出掛けます。アリョーシャはお二人のお供をすることになっている。ナターリヤ・ニコラーエヴナにあらかじめ注意しておいてくださいませんか、牧歌調やシラーばりの言葉はお断わりだし、私にたいする反抗もやめていただきたい、とね。私は復讐心《ふくしゅうしん》の強い、意地悪な男ですし、自分の権利は断乎《だんこ》として守る人間です。ナターリヤ・ニコラーエヴナなんかこわくない。すべてはきっと私の思いどおりになるでしょう。だから今こんなことを警告しておくのも、あの娘さんのためを思えばこそなんです。馬鹿な真似《まね》をしないように、分別ある振舞いをするように、よく気をつけてあげてください。でないと、あの娘さんは非常に不利な立場に立たされますからね。私が法的手段に訴えなかったことだけでも、あの娘さんは感謝して然《しか》るべきなんだ。よろしいですか、詩人さん、法律は家庭の平和を守るためのものです。それは父親にたいしては息子《むすこ》の服従を保証し、両親にたいする神聖な義務から子供を引き離そうとする輩《やから》には断じて制裁を加えるのです。しかも私は各方面に顔がきくが、あの娘さんにはそれが全然ない……だからお分りでしょう、私がその気になればあの娘さんにどんなことができたか……しかしそんなことをしなかったのは、今までのところ、あの娘さんが分別ある振舞いをしていたからです。ご心配には及びません。この半年間、一分の休みもなく、二人の行動の一つ一つを鋭い目が監視していたのです。だから些細《ささい》なことまで私はすべて知っています。したがって私は、アリョーシャが自分からあの娘を棄てるのを静かに待っていた。それがすでに始まりかけていますね。今のところは息子にしてみれば、ちょっとした遊びなんだろうが。そして私は人間的な父親として息子の心に残った。息子にそう思われることは私には必要なんです。ははは！　あの娘さんは実に寛大かつ無欲な方だから、アリョーシャに結婚を迫らなかった。今でも覚えていますが、このあいだの晩、私はあやうくそのことを感謝しそうになりましたよ。それにしても、どうやって結婚する気だったか、聞いてみたいような気がする！　あの晩の私の訪問はといえば、あの唯一の目的はもちろん二人の関係に終止符を打つことだったのです。しかし自分の目で、自分の体験で、すべてを確かめなくちゃならなかった……どうです、これくらいでご満足ですか。それとももっとお聞きになりたいですか。なぜ私はあなたをここへ連れて来たのか。とくにざっくばらんにならなくてもすむことなのに、一体どうしてこんなに勿体《もったい》をつけたり、とことんまで打ち明けた話をしたりしたのか。お聞きになりたいですか？」

「ええ」私はじっと我慢して聴《き》いていた。もう答えることは何もなかった。

「それはですね、あなた、あの二人の愚かな若者と比べてみると、あなたはもっと分別もあり、物の見方もはっきりしているという、ただそれだけの理由からですよ。もっと以前に、私が何者であるかを知ることも、想像することも、推量することも、あなたはなさっていたでしょうが、私はそういう面倒をおかけしたくないと思って、あなたの相手がそも何者なのか、はっきりお見せしようと決心したのです。実際の印象というのは大きなものですからね。どうか私の意向をお分りになってください、あなた《モナミ》。あなたは私というものをお分りになったし、あの娘さんを愛してもおられる。ですから説得力を総動員して（あの娘さんにたいする説得力をあなたはお持ちでしょう）ある種の厄介な事態から彼女を救ってやってくださいませんか。期待していますよ。さもないと厄介なことになる。それも、賭けてもいいが、きわめて重大な厄介ごとが起る。それからですね、もう一つ、あなたに打明け話をした第三の理由というのは……（もうお分りになったでしょう、あなたのことだもの）そう、実はこういう問題に少々唾を吐きかけてやりたかったんです、それもあなたの目の前でね……」

「その目的は達せられましたね」と私は興奮に震えながら言った。「私あるいは私たちへの憎しみやさげすみを表明するには、今のような打明け話が何よりでした。私も同感です。あなたは、私の前でそんな打明け話をしてもご自分の名誉を傷つけることになるとか、恥ずかしいとかは全然お考えにならなかった……さっきのマントを身にまとった気違いにそっくりですよ、あなたは。私を人間扱いなさらなかったのだから」

「図星ですな、お若い方」と公爵は立ちあがりながら言った。「まさしく図星です。さすがは文学者だ。さて、別れぎわも仲良くしたいものですな。兄弟の杯《ブルーダーシャフト》はおいやですか」

「あなたは酔っぱらっておられる。それだけの理由から、私はお返事したくありません……」

「また、だんまりですか。言いたいことも言わず、返事もせずか、ははは！　あなたの分の勘定は払わせていただけないかな」

「ご心配なく、自分で払います」

「それもまた結構。帰りの方角はご一緒じゃなかったかな」

「ご一緒には参りません」

「さようなら、詩人さん。私の気持は分ってもらえたでしょうね……」

少しふらつきながら、私のほうを振り向きもせず、公爵は出て行った。ボーイが手を貸して馬車に乗せた。私は一人で歩き出した。もう午前二時すぎだった。雨がふり、夜は暗かった……

第四部

第一章

忿懣《ふんまん》やる方ない私の気持については今さら書くまい。すべては予想できることだったのに、なおかつ私は衝撃を受けたのだった。まるで公爵《こうしゃく》がその醜い姿を私に見せたのは全く思いもかけぬことだったかのように。だが私の感覚はあくまでも混沌《こんとん》としていたことを記憶している。ちょうど何かに打ちひしがれ、押しつぶされたような気持で、陰鬱《いんうつ》な物思いがますます強く心に食いこむのだった。私はナターシャのことが心配だったのである。今後さまざまな苦しみがナターシャを待ち受けていることを予想し、どうやってそれを避けたらいいのか、この事件の最終的な破局の前の一瞬をどう和らげたらいいのかと、漠然《ばくぜん》とではあるが心を悩ませていたのだ。破局が迫っていることについては疑う余地がなかった。それは近づきつつあった。それがどんな破局になるかはもはや明瞭《めいりょう》であった!

帰るみちみち雨がずっと私の体を濡《ぬ》らしつづけていたが、どんなふうにして家までたどり着いたのかは覚えていない。もう午前三時頃だった。部屋のドアを叩《たた》こうとした途端に中から呻《うめ》き声が聞え、ドアがいきなり開いた。ネリーは横にならずに、ずっとドアの前で私の帰りを待っていたらしい。蠟燭《ろうそく》が燃えていた。私はネリーの顔を眺《なが》めて仰天した。形相がすっかり変っていたのである。目は熱病にかかった人のようにぎらぎら光り、まるで私の顔を忘れたように、どことなく野性的な目つきである。それはひどい発熱だった。

「ネリー、どうした、病気か」と、私は身をかがめ、片手で少女を抱きながら訊《たず》ねた。

少女は何かをこわがっているように身を震わせながら私にしがみつき、まるで一刻も早く喋《しゃべ》りたくて待っていたというように、早口に、きれぎれに何やら話し始めた。だがその言葉は脈絡がなく、奇妙で、私にはわけが分らなかった。それは譫言《うわごと》だったのである。

私はあわてて少女を寝床へ連れて行った。だが少女は絶えず私にすがりつき、何かにおびえているように、だれかの手から護《まも》ってくれというように、ひしと身を寄せてくるのだった。寝床に横になっても、私がまた出て行くのではないかと心配して、私の手をつかんだまま、しっかり握って放さなかった。私は衝撃を受け、神経をかき乱されたためか、少女を眺めているうちに泣き出してしまった。なにしろ私自身が病気だった。私の涙を見ると、少女は何かを理解し想像しようとするように緊張しきった表情で、永いこと、じっと私の顔を見つめた。それは少女には非常な努力を要する仕事のようだった。やがて一つの考えらしきものがその顔に浮んだ。激しい癲癇《てんかん》の発作のあと、少女はいつもしばらくのあいだは考えをまとめることも、言葉を明瞭に発音することもできないのだったが、このときがまさしくそれだった。非常な努力をして私に何か言おうとしたが、その言葉が私に通じないのに気づくと、少女は小さな手を伸ばして私の涙を拭《ふ》き始めた。それから頸《くび》に手をまわし、私を引き寄せて接吻《せっぷん》した。

留守中に発作が起ったことは明らかだった。それは少女がドアの前に立っていたときに起ったのだ。発作から醒《さ》めた少女は永いこと正気に返れなかったに違いない。そのとき現実と夢幻とが入りまじり、何か恐ろしい身の毛もよだつようなものを見たと少女は信じたのだ。同時に、私が帰ってきてドアを叩くだろうということが漠然《ばくぜん》と意識にあって、少女はドアのすぐ前の床の上に横たわり、耳をすまして私の帰りを待ちうけ、私がドアを叩くやいなや起きあがったのだろう。

『しかし何のためにドアの前にいたのだろう』と私は思い、ふと少女が毛皮裏の外套《がいとう》を着ていることに気づいて愕然《がくぜん》とした（よく私を訪ねてきては、ときどきかけで品物を置いて行ってくれる顔馴染《かおなじ》みの行商人の老婆《ろうば》から、つい最近買ってやったばかりの外套である）。してみると少女はどこかへ行こうとしていたのだ。そしてドアをあけようとした途端に発作に襲われたのだろう。一体どこへ行くつもりだったのか。そのときすでに熱に浮かされていたのではないだろうか。

そう考えているうちにも熱は下らず、少女はふたたび譫言を口走り、気を失った。私の住居へ来てから発作は二度あったが、いつもぶじに収まっていたのに、今回はまるで熱病にかかったような感じである。私は三十分ほど付き添ってから、長椅子《ながいす》に椅子をつぎ足し、呼ばれたらすぐ目がさめるように、着のみ着のままで少女のすぐそばに横たわった。蠟燭は消さずにおいた。そして寝入る前に何度も少女の顔を眺めた。その顔は真《ま》っ蒼《さお》で、唇《くちびる》は熱のためにかさかさに乾き、おそらく倒れたときの怪我《けが》だろう、血が滲《にじ》んでいた。その顔からは恐怖の色と、眠る間も心から去らない苦痛に満ちた陰鬱な物思いの表情が、まだ消えていないのだった。あす、もっと状態が悪くなるようだったら、できるだけ早く医者を呼びに行こうと私は心に決めた。本当の熱病になりはしないかと心配だったのである。

『これも公爵におどかされたせいだ！』と私は身震いしながら思った。そして公爵の顔に金を叩きつけたという女の話を、ゆくりなくも思い出した。

第二章

……二週間経《た》った。ネリーは快方にむかっていた。熱病にはならなかったが、状態はかなり悪かったのである。寝床を離れたのは四月も末の、よく晴れた明るい日のことだった。ちょうど受難週間（訳注 復活祭の前の週）であった。

可哀想《かわいそう》な娘！　私は今までのように順序よくこの物語をつづけることができない。これらの過去をこうして書き綴《つづ》っている現在までに、すでに多くの月日が流れ去ったが、あの痩《や》せた蒼白《あおじろ》い顔や、永いこと突き刺すように見つめていたあの黒い瞳《ひとみ》を思い出すたびに、今でも重苦しい悩ましさに胸を突かれるのである。二人きりのとき、少女は寝床の上から、まるで何を考えているか当ててごらんなさいとでもいうように、永いこと、じっと私を凝視するのだった。そして私に察しがつかず、不審そうな顔をしているのを見てとると、静かな独《ひと》り笑いのような微笑を洩《も》らし、指が痩せ細り干《ひ》からびたような熱い小さな手をとつぜんやさしく差しのべるのだった。今ではすべてが過ぎ去り、すでに何もかも判明したけれども、この病み疲れ、責めさいなまれ、辱《はずか》しめられた小さな心の秘密は、いまだに残らず知れたわけではないのである。

私は物語の本筋から離れて行くのを感じるけれども、今この瞬間はネリーのことだけを考えていたい。ふしぎなことに、あれほど強く愛したすべての人に見棄《みす》てられ、ただ一人こうして病院のベッドに横たわっている今、あの頃はたいして気にもとめず、すぐに忘れてしまったような些細《ささい》な事柄が、とつぜん記憶によみがえり、俄《にわ》かに全く別の意味を獲得し、今まで理解できずにいたことをはっきりと説明してくれたりするのである。

ネリーが寝こんでから最初の四日間、私と医者はたいそう心配だったが、五日目に医者は私を脇《わき》へ呼んで、もう心配は要《い》らない、間違いなく回復すると言った。それはネリーの最初の病気のときに呼んできた、あの昔馴染《むかしなじ》みの変り者の老人――頸《くび》に吊《つる》した大きなスタニスラフ勲章でネリーを驚かした、あの善良な独り者の医者である。

「じゃ、ぜんぜん心配は要らないんですね！」と私は喜んで言った。

「そう、今はよくなる、しかしいずれ近いうちに死ぬだろうな」

「死ぬんですって！　それはまたどうしてです！」と、この宣告に仰天して私は叫んだ。

「そう、近いうちに間違いなく死ぬね。この患者には心臓の器質障害があるから、少しでも状況が悪くなるとすぐ寝こむ。それもまた回復するかもしれないが、いずれはまた倒れて、結局は死ぬことになる」

「しかしどうしても助けることはできないんですか。そんなことはないでしょう！」

「いや、きっとそうなるね。もちろん、なるべく不都合な環境を避けて、落ちついた静かな生活を送らせ、生活がもっと楽しいものになれば、この患者もあるいは死期をのばせるかもしれない。いや、それどころか……全く思いがけない……変則的な、ふしぎな例はままあるものだから……要するに好条件がいろいろ重なれば、この患者も命拾いをするかもしれないが、根本的には絶対に助からない」

「しかし、それじゃ、今はどうすればいいのですか」

「私の言いつけをよく守って、静かな生活を送り、規則正しく粉薬を服用することだね。私が観察したところでは、この子はわがままで、気持にむらがあり、人を小馬鹿《こばか》にする傾向がある。薬の規則的な服用をとくにいやがる。現に今もどうしても飲もうとしないのだから」

「ええ、先生。ほんとうに妙な子なんですが、何もかも病気で気が苛立《いらだ》っているせいだとぼくは思います。きのうはとても聞きわけがよかったんですが、今日は薬を持って行ってやると、うっかりやってしまったように見せかけてスプーンをつついて、すっかりこぼしてしまいました。そこで新しい薬をまぜてやろうとしたら、私の手から薬箱をひったくり、床に叩《たた》きつけて、わんわん泣くんです……ただ、これは薬を飲まされるのがいやだというだけの理由ではないと思いますが」と、少し考えて私は言い足した。

「ふむ！　興奮状態《イリタツィオ》か。以前のさまざまな不幸とつながりがあるね（私はネリーの身の上を率直に詳しく医者に話して聞かせ、医者は私の話にたいそう心を動かされたのだった）、病気もそのためだろう。しかしさしあたっての唯一《ゆいいつ》の療法は、この粉薬を服用することだから、どうしても飲ませなきゃならない。医者の言うことを聞くのが……つまり一般的な話だが……この粉薬を飲むのが、あの子の義務であるということを、もういちど言って聞かせてみよう」

私たち二人は台所から出て（そこで私たちは話し合っていたのだった）医者はふたたび患者の寝床に近づいた。だがネリーはどうも私たちの話を聞いていたらしい。少なくとも枕《まくら》から頭を上げて、私たちの方に耳を向け、終始耳をすましていた。半ば開いたドアの隙間《すきま》から私はそれを確かに見たのだった。ところが私たちが近づくと、この狡《ずる》い娘はまた毛布の下にもぐりこみ、あざけるような笑みを浮べて私たちを盗み見るのである。かわいそうに、この四日間に少女はずいぶん瘦せてしまった。目は落ち窪《くぼ》み、熱も依然として下らなかった。そのくせ、いたずらっぽい表情や、挑《いど》むように光るまなざしは奇妙に少女の顔に似合い、それはペテルブルグに住むドイツ人仲間でも一番善良なこの医者をひどく驚かせるのだった。

医者は真剣に、だができるだけやさしい声で、やわらかな口調で、薬の必要や効能を述べ、すべての患者はそれを服用する義務があるのだと言った。ネリーは頭をもたげようとしたが、とつぜん、見たところまことに何気ない手の動きでスプーンに触れ、薬はすっかり床にこぼれてしまった。少女はわざとそれをやったに相違ない。

「非常に不愉快な失敗だね」と老人は静かに言った。「あんたはわざとやったんじゃないのかな、だとすればよくないことだよ。しかし……やり直そう、もういちど薬をまぜればいいだけのことだ」

ネリーは医者を見ながら声を立てて笑った。

医者は型どおりに頭を振った。

「非常によろしくない」と新しい粉薬をまぜながら医者は言った。「非常に、非常によくないことだ」

「私を叱《しか》らないで」とネリーはまた笑い出すまいと空《むな》しい努力をしながら答えた。「今度はきっと飲むわ……でも先生は私が好き？」

「もっとまじめになれば、好きになると思うよ」

「うんと好きになる？」

「うんと好きになる」

「今は好きじゃない？」

「今だって好きだよ」

「じゃ私がキスしたいって言ったら、キスしてくれる？」

「そう、あんたがいい子になってくれたらね」

ここでネリーは我慢がしきれなくなり、また声を立てて笑った。

「この患者はもともと性格が陽気だけれども、今は神経と気紛《きまぐ》れのせいだね」と、医者はまじめくさった顔つきで私に囁《ささや》いた。

「じゃ、いいわ、お薬を飲むわ」とネリーがとつぜん弱々しい声で叫んだ。「でも私が大きくなって、おとなになったら、お嫁にもらってくれる？」

この新しいいたずらの思いつきは、ひどく少女の気に入っているようだった。いささか呆気《あっけ》にとられた医者の答を待って、その目はぎらぎら輝き、唇《くちびる》は抑《おさ》えた笑いにひきつっていた。

「そうだね」と、この新しい気紛れにほほえみながら、医者は答えた。「そう、あんたが気立てのやさしい、躾《しつけ》のいいお嬢さんになって、人の言うことをよく聞くようになって、それから……」

「お薬を飲むようになったら？」とネリーが引き取って言った。

「ほほう！　そのとおりだよ、お薬を飲むようになったらね。いい子だね」そして医者はまた私に囁いた。「なかなかやさしい……利口なところがあるね、しかし……お嫁にもらってくれるかとは……妙な思いつきだ……」

そしてまた薬を少女に運んで行った。だがネリーは今度は策略を使おうともせず、いきなり手でスプーンを下から突き上げたのである。薬は気のどくな老人の胸から顔へぜんぶ飛び散った。ネリーは大声で笑い出したが、それは今までの無邪気で陽気な笑いではなかった。何か残酷で意地のわるいものが少女の顔をかすめて通りすぎた。この間、少女はずっと私の視線を避け、医者の顔ばかり眺《なが》めていたのだった。そして嘲笑《ちょうしょう》と同時に不安の透けて見える顔つきで、この「おかしな」お爺《じい》さんが次にどう出るかを待っていた。

「ああ！　またか……困ったもんだね！　しかし……もういちど作りゃいいんだ」と、ハンカチで胸や顔を拭《ふ》きながら老人は言った。

これがネリーの心を恐ろしく揺り動かしたのだった。少女は私たちの怒りを予想し、叱られることを待っていたのだ。無意識的にはそれだけを期待していたといえるかもしれない、つまりそれを口実に、すぐ大声をあげて泣き出し、ヒステリーを起して今と同じようにもういちど薬を投げ捨て、あるいは癇癪《かんしゃく》まぎれに何かをぶちこわし、そうやって自分の病んだ気紛れな心を癒《い》やそうと思ったのだ。こういう気紛れは、病人に限らず、このネリーに限らず、よく見られる現象である。私にしたところで、よく部屋の中を行ったり来たりしながら、一刻も早くだれかが侮辱してくれないだろうか、あるいは侮辱と受けとれるようなことを言ってくれないだろうか、そして一刻も早くこの胸の鬱憤《うっぷん》を晴らしたいものだと、いくたび半ば無意識的に望んだことだろう。女性ならば、こういう場合、ほんとうに涙を流して泣き、とくに感じやすい女ならヒステリーを起したりする。だれも知らぬ悲しみを胸に抱き、それを打ち明ける相手がどこにもいない場合、これはしばしば見られる日常茶飯の、単純な現象なのである。

だが、この侮辱にもかかわらず、辛抱づよく三服目の薬を作り始めた老人の、天使のような善良さに打たれて、ネリーはとつぜんおとなしくなった。嘲笑の色は唇から消え、頰《ほお》には赤味がさし、目がうるんだ。少女は私の顔をちらりと見て、すぐ顔をそむけた。医者はまたもや薬を運んできた。少女は老人の赤くふくれた手につかまって、おとなしく、おずおずとそれを飲み干し、ゆっくりと老人の目を覗《のぞ》きこんだ。

「怒ってるんでしょ……私が意地悪だから」と少女は言いかけたが、急に言葉を途切らせ、毛布に頭までもぐりこみ、大声でヒステリックに泣き出した。

「ああ、いい子だから、泣くんじゃない……なんでもないことだ……神経だよ……水を飲みなさい」

だがネリーは泣きつづけた。

「落着きなさい……取り乱しちゃいけない」と、情にもろい医者は自分も泣き出しそうになりながら言葉をつづけた。「赦《ゆる》してあげるよ、お嫁にももらってあげるよ、もしまじめな娘さんらしく、ちゃんと振舞って、そうして……」

「お薬を飲んだら、でしょ！」と毛布の下から声がきこえ、鈴の音のような神経質な笑い声がすすり泣きとまじってきこえた。それは私の聞き馴《な》れたあの笑い声だった。

「いい子だ、聞きわけのいい子だ」と医者はまじめくさった顔で、涙をこぼさんばかりに言った。「かわいそうな子！」

そのとき以来、医者とネリーのあいだには何か奇妙な、驚くべき共感が発生したのである。そして私にたいしては、ネリーは逆にますます気むずかしく神経質になり、苛立ちやすくなった。その原因が何なのか分らぬままに、私は呆気にとられ、ましてその変化は突如として現われただけに、なおさら呆《あき》れてしまった。病気になって最初の数日間、少女は私にたいそうやさしく、なごやかだったのである。いくら見ても見飽きぬように私を片時もそばから放さず、その熱っぽい手で私の手をとらえて自分のそばに坐《すわ》らせ、こちらが心配そうな暗い顔をしているのに気づくと、冗談を言ったりふざけたりして私の気を浮き立たせようとし、明らかに自分の苦痛を抑えて笑顔を見せるのだった。私が徹夜で仕事をしたり、ネリーの看病をしたりするのを少女はいやがり、私が言うことを聞かないのを見ると悲しそうな顔になった。時には、少女が心配そうな様子になるのに私は気づいた。そんなとき少女は、私がなぜ悲しそうなのか、何を考えているのかと、きまって訊《たず》ね始め、しつこく問いただすのだった。だが奇妙なことに、話がナターシャのことになると、少女はふっと口をつぐみ、すぐに話題を変えるのである。なんだかナターシャの話をことさらに避けているようで、そのことは私を驚かせた。いつも私が外から帰ってくると、少女はたいへん喜ぶのだった。逆に私が帽子を手にとると、少女はがっかりしたような、責めるような奇妙な目つきで私を見送るのだった。

病気が始まってから四日目に、私は夕方から夜中すぎまでナターシャの住居にいた。

いろいろ話がたくさんあったのである。だがその日、家を出るとき、私はすぐ帰るからと病人に言い、自分でもそのつもりだった。ついうかうかとナターシャの家に長居してしまったわけだが、ネリーのことは安心していた。少女は一人ではなかったのである。アレクサンドラ・セミョーノヴナが、私の家へ立ち寄ったマスロボーエフから、ネリーの病気のこと、私が一人で看病に大童《おおわらわ》であることを聞いて、付き添いに来てくれていたのだった。人のいいアレクサンドラ・セミョーノヴナは、どれほど骨を折ってくれたことか。

「じゃ、うちへ食事にいらしていただけないじゃありませんか！……まあ大変！かわいそうねえ、一人っきりで看病なんて。じゃ、私たちの誠意をお見せしなくっちゃ。せっかくの機会ですもの、これを逃すわけにはいかないわね」

そして彼女はすぐさま辻《つじ》馬車に大きな包みを積みこみ、私の部屋へやって来た。入って来るなり、すぐには帰りませんよ、お手伝いに来たのですからと宣言し、包みを解いた。その中には、シロップ、病人用のジャム、病人が快方にむかった場合のための雛鶏《ひなどり》や牝鶏《めんどり》、焼菓子用のりんご、みかん、キエフ産の水気の少ないジャム（これは医者に許された場合のために）、それに下着類、シーツ、ナプキン、女子用の肌着《はだぎ》、繃帯《ほうたい》、湿布用の布——まるで病院が引越してきたように、さまざまな品物が入っていた。

「うちにはなんでも揃《そろ》っていますのよ」と、まるでどこかへ急いで行くときのように、せかせかと早口に彼女は言った。「あなたは一人住まいですものね。こんなものはおありにならないでしょ。ですから失礼だと思いましたけど……それにフィリップ・フィリップイッチもそうしろと言いましたし。さて、どうしましょうか……とにかく急がなくっちゃ！　まず何をしましょう。ご病人はいかが？　もう意識ははっきりしていますの？　ああ、こんな寝方じゃいけないわ、枕を直して、もっと頭を低くしなくちゃ、それとも……革の枕のほうがよかないかしら。革だと冷たくて頭にいいでしょう。ああ、私、馬鹿だった！　ちっとも気がつかなくて。取りに行って来ますわ……火をおこさなくてもいいかしら。うちの婆《ばあ》やをここへ寄越しますわね。よく知っている婆やがいるんですよ。だってお宅には女手が一人もいないから……それで、どうしましょう、今さしあたり。これは何ですの。薬草ね……お医者さまの処方ね？　肺病に効《き》く煎《せん》じ薬《ぐすり》でしょ？　今すぐ火をおこしますからね」

だが私は彼女を落着かせた。仕事がそれほど多くはないのだと分ると、彼女はひどく驚き、少しがっかりしたようだった。それでも意気ごみが挫《くじ》けたわけではなく、彼女はさっそくネリーと仲良しになり、少女が病気の間じゅう、ほとんど毎日のように訪《たず》ねて来ては、ずいぶんいろいろ手伝ってくれた。それがいつも、何かが失《な》くなったか、どこかへ行ってしまったので、大急ぎでつかまえなければ、といったあわただしさで訪ねてくるのだった。そして、これがフィリップ・フィリップイッチの命令であることを、毎度のように付け加えるのである。ネリーはこの女性がひどく気に入った。二人は姉と妹のように愛し合うようになったが、私が思うに、アレクサンドラ・セミョーノヴナは多くの点でネリーと同じ子供だったのである。彼女はいろんな話をして聞かせてネリーを笑わせ、やがてネリーは、アレクサンドラ・セミョーノヴナが自宅へ帰ると淋《さび》しがるようになった。だが彼女が初めて現われたときには、ネリーはびっくりし、まもなくこの招かれざる客がなぜ来たのかを悟ったが、例によって顔をしかめ、黙りがちに、無愛想になったのだった。

「あのひと、どうして来たの」と、アレクサンドラ・セミョーノヴナが帰ったあと、ネリーはなんとなく不満そうに訊ねた。

「きみを助けにさ、ネリー、看病しに来たんだよ」

「でも、なぜ……どうして？　だって私あのひとにそんなことをしてもらう覚えはないわ」

「親切な人はね、だれかに何かをしてもらったからなんてことは考えないんだよ、ネリー。そんなことがなくても、困っている人を助けるのが好きなんだ。そんなことはもういいよ、ネリー。世の中には親切な人が大勢いるんだ。きみがそういう人に出会わなかったこと、必要なときに出会わなかったことが、きみの不仕合せだったのさ」

ネリーは黙った。私はそばを離れた。だが十五分ばかり経《た》つと、少女は弱々しい声で私を呼び寄せ、水を欲しいと言いかけて、とつぜん私を強く抱きしめ、私の胸にすがりついて、永いこと手を離そうとしなかった。翌日アレクサンドラ・セミョーノヴナが来たとき、ネリーは嬉《うれ》しそうな微笑を浮べて彼女を迎えたが、なんだかまだ少し恥ずかしそうな様子だった。

第三章

ナターシャのところに夜中までいたのは、その日のことである。家へ帰ったときはもうずいぶん遅かった。ネリーは眠っていた。アレクサンドラ・セミョーノヴナも眠そうだったが、それでも病人の枕《まくら》もとにすわり、私を待っていた。私の顔を見るなり、彼女は早口の囁《ささや》き声で語り始めた。ネリーは初め上機嫌《じょうきげん》でよく笑ったが、やがて淋《さび》しそうになり、私が帰って来ないのを見ると黙りがちになり、考えこんでしまったという。「それから頭が痛いって言い出して、泣き出したんですけど、それが凄《すご》い泣き方で、私どうしたらいいのか分らなかったんですよ」とアレクサンドラ・セミョーノヴナは言い足した。「それから私を相手にナターリヤ・ニコラーエヴナのことを話し出しましたけど、私がなんにも答えられないものだから、いろいろ訊《き》くのはやめて、あとは泣いてばかり。とうとう泣き寝入りしてしまいました。じゃ私はもう失礼しますわ、イワン・ペトローヴィチ。私が見たところでは、この子少し楽になったようですから。それに早く帰るようにって、フィリップ・フィリップイッチにも言われてますし。ほんとは今日は二時間だけっていう約束なんですけど、私が勝手に腰を落着けていましたの。でも私のことならご心配要《い》りません。あのひとは私のことを怒ったりできる筋合じゃないんですから……ただ、でも……ああ、イワン・ペトローヴィチ、ほんとにどうしたらいいのかしら、あのひと、この頃いつも酔っ払って帰って来るんです！　何かとても忙しそうで、私には口もきかず、ふさぎこんでばかり。何か大事なことを考えてるのは分りますけど、夜になるといつも酔っ払って……とにかく、あのひとが家へ帰って来たら、だれかが寝かしつけてやりませんとね。さあ、もう行きますわ、お寝《やす》みなさい、イワン・ペトローヴィチ。さっきあなたのご本を拝見しましたけど、ずいぶんたくさんあるのね。みんなむずかしそうなご本ばかり。私って頭が悪いから、本なんか読んだことがありませんのよ……では、またあした……」

だが次の日、目をさましたネリーは悲しそうで気むずかしく、私の問いにもいやいや返事をするのだった。そしてまるで腹を立てているように、自分からは何も喋《しゃべ》ろうとしなかった。ただ私にむかって二、三度投げられた盗み見に似たまなざしに、私は気づいた。そのまなざしには、何か秘められた心の痛みのようなものがたっぷりこめられていたが、それでも私をまともに見るときには感じられぬやさしさがほの見えていた。薬を飲む飲まないで医者とのあいだに例の場面が持ちあがったのは、この日のことである。どう考えたものか私には分らなかった。

だがネリーの私にたいする態度は決定的に変化した。その奇妙な振舞いや、気紛《きまぐ》れや、時には私にたいする憎しみに近いものは、私たちの共同生活が終る日まで、すなわちこの小説の大団円となる最後の破局の日まで、ずっとつづいたのである。だが、これについてはあとで語ろう。

しかしときどき、一時的に、少女がとつぜん以前と同じやさしさを私に示すことがあった。そういう場合のやさしさは以前よりもずっと強いように思われ、少女はそんなときたいていは痛々しく泣くのだった。けれどもそのような時間はたちまち過ぎ去り、少女はふたたび今までの沈鬱《ちんうつ》に落ちこみ、ふたたび敵意をこめた目で私を見たり、医者にしてみせたのと同じようないたずらをしたり、あるいはそのいたずらに不愉快そうな顔をしている私を見て、とつぜんげらげら笑い出し、とどのつまりは、ほとんどいつも涙に終るのだった。

一度などは、アレクサンドラ・セミョーノヴナとさえ少女は喧嘩《けんか》し、なんにもして欲しくないなどと憎まれ口を叩《たた》いた。私がアレクサンドラ・セミョーノヴナの前でそれをたしなめると、みるみるかっとなったネリーは、積る憎しみを爆発させるように口答えし始めたが、ふいに口をつぐみ、それから二日間というもの私とは一言も口をきかず、薬を決して受けつけず、飲みものや食べものさえ拒むのだった。老医師がようやくなだめすかして、少女の機嫌を直した。

すでに述べたように、医者と少女のあいだには例の薬の一件以来、何やら驚くべき共感が芽生《めば》えていた。ネリーはこの老人が大好きになり、どんなに機嫌の悪いときでも笑顔で医者を迎えるのだった。老人のほうも私の家へ毎日来るようになり、ネリーがもう歩き始め、すっかり全快したのに、日に二度も訪《たず》ねてきた。どうやら老人はこの少女に魅せられ、その笑い声や愉快な悪ふざけを聞かずには一日たりとも過せなくなったようである。老人は少女のために、教育的な内容の絵入りの本を持ってくるようになった。その一冊などはわざわざ買ってきたらしい。次に老人は砂糖菓子や、きれいな箱に入ったキャンディをせっせと運び始めた。そういうおみやげがあるとき、老人はまるで命名日の当人のようにまじめくさった顔をして入ってくるので、ネリーはすぐに分ってしまうのだった。だが老人はすぐにはおみやげを見せず、ネリーのそばに腰を下ろして、ずるそうな笑みを浮べ、もしもどこかの若い娘さんが私のいないあいだおとなしく、人から褒《ほ》められるようなことをしていたのなら、その娘さんにはご褒美《ほうび》をあげなければならない、と遠まわしに言った。そう言いながら老人はたいそうやさしい善良な目つきで少女を眺《なが》め、ネリーはひどく無遠慮にげらげら笑いながらも、その明るい目には心のこもったやさしい愛情の光が宿るのだった。やがて老人は勿体《もったい》ぶって椅子《いす》から立ちあがり、キャンディの箱を取り出し、それをネリーに渡しながら、「私の未来のやさしい奥さんへ」と必ず付け加えた。その瞬間、たぶん老人はネリーよりも仕合せだったに違いない。

それが終ると話が始まり、老人はいつもまじめな説得力のある口調で体を大事にしなければいけないと言い、医療上の適切な注意を与えるのだった。

「何よりも自分の健康を大切にすること」と老人は独断的に言った。「それは第一に、肝心なことだが、生きていくためだし、第二には、いつも健康であることによって人生の幸福を摑《つか》むためなんだ。いいかね、娘さん、もし悲しいことがあったら、そんなことは忘れてしまうか、あるいは考えないようにするのが一番だ。なんにも悲しいことがないのなら……そんなことはやはり考えずに、何か楽しいことを……何か愉快な、陽気なことを考えるんだね……」

「でも愉快な陽気なことって、どんなことを考えればいいの」とネリーは訊《たず》ねた。

医者はたちまち返答に窮した。

「それはつまり……あんたの年頃にふさわしい、何か無邪気な遊びだとか、あるいは、その……何か、そういった……」

「私、遊びたくない。遊ぶのなんて嫌《きら》い」とネリーは言った。「それより新しい服のほうが好きだわ」

「新しい服か！　ふむ。それはどうもあまり感心できないな。この世の中では、何事につけても質素なもので満足しなけりゃいけない。しかし……まあ……新しい服が好きでも構わないが」

「じゃ、私がお嫁さんになったら、服をたくさん作ってくれる？」

「またそんなことを言う！」と医者は言い、思わず眉《まゆ》をひそめた。ネリーは狡《ずる》そうににやりと笑い、ついうっかりと私に笑顔を向けた。「しかし、まあ……服は作ってあげよう、あんたがそれに価《あたい》するだけの行いをすればな」と医者は言葉をつづけた。

「でも、あなたのお嫁さんになっても毎日お薬を飲まなきゃいけないの」

「いや、そうなったら毎日、薬を飲む必要はない」と、医者はようやく笑顔で言った。

ネリーは笑い声で会話を打ち切った。老人も声を合わせて笑い、いとしげに少女の明るい笑顔を見守った。

「陽気な子だ！」と私のほうに向き直って老医師は言った。「しかしまだ気紛れなところと、多少わがままで苛立《いらだ》ったところが見えるね」

医者の言うとおりだった。少女が一体どうなってしまったのか、私には見当もつかなかった。まるで私が何かいけないことをしたように、少女は私とは全く口をきこうとしないのである。私にはそれがたいそう辛《つら》かった。自分も不機嫌になって、まる一日、少女に言葉をかけなかったことがあるが、その翌日はわれながら恥ずかしくなるのだった。ネリーはしばしば泣き、私にはどう慰めたらいいのか分らなかった。しかし一度だけ、少女が沈黙を破ったことがある。

ある日、日暮れ前に家に帰って来ると、ネリーがあわてて一冊の本を枕の下に隠したのが目に入った。それは私の小説だった。留守のあいだに私の机から持ち出し、読んでいたらしい。しかし何のためにそれを隠さなければならないのだろう。まるで恥ずかしがっているようだ、と私は思ったが、わざと全然気がつかなかったふりをした。十五分ほど経《た》って私がちょっと台所へ行くと、少女はすばやく寝床から起きあがり、小説を元の場所に置いた。部屋へ帰ってきたとき、本はすでに机の上にあった。すこしして少女は私を呼んだ。その声には一種の興奮の響きがあった。ほとんど口をきかなくなってから、もう四日経っていたのである。

「あなたは……今日……ナターシャのとこへ行くの」と、途切れがちな声で少女は訊ねた。

「そうだよ、ネリー。どうしても今日逢《あ》わなきゃならないんでね」

ネリーはしばらく沈黙した。

「ナターシャを……とても愛している?」とふたたび弱々しい声で少女は訊ねた。

「そう、ネリー、とても愛しているよ」

「私も愛しているわ」と少女は低い声で付け足した。それからまた沈黙が始まった。

「ナターシャのとこへ行って、一緒に暮したい」と、ネリーはおずおずと私の顔を眺め、ふたたび口を開いた。

「それはだめだよ、ネリー」と、少し驚いて私は答えた。「ここにいるのがいやなのかい」

「どうしてだめなの」と少女はみるみる興奮して言った。「だってあなたは、ナターシャのお父さんの家に行ったらって私に言ったじゃない。でも私はいやだわ。ナターシャの家には女中さんはいる？」

「いる」

「だったら、その女中さんに暇をやって、私が代りに働けばいい。私ただでなんでもするわ。ナターシャを好きになって、ごはんもこしらえてあげるわ。今日行ったらナターシャにそう言って」

「でもなぜそんな突拍子もないことを考えるんだ、ネリー。それにナターシャのことをきみはどう思ってるんだ。きみを女中代りに引き取るような人だと思うのか。きみを引き取るとすれば、対等の人間としてだよ、妹としてだよ」

「いやだ、対等の人間なんて。いやよ……」

「どうして」

ネリーは黙った。その唇《くちびる》がひくひく動いていた。今にも泣き出しそうだった。

「だってナターシャが今愛している男のひとは、どこかへ行ってしまって、ナターシャを棄《す》てるんでしょ」と、やがて少女は訊ねた。

私はびっくりした。

「どうしてそれを知ってるの、ネリー？」

「あなたが自分ですっかり話してくれたじゃないの。それにおとといの朝、アレクサンドラ・セミョーノヴナのご主人が来たとき、いろいろ訊いてみたら、詳しく話してくれたわ」

「じゃ、マスロボーエフが朝のうちに来たんだね」

「ええ」と少女は目を伏せて答えた。

「彼が来たことをどうして言わなかった？」

「どうしてって、なんとなく……」

私はちょっと考えた。マスロボーエフは一体なんのために秘密めかしてこそこそ出入りするのだろう。どんなことを企《たくら》んでいるのだろう。なるべく早く逢ってみなければなるまい。

「で、ナターシャが棄てられることが、きみと何の関係がある、ネリー？」

「だってナターシャをとても愛しているんなら」と、目を伏せたままネリーは答えた。

「その男のひとが行ってしまったあと、ナターシャをお嫁にもらうんでしょ」

「いいや、ネリー、ぼくがナターシャを愛しているほど、ナターシャはぼくを愛していないんだ。それに……いや、とにかく、そんなことにはならないよ、ネリー」

「でも私はナターシャとあなたの女中になるの。あなたとナターシャは楽しく暮すのよ」と、私の顔を見ずに、ほとんど囁《ささや》くような声で少女は言った。

『どうしたんだろう、この娘は！』と私は思い、何かしら空恐ろしいような気持になった。ネリーは黙りこみ、それきり永いこと一言も口をきかなかった。だが私が出かけたあと、泣き出して、一晩中泣きつづけ、とうとう泣き寝入りをしてしまったことは、アレクサンドラ・セミョーノヴナが報告したとおりである、夜中にも少女は眠りのなかで泣き、何か譫言《うわごと》を言っていた。

　しかしその日以来、少女はいっそう気むずかしく口数が少なくなり、私とはもうぜんぜん口をきかなかった。もっとも少女が二、三度こっそり私に視線を投げるのを、私は確かに見た。そのまなざしにどれほどのやさしさがこめられていたことか！　だがそれは思いがけぬやさしさを惹《ひ》き起した一瞬とともに過ぎ去り、ネリーはまるでその衝動に逆らおうとでもするように、ほとんど一時間ごとにますます陰気になり、医者ですらその変化に驚くのだった。一方、体はほとんど完全に回復し、医者は新鮮な外気に触れて短時間の散歩をすることをついに許可した。折から明るい暖かい気候だった。この年、非常に遅れてやって来た受難週間である。私は午前中に外出した。どうしてもナターシャの家へ行く用事があったのだが、なるべく早く帰り、ネリーを連れて散歩に出るつもりだった。それまで少女を部屋に一人残しておいた。

家に帰った私をどんな打撃が待ち受けていたか、とうてい筆舌に尽しがたい。私は急ぎ足で家に帰った。帰ってみると、鍵《かぎ》がドアの外側に差しこまれたままになっている。中に入ると、だれもいない。私は気が遠くなった。見れば机の上に紙切れがあり、鉛筆で大きな不揃《ふぞろ》いな文字がしるされてあった。

『出て行きます、もう二度と帰りません。でもあなたを愛しています。

あなたに忠実なネリー』

私は恐怖の叫び声をあげ、部屋から飛び出した。

第四章

何をどうしたらいいのやら見当もつかず、とにかく街路へ駆け出そうとしたとき、とつぜん門の前に馬車がとまり、その馬車からネリーの手を引いてアレクサンドラ・セミョーノヴナが下りてくる姿が見えた。また逃げられては大変というように、女はネリーの手をしっかりと握りしめていた。私はすぐさま二人に駆け寄った。

「ネリー、どうした！」と私は叫んだ。「どこへ行ったんだ、どうして？」

「待って、あわてないでくださいな。早く中に入りましょう、それからお話します」とアレクサンドラ・セミョーノヴナは早口に言った。「まったく大変な話なのよ、イワン・ペトローヴィチ」と、歩きながら彼女は早口に囁《ささや》いた。「ただもうびっくりしてしまって……とにかく中でお話しますわね」

きわめて重大な知らせを持って来たことが女の顔にはっきりと現われていた。

「さあ、ネリー、あっちで少し横におなりなさい」と、部屋に入ると彼女は言った。「疲れたでしょ、あんなに走りまわったんだもの。しかも病みあがりなのに。さあ、横になるのよ、いい子だから。私たちはあっちへ行っていましょう、邪魔にならないようにね。一寝入りするといいのよ」そして一緒に台所へ行こうと彼女は目配せした。

だがネリーは横にならず、長椅子に腰をおろして両手で顔を覆《おお》った。

私たちは部屋の外へ出た。アレクサンドラ・セミョーノヴナは手短に事情を話してくれた。その後、私は詳しい事実を聞いた。顚末《てんまつ》は次のとおりである。

私が帰る二時間ばかり前に、置手紙を書いて部屋を出たネリーは、まず老医師の家へ駆けつけた。住所はすでに探り出してあったらしい。医者の話によれば、ネリーがわが家に現われたのを見て、老人は気が遠くなりそうになり、少女がそこにいるあいだじゅう「自分の目を信じられなかった」という。「今でも信じないし、これからも信じられないだろうな」と老人は話の結びに付け加えたものである。だがネリーは本当に老医師の家に行ったのだった。老人が部屋着姿で書斎の安楽椅子《いす》にすわり、静かにコーヒーを飲んでいると、少女が駆けこんできて、あっというまに老人の頸《くび》にしがみついた。少女は泣きながらすがりつき、老人の手に接吻《せっぷん》し、とりとめのない言葉で、しかし熱心に、自分をこの家に引き取ってくれと頼んだ。少女が言うには、私と一緒に暮すのはもういやだし、家を出て来てしまった以上もう不可能である。今とても辛《つら》い。もう老人をからかったり、新しい服を欲しがったりはしないで、まじめに振舞い、勉強し、「あなたのシャツを洗ったりアイロンをかけたりすること」を覚え（こういうセリフを少女はみちみち、あるいはもっと前から考えていたのだろう）、老人の言うことをよく聞き、どんな薬でも毎日必ず飲む。このあいだ、お嫁にしてくれなどと言ったのはもちろん冗談であり、今はそんなことは考えてもいない、と少女は言うのだった。年老いたドイツ人は呆気《あっけ》にとられ、その間、口をぽかんとあけ、葉巻を持った手がすっかりお留守になっていたので、葉巻の火はいつのまにか消えてしまった。

「マドモアゼル」と、ようやく口がきけるようになった老人は言った。「マドモアゼル、私が諒解《りょうかい》した限りでは、あんたはこの家に置いてくれと頼んでおられる。しかしそれは不可能です！　ごらんのとおり、ここは非常に狭いし、私には充分な収入もなく……それによく考えもせず、いきなりというのは……恐ろしい！　しかもあんたはどうやら家出をして来たらしい。それはたいへんよくないことだし、困ったことで……おまけに私が許可したのは、天気のいい日に、保護者の監督の下にほんの少々散歩することだった。それなのにあんたは保護者の家から逃げ出して、私の家へ来た。まだまだ体を大事にして……そして……薬を飲まなければいけない場合なのに。それに第一……私にはさっぱりわけが分らん……」

ネリーは老人にみなまで言わせず、また泣き出し、しきりに哀願し始めたが、なんの効《き》き目《め》もなかった。老人はますます呆《あき》れ、ますますわけが分らなくなるだけだった。やがてネリーはあきらめ、「ああ、かみさま！」と叫ぶと、部屋から走って出て行った。「その日はもう一日加減が悪くなってな」と医者は話の結びに言った。「寝る前に煎《せん》じ薬《ぐすり》を飲んだほどだった……」

ネリーはそれからマスロボーエフの家へ飛んで行った。その住所もあらかじめ聞いて覚えていたので、いくらか骨を折ったが、なんとか探《さが》しあてた。マスロボーエフは在宅だった。アレクサンドラ・セミョーノヴナは、引き取ってくれというネリーの願いを聞くと、驚きに両手を打ち合せた。そして、なぜそうしたいのか、私の家でどんな辛いことがあるのかという質問にたいして、ネリーは何も答えず、椅子に泣き伏すばかりだった。「その泣いたこと、泣いたこと」とアレクサンドラ・セミョーノヴナは私に話してくれた。「あんまり泣くので死ぬんじゃないかと思ったほどでしたよ」。ネリーは女中でもいい、料理女でもいいからと頼み、床洗いもするし、洗濯も覚えると言った（どういうわけか少女はこの洗濯ということに非常に望みをかけ、それが自分を引き取るうえでの何よりも強い魅力になると考えていたようである）。アレクサンドラ・セミョーノヴナの意見は、事情がはっきりするまで少女を手許《てもと》に置き、さっそく私に連絡するということだった。だがフィリップ・フィリップイッチは断乎《だんこ》としてその意見に反対し、すぐ家出娘を私の住居へ連れ戻せと命令した。途中でアレクサンドラ・セミョーノヴナは何度も少女を抱きしめ接吻したが、そのためにネリーはますます激しく泣くのだった。それを見て、アレクサンドラ・セミョーノヴナも貰《もら》い泣きをした。というわけで、馬車で来るあいだ、二人はずっと泣き通しだったのである。

「でもどうして、どうして彼のところで暮すのがいやなの、ネリー。彼に苛《いじ》められでもするの」と、涙にむせびながらアレクサンドラ・セミョーノヴナは訊《たず》ねた。

「ううん、苛めたりなんかしない」

「じゃ、どうしてなの」

「なんとなくいやなの……だめなの……私あのひとに意地悪をするし……あのひとはとってもいい人だし……でもあなたの家に置いてくれたら、私、意地悪なんかしない、働くわ」と、ヒステリックに泣きじゃくりながら少女は言った。

「どうして彼に意地悪をするの、ネリー」

「だって……」

「というわけで、あの子は『だって』しか言わないんですよ」と、涙を拭《ぬぐ》いながらアレクサンドラ・セミョーノヴナは話を結んだ。「なぜあの子はこうも不仕合せなんでしょう。あれが驚風《きょうふう》っていうのかしら。どうお思いになります、イワン・ペトローヴィチ」

私たちはネリーのそばへ戻った。少女は横たわり、枕《まくら》に顔を埋めて泣いていた。私はその前にひざまずき、少女の手をとって接吻した。少女は手を振りほどき、いっそう激しく泣き出した。私はなんと言っていいものやら分らなかった。そのとき、イフメーネフ老人が部屋に入って来た。

「こんにちは、イワン、用事があって来たんだよ！」と老人は言って、部屋を見まわし、私がひざまずいているのを見て驚いた顔になった。老人はこのところずっと病気だった。顔色は蒼《あお》く、痩《や》せ細っていたが、まるでだれかに虚勢を張るように自分の病気を軽蔑《けいべつ》し、アンナ・アンドレーエヴナの言うことを聞いて横になることをせずに、相変らず用事で出歩いていたのである。

「じゃ、私は失礼しますわ」と、アレクサンドラ・セミョーノヴナは老人をじろじろ見ながら言った。「フィリップ・フィリップイッチに、なるべく早く帰れって言われましたし。うちに用事があるんです。でも夕方にはまた二時間ばかりお邪魔しますからね」

「あれは何者だ」と、老人は明らかにほかのことを考えながら私に囁《ささや》いた。私は説明した。

「ふむ。ところで用事というのは、イワン……」

どんな用事なのか私は知っていたし、老人の訪問を待ってもいたのだった。私やネリーと話し合って、やはり少女を引き取るために老人はやって来たのである。アンナ・アンドレーエヴナも、みなし児《ご》を引き取ることにようやく同意していた。それは私とひそかに話し合ったことの結果だった。みなし児の母親はやはりその父に呪《のろ》われたのだというから、そのみなし児の有様を見ていれば、老人の気持も変るかもしれないと言って、私はアンナ・アンドレーエヴナを説得したのである。私はその計画を生き生きと描いてみせ、その結果、老婦人は今では、みなし児を引き取るように自分から夫にせがむのだった。老人は待っていましたとばかりに、その仕事にとりかかった。老人は第一にアンナ・アンドレーエヴナを喜ばせたかったし、第二には自分の思惑もあった……しかしその点については、あとで詳しく説明しよう……

すでに述べたように、初めての訪問のときからネリーは老人を嫌《きら》っていた。その後、イフメーネフという名前が出るたびに、少女の顔には何か憎しみに近い表情が現われることに私は気づいたのである。老人は単刀直入に用件にとりかかった。まだ横たわったまま枕に顔を埋めているネリーに近寄ると、老人はその手をとって、娘がわりにうちへ来て暮す気はないかと訊ねた。

「わしには娘が一人いたが、その娘をわしは自分以上に愛していた」と老人は最後に言った。「ところが、その娘はもういない。死んでしまったんだ。だから、わしの家で……わしの心の中で、その娘の代りをしてくれる気はないかね」

そして熱に乾《かわ》き、腫《は》れぼったくなった老人の目に、涙がにじみ出た。

「いや、いやよ」と、頭を上げずにネリーは答えた。

「どうしてだね、娘さん。あんたには身内がいないだろう。イワンだって、あんたをいつまでもここに置いておくわけにはいかないし。うちに来れば生れた家にいるのと同じことなんだよ」

「いやよ、あなたが意地悪だから。そうよ、意地悪よ、意地悪よ」と、少女は頭を上げ、老人とむかいあって寝床の上に起き直り、付け足した。「私も意地悪、だれよりも意地悪だけど、あなたは私よりずっと意地悪よ！……」。ネリーの顔は蒼ざめ、目はぎらぎら光り出した。震える唇《くちびる》さえ血の気を失い、何か激しい感情の発作にゆがんだ。老人はふしぎそうに少女を眺《なが》めた。

「そうよ、私より意地悪よ、だって自分の娘を赦《ゆる》そうとしないんだもの。自分の娘のことをすっかり忘れて、ほかの子供を引き取ろうとするなんて、そんなに簡単に実の子を忘れることができるものなの。本当に私を可愛《かわい》がることができる？　きっと顔を見るだけで、これはよその子だ、自分の子は別にいるって思い出すにきまってる。自分の子を忘れたなんて、あなたが残酷な人だからよ。残酷な人の家で暮すなんて、いやよ、いや、いや！……」ネリーは泣きじゃくり、ちらと私の顔を見た。

「あさってはエス様が復活した日でしょ。みんながキスし合って、抱き合って、仲直りして、どんな罪でも赦される日でしょ……それくらい私だって知ってる……だのにあなた一人だけが……うう！　残酷な人！　あっちへ行って！」

少女はわっと泣き出した。このセリフは、老人がもういちど引き取りに来た場合にそなえて、何度も心の中で繰返していた言葉であるらしかった。老人は、と胸をつかれ、蒼ざめた。その顔には病的な感情のたかぶりが現われた。

「それにどうして、なんのために、みんなで私の世話を焼くの。私はいやよ、いやだわ！」と、ネリーは我を忘れたように叫んだ。「私、乞食《こじき》をする！」

「ネリー、どうしたんだ。ネリーったら！」と私は思わず大声で言ったが、私の言葉は火に油を注ぐだけだった。

「そうよ、町へ出て乞食をしたほうがましだわ、ここに残るよりか」と、泣きじゃくりながら少女はどなった。「うちのママだって乞食をしたんだもの。死ぬとき言ってた。貧乏のほうがいい、乞食をするほうがいいって……乞食をするのは恥ずかしいことじゃないでしょ。一人の人から貰うんじゃなくて、みんなから貰うんだもの。みんなと一人の人とは違う。一人の人は恥ずかしいけど、みんなから貰うのは恥ずかしくない。いつかも女乞食がそう言ってた。だって私はまだ小さいから、お金を稼《かせ》げるところがないんだもの。みんなから貰って歩くわ。ここにいるのは、いや、いや。私は意地悪だから。だれよりも意地悪だから。ほら、こんなに意地悪なんだから！」

そしてネリーはやにわにテーブルの上の茶碗《ちゃわん》を摑《つか》み、それを床に叩《たた》きつけた。

「ほうら、こわれた」と、少女は挑《いど》むように私を見つめながら言った。「茶碗は二つしかないから」と少女は言い添えた。「もう一つもこわしてやる……そしたら何でお茶を飲むの」

少女はまるで気違いのようであり、その狂乱に快楽を味わっているようだった。それがよくない恥ずべき行為であることを知りながら、同時にもっと突飛なことをしてやろうと自分で自分を焚《た》きつけているのだった。

「この子は病人なんだ、ワーニャ」と老人は言った。「でないとすれば……どういう子なのか、わしには分らん。さようなら！」

老人は帽子をとりあげ、私の手を握りしめた。その様子は打ちのめされたようだった。ネリーの言葉にひどく傷ついたのだ。私はとつぜん怒りが涌《わ》きあがってくるのを感じた。

「あの人が可《か》哀想《わいそう》じゃないのか、ネリー！」と、二人きりになったとき私は叫んだ。「よく恥ずかしくないね、きみは！　まったく、きみはよくない子だ、ほんとうに意地悪な子だよ！」そしてそのまま帽子もかぶらず、私は老人を追って外に飛び出した。せめて門まで見送り、何か慰めの言葉をかけてやりたかったのである。ネリーは私の叱責《しっせき》に真《ま》っ蒼《さお》になり、その顔は階段を下りるときも私の眼前にちらつくのだった。

老人にはすぐ追いついた。

「かわいそうに、イワン。あの子は傷ついているんだ。自分の悲しみで胸がいっぱいなんだよ、そうだとも、イワン。それなのに、わしときたら、あの子にこっちの悲しみを打ち明けたのだからな」と、苦い微笑を浮べて老人は言った。「つまり、わしはあの子の傷口をつついたわけだ。満腹した人間には飢えた人間の気持は分らんというが、わしに言わせれば、ワーニャ、飢えた人間も飢えた人間の気持を必ずしも理解しないんだな。じゃ、さようなら！」

私は何かほかの話をしようとしたが、老人は手を振って私の言葉をさえぎった。

「わしを慰める気なら、もういいよ。それよりあの子がお前のとこから逃げないように気をつけたほうがいい。そんな顔つきだったからな」と、何がなし立腹の体《てい》で老人は言い足すと、ステッキで歩道をこつこつ叩《たた》きながら足早に私から離れて行った。

しかし自分が予言者になろうとは、老人は夢にも思わなかったに違いない。

家に戻って、恐ろしいことに、またもやネリーの姿が見えなかったときの、私の気持はどんなだったか！　私は部屋を飛び出し、階段のあたりを探し、大声で名を呼び、隣近所のドアを叩いて少女のことを訊ねさえした。少女がふたたび逃げ出したとは、信じられなかったし、信じたくもなかった。それに、どうして逃げ出すことができたのだろう。この建物の門は一つしかない。してみれば私が老人と立ち話をしていたとき、少女は私たちの横を通らなければ外へ出られなかったはずである。しかし、いったん階段のどこかに隠れ、私が部屋へ戻るのを見届けたうえで逃げ出せば、ぜんぜん私に見つからずにすんだのだと思い至って、がっかりしてしまった。いずれにせよ、まださほど遠くまで行っているはずはない。

万一の場合のために部屋のドアには鍵《かぎ》をかけずに、私は強い不安を抱《いだ》きながらまたも探しに駆け出した。

まっさきにマスロボーエフの家へ行ってみた。マスロボーエフも、アレクサンドラ・セミョーノヴナも、不在だった。また困ったことになった、もしネリーが立ち寄ったら、すぐ知らせてほしいと置手紙を書いて、私は医者の家へ行った。だが医者も留守で、女中は、その女の子はさっき来たけれども、その後は一度も来なかったと言った。さて、どうしたらいいのだろう。私はブブノワの家に行ったが、いつかの葬儀屋の女房が言うには、ブブノワは何かの事件のためにきのうから警察へ行ったきりだし、ネリーはあれから見かけたことがないという。私はへとへとになって、またもマスロボーエフの家へ行ってみた。返事は同じだった。だれも訪《たず》ねて来なかったし、マスロボーエフ夫妻もまだ帰って来ていない。私の置手紙はテーブルの上に置かれたままだった。どうしたらいいのだろうか。

夕方遅く、死ぬほど憂鬱《ゆううつ》な心を抱いて、私は帰途についた。その晩はナターシャのところへ行く約束があった。朝のうちからナターシャに呼ばれていたのである。だが私はまだ朝から一度も食事をしていなかった。ネリーのことを思って、胸はかきむしられるようだった。『一体これはどういうことなのだろう』と私は思った。『病気のせいでこんな突飛なことをするのだろうか。まさか、ほんとうに気が狂ったわけではあるまい。それにしても、ああ、どこにいるのだろう、どこへ行けば見つかるだろう？』

そう心の中で叫んだとき、とつぜん、数歩離れたV橋の上にネリーの姿が見えた。少女は街燈《がいとう》の下に立っていたが、私には気がつかぬようだった。私はすぐ駆け寄ろうとして思いとどまった。『こんな所で一体何をしてるんだろう』と私はふしぎに思ったが、今度こそは見失う気づかいはないと思ったので、しばらく様子を見ることに決めた。十分ほど経《た》ち、少女は相変らず通行人を眺めながら立っていた。まもなく一人の身なりのいい老人が通りかかり、ネリーはその老人に近寄った。老人は立ちどまらずにポケットから何か取り出し、少女に与えた。少女はおじぎをした。その瞬間の私の気持はとても言いあらわせない。心臓はひどく締めつけられた。私が愛し、可愛がり、いつくしんでいた何か貴重なものが、その瞬間、私の目の前で辱《はずか》しめられ、唾《つば》を吐きかけられたように思われた。そして私の目から涙があふれ出た。

そう、それは哀れなネリーを思う涙だったが、同時に私は抑えがたい怒りを感じていた。少女は食うに困って物乞《ものご》いをしているのではない。だれに見棄《みす》てられ、追い出されたわけでもない。残忍な迫害者の手からではなく、自分を愛し、いつくしんでくれる友人の手から逃げ出して来たのだ。それはまるで、おのれの行為によって、だれかを呆《あき》れさせ、あるいは驚かせようと企《たくら》んだような、まるでだれかの前におのれの行為を見せびらかしているような具合ではないか！　だが少女の心の中には何か秘密の感情が熟していたのだ……そう、老人の言ったとおりである。少女は傷つけられ、その心の傷はまだ癒《い》やされていなかった。そして少女はこの秘密の行為や、私たちみんなへの不信によって、自分の傷口をわざと掻《か》きむしろうとしているようだった。それはまるで自分で自分の痛みを楽しんでいるような、もしもこういう言い方が許されるならば、この苦しみの、エゴイズムを楽しんでいるような有様だった。こういう苦痛をいっそう掻きむしり、苦痛を楽しむやり方は、私にはよく理解できた。それは運命にさいなまれ虐《しいた》げられ、しかも運命の不当さを意識している多くの人びとの楽しみなのである。しかしネリーは、私たちのどこが不当だと言いたいのだろう。私たちの前で啖呵《たんか》を切ったとおりの突拍子もない乱暴なことをやって、少女は私たちを呆《あき》れさせ、驚かせようと企んだかに見えた……いや、違う！　ネリーは今ひとりぼっちで、私たちのだれも少女が物乞いをしているところを見てはいない。とすると、全く自分だけのために、この楽しみに耽《ふけ》っているのだろうか。何のための物乞い、何のための金なのか。

施し物を受けとると、少女は橋から離れ、明るく照らされた一軒の商店のウインドウに近づいた。そこで少女は収穫を数え始めた。私は十歩ほど離れて立っていた。ネリーはかなりの額の金を持っていた。明らかに朝から乞食をしていたらしい。金をしっかり握りしめて、少女は往来を横切り、一軒の荒物屋に入って行った。あけっぱなしのその店の戸口に私はすぐさま近寄って観察した。ネリーはその店で何をするのだろう。

少女がカウンターに金を置き、茶碗を一つ買うのを私は見た。それはごくありふれた茶碗で、さきほどイフメーネフと私に自分の意地悪さを証明しようとして叩きこわした、あの茶碗にそっくりだった。その茶碗の値段はたぶん十五コペイカか、あるいはもっと安かったかもしれない。店の主人はそれを紙に包み、紐《ひも》で縛ってネリーに渡し、ネリーは満足そうな顔つきで、そそくさと店から出て来た。

「ネリー！」と、少女が私のそばまで来たとき、私は叫んだ。「ネリー！」

少女は身を震わせて私を見上げ、茶碗はその手から歩道に滑《すべ》り落ちて、割れた。ネリーの顔は蒼《あお》かった。だが私の顔色から、私がすべてを見てしまったことを知ると、少女はとつぜん赤くなった。その赤味は、耐えがたいほどの苦しい羞恥《しゅうち》を語っていた。私は少女の手をとり、家へ連れて帰った。道のりはさして遠くはなかった。途中、私たちは一言も口をきかなかった。家に着くと、私は腰をおろした。ネリーは相変らず蒼い顔で、目を伏せ、何か考えこみながら、恥ずかしそうに立っていた。私の顔をまともに見ることはできなかった。

「ネリー、きみは乞食をしていたんだね」

「ええ！」と少女は囁《ささや》き、いっそううなだれた。

「さっきこわした茶碗の代りを買おうと思って、それでお金が欲しかったんだね」

「そう……」

「でもぼくはあの茶碗のことできみに叱言《こごと》を言ったかい、叱《しか》ったかい？　自分のやったことがどれだけ意地悪で、わがまま勝手だか、きみには分るかい、ネリー？　あんなことをしていいと思う？　恥ずかしくないのかい？　本当に……」

「恥ずかしい……」と少女はやっと聞えるような声で囁き、その頰《ほお》を一しずくの涙が流れた。

「恥ずかしいだろう……」と私はその言葉を繰返した。「ネリー、でもね、もしぼくがきみに悪いことをしたのなら、赦《ゆる》しておくれ、仲直りしよう」

少女は私の顔をちらりと見た。涙がその目から俄《にわ》かに溢《あふ》れ出し、少女は私の胸に飛びついてきた。

ちょうどそのとき、アレクサンドラ・セミョーノヴナが凄《すご》い勢いで入って来た。

「ああ！　帰って来たのね？　また？　ああ、ネリー、ネリー、あんた一体どうしたのよ。でも、とにかく帰って来てよかった……どこで見つかったんですか、イワン・ペトローヴィチ」

私はあまりいろいろ訊《き》かないようにと目配せをし、アレクサンドラ・セミョーノヴナはすぐに私の気持をのみこんでくれた。まだ痛々しく泣いているネリーにやさしく行って来るよと言い、善良なアレクサンドラ・セミョーノヴナに、帰ってくるまで付いていてやってくれと頼んで、私はナターシャの住居へ駆けつけた。約束の時刻にだいぶ遅れていたのである。

その晩、私たちの運命は決ったのだった。ナターシャとの話は尽きなかったが、それでも私はネリーの話を差し挟《はさ》み、詳しいいきさつを話して聞かせた。私の話はたいへんナターシャをおもしろがらせ、感動させたようだった。

「それはねえ、ワーニャ」と、少し考えてからナターシャは言った。「どうもその子はあなたに恋をしているような気がするわ」

「え……なんだって」と私はびっくりして訊き返した。

「そうよ、それは恋の始まりよ、女の恋の……」

「冗談じゃない、ナターシャ！　あの子はまだ子供だよ！」

「でももうじき十四でしょう。その乱暴な振舞いは、あなたに自分の恋心を分ってもらえないからなのよ。自分でも自分の気持がよく分らないのかもしれない。その乱暴な振舞いには、ずいぶん子供っぽいところもあるけど、でもそれはまじめな、辛《つら》いものなのよ。問題は、その子が私に嫉妬《しっと》していることね。あなたは私を愛してくださっているから、お家《うち》でも私のことばかり心配したり、話したり、考えたりして、その子をあんまり構わないんでしょう？　その子はそれに気がついて、心を傷つけられたのよ。もしかすると、その子はあなたと話したい、ぜひとも自分の気持を打ち明けたいと思っているのに、それができず、恥ずかしいばかりで、自分の気持もよく摑《つか》めずに、ただ機会を待っているだけかもしれないわ。それなのにあなたはその機会を早めてあげるどころか、かえってその子から遠ざかり、私のところへばかり来ていたでしょう。その子が病気のときだって幾日も一人ぼっちにしておいたわ。それが悲しくて泣いているのよ。あなたと一緒の時間が少なすぎるのよ。そのことにあなたが気づかないのが、何よりも辛いのよ。今だって、こんな場合に、私のためにその子を一人ぼっちにして来たじゃありませんか。あすはきっと具合が悪くなるわよ、こんなことをしたせいで。よくも放ったらかして出て来られたのね。早く帰っておあげなさいな……」

「いや、放ったらかすつもりはなかったんだが……」

「そうね、私が来てくれるように頼んだのだったわね。でも、もう帰って」

「帰ろう。しかし、今きみが言ったことを信じたわけじゃないからね」

「ほかの人とはずいぶん違うんですものね。その子の過去を考えてごらんなさい、きっと思い当ると思うわ。あなたや私とは育ち方が違うのよ、その子は……」

それでも私が家に帰ったのは、もうだいぶ遅い時刻だった。ネリーはこのあいだの晩と同じようにさんざん泣いて、「ついに泣き寝入りしてしまった」と、アレクサンドラ・セミョーノヴナは報告した。「もう私は帰りますわ、イワン・ペトローヴィチ、フィリップ・フィリップイッチの言いつけですから。かわいそうに、あのひと今頃、私の帰りを待っているでしょう」

私は彼女に礼を言い、ネリーの枕《まくら》もとに腰をおろした。こんなとき少女を置いて出掛けたことが、私もなんだか辛くてたまらなかった。永いこと、夜ふけまで、私は少女に付き添い、物思いにふけった……。それはまことに悲しい一夜であった。

だが、この二週間のうちに起った事件について語らねばならない……

第五章

公爵《こうしゃく》とともにBレストランですごした記憶すべき一夜のあと、私は何日間かナターシャのことが心配でたまらなかった。『公爵のやつ、果してどんな手段でナターシャをおどかし、どうやって復讐《ふくしゅう》する気だろう』と、絶え間なく私は自分に問いかけ、さまざまな仮定に頭を悩ました。そしてようやく結論に達した。すなわち、公爵の脅迫はただの戯言《たわごと》でもなければ大言壮語でもない。ナターシャがアリョーシャと一緒に暮している限り、公爵は本当にいろいろないやがらせをすることができるだろう。なにしろ公爵は狭量で、執念深く、悪意に満ち、しかも勘定高い男だから——と私は思った。公爵が自分に加えられた侮辱を忘れてしまうとか、何らかの復讐のチャンスを利用しないなどということは、とうてい考えられない。いずれにせよ、公爵はこの事件ぜんたいの中の一点を私に指《さ》し示し、その一点についてはかなりはっきりと自分の意志を語った。つまり、アリョーシャとナターシャが別れることを公爵はあくまでも要求し、近い将来の別離についで、あらかじめナターシャに心構えをさせ、「牧歌調やシラーばりの場面」にならぬよう取りはからうことを、私に期待したのだった。もちろん公爵が一番気をつかっているのは、アリョーシャがあくまでも公爵の処置に満足し、やさしい父親という思いこみを変えないことだった。これは公爵が後日カーチャの金を思いどおりに利用するためには、ぜひとも必要なことなのである。そんなわけで、私は間近に迫った別離にたいしてナターシャの心を決めさせるという仕事を控えていた。だが、私はナターシャの急激な変化に気がついていた。私にたいする今までのあけっぴろげな態度は、もう影も形もなかった。しかも私を相手にするとき妙に疑り深くなったように見えた。こちらの慰めの言葉はナターシャを苦しめるばかりだし、いろいろ質問すれば、彼女は妙に苛立《いらだ》ち、あげくの果てには怒り出したりするのである。私はナターシャの部屋へ行っても、ただおとなしく坐《すわ》って、ナターシャを眺《なが》めていることしかできないのだった！　ナターシャは両手を組み合せて、部屋の隅《すみ》から隅へ行ったり来たりしている。その顔は蒼白《あおじろ》く、表情は陰気かつ茫然《ぼうぜん》として、私がそばにいることさえ忘れてしまったように見える。偶然に私と視線が合うことがあっても（私の視線さえも避けるのである）恐ろしい焦燥の色がとつぜんその顔に現われ、ナターシャはすぐ顔をそむけてしまう。間近に迫った別れについて何か自分自身の計画を練っているのかもしれないということは、私もよく分っていた。しかし苦痛や悲しみなしに、そんな計画を練ることが可能だろうか。ナターシャがすでに別れを覚悟していることは、確実であるように思われた。それにしてもナターシャの暗い絶望の色はやはり私を苦しめ、驚かすのだった。しかもナターシャと言葉をかわすこと、ナターシャを慰めることすら、私はときどき全くできなくなり、今はもう事のなりゆきを恐怖をもって見守るほかはなかったのである。

私にたいするナターシャの厳《きび》しい、近寄りがたい態度についていうならば、それは私を不安にし、苦しめたけれども、それでも私はナターシャの心を信じていた。ナターシャがひどく苦しんでいること、心が千々《ちぢ》に乱れていることは、私にもよく分った。第三者の干渉は、それがどんなものであれ、ナターシャの苛立ちと憎しみをかきたてるのみである。そんな場合、秘密を知っている親しい友人の干渉は、とくに苛立たしいものになる。しかしこれもまた私にはよく分っていたことだが、いよいよというときには、ナターシャはきっとふたたび私のもとに帰り、私の心に安らぎを求めるだろう。

公爵と話をしたことは、もちろん、ナターシャには黙っていた。そんなことを話したところで、ナターシャを不安にし、その心をいっそうかき乱してしまうだけだろう。私はただ話のついでに、公爵と一緒に伯爵夫人の家に行ったが、やつが恐るべき卑劣漢であることはよく分った、とだけ言っておいた。ナターシャはことさらに公爵のことを訊《たず》ねもしなかったので私はほっとしたが、そのかわり、カーチャと私の出会いの模様を話すと、むさぼるように耳を傾けた。話を聞き終えたナターシャは、カーチャのことも特に訊《き》こうとはしなかったが、その蒼ざめた顔にはぽっと赤味がさし、その日ほとんど一日じゅう、たいそう興奮していたように見えた。カーチャのことについて私は何一つ隠し立てをせず、私にもカーチャはすばらしい印象を与えたと率直に白状した。そもそも隠し立てをして何になろう。私が何かを隠せば、ナターシャはすぐそれに気がつき、私に腹を立てるだけである。そこでナターシャの訊きたいことを先まわりするように、私はわざとなるべく詳しく話してやった。ナターシャは自分から私に訊きにくい立場にあるのだから、なおさらのことである。実際、自分の恋敵《こいがたき》の美点を平気な顔で問いただすのは、楽なことではあるまい。

アリョーシャが公爵の有無をいわさぬ命令で伯爵夫人とカーチャを田舎《いなか》へ送って行かなければならぬことを、ナターシャはまだ知らないのだろうと私は思ったので、できるだけ打撃を軽くするにはどんなふうに打ち明けたものかと苦心した。だが、私が話し始めるやいなや、ナターシャが私を押しとどめ、今さら慰めてくれなくてもいい、その話はもう五日も前から知っていると言ったときの、私の驚きはどんなだったろう。

「驚いた！」と私は叫んだ。「一体だれから聞いたんだ」

「アリョーシャから」

「なんだって？　彼がもう喋《しゃべ》ったの？」

「そうよ、だから私は覚悟を決めたの、ワーニャ」と、ナターシャは付け加えたが、その様子ははっきりと、だが何となく苛立たしげに、もうそれ以上その話はつづけないでくれと警告していた。

アリョーシャはかなり頻繁《ひんぱん》にナターシャを訪《たず》ねて来たが、いつもほんのわずかな時間しかいなかった。ただ一度だけ数時間腰を落着けていたことがあったが、それは私のいないときのことだった。アリョーシャはいつも悲しげに入ってくると、ナターシャをおずおずとやさしく眺める。だがナターシャはたいそうやさしく愛想よく出迎えるので、アリョーシャはすぐに何もかも忘れて、はしゃぎ出すのだった。私の家にも、青年は非常に足繁《しげ》くやってくるようになり、ほとんど毎日のように顔を見せた。ひどく苦しんでいたことは事実だが、アリョーシャは一分たりともその悩みを一人で抱いていることはできず、絶えず慰めを求めて私のところへ駆けつけてくるのだった。

アリョーシャに私は何と言ったらよかったのだろう。私が冷たい、無関心だ、果てはアリョーシャを憎んでいるなどと、青年はしきりに責めるのだった。そして淋《さび》しがり、ナターシャが泣き、結局はカーチャのところへ行って、そこで安らぎを得たのである。

ナターシャがアリョーシャの旅立ちのことを知っていると私に言った、その日のこと（それは公爵と話した夜から一週間ばかり後のことである）青年は絶望的な表情で私の部屋に駆けこんでくると、私を抱きしめ、私の胸に身を投げかけて子供のように号泣した。私は無言で相手の言葉を待っていた。

「ぼくは下劣な、卑怯《ひきょう》な男だ、ワーニャ」とアリョーシャは喋り出した。「ぼくをぼく自身から救い出してくれないか。ぼくは自分が下劣で卑怯な男だから泣くんじゃなくて、ぼくのためにナターシャが不幸になるから、それで泣くんだ。だってナターシャを棄《す》てて不幸にしてしまうんだからね、ぼくという男は……ワーニャ、友達なら言ってくれ、ぼくの代りに決めてくれないか、ぼくはどっちをより多く愛してるだろう、カーチャかナターシャか？」

「そんなことは決められないよ、アリョーシャ」と私は答えた。「自分で分るはずだろう……」

「いいや、ワーニャ、そうじゃない。ぼくだって、そんな質問をするほど馬鹿《ばか》じゃない。でも問題は、ぼくが自分でも何がなんだかさっぱり分らないということなんだ。自分の心に訊いてみても答えられない。あんたは脇《わき》から見てるから、もしかしたらぼくよりもよく分るんじゃないかな……はっきり分らないとしても、どういう感じがする？」

「カーチャのほうをより強く愛してる感じだね」

「そう見えるのか！　ちがう、ちがう、全然ちがう！　それは全然当っていない。ぼくはナターシャを限りなく愛している。どんなことがあったって、絶対にナターシャを棄てたりするものか。それはカーチャにも言ったんだけど、カーチャもぼくと同じ意見だった。なぜ黙ってるんだい。今あんたは笑ったね。ああ、ワーニャ、あんたはぼくが今みたいに苦しくてたまらないときに慰めてくれたためしがないんだ……失敬する！」

何も言わずに私たちのやりとりに耳を傾け驚いていたネリーに異常な印象を残して、青年は部屋から飛び出して行った。ネリーはその頃まだ病気で、寝床に横たわり薬を飲んでいた。アリョーシャは訪ねてきても、ネリーと話したことは一度もなく、少女には全く注意を払わないのだった。

二時間後にアリョーシャはまた姿を現わしたが、その嬉《うれ》しそうな顔つきに私はびっくりした。青年はまたもや私の頸《くび》に飛びつき、私を抱きしめた。

「話がついた！」とアリョーシャは叫んだ。「誤解はすっかり解けた。さっきまっすぐナターシャのとこへ行ったんだ。もう気持がすっかり乱れて、彼女なしではいられなくてね。入って行って、いきなりナターシャの前にひざまずいて、ナターシャの足にキスした。そうせずにはいられなかった、そうしたかったんだ。そうしないと淋しさに死んでしまいそうだったからね。ナターシャは何も言わずにぼくを抱きしめて泣き出した。そこでぼくははっきり言ったんだ、カーチャのほうをきみよりも愛している、ってね……」

「それで、ナターシャは？」

「なんにも言わずに、ただぼくを愛撫《あいぶ》し慰めてくれた――そんなことを言ってしまったぼくをね！　ナターシャは慰めるのが上手《じょうず》なんだ、イワン・ペトローヴィチ！　ぼくは悲しみを洗い流すようにさんざん泣いて、何もかもすっかり喋ってしまった。はっきり言ったのさ、カーチャを非常に愛しているけれども、どれだけカーチャを愛そうと、あるいはほかのだれを愛そうと、彼女なしでは、ナターシャなしでは、どうしてもやっていけない、死んでしまう、ってね。そう、ワーニャ、ぼくはナターシャなしでは一日たりとも生きていけないんだ。それをはっきり感じる！　だから、ぼくはすぐナターシャと結婚することに決めたんだ。でも田舎へ出掛ける前には不可能だものね。なにしろ大精進期（訳注　復活祭前の四十日間）だから式を挙《あ》げるわけにはいかない。だから帰って来てからというと、六月一日頃になってしまう。父はきっと許してくれるさ、それは間違いない。カーチャのほうは、どうにも仕方がないだろう！　だってぼくはナターシャなしでは生きられないんだから……結婚したら、ナターシャと一緒にカーチャの家へ遊びに行くんだ……」

可哀想なナターシャ！　こんな子供のような男を慰め、その打明け話を聞いてやり、こんな無邪気なエゴイストの心の安らぎのために、まもなく結婚しようというお伽話《とぎばなし》を考え出してやった、その気持はどんなだっただろう。アリョーシャは本当に何日間か落着いていた。この青年がナターシャのところへ駆けつけたのも、実はその弱い心が一人で悲しみを耐えることができなかったからなのである。だが別れの時が近づいてくると、青年はふたたび不安になり、また私の家に来て泣いたり愚痴をこぼしたりするようになった。この頃、アリョーシャはひどくナターシャに愛着するようになり、一月半はおろか一日たりとも彼女から離れてはいられない感じだった。しかし青年は最後の瞬間まで、ナターシャを残して行くのは一月半だけのことであり、帰って来たらすぐ結婚式を挙げるのだと信じきっていたのだった。ナターシャのほうは、自分の運命が一変しつつあることを、アリョーシャが決して自分の許《もと》には帰ってこないことを、そしてそれが当然のなりゆきであることを悟っていた。

二人の別れの日が来た。ナターシャはまるで病人だった。顔は蒼ざめ、目は血走り、唇《くちびる》はかさかさに乾《かわ》き、ときどき独《ひと》りごとを言ったり、すばやい突き刺すような視線を私に投げたりしたが、泣きはせず、私の質問にも答えず、訪ねてきたアリョーシャのよく響く声が聞えると、木の葉のように体を震わせた。そして夕焼けのように顔を赤らめ、急いで迎えに出て行き、痙攣《けいれん》的に青年を抱きしめ、接吻《せっぷん》し、声をあげて笑った……アリョーシャはナターシャの顔を覗《のぞ》きこみ、ときどき不安そうに健康状態を訊ね、そんなに長い旅行ではないのだし、帰って来たら結婚式だからねと慰めた。ナターシャはありありと努力の色を見せて自分の気持を抑《おさ》え、涙を抑えるのだった。アリョーシャの前では、ナターシャは決して泣かなかった。

ある日、アリョーシャは、留守中のためにきみに金を置いていくが、心配しなくてもいい、父が旅費をたくさんくれる約束をしたからと言った。ナターシャは眉《まゆ》をひそめた。そのあと二人きりになったとき、私は、万一の用意に百五十ルーブリの金を預かっていると知らせておいた。その金の出どころをナターシャは訊かなかった。それはアリョーシャの出発の二日前のことであり、ナターシャとカーチャの最初にして最後の出逢《であ》いの前夜だった。カーチャはアリョーシャに手紙をことづけ、あすナターシャを訪ねたいと言ってきたのだった。同時に私にも手紙で、その会見に立ち会ってほしいと言ってきた。

万障くりあわせて十二時に（これはカーチャの指定した時刻である）ナターシャの家へ行こうと私は決心した。差支えはたくさんあったのである。ネリーのことは言うに及ばず、最近はイフメーネフ家のことでいろいろ用事があった。

その用事は一週間前からすでに始まっていた。ある朝、アンナ・アンドレーエヴナが使いをよこして、一刻の猶予《ゆうよ》もならぬ非常に重大な用件があるから、すべてを投げうって即刻駆けつけてもらいたいと言ってきた。行ってみると、老婦人は一人だった。興奮と驚きのために、まるで熱に浮かされたように部屋の中を歩きまわり、老婦人はニコライ・セルゲーイッチの帰りを今か今かと待っていた。例によって、何事が起ったのか、なぜそんなに驚いているのか、それはなかなか老婦人の口から聞き出せなかった。しかし一刻一刻が貴重なものであることもまた確かだった。「なぜ訪ねて来ないのか、なぜ私たち二人をみなし児《ご》のように悲しませるのか」とか、「あなたが来ないからとんでもないことになってしまった」とか、見当違いの激しい責めことばが出てから、やがて老婦人がおもむろに言うところによれば、ニコライ・セルゲーイッチはこの三日間、「なんとも言いようのないほど」興奮しているのだという。「まるで人が変ったみたいなのよ」と老婦人は言った。「熱病にかかったみたいに、毎晩私に隠れて聖像の前にひざまずいてお祈りをしたり、寝れば譫言《うわごと》を言うし、そばに置いてあるときは白痴みたい。きのうも、キャベツ・スープをたべようとして、そばに置いてあるスプーンが目に入らないのね。物を訊いても、とんちんかんな返事をするし。『用があるから出掛ける、弁護士に逢《あ》わなきゃならん』なんて言って、しょっちゅう外出するの。あげくに今日は朝から書斎に閉じこもって、『訴訟の書類を書かなきゃならん』。スープ皿のそばのスプーンも見つけられないのに、一体どんな書類を書く気かしら、って私思ってね。鍵穴《かぎあな》から覗いてみると、坐《すわ》って書いてるんだけど、書きながら涙をぽろぽろこぼしているの。一体なんの書類を書いてるんだろう。ひょっとしたらイフメーネフカ村を手放すのがくやしいんじゃないかしら、それじゃ本当にイフメーネフカ村ともお別れなのね！　なんて考えていると、急に机から立ちあがって、ペンを机に叩《たた》きつけてね。顔を真《ま》っ赤《か》にして、目をきらきら光らせて、帽子をひっつかみ、書斎から出て来たの。『アンナ・アンドレーエヴナ、じき帰るからな』って出て行った。私すぐ書物机に寄って見てみたの。机の上は訴訟関係の書類が山のよう。私には絶対にさわらせないのよ。『せめて書類を持ち上げてくださいな、埃《ほこり》を拭《ふ》くだけですから』って何度頼んでもね。すぐ怒って手を振りまわすの。ペテルブルグへ来てから、ほんとに気短な、口うるさい人になってしまったわ。そういうわけで、書物机に寄って、今書いていた書類を探《さが》してみた。だって持って出なかったことは間違いない。立ちあがったとき、ほかの書類の下に突っこんだのを見たんだもの。それで、イワン・ペトローヴィチ、これなのよ、私が見つけたのは。まあ見て」

そして老婦人は私に一枚の便箋《びんせん》を渡した。その便箋には半分ほどびっしり書きこまれていたが、訂正の個所が非常に多く、ところどころは判読不可能なほどだった。

哀れな老人！　何を、だれにあてて書いたかは、初めの数行を読むだけですぐ分った。それはナターシャへの、最愛のナターシャへの手紙だったのである。手紙の初めの部分は熱烈で、しかもやさしかった。老人はナターシャを赦《ゆる》すと言い、うちへ帰るようにと呼びかけていた。支離滅裂な切れ切れの文章で書かれ、しかも訂正個所のひどく多い手紙を判読するのは、容易なことではなかった。ただ老人をしてペンをとらしめ、心のこもった最初の数行を書くに至らしめた熱烈な感情が、その数行のあとで別のものにたちまち変化してしまったことは明らかだった。老人は娘を非難し始め、娘の罪深い行為をあざやかに描き出してみせ、娘の強情さに怒り、両親にたいする自分の仕打ちをたぶん一度も考えてみたことがないのだろうと娘を責めていた。そして娘の傲慢《ごうまん》さは必ずや罰と呪《のろ》いを受けるだろうと威嚇《いかく》し、結論として一刻も早く素直に家に帰り、「家庭のふところに抱《いだ》かれて」従順かつ模範的な新生活を送るならば、そのときこそ娘を赦すことになろうと書いていた。これはたぶん初めの数行を書いているうちに、老人は自分の寛大な気持を弱さと考え始め、それが次第に恥ずかしくなり、やがては辱《はずか》しめられた自尊心の痛みを感じて、怒りと威嚇で手紙を結んだのだろう。老婦人は私の前に立ち、両手を組み合せて、読み終った私が何を言うだろうというように、びくびくしながら待っていた。

私は感じたことを率直に述べた。すなわち老人はもはやナターシャなしでは生きていけないのであり、したがって父と娘がなるべく早く仲直りすることは絶対に必要である。しかしそれは今後の状況のいかんによる。そして私は自分の臆測《おくそく》を説明してやった。まず、訴訟の不愉快な結末は、激しく老人の心をゆすぶり、かき乱したということ。公爵が凱歌《がいか》をあげたことによって、老人の自尊心がどれほど傷つけられ、またそのような判決のためにどれほどの怒りが老人の心に涌《わ》き起ったかは、もはや言うに及ばぬ。そんなとき人間は同情を求めずにはいられないものであるから、かつてこの世の何にもまして愛していた娘のことを、老人はいっそう強烈に思い出したのだろう。そしてまた、こういうことがあるかもしれない。老人はきっとアリョーシャがまもなくナターシャを棄てるということを聞きつけたのだ(老人はナターシャの消息をなんでも知っていたから)。そして娘の現在の気持を思いやり、わが身に引きくらべて、ナターシャに慰めが必要であることを実感として感じた。だがそれでも、娘に辱しめられ卑《いや》しめられたという自分の気持に打ち勝つことができなかった。娘のほうから詫《わ》びを入れてくることはありえないということも、おそらく老人は考えたのだろう。ひょっとすると娘は両親のことなど考えもせず、和解の必要を感じていないかもしれない。老人としてはそう考えるのが当然だ、と私は最後に付け加えた。だからこそ老人はこの手紙を最後まで書かなかったのだし、もしかすると、こういうことは新しい侮辱のたねになるかもしれない。新しい侮辱は初めのそれよりもずっと強く感じられ、そうなったら、和解は更に先のことになるだろう……

私の話を聞きながら、老婦人は泣いた。やがて私が、これからナターシャのところへ行かなければならない、約束の時間に遅れてしまったと言うと、老婦人ははっとして、肝心なことを忘れていたと言い出した。つまり、書類の下からこの手紙を抜き出したとき、老婦人はうっかりしてインク壺《つぼ》をその上にひっくりかえしてしまったのである。なるほど手紙の隅《すみ》のほうはインクでべっとり汚《よご》れていた。老人がこの汚れを見て、留守中に書類がひっかきまわされ、アンナ・アンドレーエヴナがナターシャへの手紙を読んだことに気づくのではないかと、老婦人はひどくおびえていた。その恐怖はもっともなことだった。私たちに自分の秘密を知られてしまったということだけのためにも、老人は恥ずかしさと苛立《いらだ》ちにその怒りを永びかせ、自尊心ゆえに娘を赦すまいと強情を張るかもしれない。

しかし、よくよく考えてみて、私は老婦人に心配は要《い》らないと言った。手紙を放り出して立ちあがったとき、老人はひどく興奮していたから、いちいち細かいことまで覚えていないだろう。たぶん自分で汚したのを忘れていたのだと思うに違いない。こんなふうにアンナ・アンドレーエヴナを慰めて、私たちは注意深く手紙を元の位置に戻した。それから帰りがけにふと思いついて、私はネリーのことを老婦人とまじめに話し合った。ネリーの母親はやはり祖父に呪われたのだから、その母親の死や、かつての生活についての悲しい悲劇的な物語によって、この見棄《みす》てられた哀れなみなし児は、イフメーネフ老人を感動させ、寛大な気持に誘うことができるかもしれない、と私は思ったのである。老人の心の中では、お膳立《ぜんだて》がすべて整い、何もかもが熟しきっているのだ。娘を思う切なさは、すでに傷つけられた自尊心や誇りに打ち勝とうとしている。あとはただの一押し、ほんのちょっとしたきっかけが必要なだけであり、ネリーはそのきっかけになり得るかもしれない。老婦人はきわめて注意深く私の話を聞いていた。その顔は希望と喜びに生き返ったようだった。そして老婦人は、なぜもっと早くそのことを言ってくれなかったのかと、すぐさま私を責め始めた。そしてもどかしそうにネリーのことをいろいろ訊《たず》ね、結局、みなし児を引き取ることを自分から積極的に夫に頼もうと、大まじめに約束するのだった。老婦人はもうネリーを心から可愛いと思うのか、少女が病気なのをしきりに気の毒がり、あれこれと容態を訊ね、自分で物置まで走って行って、ジャムの罐《かん》詰《づめ》をネリーにと、むりやり私に押しつけた。それから医者に払う金がないだろうと思ったらしく、五ルーブリくれようとしたが、私がそれを受けとらないのを見ると、それじゃあネリーは服や下着に困っているだろうから、その点でお役に立てると言い出し、やっと気がすんだように見えた。そしてさっそく長持をひっかきまわし、自分の衣類をぜんぶ並べて、その中からみなし児にやれそうなものを選び始めるのだった。

私はナターシャのところへ行った。すでに述べたとおり、螺旋状《らせんじよう》になっている最後の階段を上って行くと、ナターシャの部屋の前にだれかが立っているのに気がついた。その人物は今まさにドアを叩こうとしていたが、私の足音を聞いて、ふとためらった。そして少し迷ってから、とつぜん計画を変更し、階段を下りてきた。最後の踊り場で私はその人物とぶつかったが、それがイフメーネフだと分ったときの私の驚きはどんなだったろう。階段は昼でも暗かった。老人は壁ぎわに身を寄せて私に道をゆずったが、そのとき私をまじまじと見つめた老人の目の怪しい光は今だに記憶に残っている。老人はひどく顔を赤らめたようだった。少なくともひどく照れ、どぎまぎしたことは確かである。「ああ、なんだ、お前か、ワーニャ！」と調子はずれな声で老人は言った。「実はある男を……代書人を訪《たず》ねてきたんだ……例の訴訟のことで……最近引越したんだ……この建物だと思ったが……どうもここには住んでいないらしい。間違いだった。じゃ、さよなら」

そして老人は足早に階段を下りて行った。

この出逢いのことは今のところナターシャには話すまい、と私は心に決めた。しかしアリョーシャが出発して、ナターシャが一人になったら、すぐにも話してやらなければなるまい。今はナターシャの心は乱れているから、この事実の意味するところを理解できたとしても、その後、最後の淋《さび》しさと絶望に押しひしがれているときのように、身にしみて感じることはできないに違いない。今はまだ適当な時期ではないのだ。

その日、私はイフメーネフ家に立ち寄ることはできたし、そうしたくてたまらなかったのだが、やはり行かなかった。老人は私と顔を合わせたら、なんとなく間が悪いだろう。ナターシャの住居でばったり逢ったので、それでわざわざ駆けつけたと思われるかもしれない。私が出掛けたのは、それから三日後のことだった。老人は沈んでいたが、それでもかなり屈託なく私を迎え、訴訟の話ばかりするのだった。

「ところでお前はあのとき、あんな高い所まで階段を上って、どこへ行くところだったんだ。ほら、覚えているだろう、ばったり逢ったじゃないか。ええと、あれはいつだったかな。おとといだったと思うが」と、老人はだしぬけに、かなり無造作に訊ねたが、それでもさすがに目をそらした。

「友達があそこに住んでいるんです」と私も視線をそらして答えた。

「そうか！　わしは代書人のアスターフィエフを探していたんだよ。あの建物だと教えられたんだが……間違いだった……ところで、訴訟の話だったな。いよいよ元老院の判決があって……」

話題をいきなり訴訟に切りかえたとき、老人は顔を赤らめた。

老婦人を喜ばせようと、私はその日のうちにすべてをアンナ・アンドレーエヴナに話して聞かせ、それにしても老人の顔を意味ありげに眺《なが》めたり、溜息《ためいき》をついたり、あてこすりを言ったり、要するに老人の突飛な行動を知っている風は決して見せないでほしいと頼んだ。老婦人はあまりの驚きと喜びに、初めは私の言葉を信じなかったほどである。そしてお返しに、みなし児の件をニコライ・セルゲーイッチにさっそく匂《にお》わせたところ、前は老人のほうから盛んに引き取ろうと言っていたくせに、今度は口をつぐんで返事もしなかったという話を聞かせてくれた。そこで私たちは、あす老婦人が前置きやあてこすりは抜きで、率直にそのことを老人に頼んでみることに話を決めた。だが翌日になると、私たちは恐ろしい驚愕《きょうがく》と不安に襲われたのである。

すなわち、イフメーネフはその日の朝、訴訟事件で世話になったある役人に逢った。その役人は公爵《こうしゃく》に逢ったと言い、公爵はイフメーネフカ村は自分のものとしておくが、ある種の家庭の事情の結果として、老人に一万ルーブリの慰藉料《いしゃりょう》を支払うつもりだと言ったむねを、老人に伝えた。老人は役人と別れるとまっすぐ私の家へ、猛烈に取り乱した様子で現われた。その目は狂気じみた怒りにぎらぎら光っていた。どういうわけか階段のところへ私を呼び出した老人は、すぐ公爵の家へ行って決闘の申しこみを伝えてくれと、しつこく頼んだ。私はあまり驚いたので、しばらくは何のことやら分らなかった。それから老人を説得し始めた。だが老人はあまり腹を立てたので、気分がわるくなった。私は水を汲《く》みに行ったが、戻ってくると階段の上にイフメーネフの姿はすでになかった。

次の日、私はイフメーネフの家に行ってみたが、老人はすでにいなかった。それからまる三日間、老人は帰ってこなかったのである。

三日目にいっさいの事情は判明した。老人は私の住居からまっすぐ公爵の家へ飛んで行ったが、公爵は不在だったので置手紙を書いた。その手紙の中で老人は、公爵が役人に言った言葉を聞いたが、それは自分にとっては死にまさる侮辱であり、公爵は下劣な男であると心得るゆえに、決闘を申しこむ、と書き、その決闘を拒むならば公爵は恥を天下にさらすことになろう、と警告していた。

アンナ・アンドレーエヴナの話によれば、家に帰ってきた老人は、興奮のあまり寝こんでしまった。妻にたいしては非常にやさしかったが、妻の質問にはほとんど返事をせず、どうやら熱に浮かされたように今か今かと何かを待ち受けている様子だった。翌朝、市内郵便で一通の手紙がとどいた。それを読むと老人は大声をあげ、髪の毛をかきむしった。アンナ・アンドレーエヴナは恐怖のあまり気が遠くなりそうだった。だが老人はすぐ帽子とステッキを掴《つか》み、そのまま外へ飛び出して行った。

手紙は公爵から来たものだった。そっけない慇懃《いんぎん》無礼な言葉で、公爵はイフメーネフに、あの役人に言った言葉については、だれに何の説明をする義務も感じないと書いていた。そして訴訟に敗れたことについてはイフメーネフを気の毒に思うが、しかしどれほど気の毒に思うにせよ、訴訟に敗れた者に、その復讐《ふくしゅう》として相手を決闘に呼び出す権利があるなどということは、絶対に正当とは認められない。また老人のおどしの言葉、「恥を天下にさらす」云々《うんぬん》については、ご心配には及ばない。恥を天下にさらすなどということはないだろうし、あり得ないのだから。そして老人の手紙はさっそく然るべき筋へ届けることにしよう。警告を受けた警察は、秩序と安寧の維持のために適当な手段を講じるに違いない。

この手紙を摑んで、老人はすぐさま公爵の家へ飛んで行った。公爵は今度も不在だった。だが老人は、公爵が今N伯爵《はくしゃく》の家にいるはずだということを従僕の口から聞き出した。ろくに考えもせずに、老人は伯爵家へ駆けつけた。階段を昇《のぼ》りかけた老人は、伯爵家の門番に阻止された。かんかんに怒ったイフメーネフは門番をステッキで殴《なぐ》った。たちまち老人は捕えられ、玄関口に引き出され、警官に引き渡された。警官は老人を分署に連行した。この事件が伯爵の耳に入った。その場に居合せた公爵は、それが例のナターリヤ・ニコラーエヴナの父親のイフメーネフですと、色好みの老伯爵に説明した（公爵は一度ならずその方面で伯爵のご機嫌《きげん》をうかがっていたのである）。老大官はげらげら笑い出し、怒りはすぐ憐《あわ》れみに変った。こうしてイフメーネフを放免せよという指令が各方面に発せられた。しかし実際に釈放されたのは三日後のことで、しかもその際（たぶん公爵の差し金だろう）ほかならぬ公爵がじきじきに伯爵のご慈悲を願ったのであると、老人は申し渡されたのだった。

狂人のようなありさまで家に帰ってきた老人は、寝床に身を投げ出し、一時間ばかり身動きもせずに横たわっていた。やがて身を起した老人は、アンナ・アンドレーエヴナがぞっとしたことには、娘を永遠に呪《のろ》い、父親としての祝福も撤回すると、いかめしい顔つきで宣言したのである。

アンナ・アンドレーエヴナはぞっとしたが、老人の世話をしないわけにはいかないので、自分自身、気が遠くなりそうなのに、その日一日、そしてほとんど一晩中、老人の頭を酢で湿布したり、氷を当てたりして看病した。老人は熱が出て、譫言《うわごと》を言った。私がイフメーネフ家から帰ったのは、もう夜中の二時すぎだった。だが翌朝、イフメーネフは起きあがり、いよいよネリーを本当に引き取るべく私の家に来た。だが、ネリーとうまくいかなかったことは、すでに述べたとおりである。その一幕が老人の心を決定的にゆすぶったのだろう。家に帰ると、老人は床についてしまった。これはすべて受難週間の金曜日――すなわちカーチャとナターシャの会見が予定された日、そしてアリョーシャとカーチャがペテルブルグから旅立つ前日に起ったことなのである。二人の女の出逢《であ》いに、私は立ち会った。それは朝早く行われ、老人が私の家へ来る前の、そしてネリーが第一回の家出をする前のことであった。

第六章

ナターシャに前もって知らせるために、アリョーシャは約束の時刻の一時間前に訪《たず》ねて行った。私が着いたのは、カーチャの馬車が門の前にとまった、ちょうどそのときだった。カーチャは年老いたフランス女と一緒だった。この老女はさんざん頼まれ、永いこと迷った末に、とうとうカーチャに付き添って来ることを承知したばかりでなく、カーチャが一人でナターシャの部屋へ行くことにも同意したのである。もちろん、アリョーシャと一緒にという条件はついていたが。老女自身は馬車の中に残って待つことになった。カーチャは私を呼び寄せ、馬車から出ずに、アリョーシャを呼んで来てと頼んだ。行ってみると、カーチャは泣いていた。アリョーシャも、ナターシャも、二人とも泣いていたのである。カーチャがもう来ていると聞くと、ナターシャは椅子《いす》から立ちあがり、涙を拭《ふ》き、興奮のおももちでドアの前に立った。この朝のナターシャは上から下まで白ずくめの服装だった。栗色《くりいろ》の髪はきれいに梳《と》かされ、後頭部で大きな髷《まげ》に結われていた。これは私の好きな髪型である。私が部屋に残ろうとすると、ナターシャは、あなたもお客様を迎えに行ってと頼んだ。

「今日までナターシャをお訪ねすることができなかったんですよ」と、階段を昇《のぼ》りながらカーチャは私に言った。「スパイが恐ろしく目を光らせてるんですもの。マダム・アルベールを口説くには二週間もかかったけど、ようやく承知してくれました。でも、イワン・ペトローヴィチ、あなたはあれ以来、一度もいらしてくださらなかったのね！　お手紙することもできなかったし、それに手紙じゃ気持はなかなか伝わりませんから、書く気にもなれなかったわ。でも、あなたにとてもお目にかかりたくて……ああ、胸がこんなにどきどきする……」

「階段が急ですからね」と私は答えた。

「ええ……階段も急ですけど……どうお思いになる、ナターシャは私のことを怒らないかしら？」

「そんなことはないでしょう、どうして？」

「どうしてって……そうね、そんなことはないでしょうね。いずれにしろ、今すぐ分ることだわ。訊《き》いても仕方のないことね……」

私はカーチャに腕を貸した。カーチャは顔色さえ蒼《あお》ざめ、なんだかひどくこわそうだった。最後の曲り角で、カーチャはちょっと立ちどまって息をついたが、ちらりと私の顔を見上げると、思いきったようにさっさと昇って行った。

ドアの前でカーチャはもういちど立ちどまり、私に囁《ささや》いた。「ふつうに入って行って、ナターシャにこう言おうかしら。あなたを信頼していましたから、なんの危惧《きぐ》もなく参りましたって……でも私ったら、なんだってこんなお喋《しゃべ》りをしているんでしょう。ナターシャがりっぱな人であることは信じているのに。ねえ、そうでしょう？」

おずおずと、まるで罪人のようにカーチャは部屋に入り、じっとナターシャを見つめた。ナターシャはすぐにほほえみかけた。カーチャはそそくさと近寄り、ナターシャの手をとると、ふっくらした唇《くちびる》をナターシャの唇に押しあてた。それから、ナターシャにはまだ一言も口をきかぬままに、まじめな、むしろ厳《きび》しい態度でアリョーシャのほうに向き直ると、三十分ばかり二人だけにしておいてほしいと頼んだ。

「怒らないでね、アリョーシャ」と、カーチャは言い添えた。「ナターシャといろいろお話があるの。とても大事な、まじめなお話がね。それはあなたが聞いてはいけないことなの。いい子だから、あっちへ行っていてちょうだい。イワン・ペトローヴィチ、あなたは残ってらして。あなたには、私たちの話をすっかり聞いていただきたいんです」

「すわりましょう」と、アリョーシャが出て行くと、カーチャはナターシャに言った。「私はこうしてあなたの真正面にすわるわ。まずお顔を拝見したいから」

娘はナターシャの正面に腰をおろし、何秒間かその顔を凝視した。ナターシャはそれに応《こた》えて、思わず微笑した。

「お写真はもう拝見していたのよ」とカーチャは言った。「アリョーシャが見せてくれたの」

「それで、いかが、私、写真に似ていますか」

「写真よりずっとすてき」とカーチャは大まじめに答えた。「きっと写真よりすてきだろうって思っていたとおりだわ」

「ほんとう？　私はあなたに見惚《みと》れてしまうわ。ほんとにおきれいね！」

「まあ！　そんな！……あなたってやさしい方なのね！」と震える手でナターシャの手をとって、カーチャは言った。そして二人はふたたび口をつぐみ、お互いの顔を見つめ合った。「あの、実は」とカーチャが沈黙を破った。「三十分しかご一緒にいられないの。

マダム・アルベールがそれだけしか許してくれないんですけど、でもお話したいことは山ほど……私……どうしても……いいえ、はっきりお訊《たず》ねするわ。あなたはアリョーシャをとっても愛していらっしゃるのね？」

「ええ、とても」

「もしそうなら……もしアリョーシャをとっても愛してらっしゃるのなら……その場合は……あのひとの仕合せを望んでいらっしゃるはずね……」と、気弱そうに囁き声でカーチャは言った。

「ええ、あのひとが仕合せになればいいと思います……」

「そうね……でも問題は、あのひとを仕合せにすることが私にできるかということなの。あなたから彼を奪おうとしている私に、そんなことを言う権利があるかしら。もしあなたと一緒のほうが彼が仕合せになれるのなら、そういうふうにあなたが思い、私たち二人で決められるものなら……その場合は……」

「それはもう決っていることでしょう、カーチャ、何もかも決っていることはご自分でもお分りなんでしょう」とナターシャは静かに言い、うなだれた。この話をつづけるのが明らかにナターシャには辛《つら》いのだった。

二人のうち、どちらがアリョーシャを仕合せにできるか、そしてどちらが譲歩しなければならないかという点について、カーチャは長い話し合いを覚悟してきたらしい。だがナターシャの今の答を聞いて、すべてはもう解決され、今さら話は何一つないのだと、カーチャはただちに悟ったのだった。その美しい唇を半ば開き、依然として相手の手を握ったまま、カーチャは不審そうに、悲しそうにナターシャの顔を見つめていた。

「あなたはあのひとをとても愛してらっしゃるんでしょう」とナターシャがとつぜん訊《たず》ねた。

「ええ。あ、それからもう一つお訊きしたいことがあるわ。ぜひおっしゃっていただきたいんですけど、あのひとのどういうところをあなたは特に愛していらっしゃる?」

「さあ、分らないわ」とナターシャは答えたが、その答には何かしら苦々しい苛立《いらだ》ちがこもっていた。

「あのひとは利口なのかしら。どうお思いになる?」とカーチャは訊ねた。

「いいえ、私は理由なんかなくて、ただ愛しているだけ」

「私もなの。なんだか可哀想《かわいそう》なみたいで」

「私もそう」とナターシャは答えた。

「あのひとはこれからどうしたらいいのかしら! どうして私のためにあなたを棄《す》てるなんてことができたのかしら!」とカーチャは叫んだ。「あなたにお目にかかったら、ますます分らなくなったわ!」ナターシャは返事をせず、足もとを見つめていた。カーチャは少し黙っていたが、ふいに椅子から立ちあがり、そっとナターシャを抱きしめた。

互いに抱き合って、二人の女は泣き出した。カーチャはナターシャの椅子の腕に腰をおろし、ナターシャを抱きしめたまま、その手に接吻《せっぷん》し始めた。

「分ってね、私はあなたを愛しているのよ、こんなに！」と泣きながらカーチャは言った。「これからは姉妹《きょうだい》になりましょう、いつも手紙のやりとりをしましょう……いつまでもあなたを愛するわ……いつまでも、いつまでもよ……」

「私たちの六月の結婚式のこと、あのひとあなたに話しました？」とナターシャは訊ねた。

「話したわ。あなたも賛成してくれたって。でもそれはただのあのひとの気休めなんでしょ」

「もちろんよ」

「だろうと思ったわ。私あのひとを愛しつづけて、あなたには何もかも手紙でお知らせするわね、ナターシャ。もうじきあのひとは私の夫になるらしいの。どうもそういうことらしいの。みんなそう言ってるし。ナターシェチカ、そしたらあなたは……お家《うち》へお帰りになる？」

ナターシャは答えなかったが、無言のまま強くカーチャに接吻した。

「お仕合せにね！」とナターシャは言った。

「あなたも……あなたもね……」とカーチャは言った。この瞬間、ドアがあいて、アリョーシャが入って来た。青年は三十分間とても我慢しきれなかったのである。二人の女が抱き合って泣いているのを見ると、アリョーシャは全身の力が抜けてしまったように、ナターシャとカーチャの前にひざまずいた。

「どうして泣くの」とナターシャは青年に言った。「私と離れなければならないから？　だってそんなに永いことじゃないんでしょ。六月には帰って来るんでしょ？」

「そうしたら、あなた方の結婚式ね」と、カーチャもアリョーシャを慰めようと、泣きながら早口に言った。

「でもぼくはだめだ、一日だってきみなしではいられないよ、ナターシャ。きみがいなかったら死んでしまう……きみが今のぼくにとってどんなに大切なひとか、きみには分らないんだ！　今のぼくには！……」

「じゃ、こうしたらどうかしら」と、とつぜん元気な声でナターシャは言った。「伯爵《はくしゃく》夫人はモスクワに何日か滞在なさるんでしょう」

「ええ、一週間ほど」とカーチャが口を挟《はさ》んだ。

「一週間！　だったらますます好都合だわ。あなたはあす、お二人をモスクワまで送って、すぐまたこちらへ引き返すのよ。まる一日しかかからないでしょう。お二人がいよいよモスクワから出発なさるとき、私たちは一カ月のお別れをして、あなたはまたモスクワへ行ってお二人と合流するのよ」

「そう、それがいいわ……あなた方、まる四日間は一緒にいられるわけですものね」とカーチャはナターシャと意味深長な目くばせを交《か》わしながら、嬉《うれ》しそうに叫んだ。青年はとこの新たな計画にアリョーシャがどれほど喜んだかは、筆舌に尽しがたい。カーチャの手につぜん落着いてしまい、喜びに顔を輝かして、ナターシャを抱きしめ、その様子を眺《なが》め接吻し、私にまで抱きついてきた。ナターシャは悲しげな微笑を浮べてその様子を眺めていたが、カーチャはこらえきれずに、燃えるようなまなざしを私に注ぐと、いきなりナターシャを抱きしめ、帰ろうとして椅子から立ちあがった。折も折、フランス女が使いの者をよこして、なるべく早く話を切りあげるように、約束の三十分はもうすぎてしまったと言ってきたのである。

ナターシャは立ちあがった。二人の女はむかい合って立ち、手をとり合い、胸の思いをまなざしで伝えようと互いに見つめ合った。

「これでもう二度とお逢《あ》いできないのね」とカーチャは言った。

「そうね、カーチャ」とナターシャは答えた。

「じゃ、お別れしましょう」二人の女は抱き合った。

「私のことを悪くお思いにならないでね」とカーチャは早口に囁いた。「私……いつまでも……信じて……あのひとは仕合せになるわ……行きましょう、アリョーシャ、私を送ってちょうだい!」アリョーシャの手を摑《つか》むと、カーチャは大急ぎで命令した。

「ワーニャ！」二人が出て行くと、ナターシャは疲れきった口調で私に言った。「あなたもうお帰りになって……私は大丈夫よ。アリョーシャが晩の八時までいてくれるの。でもそのあとは都合がわるくて帰ってしまうんですって。私、一人になってしまう……九時頃、来てくださらない。お願い」

ネリーをアレクサンドラ・セミョーノヴナと一緒に家に残して（茶碗《ちゃわん》をこわした直後のことである）、ちょうど午後九時に行くと、ナターシャはもう一人ぼっちで、私を待ちかねていた。マーヴラがサモワールを出してくれた。ナターシャは私にお茶をいれ、長椅子に腰をおろし、もっとそばに来て、と言った。

「これで終ったわ、何もかも」と、私をじっと見つめてナターシャは言った。そのまなざしを私は決して忘れないだろう。

「これで私たちの恋もお終《しま》い。半年の命だったわ！　でもなんだか一生が終ったみたい」と、私の手を握りながらナターシャは言い足した。その手は火のように熱かった。もっと厚着をして寝床に入るように私はすすめた。

「ええ、ワーニャ、そうするわ、あなたはいい人ね。でも少し話をしてもいいでしょ、昔のことを思い出しても……今、私はなんだか打ちのめされたみたいなの……あすの朝の十時、あのひとと最後にもう一度だけ逢える……見おさめね！」

「ナターシャ、きみは熱が出ている、ひどくなったら大変だ。自分の体を大事にしなくちゃ……」

「そんなこと、どうでもいいじゃないの。ワーニャ、さっきあのひとが出て行ってから、あなたを待っていた三十分間、私が何を考え、自分自身に何を問いかけていたか、お分りになる？　私はあのひとを愛していたのか、いなかったのか、私たちの恋愛は一体なんだったのか。今頃になってこんなことを考えるなんて、滑稽《こっけい》でしょ、ワーニャ」

「いらいらしちゃいけない、ナターシャ……」

「それでね、ワーニャ、私、結論を出したのよ。私はふつう女が男を愛するように、対等の人間としてアリョーシャを愛してはいなかった、って。私はあのひとを……母親に近い愛し方をしていたのよ。でも二人が対等に愛し合う恋愛なんて、この世の中にはあり得ないような気もする。あなたはどうお思いになる？」

私は不安な気持でナターシャを眺め、熱病が始まりかけたのではないかと心配した。ナターシャはまるで何かに憑《つ》かれたようで、絶え間なく喋っていないと気がすまないのだった。言葉はなんとなく脈絡を欠き、時には発音さえも不明瞭《ふめいりょう》だった。私は心配でならなかった。

「あのひとは私のものだったわ」とナターシャは言葉をつづけた。「初めて逢ったときから、あのひとを私のものにしたい、一刻も早く私のものにしたいという強い欲望が私の中に涌《わ》き上がったのよ。ほかの女には目もくれないようにしたい、ほかの女とは付き合せたくない、ただ私だけ、私とだけ……さっきカーチャはうまいことを言ったわ。本当に私の愛し方は、あのひとが可哀想でたまらないような、そういう愛し方だった……私は一人になると、いつも、あのひとを永遠に幸福にしてあげたい、物凄《ものすご》く幸福にしてあげたいという強い欲求、ほとんど苦痛みたいなものを感じたの。あのひとの顔を（あのひとの顔の表情をあなたはご存知ね、ワーニャ）私は平静に見ることができなかった。ああいう表情はほかの人には見られないわ。あのひとが笑うと、私は体が震えて、寒気がして……本当なのよ！……」

「ナターシャ、いいかい……」

「みんな言ったし、あなたも言ったわね」と私の言葉をさえぎってナターシャはつづけた。「あのひとは性格が弱い……知性という点でも子供みたいだ、って。でも、そこなのよ、私が何よりも愛していたのは……こんなこと、あなたには信じられる？　でも、そこだけを愛していたのかどうかは分らない。なんとなく全体を愛していたのね。とにかく、あのひとが違う人間だったら、もっと性格が強くて、利口な人だったら、こんなには愛さなかったと思うわ。ねえ、ワーニャ、一つだけ白状しましょうか。覚えていらっしゃる、三カ月前に私たち喧嘩《けんか》をしたでしょう、あのひとが、あの女、なんていったかしら、あのミーナとかいう女のところへ行ったとき……私はすぐ気がついて、いろいろ調べたりしたんだけど、信じてもらえるかしら、私は物凄く辛かったのと同時に、なんとなく愉快だったの……どうしてだか分らない……あのひともおとなみたいに、ほかのおとなと一緒になって、美人を漁《あさ》ったり、そんなミーナなんていう女のとこへ行ったと思うと、なんとなくおかしかったの！　だから……あのとき喧嘩は私には快楽だったのよ。あとであのひとを赦《ゆる》してあげる気持ったらなかった！」

ナターシャは私の顔色をうかがい、なんだか妙な具合に声をあげて笑った。それから今までのことを思い出したのか、ふっと物思いに沈んだ。そのままの姿勢で、唇《くちびる》に笑《え》みを浮べ、ナターシャは過去の思い出にひしがれて永いこと身動きもしなかった。

「あのひとを赦すのが物凄く好きだったのよ、ワーニャ」とナターシャはつづけた。「あのひとに一人ぼっちにされると、よく部屋の中を歩きまわって、くよくよ考えたり、泣いたりしたけど、ふっと、こんなふうにも考えたの。あのひとが私にすまないことをすればするほど、かえっていいんじゃないか、って……そうなのよ！　それに私、なんだか、あのひとは小さな男の子みたいな気がして仕方がなかった。私に膝枕《ひざまくら》をして、すやすや寝てしまうのよ。私はそうっと頭を撫《な》でていてあげるの……あのひとがそばにいないときは、いつもそんな空想をしていたわ……でも、ワーニャ」とナターシャはとつぜん付け加えて言った。「カーチャってすてきな人ね！」

ナターシャはわざと自分の傷口を痛めつけているようだった。絶望と苦悩とが、そうすることを要求しているのだ……。多くのものを失った心のもちぬしには、非常にしばしば見られる現象である！

「カーチャならあのひとを仕合せにできると思うわ」とナターシャはつづけた。「カーチャは性格が強いし、自信ありげな喋《しゃべ》り方だし、あのひとにたいしても、とってもまじめで真剣でしょう。おとなみたいな、あたまのいい喋り方だったわね。でも本当のところは、カーチャもまだ子供ね！　かわいい、かわいい人よ！　ああ！　二人が仕合せになりますように！　ほんとに仕合せになりますように！……」

そして涙と嘆きの声がいちどにナターシャの胸からほとばしり出た。たっぷり三十分間、ナターシャは常態に戻ることはおろか、多少なりと落着くことさえできないのだった。

天使のようにやさしいナターシャ！　この同じ夜、自分の悲しみにもかかわらず、ナターシャは私の心労にも関心を寄せてくれたのである。ナターシャがいくらか落着いた――というより疲れたのを見て、その気を紛らせようと、私はネリーのことを話したのだった……。その夜、だいぶ遅くなってから私たちは別れた。ナターシャが寝入るまで待って、私は帰りがけにマーヴラをつかまえ、ナターシャは病気だから一晩中付き添ってやってくれるように頼んだ。

「ああ、一日も早く、一日も早く！」と家に帰る途中、私は叫んだ。「一日も早く、こういう苦しみが終ればいい！　どんな結果になろうと、どんな方法によろうと、とにかく一日も早く！」

翌朝の九時、私はすでにナターシャのところに来ていた。私と同時にアリョーシャも……お別れにやって来た。その情景については語りたくもないし、思い出したくもない。ナターシャは取り乱すまいと心に決めたように、できるだけ明るく平然と振舞おうとしたが、やはりそれは不可能だった。ナターシャは痙攣《けいれん》的に、固くアリョーシャを抱きしめた。言葉は大してかわさなかったが、そのかわり殉教者のような狂的なまなざしで、じっと永いこと青年を見つめるのだった。そして青年の一語一語にむさぼるように耳を傾けながらも、その話の中身は何一つ理解していないように見えた。今でも覚えているが、アリョーシャは赦しを乞《こ》うた。その恋を、今までにナターシャに与えた侮辱を、自分の心変りを、カーチャへの愛を、この出立《しゅったつ》を……。その話しぶりには脈絡がなく、涙に声がつまった。かと思うと、ふいにアリョーシャはナターシャを慰め始め、ほんの一《ひと》月《つき》、せいぜい五週間の辛抱だ、夏には帰ってくる、そしたら結婚式をあげよう、父も賛成してくれるだろう、それに第一、あさってになればモスクワから帰ってくる、そしたら丸四日間、二人は一緒にいられる、だから今はわずか一日の別れにすぎない……などと言うのだった。

奇妙なことに、青年は自分でも確信していたのである、これはまさしく本当のことであり、あさっては間違いなくモスクワから帰ってくるのだ、と……。それなら、なぜ、あんなに辛《つら》そうに泣いたのだろう。

ついに時計が十一時を打った。私はやっとのことでアリョーシャを説き伏せ、出発させた。モスクワ行きの列車はちょうど十二時に発車する。あと一時間しかない。ナターシャがあとで私に話してくれたのだが、最後にアリョーシャの顔を見たかどうか覚えがないという。私の記憶ではナターシャは青年に十字を切り、キスし、それから両手で顔を覆《おお》って部屋へ駆けこんだ。私はアリョーシャを馬車まで送って行かなければならなかった。そうでもしなければ、青年はすぐに部屋へ戻ってしまい、決して階段を下りなかっただろう。

「あなただけが頼みの綱です」と階段を下りながらアリョーシャは私に言った。「ね、ワーニャ！　あなたにはすまないことをしたし、あなたの愛に値するようなことは何一つできなかったけれども、どうか最後まで兄弟として付き合ってください。ナターシャを愛してやってくださいね、決して見棄《みす》てないでくださいね。何から何まで、できるだけ詳しく手紙で知らせてください。なるべく細かい字でね、そのほうがたくさん書きこめるから。あさって必ずここへ来ます、必ず来ます！　でも、そのあと、ぼくが行ってしまったあとは、手紙をくださいね！」

私は青年を馬車に乗りこませた。

「じゃ、また、あさって！」と動き出した馬車から青年は叫んだ。「きっと来ます！」

胸が締めつけられるような思いで、私はナターシャの部屋へ戻った。ナターシャは部屋のまんなかに立ち、両手を組み合せて、まるで私がだれなのか分らないように、不審そうに私を見た。髪は妙な具合に横にずれ、視線はどんよりとして定まらなかった。マーヴラは途方に暮れて戸口に立ち、恐ろしそうにナターシャを見つめていた。

とつぜんナターシャの目がぎらぎらと光り出した。

「ああ！　あなたなのね！　あなたね！」とナターシャは私にむかって叫んだ。「あなた一人が残ったのね。あなたはあのひとを憎んでいたんだわ！　私があのひとを愛したもんだから、そのことであなたはあのひとを絶対赦さなかったのよ……それなのに、今また私のそばにいるのね！　どうしてなの。また私を慰めに来たんでしょう。私を見棄てて呪《のろ》った父親のところへ帰れって、説き伏せに来たんでしょう。そんなことだろうと思ったわ、きのうから、二カ月前から分っていた！……帰ってよ、あなたの顔なんか見たくない！　帰ってよ、帰って！」

ナターシャが狂乱状態にあること、私の姿を見るだけで狂気に近い怒りが涌き起ること、そしてそれがこの際当然であることを私は感じたので、これは出て行ったほうがよかろうと判断した。私は階段の一番上の段に腰を下ろし、ひたすら待った。ときどき立ちあがってドアをあけ、マーヴラを呼んで、様子を訊《たず》ねた。マーヴラは泣いていた。

こうして一時間半ほど経《た》った。その間の私の気持は言いあらわしがたい。胸は締めつけられるようで、限りない痛みに責められるのだった。だしぬけにドアが開き、帽子をかぶり外套《がいとう》を着たナターシャが階段の方へ駆け出して来た。その様子はまるで夢遊病者のようで、あとでナターシャ自身が語ったところによれば、このときのことはほとんど記憶になく、なんのためにどこへ行くつもりで駆け出したのか分らないという。

私が立ちあがってどこかに身を隠す間もなく、ナターシャは私を見つけ、びっくりしたように私の前で立ちすくんだ。「急に思い出したの」と、あとでナターシャは語った。「あなたを追い出すなんて、なんとひどいことをしたんだろう、まるで気違いみたいだ、って。私のお友達、私のお兄さん、私の救い主のあなたを追い出すなんて！　そしてあなたがぽつんと階段に腰をおろして、帰りもせずに、私がまた呼ぶのを待っているのを見たとき、ああ、そのときの私の気持を分っていただけるかしら、ワーニャ！　まるで心臓を何かで刺しつらぬかれたみたいな……」

「ワーニャ！　ワーニャ！」と、私に両手を差しのべてナターシャは叫んだ。「ここにいらしたの！……」そして私の抱擁に身を投げかけた。

私はナターシャを抱きとめ、部屋に運んだ。ナターシャは気絶していた！　『どうしよう』と私は考えた。『きっと熱を出すにきまっている！』

私は医者を呼びに行こうと決心した。手遅れにならぬうちに適当な手当てをしなければならない。馬車で行けばすぐだ。老ドイツ人は午後二時まではたいてい自宅にいる。

私はマーヴラに一分一秒たりともナターシャのそばを離れないように、間違ってもナターシャを外出させたりしないようにと頼んで、医者の家へ駆けつけた。私は運がよかった。もう少し遅かったら、老医師は外出してしまったという。もう家の外に出て、街路を歩き始めていたところに出っくわしたのだった。医者が驚くよりも早く、私は辻《つじ》馬車に相手を押しこみ、私たちはナターシャの家へ取って返した。

そう、私は運がよかった！ 私が留守にした三十分間に、ナターシャの身には大変な事件が起ったのである。私が医者をつれて折よく戻って来なかったら、ナターシャはその事件のために本当に死んでしまったかもしれない。私が出掛けてから十五分も経たぬうちに、公爵《こうしゃく》が入って来たのだった。公爵は伯爵《はくしゃく》夫人の一行を見送り、停車場からまっすぐナターシャの家へ来たのである。この訪問はおそらくずっと以前から計画していたものに相違ない。あとで話してくれたところによれば、ナターシャは最初の瞬間、公爵の姿を見ても少しも驚かなかった。「頭がへんになっていたのね」とナターシャは言った。

公爵はナターシャの正面に腰を下ろし、やさしい同情のまなざしで娘を眺《なが》めた。

「お嬢さん」と、溜息《ためいき》をついて公爵は言った。「あなたのお悲しみはよく分ります。この瞬間があなたにはどんなに辛いものになるか、よく分っておりましたので、お訪ねすることは義務であると考えた次第です。しかし、アリョーシャをあきらめることによって、あの子を仕合せにしてやったのだと、そうお考えになって、もしできることなら、お心を慰めていただきたいのです。しかしこんなことは私から申し上げるまでもないことでしょうね、ああいう寛大なことを決然と実行なさった方なのだから……」「おとなしく話を聴《き》いていたけど」と、あとでナターシャは私に語るのだった。「初めは何のことやら分らなかったわ。ただじっと、じっと相手の顔を見ていただけ。むこうは私の手をとって、ぎゅっと握りしめたの。なんだか手を握るのがひどく嬉《うれ》しそうでね。その手を振りほどこうとする気がしないほど、私はぼうっとしていたらしいのよ」「もしアリョーシャの妻になれば」と公爵はつづけた。「いずれはアリョーシャに憎まれるかもしれないということを、あなたはお悟りになった。そしてあなたは気高い自尊心のもちぬしでいらっしゃるから、そのことを意識なさって決然と……いや、あなたの行為を賞讃《しょうさん》するためにうかがったのではありません。私はただ、私ほどの友人はどこを探《さが》しても決して見つからないということを、申し上げたくて参ったのです。私はあなたに同情し、心の底からお気の毒と思います。今度のことには私もつい、心ならずも関係いたしましたが、私は私の義務を果したまでです。あなたのおやさしい心は、きっとそのことを理解してくださり、私の心と仲直りしてくださるだろうと思います……私はあなた以上に辛かったのですよ、信じてください！」

「もう結構ですわ、公爵」とナターシャは言った。「どうか私を放っておいてください」

「分りました、すぐ失礼いたします」と公爵は答えた。「しかし私はあなたを娘のように愛しておりますから、今後もお訪ねすることは許してくださいますね。私を父親のように思っていただきたいのです。あなたのお役に立たせていただきたいのです」

「私、何もしていただきたくありません、放っておいてください」と、ナターシャはふたたび相手の言葉をさえぎった。

「ええ分ります、あなたは気位が高くていらっしゃる……しかし誠心誠意申し上げますが、これからどうなさるおつもりですか。ご両親と和解なさいますか。それも結構ですが、あなたのお父様はかたくなで、傲慢《ごうまん》な暴君です。いや失礼、しかし事実そうなのです。お家《うち》へお帰りになっても、責められるだけで、また新たな苦しみの始まりですよ……しかしそれにしてもあなたは独立しなければならない。私の義務、神聖な義務は、今後のあなたの身の上を心配し、あなたを援助することです。アリョーシャにも、あなたを見棄《みす》てず、友達になってほしいと、くれぐれも頼まれましてね。しかし私のほかにもあなたに忠実な人物はおります。よろしかったら、N伯爵を紹介させていただけませんか。伯爵は私どもの親戚《しんせき》にあたりますが、むしろわが家の恩人ともいうべき人物で、実にりっぱな精神のもちぬしです。アリョーシャもいろいろ世話になりましてね。アリョーシャはこの伯爵を非常に尊敬し、愛しておりました。なかなか勢力のある有名人ですし、それにもう老人ですから、あなたのような若い娘さんが訪問を受けてもいっこうに差支えのない方です。あなたのことはもう話しておきました。あの人ならあなたの身の振り方を決められるでしょうし、申し分のない宿を提供してくれると思います……ある親戚の婦人の家なんですが。実はもうだいぶ前に、われわれの一件を率直に打ち明けたところが、伯爵はなにしろ善良で高貴な心のもちぬしですから、非常に感動なさって、今ではもう、早くあなたに逢《あ》わせてほしいと、むこうから熱心におっしゃっておられる……ほんとうに、美しいものの一般に非常に共感なさる方で、物惜しみしない上品なお爺《じい》さんです。人間性というものを正しく評価できる人でして、最近も、ある事件のことであなたのお父様にたいして実にりっぱな態度をとられましてね」

ナターシャは傷つけられたように、いきなり身を起した。ここでようやく公爵の意図が読めたのである。

「放っておいてください、今すぐお帰りください！」とナターシャは叫んだ。

「いや、よくお考えになってみてください、伯爵はあなたのお父様のことでも非常に役に立つ人物なのですよ……」

「父はあなた方には何一つお世話になりたくないのです。さあ、早くお帰りください！」とナターシャはもういちど叫んだ。

「これはまた、気短な疑り深い方だ！　なぜ私はこんな目にあわなければならないのか」と、少し不安そうにあたりを見まわしながら公爵は呟《つぶや》いた。「いずれにせよ、失礼ですが」と、ポケットから大きな紙包みを取り出しながら公爵は言葉をつづけた。「これを私の同情のしるしとして、またいろいろ助言してくださったN伯爵の同情のしるしとしてお受けとりくださいい。この紙包みには一万ルーブリ入っております。いや、待ってください」と、ナターシャが憤然と立ちあがったのを見て、公爵はあわてて言った。「どうぞ辛抱して話を終りまでお聞きください。ご存知のとおり、お父様は私との訴訟に敗れました。この一万ルーブリはその賠償といいますか、つまり……」

「出て行って」とナターシャは叫んだ。「そのお金を持って、出て行って！　あなたの考えていることはよく分ったわ……汚《けが》らわしい、汚らわしい、汚らわしい男！」

公爵は怒りに蒼《あお》ざめて椅子《いす》から立ちあがった。

おそらく公爵は状況を偵察するために、情勢に探りを入れるために訪ねて来たのであり、すべての人に見棄てられた貧しいナターシャにたいするこの一万ルーブリの効果を、固く信じていたのだろう……。下劣かつ野卑な公爵はすでに一度ならず、あの好色なN老伯爵のために、この種の御用を勤めていたのだった。だが公爵はナターシャを憎んでいたから、話がうまくいかないと見てとると、たちまち口調を変え、毒々しい喜びを抱《いだ》いて、すぐさまナターシャを侮辱し始めた。少なくともただでは帰らないという肚《はら》だったらしい。

「そりゃいけないな、お嬢さん、そう逆上するもんじゃない」と、自分の与えた侮辱の効果を一刻も早く見たいというせっかちな楽しみに、いくらか声を震わせながら公爵は言った。「そりゃよくない。せっかくパトロンを紹介しようというのに、そうお高くとまるもんじゃない……ほんとは私に感謝するのが当り前なんだ。私はね、あんたをとうの昔に刑務所に入れることだってできたんだよ。なにしろ、あんたにさんざん金をふんだくられ、堕落させられた青年の、私は父親だからね。しかし私はそんなことはしなかった……へへへへ！」

だがそのとき私たちが入って行った。台所からすでに人声が聞えたので、私はちょっと医者を立ちどまらせ、耳をすまして、公爵の最後の文句を確かに聞きとった。それにつづいて公爵のいやらしい笑い声と、「まあ、なんてことを！」というナターシャの絶望的な叫び声がひびきわたった。その瞬間、私はドアをあけ、公爵に躍《おど》りかかったのである。

私は公爵の顔にいきなり唾《つば》を吐きかけ、力いっぱいその頰《ほお》を殴《なぐ》った。公爵はむかって来ようとしたが、私たちが二人なのを見ると、たちまち逃走を開始し、その前にテーブルの上から例の金の包みを引っさらった。そう、まさしくそれをやったのである。私はこの目で確かにそれを見た。台所のテーブルの上にあった麺棒《めんぼう》を摑《つか》むと、私はそれを公爵の背中めがけて投げつけた……ふたたび部屋に駆けこむと、ナターシャが医者に抑《おさ》えられながら、まるで発作でも起したように猛烈にもがいていた。永いことかかって、私たちはようやくナターシャを落着かせた。寝床に横になったナターシャは、まるで重病人のようだった。

「先生！　どうしたんでしょう」と私は恐怖に息も詰る思いで訊ねた。

「まあ待ちなさい」と医者は答えた。「もっと病勢をよく見て、その上で考えなければ……しかし一般論としては、あまりかんばしい状態ではない。熱が出るかもしれない……しかし、とにかく手当てをしておきましょう……」

だが私はすでに別の考えに憑《つ》かれていた。あと二、三時間ナターシャに付き添って、一分たりともそばを離れないでほしいと、私は医者に頼んだ。医者は承知してくれたので、私は走って家に帰った。

暗い心配そうな顔をして部屋の片隅《かたすみ》に坐っていたネリーは、妙な表情で私の顔を見た。きっと私自身が妙な表情をしていたのだろう。

私はネリーの腕を摑んで長椅子に腰をおろし、膝《ひざ》の上に少女をすわらせて、熱烈に接《せっ》吻《ぷん》した。少女は顔を赤らめた。

「ネリー、私の天使！」と私は言った。「ぼくたちの救い主になってくれる気はないか。ぼくたちみんなを救ってくれないか」

少女はふしぎそうに私の顔を見た。

「ネリー！　もう頼みの綱はきみだけなんだ！　あるところに一人の父親がいる。きみはそのひとに逢ったから知っているはずだ。そのひとは自分の娘を呪《のろ》い、きのう、娘の代りに来てくれときみに頼みに来た。ところが、その娘は、ナターシャは（きみはナターシャが好きだと言っていたね！）愛していた男に棄てられた。その男のために、ナターシャは父親の家を出たのにね。その男というのは、ほら覚えているだろう、いつかの晩、きみが一人のときにここへ来た、それできみが逃げ出して、あとで病気になった、あのときの公爵の息子《むすこ》なんだ……知ってるだろう、公爵を？　あいつは悪いやつなんだ！」

「知ってる」とネリーは答えて、体を震わせ、蒼ざめた。

「そう、悪いやつなんだ。息子のアリョーシャがナターシャと結婚しようとしたから、あいつはそれでナターシャを憎んでいた。今日アリョーシャは旅に出たんだけれども、一時間ばかり経《た》つと親父《おやじ》の公爵がナターシャのところへやって来て、侮辱したり、刑務所へ入れると言っておどかしたり、あざ笑ったりした。ぼくの言うことが分るね、ネリー？」

黒い瞳《ひとみ》がきらりと光ったが、少女はすぐに目を伏せた。

「分るわ」と、やっと聞きとれるくらいの声で少女は囁《ささや》いた。

「それで今、ナターシャは一人ぼっちで、病気なんだ。うちのお医者さんが今ついているから、ぼくは急いで帰って来た。いいかい、ネリー、これからナターシャのお父さんの家へ行こう。きみはあのひとが嫌《きら》いだから引き取られたくないと言ったけど、今度はぼくと一緒に行こう。入って行って、ぼくはこう言う。この子はナターシャの代りにこの家で暮したがっている、ってね。あのお爺さんはいま病気なんだ。ナターシャを呪った罰《ばち》があたったのかもしれないし、こないだアリョーシャの親父に死ぬほど侮辱されたからかもしれない。だからあのひとは娘のことなんか聞きたくもないようなふりをしているけど、ほんとは娘を愛してるし、仲直りをしたがってるんだ、これは間違いない、確かなことなのさ、ネリー！　そうなんだよ！……聞いてるのか、ネリー」

「聞いてるわ」と、依然として囁くような声で少女は言った。私は涙を懸命にこらえながら喋《しゃべ》りつづけた。少女はおずおずと私の顔を眺めた。

「この話を信じるかい」

「信じる」

「じゃ、ぼくが一緒に入って行って、きみを席につかせるだろう、そうすると、むこうはいろいろやさしくしてくれたり、いろんなことを訊《き》いたりする。そしたらぼくがうまく話を操《あやつ》って、きみの昔の生活のことを訊くように仕向ける。きみのお母さんや、お祖父《じい》さんのことをね。そしたら、ネリー、いつかぼくに話してくれたように、何もかも話してやってくれ。正直に、何一つ隠さず、何から何まで話してやってくれ。きみのお母さんが悪い男に棄てられて、ブブノワの家の地下室で寝ていたことや、きみがお母さんと一緒に街で乞食《こじき》をしたこともね。お母さんが死ぬとき、きみに何と言い、何を頼んだかも……それからお祖父さんのことも話してやってくれ。お祖父さんがお母さんを赦《ゆる》そうとしなかったこと、お母さんが臨終まぎわにきみを使いに出して、お祖父さんに赦しに来てくれと言ったこと、それなのにお祖父さんはいやだと言い……お母さんはとうとう死んでしまったこと。何もかも、すっかり話してやってくれ！　その話を聞いたら、あのお爺さんも少しは胸にこたえるかもしれない。だって娘が今日アリョーシャに棄てられて、助けてくれる人も守ってくれる人もなく、たった一人ぼっちで敵《かたき》の侮辱に身をさらしていることを、あのお爺さんは知ってるんだからね……ネリー！　ナターシャを救ってくれ！　行ってくれるね？」

「ええ」と、苦しげに息を継ぎ、なんだか妙な視線をじっと永いこと私にそそぎながら、少女は答えた。その視線には何か非難に似たものがこめられているのを、私は心の奥底で感じとった。

しかし私はこの思いつきをあきらめたくなかった。この思いつきにすっかり心を奪われていた。私はネリーの手を摑み、私たちは外へ出た。もう午後の二時すぎだった。空には雨雲が現われていた。この何日かずっと蒸し暑い息苦しい天気がつづいていたが、今初めてどこか遠くから春雷の音が伝わってきた。埃《ほこり》っぽい町を風が吹きぬけた。

私たちは辻《つじ》馬車に乗りこんだ。途中、ネリーは沈黙をつづけ、ただときどき、あの奇妙な謎《なぞ》めいた目つきで私を眺めるのだった。少女の胸は激しく波打ち、馬車の中でその体を支えてやっていた私は、自分の掌《てのひら》の中で、少女の小さな心臓が今にも体の外へ飛び出しそうなほど激しく鼓動しているのを感じた。

第七章

道は果てしがないように思われた。やがて私たちはようやく到着し、私は胸が締めつけられるような思いで老夫婦の家へ入って行った。この家から出るときは、どんなことになっているか予想もつかぬが、何がなんでも赦《ゆる》しと和解を土産《みやげ》に帰らねばならない。私の決意は固かった。

もう三時すぎだった。老夫婦はいつものとおり、二人でぼんやりと坐《すわ》っていた。ニコライ・セルゲーイッチは例の坐り心地のいい肘掛椅子《ひじかけいす》にすわって長々と手足を伸ばし、顔色は蒼白《あおじろ》く、頭には鉢巻《はちま》きをして、ひどく取り乱したように半病人の体《てい》でぐったりしていた。アンナ・アンドレーエヴナはそのそばに坐り、ときどき老人のこめかみを酢で湿してやりながら、ひっきりなしに、探るように、いかにも辛《つら》そうに老人の顔を覗《のぞ》きこんだ。それがまた老人の気持を刺激し、いらいらさせているようだった。老人はかたくなに口をつぐみ、妻には話しかける勇気がなかった。私たちの思いがけない訪問は、二人をびっくりさせた。アンナ・アンドレーエヴナは私とネリーの姿を見ると、いやにどぎまぎし、初めの何分かは、まるで自分の悪事にとつぜん気づいたような目つきで私たちを見るのだった。

「うちのネリーを連れて来ましたよ」と、私は部屋に入りながら言った。「よく考えてみて、やはりこの家へ来たいそうです。どうか引き取って可愛《かわい》がってやってください……」

老人はうさんくさそうに私をちらりと見たが、そのまなざしだけでも、老人がすべてを知っていることは察せられた。つまりナターシャが今や棄《す》てられて一人ぼっちになったということ、ひょっとすると公爵《こうしゃく》に侮辱されたことまでも、老人は知っているようだった。それにしても私たちの訪問の秘密を見抜きたくてたまらぬらしく、老人は私とネリーを物問いたげに見つめた。ネリーは私の手をしっかりと握って、震えながら床を見つめ、ときどき、生けどられた小さな獣のように、おどおどした視線をあたりに投げるのだった。だがまもなくアンナ・アンドレーエヴナが我に返り、事の次第をのみこんだとみえて、すぐネリーに駆け寄り、接吻《せっぷん》や愛撫《あいぶ》を繰返し、涙を流しながら少女を自分のそばに坐らせ、その手を握りしめた。ネリーは珍しそうに、なんだかびっくりしたように、横目で老婦人をじろじろ眺《なが》めた。

だがネリーを愛撫し、自分のそばに坐らせてしまうと、老婦人はそれから先どうしたらよいのか分らず、無邪気な期待の色を浮べて私の顔を見た。老人は私がネリーを連れて来た理由を悟ったのかどうか、眉《まゆ》をひそめた。だが、その不満そうな顔つきと、皺《しわ》の寄った額に私が気づいたと見てとると、老人は片手を頭にあてて、ぶっきらぼうに言った。

「どうも頭が痛いんだ、ワーニャ」

私たちは黙りこくったまま坐っていた。どう切り出そうかと、私はさまざまに思案した。部屋の中は薄暗かった。まっくろな雨雲が押し寄せ、ふたたびどこか遠くで雷鳴がとどろいた。

「今年の春は雷が早いな」と老人は言った。「もっとも三十七年には、わしらの田舎《いなか》じゃ確かこれより早かった」

アンナ・アンドレーエヴナは溜息《ためいき》をついた。

「サモワールを出しましょうか」と老婦人はおっかなびっくり訊《たず》ねた。だが、だれも返事をしないので、老婦人はまたネリーのほうを向いた。

「あんた、名前はなんていうの」と老婦人は訊ねた。

ネリーは弱々しい声で自分の名を言い、いっそう目を伏せた。老人はその様子をじっと眺めた。

「じゃ、エレーナっていうのね」と、老婦人は元気づいて言葉をつづけた。

「ええ」とネリーは答え、ふたたび一分間ほどの沈黙が流れた。

「妹のプラスコーヴィヤ・アンドレーエヴナにも、エレーナという姪《めい》がいたな」と、ニコライ・セルゲーイッチが言った。「あの子もネリーと呼ばれていたっけ。今思い出した」

「それで、あんたにはお父さんも、お母さんも、親戚《しんせき》の人もいないわけ？」と、アンナ・アンドレーエヴナがまた訊ねた。

「いません」とネリーはぶっきらぼうに、おびえたような声で囁《ささや》いた。

「そうだってね、そうなんだってね。お母さんが亡《な》くなったのは、もうずっと前？」

「ついこのあいだです」

「そう、可哀想《かわいそう》にねえ」と、老婦人はいかにも気の毒そうに少女を眺めながら言葉をつづけた。ニコライ・セルゲーイッチはじれったそうにテーブルを指先でこつこつ叩《たた》いた。

「あんたのお母さんは外国人だったんだっけ？　なんだかそんな話だったね、イワン・ペトローヴィチ」と、老婦人のこわごわの質問はつづいた。

ネリーは助けを求めるように黒い瞳《ひとみ》をちらりと私に向けた。少女の息づかいはなんだか不揃《ふぞろ》いで、苦しそうだった。

「アンナ・アンドレーエヴナ」と私は口を挟《はさ》んだ。「この子のお母さんは、イギリス人と、ロシア人の女のあいだに出来た娘だったそうだから、どちらかといえばロシア人ですね。ネリーは外国生れですけど」

「お母さんはどうしてご主人と一緒に外国へなんか行ったんだろう」

ネリーはとつぜん真っ赤《まか》になった。老婦人はまずいことを言ったとすぐ気がつき、老人の怒りの視線に震えあがった。老人はきびしく妻を睨《にら》みつけると、窓のほうに向き直った。

「この子の母親は卑劣な悪党にだまされたのだ。その男と一緒に父親の家を出て、父親の金を男に渡したのだ。ところがその男はうまくだまして金を巻き上げ、外国まで女を連れて行って、一文なしにして棄てたのだ。別の親切な男が女の面倒を見て、死ぬまで女を援助した。その男が死んだので、女は二年前に父親のもとへ帰って来た。なんでもこんな話だったな、ワーニャ？」老人はそっけなく訊ねた。

ネリーはひどく興奮して席を立ち、戸口の方へ行こうとした。

「こっちへおいで、ネリー」と、ついに少女に手を差しのべて老人は言った。「ここにおすわり、わしのそばに。さあ、おすわり！」老人は身をかがめて少女の額に接吻し、そっと少女の頭を撫《な》で始めた。ネリーは全身を震わせたが……辛《かろ》うじて自分を抑《おさ》えた。アンナ・アンドレーエヴナは、夫がとうとうみなし児《ご》を愛撫し始めたのに感動し、喜ばしげに、希望のまなざしでその様子を眺めた。

「わしはな、ネリー、悪い、不道徳な男がお前のお母さんの一生を台なしにしたことを知っているよ。でもな、お母さんはお前のお祖父《じい》さんを愛し尊敬していたんだ。それもまた間違いないことなんだよ」と、老人はネリーの頭を撫《な》でながら、いくらかたかぶった感じで言った。たぶんこの瞬間、こういう挑戦《ちょうせん》の言葉を私たちに投げつけずにはいられなかったのだろう。その蒼白い頬《ほお》にかすかに赤味がさした。老人は私たちの視線を避けていた。

「ママはお祖父さんに愛されていたよりも、もっとお祖父さんを愛していたわ」と、ネリーもまたみんなの視線を避けながら、おずおずと、だがはっきりと言った。

「どうしてそれが分る?」と老人は子供のようにせっかちに訊ね、自分の性急さを恥じたように見えた。

「分るわ」とネリーはきれぎれに答えた。「お祖父さんはママを家に入れなかった……追い出したから……」

ニコライ・セルゲーイッチがその言葉に反対して何か言おうとしたのに私は気づいた。お祖父さんが娘を家に入れなかったのは当然だとでも言いたかったのだろう。だが私たちのほうをちらと見て、老人は口をつぐんだ。

「で、どこでどんな暮しをしていたの、お祖父さんに家に入れてもらえなくて?」とアンナ・アンドレーエヴナが訊ねた。この話題をどうしてもつづけていきたいという気持が、老婦人の心にとつぜん生れたようだった。

「こっちへ帰ってから永いことお祖父さんを探《さが》したけど」とネリーは答えた。「どうしても見つからなかったの。そのときママが話してくれたんだけど、お祖父さんは昔は大金持で、工場を建てようとしたほどだけど、今はものすごく貧乏になったんだって。ママと一緒に外国へ行った男のひとが、お祖父さんのお金をぜんぶ取って、返さなかったから。ママがそう言ってたわ」

「ふむ……」と老人が合の手を入れた。

「それからママはこんな話もしていたの」と、次第に元気づいてネリーは言葉をつづけた。その様子は、アンナ・アンドレーエヴナにむかって喋《しゃべ》りながらも、実はニコライ・セルゲーイッチを反駁《はんばく》しているようだった。「お祖父さんはママのことをとっても怒ってるけど、何もかもママが悪いんだ、でも今となってはこの世の中にお祖父さん以外に頼る人がいない、って。そう言いながらママは泣いていた……外国から帰ってくるときママは言ってたわ、『お祖父さんはママを赦してくれないだろうけど、お前の顔を見たら可愛くなって、お前のためにママを赦してくれるかもしれない』って。ママは私をとても可愛がって、こういう話をするときはいつもキスしてくれたの。でもお祖父さんのとこへ行くのはとてもこわがっていた。お祖父さんのためにお祈りしなさいって私に言いつけて、自分でもお祈りしたし、昔お祖父さんと一緒に暮していた頃、お祖父さんにとても可愛がられたことなんか、いろいろ話してくれた。毎晩ママがお祖父さんにピアノを弾《ひ》いて聞かせたり、本を読んであげたりして、お祖父さんにキスしてもらったり、いろんな物を貰《もら》ったりしたんだって……一度なんかそのことで喧嘩《けんか》したそうよ、ママの命名日に。お祖父さんはママがどんな贈り物を貰うか知らないと思ってたのね。ところがママはちゃんと知ってたの。ママはイアリングが欲しいって言ったのに、お祖父さんはわざとママをだまして、イアリングじゃない、ブローチだって言ったんだって。だからイアリングをいよいよ持って来たとき、ママがブローチじゃなくてイアリングだって知っていたって分ると、知っていたのがいけないって言って怒って、半日もママと口をきかなかったそうよ。でも、あとでママにキスして赦したんだって……」

ネリーは夢中で話していた。その病んだ蒼白い頬に赤味がさしていた。

ママが地下室の片隅《かたすみ》に坐り、小さな娘を（それが女に残されたこの世の慰めのすべてだった）抱きしめ接吻し、わが子の運命に涙しながら、過ぎ去った仕合せな日々の物語を小さなネリーに聞かせていたことは明らかだった。そのような話が、この病身の子供の感受性の強い早熟な心に、どれほど強い影響を与えるかは考えてもみなかったにちがいない。

だが夢中になっていたネリーは、とつぜん我に返ったように、うさんくさそうにあたりを見まわし、ふっと口をつぐんだ。老人は額に皺を寄せ、またもやテーブルをこつこつ叩き始めた。アンナ・アンドレーエヴナは目に浮んだ涙をそっとハンカチで拭《ぬぐ》った。

「ママは外国から帰ってきたとき体具合がすごく悪かったの」とネリーは小声で付け足した。「胸の病気がすごく悪くなっていた。いくら探してもお祖父さんが見つからないから、地下室の隅っこを借りたの」

「隅っこを、病人が！」とアンナ・アンドレーエヴナが叫んだ。

「ええ……隅っこなの……」とネリーは答えた。「ママは貧乏だったから。ママはよく言ってたわ」と少女は勢いづいて言い足した。「貧乏は罪じゃない、罪は金持のくせに人を苛《いじ》めることだって……それからママは神様の罰があたったんだって」

「で、ワシリエフスキー島で間借りをしていたわけだな。それがあのブブノワのところというわけか」と、私の方に向き直り、いくらか無頓着《むとんちゃく》な感じをその質問にこめて老人は訊ねた。黙って坐っているのはばつが悪いからという訊ね方だった。

「ううん、あそこじゃなくて……初めはメシチャンスカヤ街」とネリーは答えた。「とても暗くて湿っぽいところだった」と少し黙っていてから少女はつづけた。「ママは体具合がずいぶん悪かったけど、その頃はまだ歩いていたわ。私がお洗濯をしてあげると、ママは泣くの。そこには大尉《たいい》の奥さんだったっていうお婆《ばあ》さんと、お勤めをやめた役人が住んでた。その役人はいつも酔っ払って帰ってきて、毎晩どなったり騒いだりするの。とてもこわかった。ママは私を自分の寝床に入れて、しっかり抱いてくれるんだけど、自分もぶるぶる震えてるの。その役人はどなったり、大きな声で悪口を言ったり。一度なんか、その大尉の奥さんをぶとうとしたのよ。杖《つえ》をついて歩いてる、よぼよぼのお婆さんなのに。ママはお婆さんが可哀想だって庇《かば》ったの。そしたら役人はママをぶったの、だから私はそいつを……」

ネリーは口をつぐんだ。思い出に興奮して、その目はきらきら光っていた。この物語にひどく興味をひかれて、老婦人はもうネリーから視線をそらさなかった。少女はもっぱら

「まあ、なんてことでしょう!」とアンナ・アンドレーエヴナは叫んだ。この物語にひどく興味をひかれて、老婦人はもうネリーから視線をそらさなかった。少女はもっぱら老婦人にむかって喋っていたのである。

「それでママは私を連れて外に出たの」とネリーは話をつづけた。「昼間だったわ。ママと私は夜まで町を歩いていたの。ママは泣きながら私の手を引いてどんどん歩いたの。私くたびれてしまった。その日なんにも食べていなかったから。ママは歩きながら独《ひと》りごとを言ったり、私に話したりするの。『ネリー、貧乏のままがいいのよ。私が死んだら、だれの言うことも聞いちゃいけない。だれのところにも行かないのよ。貧乏でもいいから一人ぼっちで働くのよ。仕事がなかったら乞食《こじき》をしたって構わないから、あんな人たちに助けてもらっちゃ駄目よ』って。夕方頃に、大きな道を横切ろうとしたとき、ママが急に『アゾルカ! アゾルカ!』って叫んだの。そしたら毛の抜けた大きな犬がママの方に走って来て、きゃんきゃん啼《な》きながらママに跳《と》びついたの。ママはびっくり

して、真《ま》っ蒼《さお》になって、大きな声をあげて、背の高いお爺《じい》さんの前にひざまずいた。そのお爺さんはステッキをついて、うつむいて歩いて来たんだけど、それが私のお祖父さんだったのね。とっても痩《や》せていて、汚《きた》ない服を着ていた。そのとき初めてお祖父さんに逢《あ》ったわけ。お祖父さんも物凄《ものすご》くびっくりして真っ蒼になったけど、ママが足に抱きついているのを見ると、ママを突き飛ばして、ステッキで石畳をこつこつ叩いて急いで離れて行くの。アゾルカはまだ残っていて、さかんに吠《ほ》えたり、ママを舐《な》めたりしていたけど、それからお祖父さんの方に走って行って、裾《すそ》をくわえてお祖父さんを引き戻そうとした。そしたらお祖父さんはステッキでアゾルカをぶったの。アゾルカはまた私たちの方に駆けて来たけど、お祖父さんに呼び戻されて吠えながら行っちゃった。ママは死んだみたいに倒れたまんまで、人がたかってきて、お巡《まわ》りさんまで来たの。私は大きな声で呼んでママを起したの。ママはようやく起きあがって、あたりを見まわして、私について歩き出したから、家まで連れて帰ったわ。みんないつまでも私たちを眺《なが》めて、ひそひそ話していた……」

ネリーはちょっと言葉を休め、息をついで力を貯《たくわ》えた。その顔色は蒼《あお》かったが、まなざしには決意の色が現われていた。やっと何もかも話す気になっていることは明らかだった。この瞬間、少女には何かしら挑《いど》むような様子さえ見られた。

「仕方がないな」とニコライ・セルゲーイッチは何か苛立《いらだ》たしげな鋭い声で、ぎくしゃくした調子で言った。「仕方がないな、お前のお母さんは父親を侮辱したのだ。お祖父さんが寄せつけないのも当然の……」

「ママも同じことを言ったわ」とネリーはすかさず言った。「家に帰るとき、そのことばかり言ってた。あれがお祖父さんよ、ネリー、ママはお祖父さんに悪いことをしたの、だからお祖父さんに呪《のろ》われて、神様の罰があたったの、って。その晩も、それから次の日も次の日も、そのことばかり言ってた。なんだか譫言《うわごと》みたいに……」

老人は黙ってしまった。

「それから、どうしてほかのお部屋へ引越したの」とアンナ・アンドレーエヴナは声を立てずに泣きながら言った。

「ママはその晩のうちに病気がひどくなって、大尉の奥さんがブブノワの家のお部屋を探してきてくれて、三日目に引越したの。大尉の奥さんと一緒にね。引越したらママはすっかり寝こんでしまって、三週間ぐらい寝たっきりで、私が看病したの。お金がすっかりなくなってしまって、大尉の奥さんと、イワン・アレクサンドリッチが貸してくれたわ」

「葬儀屋なんです、同じ建物の」と私が説明を加えた。

「ママは起きて歩けるようになったら、アゾルカの話をしてくれたわ」

ネリーはちょっと口を休めた。話題がアゾルカのことになったのを、老人は喜んでいるようだった。

「アゾルカのどんな話をしてくれたんだね」と、なるべく顔を見せまいとするように肘掛椅子にかけたまま背中を丸めて、老人は訊ねた。

「初めはお祖父さんのことばかり話していたの」と、ネリーは答えた。「病気のときもお祖父さんの話ばかりで、譫言にまで言っていたわ。でも病気が少しよくなったら、また昔の話になって……そのときアゾルカの話も出たのよ。いつだか町はずれの河のほとりで、子供たちがアゾルカを縄《なわ》で縛って溺《おぼ》らせようとしていたのを、ママがお金を出して子供たちからアゾルカを買いとったんだって。お祖父さんはアゾルカを一目見ると、げらげら笑ったそうよ。でもアゾルカはすぐ逃げ出して、そしたらママが泣いたもんだから、お祖父さんはびっくりして、アゾルカを連れて来た人には百ルーブリやるって言ったの。三日目にアゾルカが連れられてきて、お祖父さんはそのひとに百ルーブリやって、それからアゾルカを可愛がるようになったんだって。ママはとってもアゾルカを可愛がって、同じ寝床で一緒に寝たそうよ。アゾルカは前は道化役者に連れられていた犬だから、とても利口で、背中に猿《さる》を乗せたり、鉄砲を撃ったり、いろんなことができたんだって……ママが家出をしたとき、お祖父さんはアゾルカを自分の家に置いて、いつも一緒に連れて歩いていたのね。だから道でアゾルカを見つけたとき、お祖父さんもその辺にいるなって、すぐ分ったんだって……」

老人がアゾルカの話に期待していたのは、そんなことではなかったとみえて、老人の表情はだんだん陰気になっていった。そしてもう何も訊《き》こうとしなくなった。

「それで、その後お祖父さんにはもう会わなかったの」と、アンナ・アンドレーエヴナが訊ねた。

「ううん、ママが少しよくなりかけた頃、私またお祖父さんに逢った。お店にパンを買いに行ったの。そしたらアゾルカを連れて歩いてる人がいるから、よく見たらお祖父さんなの。私、道の脇《わき》に寄って塀《へい》にぴったりくっついていた。お祖父《じい》さんは私をじいっと見たけど、とってもこわい顔なの。びっくりしていたら、お祖父さんはそのまま通りすぎた。でもアゾルカが私のことを思い出して、私のまわりをぐるぐる駆けて歩いて、手を舐めるのよ。急いで家の方に歩き出しながら振り返って見たら、お祖父さんはパン屋へ入って行くのね。きっと私のことをいろいろ訊《き》きに入ったんだなと思ったら、なおさらこわくなったんで、家へ帰ってもママに何も言わなかったわ。ママの病気がまたひどくなるといけないと思って。翌日は頭が痛いからって私そのパン屋に行かなかった。その次の日に行ったときは、だれにも逢わなかったけど、とってもこわかったから、行きも帰りも走ったの。それからまた一日おいて行ったら、角を曲ったとこで、ばったりお祖父さんとアゾルカに逢っちゃったのよ。すぐ走って、べつの通りに出て、反対側からパン屋に入った。そしたら真正面からお祖父さんが来るじゃない。私もうこわくって足がすくんじゃって、もう歩けなくなったの。お祖父さんは私の前に立ちどまって、またじいっと顔を見て、それから私の頭を撫《な》でて、私の手を摑《つか》んで歩き出したの。アゾルカは尻尾《しっぽ》を振って、私たちについてきた。そのとき気がついたんだけど、お祖父さんはもうまっすぐ歩くこともできなくて、ステッキに寄りかかるみたいにして、手もぶるぶる震えてるの。角に坐ってお菓子やりんごを売ってる行商人のとこへ、お祖父さんは私を連れて行ったわ。そうしてニワトリと魚のかたちのお菓子と、キャンデーと、りんごを買ってくれたの。でも革の財布からお金を出すとき、手がすごく震えて、五コペイカ玉を一つ落っことしたから、私が拾ってあげた。そしたらその五コペイカ玉を私にくれて、買ったお菓子もくれて、私の頭を撫でたの。でもなんにも言わずに、私から離れて帰っちゃった。

私はそれから家へ帰って、ママにお祖父さんのことをすっかり話したの。初めはこわくて、隠れたりしたこともね。ママは初め本気にしなかったけど、だんだん嬉《うれ》しそうな顔になって、その晩はずうっといろいろ訊いたり、私にキスしたり、泣いたりしたわ。そうして私がすっかり話したら、ママは言ったの、決してお祖父さんをこわがっちゃいけません、そうやってわざわざパン屋へいらしたのはお前を愛しているからなのよ、って。だからお祖父さんには甘えて、いろいろお話しなさいってママは言ったの。それであくる日になると、何度も何度も私をお使いに出すの。お祖父さんが来るのはいつも夕方頃だって私が言ったのに。それでもママは自分も私について出て来て、街角に隠れて様子を見たりしたんだけど、その日も次の日もお祖父さんは来なかったわ。その二、三日はずっと雨ふりだったから、ママはすっかり風邪《かぜ》をひいちゃったの。だって私と一緒に外に出てばかりいたから。それでまた寝こんでしまった。

お祖父さんは一週間ぐらいしてからまた来て、また魚のかたちのお菓子とりんごを買ってくれたけど、やっぱり何も言わないの。その日は、帰って行くお祖父さんを、私こっそりつけて行った。どこに住んでるか調べてママに教えようって初めから思ってたの。お祖父さんに見つからないように、ずうっとうしろから道の反対側を歩いて行った。お祖父さんの家はずいぶん遠くで、そのあと死ぬときにいたとこじゃなくて、ゴロホヴァヤの大きなアパートの四階だったの。それが分ったから、だいぶ遅くなって家に帰ったら、ママは私がどこに行ったかと思って、すごく心配していた。それで話すと、ママはまたとっても喜んで、次の日すぐお祖父さんの家へ行くって言うの。でも次の日になると考えてしまって、三日ぐらい迷ってたわ。それで結局行かなかったけど、私を呼んでこう言ったの、ネリー、私は病気で行けないからお祖父さんに手紙を書いたわ、渡して来てちょうだい、それでね、これを読んでお祖父さんがなんて言うか、どうするか、それを見て来てちょうだい、お前はお祖父さんにひざまずいてキスして、お願いですからママを赦《ゆる》してあげてって言うのよ……そう言ってママはとっても泣いて、私にキスしたり、気をつけて行きなさいって十字を切ったり、聖像の前に二人で並んでお祈りしたりしたの。そうして体具合が悪いのに門まで私を送って来て、振り返ってみたら、ずうっとそこに立って私を見送ってたわ……

お祖父さんのとこへ行って、私はドアをあけたの。ドアには鍵《かぎ》がかかってなかった。お祖父さんはテーブルの前にすわってパンとじゃが芋をたべていて、アゾルカはその前にすわって尻尾を振りながら、お祖父さんがたべるのを見てるの。その部屋も窓が低くて、暗くて、テーブルと椅子が一つずつあるだけだった。お祖父さんは一人で暮してたの。私が入って行くと、びっくりして、真っ蒼になって震え出したわ。私もびっくりしたから、何も言わずにテーブルに近づいて、手紙をテーブルに置いた。お祖父さんはその手紙を見ただけで、かんかんに怒って、いきなり立ちあがり、ステッキを摑んで振りまわしたの。ぶちはしなかったけど、私を入口まで連れて行って外へ押し出した。私が階段を下りようとすると、お祖父さんはまたドアをあけて、封も切らない手紙を投げて返したの。家へ帰ってすっかり話したら、ママはまた寝こんでしまって……」

第八章

そのときかなり激しい雷鳴がとどろき、大粒の雨が窓ガラスを叩《たた》き始めた。部屋の中が暗くなった。老婦人はおびえたように十字を切った。私たちはみんな体を固くした。

「すぐやむさ」と老人は窓を眺《なが》めながら言った。それから立ちあがり、部屋の中を行ったり来たりし始めた。ネリーは横目で老人の動きを追った。少女は異様な病的興奮に捉《とら》われていた。私はその様子を眺めていたが、少女は妙に私の視線を避けるのだった。

「で、それからどうした」と、老人はふたたび肘掛椅子《ひじかけいす》に腰をおろして訊《たず》ねた。

ネリーはおびえた目つきであたりを眺めまわした。

「もうお祖父《じい》さんには逢《あ》わなかったのかね」

「いいえ、逢ったわ……」

「そう、そうなの！　話しなさい、いい子だから、話しなさい」と、アンナ・アンドレーエヴナが口を挟《はさ》んだ。

「それから三週間逢わなかったわ」とネリーは口を開いた。「そのうちに冬になって雪が降り出した。でも、前と同じ所でまたお祖父さんに逢ったときは、嬉《うれ》しかったわ……だってお祖父さんが来ないと、ママはとても淋《さび》しがるの。お祖父さんの姿を見た途端に、私わざと道の反対側に駆け出して、逃げるふりをしてみせたわ。振り返ると、お祖父さんは初め急ぎ足で歩いてたけど、そのうちに私に追いつこうとして走り出して、『ネリー、ネリー！』って呼ぶの。アゾルカも一緒になって走ってくる。私かわいそうになって立ちどまったわ。お祖父さんは寄って来て、私の手をとって歩き出したけど、私が泣いているのを見ると立ちどまって、私の顔をじいっと見て、体をかがめてキスしてくれた。それから私がボロ靴をはいてるのに気がついて、ほかの靴はないのかって訊《き》くのよ。それで私すぐ話したの、ママは全然お金がなくて、部屋の持ち主のお情けで私たち食べものを貰《もら》っているんです、って。お祖父さんは黙っていたけど、私を市場へ連れて行って、靴を買って、そこですぐ履《は》きかえなさいって言ったわ。それからゴロホヴァヤの家へ連れてってくれたんだけど、その前にお店に寄って肉饅頭《にくまんじゆう》とキャンデーを二つ買って、お祖父さんの家に着くと肉饅頭を食べなさいって言って、私が食べるのをじっと見てるの。それからキャンデーもくれた。アゾルカはテーブルに前足をのっけて肉饅頭を欲しがるから、分けてやったら、お祖父さんは笑い出したわ。そして私をそばに坐《すわ》らせて頭を撫《な》でながら、勉強はしたことがあるか、どんなことを知ってるかって訊き始めたの。私が返事をすると、お祖父さんは、もし暇があったら毎日三時にここへ来れば勉強を教えてやる、って言った。それから、ちょっと窓の方を向いてごらん、いいって言うまで向いているんだよ、って言ったの。私は言われたとおりにしたけど、こっそり振り向いて見たら、お祖父さんは枕《まくら》の縫い目をほどいて下の隅《すみ》のとこから一ルーブリ札を四枚出したの。それを私のところへ持って来て、『これはお前だけにやる』って言ったの。私は手を出しかけたけど、ちょっと考えて、『私だけになら要《い》らないわ』って言ったの。そしたらお祖父さんは急に怒り出して、『なんでもいいから、さっさと持って帰れ』って言うの。私はすぐ部屋を出て来たけど、お祖父さんはキスもしてくれなかった。

家に帰って、ママにみんな話したわ。ママの病気はどんどんひどくなったの。葬儀屋さんに出入りしていた大学生がママを診《み》てくれて、お薬を飲まなきゃいけないって。

ママの言いつけで、私はときどきお祖父さんのとこへ行った。お祖父さんは新約聖書と地理の本を買って、私に勉強を教えてくれるようになったわ。それからときどきお話もしてくれた。世界にはどんな国があって、どんな人たちが住んでいるか、どんな海があって、昔どんなことがあったか、キリストさまがどんなふうに私たちみんなを赦《ゆる》してくださったか、なんていう話をね。私が質問すると、お祖父さんはとっても喜んだわ。だから私しょっちゅう質問して、お祖父さんはなんでも説明してくれたし、神様のこともたくさん話してくれた。勉強をしないで、アゾルカと遊ぶこともあったわ。アゾルカは私が大好きになったの。アゾルカに棒を跳《と》び越すのを教えてやったら、お祖父さんは笑って、私の頭をやたらに撫でてくれたわ。でもお祖父さんはめったに笑わなかった。とってもよく喋《しゃべ》るかと思うと、急に黙ってしまって、なんだか居眠りをしてるみたいなんだけど、目はあいてるのね。そうやって夕方になると、夕方のお祖父さんはとってもこわくて、とっても年寄りに見えてくる……それからこんなこともあったわ。私が訪《たず》ねて行くと、お祖父さんは椅子に坐ってじいっと何か考えていて、なんにも聞えない。アゾルカがそばに坐っていてね。私はおとなしく待って、それでも待ち切れなくて咳払《せきばら》いなんかするんだけど、お祖父さんが見向きもしないから、そのまま帰ってしまったり。家じゃママがしびれを切らして待ってるの。そして横になってるママに、私がお祖父さんの家の様子を何から何まで喋るの。真夜中まで喋りつづけて、ママはじっと聞いてる。お祖父さんが今日何をしたとか、何を話してくれたかとか、どんな歴史を教えてくれたか、どんな問題を出してくれたか。それからアゾルカに棒を跳び越えさせたらお祖父さんが笑ったっていう話をすると、ママは急に笑い出して、とっても嬉しそうに永いこと笑ってるの。それからその話をもう一度私にさせて、そのあとでお祈りをしてたわ。ママはこんなにお祖父さんを愛してるのに、なぜお祖父さんはママを愛してないんだろう、って私思った。だからお祖父さんのとこへ行ったとき、わざと、ママがどんなにお祖父さんを愛してるか話してやったの。お祖父さんは怒ったような顔をして聞いてたけど、聞いてるだけで何も言わなかったわ。それで私、訊いてみた。ママはあんなにお祖父さんが好きで、いつもお祖父さんのことばかり訊くのに、どうしてお祖父さんはママのことを一度も訊かないの、って。そしたらお祖父さんは怒って、私をドアの外に追い出したの。私がしばらくドアの外に立っていたら、急にお祖父さんがまたドアをあけて部屋へ入れてくれたけど、まだ怒っていて口をきかないの。そのあと神学の勉強をしたとき、私また訊いてやった。イエス・キリストは汝《なんじ》ら互いに愛し合い、その罪を赦せっておっしゃってるのに、どうしてお祖父さんはママを赦そうとしないの、って。そしたらお祖父さんは跳びあがって、お前はママにそういうことを吹きこまれたな、って、どなって、また私をドアの外に突き出して、もう二度とわしの家に顔を出すな、って言ったの。だから私も、もう来るもんですか、って言ってそのまま帰ってきちゃった……でもお祖父さんはその翌日、引越したの……」

「じきに雨はあがると言っただろう。そら、もうやんで、太陽が出てきた……ごらん、ワーニャ」と、ニコライ・セルゲーイッチが窓の方を向いて言った。

アンナ・アンドレーエヴナはふしぎそうに夫の姿を眺めたが、とつぜん、今までおびえてばかりいたおとなしい老婦人の目に怒りが燃えあがった。老婦人は無言でネリーの手をとり、自分の膝《ひざ》の上にすわらせた。

「さあ、いい子ね、私に話しておくれ」と老婦人は言った。「私はちゃんと聞いているからね。心が冷たい人は勝手に……」

だが終《しま》いまで言わずに、老婦人は泣き出した。ネリーは驚き呆《あき》れ、物問いたげに私の顔を見た。老人も私を見て、肩をすくめかけたが、すぐにそっぽを向いた。

「つづけなさい、ネリー」と私は言った。

「それから三日間お祖父さんの家へ行かなかった」とふたたびネリーは語り始めた。「そのあいだにママは具合が悪くなったの。お金がないからお薬は買えないし、食べるものも全然なくなったわ。部屋の持ち主のところにもないの。それに、ひとを当てにして暮してるって叱言《こごと》をいわれるしね。それで三日目の朝、起きてすぐ服を着始めたの。どこへ行くの、ってママが訊いた。お祖父さんのとこへお金を貰いに行くって言うと、ママはとても喜んだわ。お祖父さんに追い出された話をしたとき、私もう二度と行かないって言ってあったからなのよ。そのときママは泣いて、行きなさいって言ったんだけど。それで行ってみると、お祖父さんは引越しをしたことが分ったから、新しい家を探《さが》して行ったの。新しい部屋に入って行くと、お祖父さんはいきなり立ちあがって、物凄《ものすご》い剣幕でどなりつけるの。私すぐ、ママの病気がひどくなったから、お薬を買うお金が五十コペイカ要《い》るし、食べるものもなんにもない、って言ったの。お祖父さんはどなって私を階段のとこへ追い出して、ドアに鍵《かぎ》をかけてしまった。でも追い出されるとき私言ってやったわ、お金をくれないうちは帰らない、いつまでも階段に坐っている、って。そうして階段に坐っていたの。すこし経《た》つとお祖父さんがドアをあけて、私が坐ってるのを見て、またしめてしまった。それからだいぶ永いこと経って、またあけて、また私を見て、またしめたの。それから何べんもあけたりしめたり。お終いにアゾルカを連れて出て来て、ドアに鍵をしめて、なんにも言わずに私のそばを通りすぎて行っちゃったの。私はなんにも言わずに、そのまま暗くなるまで坐ってたわ」

「まあ、かわいそうに」とアンナ・アンドレーエヴナは叫んだ。「寒かっただろうねえ、そんな、階段で！」

「外套《がいとう》を着てたわ」とネリーは答えた。

「いくら外套を着てたって……かわいそうに、ずいぶん苦労したんだねえ！　で、どうしたの、あんたのお祖父さんは？」

ネリーの唇《くちびる》がふるえたが、少女は非常な努力をして自分を抑《おさ》えた。

「お祖父さんはもうまっくらになってから帰って来て、部屋に入ろうとして私につまずいて、『だれだ』ってどなったの。私よ、って言うと、お祖父さんは、もうとっくに私は帰ったと思ってたのね、びっくり仰天して、永いことぼんやり私の前に立ってたわ。それからいきなりステッキで階段を叩《たた》くと、走って行ってドアをあけて、一分ぐらい経つと、銅貨を持って来たの、みんな五コペイカ玉ばかり、それを階段に坐っている私に放《ほう》ったの。『そら、くれてやる、わしのあり金ぜんぶだ、お前のおふくろに言え、わしが呪《のろ》っているとな』って、ドアをばたんと閉《し》めた。五コペイカ玉は階段をころころ転がったわ。まっくらななかで拾い始めたら、お祖父さんはきっと、五コペイカ玉をばらまいてしまったから、くらやみのなかじゃ拾いにくいだろうと思ったのね、ドアをあけて、蠟燭《ろうそく》を持ってきてくれた。その蠟燭のあかりで私すぐ拾ってしまったわ。お祖父さんも拾うのを手伝ってくれて、ぜんぶで七十コペイカあるはずだと言って、さっさと部屋に入って行った。私は家に帰って、ママにお金を渡して、すっかり話して聞かせたの。ママは具合が悪くなったけど、私も一晩じゅう病気みたいで、翌日になっても熱っぽくてしようがなかった。でも一つことばかり考えていたわ、お祖父さんにあんまり腹が立ったから。それでママが眠ったのを見て、外へ出て、お祖父さんの家の方へ行って、少し手前の橋の上に立っていたの。そこへあの人が通りかかって……」

「それがアルヒーポフです」と私は言った。「いつか話したでしょう、ニコライ・セルゲーイッチ、商人と一緒にブブノワのところにいて袋叩《だた》きにあった男です。ネリーはそのとき初めてこの男に逢って……つづけなさい、ネリー」

「そのひとを呼びとめて、お金をください、銀貨で一ルーブリ、って言ったの。そのひとは私の顔を見て、『銀貨で一ルーブリ？』って訊いた。『ええ』って私が言うと、そのひとは笑い出して『一緒に行こう』って言う。どうしようかと思ってると、急に、金縁の眼鏡《めがね》をかけたお爺《じい》さんが寄って来て――私が銀貨で一ルーブリ欲しいって言ったのを聞きつけたのね――私の上にかがみこんで、なんのためにそれだけ欲しいのか、って訊くの。ママが病気でお薬代に要るって言うと、お爺さんは私の住所を訊いて、それを書きとめて、一ルーブリのお札をくれた。さっきのひとは眼鏡をかけたお爺さんを見ると、むこうへ行ってしまって、もう一緒に行こうって言わなかったわ。私は近くのお店でお札を銅貨に替えてもらって、三十コペイカだけ紙に包んでママの分に取っておいて、七十コペイカは紙に包まないで、わざと手に握ったまま、お祖父さんのとこへ行った。そしていきなりドアをあけて、敷居の上に立って、力いっぱいお金をお祖父さんめがけて投げつけてやったの。お金は床をころころ転がったわ。『ほら、お金を返したわよ！』って私はお祖父さんに言ったの。『ママを呪ってるんなら、そんなお金なんか要らないわ』って、ドアをばたんと閉めて、すぐ逃げて来たの」少女の目はぎらぎら光り始めた。その無邪気な挑戦のまなざしで、少女は老人の顔を見た。

「それでいいのよ」と、アンナ・アンドレーエヴナが、ニコライ・セルゲーイッチを見ずに、固くネリーを抱きしめて言った。「そんなお祖父《じい》さんにはそれでいいのよ。意地悪な、残酷な人だったのね、あんたのお祖父さんは……」

「ふむ！」とニコライ・セルゲーイッチが反応した。

「で、それからどうしたの、どうなったの」とアンナ・アンドレーエヴナがもどかしそうに訊《たず》ねた。

「私はそれっきりお祖父さんのところへ行かなくなったし、お祖父さんも私に逢《あ》いに来なくなったの」とネリーは答えた。

「それで、あんたはお母さんと二人きりになって、どうしたの。ああ、かわいそうにねえ、あんたたちは、かわいそうに！」

「ママはもっと病気がひどくなって、もうめったに寝床から起きあがれなくなったの」と、ネリーは言葉をつづけたが、その声は震え、途切れがちだった。「お金はもうぜんぜんなくなっちゃったから、私は大尉《たいい》の奥さんと一緒にお貰《もら》いをして歩いたわ。大尉の奥さんはよその家を訪《たず》ねて行ってお貰いをするんだけど、町でお金持を引きとめるのもやって、それで食べていたの。私は乞食《こじき》じゃない、ちゃんと書付を持っていて、それには身分が書いてあるし、貧乏をしている事情も書いてあるんだ、って言ってた。その書付を見せてお金を貰っていたの。みんなからお金を貰うのはちっとも恥じゃない、って奥さんは言ってたわ。私は奥さんにくっついてお貰いをして、それで暮していたの。でもアパートの人たちに乞食をしてるって言われて、ママにも分ってしまって、そのうちにブブノワがママのとこへやって来て、乞食をさせるくらいなら私を寄越さないかって言い出した。前にもママにお金を持って来たことがあったのよ。ママが受けとらなかったら、あんたは気位が高いんだねえなんて言って、食べものを持って来たの。ところが今度は私のことをそんなふうに言われたもんだから、ママはびっくりして泣き出してしまった。ブブノワは酔っぱらっていたらしくて、ママに悪口を言い出して、お前の娘はそれでなくても乞食だ、大尉のかみさんと一緒にお貰いをして歩いてるじゃないかって言って、その晩のうちに大尉の奥さんを追い出してしまったの。ママはその話を聞くと泣いていたけど、急に寝床から起きて服を着て、私の手を引いて出掛けようとしたの。イワン・アレクサンドリッチが引きとめようとしたけど、構わずに私たちは外へ出たわ。ママは歩くのがやっとで、しじゅう道に坐りこんでしまうから、私が支えて歩いたの。

ママはお祖父さんのとこへ行くんだ、連れてってておくれって言いつづけるんだけど、もう夜もだいぶ遅くなってきた。そのうちに急に広い通りへ出て、そこの一軒の家の前に馬車がたくさん止っていて、人が大勢出入りして、どの窓も明るくて音楽が聞えているの。ママは立ちどまり、私の手を摑《つか》んで言ったわ、『ネリー、貧乏のままがいいのよ、死ぬまで貧乏でいるのよ、だれに呼ばれたって、だれが頼みに来たって、あんな連中のとこへ行っちゃ駄目よ。あんただってああいう所へ行って、お金持になって、きれいな服を着れば着られるけど、私はそんなことをしてもらいたくない。あの人たちは意地悪で残酷なのよ。だから、これはママの言いつけです。いつまでも貧乏でいること。働いてもいいし、乞食をしてもいいけど、もしだれかが呼びに来たら、あんた方のとこへ行くのはいやです！　って言うのよ……』ママはそう言ったの、だから私は一生そのとおりにする」と、興奮に身を震わせ、顔を火照《ほて》らせながらネリーは言い足した。「一生、奉公をしたり働いたりするわ。ここにだって働きに来たのよ。娘にしてもらうのなんか、いやだわ……」

「もうやめて、もうやめて、いい子だから、ね！」と、老婦人はネリーを固く抱きしめながら叫んだ。「あんたのママはそう言ったとき病気だったんだよ」

「気が狂っていたんだ」と老人が辛辣《しんらつ》に口を挟《はさ》んだ。

「気が狂ってたって構わないわ！」とネリーは老人の方を振り向いて激しく言った。

「気が狂ってたっていいのよ、ママの言いつけは私、一生守る。ママはそう言ったとき、気絶したのよ」

「まあ恐ろしい！」とアンナ・アンドレーエヴナは叫んだ。「病人が、往来で、冬だってのに？……」

「私たち、警察に連れて行かれそうになったんだけど、一人の紳士が来て、私に住所を訊《き》いて、十ルーブリくれて、自分の馬車でママを家まで送ってくれたの。そのあと、ママはもう二度と起きられなくなって、三週間経ったら死んだわ……」

「で、お祖父さんはどうしたの。そのまま、とうとう赦《ゆる》さなかったの」とアンナ・アンドレーエヴナは叫んだ。

「赦さなかった！」と苦しそうに自分を抑えてネリーは答えた。「死ぬ一週間前にママは私を呼んで言ったの、『ネリー、もう一度だけお祖父さんのところへ行ってちょうだい。ここへ来て、私を赦してくれるように頼んでみて。あと二、三日でママは死んでしまう、あとには私一人を残して死んでしまう、って言うのよ。ママはこのままで死ぬのは辛《つら》い、って……』。それで私が行ってお祖父さんの部屋のドアを叩《たた》くと、あけて私の顔を見た途端に閉めようとするの。私は両手でドアを抑えて大きな声で言ったわ、『ママが死にそうなの、来てって言ってるわ、早く来て！……』ところがお祖父さんは私を突き飛ばして、ドアをぴしゃっと閉めたの。私はママのとこへ帰って、ママと並んで寝て、ママをぎゅっと抱きしめて、なんにも言わなかった……ママも私を抱きしめて、なんにも訊こうとしなかった……」

ここでニコライ・セルゲーイッチは苦しそうにテーブルに手を突いて立ちあがったが、何か奇妙な濁ったまなざしで私たち一同の顔を見まわすと、力が抜けたように肘掛椅子《ひじかけいす》に腰を下ろした。アンナ・アンドレーエヴナはもう夫のほうを見ようともせず、泣きながらネリーを抱きしめていた……

「最後の日、死ぬ前に、夕方頃だったけど、ママは私を呼んで、私の手を握ってこう言ったわ、『私は今日死ぬよ、ネリー』そしてもっと何か言おうとしたけど、もう口がきけないの。私を見てるんだけど、なんだか何も見ていないみたいで、私の手を両手でしっかり握っているだけなの。私はそうっと手を振りほどいて、部屋から駆け出して、ずうっと走りつづけてお祖父さんの家へ行ったわ。お祖父さんは私の顔を見ると、がたんと椅子から立ちあがって、ひどくびっくりしたみたいに私を見たけど、顔はもう真っ蒼《まさお》で、全身がたがた震えてた。私はお祖父さんの手を摑んで、一言だけ、『もうすぐ死ぬわよ』って言ったら、お祖父さんは急にあわて出して、ステッキを摑んで、私について走り出したの。寒い日だったのに帽子をかぶるのも忘れてね。私、帽子をとってきて、かぶせてあげて、二人で一緒に走ったわ。ママはもうすぐ死ぬんだから、急がなきゃ駄目、馬車に乗って行かないって言ったけど、お祖父さんは七コペイカしか持っていないの。それでもお祖父さんは辻《つじ》馬車屋を呼びとめて、掛け合ったんだけど、馬車屋は笑って相手にしない。アゾルカのことまで笑ってたわ。アゾルカは私たちと一緒に走ってたのよ。私たちはとにかく走りつづけたの。お祖父さんは疲れて、息が苦しそうになって、それでも走りつづけた。そして急にばたんと倒れ、帽子が飛んじゃったの。私はお祖父さんを助け起して、また帽子をかぶせて、手をひいてあげた。そうやって家に着いたときは、もうだいぶ遅くなっていて……でもママはもう死んでいたわ。それを見るとお祖父さんは、いきなり両手をぱちんと打ち合せて、ぶるぶる震えながら枕《まくら》もとに立ったけど、もうなんにも言えないの。それで私は死んだママに近寄って、お祖父さんの手を摑んで、どなってやった、『人でなし、意地悪、見なさい！ ほら、見なさい！……よく見なさい！』そしたらお祖父さんは悲鳴をあげて、死んだみたいに床に倒れたの……」

ネリーはいきなり立ちあがって、アンナ・アンドレーエヴナの抱擁から逃《のが》れ、おびえて疲れ切った蒼《あお》い顔で私たちのまんなかに立った。だが、アンナ・アンドレーエヴナは少女に駆け寄り、ふたたび少女を抱きしめると、まるで霊感を得たように叫び出した。

「私が、私があんたのお母さんになるわ、ネリー、あんたは私の子供よ！ そう、ネリー、行きましょう、人でなしや意地悪は打っちゃって行きましょう！ 勝手に人を慰みものにすればいいのよ、神様が罰を下してくださるから……さあ行きましょう、ネリー、ここから出て行きましょう、出て行くのよ！……」

私はあとにも先にも老婦人がこんなふうになったのは見たことがなかったし、このひとがこんなに興奮することがあろうとは夢にも思わなかった。ニコライ・セルゲーイッチは椅子にかけたまま上体を起し、途切れがちな声で訊ねた。

「どこへ行くんだ、アンナ・アンドレーエヴナ」

「娘のところよ、ナターシャのところよ！」と老婦人は叫び、ネリーの手を引いてドアの方へ歩き出した。

「ちょっと待て、ちょっと！……」

「待つ必要はないわ、人でなしや意地悪の言うことなんか聞くもんですか！　私も永いこと待ったし、ナターシャも永いこと待ったんですからね、今度こそ、さようならよ……」

そう答えながら、老婦人は振り向き、夫を見て、途端に棒立ちになった。ニコライ・セルゲーイッチは帽子を摑んで妻の前に立ち、力の抜けた震える手で外套《がいとう》を着ようと焦《あせ》っていたのである。

「あなたも……あなたも一緒に！」と老婦人は叫び、祈るように両手を組み合せ、これほどの幸福は信じられないというように老人を見つめた。

「ナターシャは、わしのナターシャはどこだ！　どこにいるんだ！　わしの娘はどこだ！」と、ついに老人の胸から叫びがほとばしり出た。「わしのナターシャを返してくれ！　どこだ、どこにいるんだ！」そして私が差し出したステッキを摑むと、老人はドアにむかって駆け出した。

「赦してくれた！　赦してくれた！」とアンナ・アンドレーエヴナは叫んだ。

だが、老人が戸口まで行きつかぬうちに、ドアが勢いよく開き、熱に浮かされたように目を光らせた真っ蒼なナターシャが、部屋に駆けこんできた。その服は皺《しわ》くちゃで、雨にぐっしょり濡《ぬ》れていた。頭にかぶったプラトークはうなじにずり落ち、すっかり乱れた豊かな髪の房には、大粒の雨のしずくがきらめいていた。駆けこんで来た途端に父親の姿を認めたナターシャは、叫び声をあげてその前にひざまずき、両手を差しのべた。

第九章

だが老人はすでに娘をひしと抱きしめていた！……

娘を子供のように抱きあげ、自分の肘掛椅子《ひじかけいす》にすわらせた老人は、自分が娘の前にひざまずいた。そして娘の手や足に接吻《せっぷん》し始めた。まるで娘がふたたびここへ帰って来たことが、娘のナターシャの姿を見、声を聞くことが、まだよく信じられないといわんばかりの、それはあわただしい接吻であり、あわただしい見惚《みと》れ方だった。アンナ・アンドレーエヴナは声をあげて泣きながらナターシャを抱きしめ、その頭を自分の胸に押しつけて、この抱擁に気が遠くなったのか、一言も口がきけないのだった。

「お前はわしの友達だ！……わしの命だ！……わしの喜びだ！……」と老人は脈絡のない言葉を叫びながら、ナターシャの手を握りしめ、その痩《や》せて蒼白《あおじろ》いが美しい顔を、涙の光るその目を、惚《ほ》れ惚《ぼ》れと眺《なが》めた。「わしの喜びだ、わしの子だ！」と老人は繰返し、ふと口をつぐむと、敬虔《けいけん》に見えるほどの喜びをこめて娘をしげしげと見つめた。「痩せたなんて嘘《うそ》だ、大嘘だ！」と、とつぜん子供のような笑《え》みを浮べて私たちを見やりながら、ひざまずいたままで老人は言った。「少し顔色は蒼いが、見てごらん、なんてきれいだろう！　前よりきれいになった、断然きれいになった！」老人は言い足してから、胸を二つに裂かれるような喜びの痛みに思わず口をつぐんだ。

「立って、パパ！　ねえ、立って」とナターシャは言った。「私にもパパにキスさせて……」

「ああ、かわいい娘！　聞いたかい、聞いたかい、アンヌシカ、この子はやさしいことを言ってくれる」そして老人は発作的に娘を抱いた。

「いいや、ナターシャ、わしだよ、お前の足もとにひざまずかねばならんのはわしのほうだよ、お前が赦《ゆる》してくれたとはっきり分るまではな。今のわしにはお前の赦しを受ける資格はないんだ、絶対にない！　わしはお前を勘当《かんどう》し、お前を呪《のろ》った。そうなんだ、ナターシャ、お前を呪った。どうしてそんなことができたんだろう！……それにお前、お前だって、ナターシャ、わしに呪われたなんて、どうして本気にしたんだろう！　本気にしたんだろう、それに決っている！　本気にすることはなかったんだ！　本気にしてくれなければよかった！　あんまりむごいじゃないか！　どうしてここへ来てくれなかった？　わしがお前をどう迎えるかは分っていたくせに！……ああ、ナターシャ、昔わしがどんなにお前を愛したか、覚えているだろう。今も、いや、いつだって、わしは昔の倍も、千倍も愛している！　心の奥底からな！　血まみれの魂を体の中から引きずり出して、心臓をこまぎれにしてお前に捧《ささ》げたい！……ああ、わしの喜び！……」

「それより私にキスして。パパひどいわ、早くママみたいに、唇《くちびる》や顔にキスして！」と、病人のように弱々しい、喜びの涙にあふれた声でナターシャは叫んだ。

「このかわいい目にもな！　かわいい目にもな！　そら、昔のようにな」と、永い甘やかな娘との抱擁のあとで老人は繰返した。「ああ、ナターシャ！　わしらのことを夢に見たかい。わしは毎晩のようにお前の夢を見た。お前は毎晩わしのところに現われたんだ。わしはいつも泣いていたよ。いつかは、小さな子供の姿で現われたっけ。覚えているだろう、十かそこいらの頃、お前はピアノを習い始めたね、短い服を着て、きれいな靴をはいて、まっかなお手々をして……あの頃、この子の手はまっかだった、覚えているだろう、アンヌシカ。わしの膝《ひざ》にすわって、わしを抱きしめてくれたっけ……それなのに、お前はほんとに意地が悪い！　わしが呪ったなんて、お前が来ても家に入れないなんて、よくもそんなことを考えたな！……それどころかわしは……いいかい、ナターシャ、わしはよくお前のところへ行ったんだ。これはお母さんも知らない。だれも知らない。お前の窓の下にじいっと立っていたんだ。お前の住居のそばの歩道で半日も待っていたこともある！　お前が出て来やしないか、遠くからでもお前の姿が見えないかと思ってな！　お前の部屋の窓には、夜になるとよく蠟燭《ろうそく》がともっていたね。だからせめてその蠟燭だけでも、窓に映るお前の影だけでも眺めて、おやすみの祝福を与えようと、何べん夜おそくお前のところへ出掛けたことか、ナターシャ。お前はわしにおやすみの祝福をしてくれたかね。わしのことを考えてくれたかね。わしが窓の下に立っていたのを、お前の心は感じなかったかね。冬の夜ふけ、わしは何べんお前の建物の階段を昇《のぼ》って行って、ドアの前の暗い隅に立って、ドアごしに耳をすましたことか。ひょっとしてお前の声が聞えないか、お前の笑い声が伝わってこないかと思ってな。わしがお前を呪ったただと？　あの晩だって、わしはすぐ赦そうと思ってお前のところへ行ったんだが、ドアの前から引き返して来たんだ……ああ、ナターシャ！」

老人は立ちあがり、肘掛椅子からナターシャを抱き起すと、固く胸に抱き寄せた。

「帰ってきてくれた、わしの胸に！」と老人は叫んだ。「おお、神様、お礼を申し上げます。あなたのお怒りに、あなたのお恵みに、すべてに、すべてにお礼を申し上げます！……今や嵐のあとに輝き始め、私らを明るく照らしてくれるあなたの太陽にも、お礼を申します！　この一瞬にお礼を申します！　ああ！　私らは卑《いや》しめられ、侮辱されようとも、ふたたび一つに寄り合いました。私らを卑しめ侮辱した傲慢不遜《ごうまんふそん》なやつらは、勝手に凱歌《がいか》をあげるがいい！　私らに石を投げるがいい！　こわがらなくてもいいんだよ、ナターシャ……私らは手をとりあって行こう。わしはやつらに言ってやる、これはわしの大事な娘だ、わしの大好きな娘だ、汚れのない娘だ、お前らはこの子を侮辱し卑しめたが、わしは愛している、未来永劫《えいごう》、祝福するのだ、とな！……」

「ワーニャ！　ワーニャ！……」と、父親に抱かれたまま、私に手を差しのべて、ナターシャは弱々しい声で言った。

おお！　この瞬間、ナターシャが私のことを思い出し、名前を呼んでくれたことを、私は決して忘れはしないだろう！

「ネリーはどこだ」と、あたりを見まわして老人が言った。

「あら、どこへ行ったんでしょう」と老婦人は叫んだ。「大変よ！　私たち、すっかりあの子のこと忘れてしまって！」

だがネリーは部屋にはいなかった。いつのまにか寝室に忍びこんでいたのである。私たちは寝室へ行った。ネリーはドアの陰の片隅《かたすみ》に立ち、私たちを見ると、こわそうに身を隠した。

「ネリー、どうしたんだね！」と老人は叫び、少女を抱きしめようとした。だが少女は妙な目つきで、しばし老人の顔を見つめた……

「ママは、ママはどこ」と、夢遊病者のように少女は口走った。「どこなの、私のママはどこなの」と、もう一度、大声で叫ぶと、少女は震える手を私たちに差しのべた。と、身の毛もよだつような叫び声が少女の胸からほとばしり出た。顔面を痙攣《けいれん》が走り、少女は物凄《ものすご》い発作に襲われて床に倒れた……

エピローグ

最後の思い出

六月中旬。蒸し暑い一日。市内に残った者はたまらない。埃《ほこり》、石灰、改築工事、灼熱《しやくねつ》した石畳、さまざまな蒸発物に毒された空気……。だが、ああ、この嬉《うれ》しさ！　どこかで雷が鳴り、次第に空が曇ってきた。風が吹き始め、町の埃を巻き上げた。大粒の雨が重そうに地面を打ち始めたと思うと、とつぜん大空の底が抜けたように、猛烈に多量の雨水が町にぶちまけられた。三十分経《た》ち、ふたたび太陽が輝き始め、私は小部屋の窓を開いて、むさぼるように、疲れた胸いっぱいに爽《さわ》やかな空気を吸いこんだ。あまりの気持よさに私はもう少しでペンを投げうち、あらゆる仕事も出版屋も振りすてて、ワシリエフスキー島のあの人たちの家へ飛んで行くところだった。だが誘惑は大きかったけれども、私はなんとか自分の気持を抑《おさ》えつけ、何か猛然たる気持でふたたび原稿用紙にむかった。何がなんでも書きあげなければならない！　それは出版屋の命令であり、そうしなければ金を貰《もら》えなかった。むこうでは私を待ちわびている。だがその代り、夜になれば、私は自由になる、風のように自由になるのだ。今晩こそは、三台半（訳注　一台は三十二ページ）の原稿を書きあげたこの二日二晩の苦労は報いられるのだ。

そしてようやく仕事は終った。私はペンを置いて立ち上がり、背中と胸に痛みを覚える。頭がぼうっとする。この瞬間、私の神経が極度に乱れていることは自分でも分っている。最近あの老医師の言った言葉が耳もとに聞えるようだ。『いいや、どんな健康体だってこんな緊張に堪《た》えられるもんじゃない、そんなことは不可能だ！』だが今のところはまだそれが可能なのである！　頭がくらくらする。立っているのがやっとのことだ。しかし私の心は喜びに、果てしない喜びに満たされている。私の小説は完全に書きあがった。だいぶ前借りはしているけれども、出版屋はこの獲物《えもの》を手にしたら、いくらかは――せめて五十ルーブリはよこすに違いない。私はしばらく前からそんな大金を拝んでいない。自由と金！……私はわくわくしながら帽子を掴《つか》み、原稿を小脇《こわき》にかかえると、わが敬愛するアレクサンドル・ペトローヴィチを自宅において捕捉《ほそく》するべく一目散に駆け出した。

　相手は在宅だったが、今まさに出掛けようとしていた。むこうはむこうで、文学的ではないが非常に儲《もう》かる思惑仕事を一つすませたところだといい、二時間も書斎で話し合ったどこやらの色黒のユダヤ人を送り出すと、愛想よく私に手を差しのべ、やわらかな感じのいい低音で私の健康状態を訊《たず》ねた。この男は非常な善人で、まじめな話、私はこの男にずいぶん世話になっている。生涯、出版屋でしかなかったからといって、それがこの男の罪だろうか。文学には出版屋が必要であることをこの男は悟った、しかも非常にタイミングよく悟ったのだった。それゆえにこそ、この男に名誉と栄光あれ。もちろん出版屋としての名誉と栄光だが。

小説が完成し、雑誌の次号の創作欄の心配がなくなったと知るや、この男はさわやかな笑顔になり、よくも私が書きあげたものだと驚いてみせ、上手《じょうず》な洒落《しゃれ》を言った。そして約束の五十ルーブリを出しに金庫の方へ行きながら、私たちに敵対的な分厚い雑誌を私に見せ、批評欄のなかで何行か、私の近作について書いてある部分をゆびさした。見ると、それは『筆耕生』と名乗る筆者の匿名批評だった。読んでみると、私をけなすでもなく、褒《ほ》めるでもない調子だったので、私は大いに満足した。だが、『筆耕生』は、私の作品からは概して「汗の匂《にお》いがする」、つまり、あまり汗を流し苦心して推敲《すいこう》を重ねるから、多少しつっこい感じがする、と書いていた。

私は出版屋と一緒になって大笑いした。この前の私の小説は二晩で書きあげたものだし、今度は三台半の原稿をまる二日で書いたのだ。遅筆だとか、仕事ぶりが鈍重だとか言って責めるこの『筆耕生』に、この事実を教えてやったらどんな顔をするだろう！

「しかしあなたもよくないですよ、イワン・ペトローヴィチ。どうして夜の夜中まで働かなきゃならないほど、いつも仕事を遅らすんです？」

アレクサンドル・ペトローヴィチはもちろん実に愛すべき男だったが、一種独特の悪癖のもちぬしだった。すなわち、自分を理解してくれていると大体分っているような人たちの前で、ことさらに自分の文学的意見を開陳する癖である。だが私はこの男と文学論を始める気はなかったので、金を受けとると、すぐ帽子を手に取った。アレクサンドル・ペトローヴィチは島の別荘へ出掛けるところだといい、私がワシリエフスキー島へ行くと聞くと、自分の馬車で送ってあげようと親切に言ってくれた。

「実は新しい馬車を買ったんです。まだごらんになってないでしょう？　なかなかいい車ですよ」

私たちは車寄せへ出た。馬車はほんとうになかなかりっぱで、アレクサンドル・ペトローヴィチはこういう新しいものを手に入れた人間の常として、嬉しさのあまり、だれでも送りたくて仕方がないらしい。

馬車の中で、アレクサンドル・ペトローヴィチはまたもや何度か現代文学を論じ始めるのだった。私の前だと、この男は照れる様子もなく、自分が信頼しその意見を尊重している文学者の誰彼から最近聞いた言葉を、平気で繰返すのである。そして突拍子もない作品をやたらに持ちあげたり、他人の意見を誤り伝えたり、それを妙な場所に嵌《は》めこんだりするので、結果は支離滅裂になってしまう。私は何も言わずに話を聞きながら、人間の情熱の多様性と気紛《きまぐ》れさ加減にほとほと呆《あき》れていた。『こいつはさんざん儲けたんだろうが』と私は思った。『まだその上に名声が欲しいんだな、文学上の名声、りっぱな出版人としての、批評家としての名声が！』

今、この男は三日前に私から聞いたばかりの文学上の見解を、ほかならぬ私にむかって一生懸命説明しているのだった。そして三日前には、それに反対して私と論争したくせに、今はそれを自分の意見として押しつけようとしていた。だがアレクサンドル・ペトローヴィチの場合、こういう忘れっぽさは年中のことで、この無邪気な悪癖は知人たちのあいだでは有名だったのである。今、自分の馬車の中で雄弁をふるうこの男は、どんなに運命に満足し、どんなにいい気持になっていたことだろう！　この男が学問的な文学談をやり始めると、そのやわらかい上品な低音はいかにも学者ふうに響くのだった。話は少しずつ自由主義的になり、やがて幼稚かつ懐疑的な信念が披露された。つまり、わが国の文壇では、いや、いかなる国のいかなる時代の文壇でも、誠実さや謙虚さというものはあり得ず、あるものはただ「横っ面《つら》の張り合い」ばかり――とくに予約購読の受け付けを始める場合にはそうだ、というのである。アレクサンドル・ペトローヴィチには、すべての誠実でまじめな文学者を、その誠実さとまじめさゆえに、馬鹿呼ばわりはしないまでも、少なくとも間抜けぐらいには考える傾向がある、と私はひそかに思った。こういう考え方が、アレクサンドル・ペトローヴィチの極端な無邪気さから出たものであることは言うまでもない。

だが私はもう男の話を聞いていない。ワシリエフスキー島で馬車から解放されて、私はいっさんになつかしい人たちの家へ駆けつける。ほら、もう十三丁目だ、そら、もう着いた。アンナ・アンドレーエヴナは私の姿を見ると、指を一本立てておどかす真似《まね》をし、両手を振って、しいっと言う。

「ネリーがやっと寝ついたのよ、かわいそうに!」と老婦人は急いで囁《ささや》く。「お願いだから起さないでね! あの子、なんだかひどく体が弱ってしまって、心配でたまらない。医者は今のところ心配は要《い》らないって言うんだけど、あんたの先生の言うことはなんだかさっぱり分りゃしない! それにあんたは罪な人ね、イワン・ペトローヴィチ。待っていたのよ、お昼には来るかと思って……二昼夜も顔を見せないなんて!……」

「おとといちゃんと断わったじゃありませんか、二日間は来られないって」と私はアンナ・アンドレーエヴナに囁く。「仕事をやってしまわなきゃならなかったんですよ……」

「でも、今日のお昼ごはんには来るって約束したじゃありませんか! どうして来なかったの。ネリーなんか、わざわざ寝床から起きて、安楽椅子《いす》に坐《すわ》らせてもらって、食堂まで運んでもらったのよ。『みんなと一緒にワーニャを待つ』んだって。それなのに肝心のワーニャは来ないんだからね。もうじき六時よ! どこをほっつき歩いてたの? ほんとに罪な人だ! おかげでネリーはすっかり気分をこわしてしまって、なだめるのが容易なことじゃなかった……いいあんばいに寝てくれたけど。おまけにニコライ・セルゲーイッチは町へ出掛けてしまうし（お茶までには帰って来ますけどね！）私一人でやきもきして……実はね、イワン・ペトローヴィチ、あのひとの勤め口が決りかけてるの。ただ、ペルミ（訳注　ウラル地方の町、首都から約千三百キロ東方）へ行くのかと思うと、なんだかぞっとしてしまって……」

「ナターシャはどこですか」

「庭にいますよ、庭に！　行ってやって……あの子もなんだか……私にはよく分らないけど……ああ、イワン・ペトローヴィチ、私、辛《つら》くてたまらない！　あの子、気分はいいし元気だなんて言うんだけど、どうも信じられないの……行って見てきて、ワーニャ、一体どうしたのか、あとで私にこっそり教えてね……お願いよ？」

だが私はもうアンナ・アンドレーエヴナの言葉など耳に入らず、庭へ走って行く。この庭は建物に付属していて、縦横それぞれ二十五歩ぐらいの広さで、一面の緑に埋まっている。大きく枝を拡《ひろ》げた背の高い老木が三本あり、白樺《しらかば》の若木と、リラと、忍冬《すいかずら》が何本かずつあり、片隅《かたすみ》にはエゾイチゴや、オランダイチゴも二畝《うね》あり、狭い曲りくねった小道が二筋、庭を横切っている。老人はこの庭が大好きで、今にキノコが出るなどと自信ありげに言うのである。何よりも肝心なのは、ネリーがこの庭に惚《ほ》れこんでしまったことであり、少女はよく安楽椅子にすわったまま小道に連れ出してもらうのである。ネリーは今やこの一家のアイドルなのだ。だが、ほら、そこにナターシャがいる。嬉しそうに手を差しのべて私を迎える。なんて痩《や》せて、蒼《あお》い顔色だろう！　ナターシャも病気から回復したばかりである。

「仕事はぜんぶすんだ、ワーニャ？」とナターシャは訊ねる。

「ぜんぶすんだ、ぜんぶ！　今夜はずっとあいてる」

「よかったわね！　ずいぶん急いだ？　いい加減な仕事はしなかった？」

「多少は仕方がないさ！　でも、そんなことは大したことじゃない。ぼくはこういう切《せっ》羽《ぱ》つまった仕事をするとき、なんだか神経が特別に興奮するんだ。想像力ははっきりしてくるし、感じ方も生き生きと深くなる。文章も思いのままになってね。だから切羽つまったほうが結果はいいんだ。万事好都合なんだ……」

「まあ、ワーニャったら！」

ナターシャが最近、私の文学上の成功や評判にたいして、ひどく積極的になってきたことに私は気づいていた。この一年間に私が発表した作品を、ナターシャはすべて読み返し、今後の計画について絶えず訊ね、私に関する批評にはどんなものにも関心を示し、一部の批評には腹を立て、ぜひとも文壇でえらくなって欲しいなどと言うのである。その言い方はひどく激しく、かつ執拗《しつよう》だったから、私はナターシャの現在のこうした傾向に多少呆れていた。

「書くたねがなくなってしまうわよ、ワーニャ」と、ナターシャは言った。「あんまり無理をしていると、書く力がなくなってしまうわ。それに体にもよくないし。Sをごらんなさい、二年に中篇を一つの割で書いてるし、Nなんか十年間に長篇を一つ書いただけよ。その代り、とっても磨《みが》き上げられているわ。書き流したところなんか一カ所もない」

「そう、あの人たちは生活を保証されているし、期限を切られた仕事なんかしないからね。ところがぼくときたら、まるで馬車馬だ！　まあ、そんなことは下らん話だけどね！　もうやめよう。どう、何かニュースは？」

「たくさんあるわ。まず、あのひとから手紙が来たの」

「また？」

「またなのよ」そしてナターシャはアリョーシャから来た手紙を私に渡した。それは別れてからすでに三通目の手紙だった。最初の手紙はまだモスクワにいたあいだに書いたもので、なんとなく発作的な文面だった。いろいろな事情が重なったので、別れるとき計画したようにモスクワからペテルブルグへ戻ることは不可能になったと、その手紙は知らせてきたのである。第二の手紙はあわただしい調子で、二、三日そちらへ戻って、なるべく早くナターシャと結婚する、これは決めたことであり、どんな力によっても止められるものではない、と言ってきた。だが手紙ぜんたいの調子からは、アリョーシャが絶望的になっていること、第三者の影響が彼の上に重くのしかかっていること、そして青年がもう自分自身を信じていないことが明らかだった。しかも青年は一方では、カーチャは自分にとって神の摂理《せつり》であり、自分を慰め支持してくれるのはカーチャだけだ、などと書いていたのである。今度の第三の手紙を、私はむさぼるように拡《ひろ》げた。それは便箋《びんせん》二枚にわたって、断片的に、乱雑に、そそくさと読みにくい字で書かれた手紙であり、インクと涙に汚《よご》れていた。冒頭でアリョーシャはナターシャをあきらめるから、ナターシャも彼を忘れてほしいと頼んでいた。二人の結びつきが不可能であること、第三者的な敵対的な勢力が強すぎること、つまりはこれが運命であることを、青年は強調していた。不釣合いだから、彼もナターシャもともども二人は不幸になるだろうという。だがアリョーシャはたまりかねたとみえて、とつぜん自分の考えや論証を放り出し、手紙の前半を抹消《まっしょう》もせず、破りもせず、そのままつづけて、自分はナターシャにすまないことをした罪人だと書いていた。自分は救いようのない男であり、田舎《いなか》へ出掛けてきた父親の意志に反抗する力のない人間である。そして自分の苦しみを言いあらわす言葉も知らないと書きながら、すぐまた、ナターシャを幸福にする能力が自分にあることを充分に意識していると言い、とつぜん二人が決して不釣合いではないことを論じ始めるのだった。そして父親の意見を執拗に、憎しみをこめて排撃し、ナターシャと結婚した場合の幸福な生活の情景を絶望的に描写し、自分の気の弱さを呪《のろ》い、そして結局は――永遠の別れを告げていた！　その手紙は苦しみに満ち満ちた手紙だった。アリョーシャは明らかに無我夢中でそれを書いたのである。私の目頭《めがしら》に涙が滲《にじ》んだ……。ナターシャはもう一通、カーチャからの手紙を見せてくれた。それはアリョーシャの手紙と同じ封筒に入っていたのだが、別に封がしてあった。カーチャはかなり簡潔に、数行で、アリョーシャが本当に嘆き悲しんでいること、病気になりそうなほど絶望していること、しかし自分がついているからきっと仕合せにしてみせると報告していた。その一方でカーチャはナターシャに、アリョーシャがすぐに気を紛らすことのできる人間だとか、彼の悲しみは本物ではないとか考えないでほしいと力説していた。『アリョーシャはあなたを決して忘れないでしょう』とカーチャは付け足していた。『また忘れられるはずもありません、あのひとはそんな心のもちぬしではありません。あなたを限りなく愛していますし、これからも愛しつづけるでしょう。もし今後あなたを嫌《きら》いになったり、あなたの思い出に胸を痛めることがなくなったりしたら、そんなひとは私のほうがすぐに嫌いになってしまうでしょう……』

二通の手紙を私はナターシャに返した。私たちは視線をかわしたが何も言わなかった。前の二通の手紙を読んだときもこうだったし、一般に過去のことについては、私たちは申し合せたように語るのを避けていた。ナターシャは耐えがたいほど苦しいのだが、その気持を私の前でも口に出そうとはしないのだった。両親の家へ帰ってから三週間、ナターシャは寝つづけ、ようやく病気から立ち直ったばかりだったのである。老人に勤め口が見つかったので、私たちはまもなく別れねばならない。そのことをナターシャは知っていたが、それでも私たちは近い将来の境遇の変化についてはほとんど語らなかった。にもかかわらず、この間、ナターシャは私にたいしてたいそうやさしく、注意深く、私に関するすべてのことにたいそう関心を寄せてくれた。そして時には私のほうが気が重くなるほど、私が自分について語ることのすべてを、たいそう執拗に、注意ぶかく聴《き》いてくれるのだった。それはなんだか過去の償いをしているように見えた。けれども重苦しい気持はまもなく消えた。私は気づいたのだが、ナターシャの望みは全然別のものだったのである。ナターシャはひたすら私を愛し、限りなく愛していた。それは私なしでは生きられぬような、私にまつわるすべてのことに関心を寄せずにはいられないような愛だった。ナターシャが私を愛したように、妹が兄を愛したことは、いまだかつてどこにもなかっただろうと思う。間近に迫った別れが気がかりで、ナターシャが苦しんでいることを、私はよく知っていた。私もまたナターシャなしでは生きられぬことを、ナターシャのほうも知っていた。だが私たちは近い将来のことをこまごまと話し合いながらも、お互いの気持については口をつぐんでいたのである……

私はニコライ・セルゲーイッチのことを訊《たず》ねた。

「もうじき帰ると思うけど」とナターシャは答えた。「お茶の時間までには帰るって約束したから」

「その勤め口のことで用事があるのかな」

「ええ。でも勤め口のことはもうはっきり決ったのよ。今日はとくに出掛ける用事はなかったと思うんだけど」と、ナターシャは何か考えながら言い足した。「あしたでも構わなかったと思うんだけど」

「じゃどうして出掛けたんだろう」

「私に手紙が来たからよ……」

「とても私のことを気に病んでいるの」と、少し黙っていてからナターシャは付け加えた。「私は少し辛いくらいよ、ワーニャ。夢の中でも私のことを心配しているみたいなの。私が今どんな調子で、どんな気持で、何を考えてるか、そんなことのほかには今の父はなんにも考えていないみたい。私がちょっと悲しそうにしても、それがすぐ父に響くの。父はとっても下手《へた》なお芝居をして、私のことなんか心配していないふりをしたり、わざと快活にふるまって私たちを笑わせたりするんだけど、それがお芝居だってことはちゃんと分るの。ママもそういうときは気が気でないような顔になって、父の笑いを本気にしないで、溜息《ためいき》ばかりついているわ……ママもお芝居が下手なのよ……正直すぎるのね！」ナターシャは笑いながら言った。「今日だってこの手紙が来ると、父は私と目を合わせるのがいやで、それでさっそく逃げ出したのよ……私は父を自分よりも、この世のだれよりも愛しているわ、ワーニャ」と、うなだれ、私の手を握って、ナターシャは付け加えた。「あなたよりも愛しているのかもしれない……」

二度ばかり庭をまわってから、ナターシャはふたたび口を開いた。

「今日マスロボーエフが来たわ、きのうも来たわ」とナターシャは言った。

「そう、あいつはこの頃よくここへ来るようだね」

「なぜ来るか知ってる？　ママがね、なんだか知らないけど、あのひとを凄《すご》く信用しちゃったの。あのひとはなんでもよく知っているから（法律とか、そういうことをね）どんな事件でもうまく処理してもらえると思ってるのね。でも、今ママが何を考えているか分る？　ほんとうのことを言うと、私が公爵《こうしゃく》夫人になれなかったことが、ママはくやしくてたまらないのよ。それを思うと居ても立ってもいられなくなって、マスロボーエフにすっかり事情を打ち明けたらしいの。父にこの話をするのはこわいもんだから、マスロボーエフがなんとか法律の力で助けてくれないかと当てにしてるのね。マスロボーエフもそれに反対しないらしいので、ママは一生懸命お酒なんかご馳走《ちそう》してるのよ」と、ナターシャは冷笑した。

「あの剽軽者《ひょうきんもの》ならやりそうなことだ。でも、きみはどうしてそんなことを知ってる？」

「だってママが自分から私に言ったんですもの……遠まわしにだけど……」

「ところで、ネリーは？　どんな様子？」と私は訊ねた。

「ほんとは私びっくりしてたのよ、ワーニャ、あなたがどうしてあの子のことを訊《き》かないのかと思って！」と責めるようにナターシャは言った。

ネリーはこの家に住む者みんなのアイドルだった。ナターシャはこの少女を物凄く好きになり、ネリーもとうとう心からナターシャになつくようになっていた。哀れな少女！いつかこういう人たちにめぐり会い、これほどの愛を探《さが》しあてるだろうとは、少女は夢にも思わなかったのだった。憎しみにこりかたまった心が和らぎ、魂が私たちみんなにあけひろげられる有様を、私は喜ばしい気持で見守っていた。かつて不信と憎しみとかたくなさを育てた過去のすべてとは打って変った、今のこの周囲すべての愛情にたいして、少女は何か病的な熱意で応《こた》えるのだった。もちろん初めしばらくは、強情を張り、胸にこみあげる和解の涙をわざと永いこと見せなかったのだが、やがてネリーはすっかり打ち解けた。そして初めはナターシャを、次には老人を、激しく愛するようになったのである。私はといえば、少女にはなくてはならぬ人間になり、私が永いこと訪《たず》ねて行かないと少女の病状は悪化するほどだった。この前、やりかけの仕事を完成するために二日間の別れを告げたときも、私はずいぶん永いことかかって少女を説得しなければならなかった……もちろん遠まわしの説得ではあったが。ネリーは依然として、あまり露骨に自分の感情を表に出すことを恥じていたのである……

私たちはだれもが少女のことをたいそう心配していた。少女がニコライ・セルゲーイッチの家に今後ずっととどまることについては暗黙の了解があったのだが、それにしても、出発の日は次第に近づくというのに、少女の容態は悪くなる一方だったのである。私たちが老夫婦を訪ねたあの日、ナターシャが両親と和解したあの日から、少女はずっと寝たっきりだった。いや、私はどうかしている。ネリーはその前から病気だったのだ。以前から病気は少女の体のなかで進行していたのだが、今や容態は非常な速さで悪化しつつあった。その病気が正確には何なのか、私は知らないし、定義することもできない。発作が前よりも多少頻繁《ひんぱん》になったのは事実だが、何よりもいけないのは、全身の衰弱と体力減退、それに絶え間ない熱に浮かされたような緊張状態であった。それがここ数日のうちに、ネリーを寝床から起きあがれないまでにしてしまったのである。ふしぎなことに、病状が進めば進むほど、ネリーは私たちにやさしくなり、愛想がよくなり、打ちとけるのだった。おとといも、私が少女の寝床のそばを通りかかると、ネリーは私の手をつかまえて、そばへ引き寄せた。部屋には、ほかにだれもいなかった。少女の顔は熱に火照《ほて》り（ひどく瘦《や》せていた）目は炎のように燃えていた。発作的に、情熱的に、少女は両手を差しのべ、私がかがみ込むと、その浅黒い瘦せた腕で私の頸《くび》にしっかりとすがりつき、激しく接吻《せっぷん》してきたかと思うと、すぐナターシャを呼んでほしいと言った。私は呼びに行った。ネリーはナターシャに、寝台に腰かけてくれと言い、じっとナターシャの顔を見つめた……

「あなたの顔をよく見ておきたくなったの」と少女は言った。「ゆうべも夢であなたを見たわ、今晩もきっと見る……よくあなたの夢を見るの……毎晩……」

少女は明らかに何らかの感情で胸がいっぱいになり、それを口に出して言いたかったのだ。けれども自分でもその気持が摑《つか》めず、それを言いあらわすすべを知らないのだった……

私以外の人間では、ニコライ・セルゲーイッチを少女はだれよりも愛していた。ニコライ・セルゲーイッチも、この少女をほとんどナターシャ同様に愛していたということは、ぜひとも言っておかなければならない。老人には、ネリーを陽気にしたり笑わせたりする驚くべき才能があった。老人が少女のそばへ行くと、たちまち笑い声が聞え、時には悪ふざけさえ始まるのだった。病気の少女はまるで赤ん坊のように浮き浮きして、老人に媚態《びたい》を示したり、からかったり、夢の話をして聞かせたり、いつも何か新手を考え出しては、老人にも話をさせるように仕向けた。老人は「小さな娘のネリー」の顔を見ていると、ひどく嬉《うれ》しく、満足感を覚えるらしく、一日ごとにますます少女に夢中になっていくのだった。

「あの子はわしらみんなに神様が授けてくださったのだ、わしらの苦しみの代償にな」と、ある晩、いつものように寝る前に十字を切ってやり、ネリーの部屋から出て来た老人は、私に言ったのだった。

いつも私たちみんなの顔が揃《そろ》う夕方になると（マスロボーエフもほとんど毎晩のように現われた）イフメーネフ一家に心からの愛着を感じるようになった老医師もときどき訪ねてくるようになった。ネリーも安楽椅子《いす》にすわらされ、私たちの丸テーブルに運ばれた。バルコニーに通じるドアは開放されていた。落日に照らされた緑の小庭はすっかり見渡せた。庭からは、さわやかな緑と、咲きそめたリラの香りがただよってきた。ネリーは安楽椅子にすわったまま、やさしい目で一同の顔を見まわし、私たちの会話に耳を傾けた。時には元気づいて、自分もいつのまにか何やら喋《しゃべ》り出すこともあった……。だがそんなとき私たちみんなは、少女の話を聞きながら、なんとはなしに不安だった。なぜなら、少女の思い出話には触れてはならぬ話題があったからである。私も、ナターシャも、イフメーネフ夫妻も、あの日、疲れきったネリーが自分の過去を語らねばならなかったことについて、うしろめたさを感じていたのだった。医者はとくにそういう思い出話に反対だったから、私たちは努めて話題を変えようとした。するとネリーは、私たちの努力に気づいていることを表に出さぬようにしながら、医者やニコライ・セルゲーイッチと笑い話を始めるのだった……。

それにしても容態は悪くなる一方だった。少女は極端に感じやすくなってきた。心臓の鼓動は不規則になった。老医師でさえが、これはまもなく死ぬかもしれないと言ったのである。

心配させたくなかったので、私はそのことをイフメーネフ夫妻には言わなかった。ニコライ・セルゲーイッチは、出発の日までには少女が全快するものと信じきっていたのである。

「ほら、パパが帰って来た」と、声を聞きつけてナターシャが言った。「行きましょう、ワーニャ」

ニコライ・セルゲーイッチは敷居をまたがぬうちから、例によって大声で喋り出した。アンナ・アンドレーエヴナはあわてて手を振った。老人はすぐおとなしくなり、私とナターシャの姿を見ると、囁《ささや》き声で、いかにも忙しそうに、今日の奔走の結果を話し始めた。勤め口が本決りになったので、老人は上機嫌《じょうきげん》だった。

「あと二週間で出発できる」と揉《も》み手《で》をしながら老人は言うと、心配そうに横目でナターシャの顔色をうかがった。だがナターシャは笑顔でそれに応え、父親を抱きしめたので、老人の不安はたちまち消えた。

「出発だ、出発だ、いよいよ！」と、老人は嬉しそうに言った。「ただ、ワーニャ、お前と別れるのは辛《つら》いよ……（老人が私に一緒に行こうと一度も言わなかったことを記しておこう。このひとの性格からするならば、これがほかの場合だったら……つまりナターシャへの私の愛を知らなかったのなら、きっとそう言ったに違いないのである）」

「しかし仕方がない、どうにも仕方がない！　わしは辛いよ、ワーニャ。でも土地が変れば、みんな元気になるだろう……土地が変るとはすべてが変ることだからな！」と、またもや娘の顔色をうかがいながら老人は付け加えた。

老人は心底からそう信じ、そう信じられることを喜んでいたのである。

「でもネリーは？」と、アンナ・アンドレーエヴナが言った。

「ネリーか？　なあに……体具合はちょっとよくないが、それまでには間違いなく全快するさ。今だって、もうだいぶよくなっている。そうだな、ワーニャ？」と、まるでおびえたように私の顔を見ながら、この疑問は私が解決すべきだとでもいうように、老人は言った。

「ところで、あの子の具合はどうかね。よく眠ったかな。何も変ったことはなかっただろうな。もう目をさましたんじゃないかな。どうだね、アンナ・アンドレーエヴナ、テーブルをテラスへ出して、サモワールもそっちへ運ぼうじゃないか。みんなが集まったら、揃って席について、ネリーも呼ぼう……名案だろう。もう目をさましたんじゃないか？　ちょっと行って来てみるかな。いや、眺《なが》めるだけだよ……起しゃしないから心配するな！」と、アンナ・アンドレーエヴナがまた手を振ったのを見て、老人は言い足した。

だがネリーはもう目をさましていた。十五分後に、私たち一同はいつものとおり、夕べのサモワールを囲んでテーブルに着いた。

ネリーは安楽椅子にのせて連れて来られた。医者が現われ、マスロボーエフも現われた。マスロボーエフはネリーに大きなリラの花束を持って来たが、本人はなんとなくいらいらした感じで浮かぬ顔つきだった。

ついでに言うならば、マスロボーエフはほとんど毎日のように通って来た。すでに述べたとおり、彼はみんなに、とりわけアンナ・アンドレーエヴナに好かれたが、私たちのあいだでアレクサンドラ・セミョーノヴナの名前が口に出されたことは一度もなかった。マスロボーエフも口に出さなかった。アレクサンドラ・セミョーノヴナがまだ正式の細君ではないということを私から聞いたアンナ・アンドレーエヴナは、彼女をお客に迎えることも、一家の中で彼女の話をすることもできないと断然決めてしまった。これはまことにアンナ・アンドレーエヴナらしいやり方である。もっともナターシャがいなければ、そしてあのような事件が起りさえしなければ、老婦人もこうまでやかましくはなかったかもしれない。

ネリーはその晩なんとなく普段よりも悲しげで、屈託がありそうに見えた。なんだか悪い夢を見て、そのことを考えこんでいるような様子だった。だがマスロボーエフの贈り物には大喜びで、コップに差して目の前に置かれたその花をうっとりと眺めていた。

「ずいぶん花が好きなんだね、ネリー」と老人が言った。「ようし、見ていてごらん！」と老人は勢いこんで言い足した。「あした、すぐ……いや、あしたまで秘密にしておこうね！……」

「好きだわ」とネリーは答えた。「いつだったか、ママをお花でお迎えしたことがあった。まだむこうにいた頃（むこうとは今では外国のことだった）ママが一月ぐらい病気になったことがあったの。私はハインリッヒさんと相談して、ママが起きられるようになって一月ぶりに寝室から出てくるとき、部屋じゅうをお花で飾ることにしたの。それをほんとにやったのよ。その前の晩にママが、あすの朝はきっと一緒に朝ごはんをたべるわ、って言ったの。私たち物凄く早く起きて、ハインリッヒさんがたくさんお花を運んできた。それから二人で部屋じゅうを緑の葉っぱや花輪できれいに飾ったの。常春藤《きづた》もあったし、こんなに幅の広い葉っぱもあったわ――なんていう名前か知らないけど。それから、なんにでもからみつく葉っぱもあったし、大きな白い花や、水仙もあった。私、お花のなかで水仙が一番好きよ。それからバラもあった、とってもすてきなバラ。ほかにもいろんなお花があったわ。それをぜんぶ花輪にしたり、花瓶《かびん》に生けたりしたの。大きな桶《おけ》に植わっている、木みたいに大きなお花もあった。そんなのは部屋の隅《すみ》に置いたり、ママの安楽椅子のそばに置いたの。出て来たママはびっくり仰天して、とっても喜んだわ。ハインリッヒさんも嬉しそうで……今でもはっきり覚えてる……」

その晩ネリーはなんだか、とくに体が弱っていて、神経も疲れているようだった。医者は不安そうに少女を見守った。だが少女は喋りたくてたまらないのだった。そして永いこと、たそがれの帷《とばり》が下りるまで、むこうでの昔の生活を語るのだった。私たちはそれを止めはしなかった。むこうでは、ママやハインリッヒさんと一緒に少女は方々へ旅行をした。その昔の思い出がまざまざと少女の記憶によみがえった。少女は興奮して語りつづけるのだった。自分が旅の途中で見た青い空のこと、雪と氷にとざされた高山のこと、山の中の瀑布《ばくふ》のこと。そしてイタリアの湖や谷のこと、花々や樹木のこと、村人たちのこと、その服装や、浅黒い顔や、黒い瞳《ひとみ》のこと。そしてさまざまな出会いや、事件のこと。そして大都会や宮殿のこと、円屋根のある高い教会がとつぜん色とりどりの光に照らし出されたこと。そして暑い南国の町のこと、その青空や、青い海のこと……。ネリーがこんなに詳しく思い出を語ったのはこれが初めてだった。私たちは緊張しきって、その話に耳を傾けた。私たちが今までに知っていた少女の思い出は、陰鬱《いんうつ》な暗い都会の思い出ばかりだった。人を圧迫し、麻痺《まひ》させるような雰囲気《ふんいき》、汚《よご》れた空気、いつも泥にまみれた豪壮な宮殿。色褪《いろあ》せた貧弱な太陽、半ば気の狂った悪意の人びと。その人たちのために少女とその母親は辛い目にあわねばならなかった。そして汚れた地下室の湿っぽいたそがれどき、惨《みじ》めな寝床で抱き合いながら、過去のこと、死んだハインリッヒのこと、異国の華《はな》やかな風物のことなど、さまざまな思い出にふける母娘の姿が、私の心に浮んだ……。そしてすでに母親を亡《な》くし、一人ぼっちになったネリーが、残忍なブブノワに殴《なぐ》られ、いかがわしい行為を強制されそうになりながら、なおもそれらの思い出にふけっているさまもまた、ありありと見えるようだった……

だが、やがてネリーは具合が悪くなり、寝室へ連れ戻された。老人はひどく驚き、こんなにいろいろ喋らせたことをくやしがった。少女は奇妙な発作を起し、失神したのである。これは今までにも何度か繰返された発作だった。発作が鎮《しず》まると、ネリーはどうしても私の顔を見たいと言い張った。何か私一人に話したいことがあるという。あんまりしつこくそれを言うので、医者もその望みを叶《かな》えてやったほうがいいだろうと言い出し、みんなは部屋から出て行った。

「あのね、ワーニャ」と、二人きりになるとネリーは言った。「みんなは私も一緒に出発すると思ってるんでしょ。でも私は行かないわ、行かれないの。当分あなたのところにいようと思うわ。このことを言っておきたかったの」

私は少女を説き伏せようとした。イフメーネフ家の人たちはみんな少女を実の娘のように愛している。一緒に行かなかったら、きっとひどく悲しがるだろう。また私と一緒に暮したら、辛い思いをしなければならない。私は少女をとても愛しているけれども、仕方がない、やはり別れなければなるまい。

「ううん、だめ！」とネリーはかたくなに答えた。「だって私よくママの夢を見るんだけど、ママはいつも、あの人たちと一緒に行っちゃいけない、ここに残りなさい、って言うんだもの。お祖父《じい》さんを一人ぼっちにしたのはとても悪いことよ、ってママは言いながら泣くの。私やっぱりここに残って、お祖父さんの面倒をみたいわ、ワーニャ」

「でも、きみのお祖父さんはもう死んだんじゃないか、ネリー」と、少女の言葉に驚いて私は言った。

少女はちょっと考えこみ、私の顔をじっと見つめた。

「ワーニャ、もう一回話して」と少女は言った。「お祖父さんが死んだときのことを。なんにも抜かさないで、すっかり話して」

私はその要求にぎょっとしたが、とにかく詳しい様子を話してやった。少女は譫言《うわごと》を言っているのかもしれない。少なくとも発作のあとで頭がまだはっきりしていないのではあるまいか、と私は思った。

ネリーは私の話を最後まで注意深く聴《き》いた。病的な熱っぽい光を帯びた黒い目が、話の間じゅう、じっと私の表情を見守っていたのを、今でも覚えている。部屋の中はもう暗かった。

「ううん、ワーニャ、お祖父さんは死んだんじゃないわ!」と、話を聴き終え、もういちど少し考えてから、少女はきっぱりと言った。「ママがお祖父さんの話ばかりするから、きのう私言ったのよ、『お祖父さんは死んだじゃない』って。そしたらママはとても悲しがって泣き出して、そうじゃない、それは人があんたにわざとそう話して聞かせるだけだ、お祖父さんは今でも乞食《こじき》をして歩いている、『前にあんたと二人でしたみたいにね』ってママは言うの。『前にお祖父さんと初めて逢《あ》ったとき、私がお祖父さんの前にひざまずいたら、アゾルカが私を思い出したでしょう、あの辺をお祖父さんはまだ歩いているのよ……』って」

「それは夢だよ、ネリー、病気のときに見る夢だ。きみは今、病気だから」と私は言った。

「私もただの夢だと思ったの」とネリーは言った。「だからだれにも話さなかった。あなたにだけ何もかも話したかったけど。でも今日あなたがなかなか来ないので眠ってしまったら、夢に今度はお祖父さんが出て来たのよ。痩《や》せて、こわい顔をして、自分の部屋で私を待ってたの。そして、もう二日間なんにも食べていない、アゾルカもだ、って私を叱《しか》るの。もう嗅《か》ぎ煙草《たばこ》も全然なくなってしまった、煙草がないとわしは生きていかれないんだ、って。お祖父さんは前に本当にそう言ったことがあるのよ、ワーニャ。ママが死んだあと、私が訪《たず》ねて行ったときにね。そのときのお祖父さんはひどい病人で、もう何がなんだか分らなくなっていたわ。それで今日、お祖父さんがそう言うのを聞いて、私、思ったの。また橋の上に立って乞食をして、そのお金でパンや、じゃが芋の煮たのや、煙草を買ってあげよう、ってね。そしたら私はもう立って乞食をしているの。見るとお祖父さんがあたりをうろついていて、少し経《た》つと寄って来て、いくら集まったか調べて、自分のふところに入れてしまう。そしてこれはパン代だ、今度は煙草代を集めろって言うの。それからまたお金を貰《もら》うと、またお祖父さんが寄って来て取り上げてしまうの。そんなことしなくたってみんなあげるわ、隠しゃしないから、って私が言うと、お祖父さんは『だめだ、お前はわしの金を盗むのだ。ブブノワも言ってたぞ、お前は泥棒だとな。だからわしはお前を絶対に引き取ってやらんのだ。五コペイカ玉を一個どこへやった？』って言うの。お祖父さんに信用してもらえないので私泣いちゃったんだけど、お祖父さんは私の言うことなんか全然聞きもしないで、『五コペイカ玉を一個盗んだな！』ってどなって、その橋の上で私をぶち始めるの、とっても痛くぶったの。私わあわあ泣いてしまった……だから今思ったのよ、ワーニャ、お祖父さんはきっと生きていて、どこかを一人で歩いてるんだ。私が行くのを待ってるんだ、って……」

私はふたたび少女を説得し、その考えを変えさせようとした。やがて少女は考えを変えたらしい。お祖父さんの夢を見るから寝るのがこわい、と答えたのだった。そして寝しなに私を固く抱きしめた……

「でもやっぱりあなたと別れたくないわ、ワーニャ！」と、私の顔にその小さな顔を押しつけながら少女は言った。「お祖父さんがもう生きていないとしても、あなたと別れるのはいやよ」

家中の者はネリーの発作に仰天していた。私は医者にこっそり少女の幻覚を物語り、ネリーの病気をどう思うかと、はっきりした返答を求めた。

「まだ何一つ分らないね」と医者は考えながら言った。「今のところは推理し、考え、観察するだけだ……まだ何一つ分らない。しかし全快ということはあり得ないだろうな。あの子は死ぬよ。あんたに頼まれたから、あの人たちには黙っているが、なんとも気の毒でたまらん。あすにでも立会診察をやろうかと思うんだ。ひょっとしたら、立会診察のあとで病勢が一転するかもしれん。それにしてもあの子は可哀想《かわいそう》だ、なんだか自分の娘のような気持で……実に可愛《かわい》い子なのに！　あんなに剽軽《ひょうきん》な子なのに！」

ニコライ・セルゲーイッチはとりわけ興奮していた。

「実はな、ワーニャ、こんなことを考えついたんだ」と老人は言った。「あの子は花が大好きだろう。それで、一つどうかな、あすの朝、目をさましたら、花を飾って迎えてやろうじゃないか。あの子がさっき話していただろう、そのハインリッヒとやらと一緒に、母親にやってやったようにさ……あんなに興奮して話していたじゃないか……」

「その興奮ですよ」と私は答えた。「今のあの子には、その興奮がいちばん毒なんです……」

「うん、しかし愉快な興奮はまた別だよ！　まあ、わしの経験を信用してくれ。愉快な興奮というものは、何の害にもならんのだ。愉快な興奮なら、健康に作用して、かえって病気をなおす効能が……」

要するに老人はこの思いつきに自分で惚《ほ》れこみ、もう夢中になっているのだった。反対しても無駄なことである。私は医者の助言を求めたが、医者が考える暇もないうちに、老人は早くも帽子を手にとり、このもくろみを実行に移すべく駆け出して行くのだった。「実はな」と、出しなに老人は言った。「そこの、すぐ近くに温室があるんだ。りっぱな温室でな。園丁が花をわけてくれるんだが、それが安い！……びっくりするほど安いのさ！　アンナ・アンドレーエヴナによく言っといてくれ、でないと金を費《つか》ったと言ってすぐ怒り出すから……さて、それでと……そうだ！　もう一つ言うことがあった、お前、今日はどうする？　もう仕事は終ったんだろう。だったら急いで帰ることはないじゃないか。泊っていきなさい、二階の小部屋に。覚えてるだろう、前にはよく泊ったじゃないかね。お前の蒲団《ふとん》もベッドも前のままだ、手も触れていない。フランスの王様みたいに、のうのうと寝られるぞ。どうだね？　泊っていきなさい。あすの朝は少し早起きして、花が届いたら、八時までにみんなで部屋を飾ろうじゃないか。ナターシャも手伝うだろう。わしゃお前より、ナターシャのほうが趣味がいいからな……どうだ、賛成だね？　泊っていくね？」

結局、私は泊っていくことに決められてしまった。老人は手配をすませてきた。医者とマスロボーエフは挨拶《あいさつ》をして、帰って行った。イフメーネフ家の就寝時刻は早く、いつも十一時頃である。マスロボーエフは帰りしなに、何やら考えこんだ様子で、私に話しかけようとしたが、この次にすると言って立ち去った。だが、老夫婦におやすみを言ってから、私が二階の小部屋へ上って行くと、驚いたことには、またもやマスロボーエフの姿が目に入った。彼は小さなテーブルにむかって腰を下ろし、何かの本のページをめくりながら私を待っていた。

「途中で引っ返して来たんだ、ワーニャ、今話してしまったほうがよさそうなんでね。まあ坐《すわ》れよ。とにかく、実に馬鹿馬鹿しい、むしろ腹の立つ話なんだ……」

「一体なんのことだ」

「いや、あの公爵《こうしゃく》の野郎のおかげで、腹が立ったのなんのって。二週間前の話だがね。まだ腹が立ちっぱなしさ」

「なんだって？　きみはまだあの公爵と付き合っているのか」

「おや、『なんだって』ときたね。まるで天下の一大事みたいにさ。きみは、ワーニャ、まるでうちのアレクサンドラ・セミョーノヴナにそっくりだぜ、あのやりきれない女どもにさ……おれは女どもにゃ全く我慢ができないね！……烏がカアと啼《な》いても、すぐ『なあに、あれ？』とくる」

「そう怒るなよ」

「怒ってやしないさ、ただ何事も普通の目で見なきゃならん、誇張してはいかん……そう言いたいだけだ」

それでもやはり怒ったように、彼は少し黙っていた。私はその沈黙を破ろうとはしなかった。

「実はね」と彼はまた喋《しゃべ》り出した。「おれは一つの証拠にぶつかったんだ……いや、実はぶつかったんじゃない。それに証拠なんてものじゃなくて、ただそんな気がしただけだが……つまり、いろいろ考え合せた結果としてだね、ネリーは……たぶん……そう、一口に言ってしまえば、公爵の実の娘じゃないかと思うんだ」

「なんだって！」

「そうら、また『なんだって』ときた。きみみたいな連中とは話がしにくくって仕方がないや！」と乱暴に手を振りまわして彼は叫んだ。「おれは今何か確実なことを言ったかね。あんまり早のみこみしないでくれよ。ネリーが公爵の嫡出子であることは証明されたとでも言ったかね。え、どうなんだよ、言ったか、言わないか……」

「いや、待てよ」と私は激しく興奮して相手の言葉をさえぎった。「頼むからそんなにどならないで、正確に、はっきりと説明してくれ。そしたらぼくにも理解できると思う。これがどんなに大事なことか、どんなに重大な結果をもたらすか、よく考えてみてくれ……」

「今度は結果か、なんの結果だよ。証拠はどこにあるんだよ。仕事ってのはそんなふうにやるもんじゃないんだ。これからきみに話すことはあくまでも秘密だからね。なぜきみに秘密を話すのか、その理由はあとで言おう。とにかく話す必要があるんだ。まあ黙って聴《き》いてくれ、秘密だってことを忘れずにな……

　実はこういうわけだ。事が始まったのは、まだ冬の頃、スミスが死ぬ前、公爵がワルシャワから帰って来たばかりの時分だ。いや、ほんとうはもっとずっと前、去年のことなんだな。しかし当時、公爵が調べていたことと、今調べ始めたこととは全然別だ。肝心なのは、やつが糸口を見失ったということ。やつがパリでスミスの娘を棄《す》てたのはもう十三年も前のことだが、その十三年間、公爵はずうっと女の動静に目を光らせ、女が今日の話に出たハインリッヒと一緒に住んでいたことも、ネリーという娘があることも、女が病気であることも、知っていた。要するに何もかも知っていたんだが、とつぜん女を見失ってしまった。それはハインリッヒの死後、スミスの娘がペテルブルグへ帰ろうとしていた頃のことなんだ。女がどんな変名を使ってロシアへ帰ってこようと、ペテルブルグにいるのならば、もちろん探《さが》し出すことはできただろう。ただ問題は、外国にいるやつの子分が、嘘《うそ》の報告をしてきたということなんだな。つまり、女は南ドイツのなんとかいう田舎町《いなかまち》に住んでいると報告した。うっかりしてほかの女と取り違えちゃったらしいんだね。そのままで一年かそこいら経った。一年経った頃、公爵はどうも妙だと疑い始めた。いくつかの事実からして、どうも別人じゃないかと思い始めたんだね。とすると問題は、本物のスミスの娘はどこへ行ったかだ。ペテルブルグにいるのじゃないかという考えが、ふっと公爵の頭に浮んだ（さしたる根拠もなしにね）。そして外国に問い合せる一方では、ここでも別の調査を始めた。しかし大っぴらな方法はとりたくなかったらしくて、おれと知り合った。おれを紹介してくれた人がいるんだ。これこれしかじかで、そういう仕事なら安心して任せられる、うんぬんという次第でね……で、やつはおれに事情を説明した。ところがあん畜生の説明はひどく曖昧《あいまい》で、どっちにも取れるような喋り方なんだ。間違いも多いし、同じことを何度も繰返すし、一つの事実をいろんな角度から同時に話したり……しかしどうごまかしたって事件の糸口は隠しおおせるもんじゃない。おれはもちろん初めはきわめて卑屈に、正直に出た。つまりは奴隷《どれい》のように一身を捧《ささ》げたよ。しかしおれは終始一貫せる原則と同時に、自然の法則によっても（なにしろ自然の法則だからな）推理を進めた。第一に、やつが話したのは本当の要件だろうか。第二に、やつが話した要件の陰に別の語られざる要件が隠されているのではなかろうか。もし後者の場合だとすると、きみの詩的な頭でだって分るだろう、おれはやつにピンはねされることになる。だって一つの要件が一ルーブリの値段で、もう一つのほうが四ルーブリだとするね。その四ルーブリのほうの仕事を一ルーブリでしてやったら、それはすなわちおれが阿呆《あほう》だということじゃないか。で、調査と推理を重ねるうちに、少しずつ証拠らしきものにぶつかり始めた。やつ自身から聞き出したこともあるし、第三者から聞き出したこともあるし、自分の頭で考えたこともある。なぜおれがこんなやり方をしたのかと、きみは訊《き》くかもしれないな。答えよう。公爵が何か妙に気を揉《も》んでいること、妙におびえていること、それだけでも怪しいじゃないか。だって実際びくびくすることはなんにもないんだからね。恋人を父親の家から連れ出した。女が妊娠したので、男は女を棄てた。ね、何も驚くほどのことじゃないだろう？　ちょっとおもしろいいたずらという程度のことだ、それ以上じゃない。公爵のような人間がこわがるほどのことじゃない！　ところが、こわがっている……こいつは臭いと睨《にら》んだね。そのうちに、ハインリッヒを通じて実におもしろい手がかりを摑《つか》んだ。もちろんハインリッヒはもう死んじまったんだが、従妹《いとこ》がいてね（今はペテルブルグのあるパン屋のかみさんだ）、この女は昔ハインリッヒに凄《すご》く惚れていた。肥《ふと》っちょのパン屋のおっさんと一緒になって、いつのまにか子供を八人もこさえちまったってのに、十五年間絶えずハインリッヒを思いつづけていたんだとさ。いろいろ面倒な手を使って、この従妹から、おれは重大な事実を聞き出した。つまりハインリッヒはドイツ人の習慣で、この従妹のために手紙やら日記やらを書きつづけていたんだが、死ぬ前にその一部を従妹に送ってよこした。この女は阿呆だから、その手紙を読んだって肝心なことはさっぱり分りゃしない、分ったのはお月様だとか、いとしのアウグスティンだとか、あるいはヴィーラント（訳注　十八世紀ドイツの詩人）だとか、そんなことばかりなんだがね。だがおれは必要な情報を聞きだし、その手紙から新しい手がかりを発見した。おれが知ったのは、たとえばスミス氏のこと、娘が盗み出した財産のこと、その財産を公爵が横取りしたこと。そしてその手紙のいろんな感嘆詞や、まわりくどい言いまわしや、比喩《ひゆ》のあいだから、ついに真相が顔をのぞかせた。ということは、ワーニャ、分るかい！　はっきりしたことは何もないんだ。ハインリッヒの馬鹿野郎《ばか》はその点になるとわざと隠して、ほのめかしてるだけなんだ。しかし、そういうほのめかしのなかから、それと同時に摑んだ事実のなかから、おれにとっては天来の妙音が聞えてきた。つまり、公爵は実はスミスの娘と結婚していたんだよ！　どこで結婚したか、どんなふうに、いつ、場所は外国か国内か、書類がどこにあるか――いっさいは不明だ、そこでだね、ワーニャ、おれはいまいましさに髪の毛をかきむしって、探したわ探したわ、昼夜ぶっとおしで探しまわった。

やっとのことでスミスを探しあてたが、爺《じい》さんはぽっくり死んじまった。生きてるうちには、とうとうお目にかかれなかった。そのとき、ひょっとしたことから、ワシリエフスキー島で一人の女が死んだという話を聞いて、それがどうも臭いと思い、調べてみたら、証拠を摑んだ。おれはワシリエフスキー島へすっ飛んで行った。そのときだよ、きみとばったり出っくわしたのは。おれはいろいろ聞き出した。一口にいえば、ネリーもいろんな点でおれの役に立ってくれた……」

「ちょっと待て」と私は彼の話をさえぎった。「じゃ、きみの考えだと、ネリーは知っているのか……」

「何を？」

「自分が公爵の娘だということをさ」

「あの子が公爵の娘だってことは、きみだって知っているじゃないか」と、妙に意地のわるい非難のまなざしで私を見ながらマスロボーエフは答えた。「きみも間が抜けているね、どうしてそんな下らない質問をするんだ。肝心なのはそんなことじゃなくて、あの子が自分は単なる公爵の娘じゃない、公爵の嫡出の娘だという事実を知ってることだ。分るかい？」

「信じられない！」と私は叫んだ。

「おれだって最初は『信じられない』と思ったよ、今だってときどき『信じられない』と独《ひと》りごとを言うんだがね！　しかし問題はこれがあり得ることだ、まず間違いのない事実だということなのさ」

「いや、マスロボーエフ、そうじゃない、きみが夢中になってるだけだ」と私は叫んだ。「ネリーはそんなことを知らないだけじゃない、あれは事実、私生児なんだ。もし母親が何らかの書類を握っていたとしたら、このペテルブルグであんな惨《みじ》めな運命をひたすら耐え忍ぶだけで、しかも自分の子供がみなし児になるのに何の手も打たないなんて、そんなことが考えられるか。冗談じゃない！　そんなことはあり得ないよ」

「おれもそう思ったんだ。つまり現在に至るまで、その点が依然として謎《なぞ》だった。しかしここで問題はふたたび、そのスミスの娘というのが世にも珍しい気違いじみた女だったという点にある。実に変った女だった。いろんな事情を考え合せてごらん。まるでロマン派の小説じゃないか——この世のものならぬ愚行を気違いじみた程度にまで拡大したようなもんだ。たとえばスミスの娘は、初めからこの世の天国とか天使とかいうようなことを夢みて、やつに熱烈に惚《ほ》れこみ、限りなくやつを信じた。だからあとで気が変になったのは、やつに嫌《きら》われて棄てられたからじゃなくて、期待を裏切られたからだとおれは思うんだ。やつが女をだましたり棄てたりできるような男だったからなんだよ。自分の天使がみるみる怪物に変貌《へんぼう》し、自分に唾《つば》を吐きかけたり踏みにじったりしたからなんだよ。女のロマンチックで気違いじみた心はこの変貌に耐えられなかった。しかも女は侮辱された。どんな侮辱だったか、分るだろう！ 恐怖と、とりわけ自尊心とから、女は限りない蔑《さげす》みの心で男から離れた。そしてあらゆる関係を断ち、あらゆる書類を破り棄てた。金には唾を吐きかけ、それが自分のではなく父親の金だということも忘れて、まるで塵芥《ちりあくた》のように放り出した。それというのも自分を欺いた人間にたいして精神的な優位に立ち、そいつを泥棒と見なし、生涯そいつを軽蔑《けいべつ》する権利を得るためなのさ。そしてたぶんその場で、そいつの妻と呼ばれることは自分の不名誉だと言ったに違いない。わが国には離婚というものはないが、二人は事実上《デ・ファクト》離婚したわけだから、あとになってやつの援助を求めるのはまずいじゃないか！ 気の狂った女が死の床でネリーに言った言葉を思い出してごらん。あの人たちのとこへ行っちゃいけない、働きなさい、死んでもあの連中のとこへ行っちゃいけない、たとえだれが呼びに来ても（つまり女はその期《ご》に及んでもまだ呼びに来ることを空想していたんだね。もしそうなればもう一度だけ復讐《ふくしゅう》のチャンスが訪れ、呼びに来た男に軽蔑を投げつけることができる。要するに、パンの代りに憎悪《ぞうお》の夢を食っていたんだ）。ネリーからもいろんなことが聞き出せたよ。今でもときどき聞き出すことがあるがね。むろんネリーの母親は胸をわずらっていた。あの病気はとりわけ憎しみや、いろんな焦燥感を助長させるものだ。しかしブブノワの建物に住んでいる女から、おれはちょっと聞き出したんだよ、ネリーの母親が公爵《こうしゃく》に手紙を書いたことをね。そう、公爵にだよ、ほかならぬ公爵にだ……」

「手紙！　で、その手紙は届いたのか」と私はたまりかねて叫んだ。

「それなんだがね、届いたかどうかは分らない。スミスの娘はその女と親しくしていたから（覚えてるだろう、ブブノワのとこに白粉《おしろい》を塗りたくった女がいたね。今は夜の女の収容所に入っているがね）女に手紙を届けてもらおうとしたんだが、結局渡さないで引っこめてしまったんだと。それが死ぬ三週間前のことだ……実に意味深長な事実じゃないか。いったん出そうと決心したのなら、引っこめたところで同じことだからな。また次の機会に出せる。そういうわけで、その手紙を出したか出さなかったかは分らないが、しかし出さなかったと信じていい根拠は一つだけある。つまり、女がペテルブルグにいること、そしてその住所を、公爵がはっきり知ったのは、女が死んだあとのことなんだ。野郎め、さぞかし喜んだことだろうよ！」

「そう、思い出した。いつか父親が手紙を受けとって、とても喜んでいたとアリョーシャが言っていたが、それはついこのあいだ、せいぜい二カ月ぐらい前の話だぜ。で、その先はどうなんだ。その先は？　きみと公爵とのあいだはどうなったんだ」

「おれと公爵とのあいだがどうだっていうんだい。とにかく、精神的には完全な確信があるんだが、確実な証拠は一つもない。いくら頑張《がんば》ってみても一つもない。こりゃ危機だよ！　外国へ行って調べりゃ何か分るかもしれないが、外国といったって、どこなのか不明だろう。そこでおれは、こりゃ近いうちに一波瀾《ひとはらん》あるなと覚悟した。こっちは遠まわしな言葉でやつをおどかし、実際以上に知ってるふりをすることしかできなかったがね……」

「で、どうなった？」

「その手に乗らないんだよ。でも、怖気《おじけ》づきやがったがね。いまだに怖気づいてるくらいだ。おれとやつとは何回か寄り合ったんだが、やつめ、いかにも困り果てたという面《つら》をしやがってさ！　一度なんかは友達ぶって、何もかも話そうとしやがった。おれが残らず知ってると思ったからなんだね。思い入れたっぷりに、率直に、なかなか上手《じょうず》に喋ったが、もちろん、恥知らずめ、嘘《うそ》八百を並べたてたのさ。それでやつがどれくらいおれを恐れてるかがよく分った。だから一時はおれもわざと馬鹿になって、策略を使っていることをあからさまに見せてやったんだ。下手《へた》くそに、つまりわざと下手くそにおどかしたり、わざと乱暴なことを言ったり、居丈高《いたけだか》になってみせたり――これもただただ、やつがおれのことをほんとに間抜けだと思って、うっかり口を滑《すべ》らしゃしないかという計略なんだ。ところが、あの野郎、見抜きやがった！　仕方がないから、次には酔っぱらったふりをしたが、これもうまくいかない。こすっからい野郎だ！　どうだね、ワーニャ、分るかい、おれはとにかくやつがおれをどれだけ危険視しているか知りたかったし、もう一つは、実際よりはもっと事情を知ってるように見せかけなきゃならなかった……」

「で結局どうなった」

「どうにもならなかったさ。必要なのは証拠であり、事実なんだが、それが一つもない。ただ一つだけやつがこわいのは、おれがその気になればスキャンダルを巻き起せるということだ。この町の社交界に首を突っこんだ以上、一番こわいのはスキャンダルだからね。やつが結婚することは知ってるだろう？」

「いや……」

「来年だとさ！　花嫁はもう去年から目星をつけておいたんだ。去年でやっと十四だったから、今はもう十五か。まだエプロンをしてるような女の子さ、可哀想《かわいそう》に。両親は大喜びだ！　やつがどんなに細君に死んでもらいたかったか、これでよく分るだろう。花嫁は将軍の娘でさ、いわばドル箱だからね――凄い大金持なんだ！　なあワーニャ、われわれはこういう結婚だけはしないようにしような……ただおれがおそらく一生涯くやしくってたまらないのは」とマスロボーエフは拳固《げんこ》でテーブルを叩《たた》いて叫んだ。「二週間前にやつに一杯くわされたことだ……くそ！」

「一杯くわされた？」

「そう。おれの手に確実な証拠がないことをやつは見破った、とおれは思ったんだ。これ以上この仕事が永びけば、おれはますます弱味を握られるばかりだという気がした。だからやつから二千ルーブリ貰《もら》うことを承知しちゃったんだ」

「二千ルーブリ貰ったのか！……」

「銀貨でな、ワーニャ。断腸の思いで受けとったよ。これが二千ぽっちの仕事かってんだ！　卑屈な気持で受けとったよ。おれは唾でもひっかけられたような気分でやつの前に立っていた。やつが言いやがった、マスロボーエフさん、あなたの今までのお仕事のお礼をまだお払いしていませんでしたね（ところが、それまでの仕事についちゃ、とうの昔に、約束どおり百五十ルーブリ貰ってるんだ）、私はこれから旅行に出ます。ここに二千ルーブリある。これでわれわれの仕事はすべて完全に終了したわけですな。おれは答えた、『完全に終了しました、公爵』――そう答えたものの、どうしてもやつの面《つら》を見る勇気がない。その面にこう書いてあるかと思うとね、『どうだ、大金だろう、これはただのお情けで馬鹿者に恵んでやるのだよ!』やつの家からどうやって出て来たかも覚えていない始末さ!」

「それじゃ、あんまり汚《きた》ないじゃないか、マスロボーエフ!」と私は叫んだ。「ネリーになんてことをしてくれたんだ」

「汚ないだけじゃない、懲役ものだ、唾棄《だき》すべき行為だ……まるで……まるで……いや、もう言い表わす言葉もない!」

「ひどい話だな! 公爵には少なくともネリーの生活を保証する義務があるはずなのに!」

「義務か。それをどうやって強制する? 脅迫するか? やつはたぶん驚きもしないよ。おれが金を貰っちゃったんだからね。こっちの脅迫のたねは銀貨で二千ルーブリの値段でございますと、自分で自分に値をつけちまったんだからな! 今度はどうやってやつを脅迫したらいいんだ」

「じゃ、ネリーのことはもうお終《しま》いなのか」と、私はほとんど絶望的に叫んだ。

「とんでもない!」とマスロボーエフは熱っぽく叫び、激しく身震いした。「やつをこのまま放っておくもんか! おれはまた新しい仕事にかかるよ、ワーニャ、もう覚悟を決めたんだ! 二千ルーブリ受け取ったことがなんだい。下らねえ。あれは侮辱にたいする慰藉料《いしゃりょう》だ。おれはあのごろつき野郎に一杯くわされた、すなわち笑いものにされたんだからな。一杯くわしたうえに笑いものにしやがった！ 笑いものにされて黙っているおれだと思うのか……今度はね、ワーニャ、直接ネリーから調査を始めるよ。おれが見たところ、この事件の最終的な鍵《かぎ》はネリーが握っている。それに間違いないと思う。ネリーはすべてを知ってるんだ、すべてをね……母親から聞かされたに違いないんだ。熱に浮かされたときや、淋《さび》しいときに、母親はきっと話して聞かせたと思うよ。ほかに訴える相手がいないんだもの、きっとネリーに話したさ。ひょっとしたら、何かの書類が出てこないとも限らんし」と彼は甘い喜びに揉《も》み手《で》をしながら言い足した。「ところでワーニャ、今日おれがここへふらっとやって来た理由は分るね。第一に、きみにたいする友情、これはもちろんだ。しかし何よりも大きな目的はネリーを観察するためだった。第三に、ワーニャ、好むと好まざるとにかかわらず、きみはおれを助けてくれなくちゃいけない。きみにはネリーを動かす力があるんだから！……」

「きっと助けよう、誓ってもいい」と私は叫んだ。「ついでに希望しておくけれども、マスロボーエフ、きみはあくまでもネリーのために——傷つけられた哀れなみなし児《ご》のために努力してくれ。自分の利益のためだけじゃなくてね……」

「きみもまたおめでたい男だな、おれがだれの利益のために努力しようと、きみには関係ないじゃないか。とにかく目的を達することだけなんだ、肝心なのは！ むろん何よりもみなし児のためにやるさ、それが人類愛の命ずるところなんだから。でも、ワニューシャ、おれが少しぐらい自分のことを考えたからって、そう取り返しのつかないことのように責めないでくれ。おれは貧乏人だぜ。だからやつも貧乏人を侮辱するような真似《まね》はするなってんだ。やつはおれの上前をはねたばかりか、それでも足りずに一杯くわせやがったんだからな。きみの流儀だと、それでもおれはあのペテン師の顔色をうかがって生きなきゃならんのかい。じゃまたあすの朝《モルゲンフリユー》！」

だが次の日の花祭りは実現しなかった。ネリーは容態が悪化し、もう寝室から出られなくなったのである。

そして二度とふたたびその部屋から出なかったのである。

少女は二週間後に死んだ。その苦しみの二週間、少女はもはや一度も正気に返らず、例の奇怪な幻想から逃《のが》れることもできなかった。意識は混濁したようだった。息を引きとる瞬間まで、少女はお祖父《じい》さんが呼んでいる、私が行かないから腹を立てていると言いつづけたのだった。お祖父さんは少女をステッキで殴《なぐ》り、パンや煙草《たばこ》を買う金を親切な人から貰って来いと言いつけるのだという。少女はよく夢を見て泣き出し、目がさめると、ママに逢《あ》ったと語るのだった。

ときどき理性が戻ってきたように見えることもあった。ある日、私と二人きりのとき、少女は手をのばして、その痩《や》せ細った熱っぽい手で私の手を握りしめた。

「ワーニャ」と少女は言った。「私が死んだらナターシャと結婚してね！」

それはだいぶ前から絶えず考えていたことのようだった。私は無言で笑顔を見せた。私の笑顔を見ると、少女もにっこり笑い、痩せた指をいたずらっぽく立てて、おどす真似をし、それから私に接吻《せっぷん》し始めた。

死の三日前、美しい夏の夕暮れに、少女は日除《ひよ》けを上げて寝室の窓をあけてほしいと言った。窓は庭に面していた。植物の濃い緑や、沈みかけた夕日を、少女は永いこと眺《なが》めてから、とつぜん私と二人だけにしてほしいと頼んだ。

「ワーニャ」と、すでにだいぶ弱っていた少女はやっと聞えるような声で言った。「私もうじき死ぬわ。もうすぐよ。だから私の言うことを覚えていて。あなたには形見にこれを残していくわ（少女は自分の胸に十字架と一緒にかけてあったお守り袋をゆびさした）。これは死ぬときママが残していったの。私が死んだら、このお守り袋をはずして、あなたが持っていてね。それでね、中に入っているものを読んでちょうだい。今日みんなに言っておくわ、お守り袋はあなただけに渡すように、って。そして中に書いてあることを読んだら、あのひとのところへ行って、私は死んだけど、あのひとを赦《ゆる》さなかった、って言ってほしいの。それから私がついこのあいだ聖書を読んだことも言ってね。聖書には、汝《なんじ》の敵を赦せって書いてあった。それを読んだけど私はあのひとを赦さないのよ。だってママが死ぬ前、まだ物が言えたとき、最後に言った言葉は『あのひとを呪ってやる』だったの。だから私もあのひとを呪《のろ》うの。自分のためじゃなく、ママのために呪うの……ママが死んで、私がブブノワの家で一人ぼっちになったときのことも、あのひとに話してやってね。それから、ブブノワの家にいたときの私の様子も、ほかのことも、ぜんぶ話してやって。それから、ブブノワのとこのほうがいいって、私があのひとのとこへ行かなかったこともね……」

喋《しゃべ》っているうちにネリーの顔色は蒼《あお》ざめ、目はぎらぎら光り、心臓は激しく悸《う》ち出し、少女は枕《まくら》に突っ伏して、二分ばかり口をきくことができなかった。

「みんなを呼んで、ワーニャ」と、やがて弱々しい声で少女は言った。「みんなとお別れがしたいの。さようなら、ワーニャ！……」

そして最後に私を固く固く抱きしめた。みんなが入って来た。老人は少女が死にかかっているとは、どうしても思えないのだった。そんなことを考えることすら許せないのである。そして最後まで私たちと言い争い、少女は必ず全快すると言い張るのだった。そして少女の枕許《まくらもと》に昼も夜も坐《すわ》りつづけ、心労のあまりひどく痩せてしまった……。最後の幾晩かは、老人は文字どおり一睡もしなかった。そしてネリーのちょっとした気《き》紛《まぐ》れや望みを言われぬ先に叶《かな》えてやろうと努め、少女の寝室から出てくると身も世もなく泣き崩《くず》れるのだった。だがすぐにまたもや楽観的になり、きっと全快すると言い張った。少女の寝室は、老人の買って来た花で一面に飾られた。ある日は、どこか遠くまで出掛けて行って、可愛《かわい》いネリーチカのために、紅白のすてきなバラの大きな花束を老人は買って来た……。これらのことは少女をひどく感動させた。こうしたみんなの愛情にたいして少女は心から応《こた》えずにはいられなかったのである。その別れの晩、老人はどうしても少女と別れの言葉をかわそうとはしなかった。ネリーは老人に笑顔をみせ、一晩中、快活に見せようと努め、冗談を言ったり、笑ったりさえした……。私たちはほとんど希望を抱《いだ》いて少女の寝室を出たが、次の日になると少女はもう口がきけなくなった。そして二日後に死んだ。

老人が少女の小さな柩《ひつぎ》を花で飾り、そのひどく痩せた死顔や、生気の失《う》せた微笑や、胸の上に組み合された手を、絶望的に凝視していたさまを、私は記憶している。実の娘を失ったように、老人は泣いた。ナターシャや私は総がかりで慰めたが、その悲しみは消えず、ネリーの葬式がすむと、老人は重い病いの床についた。

少女の胸から外《はず》したお守り袋を、アンナ・アンドレーエヴナが私に渡してくれた。そのお守り袋の中には、ネリーの母親が公爵《こうしゃく》に宛《あ》てて書いた手紙が入っていた。ネリーが死んだ日に、私はそれを読んだ。女は公爵に呪いの言葉を投げつけ、決して赦せないと言い、自分たちの最後の生活の模様や、ネリーを一人残してゆく恐怖をこまごまと語り、せめて子供には何かしてやってほしいと哀願していた。『この子はあなたの子です』と女は書いていた。『この子はあなたの娘です。この子があなたの本当の娘であることは、あなた自身がよくご存知でしょう。私が死んだら、あなたのところへ行って、この手紙を渡すようにと、私はこの子に言いつけておきました。もしあなたがネリーを追い返さなかったら、私もたぶんあの世であなたを赦しましょう。最後の審判の日には自分から神様の玉座の前に立って、あなたの罪をお赦しくださいませと裁《さば》きの神にお願いしましょう。ネリーはこの手紙の内容を知っています。私が読んで聞かせました。事情もすっかり話しましたから、この子はすべてを、すべてを知っています……』

しかしネリーは母親の遺言を守らなかった。すべてを知りながら、ついに公爵のところへは行かず、和解せぬまま死んだのである。

ネリーの葬式から帰って来て、私とナターシャは庭へ出た。光に満ちあふれるような暑い日だった。イフメーネフ家の出立《しゅったつ》は一週間後に迫っていた。ナターシャは永いこと、奇妙な目つきで私の顔を見つめた。

「ワーニャ」とナターシャは言った。「ワーニャ、夢だったのね！」

「何が夢だったの」と私は訊《たず》ねた。

「何もかもよ、何もかも」とナターシャは答えた。「この一年間のすべてのことよ。ワーニャ、なぜ私、あなたの仕合せをこわしたのかしら」

ナターシャのまなざしは語っていた。

『私たちが一緒になったら、永遠の仕合せが訪れるかもしれない！』

解説

小笠原豊樹

雑誌《時代《ヴレーミヤ》》の創刊号（一八六一年一月）から七カ月にわたって連載されたこの長編小説は、ドブロリューボフの証言によれば当時のロシアの読書界に非常に歓迎されたようである。

「……ドストエフスキーの長編はなかなか読みごたえのある作品で、ほとんどすべてのものがもっぱらその作品を愛読し、ほとんどすべてのものが絶大な讃辞《さんじ》を惜しまずにその作品のことばかりを口にしているほどの傑作である……ひとことで言えば、ドストエフスキーの長編は、これまで（一八六一年九月現在）に現われた今年の文学上の最高の事件である……」（水野忠夫《ただお》訳）

当時の読者にとって魅力的だったものが何なのかを推察することは、それほど困難ではない。一八六〇年代初めのドストエフスキーは、典型的な移行期にある作家だった。そしてロシアの社会もまた農奴解放を迎えて本格的なブルジョア社会へ移行しようとしていた。《時代》の発行とその「土壌主義」はまことにタイミングのいい現象だったわけである。ドストエフスキー自身は、シベリアでの十年を経てペトラシェフスキーなどの合理主義的民主主義からの転向を余儀なくされていたが、晩年のように反動的愛国主義的な発言をするほど右傾化してはいなかった。たとえばこの小説のなかで、ペトラシェフスキーのものと覚《おぼ》しき「進歩的サークル」に熱中するのは軽薄きわまりないアリョーシャだが、そのアリョーシャは思いがけなく真実のこもった口調で父親の旧態依然たる貴族主義を批判したりする（この青年は結局は父親の言いなりになるのだけれども）。つまり作者はこれだけ手のこんだやり方で自分の過去のイデーを攻撃しているのである。それは混沌《こんとん》たる移行期にふさわしいやり方であり、上から与えられた改革にたいして敏感に虚偽の匂《にお》いを嗅《か》ぎつけていた市民社会大衆にふさわしい方法だったと言えるかもしれない。

この小説の設定そのものもまた相当に巧妙である。作中人物が「最近の改革」を云々《うんぬん》するところからみれば、時代は六〇年代初めである筈《はず》だが、前記のサークルの雰囲気《ふんいき》は明らかに四〇年代のそれであり、Bという頭文字で呼ばれる批評家は前後の関係からしてベリンスキーであることに間違いはない。こういう時代混淆《アナクロニズム》をドストエフスキーはわざと行なって、死で始まり死で終るこの物語――感傷と抒情《じょじょう》に覆《おお》われた義絶と献身と裏切りの物語にふさわしい舞台を設営したのだった。たとえば有名な冒頭の場面――スミス老人の死の場面には、時代の刻印はほとんど認められない。ゴーゴリ以来すでにお馴《な》染《じ》みとなったペテルブルグの裏町が舞台装置のように現われ、そこで影のような老人と犬が死ぬ。ホフマンふうの怪奇趣味である。この発端からメロドラマ的な連鎖があいつぎ、義絶と裏切りに苦しむ過去と現在の二人の女の悲劇が重ね合せられ、少女ネリーの死によって締めくくられる。しかも語り手のワーニャは瀕死《ひんし》の床にあってこの手記を書きつづっているという設定であるから、これは死によって二重三重に縁どられた小説であると言える。虐《しいた》げられた死という想念はもはや時代を超越するまでにドストエフスキーの内部で拡《ひろ》がっていたのである。

語り手のワーニャ（イワン・ペトローヴィチ）は、かつて文壇にはなばなしくデビューし、その後挫折《ざせつ》したという点で、ドストエフスキー自身をたやすく連想させるけれども、この物語の中ではかなり便宜的な存在であり、語り手あるいは狂言まわしの役目以上のものではない。この人物についてはっきりしていることは、ワルコフスキー公爵《こうしゃく》のような貴族主義や金権の非人道に反対であるということだけで、あとの点では人道主義的で曖昧《あいまい》な操《あやつ》り人形のように見える。これに比べればアリョーシャは段違いに生き生きと描かれている。この青年が初めて登場する部分の長広舌（第一部第九章）は、意志の弱い人物の喋《しゃべ》り方の見本である。絶えず嘘《うそ》をつき、弁明し、弁明しつつ裏切り、結果としてひどく残酷な事態を招来してしまい、なおかつだれにも憎まれぬ青年――このような人物に四〇年代の民主主義的理想を語らせたことは、作者ドストエフスキーの陰にこもった、しかも痛烈な復讐《ふくしゅう》――その対象は必ずしも明確ではない――であろう。この青年が二代目的な、一種の精神的衰弱現象であるとすれば、本来的なロシア精神とでもいうべきものはイフメーネフ老夫妻に体現されている。この二人が登場する場面はセンチメンタルに処理されているけれども、プーシキンやゴーゴリに語りつくされた素朴な心情はここでもなお私たちの胸を打つのである。両親と比較すれば娘のナターシャは遥《はる》かに抽象的な人物であろう。矛盾に引き裂かれやすい、傷つきやすい若い女性という観念は、このナターシャに何かしら不明確な輪郭を与えているように思われる。かえって全くのこしらえものである少女ネリー（この人物がディケンズの小説からの借り物であることはもはや定説となっている）が、いわばこの作品の泣かせどころとして強烈な印象を私たちに与えるのは、どうしたわけなのだろう。このあたりが『虐《しいた》げられた人びと』の矛盾あるいは弱点であり、同時に大きな魅力でもある。

これらの「虐げられた」諸人物と全く質の異なる人間像として登場するワルコフスキー公爵が、後年の作品の悪魔的な人物――『罪と罰』のスヴィドリガイロフや『悪霊《あくりょう》』のスタヴローギン――の先駆をなすものであるという点で、多くの評者の意見は一致している。だがこの人物の悪魔的なものの内容ということになると、これもまたかなり漠《ばく》然《ぜん》としていると言わねばならない。語り手ワーニャとの長いやりとり（第三部第十章）に私たちはワルコフスキーの思想を読むことができるが、この部分もたいそう概念的であり、謎《なぞ》めいた感じはいっこうに拭《ぬぐ》われない。人間的なものと悪魔的なものとの対比ということよりも、私たちはむしろドストエフスキーがこの人物に六〇年代の新しい社会体制の中での金権と政治的反動との結びつきという意味合いを与えようとした点に注目すべきだろう。ワルコフスキーのすべての行動の直接的な動機は金と快楽という単純きわまるものであり、その目的は金と快楽を得る前提としての地位《ステイタス》である。第三部第九章の伯爵夫人のサロンに「外交官」と呼ばれる人物がちらりと姿を見せるが、ワルコフスキーの行き着く先はこのような政治的反動なのである。ただしドストエフスキーは具体的な社会的現象としての、どちらかといえば単純な人物を描こうとして、思わず知らず悪魔的な意志を――人間にひそむ「悪霊」をかなり濃厚に暗示するという結果に終った。これが現在の私たちから見てたいそう興味深い点である。語り手のワーニャにペテルブルグの悪徳の世界を垣間《かいま》見せてくれるヴェルギリウスのような案内人――きわめて現世的なマスロボーエフは、この小説では二次的な役割しか与えられていないが、思想的なバランスの上ではワルコフスキーと同等の重要性をもつ人物であると考えられる。この男もまた金と快楽に生きる人間だが、その金権思想は政治的反動と結びついていない。いってみれば、この人物は「虐げられる」側にも「虐げる」側にも属さないのである。マスロボーエフの登場する部分では叙述は俄《にわ》かにのびのびと動き出し、単なるコメディ・レリーフという以上の効果をもたらして、この小説全体を感傷的な物語の平板さから救ってくれる。

（一九七三年十月）

Title : УНИЖЕННЫЕ И ОСКОРБЛЕННЫЕ
Author : Фёдор М. Достоевский

虐《しいた》げられた人《ひと》びと

新潮文庫　ト - 1 - 17

昭和四十八年十月三十日　発行
平成十七年十月二十五日　二十八刷改版
平成十八年六月二十日　二十九刷

訳者　小《お》笠《がさ》原《わら》豊《とよ》樹《き》
発行者　佐藤隆信
発行所　株式会社　新潮社
郵便番号　一六二―八七一一
東京都新宿区矢来町七一
電話　編集部(〇三)三二六六―五四四〇
読者係(〇三)三二六六―五一一一
http://www.shinchosha.co.jp

価格はカバーに表示してあります。

印刷・二光印刷株式会社　製本・憲専堂製本株式会社

ISBN4-10-201020-3 C0197